Schatten der Versuchung

CHRISTINE FEEHAN

Schatten der Versuchung

Roman

Aus dem Amerikanischen von Britta Evert

Weltbild

Die amerikanische Originalausgabe erschien 2006 unter dem Titel
Dark Demon
bei Jove Books, New York.

Besuchen Sie uns im Internet:
www.weltbild.de

Genehmigte Lizenzausgabe für Verlagsgruppe Weltbild GmbH,
Steinerne Furt, 86167 Augsburg

Übersetzung: Britta Evert
Umschlaggestaltung: ZERO Werbeagentur, München
Umschlagmotiv: Agentur Schlück, Garbsen
Gesamtherstellung: Bagel Roto-Offset GmbH & Co. KG,
Schleinitz
Printed in the EU
ISBN 978-3-8289-8931-3

2012 2011 2010 2009
Die letzte Jahreszahl gibt die aktuelle Lizenzausgabe an.

In Liebe für Dr. Christopher Tong
und Mary Waltrich
Und für Kelley Granzow
und ihren Lebensgefährten Rick …

Danksagung

Mein besonderer Dank gilt Dr. Christopher Tong, der eine ständige Quelle der Information ist. Es war seine Idee, Karpatianisch als Proto-Sprache des Finno-Ugrischen zu deuten. Dr. Chris Tong (www.christong.com), der mehrere Sprachen fließend spricht, belegte an der Columbia University Kurse in Linguistik und studierte an der Stanford University Computerlinguistik. In den letzten dreißig Jahren befasste er sich mit den großen spirituellen und heilenden Traditionen und Mythen der Welt (und nahm an einigen von ihnen aktiv teil). Außerdem ist er der Gründer der *Practical Spirituality Press* und Autor mehrerer Bücher über »praktische Spiritualität«. Danke, Mary, dass du Ungarisch sprichst und uns einen guten Start ermöglicht hast!

Kapitel 1

Natalya Shonski zog ihre schwarze Lederhose über Beine und Hüften, wo sie sich eng an ihren Körper schmiegte. Leder schützte vor Verletzungen im Kampf, und Natalya war sicher, dass sie heute Nacht noch Ärger bekommen würde. Während sie in ein weiches Lederhemd schlüpfte, schaute sie sich in dem sauberen Zimmer um, das sie in dem kleinen Gasthof gemietet hatte. Der Raum war nicht groß, aber mit farbenfrohen Wandbehängen ausgestattet, und auf dem Bett lag ein fröhlich gemusterter Überwurf. Natalyas Waffen waren sorgfältig auf der schönen gewebten Decke ausgebreitet.

Sie machte sich daran, die verschiedenen Waffen in die speziell angefertigten Taschen und Schlingen ihrer Hose zu stecken. Wurfsterne mit rasiermesserscharfen Kanten sowie mehrere Messer. Dazu ein Gürtel, der Platz für weitere Waffen und zusätzliche Munition für die zwei Pistolen bot, die Natalya in die beiden Halfter unter ihren Achselhöhlen schob. Sie zog eine ihrer neuen weiten Folkloreblusen und darüber eine bunt bestickte Schaffellweste an, wie sie die einheimischen Frauen zum Schutz gegen die Kälte trugen und die Natalyas Arsenal gut verbarg.

Der lange Rock verdeckte nicht nur die Lederhosen, sondern half ihr auch, unter den Einheimischen nicht aufzufallen. Sie hatte sich für einen Rock in bunten Farben entschieden, statt einen der schlichten schwarzen zu nehmen, den ältere Frauen häufig trugen. Zum Schluss band sie ein Tuch um ihr goldbraunes Haar, um sich noch weiter unkenntlich zu machen.

Nachdem Natalya zufrieden festgestellt hatte, dass sie sich äußerlich kaum von einer Einheimischen unterschied, steckte sie zwei Arnis-Stöcke in die ausgeleierten Schlaufen ihres Rucksacks und öffnete die Balkontür. Sie hatte bewusst ein Zimmer im ersten Stock gewählt. Ihren zahlreichen Feinden würde es schwerfallen, sich unbemerkt zu nähern, während sie selbst leicht nach unten entkommen oder übers Dach flüchten könnte.

Natalya stützte ihre Hände auf die Balkonbrüstung und betrachtete die Landschaft. Das kleine Dorf schmiegte sich an den Ausläufer eines der hohen Berggipfel des eindrucksvollen Gebirgszugs der Karpaten. Eine Anzahl kleiner Gehöfte war auf den wogenden, grünen Hügeln verstreut, und auf den Wiesen lagen bis hinauf zur Baumgrenze Heuballen. Über den dichten Wäldern ragten steile Gipfel empor, auf denen immer noch Schnee glitzerte. Natalya hatte angesichts der bescheidenen Katen und der ländlichen Lebensweise das Gefühl, eine Reise in die Vergangenheit angetreten zu haben, und doch fühlte sie sich, als wäre sie nach Hause gekommen. Und irgendwie stimmte das sogar. Sie hatte kein Zuhause.

Natalya seufzte und schloss einen Moment lang die Augen. Um mehr als alles andere beneidete sie die Menschen hier um ihre Familien. Um ihr Lachen und ihre Kinder und die Liebe, die in ihren Augen und auf ihren Gesichtern leuchtete. Sie sehnte sich danach, irgendwohin zu gehören. Von jemandem gebraucht zu werden. Von einem Menschen wahrhaft geliebt zu werden. Einfach die sein zu können, die sie war, ein echtes Gespräch führen zu können …

Ihre Finger ertasteten tiefe Kerben im Geländer, und sie ertappte sich dabei, mit ihren Fingerspitzen fast liebevoll über die Vertiefungen in dem polierten Holz zu streichen. Dann untersuchte sie die Stellen näher. Es sah aus, als hätte ein großer Vogel seine Krallen tief in das Geländer geschlagen, obwohl die Kerben alt waren und die Wirtsleute das kunstvoll geschnitzte Geländer kräftig mit Politur bearbeitet hatten und keine Splitter zu ertasten waren.

Natalya atmete die Nachtluft ein und starrte zu dem Berggipfel hinauf. Irgendwo dort oben befand sich ihr Ziel. Sie hatte keine Ahnung, was sie an diese bestimmte Stelle geführt hatte, aber sie vertraute ihrem Instinkt. Sie musste auf diesen Gipfel steigen und herausfinden, was es war, das ihr seit einiger Zeit keine Ruhe mehr ließ. Dichter Nebel hüllte die Bergspitze ein und umgab sie mit einer undurchdringlichen Wolke. Ob es sich bei der Wolke um ein normales Wetterphänomen oder so etwas wie eine übernatürliche Warnung handelte, spielte keine Rolle. Sie hatte keine andere Wahl, als diesen Berg zu besteigen. Der Zwang, der sie dazu trieb, war viel zu stark, als dass sie ihn hätte ignorieren können.

Natalya warf einen letzten Blick auf die wirbelnden weißen Nebelschwaden und ging in ihr Zimmer zurück. Es hatte keinen Sinn, die Sache noch länger hinauszuzögern. Sie hatte die letzte Woche damit verbracht, mit den Dorfbewohnern bekannt zu werden, mit einigen der Frauen Freundschaft zu schließen und sich mit der Umgebung vertraut zu machen. Obwohl sie eine Einzelgängerin war, stellte sie fest, dass sie menschliche Gesellschaft brauchte. Sie genoss es, mit den Frauen aus dem Dorf zusammen zu sein, und hatte schon einige Informationen von ihnen bekommen, aber es bekümmerte sie, dass ihre Freundschaften nie über das Oberflächliche hinausgehen konnten. Dadurch war ihr Leben einsam, und sie wünschte sich so sehr, irgendwo dazuzugehören, jemandem wie Slavica Ostojic zu erzählen, wer und was sie war – sich den Luxus zu gönnen, zu jemandem, den sie wirklich mochte, völlig ehrlich zu sein.

Gang und Treppe waren sehr eng und führten nach unten in den Aufenthaltsraum, der sich zwischen Speisesaal und Schankraum befand. Viele der Einheimischen kamen abends nach einem harten Arbeitstag auf ein Bier und ein Schwätzchen hierher. Natalya winkte zwei, drei Leuten, die sie kannte, zu, wobei ihr Blick automatisch die Räume absuchte, um Ausgänge, Fenster und vor allem neue Gesichter zu überprüfen. Ein paar Männer, die an der Theke saßen, schauten zu ihr. Sie registrierte die gefurchten Gesichter, das freundliche Lächeln und die prüfenden Blicke und speicherte sicherheitshalber alles in ihrem Gedächtnis.

Ein Augenpaar, das über ihr Gesicht huschte, machte sie stutzig. Die Musterung war schnell, aber gründlich. Der Mann schätzte sie genauso ab, wie sie ihn abschätzte. Ihr Rucksack mit den zwei Arnis-Stöcken und ihr auffallender Wanderstock waren ihm bestimmt nicht entgangen. Natalya drehte sich mit einem raschen Lächeln zu der Besitzerin des Gasthofs um, froh, dass sie diesem prüfenden Blick entkommen konnte. Falls sie überwacht wurde, musste der Betreffende nicht unbedingt ihre Pläne kennen.

»Slavica.« Sie nahm die Hände der Wirtin in ihre. »Vielen Dank für die köstliche Mahlzeit.« Sie sprach Englisch, weil Slavica hart daran arbeitete, ihre Sprachkenntnisse zu verbessern, und ständig übte. Bewusst führte sie die Frau von der Theke in eine ruhigere Ecke des Aufenthaltsraumes, wo neugierige Ohren ihr Gespräch nicht belauschen konnten. »Ich mache mich jetzt auf den Weg in die Berge. Meine Exkursionen dauern oft tagelang. Mach dir keine Sorgen um mich. Ich komme schon zurück. Gib mir mindestens eine Woche Zeit, ehe du in Panik gerätst.«

Slavica schüttelte den Kopf. »Es ist schon nach Sonnenuntergang, Natalya. In den Bergen und Wäldern hier kann es nachts ...« Die Wirtin zögerte und suchte nach dem richtigen Wort. »... beunruhigend sein. Es ist besser, du machst deine Forschungen am Tag, wenn die Sonne scheint und Leute in der Nähe sind.« Sie blickte auf und lächelte, als sie dem Blick ihres Mannes begegnete.

Natalya spürte sofort einen Anflug von Neid. Sie beobachtete die Wirtin gern im Umgang mit ihrem Mann Mirko und ihrer Tochter Angelina. Ihre Liebe zueinander zeigte sich deutlich in den vielen kleinen Blicken, die sie wechselten, und den liebevollen Gesten.

»Ich bin jeden Abend ausgegangen, und du hattest noch nie etwas dagegen«, erinnerte Natalya sie. »Und das war fast immer nach Sonnenuntergang.«

Slavica lächelte schwach. »Heute Abend fühle ich einen Unterschied. Du denkst bestimmt, ich bin abergläubisch, aber irgendetwas stimmt nicht heute Abend, und es ist besser, wenn du hier bei uns bleibst.« Sie tätschelte Natalyas Arm. »Hier gibt es viel zu tun. Mirko kann mit dir Schach spielen. Er ist ziemlich gut. Oder ich erzähle dir etwas über unsere Kräuter und ihre heilende Wirkung.« Slavica war Krankenschwester und in der ganzen Gemeinde für ihre medizinischen Kenntnisse und ihr Wissen über Heilkräuter und deren Anwendung bekannt. Das Thema faszinierte Natalya, und es machte ihr Freude, wenn Slavica sich zu ihr setzte und ihr Wissen an sie weitergab.

Natalya schüttelte bedauernd den Kopf. Slavica war die Art Frau, die in ihr das schmerzhafte Verlangen weckte, selbst Teil einer Familie und Gemeinschaft zu sein. »Danke, Slavica, aber ich habe einen Schutz.« Sie zog das Kreuz hervor, das an einer dünnen Silberkette unter ihrem Hemd baumelte. »Es ist lieb von dir, dass du dir Sorgen um mich machst, aber ich komme schon klar.«

Slavica schien etwas einwenden zu wollen, presste jedoch nur die Lippen zusammen und schüttelte den Kopf.

»Ich weiß, was ich tue«, versicherte Natalya ihr. »Ich schlüpfe zur Küche hinaus, wenn es dir nichts ausmacht. Ich habe genug zu essen und zu trinken für mehrere Tage dabei, und Mitte nächster Woche bin ich wieder da, wenn nicht früher.«

Slavica begleitete sie durch den Speisesaal. Natalya spähte verstohlen zu dem Fremden, der an der Theke saß und sich mit Mirko unterhielt. Er schien völlig ins Gespräch vertieft, aber sie traute ihm nicht. Er hatte Interesse an ihr gezeigt, und es war nicht das normale Interesse eines Mannes an einer Frau gewesen. Sie hatte keine Ahnung, was dahintersteckte, doch sie würde kein

Risiko eingehen. Sie nickte kurz in seine Richtung. »Wer ist das? Ich habe ihn hier noch nie gesehen.«

»Er kommt oft hier vorbei, wenn er geschäftlich unterwegs ist.« Slavicas Gesichtsausdruck verriet nichts. »Er ist eher wortkarg. Ich weiß nicht, in welcher Branche er arbeitet.«

»Ist er verheiratet?«

Die Wirtin machte ein beunruhigtes Gesicht. »Dieser Mann ist nichts für dich, Natalya. Er ist hier willkommen, wie alle Reisenden es sind, aber er ist nichts für dich.«

Natalya riskierte keinen Blick mehr in die Richtung des Mannes. Er beobachtete viel zu scharf, und sie wollte nicht seine Aufmerksamkeit erregen. Sie ging durch den Speisesaal in die kleine Küche mit dem unvermeidlichen Schafkäse und den Körben voller Kartoffeln. »Keine Sorge, ich halte nicht Ausschau nach einem Mann.«

»Ich habe die Sehnsucht auf deinem Gesicht und in deinen Augen gesehen, wenn du Kinder anschaust. Wenn du Ehepaare siehst«, sagte Slavica sanft. »Du wünschst dir eine eigene Familie.«

Natalya zuckte nachlässig die Schultern, wich aber dem Blick der anderen aus, weil sie nicht das Mitleid in ihren Augen sehen wollte. Waren ihre geheimen Wünsche so offensichtlich? Wann war es für sie zu einem Problem geworden, ihre Gefühle hinter ihrer sorgfältig kultivierten, forschen Persönlichkeit zu verbergen? »Ich bin gern auf Reisen. Ich wäre nicht gern angebunden.« Das war eine himmelschreiende Lüge, und sie wusste, dass sie sich zum ersten Mal in ihrem Leben verraten hatte.

»Es ist ganz normal, sich einen Mann und eine Familie zu wünschen. Ich habe auf den Richtigen gewartet«, erzählte Slavica. »Auch als meine Eltern und die Nachbarn fanden, dass ich zu alt wäre und ihm nie begegnen würde, hielt ich es für besser zu warten, als mich an jemanden zu binden, mit dem ich nicht mein ganzes Leben zusammen sein wollte. Ich habe auf Mirko gewartet, und das war richtig. Wir haben eine schöne Tochter und dieses Gasthaus, und das ist genug. Wir sind glücklich miteinander. Du verstehst, Natalya? Nimm nicht einfach irgendeinen Mann, bloß weil du glaubst, deine Zeit läuft ab.«

Natalya nickte feierlich. »Ich verstehe, was du meinst, und bin ganz deiner Meinung. Aber ich bin wirklich nicht verzweifelt auf der Suche nach einem Mann, ganz im Gegenteil. Wir sehen uns bald.« Sie stieß die Küchentür auf, winkte der besorgt blickenden Gastwirtin zu und eilte hinaus.

Nach der Wärme des Gasthofs war die Nachtluft kalt, doch darauf war Natalya vorbereitet. Mit forschen Schritten ging sie die schmale Straße hinunter, die zu dem Bergpfad führte. Als ein unbeladenes Pferdefuhrwerk an ihr vorbeirumpelte, rief sie dem Mann zu, ob sie mitfahren könne. Der Bauer zögerte kurz, bevor er anhielt. Natalya raffte ihren Rock und lief zu ihm, ehe er es sich anders überlegen konnte. Die meisten Einheimischen benutzten Pferdewagen statt Autos. Es waren einfache Gefährte, Karren auf Rädern, die von einem oder zwei Pferden gezogen und von Umzügen bis zum Transport großer Heuballen praktisch für alles verwendet wurden.

»Danke schön«, sagte sie, während sie ihren Wanderstock auf die Ladefläche warf und hinterherkletterte. Sie lehnte sich an die Rückwand des Karrens, da sie dem Bauern nicht noch mehr Unbehagen bereiten wollte, als er anscheinend ohnehin schon dabei empfand, eine fremde Frau auf der Straße aufzulesen.

Zu ihrer Überraschung sprach er sie an. Die meisten älteren, verheirateten Männer waren in Gegenwart junger, alleinstehender Frauen eher reserviert. »Was machen Sie denn noch so spät draußen? Die Sonne ist schon untergegangen.« Er schaute sich nervös um.

»Ja, das stimmt«, bestätigte sie, ohne auf seine Frage einzugehen. »Sie sind auch noch spät unterwegs.«

»Ist nicht gut«, sagte er. »Nicht heute Nacht.« Er senkte seine

Stimme, doch seine Sorge war nicht zu überhören. »Sie sollten heute Nacht lieber bei mir und meiner Frau unterkriechen. Ich könnte Sie auch zum Gasthof bringen.« Sorgenvoll betrachtete er den Mond und die Wolken, die über den Himmel wirbelten und teilweise das Mondlicht verdeckten. Es war offensichtlich, dass er nicht gern umkehren würde. Er schüttelte die Zügel, damit das Pferd schneller lief.

Auch Natalya starrte zum Himmel hinauf und bemerkte die düsteren Wolken, die vor einigen Minuten noch nicht da gewesen waren. Die dichten Nebelschwaden, die über den Berggipfeln hingen, schienen wie bleiche Knochenhände nach dem Mond und dem Wald zu langen. Ein Blitzschlag überzog die Ränder der Nebelwand mit goldenen Lichtbögen. In der Ferne grollten Donnerschläge. Über den Bergen schien sich ein Gewitter zu entladen.

Natalya schob eine Hand in ihre Fellweste und berührte den Griff ihrer Pistole. »Das Wetter hat heute Abend schnell umgeschlagen.« *Und dieser Umschwung hatte keine natürliche Ursache.*

»So ist es nun mal in den Bergen«, bemerkte der Bauer und schnalzte mit der Zunge, um sein Pferd anzutreiben. »Am besten geht man in Deckung, bis sich alles wieder beruhigt hat.«

Natalya gab keine Antwort. Sie musste auf den Berg. Hatten Spione ihre Feinde davon verständigt, dass sie in der Nähe war? Wurde sie schon erwartet? Sie wandte ihre Aufmerksamkeit der Landschaft zu, die rasch vorbeizog. Bewegte sich dort im Schatten etwas? Falls es so war, musste sie den Bauern beschützen. Sie hatten das Dorf weit hinter sich gelassen und befanden sich mitten in dem weitläufigen Hügelland mit seinen vereinzelten Gehöften.

Sie blieb wachsam und achtete scharf auf Anzeichen eines drohenden Angriffs, indem sie alle ihre Sinne schärfte, um Informationen zu sammeln. Mit einem Atemzug nahm sie die Nachtluft tief in ihren Lungen auf und entschlüsselte die Geschichten, die ihr der Wind zutrug. Der Wind brachte den Gestank des Bösen mit. Das leise Rascheln im Wald. Den Geruch von Wölfen, die rastlos im Mondlicht umherstreiften. Natalya hob ihr Kinn. Es war so weit. Sie hatte es nicht auf einen Kampf abgesehen. Normalerweise war sie diejenige, die sich zuerst zurückzog, aber sie hatte es satt, verfolgt zu werden, satt, jede Minute des Tages über die Schulter zu schauen. Wenn die anderen einen Kampf wollten, konnten sie ihn haben. Sie war vorbereitet. Dieses Mal würde sie keinen Rückzieher machen.

Der Bauer bog in einen schmalen Feldweg ein. Als das Pferd langsamer wurde, um die scharfe Kurve zu nehmen, sprang Natalya ab und winkte dem Mann im Gehen zu. Er rief ihr etwas nach, doch sie ging einfach weiter und marschierte mit schnellen Schritten bergauf in Richtung Baumgrenze.

Sowie sie sicher war, aus der Sichtweite des Bauern zu sein, zog sie den bunt gemusterten Rock und die Bluse aus, faltete die Sachen und das Kopftuch zusammen und verstaute alles in ihrem Rucksack. Die Arnis-Stöcke kamen in Schlaufen an ihrem Gürtel, wo sie jederzeit griffbereit waren. Natalyas ganzes Auftreten veränderte sich, als sie nach dem vertrauten Wanderstock langte. Mit grenzenlosem Zutrauen zu sich selbst huschte sie über die Felder, indem sie zwischen den Heugarben hindurchschlüpfte, bis sie ein gutes Stück von den Bauernhöfen entfernt war. Ein Pfad führte den Berg hinauf, eher für Ziegen als für Menschen geeignet, aber Natalya nahm ihn, weil es der direkte Weg war.

Sie durchquerte ein Feld mit blühenden Wiesenblumen und kämpfte sich durch wogende Gräser immer näher an den Wald heran. Der Mond wurde fast völlig von den immer dunkler werdenden Wolken verdeckt, und je näher sie dem Wald kam, desto lauter hallten die Donnerschläge. Blumen und Gräser wichen Büschen und Sträuchern. Hier und dort ragten auf dem Abhang große Felsbrocken auf. Einige zähere Blumen hatten es geschafft, in den Felsspalten Wurzeln zu schlagen. Die Bäume waren klein und knorrig, aber nach zwei weiteren scharfen Kehren veränderte sich die Vegetation völlig und wuchs dichter und höher.

Natalya hatte die Karpaten gründlich studiert. Sie wusste, dass der Gebirgszug einer von Europas größten Lebensräumen für Fleischfresser und die Heimat von Braunbären, Wölfen und Luchsen war. Die Berge erstreckten sich über sieben Länder Mitteleuropas, und die dichten Wälder waren die letzten Refugien für Europas seltene und vom Aussterben bedrohte Vogelarten und größere Raubtiere. Obwohl in den Gebieten um die Karpaten viele Menschen lebten, gab es dort weite Landstriche, die immer noch wild und unberührt waren.

Natalya blieb stehen, um den dichten Wald zu überprüfen, der sich rings um sie erstreckte. In dieser Gegend gab es zweimal so viel Niederschläge wie in den angrenzenden Gebieten, und die endlosen Wälder und üppigen grünen Hügel zeugten von den Wassermengen, die Bäche und Flüsse speisten. Die satten Grünschattierungen zogen sie fast magisch tiefer in den Wald hinein. Warum kannte sie diesen Ort? Wie hatte sie davon träumen können? Woher wusste sie, dass der Pfad, der kaum mehr als eine Wildspur war und der nach links abging, tief ins Waldesinnere und weiter auf den schmalen Weg führte, der sie zum Gipfel bringen würde, direkt in die wirbelnden Nebelschwaden, wohin sich nur wenige Leute wagten?

Sie bewegte sich in einem leichtfüßigen, zügigen Laufschritt, der sie schnell durch das Unterholz brachte. Sie musste es vor Sonnenaufgang zum Gipfel schaffen und den Eingang zu den Höhlen finden.

Der Wald wurde dichter und die Vegetation üppiger, als sie durch das scheinbar undurchdringliche Gehölz lief. Über ihrem Kopf schlangen sich die Äste ineinander und hielten einen Großteil des Mondlichts ab. Natalya bereitete es keine Probleme zu sehen, wohin sie lief. Zusätzlich zu einer hervorragenden Nachtsicht verfügte sie von jeher über eine Art angeborenes Radarsystem, mit dessen Hilfe sie Hindernissen mühelos ausweichen konnte.

Sie bewegte sich schnell, aber mit instinktiver Vorsicht und Wachsamkeit; sie nahm das leiseste Rascheln, den schwächsten Geruch ebenso wahr wie das Schweigen der Vögel, alles Anzeichen, die ihr verraten würden, dass sie nicht allein war.

Plötzlich wurde ihr Mund trocken, ihr Puls beschleunigte sich, und ihre Nackenhaare sträubten sich leicht. Sie wurde beobachtet.

Hinter ihrem Rücken huschten Schatten um Bäume herum, als wollten sie Natalya einkreisen. Sie lief unbeirrt in ihrem stetigen Tempo weiter. Beim Laufen verlagerte sie ihren Griff um den Wanderstock in die vertrauten Vertiefungen, um ihn sofort einsatzbereit zu haben.

Der erste Wolf sprang aus der Deckung des Dickichts hervor, als sie über einen kleinen Bach setzte. Natalya wurde nicht langsamer, sondern konterte den Angriff mit einem kräftigen Hieb ihres schweren Stocks. Ein lautes Krachen war zu hören, und der Wolf wich winselnd zurück, als sie vorbeilief. Sie fuhr herum, zog geschickt den Degen aus dem Stock und stellte sich dem Tier.

»Wenn du mit mir kämpfen willst, Bruder, dann tu es. Ich habe einen wichtigen Weg vor mir, und du hältst mich auf.« Sie murmelte die Worte deutlich hörbar, während sie sich dem Tier näherte und dabei bewusst in den Wind trat, damit das Rudel ihre Witterung aufnehmen konnte.

Der Wolf hielt seine Schnauze in die Luft und wich, plötzlich vorsichtig geworden, vor ihr zurück. Die anderen Mitglieder des Rudels schwärmten unruhig aus. Natalya gab ein tiefes, kehliges Knurren von sich, die Warnung eines gefährlichen wilden Tieres. Als sie dem Rudel die Zähne zeigte, begann in ihren strahlend grünen Augen ein tiefes, sattes Blau zu wirbeln, das sie beinahe milchig erscheinen ließen, und durch ihr Haar zogen sich pechschwarze und leuchtend orange, beinahe rote Streifen. Die Wölfe ergriffen die Flucht. Nur das Alpha-Weibchen blickte zurück und fletschte knurrend die Zähne, um ihr Missfallen über den unbekannten Geruch zu bekunden. Natalya stieß ein warnendes Zischen aus, und das Weibchen jagte hinter dem Rudel her.

»Ja, das habe ich mir schon gedacht«, rief Natalya den Tieren nach und schob den Degen wieder in den Stock. Sie wartete einen Moment, bis sie sicher war, dass die Wölfe nicht zurückkommen würden, ehe sie ihren Weg fortsetzte.

Leichtfüßig sprang sie über einen umgestürzten Baumstamm, der mit Farn und Moos überwachsen war, und blieb dann abrupt stehen, als direkt vor ihr ein Mann hinter einem Baum hervortrat. Er war groß und dunkelhaarig und wirkte mit seinen breiten Schultern und dem charmanten Lächeln ausgesprochen attraktiv. Natalya überprüfte die Umgebung mit äußerster Wachsamkeit. Er war nicht allein, davon war sie überzeugt.

Sie ließ ihren Rucksack auf den Boden fallen und lächelte den Mann an. »Ich habe dich schon vor einer guten Stunde erwartet.«

Er machte eine elegante Verbeugung. »Dann tut es mir leid, dass ich mich verspätet habe, werte Dame. Ich bin hergekommen, um alles für Ihre Ankunft vorzubereiten.« Mit einer weit ausholenden Handbewegung zeigte er auf die Umgebung.

»Wäre nicht nötig gewesen, sich in Schale zu schmeißen«, bemerkte Natalya. »Obwohl die Alternative ziemlich widerlich ist.«

Ein Anflug von Zorn huschte über das Gesicht des Mannes, aber sein Lächeln blieb unverändert. Seine Zähne waren nicht sehr weiß und wirkten spitz und scharf. »Wollen Sie nicht den Stock weglegen?«

»Glaubst du etwa, ich werde es dir leicht machen? Ich bin nicht besonders glücklich über dich, Freddie, mein Junge.«

Diesmal ließ sich sein Zorn nicht unterdrücken. Braune Flecken tauchten auf seinen Zähnen auf. »Ich bin nicht Freddie. Wer ist Freddie? Mein Name ist Henrik.«

»Du gehst wohl nicht besonders oft aus, was? Hast du noch nie die Spätvorstellung im Kino gesehen? Freddie ist ein echter Star. Ein ausgesprochen hässlicher Massenmörder, genau wie du. Eigentlich ist es mir egal, wie du heißt. Aber mir ist nicht egal, dass du ständig hinter mir her bist. Ich habe es verdammt satt. Also gib dein Bestes, Freddie. Bringen wir es hinter uns.«

Henriks Atem entwich in einem langen, zornigen Zischlaut. »Ich werde dir schon noch Respekt beibringen.«

Natalya verzichtete auf eine Antwort und ging stattdessen direkt zum Angriff über, indem sie einen Satz auf ihn zumachte und gleichzeitig ihren Degen zog. Die Klinge schwirrte im hohen Bogen durch die Luft und bohrte sich in seinen Hals.

Henrik löste sich mit einem gellenden Wutschrei in feinen Dunst auf und wich vor ihr zurück. Mehrere Meter entfernt stellte er sich ihr wieder in seiner ursprünglichen Gestalt. Sein dichtes schwarzes Haar war verschwunden und durch lange weiße, sehr wirre Strähnen ersetzt worden.

»Hätte ich mir denken können, dass du wehleidig bist. Vampire sollen angeblich solche Kraftmeier sein, aber in Wirklichkeit seid ihr totale Waschlappen. Du wolltest doch einen Kampf.« Natalya provozierte ihren Gegner bewusst. »Ich habe heute Nacht noch etwas vor. Ich habe keine Zeit, deine kleinen Spielchen mitzumachen.«

»Du gehst zu weit. Egal, wie der Befehl lautet, ich bringe dich um«, knurrte der Vampir.

Sie grinste spöttisch und salutierte kurz. »Schön zu wissen, dass du selbstständig denken kannst. Ich dachte, dafür hätte dich dein Puppenspieler viel zu gut abgerichtet.«

Der Ast über ihrem Kopf brach laut krachend ab und flog wie ein Geschoss in ihre Richtung. Natalya ging in die Offensive, indem sie sich nach vorn warf und mit ihrem Degen direkt auf Henriks Brust zielte. Der Ast krachte genau an der Stelle, wo sie eben noch gestanden hatte, in den Boden.

Der Vampir parierte ihren Hieb, indem er lässig den Arm hob. Er war unglaublich stark, und bei der Wucht des Zusammenpralls vibrierte Natalyas Arm so stark, dass er einen Moment lang wie gelähmt war und der Degen aus ihren Fingern glitt. Trotzdem blieb sie in Bewegung, indem sie praktisch in der Luft herumwirbelte und dabei nach ihren Pistolen griff. Sie zog beide Waffen gleichzeitig und feuerte auf den Vampir, während sie auf ihn zurannte. Immer wieder schlugen die Kugeln in seinem Körper ein und schleuderten ihn nach hinten.

Henrik zuckte bei jedem Schuss zusammen und taumelte leicht, blieb aber auf den Beinen. Als Natalya auf Armlänge von ihm entfernt war, steckte sie eine ihrer Pistolen in das Schulterhalfter zurück und zog ein Messer, das sie eng am Körper hielt, als sie erneut auf den Vampir losging.

Er versuchte hastig, eine andere Gestalt anzunehmen, und schlug gleichzeitig mit seinen krallenbewehrten Händen und rudernden Armen nach ihr. Natalya stieß ihm das Messer in die Brust, direkt ins Herz, und wich sofort zurück, um zu verhindern, dass sein Blut mit ihrer Haut in Berührung kam. Aus Erfahrung wusste sie, dass es wie Säure brannte. Und Vampire konnten immer wieder zum Leben erwachen.

Sie fuhr herum und rannte zu ihrem Schwert. Ein jäher Windstoß streifte sie, ein wirbelnder Strudel aus Blättern und Zweigen. Flügel schlugen über ihrem Kopf, Krallen tauchten unvermittelt in der Luft auf und stießen mit beunruhigender Geschwindigkeit nach ihren Augen. Natalya warf sich blitzschnell in einer Flugrolle auf den Boden, landete mit einer Pistole in jeder Hand auf einem Knie und zielte auf den gewaltigen Vogel. Schon löste er sich wieder in Dunst auf. Die feinen Tropfen schimmerten und begannen, menschliche Gestalt anzunehmen.

Natalya wartete. Es war unmöglich, einen gestaltlosen Vampir zu töten. Henrik kam wieder zu sich und zerrte an dem Messer, das in seiner Brust steckte. Mit schwacher Stimme rief er dem Neuankömmling etwas zu. Natalya stieß einen Seufzer aus. »Stirb endlich! Also wirklich, das Mindeste, was du tun könntest, ist, deinem Elend ein Ende zu machen und es hinter dich zu bringen.«

»Guten Abend, Natalya.« Die Stimme war melodisch und hatte eine fast hypnotische Wirkung.

»Wenn das nicht mein guter Freund Arturo ist.« Natalya schenkte dem Vampir ein falsches Lächeln. »Wie schön, dich wiederzusehen. Es ist lange her.« Sie zeigte mit einer Pistole auf Henrik. »Dein Schwächling von Partner macht furchtbar viel Getöse. Könntest du ihn nicht erledigen, damit wir uns ohne Geräuschkulisse unterhalten können? Wenn es etwas gibt, das ich nicht ausstehen kann, dann einen wehleidigen Vampir.« Sie provozierte Henrik absichtlich, weil sie wusste, dass Vampire mehr Fehler machten, wenn sie wütend waren.

»Du hast dich kaum verändert.«

»Ich bin noch boshafter geworden.« Sie zuckte die Schultern und grinste. »Allmählich verliere ich nämlich die Geduld mit euch.«

Arturo warf einen Blick auf den blutenden Vampir, der sich auf dem Boden krümmte. »Das sehe ich. Er ist tatsächlich ziemlich laut.« Er ging zu seinem Partner, riss ihm das Messer aus der Brust und warf es beiseite. Dann stieß er den anderen verächtlich mit dem Fuß an. »Steh auf, Henrik.«

Sein Partner schaffte es, auf die Beine zu kommen. Er fluchte und fauchte vor Wut, und Speichel und Blut liefen ihm übers Gesicht. »Ich bring dich um«, zischte er Natalya hasserfüllt an.

»Halt den Mund«, sagte Natalya. »Du wiederholst dich.«

»Diesmal entkommst du nicht«, erklärte Arturo. »Gegen Henrik, mich und die Wölfe hast du keine Chance. Hörst du sie? Sie sind unterwegs, um uns zu unterstützen.«

»Du nimmst einem jeden Spaß am Kämpfen, weil du nie fair kämpfst«, beschwerte Natalya sich. »Du hast keinen Funken Ehre im Leib.«

Arturo lächelte sie mit seinen makellosen weißen Zähnen an. »Was zählt letzten Endes schon Ehre, Natalya? Gar nichts.«

In dem Moment, als Vikirnoff von Shrieder den dichten Wald betrat, wusste er, dass hier etwas Böses lauerte. Es lag so etwas wie eine Warnung im Schweigen des Waldes und in der Art, wie die Erde erschauerte und die Bäume sich krümmten. Nicht ein einziges Lebewesen regte sich. Nicht dass es von Bedeutung gewesen wäre. Er war Jäger und rechnete ständig mit Gefahren. Das war die Lebensweise, die er seit Jahrhunderten akzeptierte.

Nach einem Schritt blieb er abrupt stehen, als das Gras unter seinen Füßen zitterte. Halb und halb in der Erwartung, die Halme welken zu sehen, schaute er nach unten. Schrak selbst der Wald vor einem direkten Kontakt mit ihm zurück? Spürte er die Dunkelheit in Vikirnoff, die jeden seiner Schritte, jeden seiner Atemzüge überschattete? Die Natur mochte in ihm durchaus ein Monster sehen – einen Vampir, einen Karpatianer, der sich bewusst dafür entschieden hatte, für den kurzlebigen Machtrausch und die Emotionen, die das Töten und das Blut hervorriefen, seine Seele preiszugeben.

Es war möglich. Hatte er eine Entscheidung getroffen und wusste nicht mehr, ob er gut oder schlecht war? War so etwas schon jemals vorgekommen? Der Gedanke hätte ihn belasten sollen, tat es aber nicht. Er empfand gar nichts, nicht einmal, als er die Möglichkeit erwog, dass er kein ganzer Karpatianer mehr war, dass das Raubtier in ihm alles bis auf einen winzigen Funken in seiner Seele verschlungen hatte.

Er fiel auf die Knie, fuhr mit seinen Händen durch die Schichten von Zweigen und Laub, die den Waldboden bedeckte, und tauchte sie tief in die schwere, dunkle Erde, während er sein Gesicht dem Nachthimmel darbot. »*Susu*«, murmelte er. »Ich bin daheim.« Seine Muttersprache ging ihm leicht über die Lippen, und sein Akzent war stärker als sonst, als könnte er allein dadurch, dass er in den Karpaten war, eine Reise in die Vergangenheit unternehmen.

Nach all den Jahrhunderten des Exils im Dienst für sein Volk war er endlich an den Ort seiner Geburt zurückgekehrt. Schweigend kniete er auf dem Boden und wartete auf etwas. Irgendetwas, eine leise Gefühlsregung oder Erinnerung. Er hatte erwartet, dass ihm die Heimaterde Frieden oder Gelassenheit schenken würde, aber da war nur dieselbe karge Leere, in der er immer erwachte.

Nichts. Er fühlte absolut nichts. Vikirnoff senkte den Kopf, kauerte sich auf seine Fersen und schaute sich um. Was er wollte oder sogar brauchte, wusste er nicht, doch eine Flut von Empfindungen gab es jedenfalls nicht für ihn. Kein Hochgefühl. Keine Enttäuschung. Nicht einmal Verzweiflung. Der Wald mit seinen bizarren, bösartigen Schatten, die auf ihn lauerten, wirkte düster und grau. Der endlose Kreislauf des Lebens blieb bestehen. Fressen oder gefressen werden.

Der Hunger war jetzt ständig gegenwärtig, ein leises, lockendes Raunen in seinem Inneren. Der Wunsch nach Macht und Erfüllung, so trügerisch er auch sein mochte, war mit jedem Erwachen stärker geworden. Er hatte viele Kämpfe ausgetragen, mehr, als er zählen konnte, alte Freunde vernichtet, Männer, die er einmal geachtet und bewundert hatte: Er hatte den Niedergang seines Volkes beobachtet – und wofür das alles? »Sag mir den Grund«, flüsterte er in die Nacht. »Lass mich verstehen, warum mein Leben völlig verschwendet war.«

Hatte er in dieser Nacht schon Nahrung zu sich genommen? Er versuchte sich an den Moment seines Erwachens zu erinnern, aber es schien eine zu große Anstrengung zu sein. Bestimmt hatte er kein Leben genommen, während er sich vom Blut seines Opfers genährt hatte, oder? Geschah es auf diese Weise? Gab es keine bewusste Entscheidung, nur die Teilnahmslosigkeit, die immer größer wurde, bis die Nahrungsaufnahme unverbrüchlich mit Töten verbunden war und Gleichgültigkeit zu der Waffe wurde, die seine eigene Zerstörung herbeiführte?

Er schaute nach Süden, wo, wie er wusste, der Herrscher seines Volks residierte. Der Wind begann stärker und schneller zu wehen und in südlicher Richtung durch den Wald zu fegen. »Ehre ist eine verwunschene Eigenschaft und eine, die vielleicht keine Ewigkeit andauert.« Mit einem kleinen Seufzer murmelte Vikirnoff die Worte, als er sich zu seiner vollen Größe aufrichtete und sein langes Haar im Nacken mit einer Lederschnur zusammenband. Besaß er noch Ehre? Hatte das Tier, das in seinem Inneren lauerte, ihn nach jahrhundertelangen Bemühungen, sein Wort zu halten, doch besiegt?

Die Blätter auf den Bäumen in seiner Nähe fingen an zu rascheln, und die Äste schwangen unruhig hin und her. Er war Karpatianer, Angehöriger einer uralten Rasse, die jetzt vom Aussterben bedroht war. Es gab unter ihnen nur wenige Frauen, die so wichtig für die Männer und die Erhaltung ihrer Art waren. Mann und Frau waren zwei Hälften eines Ganzen, und die Männer wurden von der Dunkelheit beherrscht, während in den Frauen das Licht lebte. Ohne Frauen, die ihnen Halt gaben, fielen die Männer irgendwann ihren eigenen gierigen Dämonen zum Opfer.

Vikirnoff lebte unter Menschen und versuchte, Ehre und Disziplin in einer Welt zu bewahren, in der es für ihn weder Farben noch die leisesten Gefühlsregungen gab. Nach zweihundert Jahren waren seine Gefühle verblasst, und im Lauf der endlosen

Jahrhunderte war das finstere Raubtier in seinem Inneren stark und mächtig geworden. Allein vage Erinnerungen an Lachen und Liebe hielten ihn aufrecht, und auch das war nur durch die Nähe zu seinem Bruder Nicolae möglich. Jetzt war auch das vorbei, da ein Ozean ihn von Nicolae trennte.

Vikirnoff hatte zu lange gelebt und war zu gefährlich geworden. Seine Fähigkeiten im Kampf waren außerordentlich und in viel zu vielen Begegnungen mit denjenigen seiner Art verfeinert worden, die ihre Seelen für die kurzlebige Illusion von Macht oder vielmehr – was noch tragischer war – für einen kurzen Augenblick des Fühlens aufgegeben hatten. Er hatte das Gefühl, eigenhändig sein Volk auszulöschen. So viele Tote. So viele verlorene Freunde. »Wofür?«, fragte er laut. »*Möéri?*« Wieder benutzte er seine Muttersprache.

Vikirnoff hatte bewusst das karpatianische Wort verwendet, um sich seine Pflicht und sein Versprechen gegenüber seinem Prinzen in Erinnerung zu rufen. Er hatte freiwillig angeboten, in die Welt hinauszugehen. Es war seine eigene Entscheidung, war es immer gewesen. Sein eigener freier Wille. Aber er war nicht mehr frei. Er war so knapp davor, zu ebendem Wesen zu werden, auf das er Jagd machte, dass er kaum noch erkennen konnte, wer oder was er war.

Der Boden schwankte unter seinen Füßen, und das Grollen des Nachthimmels klang wie eine unheilvolle Warnung. Irgendwo vor ihm befand sich die Person, die er suchte – eine Frau mit blauen Augen, die er über einen ganzen Ozean hinweg verfolgt hatte. Zwischen der Frau und Vikirnoff stand ein Vampir, vielleicht mehr als einer.

Vikirnoff zog das Foto der Frau aus der Brusttasche dicht an seinem Herzen. Er konnte nur Grautöne sehen, aber trotzdem hatte er gewusst, dass ihre Augen blaugrün wie das Meer waren, und Nicolae hatte ihm erzählt, dass ihr Haar auf dem Foto tiefschwarz schien. Blau wie die fast vergessenen Bergseen seiner

Heimat. Blau wie die verschiedenen Schattierungen des Himmels. Er hatte gedacht, nein, gehofft, dass sein instinktives Wissen um dieses kleine Detail bedeuten könnte, dass er seiner wahren Gefährtin auf der Spur war. Der anderen Hälfte seiner Seele, dem Licht für seine Dunkelheit, der einen Frau, die ihm die verlorenen Farben und vor allem die Fähigkeit, Gefühle zu haben, zurückgeben konnte. Aber im Lauf der Zeit war auch diese Hoffnung verblasst, und die Welt war wieder trostlos und düster geworden.

Wieder grollten Donnerschläge, und die Luft knisterte vor Elektrizität. Wolkenmassen ballten sich am Himmel und stiegen in dichten Säulen nach oben. Vikirnoff strich in einer unbewussten Liebkosung mit seinem Daumen über das Bild der Frau, wie er es schon so oft getan hatte. Natürlich träumte er von der perfekten karpatianischen Gefährtin. Von einer Frau mit diesem Gesicht und diesen Augen, einer Frau, die ihn glücklich machen würde, genauso wie er sie. Das Leben würde heiter und friedlich sein, voller Freude und vor allem voller Gefühle. Er steckte das Foto wieder in sein Hemd, über sein Herz, wo es gut geschützt war. Vikirnoff konnte nicht einmal bekümmert seufzen. Er konnte kein Bedauern empfinden, keine Verzweiflung, nur diese endlose Leere.

Du musst damit aufhören! Die Worte drangen auf einem unerwartet starken telepathischen Weg in sein Bewusstsein und wirbelten durch seinen Kopf. *Deine Gefühle sind so unglaublich stark, dass ich mir nicht vorstellen kann, wie es möglich ist, dass du sie nicht erkennst. Du zerreißt mir das Herz. Das kann ich mir gerade jetzt nicht leisten. Sieh zu, dass du deine Emotionen in den Griff kriegst, oder verschwinde schleunigst aus meiner Nähe!*

Die Frauenstimme erfüllte sein ganzes Inneres, drang in Herz und Lungen ein und rauschte mit der tosenden Gewalt eines Orkans durch seine Blutbahnen. Fast zweitausend Jahre lang hatte er ein graues Schattendasein geführt und keine Gefühle mehr gehabt. Ohne Verlangen oder Zorn oder Zuneigung hatte er in einer unendlichen Wüste existiert. In diesem einen Augenblick änderte sich alles, und in seinem Inneren herrschte sofort Chaos.

Farben blendeten ihn, Farben, so grell und eindringlich, dass seine Augen und sein Gehirn den Anblick kaum verkraften konnten. Sein Magen brannte und schnürte sich zusammen, als sich der Boden unter seinen Füßen aufbäumte und er darum kämpfen musste, nicht in seiner Wachsamkeit nachzulassen. Dämme brachen in seinem Inneren, und wo vorher nichts gewesen war, war jetzt alles, ein wildes Durcheinander an allen erdenklichen Empfindungen, genährt von seiner ungeheuren Stärke und Macht.

Die Bäume in nächster Nähe splitterten und schlugen mit einem ohrenbetäubenden Krachen, das die Erde beben ließ, auf den Boden. Ein zerklüfteter Spalt öffnete sich dicht bei ihm im Boden, gefolgt von einem zweiten und dritten. Die Felsen wogten und schwankten und eine weitere Reihe von Bäumen zerbarst und sank zu Boden.

Der Dämon in seinem Inneren erhob sein Haupt und brüllte auf, hieb mit langen Krallen nach ihm und kämpfte um die Freiheit, jede Ehre zu vergessen und sich das eine zu nehmen, das ihm allein gehörte. Seine Rettung. Vielleicht war sie aber auch sein Untergang. Seine Eckzähne wurden länger, und sein Blut wurde so heiß, dass er fürchtete, in Flammen aufzugehen.

O mein Gott! Du bist einer von ihnen! Ihre Stimme bebte vor Entsetzen.

Ebenso wie er ihr seine Einsamkeit, sein Leid und sein Unglück mitgeteilt hatte, gab er seine Dunkelheit und die furchtbare Intensität seiner überwältigenden Emotionen an sie weiter. Sie spürte sein scharfes Verlangen nach Gewalt, nach dem Rausch, den der Akt des Tötens hervorrief, den animalischen sexuellen Hunger, der ihn beherrschte und der sich mit dem Drang vermischte, sie für sich zu beanspruchen. Sie erlebte all das mit ihm zusammen, nicht nur den berauschenden Höhenflug, sondern das ganze Ausmaß des wilden Verlangens, das durch seinen Körper strömte. Die Zweifel an seiner Existenz, das immer stärker werdende Bedürfnis, zu jagen und zu töten. Den Wahnsinn des Tieres in ihm, das sich aufbäumte und um seine Freiheit kämpfte, darum, allein zu dem Zweck losgelassen zu werden, zu ihr zu kommen.

Furcht, die an Entsetzen grenzte, schlug ihm wie eine Sturmflut entgegen und verwandelte sich gleich darauf in Entschlossenheit. Die Empfindungen waren so stark, dass es ihm den Magen umdrehte. Es dauerte einen Moment, ehe er erkannte, dass er ihre Gefühle genauso intensiv spürte wie seine eigenen. Er rührte an diese Flut weiblicher Leidenschaften und fand Macht. Sie würde kämpfen. Sie war umzingelt und hatte keine andere Wahl, als zu kämpfen und zu siegen. Die Furcht war bezähmt, das Entsetzen verschwunden. Was oder wer es auch war, sie würde es bekämpfen, weil es ihre einzige Chance auf Überleben war.

Vikirnoff verschloss sein Bewusstsein vor ihr, um den Sturm an Emotionen aufzuhalten, der ihn überschwemmte, und suchte nach einem geistigen Pfad, einer Spur, die ihn zu der Frau zurückführen würde. Sie gehörte ihm. Keinem anderen. Keinem anderen Karpatianer. Nicht den Vampiren, die es auf sie abgesehen hatten. Sie war *sein*. Er würde sie bekommen oder viele würden ihr Leben verlieren, Menschen ebenso wie Karpatianer.

Indem er tief Luft holte, um sich wieder in den Griff zu bekommen, hob Vikirnoff langsam den Kopf und blickte sich um. Der Wald schien sich vor ihm auszudehnen und mitten im Dunkel der Nacht zu leuchten und zu glitzern, als hätte er ein starkes Halluzinogen genommen. Die Wolken über ihm waren schwarz und unheilverkündend und von weiß glühenden Blitzen durchzogen. Fahle Nebelfetzen wanden sich durch die Bäume und blieben über dem Boden hängen.

Vikirnoff verhielt sich völlig still und ließ sich von seiner Erfahrung als Jäger führen, statt den Befehlen seines aus dem Gleichgewicht geratenen Verstandes zu folgen. Er ließ sich Zeit, die aufgewühlten Empfindungen zu sondieren und zu warten, bis er seine Ruhe wiedergefunden hatte, ehe er handelte.

Die ganze Zeit dachte er an den Klang ihrer Stimme. Der geistige Weg, der zu ihr führte, war kaum zu erkennen. Es war verwirrend. Sie war Karpatianerin und war es doch wieder nicht. Sie war ein Mensch und doch wieder nicht. Er spürte die Macht in ihrer Stimme, den unterschwelligen »Zwang«, den sie ausübte, um Gehorsam zu erzwingen. Ja, sie hatte versucht, *seinen* Gehorsam zu erzwingen. Vikirnoff atmete noch einmal tief ein, um Luft in seine Lungen zu bekommen, vor allem aber, um die Witterung der Frau aufzunehmen.

Kapitel 2

Natalya wischte sich die Tränen, die ihr die Sicht nahmen, aus den Augen. Ihr Herz klopfte laut, aber sie biss entschlossen die Zähne zusammen. Sie konnte Henrik töten und vielleicht auch Arturo besiegen. Sie konnte es sogar schaffen, sich vor den Wölfen zu retten, aber sie hatte soeben geistigen Kontakt mit einem Wesen gehabt, das so mächtig war, dass sie am liebsten nie wieder etwas mit ihm zu tun haben wollte. Zunächst hatte sie ihn für einen der Jäger gehalten, einen der Männer, die ihren Zwillingsbruder getötet hatten und jetzt Jagd auf sie machten. Aber in ihm waren so viel Trauer und Verzweiflung gewesen, dass es ihr fast das Herz zerrissen hatte.

Noch nie zuvor hatte sie eine so starke geistige Verbindung erlebt. Es war nicht ihre Absicht gewesen, dass er ihren Protest hörte. Sie hatte keine Ahnung, wie sie beide auf ein und denselben geistigen Pfad hatten gelangen und derart starke Emotionen austauschen können, aber sie wollte lieber keine Zeit damit vertrödeln, mehr darüber herauszufinden. Noch nie war sie mit einer so überwältigenden Flut von Gefühlen konfrontiert worden. *Seinen* Gefühlen. Lust und Verlangen, Freude und Erleichterung, und all das überlagert von dem nahezu übermächtigen Drang zu töten. Sie musste sich schleunigst davonmachen, bevor derjenige, der scheinbar versehentlich mit ihr kommuniziert hatte, sie aufspürte.

»Sieh mal einer an, wer heult denn da auf einmal?«, höhnte Henrik. »Ich hab doch gleich gewusst, dass bei dir alles bloß leeres Gerede ist.«

»Stimmt, Freddie, mein Schatz, ich rede gern«, stimmte Natalya ihm zu, während sie drei Messer blitzschnell hintereinander nach ihm schleuderte. Jede Klinge traf ihr Ziel und bohrte sich bis zum Anschlag in Henriks Körper, eine ins Herz, eine in die Kehle und eine in den Mund. »Aber wie ich bereits sagte, ich hasse es, mir das Gewinsel von Schwächlingen anzuhören.«

Wieder ging Henrik zu Boden. Kreischend vor Wut warf er sich hin und her und schlug mit seinen Klauen tiefe Löcher in die Erde. Sein Blut spritzte auf alle Pflanzen in einem weiten Umkreis von ihm und ließ sie sofort verdorren.

Arturo seufzte. »Das war nicht nett, Natalya. Jetzt wird er viel schwerer zu kontrollieren sein. Ich will dich lebend haben, doch er wird deinen Tod fordern.«

Natalya spähte in das dunkle Waldesinnere. Bis jetzt war es einfach zu leicht gegangen. Keiner der beiden Vampire versuchte sie zu töten. Die Begegnungen, die sie in letzter Zeit mit den Untoten gehabt hatte, waren insofern seltsam gewesen, als keiner von ihnen die Absicht zu haben schien, sie umzubringen. Das verschaffte ihr zwar einen Vorteil im Kampf, verhieß aber nichts Gutes für ihre Zukunft. Sie hatte vor einigen Jahren entdeckt, dass man aus einem ihr unbekannten Grund Jagd auf sie machte und dabei sehr hartnäckig war.

»Ich glaube, du brauchst ihn eigentlich nicht, Arturo«, sagte sie. »Er ist ein ziemlich armseliges Exemplar, findest du nicht?«

»Aber ein nützliches Opfer«, machte Arturo sie aufmerksam.

Natalya hatte Probleme mit ihrem Sehvermögen. Farben liefen vor ihren Augen ineinander, Farben, die trotz der dunklen Wolken, die sich um den Mond ballten, hell und strahlend waren. Die Blätter an den Bäumen glitzerten silbrig und blendeten sie, sodass ihr räumliches Wahrnehmungsvermögen litt, als sie zum Angriff auf Arturo überging. Sie konnte es sich nicht leisten zu warten. Es war offensichtlich, dass Arturo Henrik als Verzögerungstaktik einsetzte, während er auf Verstärkung wartete, und Natalya wusste, dass der unbekannte Jäger unterwegs war.

Aus reiner Notwendigkeit holte sie zum tödlichen Schlag aus, indem sie einen Salto durch die Luft schlug und das Messer, das sie an ihrem Handgelenk verbarg, erst im letzten Moment zog und direkt auf Arturos Brust zielte. Er sprang zur Seite, sodass sie nur seinen Arm und seine Schulter erwischte und mit einem langen, dünnen Schnitt aufschlitzte. Als sie an ihm vorbeiglitt, holte er mit seinem anderen Arm aus und hieb seine scharfen Krallen in ihre Seite.

Ein jäher Schmerz drang Vikirnoff tief bis ins Mark. Als er nach unten schaute, stellte er zu seinem Entsetzen fest, dass Blut aus einer klaffenden Wunde lief. Er legte eine Hand an seine Seite. Seine Augen begannen, rot zu glühen, seine Eckzähne wurden lang und spitz, und ein tiefes Knurren kam aus seiner Kehle, während er seine Form wandelte und die Gestalt einer Eule annahm. Seine Muskeln verbogen sich, seine Sehnen spannten sich an, und dann war der Schmerz verschwunden. Wieder schaute er nach unten. Es war kein Blut mehr zu sehen. Nichts. Seine Kleidung und seine Haut waren unversehrt, und seine schillernden Federn, die nach vollendeter Formwandlung seinen Körper bedeckten, ebenfalls.

Er hatte geglaubt, die Gefahr, die sie gespürt hatte, wäre von ihm selbst ausgegangen und ihre Entschlossenheit hätte sich gegen *ihn* gerichtet. Aber jemand anders, irgendein böses und heimtückisches Wesen, hatte sie in eine Falle gelockt, und sie hatte einen schrecklichen Preis bezahlt. Wenn es nicht sein Blut und seine Schmerzen waren, konnte es nur von ihr stammen. Der Vampir, den er vorhin gewittert hatte, war nicht zwischen ihnen, sondern hatte die Frau bereits gefunden. Irgendwo vor ihm kämpfte seine wahre Gefährtin um ihr Leben.

In seiner Gestalt als Eule warf Vikirnoff den Kopf zurück und brüllte vor Zorn. Mit schweren Schlägen seiner gewaltigen Schwingen jagte er in einem selbstmörderischen Wettlauf mit der Zeit durch die Bäume hindurch, so knapp, dass er die Äste streifte. Er hielt sich im Schutz des undurchdringlichen Laubdachs und manövrierte eher mit seinem Instinkt als mit seiner Sehkraft. Als er eine verstärkte Unruhe wahrnahm, drosselte er sein Tempo, indem er nach Art einer echten Eule über den Bäumen kreiste und sich dabei langsam in die Höhe schraubte, um seine Beute auszumachen.

Unter ihm waren Bewegungen wahrzunehmen, dunkle, schattenhafte Schemen, die lautlos durch den Wald huschten und von einem Schatten zum nächsten glitten. Der wilde Geruch des Wolfs vermischte sich mit dem süßen Duft von Blut. Direkt unter ihm war ein Gestrüpp aus dichtem Strauchwerk, umgeben von einem Baumkreis. Die Äste verflochten sich ineinander und bildeten ein scheinbar undurchdringliches Dach. Vikirnoff ließ sich durch die Zweige weiter nach unten sinken und machte seine Gestalt kleiner, ohne sich darum zu kümmern, dass der Einsatz von magischen Kräften seine Anwesenheit verraten könnte. Er konnte einen Vampir sehen, der sich knurrend und fluchend auf dem Boden wand und finstere Racheschwüre ausstieß, während er versuchte, mehrere Messer aus seinem Fleisch zu ziehen.

Vikirnoff wusste, dass sich seine Gefährtin in diesem Dickicht befand. Sämtliche Beschützerinstinkte in ihm wurden wach, und jeder besitzergreifende Zug des Karpatianers, den er besaß, sagte ihm genauso wie all sein angeborenes Wissen, dass sie da war. Er konnte sie bloß nicht sehen.

Eine Bewegung erregte seine Aufmerksamkeit. Vikirnoff ließ sich lautlos auf einem dicken, knorrigen Ast hoch über dem Boden nieder, legte seine Flügel zusammen und beobachtete das Geschehen. Eine schattenhafte Gestalt löste sich von einem verwitterten Baumstumpf und glitt an den verdorrten schwarzen Blättern und Gräsern vorbei zu einer kleinen Lichtung inmitten des Baumkreises.

»Du bist verwundet. Lass dir von mir helfen.« Der Schatten hob den Kopf und nahm eine festere Gestalt an, während er in die Luft witterte. »Der Geruch von Blut ist so verlockend.«

Selbst die scharfen Augen der Eule entdeckten die Frau erst, als sie sich bewegte. Sie schien direkt aus den Bäumen hervorzutreten, und ihr Körper war in den fahlen Silberstreifen des Mondes kaum auszumachen. Die Wolken, die über den Himmel zogen, veränderten das Licht ständig. Vikirnoff hielt den Atem an, als die Frau ansatzlos von völliger Regungslosigkeit in geschmeidige Bewegung überging und einige Schritte auf ihren schattenhaften Gegner zumachte. Das hier war also seine Gefährtin des Lebens. Natalya Shonski, die Frau, für die er einen Ozean überquert hatte, um sie zu finden.

Sie schien zu leuchten. Golden schimmernde Lichter brachen sich in ihrem Haar, das nun von eigenartigen Streifen durchzogen war, schwarz, orange und hell wie Platin. Ihre Augen, ihre wundervollen Augen, waren nicht mehr blau, sondern erinnerten an Opale, eine wirbelnde Mischung strahlender Farben, wild und stürmisch wie die Macht, die von ihr ausging. Um sie herum knisterte die Luft vor Energie, und die Nebelschwaden, die vom Waldboden aufstiegen, wurden dichter und intensiver, als hauchte allein die Gegenwart dieser Frau dem fahlen Dunst neues Leben ein.

Sie war atemberaubend. Vikirnoff starrte sie an, konnte einfach nicht den Blick von ihr abwenden, obwohl ihre strahlenden Farben seinen Augen wehtaten. Noch nie hatte er eine Entfaltung von so unverfälschter Macht gesehen. In ihrer Regungslosigkeit wirkte sie zerbrechlich, aber sowie sie sich bewegte, zeichneten sich straffe Muskeln unter ihrer goldenen Haut ab. Es lag an der Art, wie sie sich bewegte, fließend wie Wasser, das über Felsen strömt, die kleine Gestalt hoch aufgerichtet und unerschrocken im Angesicht ihres Feindes. Vikirnoff erschien sie fremdartig und schön und sehr königlich. Trotz des roten

Blutflecks, der sich auf ihrer Seite ausbreitete, blieb ihr Blick auf den Vampir gerichtet, starr und unverwandt und bedrohlich wie der eines wilden Raubtiers.

Schau hin! Dort steht sie, Vikirnoffs Gefährtin. Ihre Haltung und ihre Ausstrahlung brachten ihn völlig aus der Fassung. Seine Lungen brannten, und seine Kehle war rau. Hitze strömte durch seinen Körper und erfüllte ihn mit Verlangen. Er konnte Lust nicht von Zorn unterscheiden, Freude nicht von dem Drang, diejenigen zu töten, die sie bedrohten. Ihm war fast schwindlig von der Kombination und der Intensität dieser unbekannten Empfindungen.

Vikirnoff wusste, dass er sich das Chaos in seinem Inneren nicht länger leisten konnte. So einfach war es. Er war ein Jäger, und ihm stand ein Kampf bevor. In seinem jetzigen Zustand war er nutzlos. Schlimmer als nutzlos – er war eine Gefahr für sich selbst und seine Gefährtin. Er griff auf die Erfahrungen seiner langen Jahre als Kämpfer zurück und langte tief in sein Inneres, um im Auge des Sturms den Mann zu finden, der er immer gewesen war – ein Mann, der nicht viele Worte machte, aber ungeheure Ausdauer besaß, wenn es darauf ankam. Ein Mann, der von Logik und Pflichterfüllung und Ehre beherrscht wurde. Er wartete, bis sich der Sturm in seinem Inneren beruhigt hatte und er ausgeglichen und gefasst war, ehe er sich erlaubte, wieder seine Gefährtin anzuschauen.

Natalyas starrer Blick geriet ein wenig ins Wanken und huschte kurz über ihre Umgebung. Sie atmete ein und streifte aus dem Augenwinkel Vikirnoffs Eulengestalt, bevor sie wieder die schattenhaften Formen beobachtete, die sich langsam anschlichen und einen losen Kreis um sie bildeten.

Arturo neigte den Kopf in ihre Richtung. »Du blutest. Ich will dir nichts tun. Ich möchte nur, dass du eine kleine Aufgabe für mich erledigst. Danach kannst du gehen.« Er zeigte mit einer weit ausholenden Handbewegung auf den Wald, der sie umgab.

»Du hast keine Chance auf Entkommen. Du bist von denen umzingelt, über die ich gebiete, und sie werden dir Furchtbares antun, wenn du zu fliehen versuchst. Komm. Sei vernünftig und komm zu mir.« Er breitete beide Arme aus. Seine Stimme war von bezwingender, fast hypnotischer Schönheit. Er wirkte wie ein gut aussehender junger Mann, fast so anziehend wie Natalya selbst.

Vikirnoff erkannte den starken unterschwelligen Zwang, den der Vampir mit seiner Stimme ausübte. Er studierte die Gesichtszüge. Sie waren natürlich nur eine Illusion, wie fast jede Maske, die ein Vampir trug, aber es war ein Gesicht, das Vikirnoff kannte. Arturo war einmal ein Jäger desselben Geschöpfs gewesen, zu dem er nun selbst geworden war. Vikirnoff konnte nur hoffen, dass Arturo erst vor Kurzem auf die dunkle Seite übergewechselt war und noch nicht Jahrhunderte der Ausübung böser Mächte hinter ihm lagen.

»Wie oft sollen wir das noch machen, Arturo?« Die Verachtung in Natalyas Stimme war deutlich zu hören. »Ich habe dich schon ein paar Mal aufgespießt. Willst du wirklich wieder ein Tänzchen mit mir wagen?«

Das aalglatte Lächeln des Vampirs verschwand. »Du bist nicht in der Lage, einen von meiner Stärke aufzuspießen«, knurrte er. »Du blutest.«

»Tja, wenn du meinst«, sagte sie. »Aber ich glaube, dass es dein Arm ist, von dem Blut hinunterläuft.« Sie blieb völlig regungslos stehen, und wieder fielen Streifen des Mondlichts auf sie und gaben ihr eine Art Tarnung, sodass Natalya mit dem Hintergrund zu verschmelzen schien. Nur ihre Augen erstrahlten in einem tiefen Rubinrot, das in der Dunkelheit fast glühte.

Der Ast unter Vikirnoffs Krallen bebte, als die Luft vor Macht vibrierte. Er hielt sich zurück, obwohl ihm sein Instinkt befahl, zu ihr zu gehen und sich zwischen sie und alles Böse zu stellen. Jahrhunderte des Kampfes gegen die Untoten halfen ihm, sich ruhig zu verhalten. Die Falle war für seinen Geschmack zu offensichtlich. Er benutzte die Jagdinstinkte der Eule, um herauszufinden, was sich dahinter verbarg.

»Du bist schon immer zu überheblich gewesen, Natalya«, sagte Arturo. Seine Stimme schraubte sich zu einem schrillen, hässlichen Kreischen hinauf, und seine Illusion äußerer Schönheit verblasste im selben Maße, wie sein Zorn auf seine Gegnerin wuchs. »Diesmal entkommst du uns nicht.« Seine Hand wanderte zu seiner Brust und strich über die Stelle, wo sich sein schwarzes, verdorrtes Herz befand. »Leider war ich bei unserer letzten Begegnung nicht im Vollbesitz meiner Fähigkeiten, aber seither habe ich viel gelernt.« Wieder verzog ein freudloses Lächeln seine Züge, das die straffe, fahle Haut auf seinen Knochen spannte und die scharfen, spitzen Zähne in seinem Mund entblößte.

Der andere Vampir, der über den Boden kroch, riss sich mit beiden Händen das Messer aus der Brust und stieß dabei einen Schrei aus, hoch und gellend vor Schmerz. Dann wandte er den Kopf, um Natalya aus hasserfüllten Augen anzustarren. Eine Klinge durchbohrte immer noch seinen Mund und Hals.

»Kann dir denn nichts das Maul stopfen?«, fuhr Natalya ihn an und verdrehte die Augen.

Das Rauschen des Windes schien aus allen Richtungen zu kommen, mit ungeheurer Kraft zwischen Arturo und Natalya zusammenzutreffen und den fauligen Geruch von verwestem Fleisch mit sich zu bringen. Blätter und Zweige stiegen durch den wirbelnden Nebel wie ein schwarzer Tornado auf und verflochten sich rund um Natalya zu einem dichten Netz. Einen Moment lang war es nicht möglich, den freien Raum zwischen dem Vampir und der verletzten Frau zu sehen. Innerhalb des wilden Strudels kreischten und heulten schaurige Stimmen.

Vikirnoff hatte keine Wahl. Die Wölfe rückten näher und kreisten um das dunkle Netz, das der Wind geschaffen hatte. Er konnte sehen, wie sich der Boden außerhalb der wirbelnden Masse bedrohlich hob und senkte, als lauerte etwas Böses unter der Erde. Blitze zuckten über den Himmel, und Donnerschläge ließen den Boden erzittern. Mit gezückten Krallen ließ er sich von großer Höhe nach unten fallen, um den Schild aus wogenden Blättern und Zweigen zu durchbrechen. In dem Moment, als er die Barriere berührte, spürte er die Gegenwart von etwas anderem.

Der Eindruck von etwas Bösem überflutete ihn. Es war anders als alles, was er je erlebt hatte. Vampire? Ja, doch es war mehr als das. Vampire waren schlecht, heimtückisch und verschlagen. Was auch immer darauf wartete, zum Vorschein zu kommen, was auch immer diese Falle für seine Gefährtin gestellt hatte, es lauerte unter der Erde, und es fühlte sich viel, viel bösartiger an als jeder Vampir, dem er in den Jahrhunderten der Jagd begegnet war.

Sein Herz machte einen Satz. *Lauf! Bleib nicht hier, um zu kämpfen! Kannst du es nicht spüren? Lauf weg, bevor es sich zeigt!* Er gab den Befehl auf telepathischem Weg und legte so viel Zwang hinein, wie er es mit einem Geschöpf von unbekannter Macht in so dichter Nähe wagen konnte.

Erst im allerletzten Moment, als er direkt vor der Frau landete, wechselte Vikirnoff seine Gestalt und schirmte sie mit seinem Körper vor dem angreifenden Vampir ab. Im nächsten Moment wurde er von vorn und von hinten gleichzeitig attackiert. Natalya schlug ihre Fingernägel in seinen Rücken und riss ihm das Fleisch vom Nacken bis zur Taille auf, während Arturo einen Wutschrei ausstieß und mit messerscharfen Krallen auf seine Brust einhieb.

Den Tod durch seine Gefährtin zu finden, würde Vikirnoff hinnehmen, aber den Tod durch einen Vampir niemals. Er stieß seine Faust in Arturos Brusthöhle, ohne den Schmerz zu beachten, der ihn durchzuckte, als sich die Krallen des Vampirs tiefer in sein Fleisch bohrten und ätzendes Blut über seinen Arm und seine Hand lief.

Verdammt! Du hättest mich ruhig vorwarnen können, dass du mitmachen willst! Der Angriff von hinten brach abrupt ab, und Vikirnoff spürte, wie sich Schuldgefühle in Natalyas Zorn mischten.

Einen Moment lang gab es nur den furchtbaren Schmerz, der durch seinen Körper schoss, das Geräusch schweren Atmens und den wutentbrannten Schrei des Vampirs. Arturo löste sich in feinen Nebel auf, einen grauen, mit Rot vermischten Dunstschleier, und wich zurück. Vikirnoff taumelte und wäre beinahe in die Knie gegangen, bevor er die Schmerzen in einen Winkel seines Bewusstseins drängte, wo er sie ignorieren konnte.

Der zweite Vampir, Henrik, zog mit einem gellenden Schrei noch ein Messer aus seinem Körper. Blut spritzte in alle Richtungen. »Tot«, knurrte er mit so belegter Stimme, dass er kaum zu verstehen war. »Du bist tot.«

Pass auf!, rief Natalya.

Als Vikirnoff die Warnung hörte, war er schon dabei, den ersten Wolf abzuwehren, der sich auf ihn warf. Das Tier landete mit seinem ganzen Gewicht auf Vikirnoffs Brust und schlug seine Krallen tief in die Wunde, die der Vampir gerissen hatte. Der Aufprall war so stark, dass Vikirnoff zurücktaumelte, doch er schaffte es, sich auf den Beinen zu halten, den Wolf zu packen und von sich zu schleudern. Seine Kraft war gewaltig, und das knurrende Tier schlug mit solcher Wucht an einen Baumstamm, dass der Baum bis in die Äste erzitterte. Vikirnoff fuhr zu drei anderen Wölfen herum, die näher kamen.

Mach, dass du wegkommst! Ich kümmere mich hier um alles. Es war unbedingt notwendig, seine Gefährtin zu warnen und sie außer Gefahr zu bringen, wenn Henrik schon die Krallen wetzte, um sich am Kampfgetümmel zu beteiligen.

Du machst wohl Witze! Vikirnoff empfing den deutlichen

Eindruck weiblicher Empörung. *Du könntest dich im Moment nicht mal aus einer Papiertüte befreien.* Sie feuerte eine Salve von Schüssen auf Henrik ab, war mit einem einzigen Satz bei ihm und jagte zum dritten Mal ein Messer tief in sein Herz. »Stirb endlich, verdammt!« Sie wich blitzschnell zurück, um Henriks Krallen auszuweichen, als er erneut zu Boden ging, und versetzte ihm einen Tritt. »Du bist so ermüdend, Freddie, und allmählich verliere ich die Geduld. Und ich bin gar nicht nett, wenn ich die Geduld verliere.«

Vikirnoffs Blick wanderte zu ihrem Gesicht. *Sprich nicht so respektlos mit deinem Gefährten. Tu sofort, was ich dir sage, und verschwinde von hier. Der Kampf hat erst begonnen, und du musst dich in Sicherheit bringen. Er wird nicht sterben, wenn du sein Herz nicht in Brand setzt.*

Natalya warf ihm einen bitterbösen Blick zu. *Spar dir deine Befehle für jemanden, der gern im stillen Eckchen hockt! Und diese Viecher sollten eine Bedienungsanleitung zum Töten haben.*

Ich möchte dich nicht in Verlegenheit bringen, indem ich deinen Gehorsam erzwinge. Eine weitere Warnung würde sie nicht von ihm bekommen. Die Wölfe stürzten sich erneut auf ihn, einer auf seine Beine, ein anderer auf seine Brust, und der dritte attackierte ihn am Arm.

He, bist du noch ganz bei Trost? Gehorchen bei euch die Frauen etwa, wenn ihr sagt: ›Spring!‹? Sie fuhr herum, sodass sie Rücken an Rücken mit ihm stand, und stellte sich den Wölfen, die sie eingekreist hatten. *Und glaub bloß nicht, dass du mich zu irgendetwas zwingen kannst. Du willst bestimmt keinen Streit mit mir, oder?*

Vikirnoff fluchte halblaut, während er nach dem Wolf trat, der mit scharfen Zähnen über sein Bein herfiel. *Der Vampir hat es auf einen möglichst starken Blutverlust abgesehen, um mich zu schwächen. Wenn ich versuche, dich zu beschützen – und das werde ich –, muss ich meine Kräfte aufteilen.*

Tja, dann vergiss es lieber. Ich habe schon genug zu tun, auch ohne mir Sorgen um einen Amateur zu machen. Falls es dir noch nicht aufgefallen ist: Ich bin hier ziemlich beschäftigt, also halt gefälligst die Klappe, ja?

Vikirnoff errichtete eine unsichtbare Barriere um sie herum, um sie vor den Wölfen abzuschirmen, während er das Tier, das an seinem Oberkörper hing, mit beiden Händen packte und ihm den Hals umdrehte, bis das Genick mit einem ekelerregenden Knacken brach. Er schleuderte den Kadaver von sich, aber immer mehr Wölfe strömten geifernd und mit gefletschten Zähnen aus dem Wald, duckten sich zum Sprung und schnappten nach seiner Kehle.

Vikirnoff wartete, bis die Wölfe fast bei ihm waren, und schlug dann einen Salto direkt zu Arturo, der die Tiere offensichtlich dirigierte. Die Luft vibrierte vor Energie, als er die dünne Barriere durchbrach, die der Vampir hastig zu seinem eigenen Schutz aufgestellt hatte. Als Vikirnoff landete, brach direkt vor seinen Füßen der Boden auf und ein klaffender Abgrund trennte ihn von dem Vampir. Vikirnoff, der bedrohlich an der Kante schwankte, starrte auf die scharfen Felsen unter ihm und hob dann den Kopf, um zu sehen, wie der Vampir seine Lippen langsam zu der Parodie eines Lächelns verzog.

Der Boden schwankte hin und her, als wollte er Vikirnoff auf die scharfen Felsspitzen schleudern, die unter ihm lauerten. Gleichzeitig fühlte er die Kraft des heulenden Windes in seinem Rücken. Er konnte sich nicht mehr aufrecht halten und begann noch im Fallen, hastig seine Gestalt zu verändern. Halb Mann, halb durchsichtige Erscheinung, prallte Vikirnoff an eine massive unsichtbare Mauer. Als er schnell den Kopf wandte, sah er, dass Natalya den Schutzschild, den er um sie errichtet hatte, aufgehoben hatte, um ihn rund um Vikirnoff erneut aufzubauen und seinen Sturz abzufangen.

Bleib, wo du bist, bis ich das hier erledigt habe. Er ist nicht mal ein besonders mächtiger Vampir. Ich habe ihn schon zweimal getötet. Ihre Stimme klang sarkastisch.

Vikirnoff konnte an ihr keine Furcht entdecken, nur äußerste Entschlossenheit. Natalya schien zu glühen, als sie mit einem Satz mitten in die Wölfe sprang. Ihre Haut war von einem leuchtenden warmen Goldbraun, ihre Haare strahlten vor Leben und schimmerten überall, wo ein Lichtstrahl sie traf, und ihre Augen verwandelten sich wieder von einem intensiven Grün in tiefes Blau. Wie ein Orkan wirbelte sie durch die Wölfe hindurch, und die Tiere duckten sich zitternd vor ihr und zogen sich tiefer in den Wald zurück.

Unter dir! Der Vampir ist nur ein Köder. Spürst du nicht, wo die wahre Gefahr lauert? Verschwinde von hier! Weg vom Boden! Wenn er dich vernichtet, vernichtet er uns beide.

Vikirnoff zerstörte mühelos die ursprünglich von ihm erschaffene Barriere, die Natalya um ihn herum errichtet hatte. Hier gab es noch eine Falle, eine, die sich ihnen noch nicht erschlossen hatte, aber Natalya schien die Gefahr nicht zu wittern. Er hingegen spürte sie überall, sogar in der Luft, die rings um ihn vibrierte. Er stürzte zu Natalya, als sie von unten attackiert wurde. Der Boden unter ihren Füßen brach auf, zwei klauenartige Hände packten sie an den Knöcheln, und lange, scharfe Krallen bohrten sich tief in ihre Haut, um sie unter die Erde zu zerren.

Vikirnoff ließ sein Bewusstsein mit ihrem verschmelzen und band Natalya an sich, indem er ihr das Bild von Nebelschwaden schickte und es vor ihrem geistigen Auge festhielt. *Du musst vollständig mit mir verschmelzen!* Verzweiflung schwang in seinem Befehl mit.

Natalya wehrte sich nach Leibeskräften gegen das Geschöpf, das ihre Knöchel gepackt hielt, aber die nadelspitzen Krallen waren tief in ihr Fleisch geschlagen. Sie konnte fühlen, wie sich die Nägel in ihre Knochen bohrten.

Vikirnoff tauchte in den klaffenden Riss im Boden, um Natalya da herauszuholen. Er spürte ihr Entsetzen und ihre Schmerzen, als sich die Krallen tief in ihre Knöchel gruben und sie umklammerten, während sie versuchte, die Veränderung ihrer Gestalt ohne Vikirnoffs Hilfe zu bewältigen. Sie fürchtete ihn, fürchtete den Zugriff, den er durch eine vollständige Verschmelzung auf sie haben würde.

Wenn du willst, dass wir beide das hier überleben, musst du mit mir verschmelzen. Diesmal übte Vikirnoff mit seiner Stimme keinerlei Druck auf sie aus, sondern sagte nur die reine Wahrheit.

Er spürte Natalyas kurzes Zögern, ihren Widerstand und ihre Furcht vor ihm und vor dem, was er von ihr wollen könnte, aber schließlich überwog das Grauen vor dem Wesen, das sie unter die Erde zog, ihre Angst. Sie streckte die Arme nach ihm aus, kämpfte jedoch gleichzeitig immer noch darum, ihre geistigen Barrieren aufrechtzuerhalten. Vikirnoff fasste sie an den Handgelenken und änderte sofort die Richtung, wobei er unerschütterlich das Bild von Nebelschwaden in ihrem Bewusstsein festhielt. Sie schrie, als das Wesen seine Krallen noch tiefer in ihre Knöchel schlug, um sie festzuhalten.

Natalya hörte auf, sich gegen Vikirnoff zu wehren, und nahm die Umwandlung an, indem sie vollkommen mit ihm verschmolz, um sich vor dem unsichtbaren Monster zu retten, das sich an ihre Knöchel klammerte. Ihr Körper schimmerte durchsichtig und löste sich dann in feine Tröpfchen auf, die wie ein vielfarbiger Komet aufstiegen. Der Boden wankte, und tief aus der Erde ertönte ein hasserfüllter Wutschrei.

Ein unheilverkündendes Grollen war zu hören. Vikirnoff schwenkte nach links, direkt zu Arturo, der sie mit seiner Wolfsarmee erwartete. Schlamm und Geröll schossen wie eine Fontäne aus der Erdspalte, eine feurige, giftige Masse, die hinter dem Jäger und seiner Gefährtin hergeschleudert wurde. Vikirnoff und Natalya schwebten an dem Untoten und seinen Helfershelfern vorbei und ließen sich nach oben in die Laubkronen der Bäume treiben, wo sie sich im Blattwerk verstecken konnten.

Hinter ihnen heulten die Wölfe vor Entsetzen, und die Vampire kreischten, als heiße Lava aus dem immer tiefer klaffenden Loch sprudelte und auf die Erde hinabregnete. Der Baum, der Vikirnoff und seine Gefährtin abschirmte, ging in Flammen auf. Alles um sie herum wurde glühend heiß, und die Temperatur der feinen Dunsttröpfchen stieg.

Bleib vom Boden weg! Vikirnoff unterlegte seine Worte mit einem starken geistigen Zwang, um ihr zu zeigen, dass er es ernst meinte.

Natalya entfernte sich von dem brennenden Baum und aus der Reichweite des brodelnden Schlamms und der zischenden Feuerbälle. Vikirnoff glaubte, ein leises Grollen wahrzunehmen, mehr aber auch nicht.

Er wechselte noch in der Luft seine Gestalt, stieß auf Arturo hinunter und zielte mit seinen ausgestreckten Krallen direkt auf den Brustkorb. Der Vampir war abgelenkt, weil er verzweifelt versuchte, dem Wutausbruch des Ungeheuers unter der Erde zu entkommen.

Was zum Teufel machst du da? Wir müssen nicht hierbleiben und kämpfen. Spinnst du total? Natalya klang ungläubig, als könnte sie sich nicht vorstellen, dass irgendjemand freiwillig gegen einen Vampir antreten würde, wenn es nicht unbedingt sein musste. *Und dieser Idiot Henrik ist auch schon wieder auf den Beinen. Ich brauche einen Flammenwerfer in meinem Arsenal. Hast du eine Ahnung, was so ein Ding kostet?*

Ich kann nicht zulassen, dass Vampire hier in der Gegend bleiben und unschuldige Menschen zu ihrer Beute machen. In dieser Verfassung ist er wütend und gefährlich und wird es jeden, der schwächer als er ist, büßen lassen. Einen Vampir zu töten, ist kein Spiel, wie du zu glauben scheinst. Versorge deine Wunden und überlass Henrik und die anderen mir, Natalya. Sie verhielt sich ganz und gar nicht wie die Frau, von der er geträumt hatte. Er fühlte sich durch ihre Nähe weder ruhiger noch friedfertiger, im Gegenteil, er hätte sich am liebsten die Haare gerauft. Seine kühle Gelassenheit wurde auf die Probe gestellt, nicht etwa von einem Vampir, sondern von seiner Gefährtin des Lebens.

Vikirnoffs messerscharfe Krallen hieben ins Leere. In allerletzter Sekunde witterte Arturo den Angriff von oben und löste sich in Luft auf, sodass von ihm nur leichter, mit Blutspuren durchsetzter Dunst zurückblieb. Vikirnoff nahm seine ursprüngliche Gestalt des Karpatianers an und landete leichtfüßig auf dem Boden, um die dunkle Gefahr, die unter der Erde lauerte, aufzuspüren. Er hoffte, durch sein Verhalten das Böse auf sich zu lenken und durch die Reaktion der Erde selbst gewarnt zu werden.

Woher kennst du meinen Namen? Furcht und Misstrauen stahlen sich in Natalyas Stimme. Sowie Vikirnoff das Bild des Nebels aus ihrem Bewusstsein löschte, hatte sie ihre natürliche Gestalt zurück und fand sich auf einem Baum sitzend wieder. Aus schmalen Augen beobachtete sie Vikirnoff, wobei sie versuchte, sich weder von seinem anziehenden Gesicht noch von dem Blut, das er ihretwegen vergossen hatte, von der dringlichen Frage ablenken zu lassen, wer er wirklich war und was er von ihr wollte.

Achtung! Pass auf, was du tust!

Ein Messer streifte ihren Arm und lenkte ihre Aufmerksamkeit auf Henrik, der unter dem Baum stand und sie mit Mordlust in den Augen anstarrte. »Freddie, mein Junge, kannst du mir nicht einfach den Gefallen tun und sterben?« Natalya kauerte sich auf den Ast und starrte den blutverschmierten Vampir angewidert an. »Du bist wie die kleine Maschine, die immerzu kann und kann, mit dem einzigen Unterschied, dass du nicht kannst.«

Hör auf, mich abzulenken!

Ich kenne deinen Namen, weil du meine Gefährtin des Lebens bist. Seine schöne, sanfte Gefährtin, die angeblich an seinen Lippen hängen und nur dafür leben sollte, ihn glücklich zu machen. Vikirnoff runzelte die Stirn und warf ihr einen leicht tadelnden Blick zu. Natalya zeigte weder Respekt noch Gehorsam oder irgendeine andere der Eigenschaften, die er bei ihr erwartet hatte.

Was? Bist du total durchgeknallt? Wenn du dir einbildest, dass wir beide eine Nummer schieben, musst du völlig den Verstand verloren haben.

Eine Nummer schieben?, wiederholte Vikirnoff schockiert. Er musste sich verhört haben. Er wusste so gut wie nichts über Frauen, aber Natalya war nicht, was er sich gewünscht oder erträumt hatte. Er war sich nicht einmal sicher, ob er sie mochte. Schon gar nicht konnte er sich mit ihr ein friedliches Leben vorstellen. Vikirnoff fuhr herum, als sich ein Schatten von den Bäumen löste und Arturo auf ihn zugeschlendert kam.

Auf deine Meinung lege ich keinen Wert. Ich fasse es nicht, dass du tatsächlich so dickköpfig bist und hierbleiben willst, um gegen diese Biester zu kämpfen. Natalya wich dem Messerhagel aus, den Henrik auf sie abfeuerte. »Meine eigenen Waffen gegen mich zu verwenden, ist aber gar nicht nett von dir, Freddie«, tadelte sie ihn.

Eine Klinge steckte in dem Ast, auf dem sie saß, doch sie kletterte schnell höher in den Baum hinauf und benutzte das dichte Laubdach als Schutzschild.

Henrik veränderte trotz seiner schweren Wunden seine Gestalt und jagte als Eule durch die Bäume.

Flammen loderten rings um die Eule auf und schnitten ihm in jeder Richtung den Weg ab, sodass der Vampir gezwungen war, seine Versuche, an Natalya heranzukommen, aufzugeben. Er verfolgte die Quelle der Macht bis zu Vikirnoff zurück, ließ sich auf den Boden fallen und drehte sich mit gefletschten Zähnen zu dem Jäger um.

»Eins muss man dir lassen, Freddie, du hast echte Steherqualitäten. Eine schätzenswerte Eigenschaft bei einem Mann, aber ziemlich lästig bei Vampiren.« Natalya kletterte wieder ein Stück nach unten, sorgfältig darauf bedacht, dem Boden nicht zu nahe zu kommen, aber fest entschlossen, Henriks Aufmerksamkeit und Groll auf sich zu lenken. Der Jäger hatte dank des ersten Angriffs sehr viel Blut verloren, und das war zum Teil ihre Schuld.

Ich brauche deine Hilfe nicht. Natalya formulierte ihren Protest so nachdrücklich, wie sie es wagte. Ihr Mitstreiter schien nicht gewillt, sie an dem Kampf teilhaben zu lassen, doch sie konnte sich trotzdem nicht dazu entschließen, von hier zu verschwinden, obwohl sie wusste, dass es reiner Wahnsinn war, gegen so viele Gegner anzutreten. *Du hast hoffentlich nicht den Trollkönig vergessen, bloß weil er sich im Moment erstaunlich ruhig verhält. Er ist immer noch da und lauert nur darauf, bei der ersten Gelegenheit etwas richtig Gemeines zu machen.*

Die Sorge um das, was unter uns ist, kannst du mir überlassen.

Oh, das hätte ich fast vergessen! Nachdem jetzt ein großer, starker Mann hier ist, muss ich das arme, hilflose Frauchen sein, das keine eigenen Entscheidungen treffen kann. Natalya schnaubte abfällig. *Wir hätten uns davonmachen sollen, solange wir Gelegenheit dazu hatten.*

Vikirnoff erkannte, dass sie böse auf sich selbst war. Sie wollte fort von hier. Jeder Instinkt, ihr ganzer Selbsterhaltungstrieb drängte sie zum Gehen, aber die Bindung an ihren Gefährten, der noch dazu schwer verletzt war, hinderte sie daran. Sie begriff nicht, warum er solche Macht über sie hatte, und die Tatsache, ihn nicht einfach zurücklassen zu können, machte sie zornig, misstrauisch und gereizt.

Die Feuerbälle waren abrupt verschwunden, und im Wald herrschte wieder Stille. Vikirnoff überprüfte den Boden, aber was dort auch auf der Lauer lag, hatte sich zurückgezogen, um neue Energien zu sammeln, und biss auf den Köder nicht an, obwohl Vikirnoff absichtlich schwerere Schritte machte.

Arturo war nur noch eine makabre Parodie des gut aussehenden Mannes, der Natalya entgegengetreten war. Seine Haut spannte sich straff über seine Knochen, und an seinem Schädel klebten dünne grauweiße Haarsträhnen. Als er sie anlächelte, sah man die braunen Flecken auf seinen spitzen Zähnen. »Vikirnoff. Du siehst gar nicht gut aus. Du kannst nicht einmal deine Frau dazu bringen, deine Wünsche zu erfüllen. Wie traurig, einen ehemals stolzen Jäger zu sehen, der so tief gesunken ist, dass er sich aufs Bitten verlegen muss.«

»Wie traurig, einen ehemals stolzen Jäger zu sehen, der so tief gesunken ist, dass er im Schatten des Bösen wandelt, statt seinen eigenen Weg zu gehen«, gab Vikirnoff zurück. Er beobachtete den Vampir, behielt aber gleichzeitig ständig den Boden im Auge, weil er damit rechnete, dass sich das unsichtbare Monster zeigte.

»Ihr zwei könnt aufhören, so zu reden, als wäre ich nicht hier«, sagte Natalya wütend. Inzwischen hatte sie das ganze Theater satt. »Ich habe etwas zu erledigen, und ihr haltet mich auf.« Sie blickte auf Henrik hinab, der sich an den Baum angeschlichen hatte, auf dem sie saß.

Die Fingernägel des Vampirs bohrten sich in die Baumwurzeln. Er war so schwach, dass er seine Macht nicht mehr gegen sie einsetzen konnte, doch das hinderte ihn nicht daran, an den Baumwurzeln zu rütteln, um Natalya auf den Waldboden zu werfen. Der Baum erschauerte jedes Mal, wenn der Vampir ihn berührte, und zuckte vor dem abstoßenden Geschöpf zurück. Das Blut des Untoten tropfte auf die Rinde und brannte sich ins Herz des Baumes ein.

Natalya konnte hören, wie der Baum vor Schmerzen schrie. Harz floss aus dem tiefen Riss in der Rinde und tropfte stetig wie Blut auf den Boden. Sie hielt sich die Ohren zu und versuchte zu ignorieren, wie ihre Knöchel brannten und pochten. Vor allem versuchte sie, nicht zu beachten, wie der Vampir an den Blutspuren leckte, die von den Wunden an ihren Knöcheln auf dem Baumstamm geblieben waren. Bei dem Anblick wurde ihr übel. Warum war sie bloß noch hier? Sie verachtete die Jäger fast genauso wie die Vampire.

Vikirnoff, der ihr Unbehagen spürte, schaute zu ihr. So schnell, dass die Bewegung nur als leichtes Flimmern in der Luft wahrzunehmen war, glitt er an Arturo vorbei und hieb mit der Faust tief in Henriks Brustkorb. Das Herz des Vampirs war zerfetzt und zusammengeschrumpft, und Vikirnoff schleuderte es ein ganzes Stück weg, um genug Zeit zu haben, das schwarze Organ mit einem Blitz in Brand zu setzen, bevor es zu seinem Herrn zurückrollen konnte.

Ein greller Blitz zuckte vom Herzen des Vampirs zu seinem Körper, und noch bevor Henrik auf den Boden fallen konnte, stand er in Flammen und verbrannte zu einem Häufchen Asche.

»Das war nicht nötig, Vikirnoff. Du hast schon immer gehandelt, ohne lange zu fragen.«

»Es gibt keinen Grund, Fragen zu stellen, Arturo«, antwortete Vikirnoff.

»Glaubst du, ich kann die Finsternis in dir nicht spüren?«, gab Arturo zurück. »*Sie* spürt das Dunkel in dir. Sie hätte dir vorhin beinahe den Rücken in Fetzen gerissen, und sie wird es wieder tun, wenn sie dich nicht mehr braucht.« Seine Stimme wurde verschlagen und einschmeichelnd. »Der Prinz ist ohne Schutz. Jetzt ist der richtige Zeitpunkt, um zuzuschlagen. Schließ dich uns an, Vikirnoff. Wir können die Jäger besiegen und aus dem Schatten hervortreten, um unseren rechtmäßigen Platz in der Welt einzunehmen. Wir würden nicht nur ein Land oder unser Volk beherrschen, sondern alles. Alles, Vikirnoff. Denk darüber nach.«

»Der Prinz ist nicht ohne Schutz, Arturo. Glaub nicht, dass er jemals ohne den vollen Schutz seines Volkes ist.« Vikirnoff glitt näher, ohne den Eindruck zu erwecken, sich zu bewegen, und schob sich immer dichter an den Vampir heran. Seine Füße schienen kaum den Boden zu berühren, aber ein Stück von der Stelle entfernt, wo er sich befand, ließ er schwere Schritte erklingen. Er wollte so das Geschöpf, das sich unter der Erde verbarg, hervorlocken. »Du bist zu einer Marionette geworden. Wem dienst du, Arturo?« Die ganze Zeit spürte er eine Konzentration von Macht, da Arturo erneut versuchte, das Wolfsrudel zu sich zu rufen.

Speichel tropfte aus dem Mundwinkel des Vampirs, als er vor Wut über Vikirnoffs provokante Worte zischte und fauchte. »Im Gegensatz zu dir diene ich niemandem.« Er duckte sich zum Angriff und stürzte sich mit einem Schrei auf Vikirnoff. Wölfe kamen aus allen Richtungen herbeigeströmt, und ein Wald scharfer, gezackter Felsen brach vor dem Jäger aus dem Boden.

Vikirnoff schwang sich in die Luft, um den Angriff des Vampirs mit bewundernswerter Schnelligkeit abzufangen, indem er seine Faust in Arturos Brust hieb und nach seinem Herzen langte. Sofort fiel ihn ein Wolf an. In dem Versuch, seinen Herrn zu beschützen, verbiss er sich wütend in Vikirnoffs Knöchel. Etliche andere Tiere attackierten ihn, indem sie heulend nach dem Jäger schnappten.

Vikirnoff ertastete Arturos Herz, obwohl der Vampir immer wieder mit seinen scharfen Krallen nach seinem Gesicht und seiner Kehle ausschlug.

Versuch zuerst die Wölfe loszuwerden! Natalya klang panisch. *Ich weiß, dass deine Art das kann. Mach schon!*

Sie stehen unter dem Befehl des Untoten, aber sie sind unschuldige Geschöpfe. Ich würde das ganze Rudel zerstören. Geh, solange du es noch kannst! Der andere erhebt sich wieder unter der Erde. Ich spüre seinen Triumph.

Natalya schrie vor Wut und reiner Erbitterung, auch wenn Vikirnoff den Laut nur in seinem Geist hören konnte. Feuerschauer regneten vom Himmel. Heiße Glutstücke fielen wie feurige Pfeile herab und suchten lebendige Ziele. *Du bist der sturste Blödmann, dem zu begegnen ich je das Pech hatte. Mach ihn fertig!*

Vikirnoff hatte den Eindruck, dass sie mit den Zähnen knirschte. Wütend machte sie sich daran, das Wolfsrudel zu vertreiben, bis auf das eine Tier, das sich in seinen Knöchel verbissen hatte. Ohne die furchtbaren Schmerzen zu beachten, schloss Vikirnoff seine Finger um das verdorrte Herz des Vampirs und riss es ihm aus der Brust. Arturos Schreien wurde schrill und hasserfüllt. Der Wolf schlug seine Zähne noch tiefer in Vikirnoffs Bein, und der Vampir machte einen Satz, als Vikirnoff das schwarze Herz auf die Erde schleuderte und einen Blitz heraufbeschwor, um es in Brand zu setzen.

Der Boden öffnete sich, und das Herz fiel durch die Spalte. Ein behaarter Arm streckte sich vor, und knochige Finger packten Arturo und zerrten ihn unter die Erde. Bevor Vikirnoff reagieren konnte, schloss sich die Öffnung wieder. Genau an der Stelle, wo das Herz gelegen hatte, schlug ein Blitz ein, doch es war zu spät.

Vikirnoff hielt sich an einem Ast fest, als er nach unten sackte, und blieb einen Moment schwer atmend dort hängen. Sein Körper fühlte sich an, als wäre er auseinandergerissen, und wurde vom Gewicht des Wolfs, der immer noch an seinem Bein hing, nach unten gezogen. Das Bein war so glitschig von Blut, dass das Tier abrutschte. Es sprang sofort auf und schnappte wieder nach ihm.

Vikirnoffs Hand und Arm brannten von dem ätzenden Vampirblut, und seine Finger waren feucht und klebrig. Er konnte das Blut sehen, das sich unter ihm sammelte. Es schien sehr viel zu sein. Eine unerwartete Schwäche befiel ihn, und er spürte, wie er nach unten rutschte, direkt auf den weit aufgerissenen Rachen des Wolfs zu.

Helle Flammen loderten auf, und der Wolf taumelte heulend zurück. Vikirnoff landete hart auf dem Boden und blickte in das Gesicht einer sehr erzürnten Frau. Natalya sprang vom Baum und kauerte sich neben ihm, um hastig seine Wunden zu untersuchen. »Dich hat's ganz schön erwischt.«

»Wie hast du dieses Feuer entstehen lassen?«

»Ich bin den Anweisungen in deinem Kopf gefolgt«, antwortete Natalya. »Du hast jede Menge Informationen in deinem Gehirn. Schade, dass ich früher nicht gewusst habe, dass man das Herz eines Vampirs verbrennen muss. Es wäre hilfreich gewesen. Kannst du aufstehen?« Er war schwer verletzt. Es wäre besser gewesen, ihn hier zurückzulassen, das wusste sie, aber es stand nur deshalb so schlimm um ihn, weil er sie verteidigt hatte.

»Natürlich.« Er hatte zu viel Blut verloren, und die Morgendämmerung war nicht mehr fern. »Du musst weg von hier.«

»Versuch lieber nicht, mich herumzukommandieren«, sagte Natalya. »Mit Autorität habe ich schon immer ein Problem gehabt. Ich bringe dich irgendwohin, wo du in Sicherheit bist, und dann will ich dich nie wieder sehen.«

»Das dürfte schwierig sein.« Vikirnoff versuchte aufzustehen, doch er war viel schwächer, als er vermutet hatte. Wenn er das Blut seiner Gefährtin nahm, würde er die nötige Kraft haben, um sie beide in Sicherheit zu bringen.

Natalya wich vor ihm zurück und legte eine Hand an ihr Schwert. »Denk nicht mal dran, mein Blut zu nehmen! Notfalls sitze ich hier und warte, bis du so kaputt bist, dass du dich nicht mehr rühren kannst, ehe ich dich anfasse. Ich halte nichts vom Blutspenden.« Sie durchbohrte ihn mit einem Blick. »Jetzt nicht und auch sonst nie. *Falls* – und das ist ein großes ›falls‹ – ich dir je Blut gebe, dann nur freiwillig. Komm bloß nicht auf die Idee, es dir gewaltsam zu nehmen.«

Vikirnoff schaffte es, sich aufzusetzen und an einen Baum zu lehnen. »Du hast wohl etwas gegen mein Volk.« Er selbst hörte seine Stimme wie aus weiter Ferne. Die lebhaften Farben ringsum verblassten und erstrahlten abwechselnd, bis sie schließlich ineinanderflossen. Er wusste, dass es lebensnotwendig war, seine Herz- und Lungenfunktion einzustellen, um einen weiteren Blutverlust zu verhindern, doch noch war seine Gefährtin nicht in Sicherheit. »Geh, Natalya. Jetzt gleich.« Er sagte die Worte laut, vielleicht aber waren sie auch nur in seinem Kopf vorhanden. Vikirnoff verlor das Bewusstsein.

Kapitel 3

Verdammt!«, stieß Natalya erbittert hervor, während sie den gefallenen Krieger auffing und sich verzweifelt umsah. »Tu mir das nicht an!« Im Lauf der Jahre hatte Natalya versucht, Informationen über die Karpatianer zu sammeln, zum Teil, weil sie wusste, dass karpatianisches Blut in ihren Adern floss, vor allem aber, weil sie glaubte, dass Wissen ihr einen Vorteil verschaffen würde. Karpatianer brauchten Erde zum Heilen ihrer Wunden. Natalya verwandte sie manchmal selbst. »Ich kann nicht einmal Erde auf deine Wunden packen. Die Vampire haben den Boden hier völlig verseucht.« Sie schüttelte Vikirnoff leicht. »Was vom Wolfsrudel übrig geblieben ist, könnte vom Geruch des Blutes angelockt werden und zurückkommen – oder schlimmer noch, dieses Geschöpf mit den langen Krallen, das irgendwo unter der Erde lauert. Los, komm schon, wach auf!«

Der Mann wog eine Tonne. Okay, keine Tonne, aber er war einfach viel zu schwer für sie. Sie würde jedenfalls nicht hierbleiben und darauf warten, dass der Trollkönig und seine Vampir-Kumpel einen weiteren Angriff starteten. Sie waren mit eingezogenem Schwanz geflohen, aber sowie sie merkten, in was für einer verzweifelten Lage Natalya sich befand, würden sie zurückkommen. »Na schön, du Klotz, dann muss ich dich eben tragen. Du musstest ja unbedingt den Helden spielen, was? Du konntest nicht einfach auf mich hören und von hier verschwinden, stimmt's?«

Natalya versuchte es mit einem Griff, den Feuerwehrmänner bei Brandopfern anwandten, aber es tat sich nichts. Sie war stark, stärker als die meisten Menschen, doch der Karpatianer war in seiner Reglosigkeit zu schwer und noch dazu glitschig von dem vielen Blut, das er verloren hatte. Sie hängte ihm ihren Rucksack um, weil sie ihre Sachen nicht verlieren wollte, und versuchte erneut, ihn auf ihre Schultern zu hieven.

He, was machst du denn da? Obwohl er bewusstlos zu sein schien, schaffte er es, sehr gereizt zu klingen.

Natalya fuhr heftig zusammen. »Wonach sieht es denn aus? Irgendjemand muss deinen Hintern retten, und da weit und breit keine freiwilligen Hilfskräfte in Sicht sind, bleibt es an mir hängen.« Ausgeschlossen, dass sie ihn den Berg hinunterschaffen konnte. Völlig ausgeschlossen. »Du solltest eigentlich bewusstlos sein und nicht darauf lauern, mir noch mehr Ärger zu machen.«

Lass mich hier.

»Falls du nichts Besseres zu sagen hast, halt lieber die Klappe. Wenn du nicht darauf bestanden hättest, hierzubleiben und zu kämpfen, wären wir jetzt schon längst über alle Berge.« Natalya hätte ihn am liebsten geschüttelt, um ihn zur Vernunft zu bringen. Sie hatte noch nie erlebt, dass jemand mit so schweren Verletzungen am Leben geblieben war. Eigentlich müsste er tot sein. Und der Gedanke an seinen Tod ängstigte sie. Je mehr Angst sie hatte, desto stärker wurde ihr Bedürfnis, ihm sein unvernünftiges Verhalten vorzuwerfen. Es war nicht nötig gewesen, es auf einen Kampf ankommen zu lassen. Sie hätten weglaufen können. Aber nein, er musste ja unbedingt den edlen Krieger spielen und die Welt retten.

»Ich kann eine andere Gestalt annehmen, eine einzige andere Gestalt«, gestand sie. Natalya musste so ziemlich jedem, den sie kennenlernte, etwas vormachen, aber sich selbst machte sie nie etwas vor. Es war ein Luxus einzugestehen, wer und was sie war, und zum ersten Mal seit Jahren zu zeigen, wozu sie imstande war. Sie beobachtete sein Gesicht, um zu sehen, wie er reagierte. »Ich kann dich auf meinem Rücken hinuntertragen, aber du musst wach bleiben, um dich festzuhalten. Kriegst du das hin?«

Vikirnoff machte seine Augen nicht auf. *Was immer du sagst.*

Seine Stimme schien aus weiter Ferne zu kommen. Natalya schluckte schwer. Sie musste so bald wie möglich Erde auf seine Wunden legen, und das hieß, dass sie ihn sofort transportieren musste. »Es wird wehtun.«

Natalya zog sich aus, legte ihre Sachen zusammen und stopfte sie in den Rucksack. Sie war viele Jahre allein durch die Welt gezogen und aus Furcht, sich zu verraten, nie länger an einem Ort geblieben. Ohne Freunde und Familie war sie einsam gewesen, und es war lange her, seit ihr die Freude vergönnt gewesen war, sich vor einem anderen Lebewesen umzuwandeln. Die Freiheit, ganz sie selbst zu sein, war eine Versuchung, der sie nicht widerstehen konnte.

Sie war nicht ganz Mensch. Sie war nicht ganz Magier. Und sie war auch nicht ganz Karpatianerin, sondern eine Kombination aus allem. Ihr Vater aus dem Volk der Magier hatte ihr das Wesen einer Tigerin gegeben, in der Hoffnung, es würde ihr helfen, ihren angeborenen Wunsch nach einer Familie zu unterdrücken, und ihr im Lauf der endlosen Jahre ein wenig Rückhalt geben. Bis zu einem gewissen Grad hatte sich das bewahrheitet, doch die Vorstellung, einen Teil ihres wahren Selbst Vikirnoff preiszugeben und ihm zu zeigen, was sie war, war sehr verlockend.

Natalya holte tief Luft und konzentrierte sich auf die vertraute Gestalt und das Gefühlsleben des Tigerweibchens. Muskeln dehnten sich unter ihrem dichten Fell, und sie streckte sich, um die schwarzen und rotgoldenen Streifen zur Schau zu stellen. Scharfe Krallen streiften den Boden, und sie hob die Schnauze, um in die Luft zu wittern, bevor sie ihren Rücken durchbog und sich hinlegte. Ihr war nicht bewusst, dass sie mit angehaltenem Atem auf seine Reaktion wartete und ihn aus leuchtend blauen Augen beobachtete.

Seine Augen öffneten sich, und er streckte eine Hand aus, um über ihr weiches Fell zu streichen. *Du bist schön. Deine Augen haben die Farbe eines Bergsees.*

Sie versuchte, sich nicht geschmeichelt zu fühlen. Sie wollte ihm gegenüber gar nichts empfinden, nur ihre Pflicht als menschliches Wesen tun, aber sie konnte die Wärme in ihrem Inneren, die sie bei seinen Worten erfüllte, nicht unterdrücken. *Kannst du auf meinen Rücken steigen und deine Arme um meinen Hals legen?*

Der Tiger war ein Einzelgänger, und deshalb empfand Natalya in dieser Gestalt keine Sehnsucht nach einem Heim und einer Familie. Eine kurze Zeitspanne hatte sie Ruhe vor den natürlichen Bedürfnissen einer Frau, aber sie stellte fest, dass sie auch als Tiger tief in ihrem Inneren Vikirnoff als Mann sehr bewusst wahrnahm.

Er legte sich der Länge nach auf ihren Rücken und schlang beide Arme um ihren Hals. Der lange Wanderstock, der in einer Schlinge am Rucksack hing, stach sie und tat ihr weh. Vikirnoff merkte es und veränderte sofort seine Position, wobei ihm ein leises Stöhnen entschlüpfte. *Du veränderst deine Gestalt nicht so, wie es Karpatianer tun. Kannst du deshalb nur diese eine andere Gestalt annehmen?*

Sie wusste, dass er zu schwach war und nicht versuchen sollte, sich mit ihr zu unterhalten, aber die Gedanken in ihrem Kopf überschlugen sich, und sie brauchte es, mit jemandem darüber zu sprechen. *Das frage ich mich schon, seit du das Bild des Nebels in meinem Bewusstsein verankert hast und ich mich umwandeln konnte. Es war erschreckend und toll zugleich.*

Der Tiger knurrte einen einsamen Wolf an, der sich durchs Unterholz anschlich, und der Wolf wich trotz des verlockenden Geruchs von frischem Blut sofort vor dem viel größeren Raubtier zurück.

Es ist eine Ehre, dass du mir dein Vertrauen geschenkt hast. Ich werde es nicht missbrauchen.

Natalya wollte schon leugnen, dass sie ihm vertraute, verzichtete dann aber darauf, ihn zu korrigieren. Sie hatte ihre Haut retten wollen, und er war das geringere von zwei Übeln gewesen, als das unterirdische Wesen mit spitzen Krallen nach ihr gegriffen hatte. Auch in ihrer Gestalt als Tiger brannten ihre Knöchel immer noch und erinnerten sie an diesen grauenhaften Augenblick.

Der Tiger jagte mit dem Verwundeten auf dem Rücken durch den Wald, bis er einige Meilen von dem Schlachtfeld entfernt war, und lief dann den Bergabhang hinunter. Natalya war sehr vorsichtig, als sie sich den Bauernhöfen näherte und dabei offenes Land durchquerte. Viele der Bauern begannen schon ihr Tagewerk. Zweimal bellten Hunde sie an, bevor sie abrupt verstummten und zurückwichen. Beide Male spürte Natalya eine wachsende Konzentration von Macht und wusste, dass Vikirnoff die Tiere zum Schweigen gebracht hatte.

Sie hatte sich dazu entschlossen, Vikirnoffs Leben zu retten, und das hieß, dass sie ihm Blut geben musste, ob sie wollte oder nicht. Sowie sie diese Entscheidung getroffen hatte, sah sie es vom rein praktischen Standpunkt. Sie war zum Teil Karpatianerin, und sie hatte zum Überleben Blut gebraucht. Natalya nahm nicht sehr oft Blut zu sich, aber wenn es erforderlich war, hatte sie keine Bedenken, es zu tun. Sie ließ den beinahe bewusstlosen Vikirnoff neben einem Heuhaufen liegen und näherte sich einem Bauern, den sie mit einem Zauber der Magier beruhigte, bevor sie sein Blut nahm.

Im Gegensatz zu reinen Karpatianern konnte sie die Erinnerungen des Bauern nicht löschen. Sie versuchte, sie zu verschleiern, sodass sie wie ein Traum schienen, aber zweifellos würden sich in der Gegend bald Gerüchte über Vampire verbreiten. Wichtig war jedoch vor allem, Vikirnoff in ihr Zimmer zu bringen, weg von der Sonne und von den Leuten, und zwar so schnell wie möglich.

In der Nähe des Gasthofs bettete sie ihn im Schutz eines Gebüschs auf den Boden, nahm ihre eigentliche Gestalt an und zog sich hastig an. »Mach bloß keinen Laut! Gestern Abend hat sich ein verdächtiger Typ in der Schenke aufgehalten. Ich weiß nicht, warum er hier ist, aber bei mir haben alle Alarmglocken geschrillt, und die ignoriere ich nie. Ich will nicht das Risiko eingehen, gesehen zu werden, wenn wir hineingehen. Lass mich schnell nachschauen, ob noch alle in ihren Betten sind.«

Seine Hand tastete nach ihrer. »Du musst das nicht tun.«

Ihr Herz machte einen seltsamen kleinen Satz, was sie ausgesprochen irritierend fand. »Rühr dich nicht!« Natalya entzog ihm ihre Hand und wischte sie an ihrer Lederhose ab, um das eigenartige Prickeln loszuwerden, das er immer, wenn er ihre Haut berührte, auszulösen schien.

»Es wird allmählich hell.« Natalyas Stimme klang ungewohnt rau. Sie räusperte sich. Die Berührung seiner Finger auf ihrem nackten Handgelenk schien viel zu intim gewesen zu sein. »Wir müssen rein, bevor die Sonne aufgeht. Wir haben zu lange gebraucht, hierherzukommen. Die Bauern arbeiten schon. Wir müssen uns verstecken. Ruh dich einfach ein bisschen aus, während ich mich umschaue.«

Sie klang schroff, das wusste sie, aber ihre Gefühle für Vikirnoff waren völlig neuartig für sie und erschreckend intensiv. Sie wollte weder Mitleid empfinden für seine furchtbaren Wunden noch Bewunderung für seine stoische Weigerung, auch nur einen Laut der Klage von sich zu geben. Sie brauchte es, emotional ständig auf Distanz zu sein. Schon dass sie Vikirnoff gerettet hatte, gab ihr das Gefühl, ihren Bruder schmählich verraten zu haben.

Aber sie hatte den Karpatianer nun mal gerettet, und jetzt war sie für ihn verantwortlich. Natalya nahm ihre Pflichten nicht auf die leichte Schulter. Vorsichtig witterte sie in die Luft und suchte nach Anzeichen, ob schon jemand auf den Beinen war. Da sie nur Slavicas Geruch in der Küche wahrnahm, stieß sie geräuschlos die Tür auf und betrachtete den großen Raum.

Slavica stand an der Spüle und schälte Kartoffeln. Natalya schlich sich hinter sie. »Du arbeitest zu viel.«

Die Wirtin fuhr mit Kartoffel und Messer in der Hand herum. »Du bist es! Du hast mir einen schönen Schreck eingejagt, Natalya.« Ihre Augen weiteten sich vor Sorge, als sie Natalya näher anschaute. »Was ist passiert? Bist du verletzt?«

Natalya stellte fest, dass sie über und über mit Blut beschmiert war. Das meiste davon stammte von Vikirnoff. »Mir geht's gut. Ich habe jemanden bei mir, den ich in mein Zimmer bringen muss, aber ich will nicht, dass uns jemand sieht. Kannst du mir helfen? Er ist verwundet.«

»Wie schwer?«, erkundigte sich die praktische Slavica.

Natalya grinste sie an. »Du bist großartig. Danke. Er ist mächtig angeschlagen und hat viel zu viel Blut verloren, doch ich kann ihn nicht ins Krankenhaus bringen.«

»Es gibt eine Geheimtreppe«, vertraute Slavica ihr an. »Wo heute unser Gasthof steht, befand sich früher ein Kloster, und ein Teil des alten Gebäudes blieb erhalten und wurde ins Gasthaus integriert. Nur unsere Familie benutzt die Treppe und die alten Räume.«

»Wenn es dir nichts ausmacht, Schmiere zu stehen, gehe ich ihn gleich holen«, sagte Natalya, der vor Erleichterung ein Stein vom Herzen fiel.

Natalya lief zur Küchentür hinaus und den Pfad hinunter, der zu dem dichten Gebüsch führte, in dem sie den Jäger zurückgelassen hatte. Sie blieb abrupt stehen, als sie ihn sah. Er kauerte in gekrümmter Haltung auf dem Boden, die Augen geschlossen, das Gesicht blass, fast grau. Auf seiner Stirn standen kleine Blutstropfen. Ihr Herz vollführte einen Satz, und ihr Magen schnürte sich zusammen. »Vikirnoff? Glaubst du, du schaffst die letzten paar Meter bis zu meinem Zimmer?« Sie konnte kaum wieder zum Tiger werden, aber er sah so elend und krank aus, dass sie es mit der Angst zu tun bekam.

Vikirnoff öffnete die Augen und schaffte es mit ihrer Hilfe, auf die Beine zu kommen, schwankte allerdings unsicher hin und her, bis sie einen Arm um ihn legte. »Nur noch ein paar Minuten, dann kannst du dich hinlegen«, machte Natalya ihm Mut.

»Dieser Ort ist gefährlich«, sagte er zu Natalya, als sie durch die Küche das Haus betraten. Er schenkte Slavica ein verhaltenes Lächeln, als sie erschrocken keuchte. »Ich wollte Ihnen keine Angst machen.«

»Es ist mir eine Ehre, Sie hier zu haben, Sir. Mein Heim ist Ihr Heim.« Slavica knickste vor Vikirnoff, legte aber unwillkürlich schützend eine Hand an ihre Kehle. »Hier entlang, bitte. Das Personal muss jeden Moment kommen. Beeilt euch!«

Vikirnoff versteifte sich und hob warnend eine Hand, während er zur Tür spähte. Gedämpftes Stimmengemurmel drang zu ihnen. Er machte eine Handbewegung, und die Stimmen verklangen, als sich die Leute von der Küche entfernten.

Natalya fühlte den Schauer, der seinen Körper durchlief, als er sich zwang, die nötige Energie aufzubringen, um die Angestellten am Betreten der Küche zu hindern. Sie packte ihn noch fester um die Taille und drängte ihn in den hinteren Teil des Raums, wo Slavica in einer Ecke ein Paneel in der Wandvertäfelung öffnete. Einige Stufen führten zu einer Tür in den privaten Wohnbereich und weiter hinauf in den ersten Stock.

»Nur noch ein paar Minuten«, wiederholte Natalya. Sie wünschte, er würde wenigstens einen einzigen Klagelaut von sich geben. Ihre Fußknöchel und ihre Seite hämmerten und brannten, obwohl ihre Verletzungen lange nicht so schwer wie seine waren, doch Vikirnoff schwieg und gab nicht einmal einen Muckser von sich, als sein geschundener Körper auf der schmalen Stiege an die Wände schrammte. Er lehnte sein Gewicht kaum auf sie, legte aber manchmal seine Hand auf die Wunde an ihrer Seite. Jedes Mal spürte sie Wärme und ein Nachlassen der Schmerzen, doch ihr fiel auf, dass er schwächer und noch blasser wurde.

»Hör auf«, zischte sie. »Das meine ich ernst. Ich habe schon Hunderte Wunden wie diese gehabt. Ich weiß, wenn es was Ernstes ist, und die hier ist nicht besorgniserregend. Die Vampire haben gut aufgepasst, mir keine schweren Verletzungen zuzufügen. Ich kann mich später darum kümmern.« Sie stieß die Tür zu ihrem Zimmer auf, blieb stehen und atmete tief ein. »Irgendjemand war hier drin.«

Slavica schüttelte den Kopf. »Die Zimmermädchen machen immer vormittags sauber. Du bist am Abend gegangen. Sie müssen längst fertig gewesen sein.«

»Jetzt ist niemand hier«, stellte Vikirnoff fest, »aber vor Kurzem war ein Mann in diesem Zimmer. Er riecht nach Pfeifentabak und Eau de Toilette.«

»Der Mann von gestern Abend«, entfuhr es Natalya. »Wie ist sein Name, Slavica?« Sie half Vikirnoff zum Bett.

»Barstow, Brent Barstow. Er kommt ein paar Mal im Jahr durch unser Dorf. Er sagt, dass er geschäftlich unterwegs ist, aber ...« Die Wirtin verstummte und schüttelte den Kopf.

Vikirnoff sah sie scharf an. »Aber er bereitet Ihnen Unbehagen.«

»Großes Unbehagen«, gab Slavica zu. »Und er hat meiner Tochter Angelina Fragen gestellt. Fragen, die mir nicht gefallen haben.«

»Fragen worüber?«, wollte Vikirnoff wissen.

Natalya spürte seine Schmerzen, als wären es ihre eigenen, als er sich mühsam auf den Beinen hielt, um die Wirtin zu befragen. Am liebsten hätte sie ihn k.o. geschlagen, aufs Bett geworfen und die Sache hinter sich gebracht.

»Er wollte etwas über die Leute wissen, die hier in der Gegend leben«, antwortete Slavica.

In dem Moment, als Vikirnoff auf die weichen Decken sank, wandte er das Gesicht ab. Dennoch spürte Natalya einen heftigen Schmerz, den er nicht ganz vor ihr verbergen konnte. Sie strich ihm unwillkürlich eine schwarze Haarsträhne aus der Stirn. »Slavica ist Krankenschwester, eine Heilerin. Sie kann dir helfen.«

»Sie soll sich zuerst um deine Wunden kümmern«, ordnete er an.

Natalya riss ihre Hand zurück. »Fängst du schon wieder damit an!« Sie ärgerte sich über sich selbst, über das seltsame Gefühl von Rührung, das sie erfüllte, wenn sie ihn berührte. Wurde sie etwa sentimental? »Hör auf, mich herumzukommandieren!« Sie wand sich innerlich wegen ihres barschen Tons und wandte Vikirnoff den Rücken zu, indem sie sich an den schweren Vorhängen vor den Fenstern und der Balkontür zu schaffen machte, um die Morgensonne auszusperren.

Slavica setzte sich auf die Bettkante. »Er wird mehr als das brauchen, Natalya. Im Küchenschrank steht eine Holzschüssel. Nimm sie und fülle sie mit der nahrhaftesten Erde, die du im Garten finden kannst.« Sie beugte sich vor, um Vikirnoff die Haarsträhnen, die Natalya so irritiert hatten, aus der Stirn zu streichen, und legte dabei ihre Hand kurz auf seine kühle Haut. »Sie haben viel zu viel Blut verloren. Ich muss nach Ihrem Prinzen schicken lassen. Er wird wissen, wie man Ihnen helfen kann.«

Vikirnoff hielt sie am Handgelenk fest. »Sie wissen, was ich bin.« Ja, sie wusste es. Er konnte die Antwort in ihr lesen. Nur wenige Menschen wussten von ihrer Existenz. Dies diente nicht nur zum Schutz der Karpatianer, sondern auch zu ihrem eigenen Wohl. Wenn Slavica über ihre Spezies Bescheid wusste, stand sie unter dem Schutz seines Prinzen. »Wer sind Sie?«

»Ich bin Slavica Ostojic. Der Name meiner Mutter war Kukic. Und Sie sind …?«

Bevor er antwortete, forschte er lange und gründlich in ihrem Bewusstsein und stellte ungläubig fest, dass diese Frau eine enge Freundschaft mit dem Prinzen seines Volkes verband. Er hatte Gerüchte darüber gehört, dass Mikhail Dubrinsky Freunde unter den Menschen hatte, aber es kam nur äußerst selten vor, dass Menschen die Geheimnisse ihrer Art anvertraut wurden. »Vikirnoff von Shrieder.« Nur zögernd nannte er seinen Namen, nicht imstande, seine angeborene Zurückhaltung gänzlich zu überwinden. Er war ein Mann weniger Worte, der sich nur auf sich selbst verließ und sofort zur Tat schritt, wenn es nötig war. Diese Situation war ungewohnt, und er musste sich Schritt für Schritt vortasten.

»Das Gasthaus ist seit hundert Jahren im Besitz meiner Familie. Mikhail Dubrinsky half meiner Mutter, es zu halten, als die Lage in unserem Land sehr schwierig war. Er ist von jeher ein Freund der Familie gewesen, und wir haben diese Freundschaft stets hoch geschätzt.«

Vikirnoff hatte Mühe, sich auf die Erklärung der Frau zu konzentrieren. Sein Hunger war nahezu überwältigend. Der Herzschlag der Frau hallte durch das Zimmer und dröhnte in seinem Kopf. Der Geruch ihres Bluts war eine unwiderstehliche Versuchung, und jeder Instinkt, den er besaß, drängte ihn dazu, Nahrung zu sich zu nehmen, um sein Leben und das seiner Gefährtin zu retten.

Slavica beugte sich dicht über ihn, und sein Blick heftete sich sofort auf ihre Halsschlagader, die ihn mit ihrem verführerischen, pochenden Rhythmus anzulocken schien. Vikirnoffs Mund wurde trocken, und seine Eckzähne wurden länger. Einen Moment lang verharrte er dicht vor ihrem Hals. Er brauchte ihr Blut, brauchte es mehr als alles andere. Dann zog er sich abrupt zurück. Er würde nicht das Blut einer Frau nehmen, die unter dem Schutz seines Prinzen stand. Um den furchtbaren Hunger zu verdrängen, versuchte er, sich auf seine Gefährtin zu konzentrieren.

Natalya zupfte die Vorhänge zurecht, doch Vikirnoff konnte deutlich spüren, wie aufgewühlt sie war. Das Zimmer drehte sich vor seinen Augen, als er dem Auf und Ab des Blutes lauschte, das durch ihre Adern rauschte. Sein Instinkt befahl ihm, sie zu beschützen, sie für sich zu beanspruchen. Sein Körper und seine Seele schrien nach ihr, aber sie versuchte sich vor ihm zu verschließen. Ihr Duft steigerte seine Unruhe zu fieberhafter Erregung.

»Ich muss den Prinzen verständigen«, wiederholte Slavica. »Er wäre verärgert, wenn ich es nicht täte.«

Vikirnoff schloss seine Augen, die vor Müdigkeit brannten. Ihm war klar, dass seine Verletzungen ihn daran hindern könnten, Mikhail Dubrinskys Sicherheit zu gewährleisten. »Der Prinz ist in Gefahr. Sagen Sie ihm das. Es ist viel wichtiger, als sich um meine Wunde zu sorgen. Ich werde schon wieder gesund. Ich habe schon schlimmere Verletzungen gehabt und werde zweifellos noch schlimmere bekommen.«

Natalya, die die Müdigkeit aus Vikirnoffs Stimme heraushörte, warf ihm einen Blick zu. Sie hatte es sorgfältig vermieden, ihn anzuschauen, aber jetzt sah sie die Linien, die sich vor Schmerzen tief in sein Gesicht eingegraben hatten, und das Blut auf seiner Brust, als Slavica sein Hemd aufschnitt. Ihr Herz setzte einen Schlag aus und pochte dann wie wild, als sie seine furchtbaren Verletzungen sah. Sein Rücken war dort, wo ihre Krallen seine Haut von den Schultern bis zur Taille aufgerissen hatten, von langen, tiefen Kratzwunden durchzogen, das wusste sie. Natalya schämte sich für sich selbst. Sie hatte nicht schnell genug reagiert, um ihren Angriff rechtzeitig abzubrechen, als Vikirnoff buchstäblich vom Himmel gefallen war, um sich zwischen sie und den Vampir zu stellen, und trotzdem konnte sie an ihm kein Zeichen von Groll oder Vorwürfen feststellen.

Sein Körper war hart und muskulös und von Schmerzen gepeinigt. Alles in ihr schrie danach, ihn zu berühren und diese

Schmerzen zu lindern. Wie gebannt beobachtete sie, wie Slavicas Hände über Vikirnoffs nackte Haut strichen. Ihn untersuchten. Ihn beruhigten. Ihn berührten. Natalya stockte der Atem. Der Anblick dieser Hände ließ ihr keine Ruhe. Er machte sie wütend. Etwas Dunkles und Bösartiges regte sich in ihrem Inneren.

Der Vorhang entglitt ihren Händen, und helles Tageslicht fiel über sie. Vikirnoff, der die drohende Gefahr witterte, wandte den Kopf und beobachtete aus weit geöffneten Augen, wie Natalya mit der Wand zu verschmelzen schien. Die Lichtstreifen gaben ihrem Körper eine Art Tarnung, sodass sie nur schwer zu erkennen war. Obwohl ihm die Bewegung Schmerzen bereitete, drehte er sich auf die Seite und richtete seinen Blick voll auf sie.

Natalyas ganze Erscheinung hatte sich verändert. Sie wirkte nicht mehr wie ein Mensch, sondern schien zu einem gefährlichen Raubtier geworden zu sein. Selbst ihre meergrünen Augen hatten ihre Farbe verändert. Sie schimmerten milchig wie Perlmutt und fixierten Slavica so unverwandt, als wäre sie eine Beute. Ihre Haltung war von einer Regungslosigkeit, die an einen Tiger auf der Jagd erinnerte, ihre Muskeln waren angespannt, und ihr Blick ruhte wie hypnotisiert auf der Wirtin.

»Mrs Ostojic. Slavica«, sagte Vikirnoff ruhig, aber sehr bestimmt. »Gehen Sie langsam auf die andere Seite des Bettes. Sofort!«

Slavica warf einen Blick auf Natalya, als sie sich aufsetzte. Ein leises Knurren kam aus der Ecke, wo Natalya zu einer undeutlichen, verschwommenen Gestalt verblasst war. Mit einer Hand an der Kehle verlagerte die Wirtin vorsichtig ihre Position, stand auf und brachte das massive Bett zwischen sich und die andere Frau.

Ainaak enyém, *was hat dich so aufgebracht?* Vikirnoff verstand nicht viel von Frauen und noch weniger von seiner

Gefährtin. Aber es war leicht genug zu begreifen, dass hier sehr starke Emotionen im Spiel waren und keiner von ihnen genau wusste, was vorging. Vikirnoff focht mittlerweile einen ständigen Kampf mit der Dunkelheit aus, wobei ihm sein Intellekt wenig half, seine animalischen Instinkte zu unterdrücken. Nun, da Natalya in greifbarer Nähe war, ihm aber noch keinen Halt bot, war er gefährlicher denn je. Ihre chaotischen Gefühle, die sein Bewusstsein überschwemmten, hatten eine verheerende Wirkung auf ihn. Ging es ihr genauso? Waren sie beide ihren animalischen Instinkten so nahe, weil keiner von ihnen begriff, was mit ihnen los war?

Warum lässt du zu, dass sie dich auf diese Weise anfasst? Der Vorwurf war lächerlich, doch er spürte, wie viel Mühe es sie kostete, nicht die Beherrschung zu verlieren. Für Natalya war der Vorwurf völlig berechtigt. Sie sah, wie die Hände einer anderen Frau über den Körper ihres Gefährten glitten. Die Emotionen waren zu stark und zu intensiv und wurden möglicherweise durch Vikirnoffs eigenen furchtbaren Hunger und das Tier, das sich in ihm regte, zusätzlich angeheizt.

Vikirnoff rührte an ihr Bewusstsein. Roter Nebel breitete sich in ihrem Inneren aus und hielt sie fest im Griff. Instinkte, so alt wie die Zeit, feurig und leidenschaftlich und sehr animalisch. Tief in ihr war etwas, das er noch nicht kannte, etwas, das sie beschützte, aber es kämpfte sich an die Oberfläche und war genauso gefährlich und mächtig wie ein Raubtier auf der Jagd.

Er versuchte krampfhaft, sich nicht von der Intensität ihrer beider Emotionen beeinflussen zu lassen. Es war seine Pflicht, seine Gefährtin zu beschützen und für ihr Wohlergehen zu sorgen. Irgendwie musste er die Situation entschärfen, bis Natalya sich wieder im Griff hatte.

»Vielleicht könnten Sie die benötigten Kräuter und die Erde holen, Slavica. Sie wissen, was wir brauchen. Natalya wird auf mich aufpassen.« Vikirnoff brach weder den Blickkontakt ab, noch lockerte er den geistigen Zugriff auf seine Gefährtin. Das konnte er nicht riskieren. Es war sehr anstrengend für ihn, aber die Alternative war undenkbar. Eigentlich hätte Natalya ihn nicht nur heilen, sondern ihm als seine Gefährtin des Lebens auch geistigen und seelischen Halt geben müssen. Stattdessen stachelte sie all seine animalischen Instinkte so sehr an, dass er nicht nur um seine eigene Selbstbeherrschung kämpfen, sondern auch Natalya Einhalt gebieten musste.

»Sind Sie sicher, dass das in Ordnung ist?«, flüsterte Slavica.

Ein gereiztes Grollen kam aus Natalyas Richtung.

»Ja, danke.« Ein weiteres leises Grollen, diesmal von ihm, begleitete seine Worte, und er schaute Slavica nicht an, sondern hielt Natalya mit seinem Blick an Ort und Stelle fest.

Vikirnoff fühlte sich völlig hilflos. Die Herzschläge waren so laut, dass sie in seinem Kopf dröhnten. Er brauchte Blut und musste irgendwie die Gefahr kontrollieren, die von seiner Gefährtin ausging. Slavica musste das Zimmer verlassen, bevor es zu einer Katastrophe kam. Natalya seinem Willen zu unterwerfen, war sehr schwierig, da er vom Blutverlust immer schwächer wurde.

Slavica bewegte sich langsam und vorsichtig. Sie war klug genug, die Gefahr zu wittern, und mutig genug, um das Bett herumzugehen, das Zimmer zu verlassen und die Tür hinter sich zu schließen.

»Komm her zu mir«, befahl Vikirnoff, wobei er seine Stimme um eine Oktave senkte, bis sie samtweich und hypnotisch klang.

Natalya schüttelte den Kopf, als wollte sie versuchen, wieder klar zu denken. Im Gegensatz zu anderen Personen, die Vikirnoff zu sich rief, war sich seine Gefährtin durchaus bewusst, dass sie unter Zwang stand. Seltsamerweise wehrte sie sich nicht gegen ihn, wie sie es hätte tun können, sondern trat zögernd einen Schritt vor, bezwungen von seinen tiefschwarzen Augen und einem bohrenden Hunger, den sie nicht erklären konnte.

Derselbe Hunger war in ihr, krallte sich in ihr Inneres und verursachte sehr reale Schmerzen und drohte sie beide zu verzehren.

Ihr war eindringlich bewusst, dass sich in diesen Hunger Begehren und Lust mischten, ein leidenschaftliches Verlangen, das an Besessenheit grenzte. Fasziniert von dem bezwingenden Ausdruck in seinen Augen, trat sie aus dem Schatten, indem sie langsam einen Schritt nach dem anderen machte, fast wie in Zeitlupe.

Mit den straffen Muskeln, die sich kaum merklich unter ihrer zart schimmernden Haut abzeichneten, wirkte sie ätherisch, beinahe unwirklich. Eindeutig nicht menschlich. Vikirnoff versuchte kurz, tiefer in ihr Bewusstsein einzudringen und die Geheimnisse zu ergründen, die sich hinter ihren seltsamen Denkmustern verbargen. Hunger setzte ihm gnadenlos zu. War es ihr Hunger oder sein eigener? Vikirnoff konnte es nicht mehr unterscheiden. Er wusste nicht, wessen Emotionen es waren, die so eindringlich zu spüren waren. War sie eifersüchtig? Oder war es das Tier in seinem eigenen Inneren, das sich in wildem Verlangen aufbäumte?

Frauen verkörperten Helligkeit und Licht. Fühlten auch sie den Schmerz, der wie ein Messer im Inneren wühlte? Den Drang zum Töten? Wie gebannt beobachtete er, wie Natalya aus den blassen Lichtstreifen heraustrat. Ihre eigenartigen Augen, die mal grün, mal blau schimmerten, hefteten sich auf ihn und fixierten ihn, als wäre er die Beute, nicht umgekehrt. Die Tigerin war auf der Jagd und die Atmosphäre war zum Zerreißen gespannt. Gefahr lag in der Luft.

Natalya konnte nicht stehen bleiben. Sie hatte das Gefühl, sich wie in einem Traum, über den sie keine Kontrolle hatte, zu bewegen, abseits zu stehen und mit wildem Herzklopfen zu beobachten, was vorging. Sie meinte, kurz davor zu sein, laut zu schreien, um endlich aufzuwachen. Sie wusste wirklich nicht, ob sie die Absicht hatte, ihn zu töten. Er machte ihr Angst. Sie spürte die Dunkelheit in ihm, die immer stärker wurde, und obwohl ihr Selbsterhaltungstrieb sehr ausgeprägt war, war sie nicht in der Lage, ihre Schritte aufzuhalten.

Vikirnoffs Finger legten sich ungeheuer stark und unglaublich sanft um ihre Handgelenke. Ihr Herz schlug schneller, als er sie berührte, und ihre Knie wurden unerklärlicherweise weich. Sie sank auf die Bettkante. Seine Hände glitten an ihren Armen hinauf, tauchten in ihr Haar und rahmten ihr Gesicht ein. Sein schwarzer Blick versengte sie und hielt sie gefangen. Sie konnte nicht wegschauen, nicht einmal, als er ihren Kopf zu seinem hinunterzog.

Natalya drehte sich der Magen um. Jeder Nerv erwachte zu prickelndem Leben. Sie *fühlte* es, konnte sich aber nicht rühren. Vikirnoff lag verwundet auf dem Bett, ein Loch in der Brust; er blutete aus den tiefen Kratzern, die sie ihm am Rücken zugefügt hatte, und aus zahllosen anderen Wunden; er fühlte sich schwach und scheinbar hilflos, und doch ging sie zu ihm wie ein williges Opfer.

Seine Lippen berührten ihre, kühl, fest und samtweich. Ihr Herz machte einen Satz. Er zog einen Pfad von Küssen von ihrem Mundwinkel zu ihrem Hals und ließ winzige Flammen über ihre Haut tanzen. Im Geist befahl sie sich selbst wegzulaufen, aber kein Ton kam über ihre Lippen, und sie beugte sich näher zu ihm und hob das Haar von ihrem Nacken.

Sie wollte von ihm berührt werden; sie brauchte es, seine Hände auf ihrer Haut zu fühlen. Er gehörte ihr. Keine andere Frau hatte das Recht, ihn anzufassen, mit ihren Fingern über seine nackte Haut zu fahren und ihm so nahe zu sein, dass sie dieselbe Luft einatmete wie er.

Feuer loderte in Vikirnoffs Adern und tobte durch sein Inneres, bis es laut in seinen Ohren rauschte, und der Drang, seinen schrecklichen Hunger zu stillen, einen Hunger, der sich mit sexuellem Verlangen mischte, überwältigte ihn nahezu. Er atmete

Natalyas Duft ein, sog ihn tief in seine Lungen und lauschte auf das Anschwellen und Verebben von Leben in ihren Adern. Sie rief nach ihm. Es war der uralte, zeitlose Ruf von Frau zu Mann, ein Aphrodisiakum, das all seine Sinne anstachelte. Seine Zunge kostete von ihrer Pulsader. Er fühlte ihre Reaktion, das rasche Einatmen. Ihre Brüste streiften ihn wie eine zarte Versuchung, die das seltsame Rauschen in seinem Kopf verstärkte.

Als Natalya seine Zunge auf ihrer Pulsader spürte, krampfte sich ihr Unterleib zusammen. Einen Moment lang empfand sie einen brennend heißen Schmerz, der gleich darauf sinnlichem Vergnügen wich. Ihr Blut floss in ihn hinein wie Nektar. Er verlagerte sie in seinen Armen, um sie enger an sich zu ziehen, während eine Hand ihre Brust umfing und sie liebkoste, bis ihre Brustspitze zu einer harten, kleinen Knospe wurde.

Ihr Körper war wie berauscht, schluchzte vor Verlangen und wurde zu einer immer enger werdenden Spirale heißer Erregung, bis sie fast darum bettelte, mehr zu bekommen. Ihre Kleider schmerzten auf ihrer überempfindlichen Haut. Sie wollte unter ihm liegen, von ihm genommen werden und sehnte sich danach, dass er die Leere in ihr ausfüllte. Sie klammerte sich an ihn, um ihm näher zu sein und ihn noch stärker zu erregen.

Vikirnoff spürte die Macht und die Lust, die seinen verletzten Körper zugleich durchströmten und ihn mit Hitze, Erregung und Kraft erfüllten. Sein Körper schrie nach einer Erfüllung, die er ihm in seiner gegenwärtigen Verfassung unmöglich geben konnte. Der Dämon in ihm erhob sich schnell und wild; er brüllte nach seiner Gefährtin und forderte von ihm, sie zu nehmen und für alle Ewigkeit an sich zu binden. Sie schmeckte wie nichts anderes, was er je gekostet hatte, und er wusste, er würde niemals genug von ihr bekommen.

Um das brüllende Tier in seinem Inneren zu zähmen, zwang er sich, seine Lippen von Natalyas Hals zu lösen und die winzigen Bisswunden an ihrer Kehle zu schließen, indem er kurz mit seiner Zunge darüberfuhr. Ein Teil von ihm wünschte, er hätte von ihren Brüsten gekostet, aber dann wäre er nicht mehr imstande gewesen, sich zu beherrschen. Er traute sich selbst ganz und gar nicht. In diesem Zustand höchster Erregung wäre er gestorben, um sie zu besitzen. Sie zu nehmen, hätte ihn das Leben gekostet, und er stand zu nah am Abgrund, um klar denken zu können. Es war besser, Vorsichtsmaßnahmen zu ergreifen, statt seinen Instinkten nachzugeben.

Er verschob ihren Körper, bis sie über ihm lag und ihn aus ihren grünen Augen anstarrte, Augen, in denen sich dieselbe Lust spiegelte, die ihn überwältigt hatte. Er neigte sich zu ihr und hielt sie in seinen Armen, während er ihre Wunden untersuchte. Es dauerte nur Minuten, seinen Geist von seinem Körper zu lösen und in Natalya eindringen zu lassen, um ihre Verletzungen von innen zu heilen. Den Bisswunden an ihren Knöcheln schenkte er besondere Aufmerksamkeit. Der Geruch war ihm völlig fremd, und er wollte ihn sich gut einprägen, damit er ihn überall wiedererkannte. Die Wunden waren so tief, dass sie bis auf den Knochen gingen, doch sie hatte trotzdem nicht geklagt, sondern darauf bestanden, dass Slavica zuerst ihn versorgte – bis ihre Eifersucht erwacht war. Natalya empfand das innere Band zwischen ihnen genauso stark wie er. Sie verstand es nicht und sie wehrte sich dagegen, aber es war vorhanden. Ihre Seelen waren fast schon miteinander vereint, aber noch hatte er sie nicht für immer aneinandergebunden.

Vikirnoff zog sie enger an sich und legte eine Hand an ihren Hinterkopf, während er sich die Brust aufritzte. Er drängte sie sanft an sich, bis sich ihr Mund wie von selbst bewegte und auf die offene Wunde legte. Vikirnoff stöhnte, so sinnlich war das Gefühl. Natalyas Zunge glitt über seine Haut und heilte den langen, dünnen Riss, so wie er ihre Bisswunden geschlossen hatte.

Vikirnoff stieß in seiner Muttersprache einen unterdrückten

Fluch aus und bereitete sich schon auf einen neuerlichen Versuch vor, als ihre Zähne tief in sein Fleisch sanken. Der Schmerz, der wie ein Blitz durch seinen Körper zuckte, wich reinem erotischen Vergnügen. Sein Kopf fiel zurück, und seine Augen schlossen sich, als er sich der Magie dieses Augenblicks überließ, dem Blutaustausch zwischen wahren Gefährten. Von nun an würde er immer in der Lage sein, sie zu finden, an ihr Bewusstsein zu rühren, nach ihr zu rufen und mit ihr Körper, Geist und Seele zu teilen. Dieses Teilen verhieß Ekstase und Leidenschaft.

Natalya verschloss mit ihrer Zunge die kleinen Bisswunden und zog einen Pfad von Küssen bis zu seinen Lippen. Sie brannte vor Verlangen, und ihr Mund forderte mehr.

Die Dämonen in seinem Inneren erwachten. Er schob seine Hände unter ihr Lederhemd und knetete ihre Brüste. Natalya wirkte auf ihn wie ein starkes Narkotikum und Aphrodisiakum zugleich. Seine Schmerzen verschwanden, als heißes Blut in seine Lenden schoss und sein Verlangen nach ihr jeden klaren Gedanken auslöschte. Es war Wahnsinn, sie so sehr zu begehren, wenn er dem Tod so nahe war. Wenn Natalya nicht die Willenskraft fand, ihn aufzuhalten, würde er vielleicht wirklich sterben, aber er konnte einfach nicht aufhören. Sein Körper empfand nur noch Hunger nach ihr, als das Blut durch seine Adern rauschte und in seine Lenden strömte. Das Tier in seinem Inneren brüllte auf, befreite sich und stürzte sich auf Natalya, um sie in Besitz zu nehmen.

Natalya stöhnte leise und unterwarf sich der plötzlichen Forderung seines Mundes. Heiß. Hungrig. Feucht. Seine Zähne knabberten an ihrer Lippe, seine Hände glitten über ihre Brüste, zärtlich und rau zugleich … und sehr beharrlich. Sie strich mit ihren Fingerspitzen über seinen Oberkörper und spürte, wie er zusammenzuckte, als sie seine offene Wunde berührte. *Seine Wunde! Was zum Teufel war los mit ihr? Sie war praktisch im Begriff, einen schwer verletzten Jäger zu vergewaltigen!*

Natalya stieß einen leisen Schrei aus und wich zurück. Als sich seine Arme von ihrem Körper lösten, fühlte sie sich wie beraubt und angespannt – sie hätte schreien können. Ihr Verlangen nach ihm war so stark, dass es wehtat. Ihr Puls schlug in einem Rhythmus mit dem wilden Pochen in ihrem Unterleib, ein dumpfes Hämmern, das das Echo ihres Namens übertönte, den Vikirnoff flüsterte. Sie konnte ihn in ihrem Mund schmecken. Sein Geruch lag auf ihrer Haut. Schlimmer noch war der Hunger, den sie empfand, scharf und eindringlich wie ein lebendes Wesen. Sie blinzelte ein paar Mal und versuchte, den Aufruhr in ihrem Inneren zu besänftigen. Das tranceartige Gefühl, das sie befallen hatte, verschwand. *Er war ein Jäger.* Scham und Schuldbewusstsein erfüllten sie und schmetterten sie nieder wie ein Faustschlag.

Sie wollte ihn. Nein, es war schlimmer als das. Sie brauchte ihn. Die Vorstellung war krank – und völlig inakzeptabel. Er hatte irgendetwas mit ihr angestellt. Keinem Vampir war es jemals gelungen, sie zu täuschen oder ihre Gedanken zu manipulieren, aber Vikirnoff hatte es geschafft. Sie hatte es nicht gemerkt, doch sie wusste, dass sie ihm normalerweise nie erlaubt hätte, ihren Körper anzufassen und sie zu küssen. *Und er hatte ihr Blut getrunken – wie sie das seine!* Sie war darauf vorbereitet gewesen, ihr Blut zu geben. Aber nicht auf diese Art. Niemals!

Natalya zog das Messer, das an ihrem Unterschenkel befestigt war, und trat wild entschlossenen ans Bett.

Vikirnoff beobachtete sie mit unbewegter Miene.

»Du hast irgendetwas mit mir angestellt. Du hast mich gezwungen, dich anzunehmen.« Ihre Augen funkelten ihn böse an und wechselten erneut von Grün zu einem eigenartigen Wirbel schillernder Perlmuttfarben. »Obwohl ich deine Art verachte, war ich bereit, Slavica wehzutun, einer Frau, die ich für meine Freundin halte. Daran bist du schuld. Warum hast du das gemacht? Ich hätte dich den Vampiren überlassen können.«

»Nein, das hättest du nicht«, sagte Vikirnoff. Obwohl sie wütend auf ihn war und die Art ihrer Beziehung nicht akzeptieren konnte und obwohl er sie nicht kannte und nicht verstand, wusste er, dass sie ein Wunder war. Ein Geschenk. Er empfand unerklärliche Freude, als er einfach dalag und darauf wartete, dass sie zur Vernunft kam. Er versuchte, das Lächeln zu unterdrücken, das ihm zu entschlüpfen drohte. Nach all den Jahrhunderten wusste er endlich, was Glück bedeutete. Er konnte es spüren, und es war ein berauschendes Gefühl. Er war so knapp davor gewesen, zum Vampir zu werden, aber sie war gekommen und hatte ihn gerettet.

Sie hatte ihn nicht retten wollen. Der Gedanke verwirrte ihn. Frauen sollten den Wunsch haben, bei ihren Gefährten zu sein und alle ihre Bedürfnisse zu befriedigen. Er hatte nur noch vage Erinnerungen an seine Eltern, doch er war sich ziemlich sicher, dass es so sein sollte. Es sei denn, er hatte tatsächlich vergessen, wie die Beziehung zwischen seinem Vater und seiner Mutter gewesen war.

Natalyas kleine weiße Zähne klickten vor Wut aufeinander. Das überlegene kleine Lächeln, das fast unmerklich um seine Mundwinkel spielte, weckte in ihr den Wunsch, ihn zu ohrfeigen. »Du gehörst zu den Vampiren. Glaubst du, ich kann die Finsternis in dir nicht fühlen? Sie nicht riechen? Du triefst geradezu davon! In dir ist ein dunkler Fleck, den du nicht mehr loswirst. Du hast den Tod verdient.«

»Mag sein, doch nicht von deiner Hand. Ich gebe zu, dass die Dunkelheit in mir stark ist und ich sie nicht überwinden kann, aber du kannst es. Und du wirst es. Als meine Gefährtin des Lebens ist es deine Pflicht, und ich werde dich nicht von deinen Pflichten entbinden, nur weil du nicht weißt, was von dir erwartet wird. Die Situation ist für uns beide ungewohnt, doch wir werden lernen, damit umzugehen. Ich bin vielleicht nicht der Gefährte, den du erwartet hast, aber du bist auch nicht das, was ich erwartet hatte. Wir werden es zusammen lernen.«

Warum verletzten seine Worte sie so? Außer ihrem geliebten Bruder hatte es nie jemand geschafft, sie verbal zu verletzen. Sie hielt alle Gefühlsregungen strikt unter Verschluss, aber trotzdem waren Vikirnoffs Worte fast genauso scharf und verletzend wie das Messer in ihrer Hand. Dass sie seinen Erwartungen nicht entsprach, hieß schließlich nicht, dass sie als Person abzulehnen war, oder? Und was kümmerte es sie überhaupt, was er von ihr hielt?

»Zum Teufel mit dir!«, fuhr sie ihn an. Ihr Zorn war urplötzlich verraucht, und Tränen – *Tränen!* – brannten in ihren Augen. Zorn wäre ihr lieber gewesen. Sie brauchte ihn als Schutzschild. Warum schlug Vikirnoff nicht zurück? Warum sagte oder tat er nicht irgendetwas, um sie wieder in Wut zu bringen?

Natalya umklammerte das Messer so fest, bis es in ihrer Hand zu zerbrechen drohte, und atmete tief ein. »Ich warte einfach ab, bis du schläfst und dein Körper schwer wie Blei ist. Dann ziehe ich die Vorhänge auf und lass deinen wertlosen Hintern von der Sonne braten.« Ihre Stimme war leise und ihre Worte waren hart, doch innerlich weinte sie.

Sie wollte ihn töten. Er hatte den Tod verdient. Jeder Jäger sollte zusammen mit den Vampiren sterben, auf die er Jagd machte. Weder Jäger noch Gejagte hatten ein Herz oder Gefühle. Und doch ... wenn sie ihn anschaute, sah sie einen schwachen Schimmer von Glück in seinen Augen. Er war ihretwegen glücklich. *Ihretwegen.* Niemand hatte sie je so angesehen. Und auch Verlangen lag in seinen Augen. Wie oft hatte er sich vorhin im Wald vor sie gestellt, um sie vor einem der Vampire zu beschützen? Er hatte versucht, sie vom Kampfplatz wegzuschicken. Sosehr sie auch wünschte, sie könnte sich durch diese alberne Geste in ihrem Stolz verletzt fühlen, in Wirklichkeit fühlte sie sich beschützt.

Natalya schüttelte den Kopf. Sie wollte keine Entschuldigungen für ihn finden. Auf irgendeine Weise übte er Macht auf sie aus. Eine andere Erklärung für ihr Verhalten gab es nicht. Niemals hätte sie ihn freiwillig so intim berührt oder zugelassen, von ihm angefasst zu werden. Noch immer schmerzten ihre Brüste und sehnten sich nach seiner Berührung. Sie verachtete sich selbst. Verachtete sich dafür, in Vikirnoff von Shrieders Nähe so schwach zu werden.

Sie war eifersüchtig gewesen. *Eifersüchtig!* Anzusehen, wie eine andere Frau ihn berührte, war mehr gewesen, als sie ertragen konnte. Ihr animalisches Wesen hatte die Oberhand gewonnen. Wie waren ihre Eltern nur auf die Idee gekommen, ihr ausgerechnet das Naturell eines Tigers zu geben? Und warum hatte niemand sie vor der tödlichen und sehr realen Gefahr gewarnt, die ein Jäger für eine Frau darstellen konnte?

Sie presste ihre Finger an ihre pochenden Schläfen. Sie bewegte sich auf Treibsand und sank immer tiefer ein, je mehr sie sich dagegen wehrte. Vikirnoff sagte nichts. Er lag einfach nur da, das Kinn auf einen Ellbogen gestützt, und beobachtete sie unverwandt. Sein Blick wich keine Sekunde von ihrem Gesicht. Allmählich hasste sie diese Augen, diesen eindringlichen dunklen Blick, der so hungrig auf ihr ruhte. Seine Augen zogen sie an, wie nichts anderes es je vermocht hatte – oder vermögen würde. Auch wenn sie sich einredete, dass es falsch war, ein Verrat an ihrem Bruder, sie fühlte sich trotzdem zu Vikirnoff hingezogen. Sie war wie gebannt von ihm, verlangte nach ihm. *Und es war nicht normal. Das konnte es nicht sein.*

Dass sie nicht imstande war, sich seiner Anziehungskraft zu entziehen, weckte erneut ihren Zorn. »Ich bin dir gegenüber zu gar nichts verpflichtet! Du hast echt Nerven, so eine Behauptung aufzustellen!«

»Du kannst nicht leugnen, dass du meine Gefährtin bist. Unsere Seelen rufen einander.« Seine Stimme wurde leise und beschwörend. »Gib dir ein wenig Zeit, Natalya. Du wirst dich an die Vorstellung gewöhnen. Alles wird so geschehen, wie es vom Schicksal bestimmt ist.«

Sie schob das Messer in die Scheide zurück. Ihre Hand zitterte. Er verführte sie mit seinen Augen und seiner Stimme. Wie konnte sie dafür nur so empfänglich sein? Sie brauchte einen inneren Schutzschild. Warum war sie so gereizt und durcheinander? So war sie sonst nie, aber im Moment schien sie keine Macht über ihre Gefühle zu haben.

»Ich würde dich am liebsten mit dem Kopfkissen ersticken«, log sie in der Hoffnung, ihm eine Reaktion zu entlocken, mit der sie etwas anfangen konnte. »Ich glaube dir kein Wort. Niemand könnte es je aushalten, sein Leben mit dir zu teilen.« Sie konnte machen, was sie wollte, er wusste trotzdem, dass er sie am Haken hatte. Sie schloss die Augen und platzte mit der Wahrheit heraus. »Ich werde nie deine Gefährtin sein. Du hast meinen Bruder getötet. Meinen Zwillingsbruder. Den einzigen Menschen auf der Welt, der mir etwas bedeutet hat. Glaubst du im Ernst, ich würde dich retten oder auch nur irgendetwas mit dir zu tun haben wollen?«

Vikirnoff schwieg und rührte behutsam an ihre Erinnerungen. Er sah den Mann, den sie geliebt hatte, und fühlte ihre Liebe zu ihm. Vikirnoff schüttelte den Kopf. »Ich habe diesen Mann nicht getötet. Ich kann mich an jeden der Männer, die ich zerstören musste, erinnern, aber sein Gesicht kenne ich nicht.«

Sie wandte sich ab. Zu ihrem Entsetzen stiegen ihr die Tränen, die sie bisher unterdrückt hatte, in die Augen und nahmen ihr die Sicht. Ihr Herz krampfte sich bei dem Gedanken an den Tod ihres Bruders schmerzhaft zusammen. »Nicht du persönlich, aber ein Jäger. Einer von deinem Schlag.«

»Warum sollte ein Jäger deinem Bruder das Leben nehmen?«

Seine Stimme war unbewegt. Weder nannte er sie eine Lügnerin noch gab er zu, dass so etwas hätte passieren können. Er schaute sie einfach aus seinen eindringlichen schwarzen Augen an. Sein Gesicht war von Schmerz gezeichnet, und das brachte sie aus der Fassung.

Natalya riss abrupt ihr Lederhemd hoch und zeigte das Muttermal, das ihren Bruder zum Tode verurteilt hatte. »Ich trage dasselbe Zeichen. Du kannst nicht mein Gefährte sein, wenn ich dieses Zeichen trage. Es ist ein Todesurteil. Alle Jäger, die das Zeichen des Hexenmeisters auf unserer Haut sehen, werden uns sofort töten.« Trotz lag in ihrer Stimme, und ihr Blick war eine einzige Herausforderung. Sie wollte ihn schockieren und wappnete sich gegen seinen Angriff.

Vikirnoff starrte auf das kleine Mal in Form eines Drachens, das tief unten auf ihrer linken Seite saß. Er ließ langsam den Atem entweichen. »Das ist nicht das Zeichen des Hexenmeisters, Natalya. Das ist das Mal einer der ältesten und angesehensten karpatianischen Familien, das Mal der Drachensucher. Kein karpatianischer Jäger würde jemals einen Mann oder eine Frau mit dem Zeichen der Drachensucher töten. Das ist nicht möglich.«

Sie reckte ihr Kinn. »Nennst du mich etwa eine Lügnerin?«

Vikirnoff gab keine Antwort. Er drang in ihr Bewusstsein ein. Ohne Vorwarnung und ohne ihr Zeit zu lassen, ihn aufzuhalten, überwand er ihre inneren Barrieren, um ihr Leben zu sehen, die Erinnerungen an ihren Bruder, seine Liebe zu ihr, sein Lachen, seine Fürsorge, die Art, wie sie zu leben gezwungen gewesen waren. Immer waren sie von Ort zu Ort gehetzt und auf der Flucht vor dem Feind gewesen.

Natalya ließ sich diese geistige Verschmelzung nicht ohne Weiteres gefallen. Sie versuchte ihn abzuwehren und Schutzschilde zu errichten, aber Vikirnoff ließ nicht locker. Er drang weiter in ihr Inneres vor und hielt die Verbindung aufrecht, bis er fand, was er suchte. Natalya hasste diesen geistigen Zugriff. Für sie war es beinahe schlimmer, als körperlich von ihm in Besitz genommen zu werden. Sie hob die Hände und zeichnete kunstvolle Symbole in die Luft, um ihre Erinnerungen abzuschirmen, ihre Gedanken, den Kern dessen, was sie ausmachte.

Einen Moment lang leuchteten die magischen Symbole in hellem Orange, Gelb und Gold in der Luft, ehe sie verblassten und Natalya schutzlos zurückließen.

Ihr Widerstand gegen ihre geistige Vereinigung überraschte Vikirnoff, doch er ignorierte es und konzentrierte sich darauf, die Erinnerungen zu finden, die Natalyas Misstrauen gegen Karpatianer begründeten.

Natalyas Kummer über den Tod ihres Zwillingsbruders war tief, unendlich und ohne jedes Maß, und er war immer noch so scharf und schmerzhaft wie an dem Tag, an dem sie erfahren hatte, dass ihr Bruder Razvan im Sterben lag. Vikirnoff fing das Echo des Namens in ihrem Schmerzensschrei auf. Ihr Bruder hatte auf einem privaten geistigen Weg Verbindung zu ihr aufgenommen und ihr in seiner Todesqual eine letzte Nachricht zukommen lassen: *Hüte dich vor den karpatianischen Jägern! Lauf weg, solange du es noch kannst, und versteck dich vor dieser gefährlichen Rasse. Sie sind Lügner und Betrüger. Und sie werden dich in dem Moment töten, in dem sie dein Mal sehen. Der Drachen ist das Mal des Todes.*

Razvan hatte im Sterben gelegen und kaum noch Luft bekommen, aber lange genug durchgehalten, um seiner geliebten Schwester diese Warnung zu übermitteln. Noch bevor sie ihm sagen konnte, dass sie ihn liebte, war er ihr genommen worden. Sie hatte weder seinen Leichnam noch seinen Mörder je gefunden. Razvan hatte ihr kein Bild vom Ort des Kampfes und dem Gesicht seines Mörders übermittelt.

»Es muss ein Vampir gewesen sein«, erklärte Vikirnoff, als er sich völlig erschüttert wieder aus ihrem Bewusstsein zurückzog. Natalyas Gefühle waren so intensiv, dass auch er sie spürte und ein paar Mal tief Luft holen musste, um sich zu fassen. »Eine andere Erklärung gibt es nicht. Du weißt, dass sie verschlagene Betrüger sind, jeder Einzelne von ihnen.«

»Es war kein Vampir«, zischte sie. »Razvan kannte den Unterschied. Dein Volk hat meinem den Krieg erklärt, und zwar nur deshalb, weil ein Karpatianer es nicht ertragen kann, seine Frau an einen anderen zu verlieren. Meine Großmutter hat ihren Gefährten verlassen und damit einen Krieg ausgelöst. Wenn karpatianische Männer aus so einem Grund einen Krieg beginnen, sind sie bestimmt auch imstande, Unschuldige wie meinen Bruder zu ermorden.«

»Deine Großmutter, Rhiannon von den Drachensuchern, wurde entführt und ihr Gefährte getötet. Sie selbst wurde ermordet. Das ist die Wahrheit, Natalya, und irgendwo tief in deinem Inneren weißt du es auch, sonst hättest du mich getötet, als ich zwischen dich und den Vampir trat.«

»Halt den Mund!« Sie hielt sich die Ohren zu, doch sie konnte nicht verhindern, dass sich ihr Bewusstsein auf ihn einstellte. Dass ihr Herz den Rhythmus seines Herzschlags suchte und ihr Körper nach ihm verlangte.

Und sie konnte es nicht ertragen, daran erinnert zu werden, dass sie ihn beinahe umgebracht hätte. Sie hatte die Tigerin freigelassen, und ihre Krallen hatten seine Haut vom Hals bis zur Taille in Fetzen gerissen.

Er schloss müde die Augen. »Ich bedaure den Tod deines Bruders. Wir alle haben im Kampf gegen das Böse jemanden verloren, den wir geliebt haben.«

Das Klopfen an der Tür bewahrte Natalya davor, darauf zu antworten. Slavica öffnete vorsichtig die Tür. »Darf ich hereinkommen?«

»Ja, komm nur«, antwortete Natalya. »Du kannst dich jetzt gern um ihn kümmern.« Sie musste fort von hier, musste ihre aufgewühlten Emotionen in den Griff bekommen. Noch nie hatte sie eine derartige Achterbahnfahrt der Gefühle erlebt, und sie wollte so etwas auch nie wieder mitmachen. Erschöpft und gegen Tränen kämpfend, schnappte sie sich saubere Sachen und lief ins Badezimmer. »Ich gehe unter die Dusche!«

Kapitel 4

»Natalya scheint sehr aufgeregt zu sein«, bemerkte Slavica, die einige Kerzen anzündete, um den Raum mit belebenden Aromen anzureichern. »Fällt es den Frauen bei euch immer so schwer, die Hilfe anderer Frauen bei ihren Männern zu akzeptieren? Ich bin doch Krankenschwester, und Sie sind so schwer verletzt.«

Vikirnoff schenkte ihr ein schwaches Lächeln. »Ich habe in den letzten Jahren nur zwei Frauen meiner Spezies kennengelernt, und beide kamen mir schwierig vor. An diejenigen, die ich früher kannte, kann ich mich kaum noch erinnern.«

»Natalya ist ein liebes Ding«, sagte Slavica. »Mirko, mein Mann, wird Prinz Mikhail davon verständigen, dass Sie verwundet sind. Ich habe ihm erzählt, dass einer unserer Gäste in Natalyas Zimmer eingebrochen ist, als sie unterwegs war. Das bereitet mir wirklich Sorgen.« Sie runzelte die Stirn, als sie die klaffende Wunde in seiner Brust begutachtete. »Und das hier auch. Muskel und Gewebe sind bis knapp vors Herz aufgerissen. Ihre Arterie liegt bloß, und es scheint sich eine Infektion zu bilden.«

»Vampire sind unerfreuliche Zeitgenossen. Sie lassen gern ihr Zeichen zurück.«

Natalya lehnte an der Badezimmertür und lauschte dem Gespräch. Sie schämte sich für ihre Eifersucht. Sie war kein liebes Ding. Sie war eine erwachsene Frau, wesentlich älter als Slavica, und sollte nicht so leicht die Beherrschung verlieren. Ihre schnippische Art war sorgfältig kultiviert, um andere auf Distanz zu halten, aber normalerweise hatte sie sich gut im Griff. Die Begegnung mit Vikirnoff hatte sie völlig durcheinandergebracht. So wie sie im Moment war, gefiel sie sich gar nicht.

Natürlich war das Loch in Vikirnoffs Brust besorgniserregend. Ein Vampir hatte versucht, ihm das Herz herauszureißen. Was meinte Slavica damit? War es eine tödliche Wunde? Die tiefen Kratzer der Tigerkrallen an seinem Rücken hatte Slavica noch gar nicht entdeckt. Würde Vikirnoff doch noch sterben? Natalya war so sehr damit beschäftigt gewesen, sich ihrer Leidenschaft hinzugeben, dass sie beinahe vergessen hatte, was er erlitten hatte, um sie zu verteidigen. Sie verabscheute sich zutiefst für ihr Verhalten.

Frustriert schlug sie mit dem Hinterkopf an die Wand. *Was läuft bloß falsch bei mir?*

Gar nichts läuft falsch. Du hast die Version einer Geschichte gehört und sie geglaubt. Du meinst, ich wäre dein Feind, aber du bist die andere Hälfte meiner selbst, und deine Seele erkennt mich. Kein Wunder, dass du durcheinander bist.

Vikirnoffs ruhige Stimme drang in ihr Bewusstsein. Die Stimme der Vernunft. Eine Stimme voller Reinheit und Aufrichtigkeit. Und ziemlich überlegen – als gäbe er ihr die Erlaubnis, aufgeregt zu sein. Und das machte sie rasend. *Du brauchst keine Entschuldigungen für mich zu suchen. Ich bin durchaus imstande, eigene Entscheidungen zu treffen. Alles an dir geht mir total gegen den Strich.*

Alles? Sein Ton war milde, aber eine Spur anzüglich.

Natalya kniff ihre Augen fest zu, als Wärme ihren Körper überflutete. Wenn seine Stimme sie schon schwach vor Verlangen machte, musste sie sich wirklich davor fürchten, was passieren könnte, wenn er sie berührte. Momentan war sie sehr verletzlich, das war das Problem. Sie sehnte sich nach einem Heim und einer Familie. Nach jemandem, mit dem sie ihr Leben teilen konnte. Und ausgerechnet er musste auftauchen, mit diesen Augen, diesem Mund und diesem Körper, und sie war prompt in die Falle getappt. Mehr war es nicht. Ein kleiner Fehltritt.

Slavica sprach wieder. »Ich brauche Ihren Speichel. Meiner hat keine heilenden Kräfte.«

Natalyas Magen schnürte sich zusammen, und ihre Muskeln verspannten sich vor Protest. »Verdammt!«, knurrte sie und riss die Badezimmertür auf. Sie lief ins Zimmer und griff, ohne zu Vikirnoff zu schauen, nach der Holzschüssel mit schwerer, dunkler Erde. »Also gut«, verkündete sie gereizt. *Wenn du weißt, was gut für dich ist, hältst du jetzt lieber die Klappe. Und wehe, du grinst! Ich weiß nämlich echt nicht, was ich mache, wenn du so blöde und unsensibel bist.*

Man hat mir noch nie vorgeworfen, unsensibel zu sein. Vikirnoff war sich nicht ganz sicher, ob diese Behauptung zutraf. Destiny, die Gefährtin seines Bruders, hatte einige spitze Bemerkungen über seine mangelnden Kenntnisse fallen lassen, was Frauen anging.

»Natürlich, Natalya«, sagte Slavica freundlich. »Ich bin für jede Hilfe dankbar. Einen Karpatianer zu heilen, ist etwas ganz anderes, als einen Menschen zu heilen.«

»Hast du es schon mal gemacht?«, fragte Natalya neugierig. Es schien wenig wahrscheinlich, dass die Karpatianer so wichtige Informationen wie ihre Art des Heilens an Menschen weitergaben.

Natalya schaute unwillkürlich zu Vikirnoff. Ihr Herz klopfte unruhig. War er schon die ganze Zeit so blass gewesen? Unter seinen eingesunkenen Augen lagen dunkle Schatten. Die weißen Linien um seinen Mund waren die einzigen äußeren Anzeichen von Schmerzen, aber sie konnte sie fühlen, obwohl sie wusste, dass er sie irgendwie davor abschirmte. Das irritierte sie fast noch mehr.

Sie war genauso mächtig wie er. Sein Wissen, dass man das Herz eines Vampirs in Brand stecken musste, um den Untoten endgültig auszuschalten, machte ihn nicht mächtiger oder gefährlicher, sondern bewies nur, dass er in diesem Fall mehr wusste. Wieder warf sie ihm einen verstohlenen Blick zu, während sie die Erde knetete und dabei versuchte, nicht darauf zu achten, dass Slavica ihn berührte. Es war eine ganz unpersönliche Berührung, das las sie in Slavicas Bewusstsein. Die Krankenschwester konzentrierte sich nur darauf, Vikirnoffs Wunden zu heilen. Dazu kam die echte Sorge, dass sie ihn vielleicht nicht würde retten können. Trotzdem war es ein unangenehmes Gefühl, die Hände einer anderen Frau auf seinem Körper zu sehen.

»Sag mir, was er sonst noch braucht«, bat Natalya, bevor sie es verhindern konnte. Ein leises, gereiztes Fauchen entschlüpfte ihr, doch sie fuhr grimmig entschlossen mit ihrer Arbeit fort. Sie wusste, wie wichtig es war, Erde auf Vikirnoffs Wunden zu legen,

»Er braucht Blut, sehr viel Blut. Und er braucht die Erde und jemanden, der in seinen Körper eindringen und ihn von innen heraus heilen kann.«

Natalya lehnte sich an die Wand. Zum Teufel mit dem Kerl! *Ich hab echt keine Lust, in deinem Körper und deinem Bewusstsein herumzukriechen.*

Das würde ich nie von dir verlangen.

Natalya biss die Zähne zusammen. Natürlich würde er es nicht verlangen. Und wenn, würde sie ihm sagen, dass er sich zum Teufel scheren solle. Er hatte ja unbedingt stark und heroisch sein müssen. Vikirnoff hatte sie auch nicht darum gebeten, ihn ins Gasthaus zu bringen, doch er hatte sie aus diesen eindringlichen schwarzen Augen angeschaut und ihr keine andere Wahl gelassen.

Ich war bewusstlos.

Wenn du wüsstest, was gut für dich ist, wärst du jetzt immer noch bewusstlos. Sie starrte ihn böse an, aber er hatte die Augen geschlossen. Und das lenkte ihre Aufmerksamkeit wieder auf seine unglaublich langen schwarzen Wimpern.

»Ich habe mich selbst schon auf diese Weise geheilt, Slavica. Es erfordert äußerste Konzentration, und wenn er sich ruhig verhält und kein dummes Zeug redet, das mich auf die Idee bringen könnte, ihm noch ein paar Wunden zuzufügen, könnte es funktionieren.«

Vikirnoffs Mund verzog sich zu einem schwachen Lächeln. »Wie liebevoll sie klingt.«

Slavica lachte. »Allerdings, Mr von Shrieder.«

»Vikirnoff«, verbesserte er sie. »Ich glaube, jetzt ist nicht der richtige Zeitpunkt für Formalitäten. Wenn du unter dem Schutz unseres Prinzen stehst, stehst du auch unter meinem Schutz und bist eine Freundin.«

Natalya schnaubte abfällig. »Im Moment könntest du nicht mal ein nasses Huhn beschützen, Prinz Charming, also hör auf zu flirten und lass mich an die Arbeit.«

Vikirnoff machte ein verdutztes Gesicht. »Warum sollte ich ein nasses Huhn beschützen wollen?«

Slavica hielt sich eine Hand vor den Mund und hüstelte verhalten.

»Du hast da irgendwas nicht mitbekommen«, sagte Natalya und setzte sich auf die Matratze. Ihr Oberschenkel streifte seinen.

»Ich verstehe nicht, warum du Slavica mit einem nassen Huhn vergleichst.« Vikirnoff runzelte die Stirn. »Ich sehe keine Gemeinsamkeiten.«

Slavica entschlüpfte hinter der vorgehaltenen Hand ein Kichern. Sie beeilte sich, schnell wieder ein ernstes Gesicht zu machen, und warf Natalya einen entschuldigenden Blick zu. »Leg dich einfach hin, Vikirnoff, und bleib ganz ruhig. Natalya, du musst mir den Gesang beibringen, den alle karpatianischen Heiler benutzen, wenn sie arbeiten.«

»Ich kenne ihn nicht«, bekannte Natalya und fühlte sich sofort beschämt und schuldbewusst. Warum, wusste sie selbst nicht.

Es gab keinen Grund, weshalb sie das blöde Lied kennen sollte. »Ich bin nur zum Teil Karpatianerin und habe nie bei diesem Volk gelebt. Ich weiß sehr wenig darüber.«

Vikirnoff fing mit einer Hand ihr Kinn ein und hob es. Ihr Blick flog zu seinem und blieb wie gebannt daran hängen, obwohl sie sich am liebsten losgerissen hätte. Trotz seiner schweren Verletzungen verfügte er über erstaunliche Kräfte. *Ich mag es nicht, dass du dich schämst. Wie solltest du etwas kennen, wenn es dir nie beigebracht worden ist? Nur wenige wissen, dass das Herz eines Vampirs verbrannt werden muss, damit er sich nicht immer wieder erhebt. Noch weniger bekannt ist, wie man sein Bewusstsein vom Körper löst, um sich selbst oder andere zu heilen. Und die Zahl derer, die die heiligen Wörter des Heilens kennen, ist sogar noch geringer.*

Seine Stimme wirkte beruhigender als seine Worte. Sie streichelte Natalya wie Seide und umgab sie mit einer Wärme, die ihr unerwartet Tränen in die Augen steigen ließ. Sie schluckte den Kloß hinunter, der ihr in der Kehle steckte, und riss ihren Blick von ihm los. Er rührte sie auf eine Art und Weise, die sie nicht begreifen konnte, und ihre Reaktion auf ihn machte ihr Angst. Sie schämte sich furchtbar, dass sie so unfreundlich zu Vikirnoff war, wenn er mit offenen Wunden an Brust, Oberschenkel und Rücken im Bett lag und dabei noch versuchte, sie zu trösten.

Mir fällt es selbst schwer, meine Gefühle unter Kontrolle zu behalten. Warum sollte es für dich leichter sein? Du hast keinen Grund, dich zu schämen.

Sein Geständnis brachte sie fast wieder zum Weinen. Natalya beugte sich über seinen Oberkörper, um die Mischung aus heilender Erde und Speichel auf die Wunde zu packen, die seinem Herzen so nah war. Sie spürte unter ihren Fingern, wie sich seine Muskeln anspannten, und als sie nervös aufblickte, sah sie winzige Blutstropfen auf seiner Stirn. Ihr Magen rebellierte sofort, und ihr Atem entwich zischend durch ihre Zähne.

»Schon gut, Natalya«, beruhigte Slavica sie. »Vikirnoff bringt uns die Worte bei, damit wir sie singen können, während du versuchst, ihn zu heilen.«

Mach schnell! Die Worte entschlüpften ihr, atemlos vor Angst. Natalya biss sich auf die Lippe, doch das verhinderte nicht, dass die Sorge in ihrem Inneren sie verriet. Sie hasste es, ihm Schmerzen zuzufügen, auch wenn sie wusste, dass sie ihm mit der Erde half. *Verrate mir die Worte, und ich sage sie Slavica weiter. Und erklär mir, was die Worte bedeuten.*

Kunasz, nélkül sivdobbanás, nélkül fesztelen löyly. *Es bedeutet: »Du liegst wie im Schlaf, ohne Herzschlag, ohne Atemzug.«* Vikirnoff hustete, und Blut färbte seine Lippen. Er wandte das Gesicht ab und fuhr fort: Ot élidamet andam szabadon élidadért. *Das bedeutet: »Ich gebe bereitwillig mein Leben für dein Leben.«* Sein Blick huschte über sie. *Vielleicht möchtest du nicht weitermachen.*

Sag mir einfach die Worte.

O jelä sielam jorem ot ainamet és sone ot élidadet. Wieder hustete Vikirnoff und zog sein zerrissenes Hemd an seinen Mund. Natalya konnte sehen, dass es sofort mit Blut befleckt war. *»Mein inneres Licht vergisst meinen Körper und betritt den deinen.«* O jelä sielam pukta kinn minden szelemeket belso.

Vikirnoff machte eine Pause, als Natalya das Hemd nahm und ihm behutsam den Mund abwischte. Ihre Augen begegneten seinen. »Und was heißt das?«

»Mein inneres Licht vertreibt alle bösen Geister.« Seine Hand tastete nach ihrem Handgelenk und hielt es fest. *Danke, Natalya.*

»Nichts zu danken. Sag mir schnell den Rest, bevor du das Bewusstsein verlierst.«

Paj'nak o susu hanyet és o nyelv nyálamet sivadaba. *Das heißt: »Ich lege die Erde meiner Heimat und den Speichel meiner Zunge in dein Herz.«*

»Im Grunde beschreibt das Lied genau die Prozedur des Heilens«, bemerkte Natalya.

Vikirnoff nickte. Vii o verim sone o verid andam. *»Das bedeutet: Und ich gebe dir mein Blut für dein Blut.« Diese Stelle wird wiederholt, solange der Heiler sich im Körper des anderen befindet. Es ist eine Zeremonie, die über Jahrhunderte hinweg weitergegeben worden ist und sehr viel Macht hat.*

Natalya sprach Slavica den Text mehrere Male langsam vor. Die Krankenschwester nickte und stimmte den Gesang an, indem sie die fremdartige Betonung übernahm und die Worte mit leiser, melodischer Stimme murmelte.

Natalya machte einen tiefen, reinigenden Atemzug und ließ ihn wieder entweichen. Sie hatte mit der Technik, den Geist vom Körper zu trennen, häufig kleinere Wunden an ihrem Körper behandelt, aber noch nie bei jemand anders. Es war gefährlich und schwierig, alles Körperliche aufzugeben und zu der reinen, heilenden Energie zu werden, die gebraucht wurde. Und in Vikirnoffs Körper einzudringen ... Was, wenn ihr ein Fehler unterlief? Wenn sie etwas falsch machte und alles nur noch verschlimmerte?

Schlimmer kann es nicht werden, ainaak enyém. *Ich halte nicht mehr lange durch. Wenn du nicht in meinen Körper eintrittst und ihn heilst, werde ich dir den Gefallen tun zu sterben und dir die Notwendigkeit ersparen, neue Mittel und Wege zu finden, mich umzubringen.*

Natalya hatte keine Ahnung, ob er einen Scherz machen wollte oder es ernst meinte, doch seine Worte bestärkten sie in ihrem Entschluss. Sie warf ihm einen schnellen Blick zu. *Fort mit Schaden, kann ich da nur sagen. Du machst mich rasend.*

Ich weiß.

Seine schnurrende Stimme klang viel zu selbstgefällig. Aber das leise Echo von Schmerzen war deutlich wahrzunehmen. Es fiel Vikirnoff zusehends schwerer, sie vor den furchtbaren Qualen abzuschirmen, die ihn Blut schwitzen ließen. Natalya blendete alle Schuldgefühle, Ängste und Zweifel aus. Sie musste aus ihrer Haut schlüpfen, ihr Ego mitsamt allen Unsicherheiten abstreifen und zu reiner Energie werden, zur Essenz des Lebens, einer geistigen Kraft, die so leicht war, dass sie sich ohne Fleisch und Knochen bewegen konnte.

Sie fing ebenfalls an zu singen. Die rhythmischen Worte halfen ihr, sich ausschließlich auf ihre Aufgabe zu konzentrieren. Als sie die Loslösung von ihrem Körper spürte, geriet sie wie immer bei diesem Vorgang einen Moment lang in Panik, zwang sich aber, ihr eigenes Selbst abzulegen und loszulassen. Sie wusste, dass Vikirnoff bei ihr war, als wäre er ein Schatten in ihrem Bewusstsein. Sie wusste nicht, ob er dort war, um ihr zu helfen, falls sie Unterstützung brauchte, oder weil er befürchtete, sie könnte versuchen, ihn zu töten.

Sie fand sich in ihrem eigenen Körper wieder. Leichte Röte stieg ihr in die Wangen. Sie brachte es nicht über sich, Slavica anzuschauen und ihr Versagen einzugestehen. *Was habe ich falsch gemacht?*

Nichts. Du bist dir meiner Anwesenheit bewusst geworden und hast dich davon ablenken lassen. Das passiert allen Heilern, wenn sie versuchen, in den Körper eines anderen einzudringen. Probier's noch mal, Natalya. Du scheinst ein Naturtalent zu sein.

Ich habe das bisher nur bei mir selbst gemacht.

Aber ohne Anleitung. Niemand hat dir gezeigt, wie es geht, doch du hast es allein geschafft. Du musst eine genauso mächtige Heilerin sein, wie es alle Drachensucher gewesen sind. Ich bleibe bei dir, um deine Sicherheit zu gewährleisten. Wenn du meinen Tod wolltest, würdest du das nicht auf dich nehmen.

Die unglaubliche Müdigkeit in seiner Stimme gab ihr Kraft und Entschlossenheit. Wieder ließ sie ihren Atem langsam entweichen und befreite ihren Geist von ihrem Körper. Ihr ganzes

Bewusstsein konzentrierte sich ausschließlich auf Vikirnoff, auf seinen geschundenen, blutenden Körper und die furchtbaren Wunden, die ihm ein Vampir, das verkommenste aller Geschöpfe, zugefügt hatte.

Natalya wusste, dass sie nicht an sein Inneres rühren durfte und seine Erinnerungen ignorieren musste, aber es fiel ihr schwer, sich von seinem Bewusstsein zu distanzieren. Auf irgendeine Art waren sie bereits miteinander verbunden, und ein Teil ihrer selbst, der nur auf Instinkt und Emotion beruhte und ihr eher fremd war, fürchtete seinen Tod. Wieder holte sie tief Luft, um sich zu beruhigen, und konzentrierte sich erneut auf den Gesang. Die Worte halfen ihr, ihre Kräfte zu sammeln, und zogen sie in Vikirnoffs Körper, sodass sie wie ein reines, heilendes Licht in ihm schwebte.

Seine Verletzungen waren sehr schwer, schlimmer als alles, was sie je erlebt hatte, und überstiegen ihre Erfahrungen im Heilen bei Weitem. Natalya fragte sich, wie er in dieser Verfassung überhaupt noch durchhalten konnte. Im Vergleich zu den Wunden, die Arturo ihm zugefügt hatte, waren die tiefen Furchen, die ihre Krallen auf seinem Rücken hinterlassen hatten, bloße Kratzer.

Natalya machte sich an die heikle Aufgabe, die Schäden von innen zu reparieren. Nach einer Weile wurde ihr bewusst, dass es Vikirnoff war, der sie lenkte, wann immer sie zögerte, und ihr half, zerfetzte Muskeln und zerstörtes Gewebe zu schließen, beschädigte Organe zu operieren und sorgfältig jedes Anzeichen von drohenden Infektionen und an mehreren Stellen auch Spuren von Gift zu beseitigen.

Der Gesang wurde lauter, als andere Karpatianer, Männer wie Frauen, aus der Ferne in den Gesang einstimmten und gemeinsam ihre Stimmen erhoben, um bei der Heilung eines der Ihren zu helfen, obwohl die Sonne immer höher stieg. Wenn ihre Arbeit nicht ihre ganze Konzentration erfordert hätte, wäre

Natalya von all den Stimmen, die miteinander verschmolzen, nervös geworden. Noch nie war sie mit dem Volk der Karpatianer so eng in Berührung gekommen.

Sie wusste nicht, wie viel Zeit vergangen war, aber als sie endlich fertig war und sich aus Vikirnoffs Körper zurückzog, schwankte sie vor Müdigkeit. Slavica hielt ihr ein Glas Wasser hin. Natalya nahm es dankbar an und trank es in einem Zug aus.

»Woher weißt du, wie man das macht?«, fragte sie Vikirnoff. »Ich glaube nicht, dass ein Arzt das schaffen könnte, was du gerade geleistet hast.«

Falls es überhaupt möglich war, schien Vikirnoff noch blasser zu sein. Seine Haut war erschreckend fahl und aschgrau. Natalya packte Slavica am Arm. »Schau ihn an! Ich habe seinen Zustand verschlechtert!«

»Das glaube ich nicht«, beruhigte Slavica sie. »Er braucht Blut. Wir müssen eine Möglichkeit finden, ihm Blut zu geben.« Sie holte tief Luft. »Ich habe schon einmal einem Karpatianer Blut gegeben, auch wenn ich mich nicht mehr erinnern kann, wie es war. Ich kann ihm meins geben.«

Der Protest, der sich sofort in Natalya regte, war vehement, aber sie zwang sich, den hässlichen Impuls zu unterdrücken. Sie wollte sich auf keinen Fall ein zweites Mal lächerlich machen. Und noch weniger wollte sie Slavica erzählen, dass ein Blutaustausch mit Vikirnoff das Erotischste war, was sie je erlebt hatte.

»Ich gebe ihm Blut«, sagte sie. Der Gedanke, ihn zu berühren und ihm wieder so nahe zu sein, war beängstigend. Je mehr sie sich wünschte, vor ihm wegzulaufen, desto näher schienen sie einander zu kommen.

»Sie ist zu entkräftet«, wandte Vikirnoff ein.

Seine Stimme war so schwach, dass Natalya sich vorbeugen musste, um die geflüsterten Worte zu verstehen. Sein warmer Atem streifte ihr Ohr. Sie konnte das leichte Pochen seiner Pulsader sehen. »Schlaf jetzt, damit du wieder zu Kräften kommst«, befahl sie. »Das ist mein Ernst, Jäger. Du wirst mir jetzt nicht sterben und die beste Arbeit, die ich je geleistet habe, vermasseln.«

Allmählich gefällt mir die Art, wie du mit mir sprichst, und das ist erschreckend. Der Hauch eines Lächelns schwang in seiner Stimme mit.

Sie war so empfänglich für alles, was von ihm kam. »Wie auch immer, du hältst jetzt Winterschlaf oder stellst dich scheintot oder was immer ihr Typen macht, wenn ihr in der Erde liegt.« Der Blick, den sie Slavica zuwarf, grenzte an Verzweiflung, doch sie konnte einfach nicht anders. »Kannst du nicht irgendetwas tun? Hast du nicht irgendein Mittel, das ihn außer Gefecht setzt, damit wir ihm nicht mehr zuhören müssen? Er ist so scharf drauf, den Boss zu spielen, dass er uns noch wegsterben wird.« Sie hasste es zu verraten, wie besorgt sie um ihn war.

»Leider hat er recht, was das Blut angeht«, antwortete Slavica. »Du musst noch mehr für ihn tun und brauchst deine Kräfte. Die Stunden vergehen, und bald wirst du zu müde sein, um etwas zu unternehmen. Und wir können ihn unmöglich in die heilende Erde betten, ohne dabei gesehen zu werden.«

»Ich werde von der Sonne nicht so müde wie Karpatianer«, sagte Natalya. »Ich bin nur zum Teil Karpatianerin.« Eigentlich hatte sie über diese Seite an ihr und die Gaben, die sie von ihrer Großmutter geerbt hatte, nie nachgedacht.

Sie starrte Vikirnoff mit leicht gerunzelter Stirn an. Er brauchte unbedingt mehr Blut, aber sie bezweifelte, dass sie es ertragen könnte, mitanzusehen, wenn er das, was er brauchte, von Slavica nahm. Wie sollte sie das ihrer Freundin erklären, wenn sie es selbst nicht verstand?

Slavica schien das Problem zu erkennen. »Was hältst du davon, wenn ich seine restlichen Wunden versorge und du ihm Blut gibst? Wenn ich sehe, dass etwas genäht werden muss, kannst du das übernehmen. Keine der Wunden, die er noch hat, ist lebensgefährlich. Du kannst sie bestimmt kurz begutachten, um dich zu vergewissern, dass keine Keime eingedrungen sind. Auf diese Art schonst du deine Kräfte und kannst ihm geben, was er braucht.«

Natalya half Slavica, Vikirnoff auf die Seite zu drehen, damit sie seinen Rücken untersuchen konnten. Die Tigerkrallen hatten lange Furchen in sein Fleisch gezogen, die an manchen Stellen einige Zentimeter tief waren. Slavica schaute Natalya an. »Tut mir leid, darum wirst du dich kümmern müssen. Ich müsste die Wunden nähen, die Schnitte sind viel zu tief. Ich reinige sie, damit du dich ein bisschen ausruhen kannst.«

»Erzähl mir, wie es kommt, dass du etwas über die Karpatianer weißt. Siehst du öfter welche von ihnen?« Natalya wollte nicht daran denken, wie diese Wunden auf Vikirnoffs Rücken gekommen waren.

Du brauchst keine Schuldgefühle zu haben.

Schlaf jetzt bitte!

Slavica lächelte. »Mikhail und Raven Dubrinsky sind regelmäßige Besucher im Dorf. Sie haben hier viele Freunde und helfen, wo sie können. Ich glaube nicht, dass irgendjemand sonst weiß, dass sie etwas anderes als ganz gewöhnliche Menschen sind, die hier in der Gegend leben. Vor nicht allzu langer Zeit habe ich noch zwei andere Karpatianer kennengelernt. Sie hatten kleine Kinder bei sich, Menschen. Angelina und ich passen oft tagsüber auf die Kinder auf.«

Während Slavica redete, wusch sie die Wunden und betupfte sie mit einer Flüssigkeit, die offensichtlich stark brannte. Auf Vikirnoffs Stirn traten wieder Blutstropfen hervor, und Natalyas Magen schnürte sich krampfhaft zusammen. »Es geht mir schon besser. Mal sehen, ob ich die restlichen Wunden heilen kann.« Wunden, die sie geschlagen hatte. Natalya schloss kurz die Augen und wünschte, sie könnte diesen einen Augenblick rückgängig machen. Sofort fühlte sie eine Woge der Wärme. Sie kam von Vikirnoff. Natalya erkannte seine Berührung, so leicht, dass sie kaum zu spüren war, und gleichzeitig stark und unglaublich zärtlich.

Es war nicht fair, dass er diese Wirkung auf sie hatte. Er war so überzeugt von sich selbst. Da er so oft in ihrem Bewusstsein war, erhaschte sie ihrerseits immer wieder kurze Einblicke auf seinen Charakter. *Aha, der starke, schweigsame Typ, obwohl du in meiner Gegenwart gar nicht so schweigsam zu sein scheinst. Aber hoffen wird ja erlaubt sein.* Sie machte bewusst Scherze, weil sie wünschte, sie könnte seine Schmerzen lindern, sei es auch nur für einen Augenblick.

Natalya spürte sein schwaches Lächeln, doch er sprach nicht, nicht einmal auf die intime Art, die unter karpatianischen Gefährten üblich war. Natalya ließ ihren Atem entweichen und merkte erst jetzt, dass sie ihn angehalten hatte. Vikirnoff war sehr geschwächt, und die bleierne Müdigkeit, unter der Karpatianer tagsüber litten, begann einzusetzen. Obwohl die schweren Vorhänge zugezogen waren, schmerzte das Licht in seinen Augen. Sie spürte das Brennen wie am eigenen Leib.

»Deck ihm die Augen zu, Slavica, während ich hier weitermache«, stieß Natalya zwischen zusammengebissenen Zähnen hervor. Der Gedanke, dass er solche Schmerzen leiden musste, Schmerzen, die sie verursacht hatte, brachte sie völlig aus dem Gleichgewicht.

Csitri. *Du hast mir keine Schmerzen bereitet.*

Wieder diese Zärtlichkeit, die sie bis ins Herz traf. Wie konnte seine Stimme nur so sanft und weich sein? Wie konnte sie wie seidige Hitze durch ihren Körper gleiten und ihre Knie weich werden lassen? Und wie hatte er sie genannt?

Slavica hängte zusätzlich dicke Decken über die Vorhänge, sodass kein Lichtstrahl mehr durch die Fenster fallen konnte.

»Danke«, sagte Natalya. In dem verdunkelten Zimmer fiel es

ihr leichter, ihren Körper zu verlassen und sich in rein geistiger Form durch Vikirnoffs Körper zu den langen Kratzwunden zu bewegen, die die Tigerin in seinen Rücken gerissen hatte. Sorgfältig verschloss sie die Wunden, entfernte die Bakterien und überprüfte immer wieder, ob sie auch keinen Muskel und keine Ader übersehen hatte. Wie Vikirnoff es geschafft hatte, in dieser Verfassung ins Gasthaus und auf ihr Zimmer zu gelangen, war ihr unbegreiflich. Sie wollte ihn nicht bewundern, doch sie konnte einfach nicht anders.

»Ich glaube, ich bin fertig«, verkündete Natalya und lehnte sich schwer an Slavica. Sie war völlig erschöpft. Vikirnoff lag regungslos auf dem Bett. Aufgrund seiner Verletzungen und der Tageszeit war sein Körper bereits bleischwer. Sie hatte das völlig absurde Bedürfnis, sich neben ihn zu legen, sich schützend an ihn zu schmiegen und zu schlafen.

»Ist es in Ordnung, wenn ich dich jetzt allein lasse?«, fragte Slavica. »Mirko musste sich bis jetzt allein um das Gasthaus kümmern, und ich möchte gern Näheres über Brent Barstow herausfinden.«

»Ich werde die Tür sichern müssen, versuch also nicht hereinzukommen, außer ich rufe dich«, ermahnte Natalya sie. »Ich gebe Bescheid, wenn wir etwas brauchen. Vielen Dank für deine Hilfe, Slavica. Und entschuldige bitte, falls ich mich merkwürdig verhalten habe.«

Slavica tätschelte ihren Arm. »Nicht nötig. Mirko und ich werden uns bemühen, diesen Barstow im Auge zu behalten.«

Natalya schüttelte den Kopf. »Ihr habt genug für uns getan. Ich möchte keinen von euch in Gefahr bringen. Wir schlafen bis heute Abend, dann sehen wir weiter.«

Sie folgte der Wirtin zur Tür, um den Korridor zu überprüfen. Leise Unruhe regte sich in ihr, aber das mochte die Angst sein, mit einem karpatianischen Jäger allein zu sein. Und nicht mit irgendeinem Jäger, sondern mit Vikirnoff. Sie begann damit, unsichtbare Schutzvorkehrungen an Tür und Fenstern zu treffen. Jeder, der auf die Idee kam, ihren Schlaf zu stören, würde ein paar unangenehme Überraschungen erleben.

Hervorragende Arbeit. Ich hätte es selbst nicht besser machen können.

Sein Zugeständnis freute sie, obwohl ihr der Umstand, dass er nicht schlief, Unbehagen bereitete. *Ich lerne das seit frühester Kindheit. Meine Familie stammt aus einer sehr alten Linie, und die magischen Formeln sind über Jahrhunderte hinweg weitergegeben worden.* Sie runzelte die Stirn, als ihr auffiel, dass sie die sehr intime Form der geistigen Kommunikation gebrauchte, statt laut zu sprechen.

Tut mir leid, dass dir diese Art der Unterhaltung unangenehm ist. Ich habe nicht die Kraft für verbale Konversation.

»Das weiß ich. Ich habe mich ja auch nicht beschwert. Wenn du dich aus meinem Kopf heraushalten könntest, würdest du nicht ständig Dinge aufschnappen, die nicht für deine Ohren bestimmt sind. Jeder braucht seine Privatsphäre. Ich ganz besonders.« Sie trommelte mit ihren Fingern auf die Matratze. »Du brauchst Blut. Und ich muss dich waschen. Ehrlich gesagt, du siehst verheerend aus.« Sie stemmte ihre Hände in die Hüften und musterte ihn. »Mir ist ein Rätsel, wie du es schaffen konntest, dich auf dem Rücken eines Tigers zu halten.«

Der Tiger war eine wundervolle Erfahrung. Mein Bruder hat mir bei mehr als einer Gelegenheit gesagt, dass ich ein Dickschädel bin.

»Was du nicht sagst.« Natalya warf ihm ein schiefes Grinsen zu, während sie Handtücher, einen Waschlappen und eine Schüssel mit warmem Wasser aus dem Badezimmer holte. Sie freute sich über sein Kompliment. »Kann ich mir gar nicht vorstellen, dass dich jemand als Dickschädel bezeichnet.«

Du bist ja ganz schön mutig, wenn ich scheinbar hilflos bin.

Natalyas Augenbrauen fuhren hoch. »Scheinbar?« Sanft rieb

sie sein Gesicht sauber und strich sein Haar mit dem Waschlappen zurück.

Du musst das nicht tun.

Sie runzelte die Stirn und trocknete behutsam sein Gesicht ab. »Doch, muss ich. Du bist völlig schmutzig. Übrigens, ich schlafe auf dem Fußboden.« Genau das hatte sie vor – auf dem Fußboden schlafen, direkt vor der Tür, mit etlichen Waffen in Reichweite. Sie sehnte sich danach, sich hinzulegen und ein paar Tage in ihrem weichen Bett zu schlafen, aber das würde sich kaum einrichten lassen.

Vikirnoff schwieg wieder, und sie wusch seinen Oberkörper von oben bis unten ab, bevor sie mit dem Handtuch über seine harten Muskeln fuhr, um die letzten Blutspuren von seiner Brust und seinem Bauch zu entfernen. Die Überreste seines Hemdes warf sie in eine Ecke. Sie zögerte und überlegte, ob sie weitermachen sollte, aber sie war erledigt und musste ihn auch noch mit Blut versorgen. Außerdem wollte sie nichts allzu Verführerisches von ihm zu sehen bekommen.

Sein leises Lachen echote in ihrem Kopf. *Es ist wenig wahrscheinlich, dass ich irgendetwas von dem machen könnte, an das du gerade denkst.*

Bilde dir bloß nichts ein. Ich bin nicht so leicht zu beeindrucken. Verlegen, weil er wieder einmal ihre Gedanken gelesen hatte, eilte Natalya ins Badezimmer. Die meisten Zimmer besaßen einen gemeinsamen Waschraum, aber Natalya hatte ausdrücklich um ein privates Bad gebeten. Sie hatte ein schlechtes Gewissen gehabt, weil sie wusste, dass sie mehrere Tage unterwegs sein würde, doch jetzt war sie dankbar für diesen kleinen Luxus.

Das heiße Wasser fühlte sich herrlich an, als sie sich in der Hoffnung, sich für die lange Wache aufzumuntern, unter die Dusche stellte. Sie war am ganzen Körper wund und zerschlagen, obwohl es ihr bis jetzt nicht einmal aufgefallen war. Jeder

Muskel tat weh, in ihrem Kopf dröhnte es, und ihre Augen brannten stark genug, um sie daran zu erinnern, dass die Sonne hoch am Himmel stand. Sie konnte überall im Haus das Murmeln von Stimmen hören, das Lachen draußen auf der Straße, das Klappern von Pferdehufen, wenn Karren vorbeifuhren, und gelegentlich das Motorengeräusch eines Autos. Sie war ein Einzelgänger, aber sie genoss die alltäglichen Laute und versuchte gewöhnlich, in den Städten und Dörfern, durch die sie kam, Freundschaften zu schließen. Für sie war es die einzige Möglichkeit, sich an eine Welt anzupassen, die nicht für jemanden wie sie bestimmt war.

Sie war zum Teil Karpatianerin. Sie besaß einige Gaben dieser Spezies, doch nicht alle. Sie hatte dieselben Nachteile wie sie, aber nicht ihre Härte. Sie gehörte nicht in ihre Welt, sie gehörte nicht zu einer Spezies, die ihren Bruder ermordet und wegen einer Frau – auch wenn es sich dabei um ihre Großmutter handelte – einen Krieg angezettelt hatte.

In ihren Adern floss das Blut der Magier. Sie entstammte einer uralten Linie, die in der Lage war, magische Fähigkeiten auszuüben, die Harmonie der Erde zu nutzen und über die Kräfte und Elemente ihrer Umgebung zu gebieten. Natalya war in diesen Künsten bewandert und konnte mächtige Zauber wirken, indem sie uralte überlieferte Formeln und ihre eigenen Einfälle vermischte und dabei erstaunliche Resultate erzielte, aber in der modernen Welt war für derartige Dinge kein Platz.

Ihre Überlegungen weckten eine flüchtige Erinnerung, vielleicht auch nur die Erinnerung an einen bösen Traum. *Ich will das nicht machen. Es ist zu gefährlich. Razvan, sag ihm, was passiert, wenn ich diesen Geist beschwöre. Ich will es nicht. Er tut mir weh, Razvan. Mach, dass er aufhört!* Eine schattenhafte Gestalt trat aus der Dunkelheit und ragte hoch vor ihr auf. Ihr Bruder kam zu ihr gelaufen, um ihr zu helfen. Keuchend wich Natalya zurück …

Was ist los? Vikirnoffs Stimme klang beunruhigt.

Natalya schloss ihre Augen. Tränen tropften von ihren Wimpern, als sie ihren Bruder vor sich sah. Er lag auf dem Boden, sein Gesicht schwoll bereits an, und aus einem Mundwinkel lief Blut. Wie immer wurde in ihrem Bewusstsein eine Tür zugeschlagen, um die Wiedergabe dieser bedrückenden Erinnerung auszuschließen.

Natalya? Soll ich zu dir kommen? Was hat dich so aus der Fassung gebracht?

Sie lehnte sich an die Duschwand. Seine Stimme klang so besorgt und liebevoll. Sie hatte seit sehr, sehr langer Zeit weder Zuneigung noch Fürsorge erlebt. *Sei nicht albern. Ich bin bloß müde.* Konnte er tatsächlich so tief in ihr Inneres sehen, Orte erkennen, die so dunkel und überschattet waren, dass sie ihr selbst verschlossen blieben?

Ihr Vater Soren war halb Karpatianer, halb Magier gewesen. Seine Frau war ein Mensch gewesen, ihre geliebte Mutter Samantha. Natalya kniff ihre Augen fest zu und versuchte, nicht an ihre Mutter und das, was die Vampire ihr angetan hatten, zu denken. Ihr Vater war fast verrückt geworden und hatte seine Kinder, Razvan und Natalya, verlassen, um die Mörder seiner Frau zu finden. Er war nie zurückgekehrt, und Razvan war alles gewesen, was ihr an Familie geblieben war.

Ihre Augen brannten, als sie an ihren Bruder dachte, der so liebevoll zu ihr gewesen war, so bedacht darauf, dass sie auf ihre Sicherheit achtete, und der schließlich durch die Hand eines Jägers den Tod gefunden hatte. Sie legte ihre Handfläche an die Tür der Duschkabine, als könnte sie Vikirnoff durch die Trennwand hindurch spüren. Der Jäger war am Leben, weil sie sich entschieden hatte, ihn zu retten.

Seufzend trat sie aus der Dusche und trocknete sich ab, wobei sie leicht zusammenzuckte, wenn sie ihre Quetschungen streifte. Dann ließ sie sich an die Wand sacken und vergrub ihr

Gesicht in den Händen. Was würde Razvan sagen, wenn er noch am Leben wäre? Würde er sie verabscheuen und sich für sie schämen? Oder würde er sie verstehen? Sie hielt sich die Ohren zu, als könnte sie so die Stimme ihres Gewissens ausschließen.

Sie konnte nicht verstehen, warum sie sich so stark zu dem Jäger hingezogen fühlte und wie sie die Möglichkeit, seine Gefährtin zu sein, auch nur in Betracht ziehen konnte. Früher einmal war sie Zeuge geworden, wie eine Frau sich von einem Jäger wie magisch angezogen gefühlt hatte, obwohl sie sich dagegen gesträubt hatte, aber Natalya war weder ganz Karpatianerin noch ganz Mensch. Sie war außerdem ein Abkömmling von Magiern, und das Blut dieser dunklen Rasse floss in ihren Adern. Nur wenige hatten so viel Macht wie sie. Sie glaubte, dass für sie die vollständige Bindung an einen Karpatianer nicht möglich war. Warum sollte Razvan anders denken? Und wie konnte sie Verständnis von ihm erwarten? Sie lebte in der Angst, er könnte sie aus seinem Grab heraus verdammen.

Sie öffnete die Badezimmertür, betrachtete den schwer verletzten Jäger und fragte sich, warum sie so entschlossen gewesen war, ihn am Leben zu erhalten. Während sie in ein Paar weiche Hosen und ein langärmeliges T-Shirt schlüpfte, beobachtete sie Vikirnoff. Er lag so still und leblos da, als wäre er tot. Sie konnte nicht den leisesten Atemhauch in seinem Körper wahrnehmen, aber sie wollte ihm trotzdem nicht näher kommen. Die Aufgabe, ihm Blut zu geben, lag noch vor ihr.

Du musst nichts tun, was dir zuwider ist, kislány. *Das ist nicht nötig. Ich werde überleben.*

Natalya versteifte sich. War er die ganze Zeit wach gewesen, ein Schatten in ihrem Bewusstsein? Warum merkte sie es nicht, wenn er geistig mit ihr verschmolz?

»Wie nennst du mich? Was heißt Kisch-la-nie?«

Die Betonung liegt auf der ersten Silbe. Kislány *bedeutet kleines Mädchen.*

Natalya zog scharf den Atem ein. »Und wie hast du mich sonst noch genannt?« Sie war kein kleines Mädchen, kein Baby, und sie hatte verdammt noch mal keine Angst vor ihm. Na ja, das war vielleicht nicht ganz richtig, aber sie weigerte sich, vor einem so schwer verletzten karpatianischen Jäger in die Knie zu gehen. Energisch krempelte sie ihre Ärmel hoch und durchquerte das Zimmer.

Ich habe zu dir »Kleinchen« und »für immer mein« gesagt.

Die Müdigkeit in seiner Stimme ließ Natalyas Zorn verrauchen. Er verbrauchte viel zu viel Kraft, obwohl er sich unbedingt schonen sollte. »Ich bin kein kleines Mädchen und schon gar kein Kleinchen«, verkündete sie. »Ich bin eine erwachsene Frau und erwarte, dass du mich mit Respekt behandelst.«

So wie du mich mit Respekt behandelst?

Sie ritzte ihr Handgelenk auf und hielt es an seinen Mund. Ein scharfer Schmerz durchbohrte sie wie ein Messer, aber sie reckte entschlossen das Kinn und hielt es aus. Sie würde sich nicht schuldig fühlen. Aber er war ein Jäger, um Himmels willen! Einer ihrer größten Feinde. Sie hatte ihm das Leben gerettet, das hätte genug sein sollen.

Du bist vielleicht kein Kleinchen, aber du bist ainaak enyém, *»für immer mein«. Ich danke dir, dass du dich um mich kümmerst, obwohl du unsicher bist, ob du das Richtige tust.*

»Du brauchst mir nicht zu danken. Ich will deinen Dank nicht. Sieh lieber zu, dass du schnell wieder auf die Beine kommst, damit ich dich rausschmeißen kann. Vielleicht kommt ja dein Prinz, um dich mit nach Hause zu nehmen, und ich bin dich los.«

In dieser Nacht würde sie nicht ihren Traum von Razvan heraufbeschwören, wie sie es sonst immer tat, wenn sie schlief. Sie liebte es, beim Einschlafen Kindheitserinnerungen an ihren Zwillingsbruder zu wecken, um auf diese Art wieder mit ihm zusammen sein zu können. Sie beide hatten sich immer in ihren Träumen getroffen und ausgetauscht, was ihnen beigebracht worden war. Das war alles, was ihr geblieben war, aber heute nicht. Sie wagte es nicht, ihrem Bruder entgegenzutreten, wenn ein Jäger, in dessen Adern ihr Blut floss, in ihrem Bett lag. Und das, obwohl Razvan tot war.

Ich gehöre nicht zum Prinzen. Ich gehöre zu dir.

Natalya seufzte und wartete, bis er behutsam die kleine Wunde an ihrem Handgelenk mit seiner Zunge verschloss. Seine Berührung war samtig und rau zugleich und jagte einen Hitzeschauer an ihrem Arm hinauf. »Ich glaube nicht, dass wir füreinander bestimmt sind. Du magst mich doch nicht mal, Vikirnoff. Meine Großmutter kann für ihren Karpatianer nicht die wahre Gefährtin des Lebens gewesen sein, wenn sie sich später in meinen Großvater verliebt hat. Soweit ich weiß, wirken die bindenden Worte nur bei einem wahren Paar, und ich glaube nicht, dass wir wahre Gefährten sind. Wir passen nicht zusammen.«

Vikirnoff schlug die Augen auf. Sie hatte vergessen, wie schwarz seine Augen waren, wie eindringlich sein Blick war. Selbst im Dunkeln erkannte sie, dass er nachts genauso gut sehen konnte wie sie. »Rhiannon war mit ihrem wahren Gefährten zusammen. Xavier ermordete ihren Gefährten des Lebens und nahm sie gefangen.«

»Sie hat Xavier geliebt. Ich habe viel über die beiden gehört. Ihre gemeinsame Zeit war knapp bemessen, aber sie waren jeden Augenblick ihres Zusammenseins glücklich.«

Vikirnoff befeuchtete seine trockenen Lippen. Natalyas Herz machte einen Satz. Sie konnte es nicht ertragen, ihn in so schlechter Verfassung zu sehen. »Damals war Krieg, Natalya. Viele Leute kamen ums Leben. Glaubst du wirklich, deine Großmutter hätte glücklich sein können? Wärst du es gewesen? Xavier strebte nach Unsterblichkeit. Er konnte mit einer sehr langen Lebensdauer rechnen, aber nur Karpatianer können ewig leben. Er war ein mächtiger Magier, doch er war nicht in der Lage, ein Mittel zu finden, das ihn unsterblich machte.« Seine Stimme wurde schwächer und verstummte schließlich.

»Sprich lieber nicht mehr. Wir müssen nicht jetzt darüber reden.« Sie wollte nicht an Xavier oder ihre verstörenden Albträume von ihm denken. Sie wollte nicht an ihre Eltern denken – und schon gar nicht an Razvan. »Schlaf einfach ein und tu mir den Gefallen, nicht in meinem Bewusstsein herumzugeistern.«

Seine Augen schlossen sich. *Das ist eine unvernünftige Bitte. Wie kann ich für dein Wohl sorgen, wenn ich nicht in deinem Bewusstsein bin? Als dein Gefährte ist es meine Pflicht, für deine Sicherheit und dein Wohl zu sorgen.*

Natalya lehnte sich an die Wand und zog die Knie hoch, ihre Pistolen neben sich, Schwert und Messer in Reichweite. Sie legte ihren Kopf auf ihre Knie und schloss die Augen. »Das ist überhaupt nicht unvernünftig. Wenn es mich glücklich macht, meine Privatsphäre zu wahren, ist es doch völlig logisch, dass du meine Bitte respektierst.«

Einen langen Moment herrschte Schweigen, so lange, dass sie glaubte, er würde nicht antworten. *Du bist verwirrt über das, was zwischen uns existiert, und du reagierst rein emotional. Es kann anfänglich schwierig sein, sich an etwas zu gewöhnen, das dir wie ein Eindringen in dein Leben erscheint.*

Natalya ließ zu, dass sich ihr Körper entspannte. Sie brauchte dringend Schlaf und konnte nicht verstehen, warum Vikirnoff noch nicht völlig in den Zustand totenähnlicher Starre verfallen war, der alle Karpatianer befiel, wenn die Sonne hoch am Himmel stand. Sie schlief gern am Nachmittag, und das Sonnenlicht brannte ihr in den Augen, aber sie konnte diese Unannehmlichkeit ertragen und ins Freie gehen, solange ihre Haut geschützt war. Vermutlich hätte sie sich jetzt daranmachen sollen, sich selbst mit Blut zu versorgen, doch dazu war sie einfach zu müde.

»Ich bin in deinem Leben auch so etwas wie ein Eindringling«, bemerkte sie. »Wir müssen dieser Sache nicht nachgeben.« Was auch immer diese Sache sein mochte.

Vikirnoff schwieg noch länger. Sie begriff nicht, worum es ging, und das konnte er ihr im Grunde nicht vorwerfen. Er bewunderte sie dafür, dass sie ihm gegen ihre Überzeugung half. Schwere Schuldgefühle lasteten auf ihr, die ihr ebenso zu schaffen machten wie ihre innere Zerrissenheit und Verwirrung. Die Anziehungskraft zwischen Gefährten des Lebens war extrem stark, und Natalya empfand sie genauso intensiv wie er. *Es ist keine Wahl, die wir treffen können,* ainaak enyém. *Ohne dich würde mich die Dunkelheit verschlingen. Ich kann nicht zulassen, dass das geschieht, und du kannst es genauso wenig. Du weißt, wie bösartig Vampire sind. Ich habe fast mein ganzes Leben gegen diese Geschöpfe gekämpft. Ich werde nicht zu einem Untoten werden. Nicht einmal für meine irregeleitete Gefährtin des Lebens.*

Zum Teufel mit ihm! Er schaffte es, ihr die Worte im Mund zu verdrehen. Sie biss sich in die Fingerknöchel, um ihn nicht anzuschnauzen. Er glaubte, was er sagte. Schlimmer noch, sie glaubte es auch. Sie ließ langsam ihren Atem heraus und wartete, bis sie ruhiger geworden war. »Du würdest zu einem Vampir werden? Warum?«

Ein Karpatianer kann nicht bis in alle Ewigkeit ohne seine Gefährtin des Lebens existieren. Wir sind zwei Hälften desselben Ganzen. Du bist das Licht in meiner Dunkelheit, und ohne dich gibt es für mich nur zwei Möglichkeiten: die Morgendämmerung zu suchen oder mich der Dunkelheit auszuliefern. Um die erste Entscheidung zu treffen, habe ich zu lange gewartet.

Sie verabscheute die Aufrichtigkeit in seiner Stimme. Sie verabscheute alles an dieser Situation. »Karpatianische Männer werden also zu Vampiren. So entstehen Vampire.«

Hat man dir das nicht beigebracht?

»Wer hätte es mir beibringen sollen?« Natalya seufzte. »Kein

Wunder, dass ihr karpatianischen Jäger so ein mörderischer Haufen seid. Deshalb fühle ich die Dunkelheit in euch. Ihr seid den Vampiren sehr ähnlich.«

Ja und nein.

»Das sind ja großartige Neuigkeiten. Mein Zukünftiger ist ein potenzieller Untoter. Klebt etwa ein Neonschild auf meiner Stirn: ›Blutsaugende, hundsgemeine Monster, die gern morden und verwüsten, bitte melden‹?«

Sie spürte seine leichte Belustigung und war versucht, selbst zu lächeln, aber dafür ging ihr die ganze Situation viel zu sehr an die Nieren. »Schlaf jetzt! Und noch etwas, Vikirnoff, in mir ist auch Dunkelheit. Ich kann nicht dein Licht sein. Da muss ein Irrtum vorliegen. Mir ist nur noch nicht klar, was ich dagegen unternehmen kann.«

Kapitel 5

»Natalya! Beeil dich! Du bist schon wieder spät dran. Großvater wird böse auf dich sein.«

»Ich will ihn nicht sehen. Seine Augen machen mir Angst.«

Razvan streckte die Brust heraus, und eine kastanienbraune Haartolle fiel ihm schwungvoll über die Augen. »Ich beschütze dich. Wenn er hässlich zu dir ist, sage ich ihm, dass wir gehen.«

Natalya zog scharf den Atem ein und blieb so abrupt stehen, dass ihr seidiges Haar in alle Richtungen flog. Sie schüttelte ernst den Kopf. »Nein, Razvan, er wird furchtbar böse, wenn du mich verteidigst. Ich will nicht, dass er dich bestraft. Ich weiß noch, wie gemein er zu dir war, als du so wütend auf ihn warst, weil er mich zum Weinen gebracht hatte. Du warst ganz still und wolltest mir nicht erzählen, was er mit dir gemacht hatte.«

»Ist mir egal, was er mit mir macht. Ich lasse nicht zu, dass er dir was antut. Jetzt nicht und auch sonst nie.«

»Warum kommt Vater nicht zurück? Ich mag nicht ganz allein sein. Mutter ist tot, und Vater ist weggegangen und hat uns allein gelassen, und jetzt haben wir nur noch Großvater. Ich mag ihn nicht. Du weißt, dass Vater bestimmt nicht wollen würde, dass wir bei Großvater leben. Er mochte ihn auch nicht.«

»Psst!« Razvan schaute sich rasch um. Seine Augen, die zu alt für einen Jungen seines Alters wirkten, wurden wachsam, und er legte seiner Schwester einen Arm um die Schultern. »Sag so etwas nicht. Er könnte dich hören. Er weiß immer, worüber wir reden, außer wenn wir uns im Traum treffen. Wir müssen vorsichtig sein, Natalya. Du darfst niemandem trauen. Du darfst Großvater nicht trauen und nicht mit ihm allein bleiben. Etwas Schlimmes könnte passieren.«

Natalya fuhr herum, als etwas an die Tür stieß. Als sie sich wieder umdrehte, war Razvan verschwunden. Erschrocken lief sie die vertrauten Stufen hinunter, die zum Arbeitszimmer ihres Großvaters führten, und klopfte an die Tür. Sie war verschlossen, und niemand öffnete ihr. Natalya ließ sich auf den Boden sinken. Tränen liefen ihr übers Gesicht. Razvan würde bestraft werden, weil sie nicht gehorcht hatte. Er würde den Zorn erdulden, der sich gegen sie richtete.

Durch ihr Schluchzen hindurch hörte sie die Stimme ihres Bruders. Sie schien aus weiter Ferne zu kommen. »Natalya? Wo bist du? Irgendetwas stimmt nicht mit mir. Bin ich tot? Hast du mich getötet? Nein, nein, der Jäger hat mich umgebracht … Wo bist du, Natalya? Sag mir, wo du bist!«

Razvans flehentliche Bitte zerriss ihr das Herz. »Ich bin hier, Razvan. Im Gasthof.«

Natalya fuhr abrupt aus dem Schlaf hoch. Tränen liefen über ihr Gesicht. Ihre Beine waren von ihrer unbequemen Stellung verkrampft, und ihr Herz hämmerte laut in ihrer Brust. Adrenalin überschwemmte ihren Körper.

Sie und Razvan waren zehn Jahre alt gewesen, als ihr Vater verschwunden war. Sie hasste es, wenn sich die Realität oder Albträume in ihre kostbaren Erinnerungen an Razvan drängten. An ihren Großvater konnte sie sich nicht erinnern. Sie konnte es sich nur so erklären, dass die Ereignisse des heutigen Tages ihn in ihre Träume gebracht hatten. Ihre Schuldgefühle lasteten schwer auf ihr. Razvan war tot, von einem gnadenlosen Jäger ermordet, und ihr Schuldbewusstsein war in ihre geliebten Träume eingedrungen und hatte sie so sehr verfremdet, dass ein schlechter Nachgeschmack in Natalyas Mund blieb und ihre inneren Alarmglocken wie verrückt schrillten.

Was hatte sie aufgeweckt? Sie spähte zu Vikirnoff. Er lag völlig regungslos da, nicht einmal die Andeutung eines Atemzugs war in seinem Körper zu spüren, nicht der Hauch eines Herzschlags. Natalya blieb misstrauisch. Genauso hatte sie ihn schon vorher erlebt, und er war trotzdem imstande gewesen, ihre Gedanken zu lesen.

Ihr Unbehagen wuchs. Ihr Magen brannte, und ihre Nackenhaare sträubten sich. Irgendetwas stimmte nicht ... stimmte ganz und gar nicht! Natalya schnappte sich ihre Pistolen, presste sich an die Tür und lauschte. Kein Laut war zu hören. Sie fuhr mit den Händen über die Türfüllung. Die magischen Schutzschilde waren intakt, und es waren praktisch die stärksten, die sie je geschaffen hatte. Trotzdem blieb sie verunsichert. Irgendetwas war nicht in Ordnung. Wieder spähte sie nervös zum Bett.

Vikirnoff lag wie tot da, aber plötzlich öffneten sich ohne Vorwarnung seine Augen, und sein Atem entwich mit einem leisen Zischen. Natalya wäre vor Schreck beinahe an die Decke gesprungen. Ihr Blick richtete sich sofort auf sein Gesicht.

Welche Gefahr hat mich aus dem Schlaf gerissen?

Du spürst es also auch? Sie drehte sich mitten im Zimmer langsam im Kreis und versuchte, wie eine Art Stimmgabel die Schwingungen der Bedrohung aufzufangen.

Geh hier raus! Jetzt gleich, Natalya!

Sie lief zum Fenster und fuhr mit ihren Händen über die Vorhänge. Natalya hatte keine Ahnung, was sie suchte, aber sie fand nichts. Das Grauen, das sie empfand, war überwältigend. *Ein Glück, dass ich keine Probleme mit meinem Ego habe, sonst wäre ich ganz schön fertig, weil du mich ständig wegschickst.* Sie warf Vikirnoff einen raschen, prüfenden Blick zu. Falls es zum Äußersten kam, würde er nicht in der Lage sein, mit körperlichem Einsatz zu kämpfen. Er konnte sich nicht einmal bewegen, weil ihn die Tageszeit lähmte. Sie selbst fühlte sich müde und schlapp, aber sie hatte ihre Waffen, und was sie auch bedrohen mochte, es würde einiges mehr abbekommen, als es erwartete.

Wieder wandte sie sich zur Tür um. Jedes Mal, wenn sie in diese Richtung schaute, spürte sie dasselbe namenlose Grauen. Ihr Blick wanderte durchs Zimmer. Die Gefahr war förmlich mit Händen zu greifen, aber sie konnte die Quelle nicht ausmachen.

Raus hier, Natalya! Du musst fort von hier. Durch das Fenster kannst du es schaffen. Schütz deine Augen und sieh zu, dass du wegkommst!

Es ist nicht hinter mir her, sondern hinter dir. Sie war ganz sicher, dass sie recht hatte, obwohl sie nicht einmal wusste, was sie bedrohte.

Sie ging zum Bett zurück und stellte sich zwischen Vikirnoff und die Tür. Ihre Hände malten ein kompliziertes Muster in die Luft, und ihre Stimme murmelte eine uralte Enttarnungsformel. Welches Wesen den Jäger auch verfolgte, es tarnte sich, und es musste gewusst haben, wie sich der unsichtbare Schutzschild vor der Tür überwinden ließ. Sie wollte lieber nicht daran denken, was das bedeuten könnte.

Vikirnoff beobachtete Natalya unter halb geschlossenen Lidern. Obwohl der Raum verdunkelt war, brannten seine Augen, aber er konnte den Blick nicht von ihr wenden. Natalya schien zu glühen. Macht ging von ihr aus und umgab sie wie ein Strahlenkranz. Die Luft knisterte vor Elektrizität. Natalyas Haare wogten und flossen um sie herum, während sie ihre Hände nach vorn stemmte und unablässig leise Beschwörungen murmelte.

Plötzlich war ein Schimmern im Raum zu sehen, ein gebeugter, durchsichtiger Schatten, der über den Boden kroch. Natalya konnte nur mit großer Mühe erkennen, wie er sich Stück für Stück näher ans Bett heranschob. Der Schatten bestand aus wabernden schwarzen und grauen Rauchschwaden und wirkte völlig schwerelos. Einen Moment lang schien Natalyas Herz stillzustehen, um dann so heftig zu schlagen, dass sie Angst hatte, es würde ihr die Brust sprengen.

Vikirnoff! Das ist ein Schattenkrieger! Ehrfurcht lag ebenso in ihrer Stimme wie blankes Entsetzen. Lieber wollte sie gegen drei Vampire und eine Legion von Menschen antreten als gegen einen einzigen dieser gespenstischen Krieger!

Du musst hier weg!

Sie wollte auch weg von hier. Ihre Angst war so groß, dass sie an Panik grenzte. *In deiner Verfassung kannst du einen Schattenkrieger nicht besiegen. Du könntest es nicht einmal, wenn du nicht so schwer verletzt wärst. Es ist heller Tag. Schon das Sonnenlicht macht dich mehr als angreifbar. Ich kann dich nicht wehrlos zurücklassen.*

Hör zu, Natalya. Diese Wesen sind legendär. Ich kenne sie und ihre Fähigkeiten nur vom Hörensagen. Ich bin noch nie einem von ihnen begegnet. Aber es heißt, dass niemand hoffen kann, einen Kampf mit einem Schattenkrieger zu gewinnen, nicht einmal ein erfahrener Jäger im Vollbesitz seiner Kräfte. Wir alle dachten, sie wären längst aus dieser Welt verschwunden.

Natalya sah zu, wie sich die wirbelnde Rauchsäule aufrichtete. Die meiste Zeit schien das Geschöpf nichts anderes als Rauch zu sein, aber manchmal erhaschte sie einen flüchtigen Blick auf eine Rüstung. Die Flammen in den eingesunkenen Augen loderten hell auf, als sich das Wesen im Zimmer umsah. Der Rauch blieb ständig in Bewegung, wehte in grauen und schwarzen Fetzen herum, die nicht mehr als verschwommener, durchsichtiger Dunst zu sein schienen.

Ihr Selbsterhaltungstrieb meldete sich wieder, und sie starrte sehnsüchtig zum Fenster. *Warum greift er nicht an?*

Vikirnoff lag regungslos da und sparte seine Kräfte, um zumindest die Chance zu haben, Natalya zu retten. Es hatte keinen Sinn, wenn er Zeit und Energie damit verschwendete, mit ihr zu streiten. Sie war sehr willensstark, und er bezweifelte, ob das Band zwischen karpatianischen Gefährten ihr überhaupt erlauben würde, ihn allein zu lassen. Vermutlich war es ihr schon aufgrund ihrer Persönlichkeit unmöglich. Er musste auf eine Gelegenheit warten, alles einzusetzen, was ihm geblieben war, um ihr das Leben zu retten. *In den Legenden heißt es, dass Bewegungen ihn anziehen. Dir schenkt er keine Beachtung, aber er sucht mich.*

Der Schatten glitt langsam durch das Zimmer. Einmal streifte der graue Rauch Natalya und verharrte kurz, bewegte sich dann aber weiter. *Nur die Weisen vom alten Stamm benutzten die Schattenkrieger.*

Es gab nur einen unter ihnen, der imstande war, den Schattenkrieger zu unterwerfen, Natalya.

Ihr sank der Mut. Xavier. Sie kannte die überlieferten Geschichten und Gerüchte, von denen sie wusste, dass es Tatsachen waren. Xavier, ihr Großvater, der dunkle Meister der Magier, war derjenige gewesen, der diese Waffe erschaffen hatte. Leider wusste sie nicht, wie man sie zerstören konnte. Sie hob ihr Kinn. Vielleicht war sie in irgendeiner Weise der Grund für diesen Angriff.

Sie holte tief Luft, langte nach ihrem Schwert und stellte sich mit einer geschmeidigen Bewegung vor den nahezu wehrlosen Karpatianer.

Was soll das? Vikirnoffs Atem entwich in einem unruhigen Keuchen, sodass sich seine Brust hob und senkte, und diese kleine Bewegung zusammen mit Natalyas gleitendem Schritt bewirkte, dass der Schattenkrieger seinen Kopf direkt in Vikirnoffs Richtung wandte und seine flammenden Augen auf ihn richtete.

Sei ruhig! Ich darf mich nicht ablenken lassen. Sie war jetzt schon schweißgebadet, kein gutes Zeichen.

Natalya ließ den Schatten nicht aus den Augen. Der Krieger hob sein Schwert und salutierte auf traditionelle Art und Weise. Sie hob ihres, um seinen Gruß zu erwidern.

Vikirnoffs Kehle war wie zugeschnürt, als er sie beobachtete.

Sie wirkte perfekt ausbalanciert, ihr Körper leicht und geschmeidig. Statt einem linearen Muster zu folgen, setzte sie kreisende, gleitende Schritte und wehrte das Schwert des Kriegers ab, als es in Vikirnoffs Richtung geschwungen wurde. Metall klirrte auf Metall, und Funken sprühten. Natalya wirbelte davon und hieb erneut auf den Schatten ein, bevor sie sich wieder zwischen Vikirnoff und den Krieger stellte. Ihr Schwert schnitt durch leere Luft.

Der Krieger wandte sich direkt Natalya zu. Er nahm an Statur und Gestalt zu und wirkte jetzt weit massiver. Das flackernde Rot seiner Augen verfolgte jede ihrer Bewegungen, als er drohend vor ihr aufragte.

Vikirnoff zwang sich, seinen Körper zu bewegen. Es kostete ihn alles, was er an Disziplin besaß, und seine ganze Willenskraft, die komplette Lähmung seiner Gliedmaßen zu überwinden, um einen Arm hochzuheben und durch die Luft zu schwenken. Gleich darauf sackte der Arm leblos auf seine Brust zurück, doch der Krieger nahm die Bewegung wahr und drehte sich sofort zu ihm um.

Mit unglaublicher Geschwindigkeit bewegte sich der Schatten auf Vikirnoff zu und holte mit dem Schwert aus. Natalya parierte den Schlag und schlug ihrerseits zu, so schnell, dass nur ein Flirren in der Luft wahrzunehmen war. Ihr Haar, das nun die Farbe wechselte und schwarz wie die Nacht wurde, knisterte, und ihre Augen erstrahlten in einem hellen, irisierenden Blau, als sie zu dem Krieger herumfuhr und ihr Schwert mindestens dreimal durch den Schatten zog.

Das funktioniert nicht. Er ist schlimmer als der gute, alte Freddie. Denk nach, Natalya, du kannst etwas auf diesem Gebiet. Lass dir was einfallen, ermahnte sie sich.

Er gewinnt mit der Energie an Kraft. Spürst du es?

Irgendwie muss man sie schlagen können. Ich weigere mich zu glauben, dass sie unbesiegbar sind. Sie wollte es nicht glauben.

Es musste eine Möglichkeit geben. Tatsächlich hatte sie die wachsende Macht des Kriegers nicht gespürt, weil sie zu sehr damit beschäftigt gewesen war, Vikirnoff zu schützen. Der Schattenkrieger versuchte nicht, sie zu töten. Für ihn war sie lediglich ein Hindernis. Immer wieder fing sie die tödlichen Schwerthiebe des Kriegers ab, um zu verhindern, dass er Vikirnoff tötete. Aber der Jäger hatte recht. Als die Schwerter aufeinanderprallten, waren ihr Arm und ihr Körper von der Wucht seines Hiebs beinahe taub.

Du kannst nicht töten, was bereits tot ist.

Was erzählt die Legende noch, Vikirnoff? Wieder trat Natalya vor das Bett und parierte einen Schlag. Als diesmal die Klingen aufeinandertrafen, taumelte sie unter der Wucht, mit der das Schwert des Kriegers geführt wurde.

Vermeide jede Bewegung.

Wenn ich das tue, wird dich dieser Vater aller Freddies umbringen. Das ist inakzeptabel. Und bevor du in Hochstimmung kommst, weil du denkst, dass ich dich nicht tot sehen will – ich hasse es ganz einfach zu verlieren.

Es sind noch zu viele Stunden bis Sonnenuntergang. Bei einem körperlichen Kampf kann ich dir nicht helfen.

Wieder parierte Natalya einen Schlag und hieb mehrmals auf den gerüsteten Krieger ein. Ihre Klinge glitt durch den Rauch. *Ein körperlicher Kampf.* Die Worte gingen ihr unaufhörlich durch den Kopf. Es war unmöglich, gegen einen Schattenkrieger zu kämpfen und zu gewinnen.

Woraus bestehen sie? Los, Vikirnoff, mach schon! Woraus sind sie gemacht?

Sie haben keine Substanz. Sie sind wie Karpatianer, wenn wir zu feinem Dunst werden. Kleinste Moleküle, Dampf, Luft. Sogar Wasser. Staub. Alles, was um uns herum zur Verfügung steht, um die benötigten Partikel zu bilden, wird benutzt. Aber er ist tot, Natalya. Er ist schon längst tot. Du kannst ihn nicht töten.

Es muss mehr als das sein. Es hat Leben und Inhalt. Ein geistiges Bewusstsein. Wieder wehrte Natalya einen Schwerthieb ab und zog ihre Klinge wirkungslos durch grauen und schwarzen Rauch.

Der Geist eines gefallenen Kriegers, ohne Erlaubnis aus seinem Grab geholt und zu ständigem Gehorsam gezwungen. Das ist ein Schattenkrieger, oder?, fragte sie.

Vikirnoff versuchte erneut, die Aufmerksamkeit des Kriegers auf sich zu lenken. *Verhalte dich absolut still, falls er mich erschlägt. Er wird dich ignorieren und gehen.*

Natalya schlug die Klinge des Schattenkriegers von Vikirnoffs Kehle, zog ihr Schwert noch einmal durch den durchsichtigen Körper und wirbelte dabei vom Bett weg, sodass der Krieger sie quer durchs Zimmer verfolgte. *Hör bloß auf, den Edelmütigen zu spielen! Das bringt mich echt auf die Palme. Und dieses Ding macht mich wirklich wütend. Das ist nicht gut, glaub mir. Sie sind schon tot … Denk nach, Natalya! Zeig, was du draufhast!* Während sie sich selbst ins Gebet nahm, ließ sie den Krieger nicht eine Sekunde aus den Augen.

Ich sage dir doch, es nährt sich von Energie. Je mehr du dich bewegst und je mehr Emotionen du auf ihn richtest, desto stärker wird dieses Ding. Es wächst ständig.

Ich habe einen Plan. Schließ die Augen und lass sie zu. Du musst mir vertrauen.

Vikirnoff ließ sofort sein Bewusstsein mit ihrem verschmelzen, als sie sich mit einer fließenden Bewegung blitzschnell im Kreis drehte und damit die Aufmerksamkeit des Schattenkriegers vollständig auf sich lenkte. Auch in dieser mehr als bedrohlichen Situation fiel Vikirnoff auf, was für eine wunderschöne und tödliche Kombination Natalya darstellte. Kraftvoll und doch anmutig bewegte sie sich mit atemberaubender Geschwindigkeit durch das Zimmer, bis sie die Balkontür erreichte. Ihr Blick flog kurz zu ihm, während sie gleichzeitig einen neuerlichen Hieb des Kriegers parierte. Vikirnoff sah, wie ihr Körper unter der Wucht des Schlags erzitterte.

Deine Augen! Es war die einzige Warnung, die er von ihr bekommen würde. Wenn Vikirnoff nicht einmal in einer lebensgefährlichen Situation auf sie hören wollte, war das sein Problem. Sie biss die Zähne zusammen und riss den schweren Vorhang von der Balkontür. Grelles Licht ergoss sich durch die Glasscheiben in das Zimmer.

Ein jäher Schmerz befiel sie. Trotzdem wehrte sie noch einen Schlag ab, während ihre Füße nach einem uralten magischen Muster über den Boden huschten. Hastig spähte sie zu Vikirnoff. Sie spürte, wie das Licht an ihrem Fleisch fraß und in ihren Augen brannte, aber für ihn musste es Millionen Mal schlimmer sein. Fluchend gab sie ihren Plan auf und kämpfte sich an seine Seite zurück. Innerlich verwünschte sie sich für ihre Dummheit. Der Schattenkrieger gewann mit jeder Bewegung an Kraft, während sie allmählich müde wurde. Der Jäger würde ohnehin sterben. Es war dumm, dumm, dumm von ihr, um sein Leben zu kämpfen!

Ihre Klinge, die den Krieger hätte enthaupten sollen, durchschnitt leere Luft. Sein Abwehrschlag verfehlte knapp ihre Taille und ritzte ihren Arm, als sie den Hieb ablenkte. Natalya packte mit einer Hand die Überdecke und warf sie über Vikirnoff, um ihn vollständig abzudecken.

Der Schattenkrieger, angezogen vom Geruch des Jägers, folgte der Bewegung der Decke. Sein tödliches Schwert stieß durch den Stoff, und eine Fontäne von Blut sprudelte hervor. Natalya ließ ihren Atem in einem zornigen Zischen durch ihre zusammengebissenen Zähne entweichen und stürzte sich auf den Krieger, um ihn mit der Schulter abzudrängen, aber sie fiel durch ihn hindurch. Sie taumelte, fand ihr Gleichgewicht wieder und fuhr zu ihm herum.

Lass Herz und Lungen stillstehen! Ihr Befehl an Vikirnoff war mit einem starken geistigen Druck unterlegt. Ihre Angst um ihn wuchs sich zu panischem Entsetzen aus. Immer wieder prallte ihre Klinge auf das Schwert des Kriegers und verhinderte so einen neuerlichen Angriff auf den Jäger.

Ihr sank der Mut. Sie waren beide so gut wie tot. Sie war zu überzeugt von sich selbst gewesen und hatte damit Vikirnoffs Tod verschuldet. Was hatte sie sich nur dabei gedacht? Sie wusste, welche Wirkung Sonnenstrahlen auf Karpatianer hatten. Auf ihrer Haut bildeten sich bereits Blasen. Vikirnoff würde verbrennen, obwohl er dem Tageslicht nur einen kurzen Moment ausgesetzt gewesen war. Und ihre Kräfte ließen langsam, aber sicher nach. Sie konnte nicht ewig gegen den Schattenkrieger kämpfen.

Du musst die Tür öffnen. Mit dem letzten Rest Energie, der ihm geblieben war, gebrauchte Vikirnoff telekinetische Kräfte, um die Schlösser der Balkontür zu öffnen und sie weit aufzustoßen. *Dein Plan ist gut. Das Glück des Kriegers sei mit dir.*

Die Worte waren Natalya als formelles Ritual unter Jägern bekannt. Aus irgendeinem Grund gaben sie ihr Kraft und ermöglichten ihr, wieder klar zu denken. Sie begann, den Krieger mit schnellen, geschmeidigen Bewegungen zu umkreisen, und lockte ihn von Vikirnoff weg zur offenen Tür. Ihre Stimme wurde zu einem leisen Murmeln, als sie sich auf ihr Erbe berief, auf die Macht von Erde, Wind und Geist. Sie brauchte Glück, nein, mehr als das. Sie brauchte ein Wunder.

»Höre mich, dunkler Krieger, der du aus deinem Grab gerissen wurdest, wenn ich Erde, Wind, Feuer, Wasser und Geist rufe.«

Der Schattenkrieger ließ sein Schwert sinken und hielt zum ersten Mal, seit er erschienen war, inne.

»Ich beschwöre jedes dieser Elemente und binde es an mich. Ich rufe das Recht des Schattenreichs aus. Das Blut des dunklen Magiers fließt in meinen Adern. Höre, was ich sage. Ich befehle dem Wind« – sie warf ihre Arme in die Höhe und ließ den Wind heulend hereinkommen – »zu mir zu kommen und meinen Krieger nach Hause zu bringen.«

Der Schattenkrieger verharrte regungslos mit dem Schwert in der Hand, die glühenden Augen auf Vikirnoff gerichtet. Immerhin hatte sie seine Aufmerksamkeit geweckt. Sie kannte viele Zauberformeln, Tausende davon. Sie hatte zufällig die richtige Kombination erwischt.

Natalya drehte sich zu dem Krieger um und schien dabei zu wachsen. Ihr Haar sprühte Funken, als sie ihre Arme nach der schattenhaften Gestalt ausstreckte. Die meisten Dinge waren durch Blut gebunden. Sie konnte es schaffen, wenn sie keinen Fehler machte. »Im Namen des Schattengesetzes und durch das Blut meiner Ahnen beanspruche ich das Recht, das mir durch das Blut des Magiers gegeben ist.«

Der Krieger fuhr zusammen, als hätte sie ihn geschlagen. Sein feuriger Blick löste sich vom Bett und wandte sich vollständig ihr zu. Natalyas Puls beschleunigte sich dramatisch. Sie wollte seine Aufmerksamkeit auf sich lenken, aber er war wirklich unheimlich. Ihre Hand schloss sich fest um das Heft ihres Schwertes, als sie in den uralten Beschwörungen nach den Worten suchte, die den Schattenkrieger erlösen könnten. »Was gegeben wurde, gebe ich jetzt durch die Macht von Luft und Feuer zurück.«

Der Wind wurde stärker und zerrte an dem grauen Rauch, aus dem die Gestalt des Kriegers bestand. Die Flammen in seinen Augen tanzten und loderten so hell auf, dass Funken in dem wirbelnden Rauch sprühten. Es war ein furchteinflößender Anblick.

Es funktioniert. Vikirnoff, der die Verbindung zu Natalyas Bewusstsein aufrechterhielt, beobachtete, wie ihr Verstand auf Hochtouren arbeitete, indem er blitzschnell Zauberformeln abrief und verwarf, Worte auswählte und neu zusammenstellte. Es erstaunte und beeindruckte ihn, über welch unglaubliches Wissen sie verfügte.

Natalya schluckte schwer und machte weiter. *Ich muss den Krieger in die Unterwelt zurückschicken, und zwar endgültig.*

Ich spüre deine Macht. Sie erfüllt den ganzen Raum.

Natalya holte tief Luft. Sie konnte es. Sie war dazu geboren. »Schatten und Staub kehren zurück, Erde versiegelt das Grab, aus dem du gekommen bist.« Ihr Selbstvertrauen wuchs. Das war ihr Reich. »Asche zu Asche, Staub zu Staub. Krieger, tu deinen letzten Atemzug und kehre zurück!« Ihre Stimme schwoll an. »Erde, Luft, Feuer, Wasser, hört meine Stimme, gehorcht meinem Befehl, verschließt das Grab und verschließt das Böse im Boden! Ich rufe das Gesetz der drei auf. Das ist mein Wille, und so soll es sein!«

Der Schattenkrieger starrte sie lange Zeit aus seinen feurigen Augen an. Dann verbeugte er sich leicht und salutierte mit seinem Schwert vor ihr. Der Wind rauschte durch das Zimmer, erfasste den Krieger und blies Rauch und Staub zur Tür hinaus in die Luft.

Der Schattenkrieger wurde fortgetragen, seine leere Hülle in Millionen Moleküle aufgelöst und über den Himmel verstreut. Sein Geist war endlich frei.

»Mögest du in einem anderen Reich ewigen Frieden finden, und möge das, was nicht länger dein ist, in alle vier Windrichtungen getragen werden, damit du in Frieden ruhen kannst.«

Natalya ließ ihr Schwert sinken und sackte an die Wand. Ihre Arme schmerzten, ihre Augen tränten, und ihre Haut brannte im Sonnenlicht. Sie stellte fest, dass sie schluchzte, dass ihre Brust vor Schmerzen wie zugeschnürt und ihre Kehle wund und rau war. Ihr Körper fühlte sich bleischwer an und schien in Flammen zu stehen. Schlimmer als das waren die Gefühle, die in ihrem Inneren tobten und jeden klaren Gedanken verhinderten.

Natalya.

Sie schloss die Augen vor der Intimität, die er ihrem Namen gab. Ainaak enyém, *warum weinst du, wenn du vernichtet hast, was noch keiner vor dir je besiegt hat? Du bist eine erstaunliche Frau. Eine wahre Kriegerin, und ein höheres Lob kann ich dir nicht aussprechen.*

In seiner Stimme lagen Bewunderung und Respekt, aber vor allem eine dunkle, samtige Sinnlichkeit, die ihr Inneres schmelzen ließ. Sie konnte ihn nicht anschauen, ohne weiche Knie zu bekommen. Natalya hasste es, so durcheinander und emotional zu sein und vor ihm zu weinen wie das kleine Mädchen, als das er sie bezeichnet hatte.

Du musst deine Herz- und Lungentätigkeit einstellen. Sie wischte sich die Tränen vom Gesicht und rappelte sich hoch. »Ich gebe dir kein Blut mehr, und du verlierst es in rauen Mengen.«

Ich kann meine Herztätigkeit nicht einstellen, wenn du weinst, als wäre dein Herz gebrochen.

»Ich weigere mich absolut, die Julia für deinen Romeo zu spielen. Es ist nur eine Überdosis Adrenalin, mehr nicht.« Sie schloss die Balkontür und sperrte sie ab, während sie sich bemühte, ihre Courage wiederzufinden und den Aufruhr der Gefühle abzuschütteln.

Es ist unmöglich, mich zu belügen, obwohl du dich vielleicht ganz gut selbst belügen kannst.

Natalya zog die Vorhänge zu, um das Licht wieder auszusperren. Die Erleichterung, die sich sofort einstellte, war ungeheuer groß. Einen Moment lang blieb sie mit geschlossenen Augen stehen und sammelte ihre Kräfte. Noch nie war sie so müde gewesen. Am liebsten hätte sie sich hingelegt und bis in alle Ewigkeit geschlafen. »Wie schlimm ist die Wunde diesmal?«

Er hat meinen Oberschenkel aufgeschlitzt. Ich bin froh, dass er nicht ein paar Zentimeter höher gezielt hat.

»Was bedeutet, dass du wieder mal das Bett vollblutest, stimmt's?« Beschämt, weil sie so viel Zeit gebraucht hatte, um sich von ihrem Kampf mit dem Schattenkrieger zu erholen, eilte sie zu ihm und schlug die Bettdecke zurück.

Vikirnoff war mit Blasen übersät, seine Haut wund und entzündet. Blut quoll aus der Wunde an seinem Oberschenkel. Natalya überlegte nicht lange. Sie handelte ganz automatisch, als sie ihre Hände auf die Wunde presste und sich nach der Holzschale mit dem Rest von der Erde umschaute, die Slavica gebracht hatte.

»Du siehst zum Gotterbarmen aus«, stellte sie fest.

Du auch.

Sie senkte den Kopf und wich seinem Blick aus, während sie die Erde aufbereitete. Natalya wusste, dass sie wie Frankensteins Braut aussah. Und warum musste er so zärtlich klingen? Sie würde gleich wieder in Tränen ausbrechen, wenn er so weitermachte. Wütend zu sein war leichter. Sie wusste nicht einmal, warum zum Teufel sie eigentlich weinte, aber sie schien nicht aufhören zu können.

Warum denkst du so etwas? Du bist sehr schön, das musst du doch wissen. Sieh dich mit meinen Augen.

Sie versuchte, das leichte Kribbeln zu unterdrücken, das seine Bemerkung in ihr hervorrief. Sie war so durcheinander, so aufgewühlt. Ihre ganze Welt stand kopf. Vikirnoff war ein Jäger und damit ihr größter Feind, aber die Frau in ihr reagierte unglaublich stark auf ihn.

Du bist böse auf mich, weil du glaubst, dass ich dir nicht genug traue, um mein Herz und meine Lungen stillstehen zu lassen. Doch so ist es nicht. Ich verlasse mich seit gut tausend Jahren auf mein Urteilsvermögen.

»Ein tolles Urteilsvermögen!« Natalya stemmte ihre Hände in die Hüften und verdrehte die Augen. »Dein Plan war zu sterben, damit das ›Kleinchen‹, das dir nebenbei mal wieder den Hintern

gerettet hat, weglaufen kann! Es ist mir ein Rätsel, wie du es geschafft hast, die ganze Zeit allein zu überleben. Das ist ein wahres Wunder.«

Du hast mich nicht ausreden lassen. Ich konnte dich nicht ohne meinen Schutz zurücklassen, so wenig ich davon im Moment auch zu bieten habe. Das ist mir einfach nicht möglich. Deine ungeheuren Fähigkeiten sind nicht zu übersehen, aber ich habe noch nie gehört, dass ein Schattenkrieger besiegt worden ist. Ich konnte nicht einfach schlafen und dich einer solchen Gefahr ausliefern.

Natalya schluckte den Kloß hinunter, der ihr in der Kehle steckte. Vikirnoff klang so aufrichtig und besorgt. Er hatte an sie gedacht, obwohl er vom Sonnenlicht gefoltert worden war und man ihm eine frische Wunde zugefügt hatte. Sie gab ihm keine Antwort. Schweigend versorgte sie sein Bein und stillte die Blutung, bevor sie ihren Geist von ihrem Körper löste und ihn von innen heilte. Sie konzentrierte sich völlig auf ihre Aufgabe und war froh, nicht darüber nachdenken zu müssen, was mit dem Jäger und ihr passierte.

Als sie in ihren Körper zurückkehrte, schwankte sie vor Müdigkeit. »Besser kann ich es nicht. Schlaf jetzt, Vikirnoff. Wir haben noch ein paar Stunden bis Sonnenuntergang.«

Bevor sie sich bewegen konnte, wisperte er etwas Leises, nahezu Unhörbares in ihr Ohr. Müde und nicht auf etwas Derartiges vorbereitet, spürte Natalya, wie er ihr Bewusstsein unterwarf und sie in seinen Bann schlug. Sie wusste, dass sie einschlafen würde, als sie sich neben ihm ausstreckte, aber sie war machtlos dagegen. Das Letzte, was sie erfasste, war, wie sein Mund über die Blasen in ihrem Gesicht und an ihrem Hals strich, um die Verbrennungen zu heilen.

»Natalya, du hast gar nicht gemerkt, dass ich mir heute die Haare habe schneiden lassen.«

Natalya lachte. »Doch, hab ich. Aber weil du so eitel bist, wollte ich nichts sagen, damit du nicht noch eingebildeter wirst. Dir liegt so viel daran, ob die Frauen dir nachgucken, dass es zum Lachen ist.«

»Wenn du mir deine Bewunderung vorenthältst, muss ich sie eben woanders suchen. Der Mann, der sich mal in dich verliebt, tut mir jetzt schon leid.«

Natalya warf ihr leuchtendes Haar zurück und schnitt ihrem Bruder ein Gesicht. »Meinetwegen können sich tausend Männer in mich verlieben, ich habe jedenfalls nicht die Absicht, mich in einen von ihnen zu verlieben. Ich sehe doch, wie du bist, wenn eine Frau deinem Charme verfallen ist. Das ist nichts für mich.«

Razvan umarmte sie. »Keine Sorge, du bist und bleibst meine Lieblingsschwester.«

»Ha! Ich bin deine einzige Schwester. Ein schöner Trost.«

Razvan lachte und sprang davon wie ein junges Fohlen, das über einen kleinen Hügel setzt. »Machen wir doch ein Wettrennen nach Hause! Komm schon, Natalya, sei nicht so zimperlich. Ein bisschen schneller musst du schon laufen.«

Natalya hörte, wie Razvan aus der Ferne nach ihr rief. Sie rannte und rannte, aber sie konnte ihn nicht einholen. Seine Stimme hörte sich an, als lachte er. Sie liebte den Klang seines Lachens, doch sie ärgerte sich, weil sie nicht aufholte. Razvan konnte sie fast nie bei einem Wettlauf schlagen. Aber was Magie anging, war sie ihm an Wissen weit voraus. Sie wusste, dass sie ziemlich ehrgeizig war, und im Moment störte es sie, dass sie ihren Bruder nicht einholen konnte.

»Halt!« Natalya schaute in alle Richtungen. »Ich kann dich nicht sehen.«

»Ich bin tot. An diesen Ort kannst du mir nicht folgen. Der

Jäger hat mich umgebracht und du hast meinen Tod noch nicht gerächt.«

Ihr Herz klopfte laut. »Ich weiß nicht, welcher Jäger dich getötet hat.«

»Das spielt keine Rolle. Sie sind der Feind, und sie wollen unseren Tod. Du bist meine geliebte Schwester. Ich kann dich nicht vor ihnen retten. Das musst du selbst tun.«

Natalya riss sich gewaltsam aus dem Schlaf. Sie musste sich durch ganze Schichten von Benommenheit kämpfen, und das erforderte alles, was sie an Disziplin und Willenskraft besaß. Jeder Muskel in ihrem Körper schmerzte, doch ihre Haut war unversehrt, die Blasen und die hässlichen roten Verbrennungen waren verschwunden, als wären sie nie da gewesen. Direkt über ihrer Pulsader pochte ihr Hals. Als sie eine Hand auf die Stelle legte, spürte sie, wie ein warmes Prickeln durch ihren Körper lief.

Ihr Hals tat weh. Sie rollte sich aus dem Bett, lief los, sowie ihre Füße den Boden berührten, und rannte ins Badezimmer, um das Mal an ihrem Hals anzustarren. »Verdammt, verdammt, verdammt!« Hastig zog sie sich an und stopfte ihre Sachen in einen Rucksack. »Du hast wieder mein Blut genommen, du Ausgeburt der Hölle. Ich weiß, dass du es getan hast.«

Hunger befiel sie, scharf und beißend. Wie ein lebendiges Wesen kroch er durch ihren Körper und lähmte ihr Denken, begleitet von einem leisen, verführerischen Wispern. Ihr Mund tat weh, ihre Zähne schienen danach zu verlangen, länger zu werden, und in ihrer Mundhöhle sammelte sich Speichel. Sie wandte den Kopf und erschrak. Vikirnoffs schwarze Augen fixierten sie, und in seinem dunklen Blick spiegelte sich der gleiche Hunger.

Ohne zu zögern, riss sie ein paar elastische Handschellen aus ihrem Rucksack und legte sie um Vikirnoffs Handgelenke. Er machte keine Anstalten, sie daran zu hindern, sondern starrte sie einfach unverwandt an.

»Tut mir leid. Du kannst so böse schauen, wie du willst, aber du bist gefährlich. Auch in deiner momentanen Verfassung jagst du mir eine Riesenangst ein. Ich will fort von hier, und ich möchte nur dafür sorgen, dass ich einen guten Vorsprung habe, ehe du mir folgst.«

Vikirnoff versuchte, sich zu bewegen, und musste feststellen, dass sie die Handschellen magisch verstärkt hatte. Seine Gesichtszüge verhärteten sich merklich, und seine Augen verfinsterten sich, doch er gab keinen Laut von sich. *Und du glaubst, ich lasse dich einfach gehen?*

»Ich habe nicht vor, dir eine Wahl zu lassen. Ich will nicht, dass du mein Blut trinkst, wann immer dir danach zumute ist.« Ihre Augen spiegelten den Sturm wider, der sich in ihrem Inneren zusammenbraute. »Glaubst du, ich bin so dumm und wüsste nicht, wie viel Macht Blut hat?«

Ich weiß, dass ich es nicht zulassen werde.

Sie warf ihr Haar zurück und zuckte die Schultern. »Jammerschade, dass du da nicht mitzureden hast. Tut mir leid, wenn du sauer bist, aber ich eigne mich nicht zur Gefährtin. Selbst wenn es uns bestimmt ist, zusammen zu sein, was ich stark bezweifle, es würde nicht hinhauen. Ich nerve dich. Du machst mich rasend. Wir wären ständig bei einer Partnerschaftsberatung.« Sie tätschelte seinen Kopf, eine Geste, die ihn ärgern sollte, aber wie von selbst zu einer Liebkosung wurde. Ihre Finger verharrten unwillkürlich und streichelten die seidigen Strähnen. In dem Moment, als ihr bewusst wurde, was sie tat, riss sie ihre Hand zurück, als hätte sie sich verbrannt.

Vikirnoff sagte nichts, sah jedoch gefährlicher denn je aus. Es erstaunte sie, wie viel Macht er auszustrahlen schien, obwohl er verwundet und gefesselt war.

Obwohl Natalya nicht wusste, warum sie sich eigentlich verteidigen sollte, versuchte sie es erneut. »Hör mal, ich hätte dich im Wald deinem Schicksal überlassen können. Und ich hätte dich dem Schattenkrieger ausliefern können«, erinnerte sie ihn. »Ich habe dich nur zu unser beider Schutz festgebunden. Ich traue dir nicht.«

»Du warst es, die mich im Wald attackiert hat«, sagte er.

Natalya blinzelte schnell. Seine Stimme war leise und bezwingend und löste ein leichtes Flattern in ihrer Magengrube aus. »Das war keine Absicht, und das weißt du auch. Du bist einfach vom Himmel gefallen und zwischen dem Vampir und mir gelandet. Ich habe ihn angegriffen, nicht dich. Wie auch immer, das habe ich durch meine Hilfe wiedergutgemacht. Wenn ich dich da draußen gelassen hätte, wären die Wölfe zusammen mit den Vampiren zurückgekommen, und du wärst jetzt tot oder gefangen.«

Er sah auf seine Handschellen hinunter. »Wie es aussieht, bin ich jetzt *dein* Gefangener.« Seine Stimme war sinnlich und schien mehr anzudeuten, als er mit Worten sagte.

Sie spürte, wie ihr leichte Röte ins Gesicht stieg. Ihr Temperament meldete sich. »Du bist die Handschellen los, sowie der Zauber an Wirkung verliert. Dadurch habe ich einen guten Vorsprung, wenn ich jetzt aufbreche. Dir passiert schon nichts.«

»Ich werde das nicht erlauben. Du kannst von mir verlangen, was du willst, das jedoch nicht, Natalya. Ich warne dich. Ich lasse nicht zu, dass du einfach vor deiner Verantwortung wegläufst.«

Natalya warf den Kopf zurück und funkelte ihn an. »Wer hätte gedacht, dass der Jäger ein schlechter Verlierer ist? Reden kostet nichts, *Kleiner!*«

Noch immer zuckte er mit keiner Wimper, sondern starrte sie einfach nur an. Sie wusste, er konnte hören, wie laut ihr Herz schlug, und das bestärkte sie nur in ihrem Entschluss, sich von ihm abzusetzen. Seine Augen hatten sich zu einem wenn möglich noch tieferen Schwarz verfinstert, das sie vor plötzlicher

Unruhe erschauern ließ. Er hatte vor ihr eine geistige Barriere errichtet, höchstwahrscheinlich, um zu verhindern, dass sie seine Schmerzen empfand, aber auch um andere Gefühle wie Wut oder Zorn vor ihr abzuschirmen. Seine Augen waren so aufgewühlt und finster wie eine Sturmnacht.

»*Te avio päläfertiilam. Èntölam kuulua, avio päläferiilam.*« Er wisperte die Worte in der uralten Sprache der Karpatianer, ohne den Blick von ihr zu wenden. »*Ted kuuluak, kacad, kojed. Èlidamet andam. Pesämet andam. Uskolfertiilamet andam. Sielamet andam.*«

»Hör auf!« Sie presste eine Hand an ihr Herz. Was er auch sagte, es zeigte bei ihr eine Wirkung. Sie wusste über Zauberformeln Bescheid. Sie kannte beinahe alle, aber diese Worte waren ihr fremd. Sie verstand Ungarisch, doch seine Sprache, die noch viel älter war, kannte sie nicht. Aber das schien nichts auszumachen. Sie spürte jedes Wort mit Herz und Seele.

Vikirnoffs Miene blieb unbewegt. Noch immer fixierte er sie und hielt sie trotz der Schließen um seine Handgelenke mit seinen Augen und seiner Stimme gefangen. »*Ainamet andam. Sívamet kuuluak kaik että a ted. Ainaak olenszal sívabin.*«

Während er sprach, schien jedes Wort, das in diesem sinnlichen, beschwörenden Tonfall über seine Lippen kam, tief in ihren Körper und ihr Bewusstsein einzudringen, sich um ihr Herz zu schlingen, noch tiefer zu gehen und an irgendetwas in ihr zu rühren, das nach ihm verlangte. »Hör auf«, wiederholte sie.

»*Te élidet ainaak pide minan. Te avio päläfertiilam. Ainaak sívamet jutta oleny. Ainaak teràd vigyázak.*«

Magie. Es musste Magie im Spiel sein. Natalya hielt sich wieder die Ohren zu, doch nichts konnte dieses leise Raunen aufhalten. Schlimmer noch, sie hatte allmählich den Eindruck, dass sie einige der Worte verstand, obwohl sie sicher war, diese Sprache noch nie gesprochen zu haben. »Was hast du getan?« Sie drückte sich an die Wand und versuchte, sich kleiner zu machen, als könnte sie so seiner Magie entkommen.

Sie war so sicher gewesen, ihn mit körperlichen und übernatürlichen Fesseln gebunden zu haben, aber seine Worte hatten etwas mit ihr gemacht, das unwiderruflich war. Sie spürte, dass sich alles in ihr nach ihm sehnte. Ihn brauchte. Ihn wollte. Irgendwie hatten diese uralten Worte ihre Seele für alle Ewigkeit an seine gebunden, als wären sie tatsächlich zwei Hälften eines Ganzen und durch die Formel miteinander vereint.

»Was hast du getan?«, fragte sie wieder, als er sie nur wortlos aus seinen viel zu dunklen Augen ansah. »Es geht irgendwie darum, dass du mir Körper und Seele und Herz gibst oder so. Das hast du doch gesagt, oder? Antworte gefälligst, von Shrieder! Was hast du gemacht? Was hast du gesagt?«

»Ich habe beansprucht, was mir rechtmäßig zusteht.«

»Übersetze es für mich.«

Vikirnoff betrachtete ihr blasses Gesicht. Ihre Augen wirkten riesig, und ihre Lippen bebten. »Hab keine Angst. Das Ritual ist so alt wie die Zeit selbst, und es hat noch nie jemandem geschadet.«

Natalya biss die Zähne zusammen und entschied sich für eine faustdicke Lüge. »Ich habe keine Angst. Ich bin wütend. Du hast mich irgendwie gebunden, oder?«

»Du meinst, so wie du mich gebunden hast?« Sein Ton war milde.

Sie spürte, wie ihr die Röte ins Gesicht schoss. »Vielleicht bin ich zu weit gegangen«, gab sie zu. »Ich hebe meinen Bann auf, wenn du dasselbe mit deinem machst.«

»Das ist nicht möglich.«

Er klang kein bisschen zerknirscht. Eigentlich verriet seine Stimme überhaupt keine Gefühlsregung.

Natalyas Atem entwich mit einem Zischen. »Es wäre mir lieb, wenn du das, was du gesagt hast, in eine Sprache übersetzen könntest, die ich verstehe. Jeder magische Bann kann aufgehoben werden, wenn man weiß, was man tut. Und ich weiß immer, was ich tue.«

Vikirnoff betrachtete nachdenklich ihr Gesicht. Natalya log wie gedruckt. Er konnte ihre Angst förmlich riechen. Sie wusste vielleicht nicht, was er getan hatte, aber sie spürte instinktiv, dass es etwas Unwiderrufliches war, das ihr Leben für immer verändert hatte. »Ich kann es nicht wortwörtlich übersetzen, doch sinngemäß ziemlich genau wiedergeben«, antwortete er. »Die Worte werden immer zuerst in unserer Sprache gesprochen und dann für die Frau in eine Sprache übersetzt, die sie verstehen kann, obwohl es auch ohne das bindend ist. Grob gesagt bedeutet es, dass ich dich als meine Gefährtin des Lebens beanspruche.«

Natalya schnappte nach Luft. Seine Stimme war sinnlich und faszinierend und übte jetzt genauso viel Macht auf sie aus wie in dem Moment, als er all diese Dinge zu ihr gesagt hatte, die sie nicht verstanden hatte.

»Ich gehöre zu dir«, fuhr Vikirnoff fort. »Ich gebe mein Leben für dich. Ich schenke dir meinen Schutz und meine Treue, mein Herz, meine Seele und meinen Körper. Ich nehme alles, was dein ist, in meine Obhut. Dein Leben, dein Glück und dein Wohlergehen werden für mich immer an erster Stelle stehen. Du bist an mich gebunden und für immer in meiner Obhut. Das ist die Übersetzung, die dem Inhalt am nächsten kommt. Die Männer meiner Spezies werden mit der Kenntnis dieser rituellen Worte geboren. Sie sind in der Lage, ihre Gefährtin aus ebendiesen Gründen zu binden, die du heute Abend vorgebracht hast.« Er hielt seine gebundenen Hände auf ihre Augenhöhe. »Du solltest mehr Respekt vor deinem Gefährten haben.«

»Okay.« Sie lief rastlos hin und her. »Okay, runter mit den Händen. Diese Runde geht an dich. Und jetzt nimm es zurück. Mach das Ganze rückgängig.«

Kapitel 6

Vikirnoff konnte den Blick nicht von Natalyas Gesicht wenden, auf dem sich Zorn und Verwirrung abzeichneten. Mit jedem Schritt, den sie machte, vollzog sich an ihrem Äußeren eine Veränderung. Ihre Haut begann zu leuchten, ihr goldbraunes Haar schimmerte an manchen Stellen hell, an anderen dunkel, als hätte es kaum wahrnehmbare Streifen, und strahlte selbst in der Dunkelheit vor Kraft und Licht. Auch ihre Augen waren eigenartig. Ihre Farbe wechselte ständig, war einen Moment meergrün und strahlend, um im nächsten wie fahles Perlmutt zu schimmern. Ihre fließenden Bewegungen wirkten fast animalisch, als sie völlig lautlos auf ihn zukam, den Blick starr auf sein Gesicht gerichtet.

»Auch wenn es in meiner Macht stünde, Natalya, würde ich es nicht tun.« Er konnte fühlen, wie im Zimmer eine sehr reale Macht entstand und die Atmosphäre elektrisch auflud. Natalya war wütend, und möglicherweise, gestand er sich ein, hatte sie Grund dazu. Er hatte nicht vor, sie einfach gehen zu lassen, aber er hatte nicht bedacht, dass sie die Natur eines Tigers besaß. Sie war wild und unbezähmbar. Daran hätte er denken und behutsamer vorgehen sollen. Sie war gefährlich, das konnte er sehen und auch spüren. Er beschloss abzuwarten, mit allem zu rechnen und seine eigenen sehr heftigen Gefühle zu unterdrücken, um für sie beide die Ruhe zu bewahren.

Natalya durchquerte das Zimmer, bis sie dicht vor ihm stand. Die Anspannung steigerte sich, bis sie förmlich mit Händen zu greifen war. »Ich glaube, du bist nicht in der Position, Nein zu sagen. Ich könnte dir jetzt sofort die Kehle durchschneiden, und du könntest kaum etwas dagegen tun. Ich habe Vampire getötet. Für mich bist du kaum etwas anderes.«

»Wenn es das ist, was du willst.«

»Du bist so ein Bastard!« Sie wandte sich von ihm ab, zorniger, als sie es je im Leben gewesen war. Tief in ihrem Inneren kämpfte das Tigerweibchen um Freiheit, um die Freiheit, Natalyas Feind endgültig auszulöschen. »Mach es rückgängig!«

Er seufzte leise. »Das kann ich nicht.«

»Ich hätte dich im Wald verbluten oder in der Sonne verbrennen lassen sollen.«

»Du konntest es nicht. Du wolltest mich nicht mitnehmen, aber du konntest mich nicht zurücklassen. Das ist die Wahrheit.« Seine Stimme war sanft, doch sie empfand seine Worte als Tadel.

»Ich schulde dir gar nichts! Ich habe dich nicht gebeten, dich einzumischen, und ich wäre gar nicht erst verletzt worden, wenn du nicht so laut geheult hättest, dass man dich überall hören konnte.« Ihr Herz schlug so wild, dass sie Angst hatte, es könnte bersten. Sie hatte gegen Vampire gekämpft, und doch machte ihr dieser Mann, der gefesselt war und völlig regungslos auf dem Bett lag, auf eine Weise Angst, die sie nicht einmal annähernd verstehen konnte. Ihre Lungen brannten, und ihre Kehle fühlte sich wund an.

Plötzlich begriff sie. Sie hatte keine Angst vor ihm, sie hatte Angst *um* ihn. Sie fürchtete, die Macht und der Zorn in ihrem Inneren könnten eine explosive Mischung ergeben. Die entfesselte Tigerin könnte Dinge anrichten, die sie nie wiedergutmachen könnte. Aber trotzdem würde sie sich von diesem Mann nicht einsperren lassen. Von niemandem. Falls ... *falls* sie je einen Gefährten wollte, würde es ihre eigene Entscheidung sein.

Natalya zwang Luft in ihre Lungen, zwang ihr Herz, wieder normal zu schlagen. Das dunkle Blut der Magier floss sehr stark in ihr. Sie konnte aufheben, was Vikirnoff bewirkt hatte. In all den Jahren des Lernens hatte kein anderer geschafft, was sie geleistet hatte. Trotzdem würde sie nicht so tief sinken, einen hilflosen Mann zu ermorden.

»Was du getan hast, war falsch, Vikirnoff. Welche Gründe du auch haben magst, sie sind nicht gut genug, um zu rechtfertigen, dass du mir meine Freiheit nimmst.« Als sie zu ihm schaute und seine dunklen Augen sah, die so von Schmerz erfüllt waren, erkannte sie, dass die ungeheure Anziehungskraft zwischen ihnen so stark geworden war, dass sie ihre Empfindungen nicht mehr von seinen unterscheiden konnte. Es war fast so, als würden sie einander und jedem ihrer Gefühle, von Zorn bis Leidenschaft, in einer langen, atemberaubenden Achterbahnfahrt neue Nahrung geben. Er wirkte ruhig, aber wenn sie an sein Bewusstsein rührte, merkte sie, dass er alles genauso intensiv empfand wie sie. Und seine Verwirrung reichte ebenso tief wie ihre.

Sie streckte ihr Kinn vor. »Ich will im Moment nicht weiter darüber diskutieren. Das führt zu nichts.« Und das war wahr. Sie hatte Vertrauen in sich. Vikirnoff wusste nicht, wie stark sie war, aber sie wusste es. Sie war überzeugt, dass ihr mit der Zeit ein Gegenzauber einfallen würde, wenn ihr erst einmal der genaue Wortlaut seiner Formel bekannt war. Er hatte ihr nur eine grobe Übersetzung gegeben, doch sie würde sich anhand dessen, was er gesagt hatte, alles zusammenreimen.

»Natalya«, begann Vikirnoff. Er hatte keine Ahnung, warum er versuchte, sich zu entschuldigen oder auch nur sein Bedauern zum Ausdruck zu bringen. Er hatte sie erzürnt, aber es war ganz natürlich, dass er sie am Gehen hinderte. »Ich bin weder ein Mensch noch ein Magier. Meine Spezies hat Instinkte, denen sie gerecht werden muss.«

»Du hattest eine Wahl, Vikirnoff. Rede dich nicht damit heraus, dein Handeln wäre vom Instinkt bestimmt gewesen. Du bist ein denkendes Wesen. Ich wollte etwas tun, was dir falsch erschien, und du hast mich aufgehalten. Das bedeutet, dass du mir deinen Willen aufgezwungen hast, ob du es nun so sehen willst oder nicht.«

Er runzelte die Stirn. »Und mich zu fesseln und mit einem Zauber zu binden, war etwas anderes? Heißt das nicht, dass du mir deinen Willen aufgezwungen hast? Ich hätte dich nie ohne deine Zustimmung an mich gebunden, wenn du nicht beschlossen hättest zu gehen.«

Plötzlich spürten beide, wie die Erde bebte, und einen Moment lang herrschte Schweigen. Natalya warf Vikirnoff einen vielsagenden Blick zu. »Die Sonne ist untergegangen.«

»Ja, und die Erde protestiert, weil die Vampire sich erheben. Ich fühle die Gegenwart von mehr als einem Untoten.« Vikirnoff setzte sich vorsichtig auf.

Als hätte es nie eine magische Fessel gegeben. »Als hätte ich zehn Minuten damit verbracht, nichts zu tun.« Sie sah zu, wie die Handschellen von seinen Handgelenken glitten und auf den Boden fielen, und schüttelte den Kopf. Was für einen Sinn hatte es schon, in Wut zu geraten? Sie hätte wissen müssen, dass er nicht so leicht zu unterwerfen war. Normalerweise war sie klüger. Er war ein Jäger vom uralten Stamm und besaß viel mehr Macht, als sie ihm zugetraut hatte. Sollte er sie ruhig unterschätzen. Sie würde denselben Fehler kein zweites Mal machen. »Warum hatte mein Bannspruch keine Wirkung bei dir?« Es war besser, wenn sie es herausfand. Wissen war Macht, und es sah ganz danach aus, als würde sie bei Vikirnoff jeden Vorteil brauchen, den sie sich verschaffen konnte.

Er zog angesichts ihres gelassenen Tons die Augenbrauen hoch. »Ich war in deinem Bewusstsein. Genauso schnell, wie du den Bann gesprochen hast, habe ich ihn wieder aufgehoben«, gab er zu, während er beide Hände auf die Wunde in seiner Brust legte. Alles Blut wich aus seinem Gesicht; seine Haut war aschfahl und mit winzigen Blutstropfen übersät.

Natalya stemmte die Hände in die Hüften. »Vielleicht solltest du dich lieber wieder hinlegen. Hast du eigentlich eine Ahnung, wie nervig du sein kannst, wenn du den Helden mimst?«

»Ich komme allmählich dahinter. Die Vampire schwärmen aus, und wenigstens einer von ihnen ist uns auf der Spur. Wir können nicht zulassen, dass sie hierher ins Gasthaus kommen. Ich ziehe sie genauso stark an wie du, das weißt du. Und ich bin jetzt viel kräftiger als letzte Nacht.«

»Da du gestern Nacht dem Tode nahe warst, hat das nicht viel zu sagen.« Sie stieß einen kleinen Seufzer aus, als sie sah, wie er seine Beine über die Bettkante schwang. Er wollte aufstehen. Ihn stumm leiden zu sehen, brach ihr das Herz, obwohl sie eben noch so wütend auf ihn gewesen war. »Sag mir bitte, dass es nicht dieser Armleuchter Arturo oder, schlimmer noch, Henrik ist! Mit dem ist es diesmal wirklich aus und vorbei, oder?« Sie versuchte zu scherzen, um ihn abzulenken.

»Henrik kann nicht mehr auferstehen. Sein Herz wurde verbrannt.«

»Henrik war ein echter Freddie. Ich glaube, ich werde ihn vermissen.«

»Du scheinst von diesem Kerl ja geradezu besessen zu sein.« Vikirnoffs Blick fing ihren ein.

Natalya warf ihm ein schnelles Grinsen zu. »Klingt ja fast eifersüchtig. Freddie Krueger ist ein richtiges Herzchen und außerdem der Held der Spätvorstellungen im Kino.«

Etwas an ihrem Ton ließ ihn erkennen, dass er auf den Arm genommen wurde, für ihn eine ganz neuartige Situation, aber eine, an die er sich vermutlich lieber gewöhnen sollte. »Er ist nicht echt?« Natalya versuchte, ihren Streit beizulegen, und dafür war er dankbar. Sein ganzer Körper schrie vor Schmerzen, und ihm war klar, dass ihm höchstwahrscheinlich ein Kampf bevorstand.

»Nein. Er ist eine Figur aus einer Horrorfilm-Serie. Ich kann nicht glauben, dass du ihn nicht kennst. Was kann man nachts sonst noch machen, wenn alle anderen schlafen?« Natalya wandte sich ab, um Vikirnoffs allzu intensivem Blick auszuweichen. Er konnte eine Frau aus fünfzig Meter Entfernung dahinschmelzen lassen. Mit ihm in einem Schlafzimmer zu sein, war einfach zu intim, vor allem, wenn er kein Hemd trug. Der Mann hatte wirklich einen tollen Oberkörper. Sogar mit einem Loch in der Brust.

Es schockierte Natalya, dass sie seine Brust zur Kenntnis nahm. Und seine Augen. Und seinen Mund. Er warf ihr ein kurzes Lächeln zu, das ihn viel jünger erscheinen ließ, und sofort sehnte sie sich fast verzweifelt danach, es noch einmal zu sehen. Das unerwartete Verlangen war so stark, dass sie auf ihre sorgfältig kultivierte flapsige Art zurückgriff und sich in Erinnerung rief, dass sie nicht vorhatte, seinen Anspruch auf sie zu akzeptieren. »Dein Mund wäre perfekt, wenn du ihn nicht geschlossen hieltest. Und nur zu deiner Information, sowie wir die Vampire los sind, wirst du diese Bindung zwischen uns aufheben, sonst mache ich es, und das könnte unangenehm für dich werden.« Sie nahm frische Sachen aus der Kommode. »Ich nehme an, uns bleibt nicht viel Zeit.«

»Ich will nicht, dass Arturo merkt, wie gut du mit Slavica und ihrer Familie befreundet bist. Vampire genießen es, die Freunde und Verwandten ihrer Feinde zu töten.« Er wollte mit ihr keinen neuen Streit wegen der rituellen Worte anfangen. Sie war wütend gewesen und hatte in ihrem gerechten Zorn durchaus gefährlich gewirkt. Er wollte Gelegenheit haben, über alles gründlich nachzudenken, ehe er das Thema erneut zur Sprache brachte.

Sie steckte ihren Kopf zur Badezimmertür hinaus, während sie sich in ihre Jeans zwängte. »Das klingt, als würdest du aus Erfahrung sprechen.«

»Ich habe viel Erfahrung mit den Untoten, Natalya, und keine davon war gut. In dieser Gegend wimmelt es von Vampiren.«

»Das liegt daran, dass ich hier bin. Sie folgen mir jetzt ständig, und zwar schon eine ganze Weile. Das ist seltsam, wenn man bedenkt, dass sie mich vorher jahrelang in Ruhe gelassen haben.«

»Was erklären würde, warum du nicht wusstest, dass man das Herz verbrennen muss.«

»Es war ziemlich lästig.«

»Das kann ich mir vorstellen. Hast du eine Ahnung, warum sie hinter dir her sind?«

Natalya zog ein enges T-Shirt über ihren Kopf und kam heraus. Vikirnoff war bereits vollständig bekleidet, und im Vergleich zu ihm fühlte sie sich sofort schlampig. Selbst sein Haar war glatt und ordentlich, und auf seinem Hemd war weder Blut oder auch nur eine Falte zu entdecken. Er hielt sich ein bisschen gebeugt, aber seine Kleidung war perfekt. Sie schob ihre Füße in dicke Socken und feste Schuhe und legte das Schulterhalfter für ihre Pistolen und zusätzliche Munition um. »Arturo hat gesagt, dass ich eine Kleinigkeit für ihn erledigen soll.« Mehr als alles andere wünschte sie sich für Vikirnoff einen Ort, wo er sich ausruhen und seine Verletzungen auskurieren konnte. Da sie wusste, dass es zwecklos wäre, mit ihm darüber zu reden, versuchte sie es gar nicht erst.

Vikirnoff beobachtete, wie sie verschiedene Waffen in die Schlingen und Fächer ihrer Kleidung steckte, und bewunderte unwillkürlich, wie routiniert sie mit den Waffen umging. Sie wusste, was sie tat, und war offensichtlich im Gebrauch jeder einzelnen Waffe, die sie bei sich trug, geschult, vor allem mit dem Schwert wirkte sie sehr sicher. »Und du hast keine Ahnung, was das sein könnte?«

Natalya schüttelte den Kopf. »Aber in letzter Zeit verspüre ich das zwanghafte Bedürfnis, in die Berge zu gehen und eine ganz bestimmte Höhle zu suchen.« Sie sagte es so beiläufig, wie sie konnte, ohne das lähmende Grauen zu erwähnen, das sie häufig empfand.

Sein Blick fixierte sie, dunkel, eindringlich und abschätzend. »›Zwanghaft‹ ist ein starkes Wort.«

»Es ist auch ein sehr starker Zwang.« Sie hatte es niemandem außer Razvan erzählt, und auch das nur in ihren Träumen. Von dem Moment an, als ihr klar geworden war, dass sie unter einem äußeren Zwang handelte, verspürte sie Angst bei der Frage, wer oder was es geschafft hatte, ihre Schutzbarrieren zu überwinden und Macht über sie zu gewinnen. Sie betrachtete Vikirnoffs Gesicht. Er war oft in ihrem Bewusstsein, trotzdem nahm sie es kaum wahr, und das war beunruhigend. Sie war mächtig, und sie hatte ihre Barrieren. Was hatte ihre übernatürlichen Fähigkeiten so sehr eingeschläfert, dass Vikirnoff in der Lage gewesen war, ihre Schutzschilde zu überwinden und in ihr Bewusstsein einzudringen? Das war eine Frage, mit der sie sich beschäftigen musste, sowie die Vampire nicht mehr Jagd auf sie machten.

Er schüttelte den Kopf. »Ich war es nicht. Erlaube mir, nach unsichtbaren Fäden zu suchen. Es gibt immer einen Pfad, der zum Urheber zurückführt.«

Sie schnappte nach Luft und trat einen Schritt zurück. »Nein. Ich habe schon gesucht und nichts gefunden. Ich will nicht, dass du durch meinen Kopf geisterst.«

Seine Miene verhärtete sich. »Ich habe aus Höflichkeit um deine Erlaubnis gebeten.«

Sie knirschte mit den Zähnen. »Machst du das mit Absicht?«

»Was?«

Sie griff nach ihrem Rucksack und packte zwei Wasserflaschen ein. »Mich zur Weißglut zu bringen.«

»Vielleicht ist es eine Gabe.«

Sie unterdrückte ein Lächeln, als sie den Rucksack schulterte und aufstand. Sein Ton war spöttisch und hatte einen rauchigen und sehr sinnlichen Klang, der einen durchaus schwach werden lassen konnte, aber die Tatsache, dass er versuchte, sie zum Lachen zu bringen, war es, die ihr Herz schneller schlagen ließ.

»Ich gehe in die Berge. Sie werden mir folgen und Slavica und ihre Familie in Ruhe lassen.« Sie sah ihn an. »Kommst du mit?«

»Natürlich.«

»Bist du kräftig genug, um mich hier heil herauszubringen?« Ihr Kinn war herausfordernd gereckt, aber in ihren Augen spiegelte sich Unsicherheit wider. Mehr als das. Erwartung und Hoffnung lagen darin.

Endlich. Endlich konnte er ihr etwas geben. Er stählte sich für die bevorstehenden Qualen und warf ihr ein träges Grinsen zu. »Du willst fliegen.«

»Wenn du schon vorhast, wie eine Klette an mir zu hängen, kann ich wenigstens ein bisschen Spaß dabei haben.« Natalya zuckte die Schultern und versuchte, unbeteiligt auszusehen, obwohl sie insgeheim so sehr darauf brannte zu fliegen, dass sie sich kaum beherrschen konnte. Sie war eine fantastische Athletin und konnte eine andere Gestalt, die einer Tigerin, annehmen, eine Gabe, die ihr angeboren war, aber sie hatte fast ihr ganzes Leben davon geträumt, über den Nachthimmel zu gleiten.

Vikirnoff betrachtete ihr abgewandtes Gesicht. Es war ein geheimes Verlangen, das sie ihm anvertraute, eines, das sie für sich behielt und für das sie sich genierte. Er stand auf und hielt ihr eine Hand hin. »Na schön, dann mal los.«

Sie zögerte, bevor sie seine Hand nahm. Seine Finger schlossen sich stark und fest und unglaublich warm um ihre. Sein Daumen strich über ihren Handrücken, und sie war sich seiner Nähe eindringlich bewusst, als sie die Balkontür öffneten.

»Deine Verletzungen können unmöglich schon verheilt sein«, sagte sie, als sie mit ihm ans Geländer trat. »Kannst du das wirklich? Wir können auch auf andere Weise auf den Berg kommen. Der Tiger kann dich tragen.«

Er legte eine Hand auf das Loch in der Nähe seines Herzens und löste sich von seinem körperlichen Ich, um die Schäden in seinem Inneren zu begutachten. Natalya hatte gute Arbeit geleistet. Sein Körper versuchte, sich selbst zu heilen. Die Wunden waren noch vorhanden und schmerzten, aber Muskeln und Gewebe wurden schnell wieder aufgebaut. Einige Tage in der Erde oder eine Dosis altes karpatianisches Blut, und er wäre so gut wie neu. Er kehrte in seinen Körper zurück und nickte. »Dank dir, Slavica und der heilenden Erde geht es mir schon viel besser. Was ist mit deinen Knöcheln?«

Sie spielte mit dem Gedanken, ihm etwas vorzumachen, wollte aber nicht riskieren, bei einer Lüge ertappt zu werden. Außerdem könnte die Art ihrer Verletzung wichtig sein. »Es ist seltsam, doch ich kann immer noch spüren, wie dieses Wesen mich gepackt hat. Manchmal fühlt es sich an, als zöge es mich an den Beinen.«

»Das habe ich befürchtet. Ich habe die Wunden geheilt und nach Gift und Bakterien gesucht, mit denen er möglicherweise dein Blut verseucht hat, aber es steckt mehr dahinter. Ich glaube, er hat dich gezeichnet.«

Sie schwieg und starrte in die Nacht hinaus. Natalya liebte die Nächte in den Bergen. Die Luft war immer frisch und rein, und bei klarer Sicht funkelten unzählige Sterne am Himmel. »Du meinst, er kann mich aufspüren? Oder mich an sich ziehen?«

»Das denkt er vielleicht, doch ich glaube es nicht. Er hatte eine Falle für dich aufgestellt, und er muss dich eine Weile beobachtet haben, ehe er sie zuschnappen ließ. Ich glaube, er denkt, dass er dich mit seinem Mal an sich ziehen kann, aber ich glaube auch, er irrt sich. Du bist viel zu willensstark und würdest dich bis zum letzten Atemzug wehren.«

Obwohl Vikirnoff besorgt klang, freute Natalya sich über seine Einschätzung ihrer Person.

Vikirnoff warf einen Blick auf den Himmel. Dunkle Wolken ballten sich im Norden zusammen. »Ich muss Arturo darauf hinweisen, dass er einen ernsthaften Rivalen um deine Gunst hat.«

Er sprang auf das Geländer und duckte sich. »Soll ich dich tragen oder willst du auf mir reiten?«

Seine Wahl der Worte ließ Schmetterlinge in ihrem Bauch flattern. »Reiten.« Natalya behielt gern die Kontrolle. Sie war kein Baby, das von ihm im Arm gehalten werden musste, wenn sie über den sternenklaren Himmel flogen. Sie würde die Augen weit aufmachen und ein Lächeln auf den Lippen haben. Sie hatte ein langes Leben hinter sich und gelernt, jedes neue Abenteuer und jede neue Gelegenheit, Wissen zu sammeln, mit offenen Armen zu begrüßen. Und die Bedrohung durch Vampire, die Jagd auf sie machten, würde ihre Freude an dieser neuartigen Erfahrung um nichts schmälern.

Sie kletterte auf Vikirnoffs Rücken, schlang ihre Arme um seinen Hals und schmiegte sich genauso an ihn, wie er es beim Ritt auf dem Tiger bei ihr gemacht hatte. Seine Muskeln wölbten sich und zogen sich zusammen. Wärme strömte durch ihren Körper. Ihre Brüste pressten sich an seinen Rücken und schmerzten vor Verlangen, ihm noch näher zu sein. Natalya verdrängte die wachsende Anziehungskraft, die er durch die körperliche Nähe auf sie ausübte. Nichts sollte ihre Freude an diesem Augenblick trüben.

Vikirnoff ließ langsam seinen Atem heraus. Das hier war reine Folter. Er konnte das Tier in seinem Inneren kaum bändigen, wenn Natalyas Blut nach ihm rief, wenn er mit jeder Zelle seines Körpers nach ihr verlangte, wenn seine Gefährtin auf ihm lag, an seine Haut gepresst, an sein Fleisch, an seine Knochen.

Der Geruch ihres Blutes, der Klang des Lebens, das in ihren Adern pulsierte, rief nach ihm und lockte ihn. Hunger befiel seinen Körper ebenso wie seinen Geist, aber er bezwang ihn, indem er auf tausend Jahre der Selbstbeherrschung zurückgriff, sein Bewusstsein von allen erotischen Bildern reinigte und stattdessen die Gestalt eines riesigen Vogels heraufbeschwor.

Ein kleiner Laut entschlüpfte Natalya, als seine Knochen knackten und sich streckten, um sich den Flügeln und dem Körper einer Eule anzugleichen, die groß genug war, mit einer Frau auf dem Rücken durch die Luft zu jagen. Schillerndes Gefieder bedeckte seinen Körper, und seine Hände wurden zu scharfen Krallen, die das Geländer des Balkons umklammerten. Jede Zelle seines Körpers litt Schmerzen, die alle anderen Empfindungen überschatteten, und Vikirnoff musste alles, was er sich im Lauf der Jahrhunderte an Disziplin angeeignet hatte, einsetzen, um die Gestalt der Eule aufrechtzuerhalten. Er zitterte vor Anstrengung am ganzen Leib, und seine Lungen brannten, als er sich bemühte, den Schmerz in den Griff zu bekommen.

»Das ist fantastisch!«

Die helle Freude in Natalyas Stimme wog die schrecklichen Qualen auf, die er litt, sämtliche Schmerzen seiner verletzten Muskeln und Organe. Er wusste nichts über Frauen und noch weniger über Gefährtinnen des Lebens. Ihm war klar, dass er praktisch jeden Fehler beging, den man nur begehen konnte, aber er wusste nicht, warum. Er hatte ein viel längeres Leben hinter sich als Natalya, bei Weitem mehr Erfahrungen und dazu den natürlichen Impuls, sie zu beschützen, und trotzdem schien es sie zu beleidigen, wenn er versuchte, sein Wissen an sie weiterzugeben oder sie vor Gefahren zu schützen. Aber jetzt gab er ihr das hier – diese ganz einfache Sache, und sie war hingerissen. Ihr Entzücken nahm ihm seine Schmerzen, wie es nichts anderes vermocht hätte.

Lachen stieg in Natalya auf und sprudelte aus ihr hervor, als Vikirnoff sich mit einem Satz in die Luft warf und aufstieg, indem er mit seinen gewaltigen Flügeln schlug und sich über dem Gasthaus in die Höhe schraubte. Er umgab sie beide mit einer Tarnung, um zu verhindern, dass die Dorfbewohner sie entdeckten, aber er war sicher, dass die Leute Natalyas Lachen hören konnten, als der Vogel hoch in den Himmel stieg.

Er flog über die sanften Hügelkuppen, auf denen einige Bauernhöfe verstreut lagen. Die scharfen Augen der Eule entdeckten eine Gruppe von Männern, die gerade zu einem Bauernhaus zurückgingen und dabei unsicher in Richtung Norden spähten. *Wir brauchen Blut.*

Natalya hielt sich gut fest, als der große Vogel sich nach unten sinken ließ und von einer Heugarbe auf den Boden sprang. Als sie von seinem Rücken glitt, beobachtete sie fasziniert, wie Vikirnoff völlig mühelos seine Gestalt wechselte. Einen Moment lang erhaschte sie einen Ausdruck von Schmerz in seinen Augen, bevor er sich umdrehte und auf die Bauern zuging. Sie behielt den Himmel im Auge. Die dunklen Wolken türmten sich auf, blieben aber weit oben im Norden. Sie konnte spüren, wie die Berggipfel unablässig nach ihr riefen und sie anlockten. Sie konnte nicht zurück, egal, wie groß die Gefahr sein mochte. Es war fast, als wäre sie einer der unglaublich dämlichen Teenager aus einem Horrorfilm, die genau dorthin gingen, wo Freddie mit seinen stählernen Klauen wartete.

Schon wieder dieser Freddie! Wie oft hast du dir die Filme eigentlich angeschaut? Vikirnoffs Stimme klang leicht belustigt.

Natalya warf ihm ein schnelles Grinsen zu. »Das ging aber schnell. Hast du schon mal davon gehört, dass man seine Mahlzeiten genießen soll?«

Er beugte sich zu ihr vor, bis sie nur noch ein Atemhauch trennte. »Das geht nur bei dir.«

Natalya zeigte auf die Berge. »Ich muss da hin, Vikirnoff.« Sie würde jetzt nicht in seine Augen schauen und sich in ihren Tiefen verlieren.

Vielleicht ist genau das schon passiert, und du weißt es nur nicht.

»Träum weiter, Kumpel.« Sie schnippte mit den Fingern. »Wo bleibt mein Ritt?«

Beim zweiten Mal war es leichter, vor allem, weil er jetzt seinen Hunger gestillt hatte. Sowie er in der Luft war, glitt Vikirnoff im Tiefflug über Hügel und Felder, sodass Natalya die Landschaft gut erkennen konnte. Sie war völlig furchtlos und im Fliegen ein Naturtalent. Ihr Körper war so sehr auf seinen abgestimmt, dass sie ihr Gewicht immer genau im richtigen Moment verlagerte.

Vikirnoff entnahm die genauen Koordinaten der Höhle Natalyas Bewusstsein. Sie war so sehr damit beschäftigt, die Erfahrung des Fliegens zu verarbeiten, dass sie sein Eindringen gar nicht bemerkte und auch keine Schutzschilde errichtete. Und das störte ihn. Warum war sie ihm gegenüber so verletzlich, wenn sie in jeder anderen Hinsicht so stark war? Es ergab keinen Sinn und ließ bei ihm sämtliche Alarmglocken schrillen.

Vikirnoff nutzte den günstigen Augenblick, um nach der Quelle des äußeren Zwangs, unter dem sie stand, zu suchen und festzustellen, warum sie momentan keine inneren Barrieren hatte. Außerdem wollte er die Bedeutung der Male, die jenes unheimliche Wesen an ihrem Körper hinterlassen hatte, herausfinden. Natalyas Drang, in die Karpaten zu kommen und eine bestimmte Höhle aufzusuchen, war sehr stark und eindringlich und ihr schon vor Jahren eingepflanzt worden. Ein Ereignis der letzten Zeit hatte diesen Drang aktiviert. Vikirnoff versuchte, das Ereignis, das als Auslöser gedient hatte, herauszufiltern, aber falls Natalya etwas davon wusste, konnte er in ihrem Gedächtnis keine Hinweise mehr darauf finden.

Er stieß auf mehrere Stellen, wo ihre Erinnerungen wie weggewischt schienen, als hätte sie ein furchtbares Trauma erlitten, bei dem ihr Gehirn Schaden genommen hatte, und fand schwache Spuren von Erinnerungen, die nirgendwohin führten, sondern abrupt vor einem schwarzen Loch endeten. Da er es nicht wagte, sich zu lange in ihrem Bewusstsein aufzuhalten, und es ihn allmählich ermüdete, sich auf mehrere Dinge gleichzeitig zu konzentrieren, zog er sich widerstrebend zurück und konzentrierte sich auf die Freude, mit seiner Gefährtin zu fliegen.

Vikirnoff zog eine Schleife, ließ sich im Sturzflug nach unten fallen, um Natalya eine zusätzliche Sensation zu bieten, und zog im letzten Moment hoch, bevor er die Wasseroberfläche oder das Laubdach der Bäume streifte. Sie lachte laut, und er konnte die Wellen von Glück förmlich spüren, die von ihr ausgingen.

Sie lehnte sich dicht an sein Ohr, sprach aber auf telepathischem Weg mit ihm. *Es ist herrlich! Vielen, vielen Dank, Vikirnoff. Das ist das Tollste, was ich je erlebt habe.*

Vikirnoff war dankbar, derjenige zu sein, der ihr diese Erfahrung ermöglichte. Er wählte bewusst eine Route über Seen und Wälder, um ihr die Schönheit der Landschaft aus der Luft zu zeigen. Eis und Schnee funkelten hell und die Berge glitzerten. Schafe weideten auf den Wiesen, und immer wieder tauchten unter ihnen Kirchen und Burgen auf.

Unglaublich, nicht wahr? All das mit Natalyas Augen zu sehen, rief vergessene Kindheitserinnerungen in ihm wach, an seinen ersten Flug in genau dem Gebiet, über dem er sich jetzt mit Natalya befand. Natürlich hatte es damals noch ganz anders ausgesehen, wilder und weniger bewohnt, und er hatte beim Fliegen ein bisschen hin und her geschwankt, doch er war fast die ganze Nacht geflogen. Das Gefühl von Freiheit war berauschend gewesen. *Ich schulde dir Dank für meine Erinnerungen. Ich habe mehr Jahrhunderte, als mir lieb ist, nicht mehr daran gedacht.*

Rufst du Träume herbei, wenn du dich schlafen legst?

Nein, wir legen sämtliche Funktionen still. Du machst es?

O ja. Ich rufe Träume von all den Dingen, die ich in meiner Kindheit geliebt habe, und von der Zeit mit Razvan. Alles, was wir zusammen unternommen haben, die Sachen, die wir gelernt haben. Ich hatte eine relativ glückliche Kindheit. Meine Mutter starb, als ich zehn war, und ein Jahr später ging mein Vater fort, und wir mussten …

Sie brach ab, und ihr Lächeln wich einem Stirnrunzeln. Vikirnoff wartete, doch Natalya sagte nichts mehr. Er rührte an ihr Bewusstsein, aber es war, als wäre eine Tür zugeschlagen worden – oder als wäre einer der dünnen Erinnerungsfäden abrupt gerissen. Er konnte ihre Verwirrung spüren.

Ich fühle deinen Kummer. Ist die Erinnerung an den Verlust deiner Eltern immer noch so schmerzlich, dass du nicht darüber sprechen kannst? Er ließ sich tiefer sinken, um dicht über eine Wiese voller Wildblumen zu fliegen, bevor er wieder aufstieg und die höheren Berggipfel ansteuerte.

Natalya biss sich auf die Unterlippe. Sie wollte die Wahrheit nicht zugeben. Sie vergaß Dinge. Beunruhigende Dinge. Welche Erklärung konnte sie ihm schon geben?

Vikirnoff begann, am Bergrücken entlangzufliegen, um dort nach einem Eingang zu der Höhle aus Natalyas Unterbewusstsein zu suchen. *Es ist schwer, seinen Gefährten zu belügen. Versuch es lieber erst gar nicht. Wenn du nicht die Wahrheit sagen willst oder kannst, ist Schweigen immer noch besser als eine Lüge.*

Natalya spürte, dass er es ehrlich meinte. Sie wusste nicht, was mit ihr los war, und sie konnte es unmöglich erklären. Sie flüchtete sich in den Versuch, witzig zu sein, um die zerbrechliche Kameradschaft zwischen ihnen wiederherzustellen. *Na, toll, du würdest es also wissen, wenn ich mir den einen oder anderen Liebhaber zulege. Das willst du mir doch damit sagen, oder?*

Solltest du beschließen, dir einen Liebhaber zuzulegen, ainaak enyém, *dann pass gut auf, dass es sich um Männer handelt, die du als Feinde ansiehst und vernichten willst.* Er klang ganz ruhig, aber sie konnte spüren, wie er heftig die Zähne zusammenbiss.

Ich muss wirklich daran arbeiten, das Konzept von Gefährten des Lebens zu begreifen – und wie du es angestellt hast, uns beide aneinanderzubinden. Ich bin ziemlich gut darin, einen Bannstrahl aufzuheben oder umzukehren. Und so etwas in der Art sind diese rituellen Worte doch, oder? Es muss eine Möglichkeit geben, die Sache ungeschehen zu machen. Ich bin ziemlich zuversichtlich, dass ich dahinterkomme.

Vikirnoff zuckte innerlich zusammen. Es lag klar auf der Hand, dass Natalya vorhatte, ihn so schnell wie möglich loszuwerden. Sie betrachtete ihn als Feind ihrer Familie. Noch dazu mochte sie ihn nicht. Und das tat weh.

Diese Erkenntnis machte ihm zu schaffen. Er konnte sich nicht erinnern, dass ihn irgendetwas jemals gefühlsmäßig verletzt hätte. Nicht ein einziger Vorfall. Es musste etwas Derartiges in seiner Kindheit oder Jugend gegeben haben, doch jetzt in diesem Moment schmerzte diese Erkenntnis mehr als alles andere, an das er sich erinnern konnte.

Was ist los?

Sie war also auch auf ihn abgestimmt, ob sie es wollte oder nicht. Natalya rührte nicht an sein Bewusstsein, und trotzdem spürte sie seinen plötzlichen tiefen Schmerz.

Auch ich kann dich nicht belügen, und ich möchte nicht darüber sprechen. Er sollte lieber tun, was für ihr Überleben notwendig war. Für Natalyas Überleben. Er brauchte sich nicht in einen rührseligen Romantiker zu verwandeln, der erwartete, dass seine Gefährtin des Lebens völlig betört von ihm war. Darauf kam es nicht an. Sie waren vereint, zwei Hälften eines Ganzen. *Das* war es, was zählte.

Natalya nagte an ihrer Unterlippe und versuchte zu ergründen, was los war. In der kurzen Zeit, die sie ihn kannte, hatte sie festgestellt, dass Vikirnoff kaum jemals Gefühle verriet, weder in seinem Tonfall noch in seinem Gesichtsausdruck, nicht einmal in seinen Worten. Nur seine Augen waren lebendig und spiegelten unverhohlene Macht, Hunger, Verlangen und eine überwältigende Intensität wider. Natalya war froh, dass sie diese Augen jetzt nicht sehen konnte. Sie wollte keinen Kummer oder Schmerz in ihnen lesen. Schon bei der Vorstellung schnürte sich ihr Magen schmerzhaft zusammen.

Keiner von uns hat es wirklich drauf, Dinge auszusprechen, was?, fragte sie. Ihre Hände strichen über die Federn in seinem Nacken.

Sieht ganz so aus. Da ich keine Gefühle hatte, hatte ich auch kaum jemals Grund, sie zur Sprache zu bringen. Ich habe mich immer auf mein eigenes Urteilsvermögen verlassen, im Kampf genauso wie bei jeder anderen Entscheidung. Mit wem hätte ich schon sprechen sollen? Und worüber? Falls das eine Entschuldigung war, dann eine schwache, das war ihm klar. Er wusste tatsächlich nicht, worüber Leute sprachen.

Du bist lange allein gewesen, nicht wahr?

Einen Moment lang herrschte Schweigen, und Natalya fürchtete schon, er würde nicht antworten. Sie ertappte sich dabei, mit angehaltenem Atem zu warten.

Jahrhunderte. Ich war von meiner Heimat und meinem Volk abgeschnitten, vor einer Ewigkeit ausgeschickt, den Vampir zu bekämpfen. Als die Dunkelheit in meinem Inneren immer stärker wurde, fand ich meinen Bruder und blieb bei ihm, um darauf zu achten, dass er nicht aufgab, bevor ich die Wahl traf, mein Leben zu beenden. Das Warten dauerte sehr lange, und die Dunkelheit breitete sich immer mehr aus, bis ich beinahe nicht mehr wusste, wer ich war.

Es war die schlichte Wahrheit. Sie hörte es an seiner Stimme. Ein Leben treuer Dienste und der Ehre in drei Sätze gefasst. Die düstere Isolation und das völlige Fehlen von Farben und Gefühlen erwähnte er mit keinem Wort, aber sie empfand beides so deutlich, als hätte sie es selbst erlebt, und stellte fest, dass sie um ihn weinte.

Denk nicht an Dinge, die dich traurig machen, ainaak enyém, *schau die Welt unter uns an und genieße den Augenblick.*

Natalya hob ihr Kinn und ließ ihre Tränen im Wind trocknen. *Nenn mich bloß nicht Kleinchen!*

Sein Lachen war leise und sinnlich. Sie spürte es bis in ihre Magengrube und weiter unten eine vibrierende Hitze, die sich in ihrem ganzen Körper ausbreitete und zu einem ziehenden Schmerz wurde. *Den Fehler werde ich bestimmt kein zweites Mal begehen.*

Sie schaute nach unten auf die zerklüftete Landschaft, über der sie ihre Kreise zogen. In den Berg waren einige tiefe Schluchten eingeschnitten, und Natalya konnte mehrere Höhleneingänge entdecken. Die Wiesen erstrahlten selbst in der Abenddämmerung in einem satten Grün. Überall blühten Wildblumen, in den Senken und an den Felswänden und in dichten Polstern auf den Hochplateaus. Als Vikirnoff weiter nach unten ging, konnte sie Bodenvertiefungen sehen, in denen sich Wasser gesammelt hatte, sodass sich ein Hochmoor gebildet hatte. Dichtes Moos wuchs um Birken und Föhren, in einem lebhaften Grün, das vom trüben Braun etlicher kleiner Moorseen noch betont wurde.

Wie schön es hier ist.

Ja, aber ich empfinde Unruhe. Spürst du nicht die unterschwellige Warnung in der Luft, wenn ich in den Nebel in der Nähe des Berggipfels eintauche?

Vikirnoff zog noch einen Kreis, um direkt in die weißen Nebelschwaden, die um den Gipfel hingen, hineinzufliegen. Natalya versteifte sich, als sie die feinen Schwingungen einer Magie wahrnahm, die sich wie ein feines Netz von Furcht um sie legten. *Wir müssen in der Nähe des Eingangs sein.*

Vikirnoff landete auf einem Felsvorsprung, indem er sich mit seinen Krallen an das Gestein klammerte, und streckte höflich einen Flügel aus.

Natalya rutschte daran hinunter und landete auf ihren Füßen. Die Erde schien unter ihr zu beben, als sie sich wieder auf festen Boden einstellte. »Das ist eindeutig der richtige Ort. Der Wunsch, möglichst schnell von hier zu verschwinden, ist noch ausgeprägter als vorher.«

Vikirnoff, der wusste, dass das Schrumpfen von Muskeln und Knochen eine Qual sein würde, wechselte seine Gestalt ein Stück von Natalya entfernt. Er beeilte sich, weil er keine Zeit zum Nachdenken haben wollte, und kleidete sich gleichzeitig an. Blutflecken sprenkelten sein weißes Hemd, und als er sich mit der Hand über die Stirn fuhr, war die Innenfläche mit Blut beschmiert. Mit einem unterdrückten Fluch atmete er tief ein, um den Schmerz zu überwinden, und nahm eine weitere rasche Heilung an sich vor, um die Schäden zu reparieren, die das Formwandeln verursacht hatte. Sowie er sich davon überzeugt hatte, dass keine Blutspuren mehr an seinem Körper oder seiner Kleidung waren, ging er zu dem Felsbrocken zurück und umrundete ihn vorsichtig, um zu überprüfen, ob irgendwo eine verborgene Falle lauerte.

Natalya beobachtete Vikirnoff genau, als er näher kam. Er taumelte leicht und legte unbewusst eine Hand auf seine Brust, aber er fing sich schnell wieder und ging weiter, als wäre mit ihm alles in Ordnung. Er strahlte Gefahr aus, ohne sich dessen bewusst zu sein. Wenn sie nicht gewusst hätte, dass er schwer verletzt war, hätte sie es nie vermutet.

Sie seufzte. Sie hatte so viele Dinge mit ihm zu klären, vor allem diesen lächerlichen Zauber, der sie aneinanderschmiedete, aber das konnte sie auf später verschieben und einstweilen mit ihm zusammenarbeiten – wenn sie ihm trauen konnte. Ihr Instinkt sagte ihr, dass sie Vikirnoff bedingungslos vertrauen könnte, doch in ihrem Inneren herrschte Chaos, und die Schuldgefühle und die anklagende Stimme ihres Bruders ließen sich nicht mehr los.

»Was ist denn, Natalya?«

Seine Stimme rührte direkt an ihr Herz. Genau das war das Problem. Diese Stimme und diese Augen und dazu die Tatsache, dass sie so stark auf ihn ansprach. »Du hast in mein Bewusstsein geschaut, um herauszufinden, wer mich unter Druck setzt, stimmt's?«

»Ja.« Er würde sie nicht täuschen. Er sah keinen Grund dafür und ebenso wenig einen Grund, sich zu entschuldigen. Wenn er sie beschützen sollte, musste er wissen, wer sie einem so starken Zwang aussetzte. »Ich hatte nicht viel Zeit, um Antworten zu finden, aber ich bin noch nicht fertig.«

Natalya holte tief Luft. Was sie vorhatte, könnte schlimmer als alles andere sein, was sie je in ihrem Leben getan hatte. »Habe ich Erinnerungen an Xavier? Meinen Großvater? An etwas anderes als die Geschichten, die mir mein Vater erzählt hat, meine ich.«

Vikirnoff lehnte sich an einen Felsen und studierte ihr Gesicht. Ihr Blick war scharf und unverwandt und ließ sich nichts entgehen. »Das ist eine merkwürdige Frage, Natalya. Warum willst du das wissen? Wie könntest du Erinnerungen an ihn haben? Xavier ist schon seit sehr langer Zeit tot.«

»Ich weiß nicht. Manchmal träume ich von ihm. Er schleicht sich in meine Träume ein, und wenn ich mich im Wachzustand an meine Kindheit mit Razvan zu erinnern versuche, schaffe ich es nicht. Alles ist weit entfernt und verschwommen und voller Lücken. Ich befürchte schon seit einiger Zeit, dass meine Erinnerungen an ihn verschüttet sind.« Sie zwang sich, ihn anzuschauen, obwohl sie Angst hatte, er könnte sie für verrückt halten.

Vikirnoff schwieg. Obwohl sie ihm gegenüber unsicher war, versuchte sie ihm etwas Wichtiges anzuvertrauen, aber er erkannte vor allem die Bedeutung ihrer Worte für sein Volk. Xavier war ein Todfeind der Karpatianer. Er hatte gemordet und entführt und einen Krieg angezettelt, und das alles aus einem einzigen Grund: um Unsterblichkeit zu erlangen. Falls Xavier noch am Leben war, würde er einen weiteren Schlag gegen das Volk der Karpatianer planen. Es schien kaum möglich, doch es hatte Vikirnoff immer beunruhigt, dass kein Leichnam, der die Meldung von Xaviers Tod hätte bestätigen können, gefunden worden war. Jetzt musste er seine Worte sorgfältig wählen, um Natalya nicht zu erschrecken. Ihm war klar, dass es nicht seinem Wesen entsprach, seine Gefährtin mit süßen Worten einzulullen. Er konnte ihr nur die Wahrheit bieten.

»Hast du Angst, Xavier könnte noch am Leben sein? Dass vielleicht er es ist, der dich diesem Zwang aussetzt? Und dass möglicherweise er deine Erinnerungen manipuliert hat?«, fragte er.

Natalya seufzte. »Ich weiß es nicht. Ich kann mich nur noch an die Geschichten erinnern, die mir mein Vater über ihn erzählt hat, aber ich habe Träume, und sie sind alles andere als angenehm. Noch dazu verschwand mein Vater, als ich zehn war. Razvan und ich können nicht allein gelebt haben, doch ich kann mich nicht an diese Zeit erinnern oder daran, wer für uns gesorgt hat. Jedes Mal, wenn ich davon träume, taucht Xavier in meinem Traum auf.«

»Glaubst du, dass er noch lebt?«

Natalya presste eine Hand auf ihren brennenden Magen. Sie hatte den Verdacht, dass Xavier am Leben war, ja, aber das war völlig verrückt. Sie hatte diesen Verdacht schon seit einiger Zeit. Und sie befürchtete, dass Xavier nicht der wundervolle Mann war, als den ihre Familie ihn dargestellt hatte. Die Träume, in denen Razvan und sie von ihrem Großvater vieles erdulden mussten, waren oft düster und beklemmend, und im Wachzustand durchzuckten sie manchmal flüchtige Erinnerungen, die keinen Sinn ergaben, Erinnerungen an eine schemenhafte Gestalt, die ihr Angst einjagte. Sie fürchtete, jener Mann könnte Xavier sein.

»Ich weiß es nicht«, gab sie widerwillig zu. »Ich weiß, dass er einer der dunklen Magier war und das Gedächtnis anderer manipulieren konnte, doch falls er noch lebt und nicht will, dass ich mich an ihn erinnere, warum hat er dann nicht einfach meine Erinnerungen an ihn völlig aus meinem Gedächtnis gelöscht? Was könnte er mit einer Beeinflussung meiner Erinnerungen bezwecken?«

Vikirnoffs dunkler Blick wanderte über ihr Gesicht und sog es förmlich auf. Natalya erschien ihm so schön mit ihrem starken Willen und ihrer kämpferischen Art, aber wenn sie ratlos und verloren klang, brach es ihm das Herz. »Vielleicht konnte er es nicht. Du besitzt große innere Stärke, Natalya. Könnte es nicht sein, dass er dein Gedächtnis bis zu einem gewissen Grad manipuliert hat, jedoch nicht in der Lage war, es vollständig zu löschen?«

Sie sah so niedergeschlagen und verletzlich aus, dass er einen Schritt näher trat und ihr Gesicht in beide Hände nahm. »Ich glaube, du bist für jeden, der dir begegnet, eine Überraschung. In dir schlummern mehr Macht und Stärke, als dir bewusst ist. Ich erkenne es in dir. Und ich fühle es, wenn ich dir nahe bin. Ganz gleich, wie viel Macht dein Großvater hat, ich bezweifle, dass er dich vollständig beherrschen könnte, wenn er es wollte, weil du eine viel zu starke Persönlichkeit bist.«

Tränen glitzerten in ihren Augen und verfingen sich in ihren Wimpern. »Das ist das Netteste, was man je zu mir gesagt hat.«

»Es ist einfach die Wahrheit.« Er beugte sich zu ihr vor, sodass sein warmer Atem über ihre Wange strich. »Es bricht mir das Herz, wenn du weinst, Natalya.«

Natalya blieb beinahe das Herz stehen, als sie spürte, wie seine festen, glatten und samtweichen Lippen ihre Tränen auffingen. Sie war seit Jahren von niemandem mehr berührt worden, und Vikirnoff verzauberte sie mit seiner Zärtlichkeit. »Das wollte ich nicht.«

»Ich weiß. Das macht dich ja so unwiderstehlich.«

Er küsste ihre Mundwinkel. Natalya wusste, dass sie ihn daran hindern sollte, aber sie wollte es nicht. Sie wartete. Ihre Lungen hungerten nach Luft und ihr Herz schlug viel zu schnell. Sein Mund senkte sich unendlich sanft auf ihren. Wärme breitete sich in ihrem Inneren aus und wurde zu lodernden Flammen, die sie von innen verzehrten. Seine Arme schlossen sich um sie und zogen sie an seinen warmen Körper. An seine muskulöse Brust und sein wild klopfendes Herz. Umhüllt von seinem Duft, gab sie dem sanften Drängen seiner Zunge nach und öffnete ihren Mund.

Vikirnoffs Kuss wurde in dem Moment fordernder, als Natalya sich ihm auslieferte, und vertiefte sich zu einem feurigen Tango voller Hunger und Leidenschaft. Seine Hände fassten in ihr Haar, um sie noch enger an sich zu ziehen, bis ihre Lippen zu Hitze und Feuer verschmolzen.

Während ihre Münder einander verschlangen, tastete Natalya durch seine Kleidung nach seiner Haut. Als sie spürte, dass er zusammenzuckte, hob sie den Kopf und blickte in seine schwarzen Augen. »Du bist wirklich ein schöner Mann.«

»Männer sind nicht schön.« Er zog die Konturen ihrer Lippen mit einer Fingerspitze nach.

Sie biss zu, zog seinen Finger in ihren Mund und ließ ihre Zunge über seine Haut tanzen. »Für dich vielleicht nicht, aber in meinen Augen bist du sogar sehr schön.« Sie konnte sehen, wie blass er war, doch seine Augen brannten vor Hunger – sowohl physischem wie sexuellem Hunger. Ihr Unterleib zog sich krampfhaft zusammen. »Du brauchst wieder Nahrung. Der Flug und das Formwandeln haben zu viel Energie verbraucht.«

Ihre Stimme war sinnlich und einladend, und sein ganzer Körper spannte sich an, als jeder Nerv in ihm zum Leben erwachte.

»Ich brauche es, tief in dir zu sein.« Seine Lippen strichen über ihren Hals und ihre Kehle und noch tiefer, schoben den Ausschnitt ihres Hemdes beiseite, sodass er mit seiner Zunge die Wölbung ihrer Brüste liebkosen und mit seinen Zähnen an ihrer sensiblen Haut knabbern konnte. »Du hast keine Ahnung, wie sehr ich dich will.« Seine Hände zogen ihr Hemd nach oben und entblößten ihren Bauch und ihren verführerischen Nabel. »Was ist denn das?« Er bog sie nach hinten zurück und lehnte sie an einen Felsen, während er den kleinen Nabelring inspizierte, den sie trug. Spielerisch knabberte er daran und fuhr mit seiner Zunge darüber, die sich auf ihrer nackten Haut samtig und rau wie die einer Katze anfühlte.

»Ich glaube, es gefällt dir.« Vikirnoff machte sie rasend vor Verlangen. Ihr Körper war heiß und schwer von einem Begehren, das gestillt werden wollte. Seine Fingerspitzen strichen leicht über ihre Haut, als er ihr Hemd weiter nach oben schob, bis er die Unterseite ihrer Brüste berührte. Natalya hatte das Gefühl, den Verstand zu verlieren. Schon der Hauch einer Berührung von ihm, und alles um sie herum fing an, sich zu drehen.

»Es ist das Einzige, was du tragen solltest.« Er küsste den funkelnden Goldring und tastete sich mit seinen Lippen bis zu ihrer Brust vor.

Natalya erschauerte. Ihre Hände klammerten sich fester an ihn, zogen ihn näher an sich heran, drängten nach mehr. Nie hatte sie sich etwas mehr gewünscht, als seine Hände und seinen Mund auf ihrer nackten Haut zu spüren. Als seine Zähne sie zart streiften, bauten sich in ihrem Inneren eine Spannung und eine Hitze auf, die kaum zu ertragen waren. Sein Mund schloss sich um ihre Brust, heiß und feucht und so unglaublich sinnlich, dass sie das Gefühl hatte zu schmelzen. »Vikirnoff.« Sie wisperte seinen Namen, streichelte sein Haar. »Ich halte nicht mehr lange durch, wenn du so weitermachst.« Sie wollte nicht, dass er aufhörte. Sie wollte sich die Kleider vom Leib reißen und sich an ihn pressen.

Wir könnten hier in Lebensgefahr sein. Seine Worte wurden von zarten Liebkosungen seiner Zunge begleitet.

Sie lachte laut. »Sag doch nicht so was! In all den Horrorfilmen wissen diese blöden Teenager, dass irgendwo eine tödliche Gefahr lauert, und lassen sich trotzdem ewig Zeit beim Küssen und Schmusen …« Sie stöhnte, als seine Zunge über ihre Brustspitze huschte und eine neue Woge des Begehrens auslöste. »Und dann kommt Freddie und macht sie alle kalt, weil sie es nicht besser verdient haben.«

Seine Lippen saugten so fest an ihrer Brust, dass ihre Beine unter ihr nachzugeben drohten. *Es sind keine Vampire in der Nähe, ich glaube also nicht, dass dein Freddie uns jetzt stören wird. Aber falls du dir Sorgen machst, können wir diesen Ort verlassen.*

Natalya stöhnte, weil seine Stimme so hoffnungsvoll klang und von einer Sehnsucht erfüllt war, die ihr das Herz zerriss. Sie strich ihm sein langes Haar glatt. »Ich kann nicht von hier weg.« Sie sagte es ganz ruhig, obwohl ihre Kehle brannte und ihr das Herz blutete. Es war die Wahrheit. Sie konnte den Zwang nicht abschütteln und von hier weggehen, ohne die Höhle betreten zu haben. »Es tut mir leid.«

Vikirnoff küsste noch einmal ihre Brust und ließ dann seine Lippen weiter nach oben wandern, bis er die Pulsader fand, die direkt über der verführerischen Rundung pochte. *Bedaure nie, was du nicht ändern kannst. Ich halte dich in meinen Armen, und das ist genug.*

Natalya schloss die Augen, als seine Zunge über ihre Pulsader wirbelte. Ihr Körper verlangte stürmisch nach ihm, aber als seine Zunge diese Stelle berührte, wurde alles in ihr still und wartete angespannt. Seine Zähne senkten sich tief in ihr Fleisch, und sie klammerte sich mit einem Aufschrei an ihn, als sie ein jäher Schmerz wie ein glühend heißer Blitz durchzuckte und gleich darauf reiner sinnlicher Lust wich. Seine Hand schloss sich um ihre Brust und streichelte sie zärtlich, während er von ihr trank.

Er war wie ausgehungert nach ihr. Nach der Essenz des Lebens. Sein Verlangen nach diesen beiden Dingen vermischte sich. Er kämpfte darum, die Beherrschung zu behalten, obwohl er am liebsten der Lust und dem Hunger nachgegeben hätte. Er hörte das warnende Grollen in seiner Kehle, als sich das Tier erhob, um die Macht kämpfte und darum rang, den Anspruch auf seine Gefährtin einzufordern. Sein Körper war hart und verspannt, und ihm tat alles weh, aber gleichzeitig fühlte er sich lebendiger als je zuvor. Er konnte fühlen, und seine Empfindungen und Bedürfnisse waren so intensiv und stark, dass es ihn erschütterte. Er verschloss die winzigen Bissstellen mit seiner Zunge und presste seine Lippen auf das cremige Fleisch.

Sie waren untrennbar verbunden. Schon jetzt lebte sein Bewusstsein in ihrem. Ihre Seelen waren vereint. Er wollte nicht länger auf die Vereinigung ihrer Körper warten. Warten widersprach jedem Instinkt, aber er spürte, dass Natalya gefühlsmäßig noch nicht an ihn gebunden war. Würde sie ihn zurückhalten können, wenn er sich in ihrem Körper verlor? Würde sie es überhaupt versuchen?

Was ist los? Natalya richtete sich auf, ohne sich darum zu kümmern, dass ihre Brüste immer noch entblößt waren. Sie fühlte sich wie in einem Traum und hungerte danach, Vikirnoff zu berühren und zu kosten. Uralte Instinkte meldeten sich, als sie sein Hemd mit den Innenflächen ihrer Hände nach oben schob. Sie strich mit den Fingerspitzen über seine Brust, zeichnete seine Muskeln nach und beugte sich vor, um seine Haut zu schmecken. Er legte eine Hand an ihren Hinterkopf und zog sie enger an sich, während sich seine Hüften in einem langsamen, verführerischen Rhythmus an ihren rieben.

»Eigentlich trinke ich nicht gern Blut. Ich tue es nur, wenn es unbedingt nötig ist«, gestand sie, während ihre Lippen über seine Brust huschten. Ihre Zunge glitt über seinen hämmernden Puls, einmal, dann noch einmal. Sie hörte ihn stöhnen. »Aber bei dir kann ich einfach nicht widerstehen.«

Ihr karpatianisches Erbe verlangte von ihr, zum Überleben gelegentlich Blut zu sich zu nehmen, doch meistens konnte sie der Versuchung widerstehen. Aber das zählte jetzt nicht. Nichts zählte mehr außer Vikirnoff, nichts außer dem Verlangen, ihn zu fühlen und zu schmecken. Nichts außer der Wärme seines Körpers, der Berührung seiner Hände. Natalya stöhnte leise und gab der schrecklichen Besessenheit nach, die sie befallen zu haben schien. Sie verzehrte sich nach ihm, verzehrte sich nach seiner Berührung und seinen Küssen. Nach seinem Geruch und seinem Körper. Sie wollte seinen Körper.

Ihre Zähne bohrten sich tief in ihn, und sie spürte, wie er vor Hunger und Erregung erschauerte. Sie wollte ihn, und sie würde ihn haben. Natalya presste ihre Brüste an seinen Oberkörper und rieb sich ruhelos an ihm, verstärkte absichtlich die köstlichen Qualen, die sein Körper litt. Sie spürte, wie er hart wurde, und hörte, wie sein Atem mit einem Zischen entwich. Er schmeckte anders als alles, was sie je gekostet hatte, und sie konnte nicht genug von ihm bekommen. Sie wollte alles. Sie fuhr mit ihrer Zunge über die kleinen Bisswunden, trat zurück und hob ihre Arme, um ihr Hemd auszuziehen.

Hinter Vikirnoff bebte der Boden, und irgendetwas unter der Erde bewegte sich mit erschreckender Geschwindigkeit in ihre Richtung. Natalyas Knöchel brannten, als hätte das Wesen, das sie im Wald unter die Erde gezerrt hatte, sie wieder gepackt.

Kapitel 7

»Unter der Erde hat sich etwas bewegt!« Natalya fuhr zurück und bückte sich, um sich ihre schmerzenden Knöchel zu reiben. »Glaubst du, es ist dasselbe Vieh, das mich letzte Nacht gepackt hat?« Sie schauderte und wich noch einen Schritt zurück. »Der Boden hat sich bewegt, Vikirnoff, ich habe es gesehen. Sei vorsichtig! Es könnte hinter dir her sein. Das haben wir wirklich verdient! Warum haben wir uns auch wie sexhungrige Teenager in einem Horrorfilm aufgeführt?«

Vikirnoff hob sie auf und setzte sie auf den Felsvorsprung, durch dessen Oberfläche sich ein zentimeterbreiter gezackter Spalt zog. »Mir passiert schon nichts. Du bist ja richtig besessen von deinen Filmen, Natalya. Ich glaube, diese Machwerke haben keinen guten Einfluss auf dich.«

»Aber ich hätte es besser wissen müssen, statt herumzuknutschen, wenn in der Nähe eine *tödliche Gefahr* lauert. Pass bitte auf! Der Trollkönig könnte jeden Moment aus der Erde bersten und dich in eine garstige Höhle verschleppen. Ich müsste dich wieder mal retten und …«

Er schüttelte den Kopf und warf ihr ein faszinierendes kleines Lächeln zu, das sofort ihre Aufmerksamkeit fesselte und jeden zusammenhängenden Gedanken verscheuchte, bevor sie ausreden konnte. »Deine Fantasie geht mit dir durch. Sag mir, was du tun willst.«

»Ich will so schnell wie möglich weg von hier, aber ich kann es nicht. Ich muss in die Höhle gehen und mich endlich von diesem Zwang befreien.« Sie packte Vikirnoff am Hemd. »Ich weiß, dass du daran denkst, mich wegzubringen, doch ich müsste auf jeden Fall wieder herkommen und würde dann ohne dich suchen. Tu das bitte nicht, Vikirnoff.«

Er sah die Verzweiflung in ihren Augen. »Ich weiß, dass du es tun musst, Natalya. Ich gehe diesen Weg mit dir. Wenn Freddie oder der Trollkönig dich ärgern wollen, halte ich sie dir vom Hals, bis wir hier fertig sind.«

Natalya ließ langsam den Atem entweichen, beugte sich vor und hauchte einen Kuss auf Vikirnoffs Lippen. »Komm zu mir auf den Felsen, bevor dich dieses Ding bei lebendigem Leib verschlingt.«

Er zog die Augenbrauen hoch. »Einer von uns muss auf dem Boden bleiben, um die Öffnung zu finden. Ich weiß, dass sie irgendwo hier bei dem Felsen ist. Wir müssen gut auf Fallen achtgeben. Die Höhle will nicht, dass wir sie betreten.«

»Dann mal viel Glück.«

Er lachte leise. »Hab ich mir gedacht, dass du das sagen würdest.«

»Na ja, ich bin der praktische Typ.«

Vikirnoff sondierte das Terrain, indem er mehrmals die Front und die Seiten des Felsvorsprungs abging. Natalya hatte recht. Nicht nur, dass sich etwas unter der Erde bewegte, es folgte jedem seiner Schritte. Der Boden wölbte sich leicht, als versuchte irgendetwas Großes, sich in Schlangenlinien parallel zu ihm zu bewegen. Ihm fiel außerdem auf, dass das Wesen jedes Mal, wenn er stehen blieb, zu dem Felsen raste, auf dem Natalya kauerte, und sich so still verhielt, als würde es mit der Erde verschmelzen. Der Nebel ringsum wurde dichter und trieb mit kalten Windstößen auf sie zu, legte sich aber um den kleinen Gipfel, statt einfach über den Berg hinwegzuwehen. Stimmen heulten und stöhnten, und etwas Dunkles und Schemenhaftes bewegte sich in den Nebelschwaden.

»Okay, jetzt wird es echt gruselig«, stellte Natalya fest. »Und ich denke nicht daran, meine Füße auf den Boden zu setzen, solange auch nur die geringste Möglichkeit besteht, dass diese behaarte Kreatur mit Eispickeln statt Fingern irgendwo in der

Nähe lauert.« Sie schaute sich um und musterte eingehend den Boden und die Felsen. »Es muss hier einen Eingang geben. Warum sollte es so gut bewacht sein, wenn es nicht die richtige Stelle wäre?«

»Der Eingang ist hier«, stimmte Vikirnoff ihr zu, ohne den Blick von dem schwankenden Boden zu wenden. Kleine Pflanzen krümmten sich wie Würmer, als das unbekannte Wesen unter der Erde sie aufstörte. »Siehst du diese Steine gleich da drüben? Die kleinen Dinger? Fällt dir nicht irgendetwas auf?«

Natalya lehnte sich so weit zur Seite, dass sie beinahe vom Felsen fiel. Vikirnoff stützte sie mit einer Hand. »Sie sind zu einem Muster angeordnet, aber ...« Sie verstummte.

»Aber es wirkt unnatürlich«, beendete er den Satz für sie.

»Pass auf das Ding auf!« Sie zeigte auf den wogenden Boden. »Ich glaube, die Steine müssen in einer anderen Reihenfolge angeordnet werden. Eher so ...« Vorsichtig auf dem Felsvorsprung balancierend, streckte sie einen Arm aus und tauschte einen Stein gegen einen anderen aus. Sie runzelte frustriert die Stirn, schüttelte den Kopf und sprang vom Felsen, um sich neben die kleineren Gesteinsbrocken zu kauern. »Das ist es, Vikirnoff. Das ist der Weg zum Eingang. Ich muss die Steine bloß in der richtigen Reihenfolge arrangieren.«

Vikirnoff hockte sich dicht neben sie, um sie notfalls mit seinem Körper abzuschirmen. Er behielt den brodelnden, immer dichter werdenden Nebel ebenso scharf im Auge wie den Boden.

»Ich hab's!« Natalya legte sichtlich befriedigt den letzten Stein hin.

Der Boden neben ihrer Hand sprudelte in die Luft wie ein kleiner Geysir. Ein übel riechendes, aalähnliches Tier mit spitzen Zähnen stürzte sich mit einem schrillen Schrei direkt auf ihre Finger. Vikirnoff erwischte die Schlange am Nacken und zog den zappelnden Körper von Natalya weg. Die Zähne des

Tiers schnappten mehrmals zu, und der Körper warf sich in wilden Zuckungen hin und her, um an Natalya heranzukommen.

»Pass auf!«, warnte Vikirnoff sie, als der Boden rund um Natalya an mehreren Stellen aufbrach und aus allen Richtungen schlangenartige Wesen aus den Löchern schossen. »Spring!« Er schleuderte die erste Schlange weg und hob seine Hände zum Himmel. Ein Blitz fuhr durch die Nebelschwaden und tauchte die Ränder in feuriges Rot.

Natalya war es egal, dass sein »Spring« nicht nur mit einem Befehl, sondern auch mit einem starken Zwang unterlegt war. Sie katapultierte sich mit einem Salto auf den Felsvorsprung und starrte die zuckenden Kreaturen an. »Ich verabscheue Schlangen. Ich verabscheue sie zutiefst!«

Wieder zuckte ein Blitz über den Himmel, schlug wie ein Peitschenhieb ein und versengte in einem kleinen Umkreis den gesamten Boden. Die widerwärtigen Kreaturen verbrannten zu Asche, und ein beißender Gestank erhob sich. Die geschwärzten, spitzen Zähne klapperten, als wären sie lebendig, bevor auch sie zu Staub zerfielen.

Natalya presste eine Hand auf ihren Mund, um einen Schrei zu unterdrücken. »Das war einfach eklig! Total widerlich. Lass diese Dinger bloß nie wieder in meine Nähe!«

Vikirnoff sah sie einen Moment lang forschend an, bis ihm klar wurde, dass sie es ernst meinte. Sofort nahm er sie in seine Arme und hob sie vom Felsen. »Du zitterst ja.« Er zog sie eng an sich und schloss beide Arme um sie, um sie zu trösten. »Du hattest doch nicht wirklich Angst vor diesen Kreaturen, oder?«

»Ich *hasse* Schlangen.« Natalya schmiegte sich an ihn, während sie versuchte, wieder fest auf den Beinen zu stehen. »Ich hatte schon immer eine irrationale Angst vor ihnen.«

»Du tötest Vampire und zerstörst Schattenkrieger. Du zuckst mit keiner Wimper, wenn du einem Feind gegenüberstehst.« Er nahm ihr Kinn in seine Hand und neigte den Kopf. »Du bist voller Überraschungen.«

Sie legte eine Hand an seine Brust, als wollte sie ihn wegstoßen. »Und bei Weitem nicht alle sind angenehm. Denk lieber daran, wie sehr ich dir auf die Nerven gehe.« Sie konnte sich eine Ablenkung nicht leisten. Und Vikirnoff war eine sehr große Ablenkung. »Und wir sind in *tödlicher Gefahr*. Ich weigere mich, wie ein klotzdoofer Teenager zu knutschen, wenn vielleicht diese Schlangen zurückkommen.«

Vikirnoff rührte sich nicht von der Stelle. Seine Haut berührte ihre Haut, und sein Körper wärmte sie. »Das hatte ich vergessen.« Sein Lächeln war so träge und sinnlich, dass ihr der Atem stockte. »Völlig.«

Sie blickte ihn stirnrunzelnd an. »Wir stecken hier mitten in einer Belagerung. Diesmal waren diese Viecher hinter mir her, nicht hinter dir.«

»Das ist mir nicht entgangen. Warum wohl, was meinst du?« Widerstrebend ließ er sie los und begutachtete den Spalt im Felsen, der sich beträchtlich erweitert hatte. »Wir werden ein bisschen hin und her manövrieren müssen, um dort durchzuschlüpfen.«

Natalya hob ihren Rucksack auf und überprüfte ihre Waffen, wobei sie es vermied, die verkohlten Reste der Schlangenwesen anzuschauen. »Ich bin diejenige, die einem Zwang ausgesetzt wird. Vielleicht hat man mich hierher geführt, um mich zu töten.«

»Zu viele Umstände, Natalya. Warum sollte man es sich nicht leichter machen und dich einfach im Schlaf töten? Warum dich erst in die Berge, zu dieser ganz bestimmten Höhle locken?« Vikirnoff steckte seinen Kopf in die Spalte. »Sie ist sehr eng, wird aber breiter, wenn man den Einstieg hinter sich hat.« Er ließ seine Gestalt schmaler werden und schob sich in die zerklüftete Felsspalte.

Natalya blickte zum Himmel hinauf. Der Wind erhob sich zu einem schrillen, wütenden Heulen, und düstere Wolken brodelten, in deren Tiefen dunkle Gestalten zu erkennen waren, rauchig, grau und durchscheinend. Sie schloss kurz die Augen und sprach ein stummes Gebet, dass die Wolken nicht wieder Schattenkrieger gegen sie ausspuckten. Sie hatte Glück gehabt, als es ihr gelungen war, den einen Krieger ins Reich der Toten zurückzuschicken, aber das hieß nicht, dass sie es noch einmal schaffen würde. Im Reich der Magie konnten Zaubersprüche leicht umgekehrt werden, das wusste sie.

»Gib mir deinen Rucksack.« Vikirnoff streckte seine Hand danach aus.

»Ich trage ihn selbst. Es ist mir lieber, alles, was ich brauche, griffbereit zu haben.« Natalya folgte ihm in die Höhle. Der Eingang war so eng, dass sie sich den Rücken aufschürfte, als sie durch die Öffnung glitt und in einen etwas breiteren Gang trat. Obwohl der Tunnel mehr Platz bot, musste sie gebückt gehen und schließlich kriechen, als sie Vikirnoff tiefer ins Berginnere folgte.

Hinter ihnen lösten sich die Steine aus ihrer Reihenfolge und rollten vor den Höhleneingang. Der zerklüftete Spalt schloss sich mit einem lauten Knirschen und sperrte sie im Inneren des Berges ein. Natalya erfreute Vikirnoff mit einer ganzen Litanei von Flüchen.

»Kannst du etwas sehen?«

»Danke, ich sehe ganz ausgezeichnet im Dunkeln«, erwiderte sie. Die Decke wurde immer niedriger, bis ihr nichts anderes übrig blieb, als über den Boden zu robben. »Bloß diese Schlangen sollten lieber draußen bleiben.« Sie war unglaublich dankbar, dass Vikirnoff bei ihr war. Ihre Nervenenden prickelten, als könnten sie die spitzen Zähne spüren, die ihrer Hand so nahe gekommen waren

»Uns passiert schon nichts«, beruhigte er sie.

»Ich habe nichts gesagt«, protestierte sie.

»Du hast Herzklopfen. Versuch, dem Rhythmus meines Herzschlags zu lauschen und ihm zu folgen.«

Natalya gehorchte, und bald schlug ihr Herz wieder ruhiger. »Du hast mir nicht erzählt, was du in meinen Erinnerungen gefunden hast. Ich mag es überhaupt nicht, wenn ich die Dinge nicht im Griff habe, und den Drang, in diese Höhle zu kommen, konnte ich einfach nicht abschütteln. Ich hab's versucht, glaub mir. Ich versuche, jedem Ärger, wenn möglich, aus dem Weg zu gehen, und dieser Ort verspricht eindeutig Ärger, doch ich konnte mich nicht davon abbringen, herzukommen. Das beunruhigt mich sehr.«

»Ich bin ganz deiner Meinung, mir würde es auch nicht gefallen. Der Zwang ist sehr stark in dir. Deshalb habe ich dir auch nicht verboten, diesen Ort aufzusuchen.«

Natalya knirschte mit den Zähnen. »An deiner Stelle würde ich gut aufpassen, was ich sage. Ich bin direkt hinter dir, und ich habe ein Messer in der Hand. Falls du vorhast, in meiner Nähe zu bleiben, solltest du Wörter wie ›verbieten‹ und ›erlauben‹ aus deinem Vokabular streichen.«

»Diese Worte beleidigen dich?«

»Das weißt du sehr genau, und wahrscheinlich gebrauchst du sie nur, um mich auf die Palme zu bringen.«

»Es funktioniert sehr gut.«

»Hör gefälligst damit auf! Ich meine es ernst. Wir kriechen gerade durch einen Berg voller mutierter Schlangen mit großen Zähnen, also, was hältst du von einem Waffenstillstand?«

»Ich kann kühle Luft fühlen«, teilte er ihr mit. »Sie muss aus einer unterirdischen Kammer kommen.«

»Ist sie kalt genug, um Schlangen gefrieren zu lassen?«

»Ich werde den Schlangen nicht *erlauben*, dich wieder anzugreifen. Sollte eine von ihnen es versuchen, werde ich es ihr *verbieten*.« Lachen schwang in seiner Stimme mit.

Natalya war betroffen. Sie hatte ihn bis jetzt noch nie richtig lachen gehört. »Ha, ha, jetzt spielst du den Komiker, aber leider nicht besonders gut.« Sie hätte seiner Stimme ewig lauschen können, wenn er so wie gerade eben klang. Sie räusperte sich. »Erzählst du mir nun, was du in meinen Erinnerungen gefunden hast? Oder war es zu schrecklich?«

Vikirnoff hörte einen Anflug von Furcht in ihrer Stimme. »Die Erinnerungen an deinen Großvater sind sehr verschwommen, Natalya. Ich kann genauso wenig wie du sagen, ob es sich dabei um Träume oder echte Erinnerungen handelt. Es besteht kaum ein Zweifel daran, dass jemand dein Gedächtnis manipuliert hat, aber ich weiß nicht, wie oder warum. Jeder Hinweis auf Xavier ist vage und unbestimmt oder endet abrupt im Nichts. Von deiner Kindheit mit deinem Bruder konnte ich kaum etwas finden. Tatsächlich existieren deine ganze Kindheit und Jugend nur in bruchstückhaften Erinnerungen. Ich weiß nicht, was das bedeutet, doch wir werden es herausfinden.« Er sprach bewusst zuversichtlich, weil er wusste, dass ihr mangelndes Erinnerungsvermögen sie schon seit einiger Zeit belastete. »Was passiert, wenn du versuchst, dich an etwas zu erinnern?«

»Ich werde nervös und unruhig, weißt du, und das sieht mir eigentlich nicht ähnlich. Ich bekomme sofort Magenschmerzen, und der Kopf tut mir weh.« Sie wusste, dass es eine von außen gesteuerte Reaktion war, hatte es immer schon gewusst, doch es tat gut, es von jemand anders bestätigt zu hören. Mehr noch, es war tröstlich, mit einem anderen über ihre Ängste zu sprechen.

Vikirnoff hielt an und wandte sich zu ihr um. »Du hast offensichtlich seit einiger Zeit den Verdacht, dass dein Großvater lebt und er etwas mit deinem Gedächtnisverlust zu tun hat.« Er wählte seine Worte sorgfältig. »Wenn er dich getäuscht und dein Erinnerungsvermögen verfälscht hat, warum meinst du dann immer noch, dass Karpatianer genauso schlimm wie Vampire sind?«

»Ich habe mein ganzes Leben lang gelernt, dass Karpatianer mich allein wegen des Drachensymbols töten würden.«

»*Wer* hat dir das erzählt?«, bohrte Vikirnoff nach. »Du sagst, dein Leben lang, doch deine Erinnerungen sind bruchstückhaft. Ist es nicht möglich, dass die Warnung vor uns bewusst in dein Gedächtnis eingepflanzt worden ist?« Er achtete darauf, möglichst sachlich zu sprechen.

»Ich bin sicher, dass es mein Vater war, der es mir als Erster gesagt hat.«

»Aber du weißt es nicht, Natalya. Das Symbol auf deiner Haut stammt von einer sehr alten und angesehenen *karpatianischen* Linie. Kein Karpatianer würde einem Drachensucher etwas antun.« Vikirnoff duckte sich und ließ seinen Körper kleiner und kompakter werden. »Dieser Tunnel hat scharfe Kanten, die das Vorankommen erschweren«, warnte er sie. »Pass auf! Man kann sich leicht stoßen.«

Natalya zog vor einem tief herabhängenden Felsen den Kopf ein. »Ach ja? Und warum hat dann ein Jäger meinen Bruder ermordet?«

»Es muss ein Vampir gewesen sein, der sich als Jäger ausgegeben hat. Kein Karpatianer würde jemandem mit dem Zeichen der Drachensucher ein Leid zufügen«, wiederholte er. Er hoffte, dass Natalya, wenn er es nur oft genug sagte, zumindest in Betracht ziehen würde, dass die Warnung vor Karpatianern zu einem ganz bestimmten Zweck in ihr Gedächtnis eingebrannt worden war.

Vikirnoff stieß einen leisen Pfiff aus, als sich der Gang zu einer großen Kammer verbreiterte. »Wir kommen jetzt in eine viel größere Galerie. Du kannst aufrecht stehen.« Er drehte sich um, um Natalya zu helfen. Von den Wänden tropfte unaufhörlich Wasser, fast im Takt eines Herzschlags, als wären die Höhlen lebendig. Vikirnoff war unruhig. Er hatte das Gefühl, beobachtet zu werden, aber als er seine Umgebung überprüfte, konnte er keine drohende Gefahr entdecken. Irgendetwas bewachte die Höhlen, ein unsichtbarer Wächter, den er nicht ausmachen konnte.

»Meine Erinnerungen melden sich«, stellte Natalya fest, während sie die fingerartigen Formationen rund um einen klaffenden Abgrund in der Mitte der Kammer betrachtete. »Scheint ganz schön weit nach unten zu gehen.« Sie hob den Kopf und schaute ihn beklommen an. »Wir gehen da runter, oder?«

»Du führst unsere Expedition an«, erinnerte er sie. »In welche Richtung schlägt deine Stimmgabel aus?«

Sie stieß einen Seufzer aus. »Nach unten. Wir müssen da runtergehen. Da rein.« Sie zeigte auf das schwarze Loch. Eisige Kälte schlug ihr entgegen, und sie erschauerte unwillkürlich. »Ich muss es jetzt wissen, Vikirnoff. Was hast du noch gefunden?« Falls er wichtige Informationen ausfindig gemacht hatte, die in irgendeiner Weise ihre Familie belasteten, konnte sie seine Erinnerung daran immer noch löschen.

»Du glaubst, dass du meine Erinnerungen löschen kannst?«

Die Missbilligung in seiner Stimme war nicht zu überhören. Natalya hatte ihre Überlegungen für sich behalten wollen, und es störte sie empfindlich, dass sie es nicht immer spürte, wenn er mit ihrem Bewusstsein verschmolz. »So habe ich es nicht gemeint.«

»Was hast du denn gemeint, wenn nicht Missachtung meiner Person? Du willst meine Hilfe. Du bist bereit, mich zu benutzen, doch du hast vor, *meine* Erinnerungen zu manipulieren.«

»Ich habe dir meine Befürchtungen anvertraut. Bisher habe ich sie vor aller Welt verheimlicht.« Natalya seufzte. »Ganz ehrlich, Vikirnoff, ich weiß nicht mehr, was ich glauben soll. Ich habe das Gefühl, dass sich jemand an meinem Bewusstsein zu schaffen gemacht hat, und jetzt bist du auch noch in meinem Kopf. Warum kann ich dich nicht abblocken, wenn ich so mächtig und stark bin? Warum bin ich gegen fremdes Eindringen so wehrlos?«

In ihrer Stimme lag echte Angst, und er konnte es ihr nicht verübeln. Aufgrund ihrer Macht sollte sie vor allen Zugriffen gefeit sein, aber irgendetwas hatte ihr Bewusstsein angreifbar gemacht. Obwohl er verärgert war, tat sie ihm aufrichtig leid. »Waren Vampire jemals in der Lage, dich anzulocken?«

Sie schüttelte den Kopf. »Nein.« Plötzlich runzelte sie die Stirn. »Warte! Mir ist aufgefallen, dass ich in letzter Zeit Probleme mit ihren Stimmen habe, dass es mir schwerer fällt, ihre echten Stimmen zu erkennen und die Täuschung zu durchschauen.«

»Hat das zur selben Zeit angefangen wie der zwanghafte Wunsch, die Höhlen zu finden?«

Sie machte ein verwirrtes Gesicht. »Ich weiß es nicht. Ich bekomme allmählich wieder Kopfschmerzen, und mir ist kalt.« Sie rieb sich die Arme, um sich zu wärmen. »Du scheinst nicht zu frieren.«

»Tut mir leid. Ich hätte an dein Wohlergehen denken sollen.« Bevor sie protestieren konnte, nahm er sie mitsamt ihrer Ausrüstung in seine Arme und hauchte sie an. Sofort legte sich Wärme um ihren Körper und hüllte sie ein wie ein dichter Kokon, sodass ihr Frösteln aufhörte und ihre Zähne nicht mehr klapperten.

»So ist es viel besser, danke«, sagte sie und legte ihre Arme um seinen Hals, als er von der Höhle in den dunklen Abgrund trat, der vor ihren Füßen gähnte.

Vikirnoff war sich eindringlich ihres weichen Körpers bewusst, der sich eng an ihn schmiegte, und ebenso ihres Kummers wegen ihres Gesprächs. Sie war sehr beunruhigt wegen ihrer Gedächtnislücken, und sie hatte ihre Sorgen jahrelang für sich behalten, hatte mit niemandem darüber sprechen können. Er hauchte einen Kuss auf ihren Scheitel, um sie zu trösten.

Nach annähernd zweihundert Fuß hatten sie den Boden der unteren Kammer erreicht. Das Geräusch von tropfendem Wasser war hier noch lauter als oben, ein pulsierender Herzschlag, der sich eher unheilverkündend als beruhigend anhörte. Vikirnoffs Blick glitt wachsam durch die eiskalte Kammer, um jedes nur erdenkliche Versteck auszumachen. Er hielt den Wärmeschild um Natalya aufrecht, um ihr zu helfen, ihre Körpertemperatur zu regulieren. »Die Ausstrahlung dieses Ortes gefällt mir nicht.«

»Mir auch nicht, obwohl es hier eigentlich sehr schön ist, nicht wahr?«, bemerkte Natalya. Sie zog einen Leuchtstab aus ihrem Rucksack und hielt ihn hoch. »Ich könnte schwören, dass es hier unten Goldadern gibt.« Sie drehte sich langsam im Kreis und beleuchtete mit dem Stab die große Galerie. »Ich habe noch nie so schöne Eisformationen gesehen. Das ist unglaublich. Wie ein riesiger Kristallpalast.«

Vikirnoff erstarrte. Genau diese Worte hatte er vor langer Zeit schon einmal gehört. Sie beschrieben die große Höhle des dunklen Magiers. *Ein riesiger Kristallpalast mit einer lodernden Flamme in der Mitte des einen Raumes, ein Palast aus Gold und Edelsteinen.* Er sah die Eisformation an, die sich in der Mitte der Kammer erhob. Je nach Blickwinkel wirkte das Gebilde wie ein funkelnder Diamant oder wie eine strahlende orangerote Flamme. Als Natalya den Lichtstrahl daraufrichtete, schienen mittendrin vereinzelten Edelsteine zu glitzern.

»Natalya.« Seine Stimme klang warnend. Er wartete, bis sie ihn anschaute. »Ich glaube, das ist die Höhle des dunklen Magiers. Die Höhle, die für seine Studien und Experimente benutzt wurde. Ich denke, das hier ist sein Ort der Macht.« *Es musste Wächter geben. Mächtige, tödliche Wächter.* Wieder lauschte er dem Klang des Wassers, dessen stetiges Tropfen eine neue Bedeutung annahm.

Natalya biss sich auf die Unterlippe. Es war mehr als wahrscheinlich, dass Vikirnoff recht hatte, und das hieß, dass überall in den Höhlen Fallen lauerten, die man durchaus mit Landminen gleichsetzen konnte. »Selbst im Tod würde Xavier seine geheime Kammer niemals unbewacht zurücklassen, weil sie zu viele seiner Geheimnisse enthalten muss. Du willst damit also sagen, dass wir genau in die Höhle des Löwen gestolpert sind?«

»Gewissermaßen.« Er trat zu ihr, um sie abzuschirmen, indem er sich zwischen sie und die Wände der Höhle stellte. »Wenn er am Leben ist und er es war, der dein Gedächtnis manipuliert hat, warum sollte er dich hierher locken? Was könnte dahinterstecken?«

»Tja, das ist die Frage. Die Vampire wollen mich, du willst mich, mein toter oder vielleicht auch nicht toter Großvater will mich. Ich bin eine sehr gefragte Person.« Sie zuckte mit den Schultern und warf ihm ein schwaches Grinsen zu. Vielleicht half ihr ihr Humor, nicht den Mut zu verlieren.

Sein Herz reagierte auf ihren tapferen Versuch sofort, indem es ihm in der Brust schmolz. Vikirnoff runzelte die Stirn. Es verunsicherte ihn, dass er so stark auf sie reagierte. Er konnte sich nicht erinnern, dass sein Urteilsvermögen zu irgendeinem Zeitpunkt seines Lebens je von Emotionen beeinflusst worden wäre. Im Moment schrie jeder Instinkt in ihm, dass sie beide in großer Gefahr waren und er Natalya packen und schleunigst verschwinden sollte. Er konnte die Furcht in ihren Augen sehen, aber sie besaß einen stählernen Willen, und sie würde nicht gehen, ehe sie einige Antworten bekommen hatte.

Er unterdrückte seinen natürlichen Beschützerinstinkt und versuchte, einen Weg zu finden, um ihr zu helfen, nach Möglichkeit einen, der sie beide heil hier herausbrachte. Vikirnoff war überzeugt, dass die Höhle eine einzige riesige Falle war. »Was besitzt du, abgesehen von deinen offenkundigen Reizen und außergewöhnlichen magischen Kräften noch, was dich so wertvoll für die Vampire machen könnte? Oder für deinen Großvater?«

»Keine Ahnung. Ich kenne mich gut mit Zauberformeln aus. Ich kann Dinge finden. Ich weiß es wirklich nicht, Vik.« Sie warf ihm unter ihren langen Wimpern einen raschen Blick zu.

»Vik?« Er wand sich sichtlich, und seine Augenbrauen fuhren in die Höhe. »Natalya, du wirst mich auf keinen Fall Vik nennen. Ich ziehe ernsthaft in Erwägung, eines der Wörter zu benutzen, die du aus meinem Vokabular gestrichen hast.«

Ihre Augen tanzten vor Lachen. Sie drehte sich in die Richtung, in der sie die stärkste Anziehungskraft spürte. »Wir müssen da entlang.« Sie zeigte auf einen Gang, der kaum mehr als ein Tunnel war.

Er stöhnte. »Woher habe ich gewusst, dass du dich für diesen Weg entscheiden würdest?«

Sie langte nach seiner Hand. Es widerstrebte ihr zwar, Schwäche zu zeigen, aber sie brauchte den Körperkontakt. »Ich spüre unterschwellige Schwingungen von Macht. Fühlst du es auch?« Ihre Stimme bebte.

»Ja«, antwortete er knapp. »Bringen wir's hinter uns.« Er drückte ermutigend ihre Finger. »Sei vorsichtig, Natalya. Ich bleibe hinter dir.« Er war überzeugt, dass einige Vampire ihre Spur aufgenommen hatten. Aber das wollte er ihr nicht sagen. Die Untoten waren noch ein Stück entfernt, doch er befürchtete, dass irgendetwas an Natalya die Vampire anzog. »Warst du schon mal hier?«

»Nein, noch nie.« Sie runzelte die Stirn, während sie in ihrem Gedächtnis forschte. »Es ist so frustrierend, sich immer nur an kleine Bruchstücke erinnern zu können. Ich habe Tausende Zauberformeln studiert. Ich habe uralte Texte gelesen und kann mich an alles erinnern, aber ich weiß nicht mehr, wo ich das alles gelernt habe. In meinen Träumen beschützt Razvan mich immer vor dem Lehrer und wird jedes Mal bestraft, wenn ich mich weigere, etwas Bestimmtes zu tun. In meinen Träumen weiß ich, wie mein Großvater aussieht, doch jetzt könnte ich ihn dir nicht beschreiben. Woher soll ich wissen, was stimmt und was nicht?«

Natalya drehte sich frustriert zu dem Tunnel um, damit Vikirnoff ihren Gesichtsausdruck nicht sehen konnte. Was wusste sie von ihrer Kindheit? Was, wenn alles eine Lüge war? Wenn ihre echten Erinnerungen gelöscht und durch andere ersetzt worden waren? Die Vorstellung machte sie krank. »Toll.« Sie fühlte sich gedemütigt und beschämt, weil Vikirnoff ihr Bewusstsein und die schwarze Leere darin gesehen hatte. »Ich bin ein bescheuerter Roboter.«

»Mit einer sehr hübschen Kehrseite«, bemerkte er, als sie sich auf alle viere fallen ließ und mit dem Kopf voran in dem schmalen Gang verschwand.

Sie wackelte aufreizend mit dem Po und grinste ihn über die Schulter an, dankbar, dass er ihr einen Grund zum Lachen gegeben hatte.

Vikirnoff blieb beinahe das Herz stehen. Mit ihrem Hunderttausend-Volt-Lächeln hätte sie die ganze Höhle ausleuchten können. In seinen Ohren rauschte es, tief in seinem Inneren regte sich der Dämon, und Verlangen schoss völlig unerwartet durch seinen Körper. Nicht die intensive Lust, die er vorher erlebt hatte, sondern etwas Helles und Leidenschaftliches, das nicht aus seinem Unterleib, sondern eher aus seinem Herzen kam.

»Du brauchst nicht mitzukommen«, sagte Natalya, obwohl sie die Worte herauszwingen musste, und drehte sich zu ihm um. Er war ganz still, und seine Gesichtszüge schienen wie aus Stein gemeißelt. Warum sollte er sich in das, was ihnen bevorstand, hineinziehen lassen? In Wahrheit graute ihr vor der Höhle. Irgendetwas warnte sie, dass sie in Gefahr war, und das immer lauter werdende Geräusch des tropfenden Wassers brachte sie fast um den Verstand. Jeder Instinkt befahl ihr wegzulaufen, aber ihr Körper und ihr Gehirn weigerten sich, dem Befehl zu gehorchen.

Sie hatte sich nach einem Partner gesehnt, mit dem sie ihr Leben teilen könnte, aber heute *brauchte* sie zum ersten Mal jemanden. Und nicht irgendjemanden. Sie brauchte Vikirnoff. Nicht nur wegen seiner Qualitäten im Kampf, sondern einfach deshalb, weil seine Nähe ihr Mut machte. Und das war beinahe genauso beängstigend wie die Situation selbst.

Vikirnoff strahlte Macht und Zuversicht aus. Sie konnte sich nicht vorstellen, dass irgendjemand ihn besiegen könnte, nicht wenn er bei vollen Kräften war. *Aber das ist er nicht.* Der Gedanke kam wie aus dem Nichts. Ihr fiel auf, dass sie nicht ein einziges Mal an seine körperliche Verfassung gedacht hatte, seit sie in der Höhle waren. Er war noch nicht ausgeheilt. Sie hatte mehr als einmal die Qualen auf seinem Gesicht gesehen, aber er verhielt sich, als wäre alles in Ordnung. Hatte er sie unmerklich beeinflusst, oder war sie wirklich so egoistisch? Sie stöhnte leise.

»Ich bin bei dir, weil ich es so will. Auf mich wird kein Zwang ausgeübt, Natalya. Und ich bin durchaus in der Lage, dich zu beschützen, falls es nötig sein sollte.«

Sie hatte sich kurz umgedreht, doch nun wandte sie sich ab, bevor er ihre Reaktion auf seine Worte – und seine Stimme – sehen konnte. Irgendetwas an diesem Mann sprach sie ungeheuer stark an.

Natalya kroch durch die gewundene Eisröhre, bis sie breiter wurde und in einer weiteren Reihe von Galerien mit eindrucksvollen Säulen und Eisformationen endete. Indem sie wieder ihrem Instinkt folgte, entschied Natalya sich für eine der Kammern. An der Eiswand waren Streifen von getrocknetem Blut zu sehen. Sie erstarrte bis ins Innerste, als sie die dicken, gefrorenen Flecken betrachtete, die an der Wand klebten. »Das sieht nicht gut aus, oder?«

Vikirnoff legte eine Hand auf ihre Schulter. Sie war es nicht gewöhnt, berührt zu werden, und zuckte leicht zusammen, aber sie schüttelte ihn nicht ab. »Du kannst sehen, wo man Eispickel durch den Körper getrieben hat, um ihn an die Wand zu nageln.« Er berührte das gefrorene Blut. »In dieser Kammer ist ein Karpatianer gefoltert worden.« Er untersuchte den ganzen Raum. »Es war nicht innerhalb der letzten Woche. Jemand hat ihn gerettet, ein Mensch, würde ich sagen, und mindestens ein Vampir ist hier gestorben.« Er seufzte. »Warum sollte ein Vampir das Risiko eingehen, die Höhle des dunklen Magiers zu betreten?«

»Geheimnisse? Macht?«

»Vielleicht. Aber wäre es das Risiko wert? Hier müssen überall Fallen aufgestellt sein. Die Vampire suchen etwas. Es gibt keine andere Erklärung.« Er sah sich aufmerksam um. »Ich kann fühlen, dass uns etwas beobachtet. Du auch?«

Sie hätte es gern geleugnet, aber ihre Nackenhaare stellten sich vor Nervosität auf. »Ja. Die Vampire glauben, dass ich ihnen helfen kann zu finden, was auch immer sie suchen, oder?«, fragte sie. »Darum hat Arturo gesagt, er hätte eine kleine Aufgabe für mich. Ich soll etwas für ihn finden, wahrscheinlich etwas, das der dunkle Magier zurückgelassen hat.«

»Jedes Instrument der Macht in Xaviers Besitz wäre nicht nur für unsere Spezies, sondern für die ganze Welt eine tödliche Bedrohung, wenn es in die Hände von Vampiren fällt.«

»Kannst du sehen, wo die anderen herausgekommen sind? Diejenigen, die den Vampir getötet haben?« Sie zeigte auf eine Wand aus massivem Eis. »Ich will nämlich dorthin.«

Vikirnoff untersuchte die Wand. »Ein Karpatianer hat hinter ihnen eine Gleitröhre verschlossen. Ich kann die Macht, die er ausgeübt hat, noch spüren.«

»Kannst du die Röhre öffnen?«

Er begutachtete die bläulich schimmernde Eiswand. »Ja.«

Seine Stimme klang grimmig. Er spürte das Gewicht der Eismassen über ihnen und die Bedrohung durch ihre Feinde, die immer näher kamen, aber mehr als alles andere belastete ihn die Gewissheit, dass sie im Begriff waren, an einen weit schlimmeren Ort als diesen zu gehen. Der Drang, seine Gefährtin zu beschützen, setzte ihm zu, und er zögerte. Er legte sogar seine Finger um ihr Handgelenk, als wollte er sie zurückhalten.

Natalya schüttelte den Kopf. »Ich habe wirklich keine andere Wahl, Vikirnoff.«

Mit einem leisen Fluch fand er die ursprüngliche Öffnung zu der Gleitröhre, die in die unteren Kavernen führte, und befahl dem Eis, sich seinem Willen zu beugen. Selbst in der Höhle des dunklen Magiers konnte er über die Elemente gebieten. Das Eis verschob sich und öffnete sich zu einem schmalen, abschüssigen Tunnel.

»Danke«, sagte Natalya. Sie fand keine Worte, um auszudrücken, wie dankbar sie war, dass er keinen Streit anfing. In ihrem Inneren schrillten die gleichen Alarmglocken wie bei ihm, und sie spürte, dass er gezwungen war, gegen uralte Instinkte anzukämpfen. Sein Drang, sie zu beschützen, erlaubte ihm einfach nicht, sie in Gefahr schweben zu sehen, ohne sie abzuschirmen. Und sie wusste nicht, wie sie es ohne ihn durch das Eis in die unteren Kammern geschafft hätte.

»Wir gehen zusammen hinein«, erklärte er.

Sie warf ihm einen finsteren Blick zu, um ihn davor zu warnen, wieder mit dem Herumkommandieren anzufangen, hatte aber nicht das Mindeste dagegen, als er sie schützend in seine warmen Arme nahm und in die Kälte der Eisröhre stieg. Vikirnoff stieß sich ab, und sie rutschten immer schneller auf der langen, spiralenförmigen Röhre tiefer in eine aus blauem und kristallklarem Eis erstarrte Welt hinunter. Vikirnoffs Arme bewahrten Natalya vor Eissplittern und großen, gezackten Kristallzapfen, die über ihren Köpfen hingen. Es war atemberaubend schön und gleichzeitig sehr erschreckend, weil sie wusste, dass diese Formationen keinen natürlichen Ursprung hatten.

Natalya war ein bisschen schwindelig, als sie unten ankamen, und sie stützte sich auf Vikirnoff, bis sie sicher war, dass ihre Beine sie tragen würden. In dem schmalen Gang aus blankem Eis konnten sie beide aufrecht stehen, ohne befürchten zu müssen, mit den Köpfen an die Decke zu stoßen.

»Alles in Ordnung?« Vikirnoff hielt sie im Arm, bis ihre Beine nicht mehr zitterten.

Sie schüttelte den Kopf. »Ich fühle mich ganz komisch. Verängstigt. Normalerweise habe ich nicht ständig Angst. Mein Herz klopft so laut, dass es mir in den Ohren wehtut. Und mir ist speiübel. Und schlimmer noch« – sie blickte zu ihm auf, während sie eine Hand links unten auf ihren Bauch legte – »der Drachen brennt. Ein Vampir ist in der Nähe.«

»Vor uns oder hinter uns?« Er überprüfte die Umgebung, so wie er es ständig tat, seit sie die Eishöhlen betreten hatten, und stellte betroffen fest, dass er den Vampir nicht ausmachen konnte. Und das bedeutete, dass es nicht Arturo war. Der könnte seine Anwesenheit nicht vor dem Jäger verbergen. Vikirnoff sprach ein stummes Gebet, dass er es in seinem geschwächten Zustand nicht mit einem Meistervampir aufnehmen müsste.

»Ich weiß es nicht.« Sie setzte sich in Bewegung und lief den Gang hinunter.

Er endete abrupt vor einem tiefen Abgrund. Vikirnoff hielt Natalya gerade noch fest, bevor sie über die Kante stürzte, und drückte sie an sich. »Das war knapp.«

Natalya starrte auf die Eisbrücke, die einladend glitzerte. Das Gebilde bestand aus Eis und Stein, war sehr schmal und an mehreren Stellen durchlöchert und schien der einzige Weg auf die andere Seite zu sein. Sie runzelte die Stirn und zeigte auf die klaffenden Löcher. »Ich setze keinen Fuß auf dieses Ding.« Sie grinste ihn an. »Ich wusste, dass du noch von Nutzen sein würdest.«

»Erwartest du etwa von mir, dass ich dich trage?« Er zog eine Augenbraue hoch.

»Allerdings. Wir gehen auf die andere Seite.«

Vikirnoff nahm sie in seine Arme und hob sie hoch. Natalya wünschte, es würde sich unpersönlich anfühlen, aber seine Berührung wirkte elektrisierend und jagte Hitze durch ihren Körper. Als sie sich an ihn schmiegte, spürte sie jeden Muskel an ihm. Es schien ganz natürlich zu sein, in seinen Armen zu liegen, und sein Körper war ihr seltsam vertraut. Er und sie waren einfach wie füreinander geschaffen. Sie schloss die Augen und genoss es, ihm ganz nahe zu sein, als sie gemeinsam durch die Luft auf die andere Seite der Höhle glitten.

Vikirnoff war sehr vorsichtig und behielt sie noch in seinen Armen, nachdem er auf dem Eisboden gelandet war. Prüfend schaute er sich um, bevor er zuließ, dass ihre Füße den Boden berührten. »Ich kann fühlen, dass die Gefahr stärker wird. Beeil dich, Natalya. Finde, was du finden musst, damit wir so schnell wie möglich von hier wegkommen.«

Natalya hatte eine zusätzliche Ermunterung kaum nötig. Sie sehnte sich mehr danach, als er ahnen konnte, aus dieser Höhle herauszukommen. Sie eilte durch die Kammer, an einer kleinen Nische vorbei, machte abrupt kehrt und richtete einen Leuchtstab auf die Eiswand. Ihr stockte der Atem. »Vikirnoff«, flüsterte sie. »Schau!«

Schuppen bedeckten den Körper eines gewaltigen Lebewesens, dessen langer, schlangenartiger Hals einen keilförmigen Kopf trug. Der lange Schwanz endete in einem scharfen Stachel, und die Flügel waren eng an den Körper gelegt. Es sah so aus, als hätten die scharfen Klauen, zum Zupacken und Reißen geschaffen, im Eis gegraben und versucht, sich frei zu scharren. Ein schönes, in strahlendem Smaragdgrün funkelndes Auge starrte sie durch die dicke Eiswand hoffnungslos an.

»Ein Drache, Vikirnoff. Wie konnte ein Drache auf diese

Weise in der Wand eingeschlossen werden?« Am liebsten hätte Natalya um das arme Geschöpf geweint. Sie legte eine Hand mit weit gespreizten Fingern auf die Klaue, als könnte sie das Tier festhalten. »Wer würde einem Drachen so etwas antun?« Sie konnte ihren Blick nicht von diesem strahlenden Auge wenden.

»Nicht einer, sondern zwei.« Vikirnoffs Stimme war grimmig. Er trat näher. »Da steht noch ein zweiter, Seite an Seite mit dem anderen. Man kann die Konturen des Beines und der Klaue erkennen.«

Natalya presste sich an die Eismauer, bis ihre Nase vor Kälte blau wurde. Ohne sich dessen bewusst zu sein, kratzte sie mit ihren Fingernägeln am Eis, um zu den sagenumwobenen Wesen zu gelangen. »Das ist nicht richtig, Vikirnoff.« Sie war den Tränen nahe. Ihre Brust brannte und fühlte sich zu eng an. »Können wir sie da rausholen?«

Er zog sie sanft von der Eiswand weg. »Ist es das, was du wolltest? Mehr als ein Vampir ist hinter uns her. Ich spüre die Nähe von Arturo und mehreren anderen. Und diejenigen, die ich nicht spüren kann, machen mir leider noch mehr Sorgen. Ich fühle die Nähe von etwas Bösem, kann aber nicht orten, wo es ist. Wenn wir eine Eiswand, die so dick wie die hier ist, verschieben, riskieren wir, den ganzen Berg zum Einsturz zu bringen, und selbst wenn wir es schaffen könnten, hätten wir nicht die erforderliche Zeit.«

»Ich wünschte, ich wäre wegen der Drachen gekommen. Das ist einfach nicht richtig. Ich hatte keine Ahnung, dass Drachen wirklich existieren.«

»Ja und nein.« Er drehte sie von dem Eisgrab weg. »Du bist viel zu sensibel. Dein Kummer ist ebenso groß wie unerwartet.« Und ihr Mitgefühl machte sie für ihn noch anziehender. Er zupfte an ihrem Ärmel, bis sie ihm folgte. »Welche Richtung?«

Natalya übernahm wieder die Führung. Der Gang brachte sie in eine weitläufige Galerie. Hohe, kunstvoll im Stil der gotischen

Architektur geformte Pfeiler erhoben sich bis zu der Decke, die an eine Kathedrale erinnerte. Säulen aus Eis und Kristall, von denen jede mehrere Kugeln in verschiedenen Farben trug, bildeten zwei Reihen, die sich der Länge nach durch den Raum zogen.

Natalya blieb abrupt stehen. »Das ist der Ort. Hierher sollte ich kommen, in diesen Raum. Fass nichts an, Vikirnoff. Hier sind überall Fallen. Ich kann sie fühlen.« Sie ging ein Stück in den Raum hinein und kehrte dann zu ihm zurück. Figuren aus der Mythologie wuchsen als lebensgroße Kristallskulpturen aus dem Boden. Pyramiden aus blutrotem Stein schimmerten in gemeißelten Steinbögen in den Wänden. Wenn sie zu lange auf eine der vielen Kugeln starrte, wurde sie lebendig, wirbelte herum und wechselte die Farbe, als wollte sie ahnungslose Opfer mit ihrer intensiven Schönheit in ihren Bann ziehen.

Auf dem Boden waren unter der Eisschicht Steinplatten zu eigenartigen Mustern von Quadraten, Dreiecken und Pentagrammen sowie zu Pyramiden und Sternenmuster angeordnet. In die Mitte jeder Platte waren Hieroglyphen tief in das Gestein eingeritzt. »Das ist der Weg nach draußen«, sagte Natalya. »Sie brauchten einen Fluchtweg, und man muss in einer bestimmten Reihenfolge auf die Platten treten, damit sich der Stein über den Stufen eines unterirdischen Gangs öffnet.«

»Du bist wirklich noch nie hier gewesen?«

Dünne Linien gruben sich um ihren Mund und auf ihrer Stirn ein, als sie versuchte, ihr Erinnerungsvermögen aufzurufen. »Ich könnte von diesem Ort geträumt haben. Mein Vater hat mir von der Höhle und den Eisstufen, die nach draußen führen, erzählt. Er hat mich davor gewarnt, etwas anzufassen, bevor ich mir nicht ganz sicher wäre ...« Sie brach ab und sah Vikirnoff an. »Es war mein Vater. Er hat auf mich den Zwang ausgeübt, hierherzukommen. Er muss es gewesen sein.«

»Warum würde er dich einer so großen Gefahr aussetzen?«

Vikirnoff beobachtete, wie Natalya rastlos durch den riesigen Raum ging und dabei alle Gegenstände begutachtete, die zu sehen waren. In einer kleinen Wandnische erregte ein hohes Regal mit Waffen ihre Aufmerksamkeit, aber gleich darauf ging sie weiter, als wäre sie darauf aus, eine ganz bestimmte Sache zu finden.

»Ich weiß es nicht, doch es muss einen Grund haben.« Geistesabwesend ging sie langsam auf und ab und versuchte, die richtige Richtung zu finden. Sie hatte nicht den leisesten Hinweis auf das, was sie suchte, und ihr Drachenzeichen brannte höllisch. Sie legte eine Hand auf die Stelle, als wollte sie das Warnsignal unterdrücken. »Ich glaube, die Vampire sind ganz in der Nähe.«

Vikirnoff überprüfte unablässig das Netzwerk von Höhlen, indem er nach Anhaltspunkten Ausschau hielt, die ihm verraten könnten, wo der Vampir war. Er fand keinen Hinweis. Vikirnoff hatte einen untrüglichen Instinkt für die Untoten, und im Moment schrillten alle seine Alarmglocken. Das Tröpfeln des Wassers wurde ständig lauter. Normalerweise konnte er Geräusche leiser stellen, aber das stetige Tropfen hallte wie Trommeln in dem unterirdischen Höhlensystem wider. Der Trommelschlag rief nach etwas. Weckte etwas auf. Je tiefer sie in die Kavernen vordrangen, desto lauter und beharrlicher wurde es.

Das Geräusch schwoll an, bis es ein dröhnender Pulsschlag war, eine ständige, nervenaufreibende Erinnerung, dass sie unter mehreren Hundert Metern von Eis festsaßen. Vikirnoff schaute die kleine Lache an, die sich am Fuß eines der Pfeiler bildete. Die Flüssigkeit hätte kristallklar sein müssen, war aber von einem missfarbenen, leicht rostigen Braun. Wie Schlamm. Oder eingetrocknetes Blut. Wassertropfen rannen an dem Pfeiler hinunter und fielen in die Pfütze. Bei jedem Tropfen vibrierte die Oberfläche. Die Schockwellen schienen sich in alle Richtungen auszubreiten und die Kammer selbst zu umschließen, sodass die Höhle bei jedem Tropfen leicht bebte.

Etwas glitzerte in den Tiefen der Lache, etwas Dunkles, das direkt unter der trüben Oberfläche lauerte. Als Natalya in die ölige Flüssigkeit schaute, hatte sie das Gefühl, dass jemand sie aus glühenden roten Augen anstarrte. Ein dunkler Schatten glitt durch die rostbraunen Wasser. Sie fuhr zurück. »Das kann nichts Gutes sein.«

»Geh weg von da«, ermahnte Vikirnoff. »Wen oder was das Wasser auch ruft, wir wollen nichts damit zu tun haben.«

Natalya trat näher an eine mit Kugeln gekrönte Säule heran. Auf einem Turm aus schwarzem Obsidian ruhte eine glitzernde Kristallkugel mit einem Durchmesser von gut dreißig Zentimetern. Natalya streckte ihre Hände aus, berührte das Kristall aber nicht, sondern zog nur die Konturen nach. Sofort spürte sie eine gewaltige Anziehungskraft, als wäre die Kugel durch ihre Nähe zum Leben erwacht.

Kannst du das fühlen? Die Hitze? Sie versuchte zurückzutreten, doch sie konnte ihren Blick nicht lösen. Dunstschleier wirbelten im Inneren der Kugel, zogen sie magisch an ... befahlen ihr, sie in Besitz zu nehmen.

Natalya, nicht! Aber Vikirnoffs Warnung kam zu spät. Noch während er einen Satz machte, um sie von der Kristallkugel wegzureißen, packte Natalya sie mit beiden Händen.

Kapitel 8

Natalya schrie auf. Ihr Schmerzensschrei zerriss die Stille der gewaltigen Eishöhle. Ihre Finger verschmolzen mit der Kristallkugel und brannten, bis sie das Gefühl hatte, ihre Haut würde sich von den Knochen lösen.

Vikirnoff sprang zu ihr, um sie wegzuziehen, aber er hörte im Geist ihren Protest. *Nein! Du darfst mich nicht anfassen. Es verschlingt mich. Wenn es dich auch noch festhält, gibt es für mich keinen Weg zurück.*

Inständig fluchend ließ er die Hände sinken. Es kostete ihn alles, was er an Selbstbeherrschung besaß, Natalya nicht in seine Arme zu reißen. Indem er tief einatmete und das ständige Geräusch des Wassers ignorierte, das laut in der Höhle dröhnte und widerhallte, konzentrierte er sich darauf, Natalya Halt zu geben.

Ich kann es nicht. Es brennt, Vikirnoff! Ich kann vor Schmerzen nicht mehr denken.

Er spürte die furchtbaren Schmerzen, die ihren Körper peinigten, das Verrenken ihrer Knochen und Sehnen, als die Kugel sie aus der Welt riss, die sie bewohnte, und in das wirbelnde Zentrum des Kristalls zog. Mit zusammengebissenen Zähnen nahm er so viel wie möglich von ihren Schmerzen auf sich. Sofort schwitzte seine Haut Blut, das ihm von der Stirn in die Augen tropfte. *In dir ist das Erbe der Karpatianer ebenso stark wie das der Magier. Du gebietest über Erde und Luft, und du bist ungewöhnlich stark. Nimm, was du dir holen wolltest, und sieh zu, dass du wegkommst!*

Natalya holte tief Luft, als die Schmerzen nachließen. Es waren die Zuversicht in seiner Stimme und die Achtung, die er ihr erwies, die ihr halfen, ihre Körperlichkeit zu überwinden und auf das Wissen der Magier zurückzugreifen. Ihr Körper war nichts, eine Hülle, mehr nicht. Ihr Geist war stärker als die Wirbelwinde, die an ihrem Fleisch zerrten. Sie wuchs über den Schmerz und das Grauen hinaus und fand in ihrem Inneren eine Quelle der Kraft.

Farben wirbelten in einer Welt in tiefem Mitternachtsblau um sie herum, funkelnde Sterne, Lichtstreifen, die wie Kometen über den Himmel rasten. Galaxien und Sternensysteme schossen mit schwindelerregender Geschwindigkeit an ihr vorbei, trafen kurz aufeinander, um gleich darauf in einem Sternenschauer zu zerbersten. Natalya schaute wie gebannt zu, voller Staunen und Ehrfurcht. Sie wusste, dass diese Richtung in die Zukunft wies. Sie könnte einen Faden finden, einen, der zu ihr gehörte, und dem Weg folgen, um zu erfahren, was auf sie wartete. Die Versuchung war groß. Was sie sah, war berauschend schön und eindrucksvoll, und der Gedanke, die Zukunft zu kennen, war nahezu unwiderstehlich.

Immer wieder zuckten grelle Blitze wie Neonlichter über den nachtblauen Himmel. Natalya erkannte, dass ihr Bewusstsein wie von dünnen, im Zickzack verlaufenden Fäden unaufhaltsam in diese Richtung gezogen wurde, und wehrte sich mit ihrer ganzen Willenskraft dagegen. Sofort wurde die Kraft, die sie anzog, stärker; sie zerrte an ihr und lockte sie mit flüchtigen Einblicken in ihre Zukunft. Natalya weigerte sich hartnäckig, in diese Richtung zu schauen, weil sie instinktiv spürte, dass sie vielleicht nicht mehr zurückfand, wenn sie das Reich der Zukunft erst einmal erreicht hatte. Und was sie suchte, konnte unmöglich in dieser Richtung liegen.

Der Wind ließ bunte Perlenschnüre um sie herumwirbeln. Eine von ihnen zog wegen ihrer ungewöhnlichen Farbe Natalyas Blick auf sich. Es waren dieselben wolkigen Schattierungen, die in ihren Augen glitzerten, wenn die Tigerin in ihr erwachte. Sie betrachtete sie, während sie gegen die Kraft des Winds ankämpfte. Ihr Vater hatte ihre Augen oft mit Seeperlen verglichen.

Natalya streckte eine Hand nach dem Strang aus, dessen Farbe ihren Tigeraugen ähnelte. Ein gewaltiger Strudel packte sie und sog sie in die wirbelnde Masse. Natalya hielt die Perlenschnur fest umklammert, während sie sich gleichzeitig genauso fest an die Verbindung zu Vikirnoff klammerte. Er war ihr Halt, und wohin ihr Geist auch ging, er war bei ihr und wachte über ihren Körper.

Kampfszenen rasten an ihr vorbei, dunkle, hässliche Bilder von Blut und Tod. Natalya weinte vor Trauer über das sinnlose Sterben, wenn Männer für Gott oder Vaterland oder um die Macht kämpften, und versuchte, nicht noch weiter in das Vakuum der Vergangenheit hineinzugleiten. Kleine schwarze Schatten umzingelten sie, als wollten sie ihren Geist angreifen. Die klagenden Stimmen der Magier, deren Seelen im endlosen Kreislauf der Vergangenheit eingesperrt waren, waren zu vernehmen. Sie klangen warnend und kummervoll zugleich.

Natalya hätte in dem furchtbaren Schmerz, den es mit sich brachte, immer wieder dem Tod zu begegnen und immer wieder dieselben Fehler der Vergangenheit zu sehen, untergehen können, doch Vikirnoff war ständig bei ihr, murmelte ihr ermutigende Worte zu und hielt sie fest.

Soren. Beinahe wäre er ihr in all den historischen Ereignissen, die um sie herumwirbelten, entgangen, aber da war er, ihr Vater, groß und gut aussehend mit seinem schwarzen Haar und den ausdrucksvollen grünen Augen. Ihr Herz krampfte sich schmerzhaft zusammen, und sie streckte ihre Arme nach ihm aus. Sie konnte ihn nicht erreichen, und sie erkannte, dass sie ihn wie durch ein Spiegelbild sah. Als er den Kopf wandte, blieb ihr beinahe das Herz stehen. Er litt entsetzliche Qualen; sein Körper war auf einer Seite verbrannt, auf der anderen von Eis umschlossen. Er war gefoltert, aber am Leben erhalten worden, und sein Blut floss durch einen langen Schlauch aus seinem Körper.

Vater! Natalya schrie es laut und versuchte verzweifelt, zu ihm zu kommen, aber er schüttelte den Kopf und sah sie direkt an. Sein Blick trübte sich und sie konnte ein Messer sehen, das sich in seinen Augen spiegelte, offensichtlich eine alte, für feierliche Zeremonien bestimmte Waffe, das Heft mit Edelsteinen besetzt, die Klinge leicht gebogen. Das Messer fuhr herum und wies direkt auf sie, bevor es langsam in der Luft kreiste, sodass sie es aus jedem Blickwinkel sehen konnte. *Du willst, dass ich dieses Messer finde.* Einen Moment lang blieb das Bild bestehen, dann verblasste es und verschwand schließlich ganz. Sorens Blick senkte sich auf seine Hände. Natalya sah, dass er ein großes, schweres Buch hielt. Ein altes Buch mit magischen Beschwörungsformeln. Es war geschlossen, und auf dem Deckel zeichneten sich dunkle, rötlich braune Flecken ab. *Das Buch ist wichtig.*

Eine schattenhafte Gestalt, der Mann, den sie aus ihren Albträumen kannte, ragte vor Soren auf. Natalya wich instinktiv zurück. Ihre Bewegung schien die Aufmerksamkeit des Folterers ihres Vaters erregt zu haben, denn sie sah, wie sich der dunkle Schatten in ihre Richtung wandte. Ein leises, zorniges Zischen war zu hören, und sie spürte den eisigen Hauch des Todes, der sie bis ins Mark erschauern ließ.

Eine Flut von Bildern, die zeigten, wie ihr Vater gefoltert wurde, stürmte auf sie ein. Es folgten Szenen, in denen ihre Mutter von Vampiren verschlungen wurde und ihr Vater sie fand und vor Schmerz fast den Verstand verlor. Jedes dieser Bilder zeigte mit grauenhafter Anschaulichkeit jedes noch so kleine Detail, eines schlimmer als das andere, bis Natalya vor Kummer und Entsetzen gelähmt war. Sie fühlte, wie die düsteren Schatten immer stärker an ihr zogen, aber sie konnte sich nicht bewegen, konnte den Bann nicht brechen. Ein hässliches Lachen war zu hören. Etwas versuchte, nach ihr zu greifen und in ihr Bewusstsein einzudringen.

Natalya! Komm sofort zu mir! Vikirnoff legte in seinen Befehl alles, was er an Macht besaß. Natalyas Körper fing an zu verblassen. Der Vorgang begann an ihren Armen, als würde eine unbekannte Macht Fleischstücke von ihren Knochen reißen und ihre Haut durch eine dünne, milchige Schale ersetzen. Sie wurde durchscheinend, ein geisterhafter Schemen statt eines Körpers aus Fleisch und Blut.

Nahezu überwältigt von Angst, verschmolz Vikirnoff mit ihrem Bewusstsein. Ainaak enyém, *ich lasse dich nicht gehen. Sie werden dich nicht bekommen. Du bist* ainaak sívamet jutta, *für immer und alle Zeit mit meinem Herzen verbunden. Komm zu mir, Natalya. Der Gefährte deines Lebens befiehlt es.*

Schuld und Furcht rangen mit ihrem Selbsterhaltungstrieb, aber selbst im Reich von Vergangenheit und Gegenwart war die Macht, die ihr Gefährte über sie hatte, stärker als alles andere. Inmitten eines Wirbelsturms, der seine ganze Wut an ihr austobte, wandte sich Natalya Vikirnoff zu. Seine tröstliche Nähe gab ihr Wärme, ebenso wie sein Charakter, die Art, wie er dachte und handelte. Seine Integrität und seine Entschlossenheit. Sie konzentrierte sich völlig auf ihn und seine unerschütterliche Treue zu ihr. Zum ersten Mal machte es sie glücklich, dass sie miteinander verbunden waren, dass Vikirnoffs Kraft mit ihrer vereint werden konnte.

Ich bringe es nicht fertig, meinen Vater zu verlassen.

Sie konnte den Weg zurück nicht finden; sie war zu erschöpft, war es leid, allein zu sein. Ihr Vater und ihre Mutter und Razvan waren alle hier an diesem Ort. Sie konnte bei ihnen bleiben, mit ihnen zusammen sein. So viele Jahre waren vergangen, in denen sie von Ort zu Ort gezogen war, ohne jemanden zum Reden zu haben, jemanden, mit dem sie ihr Leben teilen konnte. Was erwartete sie außer unendlicher Einsamkeit, wenn sie zurückkehrte?

Es ist eine Täuschung, Natalya, ein Versuch, dein Denkvermögen zu trüben. Du gehörst zu mir. Dein Vater würde nicht wollen, dass du hier mit ihm eingesperrt bist. Du kannst ihn nicht retten. Was passiert ist, kann nicht ungeschehen gemacht werden. Komm mit mir, ainaak enyém, *verbinde dich mit mir und werde eins mit mir.* Vikirnoff setzte alle Mittel ein, die ihm zur Verfügung standen, Autorität, Verführung, Druck – alles vereinte sich in seinen sanften Worten und zog sie mit der reinen Kraft des Charakters und des Willens, die er im Lauf vieler Jahrhunderte entwickelt hatte, an den Zeitsträngen zu ihm zurück.

Sie hörte einen Wutschrei, als sie sich von ihrem Vater und seinem Folterer entfernte, sich zurückzog von den gierigen Klauen der kleinen dunklen Schatten und immer höher stieg. Die Schatten folgten ihr, streckten die Hände nach ihr aus, um sie festzuhalten, und als Natalya sich ihrer eigenen Zeit näherte, tanzten grellweiße Gestirne um sie herum und versuchten, sie mit kurzen Einblicken in die Zukunft zu locken.

Natalya klammerte sich noch fester an Vikirnoff und ließ sich tiefer in sein Bewusstsein gleiten, wo sie in Sicherheit war. Vikirnoff würde sie nie im Stich lassen. Sie verschloss sich innerlich vor den viel zu eindringlichen Erinnerungen an den qualvollen Tod ihres Vaters und öffnete sich ihrem eigenen Leben in ihrer eigenen Zeit, wie auch immer es sein mochte. Natalya brauchte nicht in der Vergangenheit zu bleiben. Sie entschied sich für das Hier und Jetzt.

Sie fand sich in ihrem eigenen Körper wieder, so entkräftet, dass sie auf den Boden der Eishöhle gesunken wäre, wenn Vikirnoff sie nicht an sich gezogen hätte. Sie hielten einander eng umschlungen. Natalya erschauerte immer wieder, und Vikirnoff zitterte in dem Bewusstsein, dass er sie beinahe verloren hätte.

Tränen liefen ihr übers Gesicht. »Mein Vater.« Sie bekam die Worte kaum heraus, so rau war ihre Kehle vor Kummer. »Er wurde gefoltert.«

»Ich weiß, *ainaak enyém.*« Zärtlich strich er ihr übers Haar, um sie zu trösten. »Es tut mir so leid.« Sie hatte die Qualen ihres Vaters nicht nur gesehen, sondern am eigenen Leib erlitten. »Ich hätte alles gegeben, um dir diese Erfahrung zu ersparen.« Er nahm ihr Gesicht in beide Hände und küsste ihre Tränen weg.

Natalya hob den Kopf und betrachtete sein Gesicht, das Blut auf seiner Stirn, die Spuren von blutroten Tränen auf seinen Wangen. Er hatte dasselbe mitgemacht wie sie, und er empfand denselben wilden Kummer und Zorn wie sie. Sanft strich sie ihm über die Stirn, berührte die Tränenspuren mit ihren Fingerspitzen und lehnte sich an ihn. »Danke, dass du bei mir bist.«

»Ich werde immer bei dir sein, Natalya.« Noch während er sie beruhigte, fiel ihm auf, dass das Rauschen des Wassers so ohrenbetäubend laut geworden war, dass die Eiskammer bebte. Er warf einen Blick auf die rostrote Pfütze, die sich mit jedem Tropfen vergrößerte, aber nicht tiefer wurde, sondern sich wie ein riesiger Fleck ausbreitete. »Wir müssen gehen, Natalya.« Die Wasserlache anzugreifen, ohne zu wissen, worauf er sich einließ, könnte in dieser Höhle voller magischer Fallen Selbstmord sein.

Sie holte tief Luft und hielt sich mit beiden Händen an seinen Armen fest. »Ich muss das Messer finden. Du hast es gesehen. Du warst in meinem Bewusstsein. Ich muss das Messer bekommen.« Sie schaute sich in der Eishöhle um. »In der Nische befindet sich ein gewaltiges Waffenlager. Das dürfte der wahrscheinlichste Platz sein.«

»Du musst dich beeilen. Die Vampire sind fast schon hier. Wir werden uns den Weg nach draußen freikämpfen müssen«, ermahnte er sie.

Vikirnoff unterdrückte seinen angeborenen Instinkt, Natalya einfach zu packen und aus der Gefahrenzone zu bringen. Ihm wurde allmählich klar, dass es problematisch war, eine Gefährtin zu haben. Sich mit Natalya in dieser Höhle aufzuhalten, war ganz und gar nicht das, was er wollte oder brauchte, aber er musste sie in jeder Beziehung unterstützen, auch wenn es ihm gewaltig gegen den Strich ging. Ihre Persönlichkeit erforderte einen gewissen Grad an Freiheit, und es kam nicht immer darauf an, was ihm am besten erschien.

Er wusste, dass sie ihre Mission vollenden musste. Und nun, da sie erfahren hatte, dass ihr Vater gefoltert und ermordet worden war, war es wichtiger denn je. Er gab ihr Rückendeckung, indem er sich mit ihr über den Eisboden bewegte und dabei mit den Augen unablässig jeden Winkel der weitläufigen Kammer absuchte.

»Mein Herz fängt an, im selben Rhythmus zu schlagen, wie das Wasser tropft«, flüsterte Natalya ihm zu. »Und das ist einfach irre.« Ihr Blick ruhte unverwandt auf der kleinen Wandnische mit dem Waffenlager. Sie wusste, dass die Vampire ganz in der Nähe waren. Der Drachen auf ihrem Körper schien ein Loch in ihre Haut zu brennen.

»Mein Herz macht dasselbe, Natalya«, erwiderte Vikirnoff. »Und als ich dich aus den Schatten herausholte, bekam das Brodeln in dieser Lache ein völlig neues Gesicht.«

Natalya warf einen kurzen Blick auf die dickflüssige rostige Pfütze. »Sieht wie ein Hexengebräu aus.« Ihr Blick kehrte wie magisch angezogen zu den Waffen zurück. Ihr stockte der Atem, und sie blieb abrupt stehen. »Ich sehe das Messer.«

»Kommst du heran?«

»Ja, aber ich schätze, ich kann es nicht einfach rausziehen.«

Vikirnoffs Aufmerksamkeit wandte sich der westlichen Wand dicht über dem Boden zu, wo das Eis in rasantem Tempo schmolz. Insekten strömten in die Kammer, eine Masseninvasion von Grillen und Käfern und jedem nur erdenklichen Getier, das in Höhlen vorkam. »Wir werden jeden Moment Gesellschaft haben, Natalya. Tu, was du zu tun hast, damit wir von hier verschwinden können.« Er stellte sich zwischen seine Gefährtin und das rapide schmelzende Eis.

»Halt sie mir ein paar Minuten vom Leib«, erwiderte sie. »Ich muss das hier entschlüsseln.« Die Magie, die den Dolch schützte, aufzuheben, erforderte Konzentration, und sich bei dem ständigen Tropfen des Wassers, das in ihrem Kopf dröhnte und jeden Nerv vibrieren ließ, zu konzentrieren, war nicht leicht. Selbst ihr Blut schien mit jedem Tropfen, der in die immer größer werdende Lache fiel, in Schwingungen versetzt zu werden. Auch die Scharen von Insekten hätten Natalya normalerweise mehr als irritiert, aber sie rasten durch die Kammer und waren bald wieder verschwunden, auf der Flucht vor etwas viel Schlimmerem, das ihnen folgte.

Natalya bewegte ihre Hände in einem komplizierten Muster und murmelte dabei einen einfachen Enthüllungszauber, den ihr Vater ihr in ihrer frühen Kindheit beigebracht hatte. Das Wissen, dass er es war, der sie in die Höhle gerufen hatte, machte es leichter, die Rätsel zu lösen. Ihr Vater würde magische Barrieren benutzen, die ihr bekannt waren. Und mit dem Enthüllungszauber verbanden sich ihre frühesten Erinnerungen an ihn. Die unsichtbare Barriere kam schimmernd zum Vorschein, und Natalya beäugte sie aus jedem Blickwinkel.

Vikirnoff gab ein warnendes Zischen von sich, als Schlamm und Wasser durch die Westwand brachen und sich mit einer zuckenden Masse schlangenartiger Kreaturen mit spitzen Zähnen auf den Boden ergossen. Direkt dahinter betraten Arturo und ein zweiter Vampir die Eiskammer. Als könnte das Wasser die Gegenwart des Bösen spüren, schäumte die rostige Flüssigkeit auf dem Boden der Kaverne zu einer brodelnden Masse dicker, schleimiger Blasen auf.

Vikirnoff ging blitzschnell zum Angriff über, indem er das Element Feuer beschwor und eine Flammenpeitsche auf die Schlangen sausen ließ, die in Natalyas Richtung rasten. Die Peitsche zischte wie ein glühend roter Todesbote durch die Luft und erschlug die Schlangenwesen. Zu dem üblen Gestank der Pfütze gesellte sich der Geruch von verbranntem Fleisch.

Von einer höflichen Begrüßung hältst du wohl nichts?, fragte Natalya.

Mach weiter. Das war erst der Anfang.

Natalya konzentrierte sich erneut auf die Barriere. Vikirnoff hatte die Schlangen auf ziemlich spektakuläre und wirkungsvolle Weise erledigt. Nachdem sie so tief mit seinem Bewusstsein verschmolzen gewesen war, hatte sie nahezu unbegrenztes Vertrauen in seine Fähigkeit, die Vampire in Schach zu halten, bis sie fertig war. Vikirnoff würde niemals kapitulieren, sondern bis zu seinem letzten Atemzug für sie kämpfen. Und so stark Natalyas Drang, ihre Aufgabe zu Ende zu bringen, auch sein mochte, sein Beschützerinstinkt war stärker. Wenn es nicht anders ging, würde er sie in Sicherheit bringen.

Natalya holte tief Luft und konzentrierte sich ausschließlich auf die kleine Kiste, die zum Vorschein gekommen war. Sie wirkte massiv und solide, ein transparentes Rechteck, in dem sich das Messer befand. Vorsichtig hielt Natalya ihre Handfläche darüber. Hitze und Macht streiften ihre Haut wie Feuer, und sie zog ihre Hand hastig zurück.

Vikirnoff holte mit der flammenden Peitsche nach dem Vampir aus, den Arturo vor sich geschoben hatte. Die Peitschenschnur wickelte sich um den Hals des geringeren Vampirs und zog ihn mit einem Ruck näher an Vikirnoff heran.

Der Vampir stieß einen Schrei aus, so hoch und schrill, dass mehrere Stalaktiten wie Speere von der Decke fielen, direkt auf Vikirnoff zu. Er löste sich in Luft auf und errichtete hastig einen Schutzschild um Natalya, bevor er an dem geringeren Vampir vorbeiglitt und, jetzt wieder in seiner natürlichen Gestalt, auf Arturo losging.

»Schnapp dir die Frau, Cezar!«, befahl Arturo, der vor dem plötzlichen Angriff zurückwich.

Natalya, die sich auf drei Seiten von dem Schutzschild umgeben fühlte, sprach ein stummes Dankgebet, dass Vikirnoff sie in der Eile nicht von dem Behältnis mit dem Dolch getrennt hatte. Sie legte ihre Handflächen aneinander, hob sie in einer zeremoniellen Geste, murmelte einen kurzen, aber mächtigen Schutzzauber und zeigte mit ihren Fingern genau auf die Mitte der Kiste. Mit zusammengepressten Händen stieß sie direkt in das Zentrum der Barrikade hinein und löste ihre Hände voneinander, als sie kein Hindernis mehr spürte. Sie nahm eine unglaubliche Hitze wahr, aber der Schutz hielt. Natalya streckte ihre Hand nach dem juwelenbesetzten Griff des Messers aus.

Vikirnoff stieß seine Faust durch die Knochen direkt in Arturos Brust. Der Vampir stieß einen Wutschrei aus, warf sich nach vorn und bohrte seine Zähne in Vikirnoffs Hals, durchtrennte Haut und Gewebe, Arterien und Nerven. Vikirnoff packte das geschwärzte Herz und riss es dem Vampir im selben Moment aus der Brusthöhle, als Natalya nach dem Messer langte.

Sowie sich ihre Finger um den Griff schlossen, spürte sie, wie sich die Fundamente der Zeit verschoben und verzerrten, und wusste sofort, dass sie einen schrecklichen Fehler begangen hatte. Sie hätte das Messer nie direkt an ihre Haut kommen lassen dürfen. *Vikirnoff! Hilf mir! Du musst mit mir verschmelzen,* rief sie, als sie in die gewalttätige Vergangenheit des Messers hineingezogen wurde.

Vikirnoff verband sofort sein Bewusstsein mit ihrem. Im Geist lief er mit Natalya durch die gewundenen Gänge, war in der Vergangenheit ebenso wie in der Gegenwart. Da er geistesgegenwärtig genug gewesen war, das Herz des Vampirs nicht loszulassen, zog er jetzt seine Faust aus der Brust des Untoten und schleuderte es auf den Boden. Zu seiner Überraschung rollte das Organ nicht in Arturos Richtung, sondern auf die brodelnde rostrote Lache zu.

Arturos Schrei war voller Wut und Schmerz. Er machte einen

Satz, um sein Herz zurückzuholen, und rief es zu sich, aber sein Befehl blieb unbeachtet. Als der Vampir auf den Boden fiel und über die Eisfläche kroch, ließ Vikirnoff die Feuerpeitsche direkt auf den Weg schnalzen, der zur Pfütze führte. Das Herz berührte die tanzenden Flammen im selben Moment, als Arturo seine Hand auf das Organ legte.

Du magst mich töten können, Xavier, aber du wirst niemals mein Volk vernichten. Mein Blut fließt in den Adern meiner Kinder, doch es wird dir nicht die Unsterblichkeit geben, nach der du gierst.

Vikirnoff fuhr abrupt herum, als er die Stimme von Rhiannon hörte. Sie klang so klar und so nahe, dass er erwartete, sie hinter sich stehen zu sehen, und es dauerte einen Moment, bis er erkannte, dass er mit Natalya die Vergangenheit erlebte.

Arturo nutzte den Umstand, dass Vikirnoff abgelenkt war, sofort aus, indem er seine versengte Hand aus den Flammen zog und sein Herz wieder in seine Brust schob. Blut strömte ebenso über den Oberkörper des Vampirs wie über Vikirnoffs Hals. Arturo hob einen Arm, verschmierte das Blut des Jägers auf seiner Hand und leckte daran. »Du hättest dich uns anschließen sollen. Dein Prinz ist verwundet, sein Jäger befindet sich unter der Erde, und jetzt wirst du zusammen mit der Frau sterben.«

Vikirnoff war bereits in Bewegung, um blitzschnell dem Angriff der beiden Vampire auszuweichen. Der Blutverlust schwächte ihn, und es war schwierig, an zwei Orten zugleich zu sein. Natalya und er brauchten Hilfe, und die anderen Karpatianer in ihrer Nähe hätten die Gegenwart von etwas Bösem längst spüren müssen. Er hatte sich schon gefragt, warum Mikhail Dubrinsky, Prinz der Karpatianer, ihnen bei ihrem ersten Kampf mit den Vampiren nicht zu Hilfe gekommen war. Vikirnoff konnte sich nur vorstellen, dass Mikhail seine Verletzungen in der Erde ausheilte und den Kampf im Wald nicht wahrgenommen hatte.

Cezar prallte gegen den Schutzschild, der Natalya abschirmte. Nachdem er den Schild vergeblich mit seinen scharfen Krallen bearbeitet hatte, kroch er an einer Wand der Eishöhle hinauf, wobei er die Gestalt eines behaarten Wesens mit Klauen und gestacheltem Schwanz annahm, und warf sich auf Vikirnoff. Arturos Körper verzerrte sich, und sein Gesicht wurde zu der länglichen Schnauze eines Wolfs.

Natalya, lass das Messer fallen! Sofort!

Vikirnoffs Stimme war fest, aber sie hörte den drängenden Unterton heraus. Natalya wollte das Messer loslassen. Sie versuchte, ihre Finger zu öffnen, aber es war unmöglich. Die Schwingungen von Gewalt, die mit gewissen Gegenständen verbunden waren, hielt sie immer eine Weile fest. Je mehr Gewalt ein Gegenstand enthielt, desto schwieriger war es zu entkommen, und dieser Dolch war oft benutzt worden. *Xavier hat versucht, Unsterblichkeit zu erlangen, indem er Rhiannons Blut genommen hatte.*

Es war ihr nicht möglich, den Blick von der Szene abzuwenden. Ihre Großmutter war trotz der dunklen Blutergüsse auf ihrer hellen Haut schön. Sie lag regungslos da, nicht nur durch mächtige Beschwörungen, sondern auch durch ein Gift gefesselt, das Xavier ihr verabreicht hatte, um sie gefangen zu halten. Schläuche hingen an Rhiannons Körper und zogen ihr das Blut aus den Adern, genau wie bei Natalyas Vater. Dieselbe schattenhafte Gestalt näherte sich mit einem Messer in der Hand dem Bett.

»Ich brauche dich nicht mehr, meine Liebe. Du hast deinen Zweck erfüllt und mir einen Sohn und zwei weibliche Wesen gegeben, die deinen Platz einnehmen können. Dein Blut fließt in ihren Adern. Ich werde das Blut der Frauen nehmen und meinem Sohn erlauben, mir Enkelkinder zu schenken, damit ich weiterleben kann.« Er lachte, ein Lachen, das auch auf der Reise durch die Zeit nichts von seiner Bösartigkeit verlor. »Du wirst sie nie kennen, und sie werden dich nie kennen. Geh jetzt zu deinem kostbaren Gefährten.«

Rhiannon lächelte. »Meine Kinder kennen mich, auch wenn sie noch Säuglinge sind. Sie kennen mich.«

Xavier hob das Messer und stieß es tief in Rhiannons Herz.

Natalya schrie auf und legte beide Hände auf ihr eigenes Herz, als Xavier das Messer noch tiefer in Rhiannons Brust trieb. Voller Entsetzen beobachtete sie den Tod ihrer Großmutter. Xavier fing Rhiannons Herzblut in einer kleinen Phiole auf und trug es zu einem Tisch, auf dem aufgeschlagen ein großes Buch lag.

Xavier schloss es und warf der toten Frau einen befriedigten Blick zu. »Ich habe, was ich von dir brauche, Rhiannon. Endlich. Du wirst das Instrument zum Untergang deiner Rasse sein. Wenn ich fertig bin, wird es keine Karpatianer und keine Jaguar-Wesen mehr geben, und nur ein einziger dunkler Magier wird das beherrschen, was schon immer mir hätte gehören sollen.« Er fuhr mit einer Hand über den Buchdeckel.

Natalya beobachtete mit angehaltenem Atem, wie er das Röhrchen mit Blut neben zwei andere stellte. Er wählte eines davon aus, hielt es hoch und ließ das Blut auf den Einband des Buches tropfen. »Versiegelt mit dem Blut des dunklen Magiers.« Er goss den Inhalt des zweiten Röhrchens aus. »Versiegelt mit dem Blut des Jaguars.« Er griff nach dem dritten. »Versiegelt mit dem Blut der Karpatianer. Versiegelt mit dem Blut der drei, geöffnet mit dem Blut der drei.«

Natalya lief es kalt über den Rücken. Was tat er da? Was hatte es zu bedeuten? Sie versuchte, die Beschwörungsformel besser zu verstehen, die er gebrauchte, aber ihre Aufmerksamkeit wurde abgelenkt, als sie spürte, dass Vikirnoff schwankte.

Natalya! Ich brauche dich. Jetzt!

Die Eindringlichkeit in der Stimme des Jägers brach den Bann, den der Einblick in die Vergangenheit auf sie ausübte.

Irgendetwas stimmt ganz und gar nicht, und sie musste sofort zu Vikirnoff. Natalya hatte früher schon durch bestimmte Gegenstände Zugang zu Szenen der Gewalt bekommen und immer das gesamte Szenario erlebt und sich erst davon lösen können, wenn es vorbei gewesen war, aber Vikirnoff würde nicht um Hilfe bitten, wenn er nicht ernsthaft in Schwierigkeiten wäre. Natalya konzentrierte sich auf das Messer, auf ihre Finger, die es hielten, auf das Gefühl, es in ihrer Handfläche zu spüren. Das war real, im Hier und Jetzt. Sie befand sich in einer Eishöhle und hielt einen Zeremoniendolch in der Hand. Sie brauchte nur einen Finger nach dem anderen zu öffnen, um es loszulassen. Wieder konzentrierte sie sich auf ihre Finger und löste sie von dem Messer, sodass es schließlich klirrend zu Boden fiel.

Sofort war sie wieder in der Gegenwart, umgeben von Eiswänden und einer Kälte, die bis ins Mark ging. Sie wusste, dass die Szenen aus der Vergangenheit oft nur Sekunden dauerten, auch wenn sie sich danach so ausgelaugt und erschöpft fühlte, als wären es Stunden gewesen, aber das lag eher an der Intensität der Bilder als an ihrer Dauer.

Jetzt blieb ihr nur wenig Zeit, sich in der Gegenwart zurechtzufinden. Entsetzt über das Blut an Vikirnoffs Hals und den Anblick der zwei Vampire, die auf ihn losgingen, rannte sie sofort auf Arturo zu und schleuderte dabei mehrere Wurfsterne in seine Richtung. Die kleinen Geschosse bohrten sich tief in die Brust des Vampirs, der noch dabei war, die Gestalt eines Wolfs anzunehmen.

Du verlierst zu viel Blut, Vikirnoff. Ihn so zu sehen, brachte sie beinahe um ihre Zuversicht. Wenn sie seine Blutung nicht stoppten, sank ihre Aussicht auf Entkommen praktisch auf null. Sie katapultierte sich mit einem Salto über Arturo hinweg und versetzte ihm dabei einen Tritt gegen die Schnauze, um seine Aufmerksamkeit auf sich zu lenken. Als sie hinter ihm landete, langte sie nach ihrem Rucksack und zog ein Hemd heraus. Arturo fuhr mit gefletschten Zähnen zu ihr herum.

Du wirst die Wunde kauterisieren müssen, Natalya. Ich kann die Tätigkeit von Herz und Lungen im Moment nicht einstellen, und es besteht kaum Hoffnung, dass die beiden mir die Zeit geben, mich selbst zu heilen. Vikirnoff fing Cezar in der Luft ab, als das behaarte Geschöpf mit gezückten Krallen und peitschendem Schwanz beinahe auf seinem Kopf landete. Vikirnoff taumelte unter dem Gewicht des Vampirs, der sich mit der Agilität seiner Tiergestalt wütend zur Wehr setzte.

»Arturo, ich wette, du hast mich vermisst.« Natalya war bereits wieder in Bewegung, indem sie dicht an ihm vorbeiwirbelte, gerade eben außerhalb seiner Reichweite, und eine Messerklinge über seine Brust zog, bevor sie den Zeremoniendolch mit ihrem Hemd aufhob und beides tief in ihren Rucksack schob. *Ich weiß nicht, ob ich das kann, Vikirnoff.* Die Vorstellung war so grausig, dass ihr schlecht wurde.

Vikirnoff schüttelte Cezar ab, indem er herumfuhr und sich mit seinen eigenen Krallen an den messerscharfen Klauen vorbeikämpfte, um die Brust des Vampirs aufzureißen. Cezar wich zurück, um Vikirnoffs Angriff auszuweichen und ihn gleich darauf erneut zu attackieren. Diesmal klonte er sich, sodass drei Kreaturen statt einer, mit scharfen Zähnen und Krallen bewaffnet, vorsprangen.

Das Blut schoss in einem dicken Schwall aus Vikirnoffs Hals, und er wurde zusehends schwächer. *Du bist eine starke Frau, Natalya, und wirst tun, was getan werden muss.* Er setzte wieder die Feuerpeitsche ein, um die Untiere in Schach zu halten. *Gib auf Arturo acht. Er führt etwas im Schilde.*

Ohne Arturo aus den Augen zu lassen, hielt Natalya die Klinge ihres Messers in die orangeroten Flammen der Feuerpeitsche, bis die Klinge vor Hitze glühte. Arturo, halb Wolf, halb Mensch, belauerte sie. *Die Klinge ist heiß genug, Vikirnoff.* Ihr

Magen krampfte sich zusammen. Vikirnoff hielt sie für stark, aber die Vorstellung, eine heiße Messerklinge auf die schreckliche Wunde an seinem Hals zu pressen, war grauenhaft.

Jetzt, Natalya. Ich bin zu schwach, um noch lange durchzuhalten, und der andere ist nahe. Ich kann seine Gegenwart nicht fühlen, doch Arturo und Cezar sind plötzlich beide sehr erregt. Spürst du die Veränderung an ihnen?

Die Luft knisterte, als wäre sie elektrisch aufgeladen. *Was sie auch erwarten, es kann nichts Gutes für uns bedeuten.* »Arturo, dein Fell sieht ziemlich räudig aus.« Sie rückte mit ihrer glühend heißen Messerklinge näher an Vikirnoff heran.

Arturo sperrte sein Maul weit auf, um seine gewaltigen Fänge zu entblößen.

»Hast du aber große Zähne, Großmutter«, spottete Natalya, während sie sich innerlich dagegen wappnete, die Wunde an Vikirnoffs Hals zu verätzen. Sie holte tief Luft. *Tut mir leid.* Sie drückte die Klinge an den Hals ihres Gefährten, bevor sie die Nerven verlieren konnte. Obwohl er versuchte, es zu verhindern, blieb sie eng mit seinem Bewusstsein verbunden, weil sie den Schmerz mit ihm teilen wollte. Er erschauerte vor Qualen, und an seinem Körper brach Schweiß aus. Natalya würgte bittere Galle hinunter. *Es tut mir so leid, Vikirnoff.* Tränen brannten unter ihren Lidern.

Tu, was notwendig ist. Nimm dir Arturo vor, aber bleib aus seiner Reichweite. Er ist stark.

»Arturo! He, Babe, komm, tanz mit mir!« Sie winkte ihn mit dem Finger näher heran.

Arturo nahm wieder seine menschliche Gestalt an. »Ich denke, das wäre nicht ganz fair, wenn sich der Jäger gerade von seinen Wunden erholt. Was meinst du, Cezar? Gönnen wir ihm fünf Minuten Waffenstillstand, damit er sich ausruhen kann?«

Natalya zwang sich zu einem unbekümmerten Lachen. »Tut

mir leid, mein Großer, fünf Minuten in deiner Gesellschaft sind mir eindeutig zu lang.« Sie zog die Pistolen aus ihren Schulterhalftern und feuerte mehrmals auf ihn, während sie gleichzeitig nach links auswich, weg von Vikirnoff, und zu den Steinplatten auf dem Boden der Höhle rannte. Die Schüsse hallten in der Kaverne laut wider. Natalya zielte über die Köpfe der Vampire und gab einige Salven auf Stalaktiten ab, sodass sie abbrachen und auf den Boden der Höhle krachten. Bei den merkwürdig angeordneten Steinen blieb sie abrupt stehen.

Es war schwierig, das Muster zu studieren, um den Fluchtweg zu finden, und gleichzeitig die Vampire im Auge zu behalten. Arturo schäumte vor Wut und schleuderte mit hasserfüllter Miene große Eisblöcke in ihre Richtung, um sie von Vikirnoff abzuschneiden.

Sie sprang mit einem Satz ganz nach oben auf einen der Blöcke, als ein dritter Vampir aus dem Loch hervorkam, das die ersten beiden aufgerissen hatten. Er war groß und dünn, sein Haar lang, die Augen blutunterlaufen. Unheilvolle Stille begrüßte seine Ankunft. Niemand rührte sich. Natalya, die Vikirnoffs plötzliche Regungslosigkeit spürte, wandte instinktiv den Blick zu ihm.

Vikirnoffs Züge blieben völlig ausdruckslos, aber ihm sank der Mut, als er einen der Brüder Malinov erkannte. *Natalya. Der hier ist nahezu unbesiegbar. Er ist ein Meister unter den Vampiren und wird kaum zu vernichten sein. Ich habe vor nicht allzu langer Zeit geholfen, seinen Bruder zu töten, und es war ein harter Kampf, einer, den wir beinahe nicht gewonnen hätten, obwohl zwei erfahrene Jäger daran beteiligt waren. Wir müssen sofort von hier verschwinden.*

Sie brauchten ein Wunder. Drei Vampire, davon einer ein Meister. Nicht irgendein Meister, sondern ein Malinov. *Wir sitzen in der Klemme, Natalya. Sei auf alles vorbereitet.*

»Es ist lange her, seit ich dich gesehen habe, Vikirnoff«, begrüßte ihn der hochgewachsene Vampir.

»Das ist es allerdings, Maxim.«

Zieh nicht seine Aufmerksamkeit auf dich, Natalya. Für uns ist es oberstes Gebot, von hier zu entkommen.

Normalerweise hätte ihm Natalya vielleicht die Stirn geboten, einfach, weil sie etwas gegen Befehle hatte, aber irgendetwas an dem Neuankömmling war furchterregend. Sie konnte sehen, dass Arturo zitterte, und alle drei Geschöpfe, die Cezar im Moment verkörperte, duckten sich, um sich kleiner zu machen. Natalya verspürte den plötzlichen Drang, dasselbe zu tun, als der Vampir einen kalten Blick in ihre Richtung warf.

»Ich habe Kirja vor Kurzem in den Vereinigten Staaten getroffen.« Vikirnoff lenkte die Aufmerksamkeit des Vampirs bewusst auf sich.

Maxims Miene verhärtete sich. »Du warst dort, als mein Bruder ermordet wurde?«

»Von einem Mord weiß ich nichts, Maxim. Ich glaube, Kirja hatte vor, einen Jäger und seine Gefährtin zu töten.«

Du musst den Fluchtweg finden, Natalya.

Natalya riss ihren Blick von dem Vampir los, den sie wie gebannt angestarrt hatte, und begann an dem Muster zu arbeiten, das die Steine auf dem Boden bilden mussten. Der dunkle Magier hatte mit Sicherheit einen Fluchtweg aus der Kammer gehabt, der ihm allein bekannt und nur für ihn leicht zugänglich war. Im Gegensatz zu Karpatianern konnte er nicht fliegen und brauchte deshalb einen anderen Weg, um aus der Kammer zu fliehen.

»Hast du deinen verehrten Prinzen schon gesehen?«

Vikirnoff zwang sich, jede Reaktion zu unterdrücken, als sein Magen protestierte und sein Herz schneller schlagen wollte. »Ich hatte bislang noch nicht die Ehre.«

»Ich fürchte, er ist schwer verwundet, ebenso wie Falcon, der Jäger, der ihn bewacht. Sehr bedauerlich, aber Mikhails Tod wird für viele von Vorteil sein.«

Wieder sank Vikirnoff der Mut, doch sein Gesicht verriet nichts. Eine Verwundung des Prinzen war die einzige logische Erklärung für die mangelnde Unterstützung bei dem Kampf hier und in der vergangenen Nacht im Wald. Dennoch hatte Vikirnoff bis jetzt auf Hilfe gehofft, und diese Hoffnung war soeben zunichtegemacht worden. »Er wird nicht sterben, Maxim. Unser Volk wird es nicht zulassen.«

»Oh, ich denke, das wird er doch, Vikirnoff. Er ist umzingelt, belagert, verwundet und ungeschützt. Wir sind ihm zahlenmäßig weit überlegen, und er kann uns nicht entkommen. Wenn er fällt, wird mit ihm seine Linie aussterben. Seine Leute werden sich in alle vier Winde zerstreuen, und wir werden sie uns vornehmen, einen nach dem anderen.« Maxim trommelte mit seinen langen Fingernägeln auf seinen Arm, im selben Rhythmus wie das Wasser, das nach wie vor stetig in die Lache tropfte.

Vikirnoff riskierte einen kurzen Blick auf das brodelnde Wasser. Es war gestiegen und begann über den Rand auf den Boden zu fließen, wo die bräunliche Flüssigkeit sich wie die Finger einer Hand über das Eis schob, durch unsichtbare Vertiefungen lief und mehreren Pfaden folgte, die alle zu Natalya führten. Vikirnoffs Herz machte einen Satz, als ihm auffiel, dass ihr das Wasser bedrohlich nahe gekommen war. Er durfte nicht länger warten. Natalya musste einen Ausweg aus der Höhle finden. Wenn er versuchte, mit ihr auf dem Weg, den sie gekommen waren, zu fliehen, würden die Vampire sie töten, noch bevor sie den Ausgang der Höhle erreicht hatten. Er war im Lauf der Jahrhunderte schon öfter in brenzligen Situationen gewesen, aber noch niemals war die Lage so verzweifelt gewesen wie jetzt – und noch nie hatte er dabei eine Gefährtin beschützen müssen.

Ich glaube, ich kann den Fluchtweg öffnen, Vikirnoff. Ein Wort von dir, und ich versuch's.

Es hatte kaum Sinn, die Sache aufzuschieben. Malinov hatte

vor, ihn zu töten, und Vikirnoff wollte nicht warten, bis alle drei Vampire Stellung bezogen hatten, um genau das zu tun. Arturo rückte bereits näher, Cezar und seine zwei Klone knurrten und bleckten die Zähne. Malinov lächelte bloß, mit kühlen, wachsamen Augen.

Vikirnoff ging blitzartig zum Angriff über. *Jetzt, Natalya! Öffne den Weg und halte dich bereit! Lass die anderen nicht sehen, was du tust.* Er ließ die Feuerpeitsche über die Rücken der drei Bestien zischen, die ihn anknurrten. Eines der Wesen heulte, und Vikirnoff schlug erbarmungslos immer wieder zu, um Flammen über das dunkle Fell zu jagen. Cezar veränderte sofort seine Gestalt, indem er sich in grünlichen Dunst auflöste und zu der kleinen Wandnische glitt, wo das Waffenlager verführerisch lockte.

»Nein!« Natalya stieß die Warnung als Erste aus, gleich darauf folgte Vikirnoffs Echo.

Es war zu spät. Cezar packte ein massives Schwert und drehte sich zu Vikirnoff um. Wind brauste mit einem schaurigen Heulen durch die Kammer. Die hohen Säulen aus Eis bebten, und in den Kristallkugeln wirbelten Wolken und Nebel zornig durcheinander. In einer Ecke der Höhle bewegte sich etwas.

Der Boden brach auf und öffnete sich zu einem langen, zerklüfteten Spalt, der mehrere Zentimeter tief der Länge nach durch den Raum lief. An der Decke und an den Wänden krachte und knirschte das Eis so heftig, dass sich über ihren Köpfen Risse bildeten. Schwarzgraue Rauchschwaden quollen durch die Spalten im Eis herein und wurden vom Wind getragen, bis die ganze Höhle in düsteres Grau getaucht war. Der Rauch teilte sich zu einzelnen Säulen, die sich ständig bewegten. Feurige rote Augen glitzerten bedrohlich aus dem Grau hervor; Rüstungen und lange Schwerter funkelten.

»Was hast du getan?«, fuhr Malinov Cezar an und starrte die großen, unheimlichen Gebilde an, die überall in der riesigen Kammer Gestalt annahmen.

»Er hat berührt, was nicht ihm gehört«, sagte Vikirnoff.

»Idiot«, knurrte Maxim. »Du hast die Schattenkrieger gerufen.«

»*Sie* hat die Sachen angefasst«, verteidigte Cezar sich. »Sie hat was in ihren Rucksack gesteckt. Ich habe die Krieger nicht über uns gebracht.«

Das Blut des dunklen Magiers fließt in meinen Adern. Ich kann Dinge berühren, die für andere tabu sind.

Und du kannst ihnen Befehle erteilen, bemerkte Vikirnoff.

Vielleicht.

Maxim zeigte auf Natalya. »Tötet den Jäger und nehmt die Frau gefangen, bevor es zu spät ist. Und bringt mir, was sie in ihrem Rucksack hat.«

Cezar stürzte sich mit erhobenem Schwert auf Vikirnoff, während Arturo wie erstarrt stehen blieb. Die Schattenkrieger kamen sofort in Bewegung. Ihre glühenden Augen auf Cezar gerichtet, rückten sie von allen Seiten näher, um ihn einzukreisen.

Bewegung weckt ihre Aufmerksamkeit. Rühr dich nach Möglichkeit nicht von der Stelle, Natalya. Kannst du die Krieger zu ihren Ruhestätten zurückschicken, so wie es dir bei dem einen im Gasthaus gelungen ist?

Ich weiß es wirklich nicht. Es sind so viele von ihnen. Ich kann nur hoffen, dass Xavier sie alle mit demselben Bannspruch belegt hat.

Was kann schon noch schiefgehen? Vikirnoff blieb, wo er war, schätzte die Entfernung zu Natalya ab und überlegte, ob er es riskieren konnte, sich ihr in Form von feinem Dunst zu nähern.

Haltet durch. Die Männerstimme kam aus dem Nichts und benutzte wie selbstverständlich den gemeinsamen geistigen Kommunikationsweg, der von fast allen Karpatianern benutzt wurde. *Ich komme euch zu Hilfe.*

Mikhail Dubrinsky, Prinz des karpatianischen Volkes. Vikirnoffs Kehle war wie zugeschnürt. Obwohl er verletzt war, kam der Prinz zu ihnen. Vikirnoff wusste, dass Maxim die Botschaft ebenfalls empfangen hatte, da die Vampire trotz der Bedrohung durch die Schattenkrieger freudig erregt waren.

»Er kommt! Tötet ihn! Ruft die anderen. Er ist allein, ohne jede Unterstützung. Kreist ihn ein und tötet ihn«, befahl Maxim.

Es ist eine Falle, Mikhail. Komm nicht her. Ich brauche dich nicht. Geh!

Ich werde einen verwundeten Jäger nicht in einer Falle zurücklassen. Die Stimme war wie mit Stahl und Eisen unterlegt. Mit unbeugsamer Entschlossenheit.

»Natürlich nicht«, bemerkte Maxim triumphierend. »Er ist unbesiegbar.«

Kapitel 9

Da er nie Blut mit ihm ausgetauscht hatte, bestand für Vikirnoff keine Möglichkeit, eine persönliche Botschaft an den Prinzen zu übermitteln. Wenn er auf telepathischem Weg kommunizierte, musste er den allgemeinen Pfad benutzen, den auch die Vampire hören konnten. Aber darauf kam es kaum noch an. Er wollte Hilfe. Er *brauchte* Hilfe. Aber … *Du darfst dein Leben nicht in Gefahr bringen, Mikhail. Du bist zu wichtig für unser Volk, und ich kann dir keinen angemessenen Schutz bieten. Es bedeutet uns viel, dass du uns zu Hilfe kommen möchtest, aber es geht nicht.* Vikirnoff schaute Natalya an. In seinen Augen lag Schmerz, als er auf ihren intimeren privaten Kommunikationsweg wechselte, sodass nur sie ihn hören könnte. *Ich muss den einzigen anderen Zugang verschließen.*

Tu es. Natalya legte absolute Zuversicht in ihre Stimme, auch wenn sie sie nicht empfand. Sie war immer noch mit Vikirnoffs Bewusstsein verbunden und konnte fühlen, wie zerrissen er war von dem Wunsch, seinen Prinzen zu beschützen, und dem Bedürfnis, sie in Sicherheit zu bringen. *Wir brauchen hier unten nicht noch mehr Stress. Zusammen können wir es schaffen.*

Er schickte ihr Wärme, die alle ihre Sinne überflutete, fast, als berührte er sie zärtlich. *Maxim Malinov ist der Meistervampir.* Während er mit Mikhail sprach, schob sich Vikirnoff unmerklich näher an Natalya und den geheimen Fluchtweg des dunklen Magiers heran. *Er ist Teil einer großen Verschwörung. Er hat andere Vampire dazu aufgerufen, dich zu jagen. Komm nicht hierher.*

Einer der Schattenkrieger, der Cezar am nächsten stand, holte mit seinem Schwert zu einer klassischen Attacke aus. Cezar parierte den Schlag, und ein Funkenregen ergoss sich über den

Eisboden, als die Klingen klirrend aufeinandertrafen. Der Vampir hieb mit seinem Schwert nach dem Krieger, aber der Schatten war bereits zur Seite ausgewichen und holte zum nächsten Schlag aus.

Mehrere Schattenkrieger umringten den Vampir mit gezückten Schwertern. Cezar rief Arturo zu Hilfe. Natalya wartete nur auf den richtigen Augenblick, um die Kontrolle über die Schattenkrieger zu übernehmen. Es war ein riskanter Plan. Es waren sehr viele, und es war durchaus möglich, dass der dunkle Magier mehr als eine Beschwörungsformel benutzt hatte. Wenn sie jetzt einen Fehler beging, konnten die Auswirkungen tödlich sein, zumal es sich um Totengeister handelte.

Du bist verwundet, Vikirnoff. Ich werde euch helfen. Der Prinz sprach mit grimmiger Entschlossenheit.

Vikirnoff spürte, dass Mikhail sich innerhalb des Höhlensystems befand und sich dem Zugang zu den unteren Kammern näherte. Wenn er die Nähe des Prinzen spürte, konnte Maxim es auch. Vikirnoff schaute zu dem Meistervampir hinüber. Er war überzeugt, dass Maxim etwas im Schilde führte.

Maxim rührte sich nicht, sondern beobachtete unbewegt, wie Cezar verzweifelt um sein Leben kämpfte. Ein kleines Lächeln spielte um seine schmalen Lippen. Dieses Lächeln gab für Vikirnoff den Ausschlag. Maxim kümmerte es wenig, ob Cezar lebte oder starb, aber er würde alles dafür geben, Mikhail Dubrinsky tot zu sehen. Doch Vikirnoff war nicht bereit, das Risiko einzugehen, die finsteren Pläne des Untoten zu unterstützen.

Vergib mir, Natalya. Vikirnoff murmelte Natalyas Namen zärtlich in seinem Geist und seinem Herzen. Er setzte ihr Leben genauso aufs Spiel wie sein eigenes, aber Mikhail Dubrinsky war viel zu wichtig für sein Volk, um einer Gefahr wie dieser ausgesetzt zu werden. *Mein Prinz, ich kann nicht erlauben, dass du dich opferst. Deine Pflicht gehört unserem ganzen Volk, nicht einem einzigen Paar.* Mit all der Macht, die Vikirnoff besaß, mit all seinen uralten Kenntnissen und Kräften beschwor er das Element Erde und ließ einen Turm aus Eis erstehen, der hoch und undurchdringlich in dem Einstiegsloch aufragte und jeden Zugang nach oben in die Hauptkammer versperrte.

Das Glück eines Kriegers für dich und deine Gefährtin, sagte der Prinz leise.

Die Kaverne erbebte unter der Gewalt von Vikirnoffs Macht. Ringsum knirschte und krachte Eis. Wieder fielen Stalaktiten auf den Boden und zerbarsten. Dann herrschte Stille. Selbst die Schattenkrieger erstarrten.

Maxim zischte vor Zorn und fletschte die Zähne. »Das war sehr dumm von dir. Es ist dir gelungen, uns alle hier einzusperren. Und wofür, Vikirnoff? Der Prinz ist schon tot. Er weiß es nur noch nicht. Wir haben dafür gesorgt. Du kannst nicht aufhalten, was hier geschieht. Es hat vor langer Zeit begonnen und wird trotz deiner Einmischung beendet werden.« Sein kalter, toter Blick fiel auf Natalya. »Er hat dich für deinen Prinzen geopfert, meine Liebe. Du hast einen schlechten Handel gemacht, als du dich für ihn entschieden hast.«

Vikirnoff wand sich innerlich. Natalya hatte sich nicht für ihn entschieden. Er hatte ihr die Bindung aufgezwungen.

Leises Lachen ertönte in seinem Inneren. *Wenn ich die Wahl zwischen diesem kaltblütigen Reptil von Vampir und dir habe, Baby, gewinnst du mit fliegenden Fahnen, glaub mir.*

Das ist kein Kompliment.

Ich weiß. Von ihrem unsicheren Standpunkt auf den Eisblöcken aus warf Natalya ihm eine Kusshand zu, und Vikirnoff wurde sofort warm ums Herz. Natalyas kleine Geste versetzte die Schattenkrieger, die mit jeder hektischen Bewegung Cezars an Statur und Größe zunahmen, erneut in Unruhe. Sie setzten dem Vampir von allen Seiten schwer zu und schlitzten mit ihren Schwertern seine Haut auf, als er versuchte, sich zu Maxim durchzukämpfen.

Wenn ich es fertigbringe, dass sich die Krieger unseren Obermacker, Mr Reptil vorknöpfen, haben wir eine Chance, durch den Geheimgang zu entkommen.

Vikirnoff betrachtete die dunklen Flecken, die sich auf dem Boden der Höhle ausgebreitet hatten. Die zähe rostbraune Flüssigkeit hatte die Form einer knochigen Hand mit langen, knotigen Fingern, die nach Natalya langten, angenommen. Am Ende eines jeden Fingers schien eine scharfe Kralle zu sein, und je mehr sich die Flüssigkeit ausbreitete, desto länger schien die Kralle zu werden. *Wie fühlen sich deine Knöchel an?*

Natalya machte ein erschrockenes Gesicht. *Woher weißt du das? Sie brennen und sind irgendwie wackelig, als könnte ich mich nicht mehr unbedingt darauf verlassen, dass sie mich tragen.*

Schau auf den Boden.

Natalya blickte nach unten. Ihre Hand fuhr an ihren Hals. *Der Trollkönig hat mich wieder mal gefunden. Toll. Einfach toll.*

Arturo und Maxim verhielten sich genau wie Vikirnoff und Natalya völlig still, um nicht die Aufmerksamkeit der Schattenkrieger auf sich zu ziehen. Natalya empfand es als makaber, dass sie alle zusahen, wie Cezar in Stücke gehackt wurde. Es war ein grausiges Schauspiel, das sich der verzweifelte Vampir und die erbarmungslosen Schattenkrieger lieferten.

Schaff uns hier raus, Natalya, bevor dein Trollkönig dich zu packen kriegt. Vikirnoff beunruhigte die Hand, die sich Zentimeter für Zentimeter über den Boden schob, mehr als alles andere. Und Maxim hatte noch nicht einmal angefangen, seine Macht zu demonstrieren.

Natalya wartete, bis Cezar sich nicht mehr regte und man nicht mehr erkennen konnte, was die Krieger mit ihren großen Schwertern zerhackten, bevor sie den Blick von dem Blutbad abwandte und ganz langsam und behutsam, um nicht die Aufmerksamkeit der Schattenkrieger zu erregen, ihre Arme in die Luft hob.

»Hört mich an, große Krieger aus der Dunkelheit, die ihr aus euren Ruhestätten geholt worden seid. Ich beschwöre die Elemente Erde, Wind, Feuer, Wasser und Geist.« Natalya spürte den Schock des Meistervampirs und salutierte kurz in seine Richtung, ehe sie fortfuhr: »Ich rufe jedes der Elemente zu mir, um es an mich zu binden, und mit jedem Element rufe ich das Schattengesetz aus. Das Blut des dunklen Magiers fließt in meinen Adern, und ich gebiete über euch.«

Ein kalter Wind wehte durch die Eiskammer und befreite jeden einzelnen Krieger von den grauen Rauchschwaden. Langsam richteten sie sich auf, einer nach dem anderen, wandten sich mit erhobenen Schwertern zu Natalya um und warteten regungslos auf ihre Befehle.

Du hast es geschafft.

Wenn es nur so leicht wäre. Natalya zerbrach sich den Kopf nach den richtigen Worten, um die vor langer Zeit eingegebenen Befehle an die Schattenkrieger zu widerrufen und sie gegen die Vampire einzusetzen. Maxim und Arturo wussten, dass sie sich nicht bewegen und so die Aufmerksamkeit der Krieger auf sich lenken durften.

In diesem Moment fing Cezars verstümmelter Körper an zu zucken, sein Kopf ruckte hin und her und rollte dann über den Boden. Natalya wurde übel, aber sie konnte ihren entsetzten Blick nicht von dem Anblick losreißen.

Mach weiter!

Mach du doch weiter! Das ist ja widerlich!

Vikirnoffs Feuerpeitsche schnalzte immer wieder über den Boden und auf die einzelnen Körperteile des Vampirs, ließ Feuer regnen und setzte alles in Brand, was sie berührte. Er lenkte die Flammen auf das Herz des Vampirs, um dafür zu sorgen, dass wenigstens Cezar sich nicht wieder gegen sie erheben konnte.

Natalya holte tief Luft und ließ sie wieder heraus. Sie besaß nun nicht nur die Aufmerksamkeit der Schattenkrieger, sondern auch die des Meistervampirs. Sie musste sich beeilen. »Hört mich an, Krieger aus alter Zeit, Krieger des alten Rechts, deren Blut vergossen wurde, die den Ehrentod starben.« Während sie die Worte sprach, studierte sie die Symbole auf den Steinplatten, die in den Eisboden eingefügt waren, froh, dass sie für die anderen nicht zu sehen waren. Wenn sie das richtige Muster entdeckte, konnte sie die verborgene Tür mit Sicherheit öffnen.

Sie hören dir zu. Mach weiter!

Ihr Blick wanderte zu Vikirnoff. *Das ist nicht ganz einfach.* Sie musste unendlich viele Beschwörungsformeln, die sie gelernt hatte, durchgehen, um die richtigen Worte auszusuchen, und gleichzeitig herausfinden, wie sich die Geheimtür öffnen ließ. »Hört mich an, Krieger aus alter Zeit, deren Seelen verloren sind. Heute Nacht rufe ich euch zu Hilfe. Hört mich an, Krieger, ein neuer Kampf hat begonnen. Eure Körper sind entschwunden, was bleibt, ist der Geist ...«

Maxim schlug ohne Vorwarnung zu, indem er mit all seiner Willenskraft hart an Natalyas Bewusstsein stieß und ihre inneren Barrieren durchbrach. Sie spürte seine Nähe, seine Bösartigkeit, die sie wie ein namenloses Grauen streifte, in ihr Inneres eindrang und sich wie ein Krebsgeschwür rasend schnell ausbreitete. Jede Schlechtigkeit, die unzähligen Verbrechen, die Maxim begangen hatte, alles, was er gewesen war und immer noch war, strömte in ihr Bewusstsein.

Vikirnoff! Verzweifelt rief sie seinen Namen. Die Übelkeit, die in ihr aufstieg, zwang sie in die Knie. Sie würgte und presste eine Hand auf ihren revoltierenden Magen. Sie war beschmutzt, würde immer beschmutzt sein. Nichts würde den dunklen, giftigen Fleck des Bösen von ihr nehmen.

Ich bin hier.

Vikirnoff war bei ihr und umgab Natalya, die bis ins Mark erstarrt war, mit Wärme und erfüllte sie mit hellem Licht, das in ihrem Inneren wie die Sonne strahlte. Wie hatte sie je glauben können, dass Dunkelheit in ihm war? Sie sah Maxims Dunkelheit und die schlimmsten Untaten, die es gab, und nichts davon war in Vikirnoff zu finden. Unbefangen legte er jede Empfindung, jeden Gedanken, aus der Vergangenheit wie aus der Gegenwart, offen vor ihr dar. Gleichzeitig ließ er ein reflektierendes Licht entstehen, einen Spiegel, der sich auf den Vampir richtete und ihn zwang zu sehen, was er war. Die dunklen Schatten wichen vor Vikirnoff zurück, sodass auch Maxim nichts anderes übrig blieb, als sich widerwillig zurückzuziehen. Langsam und Stück für Stück drängte Vikirnoff den Meistervampir aus Natalyas Bewusstsein und baute hinter ihm hohe, dichte Schutzschilde auf, die stärksten Barrieren, die er kannte.

Natalya ließ es nicht dabei bewenden. Sie konnte sich selbst schützen. Sie wusste Dinge, die anderen unbekannt waren, und niemand würde so mir nichts, dir nichts in ihr Bewusstsein spazieren. »Rauch, Erde und Feuer, kommt zu mir und hört mich. Vereint eure Stärke und gebt mir Schutz.« Sie hatte keine Ahnung, warum ihre Barrieren nicht standgehalten hatten, aber sie würde in ihrer Wachsamkeit gegenüber dem Vampir keine Sekunde nachlassen.

Maxim zorniges Fauchen hallte in der Stille der Eishöhle laut wider. Mit ausgestreckten Händen stieß er nach Natalya. Die Kammer bebte unter der Wucht seines Schlags, der die bittere, eiskalte Luft wie eine Faust in Natalyas Magengrube stieß. Sie krümmte sich, weil es ihr den Atem verschlug, und sah Sterne vor ihren Augen tanzen, aber ihre geistigen Barrieren konnte er dennoch nicht überwinden.

Hitze strömte durch die schreckliche Kälte und wärmte sie. Eine sanfte Brise wehte über ihr Gesicht und fand in ihre Lungen. Vikirnoff atmete für sie, einen Atemzug nach den anderen.

Sie fühlte, wie er ihr Halt und die Kraft gab, sich wieder aufzurichten und Maxim mit einem kalten, harten Blick zu fixieren.

»Ich beschwöre euch bei eurem Geist. Ich rufe jeden Einzelnen von euch. Verlorene Krieger, kommt mir zu Hilfe.«

Maxims Gesicht verzerrte sich vor Wut. Er attackierte Natalya erneut, indem er spitze Stalaktiten auf sie regnen ließ. Vikirnoff blockte sie mit einem Schirm aus Eis ab.

Er will dich nicht töten. Er versucht, Zeit zu gewinnen. Unruhig beobachtete er die flüssige Hand, die sich nach der Stelle ausstreckte, wo Natalya stand. Schon krochen die rostbraunen Finger an der Eiswand hinauf und langten nach ihr. *Er wartet darauf, was sich in dieser Flüssigkeit verbirgt. Ich komme jetzt zu dir.*

Warte! Beweg dich nicht, bis ich die Krieger befehlige. Sie werden dich sonst angreifen. Natalya war trotz Vikirnoffs stetiger Atemzüge immer noch aus der Puste. Ihre Lungen brannten und fühlten sich an, als wäre alle Luft aus ihnen herausgequetscht worden. Sie musste das richtige Muster für die Steinplatten finden! »Hört mich an, Krieger! Kommt zu mir und gebt mir Schutz. Kämpft an meiner Seite und gebt mir Schutz.«

Die Schattenkrieger bewegten sich, hohe, schemenhafte Gestalten, die von wirbelnden grauen Rauchfetzen umhüllt waren, Geistererscheinungen, einen Moment gestaltlos und im nächsten in ihr Rüstzeug gekleidet. Sie bildeten einen lockeren Kreis um Natalya und verschafften ihr eine Atempause vor Maxims schwelendem Hass. Ihre Augen ruhten unverwandt auf den Symbolen der Steine. *Ich hab's, Vikirnoff. Ich kann den Boden öffnen.*

»Haltet den Kreis, gebt nicht nach, bekämpft, was noch ist.« Natalya konnte sich ein triumphierendes Grinsen nicht verkneifen, als sie zu Maxim schaute. »Ob Nebel, ob Rauch, haltet es fest, was auch geschieht.«

Maxim brüllte vor Wut und hob beide Hände. Der niedrige

Eiswall, auf dem Natalya stand, gehorchte seinem Befehl, indem er in scharfe Teile zerfiel, den Kreis der Schattenkrieger durchbrach und sie beiseitefegte, als wären sie Federn im Wind. Eisspeere, deren flammende Spitzen direkt auf sein Herz zielten, rasten auf Vikirnoff zu. Maxim machte einen Satz in Natalyas Richtung, so schnell, dass er nur als Flirren in der Luft wahrzunehmen war.

Schon schlossen die Schattenkrieger wieder ihren schützenden Kreis um Natalya. Nur wenige Schritte von ihr entfernt, erkannte Maxim, dass er keine Chance hatte, sie zu ergreifen. Er hielt mitten in der Bewegung inne und drehte sich um, um stattdessen den karpatianischen Jäger zu töten.

Vikirnoff schnappte sich einen Eisspeer aus der Luft und benutzte ihn, um die Geschosse abzuwehren, die auf ihn zuflogen. *Auf den Boden, Natalya!* Bevor er sie vor der Bedrohung der kriechenden Flüssigkeit warnen konnte, war Maxim hinter ihm gelandet und holte mit seinen messerscharfen Krallen nach Vikirnoffs Kehle aus. Im selben Moment sauste zwischen ihnen ein Schwert durch die Luft, und der Meistervampir heulte vor Wut, als seine Finger auf den Boden der Eishöhle fielen. Noch während Maxim sich umdrehte, um den Angriff abzuwehren, wuchsen ihm die Finger wieder nach. Er packte den Kopf des Schattenkriegers, riss ihn herum und schleuderte den Krieger von sich, bevor er sich wieder Vikirnoff zuwandte.

Schattenkrieger umringten ihn. Maxim machte eine Handbewegung, und sofort entstanden hundert Klone von ihm und Arturo, die wie rasend zwischen den Schattenkriegern hin und her liefen.

Die rostroten Finger erreichten Natalya und krochen lautlos an ihrem Stiefel hoch, um sie am Knöchel zu packen. Vikirnoff machte einen Satz in die Luft und katapultierte sich mit atemberaubender Geschwindigkeit über die kämpfenden Schattenkrieger und Vampire hinweg. Einen Moment lang erstrahlte die Eishöhle in gleißendem Licht, als direkt über seinem Kopf ein Blitz in die Wand einschlug, ein sicheres Zeichen, dass Maxim sich nicht so leicht geschlagen geben würde. Vikirnoff verschwendete keine Zeit damit, zu zögern oder sich noch einmal zu seinem Gegner umzudrehen. Er riss Natalya in seine Arme und landete mit ihr auf dem ersten Steinquader, der im Moment durch die Eiswand vor den Schattenkriegern und Vampiren verborgen wurde.

»Es brennt«, sagte Natalya und versuchte, nach ihrem Knöchel zu langen.

Vikirnoff hinderte sie daran, den größer werdenden Fleck anzufassen. »Lass das«, befahl er schroff. »Öffne den Boden!«

»Es brennt sich in meine Haut.« Natalya schluckte jeden weiteren Protest hinunter und konzentrierte sich auf das Muster, das sie mittlerweile entschlüsselt hatte. Sie ging voran, indem sie von einem Stein zum nächsten hüpfte und sich dabei verzweifelt bemühte, nicht daran zu denken, dass sich so etwas wie der blutige Abdruck einer Hand durch ihre Kleidung hindurch in ihre Haut einbrannte. »Ich kann meinen Rucksack nicht hier zurücklassen.« Sie hielt ihn mit beiden Händen fest, um sich daran zu hindern, ihren Knöchel anzufassen. Es fiel ihr schwer nachzudenken, wenn sie das Gefühl hatte, dass ein Brandzeichen in ihr Fleisch gedrückt wurde.

Ringsum zerbarsten die Eiswände zu großen Blöcken und scharfen Speeren. Vikirnoff hielt seine Arme schützend über Natalyas Kopf, als sie, einem bestimmten Muster folgend, von einer Platte zur nächsten traten, und schirmte ihren Körper mit seinem ab. Dabei parierte er den Angriff, indem er die Feuerpeitsche noch einmal Flammen über die Vampire werfen ließ und sie so zurückdrängte. Die Schattenkrieger, die immer noch gegen die Klone der Untoten kämpften, ignorierten den Feuerregen.

Der Boden unter Natalyas Füßen bebte. Eine große Steinplatte glitt zur Seite und gab den Blick auf eine Treppe frei, die tiefer ins Erdinnere führte. Natalya zögerte. *Sie führt nach unten, nicht nach oben. Was ist, wenn irgendwo da unten der Trollkönig lauert?*

Wir haben keine andere Wahl. Das hier ist der einzige Weg aus der Kammer, der uns bleibt. Wir müssen ihn nehmen. Er strich mit seinem Daumen Tränen von ihrem Gesicht.

Natalya hatte nicht einmal gemerkt, dass sie weinte. Das Brennen in ihrem Bein war schlimm, aber schlimmer war die Vorstellung, dass dieses unbekannte Ding irgendwie mit ihr verbunden war, genauso wie Maxim, dem es gelungen war, in ihr Bewusstsein zu schlüpfen. Es war ein demütigender Gedanke, dass der Vampir in ihr Inneres eingedrungen war, und Vikirnoff, nicht sie selbst, ihn vertrieben hatte. Und jetzt klebte irgendein Parasit an ihrem Bein und bohrte sich in ihr Fleisch.

Sie drehte sich zu den Kriegern um, um ihnen einen letzten Befehl zu erteilen. »Hört auf meinen Befehl, auch wenn ich fort bin. Bleibt stark, haltet stand!« Sie salutierte kurz vor den Schattenkriegern und wünschte, sie könnte ihnen Frieden schenken und sie an ihre Ruhestätten zurückschicken.

»Wir müssen jetzt gehen«, drängte Vikirnoff.

Natalya wandte sich von der chaotischen Szene ab und lief die schmalen, ins Eis gehauenen Stufen hinunter, die unter die Kammer des dunklen Magiers führten.

Vikirnoff folgte ihr, schloss dabei den verborgenen Eingang hinter ihnen und errichtete starke Schutzschilde für den Fall, dass es den Vampiren gelingen sollte, den Schattenkriegern zu entkommen. Sowie die Bodenplatte sich schloss, fiel ein fahler Lichtschimmer auf die gewundene Treppe. Sie war sorgfältig aus dem Eis herausgeschlagen, mit sehr schmalen Stufen, die kein Ende zu nehmen schienen.

Mehrere Minuten liefen sie die lange Treppe hinunter. Es war seltsam still, als wären sie die einzigen lebenden Wesen auf der Welt. »Ich glaube nicht, dass sie uns auf diesem Fluchtweg folgen können, oder?«, fragte Natalya und blieb unvermittelt stehen.

»Nur wenn Maxim stundenlang Zeit hat, die Schutzbarrieren aufzuheben, die ich errichtet habe.«

»Dann nimm dieses Ding von meinem Bein«, sagte Natalya. »Ich ertrage den Gedanken nicht, dass es auf meiner Haut klebt.«

Vikirnoff hätte beinahe über ihren energischen Ton gelächelt. Sie vertraute völlig darauf, dass er es entfernen konnte und würde. »Setz dich hin und ruh dich aus. Ich schaue es mir mal an.«

»Lass dir ruhig Zeit! Es brennt mir zwar bloß ein Loch ins Bein und macht mich krank, aber was soll's! Schau es dir einfach mal an!« Natalya warf ihm einen finsteren Blick zu.

Sein dunkler Blick wanderte über ihr Gesicht und ließ sie frösteln. Sie biss sich auf die Lippe. »Tut mir leid. Wenn ich nervös bin, werde ich gern ein bisschen schnodderig.«

»Du brauchst dich nicht bei mir zu entschuldigen. Ich kann verstehen, dass es dir ein Bedürfnis ist, die Atmosphäre zu entschärfen.« Er hockte sich neben sie, nahm ihr Bein in seine Hände und schob den Stoff von ihrer Haut, sodass seine Finger zärtlich über ihren Unterschenkel strichen. »Ich bemühe mich, Sinn für Humor zu entwickeln, was dich angeht.«

Er beugte sich vor, um die grotesken Fingerabdrücke zu studieren, die sich um ihren Knöchel schlossen. Sein dunkles Haar fiel ihm lang und wirr – und viel zu verführerisch, wie Natalya insgeheim fand – auf die Schultern, und sein Atem streifte warm ihre Haut. Natalya konnte sich nur mühsam beherrschen, nicht die Hand auszustrecken und ihm übers Haar zu streichen. Die verätzte Wunde an seinem Hals sah schlimm aus und musste ihm große Schmerzen bereiten, aber er schien es nicht zu registrieren, als wäre das einzig Wichtige für ihn, ihr zu helfen.

»Es ist lebendig, nicht wahr?« Natalya stellte die Frage, um sich auf andere Gedanken zu bringen. Kein Küssen mehr inmitten *tödlicher Gefahr.* Sie lehnte es schlichtweg ab, zu dumm zum Leben zu sein. Ihr Blick fiel auf seinen Mund. Sein Mund war verboten sinnlich, und das war das Problem, nicht sie. Es war allein Vikirnoffs Schuld.

»Ja.« Seine Stimme war grimmig. »Es hinterlässt denselben Geruch wie das Wesen, das du Trollkönig getauft hast. Ich glaube, das hier ist sein Werk.«

Sie schluckte schwer. »Xavier?« Sie würde ihn auf keinen Fall Großvater nennen. Natalya wollte nicht daran denken, dass er mit ihr verwandt war. Sie konnte nicht an ihn denken, ohne vor sich zu sehen, wie er ihre Großmutter ermordete.

Vikirnoff runzelte die Stirn. »Nein, an ihn habe ich eigentlich nicht gedacht. Das hier sieht nach einem Vampir aus und auch wieder nicht. Ich kann noch nicht sagen, womit wir es zu tun haben. Ich werde in deinen Körper gehen müssen, um die Parasiten zu beseitigen.«

»Parasiten? Willst du damit sagen, dass in meinem Bein irgendwelche durchgeknallten Parasiten sind? Hol sie raus! Jetzt gleich. Beeil dich, Vik, oder ich drehe durch.« Natalya erschauerte. Ihre Haut kribbelte und juckte plötzlich, als würden Insekten über ihren ganzen Körper kriechen.

»Ich bin mir nicht ganz sicher, was *durchgeknallt* bedeutet, nehme aber mal an, nichts Gutes.« Er hielt es für besser, sich zu »Vik« nicht zu äußern. Natalya war wirklich verstört. Ihre Unterlippe bebte, und dieser Anblick versetzte ihm einen kleinen Stich.

»Nein, es ist nichts Gutes, und außerdem schläft mir gleich der Hintern ein, weil ich auf diesem Eisblock sitzen muss.« O Gott, sie jammerte und greinte. Saß da wie der jämmerlichste Waschlappen, während Vikirnoff über und über mit Blut bedeckt war und fast die Kehle aufgerissen bekommen hatte. Die

Tigerin war verschwunden und hatte ein Häufchen Elend zurückgelassen. Natalya vergrub ihr Gesicht in den Händen. Sie schämte sich zu sehr, um Vikirnoff in die Augen zu schauen. »Hol sie bitte, bitte aus mir raus!«

Er murmelte ihr etwas in seiner alten Sprache zu. Es klang sanft und zärtlich und brachte sie fast zum Weinen. Völlig regungslos saß sie da und sah zu, wie er seinen Geist von seinem Körper löste und sich mit sehr viel Wärme und viel zu großer Intimität in ihrem Inneren bewegte. Er tat es mit einer Leichtigkeit, gegen die sich ihre eigenen Bemühungen plump und unbeholfen ausnahmen. Es gab kein Ringen um Konzentration, nur ein kurzes Schließen seiner Augen, und sie wusste, dass sein Körper nur noch eine leere Hülle war.

Natalya fühlte seine Gegenwart in dem Moment, als er in ihrem Inneren war und ihr Bewusstsein mit Zuversicht und noch viel mehr erfüllte. Er vergewisserte sich, dass nicht einmal ein Schatten des Meistervampirs zurückblieb, um irgendwo im Verborgenen zu lauern, und verstärkte ihre inneren Schutzschilde, bevor er sich ihrem Bein zuwandte. Sie fühlte sein ruhiges Selbstvertrauen und stützte sich darauf. Zu viel war schiefgegangen, und Natalya war sich nicht mehr sicher, ob sie die Aufgabe, die ihr übertragen worden war, ohne Hilfe bewältigen konnte. Allein die Enthüllungen über ihre Großeltern reichten aus, um sie bis in den innersten Kern ihres Wesens zu erschüttern. Sie versuchte, sich still zu verhalten und ebenso gelassen zu wirken wie Vikirnoff, obwohl sie in Wirklichkeit völlig verstört war.

Vikirnoff untersuchte die winzigen Mikroorganismen, die dicht an dicht rund um die ursprüngliche Wunde wucherten. Sie zappelten wie kleine Würmer, und der Bereich rund um die Wunde wirkte entzündet und geschwollen. Er hatte so etwas schon einmal gesehen. Destiny, die Gefährtin seines Bruders, war mit den gleichen Mikroorganismen infiziert worden. Der

Abdruck der Hand hatte sich tief in Natalyas Haut eingebrannt, und um die knochigen Finger herum bildeten sich Blasen.

Die Parasiten versuchten, vor dem weißen Licht, das seine heilende Energie ausstrahlte, wegzulaufen oder sich zu verstecken, aber Vikirnoff ließ nicht locker, bis er jeden einzelnen vernichtet hatte, und ließ sich dabei mehr Zeit, als er und Natalya eigentlich hatten. Er musste sich einfach vergewissern, dass ihr Blutkreislauf und jede ihrer Zellen frei von den Mikroorganismen waren. Erst als er absolut sicher war, jeden Eindringling zerstört zu haben, wandte er sich der eigentlichen Wunde zu. Von welcher Beschaffenheit war das Zeichen, das sich bei Natalya in Haut und Knochen eingebrannt hatte? Er war überzeugt gewesen, ihre Verletzungen vollständig geheilt zu haben, aber die tiefe Bisswunde in ihrem Knöchel war wieder aufgebrochen.

Obwohl er kein Meisterheiler war, hätte er es schaffen müssen, die Schäden an ihrem Körper zu reparieren, und Natalya selbst müsste außerordentlich starke Schutzschilde gegen Vampire und bis zu einem gewissen Grad auch gegen ihn haben, doch sie war angreifbar. Das alles ergab keinen Sinn. Irgendetwas Wichtiges entging ihm, und das könnte sie beide das Leben kosten. Wieder heilte er ihren Knöchel, wobei er dem Gewebe besondere Beachtung schenkte und sorgfältig überprüfte, dass die Wunde nach Beseitigung der Infektion sauber und gut geschlossen war.

Das Brandmal schien eine Art Eingang für weitere Mikroorganismen zu sein, aber er konnte sich nicht erklären, wie es funktionierte. Was hier passierte, war sehr komplex und ließ sämtliche Alarmglocken in seinem Inneren schrillen. Maxim oder einer seiner Brüder mochte den Verstand haben, etwas Derartiges auszuarbeiten, doch Vikirnoff bezweifelte, dass sie die Geduld dazu hatten. So etwas erforderte langes Experimentieren und Zeit, sehr viel Zeit. Jemand hatte in einem Labor gearbeitet und uralte Magie mit moderner Wissenschaft kombiniert.

Die Verbrennung auf Natalyas Haut zu heilen, erforderte mehr Zeit und Energie als das Beseitigen der Parasiten. Die Blasen und Brandwunden verschwanden bald, doch das Mal selbst blieb hartnäckig bestehen und weigerte sich, dem weißen Licht zu weichen. Letzten Endes schaffte Vikirnoff es lediglich, einen kleinen Teil des rostroten Handabdrucks zu entfernen.

Schwankend vor Erschöpfung kehrte er in seinen Körper zurück. Natalya musterte seine sorgenvolle Miene und schaute auf ihr Bein. »Es ist immer noch da, oder? Was genau ist es?«

»Ich denke, die ursprüngliche Bisswunde ist der Wirt der Parasiten. Das Brandmal fungiert als Eingang für winzige Mikroorganismen. Sie sind schwer auszumachen, und irgendetwas ist seltsam an ihnen. Jemand hat sie entwickelt, in einem Labor kultiviert und dafür gesorgt, dass sie mutieren, um sie als eine Art Chemikalie zu verwenden.«

Natalya erstarrte. »Chemikalie? Die Parasiten sind mit einer Chemikalie versetzt und so etwas wie eine chemische Waffe?« Sie rieb sich die Schläfen und schüttelte den Kopf.

»Was ist denn, Natalya?«

Die Zärtlichkeit in seiner Stimme wärmte sie. Er sah so müde aus. Feine Linien hatten sich in sein Gesicht gegraben, und seine Haut war fahl. Sie fuhr mit den Fingerspitzen über sein Kinn. »Eine meiner unvollständigen Erinnerungen, an die ich gerade denken musste. Es geht um irgendein Experiment, aber ich kann mich nicht erinnern, was ich gemacht habe.«

»Und du bekommst wieder Kopfschmerzen.«

Sie lächelte ihn an. »Nur ein paar Schmerzen mehr. Danke. Ich weiß, dass es nicht leicht war, diese Dinger aus mir rauszukriegen.«

»Wir werden alles, was eventuell noch vorhanden ist, so bald wie möglich entfernen, Natalya. Und wir werden einen Weg finden, dein Gedächtnis wiederherzustellen. Die Methode, sich mit Parasiten zu kennzeichnen, ist relativ neu und scheint von Vampiren angewandt zu werden, um einander zu identifizieren.« Er vergrub seine Hand in ihrem Haar und strich mit den Fingern über die seidigen Strähnen. Einen kurzen Moment lehnte er seine Stirn an ihre. »Wir kommen hier raus. Das weißt du doch, oder?«

Natalya blieb bei ihm, Haut an Haut, ihre Hand an seinem Gesicht, seine Hand in ihrem Haar. Sie waren beide körperlich und seelisch erschöpft. »Ich bin froh, dass du bei mir bist, Vikirnoff.«

Sein Lächeln kam zögernd, aber es erreichte seine Augen. »Hat doch Spaß gemacht, unser Abenteuer, oder etwa nicht?«

»He, du bist ja witzig! Spielst du jetzt den Komiker? Deine Abenteuer können mich kreuzweise. Komm, verschwinden wir von hier.« Natalya stand auf und schaute sich um. Die Stufen schienen endlos zu sein und leuchteten in einem seltsam fahlen Glanz, der alles noch unheimlicher wirken ließ. »Glaubst du, wir stoßen auf etwas noch Schlimmeres?«

»Schlimmer als die Vampire oder die Schattenkrieger?«

Sie schüttelte den Kopf. »Schlimmer als das, was mich unterirdisch verfolgt, was immer es auch sein mag.«

Ihre Blicke trafen aufeinander. In Vikirnoffs Augen lag so viel Mitgefühl, dass Natalya wegschaute, weil sie befürchtete, sonst in Tränen auszubrechen. Wenn sie an die Parasiten, die ihr am Leib klebten, oder auch nur an das Brandmal auf ihrer Haut dachte, wurde ihr schlecht.

»Wir werden das Zeug schon los, *ainaak enyém*.«

Die Art, wie er das Kosewort aussprach, traf sie bis ins Herz. »Was genau bedeutet das eigentlich?« Sie versuchte, so skeptisch zu klingen, als würde er sie immer noch »Kleines« nennen oder einen ähnlich unverschämten Namen benutzen. Aber sie wusste, dass das Wort *ainaak* ›für immer‹ bedeutete. Mehr als das jedoch sagten der Klang seiner Stimme und der Ausdruck in seinen Augen.

»Für immer mein.« Seine Finger schlossen sich um ihre. »Denn das bist du.«

Sie gab ein undamenhaftes Schnauben von sich, das wie sie hoffte, geringschätzig klang. Es kam ihr ein bisschen albern vor, seine Hand zu halten, während sie die Treppe hinuntergingen, doch es war ein tröstliches Gefühl. »Wie konnte er in mein Bewusstsein kommen, Vikirnoff?«

»Maxim?«

»Er war in der Lage, in mich hineinzukriechen.« Sie schauderte, und er konnte den Ekel fühlen, den sie empfand.

»Ich bin mir nicht sicher«, antwortete er vorsichtig.

»Aber du hast eine Vermutung.«

»Schutzschilde sollen etwas abblocken. Wir errichten sie automatisch, und wir erwarten nicht, dass jemand in unser Bewusstsein eindringen und diese Schilde umstoßen kann.« Ein gedämpftes Geräusch erregte Vikirnoffs Aufmerksamkeit. Es klang leise und verstohlen, als wäre irgendetwas oder -jemand in der Nähe. Selbst mit seiner extrem guten Nachtsicht konnte Vikirnoff nicht über die Eisschicht der Wände hinaus sehen. Die Treppe wand sich nach unten, verlief jetzt aber seichter in Richtung Süden.

Natalya nagte stirnrunzelnd an ihrer Unterlippe und konzentrierte sich auf das, was unausgesprochen geblieben war. »Wie konnten meine Schutzschilde zerstört werden?«

»Ich weiß es nicht. Wie konnte der Schattenkrieger in dein Zimmer im Gasthof gelangen?« Er setzte alle seine Sinne ein, um jede Andeutung von Gefahr aufzuspüren. Irgendetwas bewegte sich eindeutig links von ihnen in der Dunkelheit. Die Eiswand, die sie trennte, war dick, doch der unbekannte Verfolger hielt mit ihnen Schritt. *Wir sind nicht allein. Sprich weiter, aber sag nichts Wichtiges.*

Natalya ließ seine Hand los und blieb zwei Stufen hinter ihm, damit sie beide Platz hatten, falls es zu einem Kampf kam. Ihr Messer fühlte sich vertraut und sogar tröstlich in ihrer Hand an, als sie es in ihren Ärmel gleiten ließ, um es am Handgelenk zu verbergen. »Es ist kalt hier unten, aber du fröstelst nicht mal.« Sie ließ die Tigerin gerade genug an die Oberfläche kommen, um die überlegenen Sinne der Raubkatze einsetzen zu können. Sofort witterte sie etwas Eigenartiges.

Es riecht wie etwas Wildes. Kein Vampir, aber auch kein Mensch. Kein Karpatianer. Ich erkenne den Geruch nicht … doch, ich kenne ihn! Sie gab im Geist einen gereizten Laut von sich. *Ich hasse es, dass meine Erinnerungen so bruchstückhaft sind.*

»Ich kann meine Körpertemperatur regulieren«, antwortete Vikirnoff laut. »Du kannst es auch.« *Riecht es wie das Wesen, das dich am Knöchel gepackt und versucht hat, dich unter die Erde zu ziehen?*

Er hörte sofort, wie ihr Herz schneller schlug, doch sie ließ sich nichts anmerken, sondern schnaubte verächtlich. »Wenn ich meine Temperatur regulieren könnte, *Vik*«, gab sie zurück und grinste ihn an, als er ihr über die Schulter einen warnenden Blick zuwarf, »dann würde ich es tun.«

Behalte die Wände im Auge!, warnte er sie, während er die massive Eisschicht überprüfte.

Nicht die Wände! Natalya starrte angestrengt auf die Stufen unter ihren Füßen. *Es ist jetzt unter uns. Wir müssen von diesen Stufen weg, Vikirnoff!*

Nein, es ist neben uns.

Ich sage dir doch, es ist unter uns.

Vikirnoff drehte sich einfach um und zog sie in seine Arme, während er sich gleichzeitig in die Luft erhob, damit ihre Füße nicht länger die Treppe berührten. Er war überzeugt, dass er recht hatte. Das Wesen war nicht unter ihnen, sondern schlich neben ihnen her. Anscheinend kannte es eine Öffnung in der Wand, von der sie nichts wussten. Vikirnoff raste mit übernatürlicher Geschwindigkeit durch den schmalen, gewundenen Gang und hielt sich dabei so weit wie möglich von der linken Wand entfernt. Selbst bei diesem Tempo hielt das Wesen mit ihnen Schritt und war plötzlich sogar vor ihnen.

Er sucht sich einen Hinterhalt.

Meine Knöchel brennen. Auf welcher Seite? Sie packte das Messer.

Links.

Natalya schob sich dichter an Vikirnoffs linke Schulter. Sie wusste, dass sich ihr Knie in seine Brustwunde bohrte und ihr Ellbogen auf seinen Hals drückte. Er zuckte nicht zusammen, aber sie konnte seine Schmerzen körperlich spüren. *Es tut mir leid.*

Vikirnoff hörte das leise Wispern in seinem Inneren und fühlte ihre Lippen zart an seiner Schläfe. Etwas in ihm schnürte sich schmerzhaft zusammen, eine Empfindung, die ihm fremd war. Natalya war bereit zum Kampf. Ein Teil von ihm bewunderte sie und fand sie außergewöhnlich, aber ein anderer Teil von ihm war wütend, weil er zuließ, dass sie in Gefahr geriet.

Natalya knurrte warnend. Vikirnoff hatte keine Ahnung, ob es ihm galt oder dem Wesen, das ihnen auflauerte, doch ihr Messer blitzte kurz auf, als links von ihnen ein breiter Spalt in der Mauer klaffte. Im nächsten Moment erklang ein gellender Wutschrei.

Blut spritzte auf Vikirnoffs Gesicht und Natalyas Arm. Es brannte wie Säure. Natalya fluchte leise. *Ich kann es nicht erkennen. Kannst du es?*

Er spähte hinter sich und wurde einen Moment lang langsamer. Natalya schnappte nach Luft und packte ihn energisch an den Haaren. *Wehe! Ich meine es ernst. Diesmal hauen wir ab aus Dodge City. Ich greife dieses Ding nicht an, wenn du ver-*

wundet bist und jeden Moment Schattenkrieger bei uns sein können. Leg einen Gang zu, Speedy Gonzalez, und schaff uns hier raus!

Vikirnoff wusste, dass seine Wunden zu schwer waren, um ihm zu erlauben, gegen etwas zu kämpfen, das so viel Schnelligkeit und Stärke zeigte wie dieses unbekannte Wesen, aber er wollte zumindest einen Blick darauf werfen. *Wir sind nicht in Dodge City und ich bin nicht Speedy Gonzalez. Ist dein Trollkönig ein Vampir?*

Natalyas Geruchssinn war genauso gut entwickelt wie ihre Fähigkeit, im Dunkeln zu sehen. Sogar die feinen Härchen an ihrem Körper wirkten wie Antennen, fast wie die Schnurrhaare einer Katze. Dennoch konnte sie das Wesen weder am Geruch noch am Aussehen identifizieren. Sie hatte versucht, einen Blick darauf zu erhaschen, aber nur einen vagen Eindruck von etwas Großem und sehr Muskulösem erhalten. *Wie ein total verschwommener Godzilla. Und es riecht vertraut und doch wieder nicht. Ich kann es nicht erklären. Es ist extrem frustrierend.* Und allmählich wurde ihr schwindlig von dem rasanten Tempo, in dem sie um enge Kurven bogen und dabei jedes Mal nur knapp die Seitenwände verfehlten. *Es verfolgt uns nicht mehr und hat gerade so etwas wie einen Tobsuchtsanfall, denke ich mal. Ich glaube, ich habe einen ziemlich guten Treffer gelandet. Das war ganz schön viel Blut.*

Vikirnoff hatte keine Ahnung, wer oder was Godzilla war, aber darauf kam es nicht an. Natalya konnte das Geschöpf nicht als Vampir identifizieren, und es würde sie immer wieder verfolgen, bis er diese Bedrohung aus dem Weg räumte. Er war sich ganz und gar nicht sicher, ob das Wesen tatsächlich so schwer verwundet war. Es war durchaus möglich, dass es versuchte, tonnenweise Eis auf sie niederkrachen zu lassen. Sie mussten sofort einen Weg aus dieser Höhle finden.

Die Treppe wurde breiter und Vikirnoff beschleunigte sein

Tempo. Er bewegte sich so schnell, dass er beinahe den schmalen Tunnel übersah, der nach oben zu führen schien.

Warte! Wieder zupfte Natalya an seinem Haar. *Das ist er! Der verborgene Eingang. Ich weiß es. Ich fühle es.*

Bist du sicher? Er kehrte bereits um, weil er ihre absolute Gewissheit spürte. Sie hatte Magier-Blut, und es schien sie zu leiten.

Vikirnoff ließ Natalyas Füße auf den Eisboden gleiten. Sie schaute sofort nach unten und suchte den Boden ab. »Ich kann seine Nähe nicht mehr fühlen. Spürst du etwas?«

Vikirnoff glaubte nicht, dass Natalya die Anwesenheit des Wesens überhaupt gefühlt hatte. Was sie unter den Stufen zu spüren geglaubt hatte, war nicht mehr als eine Täuschung gewesen – eine, auf die sie nicht hätte hereinfallen dürfen.

Natalya schüttelte den Kopf. »Der Eingang ist hier, Vikirnoff. Wir müssen ihn bloß finden.«

»Was ist aus ›Vik‹ geworden?«

Sie blickte auf, als sie seinen scherzenden Ton hörte, und grinste schwach. »Ich möchte nicht, dass du glaubst, es wäre ein Kosewort oder so etwas.«

»Ich denke, in dieser Beziehung hast du nichts zu befürchten.« Er stand direkt hinter ihr und schirmte sie mit seinem Körper ab, während er auf ein paar blasse Zeichen im Eis deutete. »Was ist das?«

»Das sind alte Symbole.«

»Kannst du sie lesen?« Es war lange her, seit er so etwas gesehen hatte, und in diesem Punkt konnte er sich nicht unbedingt auf sein Gedächtnis verlassen.

»Natürlich.« Sie bewegte ihre Hände mit großer Sicherheit und berührte verschiedene Symbole, um ein Muster anzuordnen. »Er liebt Muster.«

Vikirnoff legte seine Hände auf ihre Schultern. »Wer liebt Muster?«

Natalya legte den Kopf zurück und schaute ihn stirnrunzelnd an. »Was?«

»Du hast gesagt, dass er Muster liebt. Wen meinst du, Natalya?«

Sie rieb sich die pochenden Schläfen. »Ich weiß es nicht. Ich hasse es, mich an so viele Sachen nicht erinnern zu können. Ich hasse es wirklich, Vikirnoff.«

Seine Finger massierten ihren Nacken und lösten die Verspannungen. »Mach dir darüber jetzt keine Gedanken. Denk nur daran, wie du den Eingang für uns öffnen kannst. Das mit deinem Gedächtnis kriegen wir schon noch hin.«

Kapitel 10

Natalya durchlief hastig die Abfolge der Symbole, um den Ausgang zu öffnen. Mehr als alles andere wünschte sie sich, endlich aus dieser Höhle herauszukommen. Sie warf Vikirnoff rasch einen Blick über die Schulter zu, ehe sie weitermachte. »Ich hätte nie auch nur daran denken dürfen, deine Erinnerungen zu löschen. Ob ich es überhaupt gekonnt hätte, zählt dabei nicht. So etwas ist eine Gemeinheit. Es ist ein Unrecht. Ich kann dir gar nicht sagen, wie furchtbar der Gedanke ist, dass sich jemand an meinem Gehirn zu schaffen gemacht hat, um bewusst meine Kindheit zu löschen und Gott weiß was noch zu tun. In meinem Kopf tauchen immer wieder blitzartig Dinge auf, an die ich mich nicht erinnern kann, und das macht mich wahnsinnig.«

Die Tür öffnete sich knarrend, und helles Licht, das ihnen beiden beinahe die Sicht raubte, fiel durch den Spalt. Natalya hielt sich die Augen zu. »Ist es schon Morgen?«

»Nein, aber es ist kurz vor Tagesanbruch, und wir waren stundenlang unter der Erde. Lass deinen Augen einen Moment Zeit, sich an die Helligkeit zu gewöhnen.« Er legte einen Arm um ihre Schultern, und sie lehnte sich kurz an ihn.

»Wie sollen wir dieses Ding vollständig von meinem Bein kriegen?« Sie fuhr mit den Fingerspitzen über seinen Arm und atmete die frische Luft ein.

»In ein, zwei Tagen bin ich wieder bei Kräften. Wenn ich es dann immer noch nicht entfernen kann, müssen wir dich zu einem mächtigen Heiler bringen. In der Zwischenzeit musst du sehr vorsichtig sein.«

Seine Finger massierten sanft ihren Nacken, um die Verspannungen zu lösen. Es war ein unvorstellbar schönes Gefühl, das

Natalya wie ein Geschenk empfand. Im Grunde war es nur eine Kleinigkeit, aber sie war so lange allein gewesen, ohne jemanden, der ihr Trost geben, mit dem sie reden, lachen oder streiten konnte.

Auf ihre Sehnsucht nach Nähe reagierte sie mit gemischten Gefühlen. Vikirnoff und sie hatten in viel zu kurzer Zeit zu viel erlebt, und Natalya traute dieser Sache und ihm nicht unbedingt – und sich selbst schon gar nicht. Nach der aufwühlenden Erfahrung, die Vergangenheit zu durchleben und Zeuge der Morde an ihren Eltern und ihrer Großmutter zu werden, war sie seelisch angeschlagen und erschüttert und fühlte sich viel zu verletzlich, um sich in dieser Verfassung einem anderen auszuliefern. Sie brauchte Distanz zu Vikirnoff, um ihre Kraft und ihre Perspektive wiederzufinden.

Natalya straffte ihre Schultern und trat in die kühle Luft des frühen Morgens hinaus. Sie befanden sich auf dem Berg, aber nicht in der Nähe des Gipfels und schon gar nicht in der Nähe des Eingangs, den sie benutzt hatten. Der Wind zauste ihr Haar und streichelte ihr Gesicht, als sie in tiefen Zügen die frische Luft einatmete. Dichte Nebelschwaden hingen über ihnen, aber weiter unten war der Himmel frei von übernatürlichen Warnzeichen. Sie spähte über die Schulter zu Vikirnoff und erschrak. Hier draußen im Freien konnte sie den Schaden sehen, den die Vampire angerichtet hatten, die unzähligen Schnitte und Risse ihrer scharfen Krallen, die Verbrennungen und die schreckliche klaffende Wunde an seinem Hals, die durch die Verätzung schwarz von verbranntem Fleisch und getrocknetem Blut war. Seine Brustwunde hatte sein Hemd rot gefärbt, und seine Haut war aschfahl.

»Du siehst furchtbar aus.«

»Sehen wir zu, dass wir vor Tagesanbruch im Gasthof sind«, antwortete er.

»Kannst du uns dorthin bringen? Der Tiger könnte dich tragen, doch es ist ein weiter Weg.«

Die Sonne würde innerhalb weniger Minuten aufgehen. Sie waren beide sehr erschöpft und brauchten so bald wie möglich einen Unterschlupf. »Ich kann uns hinbringen. Komm her.«

Natalya hatte sich ein Stück von ihm entfernt und lief ruhelos hin und her, während sie verzweifelt versuchte, sich an die schattenhafte, kaum greifbare Gestalt im Inneren des Berges zu erinnern, die Person, die eine Vorliebe für Muster hatte und sich an Natalyas Gehirn zu schaffen gemacht hatte, damit sie sich an einen Großteil ihrer Kindheit nicht mehr erinnern konnte. Xavier.

Ungebeten tauchte ein Gedanke auf. Hatte sich der dunkle Magier vielleicht als Jäger verkleidet und ihren Bruder ermordet? Wieder huschte ihr Blick zu Vikirnoff. Sie war in seinem Bewusstsein gewesen und hatte die Dunkelheit gesehen, die dort lauerte, die endlosen düsteren Jahre im Dienste seines Volkes, aber auch die Freude darüber, sie gefunden zu haben. Seine Verwirrung, wer und was sie war, ebenso wie die Erkenntnis, dass sie ganz und gar nicht das war, was er erwartet hatte. Das tat weh. Es tat wirklich weh. Und ihr behagte die Vorstellung nicht, dass sie Vikirnoff nahe genug an sich herangelassen hatte, dass er ihr wehtun konnte.

Er nahm sie in seine Arme und erhob sich in die Lüfte. Vikirnoff wollte sie beide von hier fortbringen, fort von dem Berg und fort von jenem unbekannten Wesen, das das Mal an Natalyas Knöchel benutzte, um sie aufzuspüren. *Was ist los? Du bist auf einmal so still, und das sieht dir gar nicht ähnlich.*

Sie war ihm so nahe. Er schirmte sie beide vor fremden Blicken ab, da er seinem geschundenen Körper die Strapazen einer Formwandlung ersparen wollte. Wärme strömte von seinem Körper in ihren. Seine Brust war hart, und seine Schenkel hielten sie fest. Sie spürte, wie sich ihr eigener Körper entspannte und noch enger an seinen schmiegte. Verlangen regte sich in ihr, unerwartet und heftig und völlig fehl am Platz. Sie wurde gegen ihren Willen in seine Welt hineingezogen, und das brachte sie völlig aus der Fassung.

Er murmelte etwas in seiner Sprache, Worte, die leise und sinnlich ihre Haut streiften. Sie war sehr empfänglich für seine Stimme, seinen Akzent, für seine Lippen, die über ihre Kehle strichen.

Was ist los? Sagst du es mir?

Natalya bewegte sich ein wenig in seinen Armen, gerade genug, um ihre Arme um seinen Hals zu legen und ihre Finger in seinem Haar zu vergraben, während sie ihm die Wahrheit sagte.

Ich habe in dein Bewusstsein geschaut, Vikirnoff. All das Zeug über Gefährten des Lebens, das du ständig wiederkäust, ist kompletter Quatsch. Etwas in ihr, jener verräterische, einsame und sehr weibliche Teil ihres Wesens wünschte sich verzweifelt, es wäre wahr. *Du willst June Cleaver. Oder Donna Reed. Das wünschst du dir. Ein adrettes kleines Frauchen mit Cocktailschürze, das deine Mahlzeiten kocht und ständig ›Aber ja, Liebster‹ sagt. Stattdessen hast du ...* Natalya legte den Kopf zurück, um ihm in die Augen zu schauen. Sie wusste, dass sie preisgab, wie verletzt sie war. Aber darauf kam es jetzt nicht an. Sie brauchte es, irgendwohin zu gehören, sei es auch nur für einen Augenblick. Er wollte eine Gefährtin des Lebens, aber er wollte nicht *sie*. Ohne den Blick von ihm zu wenden, fuhr sie fort: *Du hast Xena erwischt, eine Kriegerin, die du nicht willst und die du nicht verstehst.*

Sie spürte seine Verwirrung und Ratlosigkeit. Seine Augen veränderten ihre Farbe, wurden noch eindringlicher und dunkler und spiegelten eine derartige Intensität an Gefühlen wider, dass es ihr den Atem verschlug. *Ich kenne diese Frauen nicht, Natalya. Ich höre keine Eifersucht, sondern Schmerz, und der Gedanke, dir wehzutun, ist mir unerträglich. Ich begehre diese Frauen nicht und werde es auch nie tun. Da ich keine Speisen zu mir nehme, erwarte oder wünsche ich keine gekochten Mahlzeiten. Und ich habe keine andere Gefährtin, nur dich. Diese Xena, von der du sprichst, ist mir nie begegnet.*

Natalya war teils zum Lachen, teils zum Weinen zumute. Ich *bin Xena die Kriegerin, du Dummkopf. Du weißt aber auch gar nichts, was?* Sie legte ihre Stirn an seine. *Dass wir zwei Gefährten des Lebens sein sollen, war genauso wenig deine Entscheidung wie meine. Du wolltest nicht mich. Aber ich will als die, die ich bin, genommen werden.*

In ihrer Stimme und in ihrem Inneren war eine Trauer, die Vikirnoff bis ins Herz traf. *Wie kannst du nur glauben, dass ich dich nicht will? Für mich bist du ein Wunder.*

Natalya wandte den Kopf ab. Sie war in seinem Bewusstsein gewesen und kannte seine Gedanken. Er wollte eine gefügige Frau, die an seinen Lippen hing, nicht eine schlagfertige, selbstbewusste Kämpfernatur. Einen Moment lang spielte sie mit dem Gedanken, sich vielleicht zu ändern und zu versuchen, das zu werden, was er sich wünschte, aber sie könnte nie ihre Persönlichkeit ummodeln oder die Tigerin aus ihrem Inneren vertreiben. Sie wartete nicht darauf, dass jemand sie an die Hand nahm und führte, sie wählte ihren Weg selbst und sie konnte sich nicht vorstellen, jemals anders zu sein.

Von einer unerklärlichen Trauer erfüllt, betrachtete sie den Boden unter ihnen, die satten Grüntöne, das Kunterbunt der Farben auf den Blumenwiesen und die Heugarben auf den wogenden Hügeln. Alles verschwamm vor ihren Augen, bis sie die Tränen wegblinzelte. Da unten waren Menschen, Menschen, deren Leben viel kürzer als ihr eigenes, dafür jedoch so viel glücklicher war. Menschen mit Familien und Kindern und jemandem zum Reden. Sie hatte Vikirnoff. Sie wusste, dass er sie nicht verlassen würde, weil er glaubte, für alle Zeiten an sie gebunden zu sein. Aber er wollte nicht Natalya Shonski mit dem Blut der dunklen Magier und der Seele einer Tigerin. Er wollte nicht die Frau, die gegen Vampire kämpfte und spätabends im Fernsehen echt lausige Filme anschaute.

Vikirnoff presste sich eng an sie, damit sie fühlen konnte, was sie in ihm auslöste, dieses schmerzhafte Ziehen, das nie ganz zu verschwinden schien, nicht einmal in größter Gefahr. Wie konnte sie bloß denken, dass er sie nicht wollte? Es gab keine andere Frau für ihn, konnte nie eine andere geben. *Ich muss noch viel über Frauen lernen, Natalya, das ist wahr, doch du darfst nie daran zweifeln, dass ich dich will.* Seine Hände glitten über ihren Körper, ganz leicht nur, aber sie spürte es bis in die Zehenspitzen.

Am liebsten hätte sie ihm eine Ohrfeige gegeben. Die Wut stieg einfach in ihr auf wie ein lodernder Feuerball, der durch ihre Adern schoss und sich als leises, warnendes Knurren äußerte, das zwischen ihnen in der Luft vibrierte.

Einen Moment lang war es ganz still. Vikirnoffs Körper bewegte sich fast unmerklich; Muskeln spannten sich an und sein Knie drängte zwischen ihre Beine, sodass sie seine harte Erektion spüren konnte. *War das gerade eine Warnung?*

Falls eine Andeutung von Lachen in seiner Stimme war, konnte Natalya es nicht hören, aber sie fühlte es, als wäre die Vorstellung für ihn ausgesprochen amüsant. Sein Ton war so tief und leise, dass ein Schauer sie überlief. Seine Stimme hatte sich in schwarzen Samt verwandelt, dunkel und bezwingend und mehr als selbstbewusst. Er wusste, dass sie sich zu ihm hingezogen fühlte, dass ihr Körper nach seinem verlangte. Er konnte in ihrem Bewusstsein einen kurzen Blick auf ihre Fantasien erhaschen. Sosehr sie sich auch bemühte, erotische Gedanken zu verdrängen, sie hielten sich hartnäckig und tauchten immer dann auf, wenn sie es am wenigsten erwartete. Die Tigerin in ihr reagierte mit Hitze, Hunger und Verlangen. *Ja, genau.* Ihre Stimme klang herausfordernd. Was konnte er schon tun? Sie war bei ihm in Sicherheit, und sie wusste es.

Weil du glaubst, dass du in Sicherheit bist.

Sie streckte ihr Kinn vor. *Ich weiß es.* Sie ließ ihren Blick unverhohlen über seinen Körper wandern. *Du bist nicht unbedingt in der Verfassung, Kriege zu gewinnen.* Versuchte sie bewusst, ihn zu provozieren? Sie wollte wieder spüren, wie sich sein Mund auf ihren presste und seine Hände über ihren Körper glitten. Für sie war gerade eine ganze Welt zusammengebrochen, und sie wollte zu jemandem gehören, sich nur dieses eine Mal in einem anderen verlieren.

Du solltest deinen Gefährten nie unterschätzen.

Ihre Füße berührten den Boden des Balkons direkt vor ihrem Zimmer im Gasthof, aber Vikirnoff ließ sie nicht los. Seine Arme hielten sie fest, und sein Knie war immer noch zwischen ihre Beine geschoben. Natalya sah sich zwischen seinem Körper und der Wand gefangen. Vikirnoffs Augen glitzerten gefährlich, und sie erkannte das Raubtier in ihm. Sie spürte, wie sie auf seine plötzliche Aggressivität reagierte, fühlte die Hitze, die sich rasend schnell in ihr ausbreitete, ihren Puls, der schneller schlug. Er war so sanft mit ihr umgegangen, dass sie beinahe vergessen hatte, wie gefährlich er sein konnte. Trotz aller Behutsamkeit besaß er immer noch dieselben animalischen Instinkte, dasselbe besitzergreifende und dominante Wesen.

Ihr Herz klopfte, und ihr Körper pulsierte vor Hunger. Vikirnoff konnte jeden ihrer Dämonen vertreiben und durch Lust ersetzen. Er kannte keine Schwäche, und indem sie ihn provozierte, rief sie all seine Raubtierinstinkte wach. Sie wünschte sich, nicht mehr denken zu müssen, alles zu vergessen und nur noch zu fühlen.

Vikirnoff nahm ihr Gesicht in beide Hände und strich mit den Kuppen seiner Daumen über ihre weiche Haut, während er ihr Gesicht betrachtete, die Tränen, die ihr in den Augen standen, die Erschöpfung. Ein kleiner Seufzer entschlüpfte ihr, und seine Züge wurden weicher. »Du hast ein schweres Trauma erlitten, als du die Ereignisse der Vergangenheit mitansehen musstest. Tatsächlich hast du all das selbst gelebt. In dir sind Kummer und Wut, und deine Gefühle sind so durcheinandergeraten, dass du sie nicht mehr voneinander unterscheiden kannst. Eines Tages werde ich deine Herausforderung annehmen, wenn du nicht so verstört bist und ich weiß, dass jede deiner Entscheidungen echt ist und nicht getroffen wurde, weil du verletzlich bist. Ich habe dir schon einmal die Entscheidung abgenommen, als ich uns beide aneinandergebunden habe. Ich werde es kein zweites Mal tun.«

Natalya starrte ihn an. Es schockierte sie, dass sie den Tränen so nah war. Noch nie im Leben hatte sie sich so verwundbar gefühlt. Vikirnoff nahm sie in seine Arme und zog sie an sich, diesmal ohne das kleinste Anzeichen von Aggression. Seine Stärke wirkte tröstlich, als er liebevoll über ihr Haar strich.

»Es tut mir leid wegen deiner Eltern, Natalya. Es ist besonders schlimm, von Familienangehörigen verraten zu werden. Früher glaubte ich, karpatianische Jäger dürften deshalb nichts mehr fühlen, weil sie imstande sein müssen, Freunde und Verwandte zu jagen, die zu Untoten geworden sind.«

Vikirnoff hätte den Tod ihrer Eltern nicht mit ihr zusammen ansehen müssen, aber er hatte sich bewusst dafür entschieden. Er war die ganze Zeit über bei ihr gewesen, hatte diese tragischen Augenblicke mit ihr durchlebt und Zorn und Schmerz mit ihr geteilt. Er hatte an ihrer Seite gekämpft, sie geheilt, sie zum Lachen gebracht und ihr Nähe vermittelt, wenn sie einen Halt gebraucht hatte. Und noch immer schenkte er ihr Trost, obwohl er ernsthaft verwundet war und seine Augen und seine Haut im Morgenlicht brannten.

Sie legte ihre Lippen an seine Brust und richtete sich auf. »Wir müssen reingehen, damit du dich hinlegen kannst.« Sie spürte sein Zögern, und sofort befielen sie düstere Vorahnungen. Beunruhigt hob sie den Blick zu ihm. »Was ist los, Vikirnoff?«

»Meine Verletzungen sind sehr schwer, Natalya. Du bist nach wie vor gezwungen, dich mit der Vergangenheit auseinanderzusetzen und deine Aufgabe, worin sie auch bestehen mag, zu vollenden. Prinz Mikhail und Falcon sind beide verwundet. Hier in der Gegend hält sich ein Meistervampir auf und ich muss wieder ganz zu Kräften kommen. Mir bleibt nichts anderes übrig, als mich unter die Erde zu begeben, um vollständig zu genesen.«

Einen Moment lang herrschte Schweigen. Natalyas Finger schlangen sich fester um sein Haar. Sie konnte nicht atmen, bekam keine Luft mehr. Der Gedanke, von Vikirnoff getrennt zu sein, war beängstigend. Ihre Emotionen wirbelten wild durcheinander, chaotisch und unzusammenhängend, und das so unvermittelt, dass sie es nicht vor Vikirnoff verbergen konnte. »Warum kannst du nicht hierbleiben? Ich kann aufpassen, während du schläfst. Du weißt, dass ich das kann.« War das wirklich Natalya Shonski, die einen Mann bat, bei ihr zu bleiben? Und zwar nicht irgendeinen Mann, sondern einen Jäger, der sie durch irgendeinen uralten Zauber an sich gebunden hatte? Der Gedanke war unerträglich.

Ein Teil von ihr wollte die Bitte zurücknehmen, eine witzige Bemerkung machen und sie beide zum Lachen bringen, aber das Grauen war zu nahe und zu überwältigend. Er würde sie verlassen, und sie würde wieder allein sein.

»Nur Mutter Erde kann diese Wunden heilen, Natalya«, sagte er mit Bedauern in der Stimme.

»He, wir wollen aber nicht vergessen, dass Mutter Erde auch den Trollkönig beherbergt. Was, wenn er beschließt, sich durch die Erde zu deinem Ruheplatz durchzubuddeln, und ich nicht da bin, um mal wieder deinen Hintern zu retten?« Ihre Fingernägel bohrten sich in seinen Arm. Ihre Bemühungen, ihn zu halten, waren wirklich peinlich.

»Ich will dich nicht verlassen, *ainaak enyém*, aber noch kannst du nicht mit mir kommen und unseren verjüngenden Schlaf schlafen.«

»Wie kann ich für immer dein sein, wenn dich der Trollkönig im Schlaf entführt und in seine Höhle schleppt?« Sie würde ihn nicht noch einmal bitten zu bleiben, auf gar keinen Fall! »Ich komme mit und mache es mir auf deinem Ruheplatz bequem.«

Vikirnoff schüttelte den Kopf. »Das geht nicht, und das weißt du auch. Ich liefere dich nicht gern den Qualen aus, die die Trennung von mir, deinem Gefährten des Lebens, mit sich bringt, aber ich habe keine andere Wahl.« Eine Hand legte sich auf ihren Nacken, während er mit dem Daumen zärtlich ihr Kinn streichelte und seinen Kopf noch näher zu ihr beugte.

»He, ich komme auch gut allein klar«, gab Natalya zurück und straffte unwillkürlich die Schultern. Sein Mund war ihrem so nah, dass er eine reine Versuchung darstellte. Vikirnoff begehrte sie, das wusste sie. Sein Körper war hart und erregt. Sein Verlangen verriet sich in jedem Schlag seines Herzens, in seinem angespannten Körper und vor allem in seinen Augen, die wie Diamanten glitzerten, wenn er sie anschaute. Die erotischen Bilder, die sie in seinem Bewusstsein wahrnahm, raubten ihr den Atem. Er war kein zurückhaltender Liebhaber, sondern alles, was die Tigerin in ihr ersehnte und erträumte. Es würde nicht schwer sein, ihn umzustimmen und ihn hier zu halten. Der Gedanke kam wie von selbst, ließ sie aber nicht mehr los. Sie wollte nicht, dass er ging.

Vikirnoff senkte den Kopf, um sie zu küssen. Eine kleine Kostprobe nur, um ihm die Trennung zu erleichtern, ein leichtes Streifen ihrer Lippen, doch seine Willenskraft schmolz dahin, als plötzlich ein Feuersturm durch seine Adern jagte und seine harte Erektion sich schmerzhaft an den Stoff seiner Hose presste. In seinen Ohren rauschte es, und jede Verletzung, die sein Körper erlitten hatte, jeder noch so kleine Schmerz konzentrierte sich auf seine Lenden. Er brauchte Natalya. Er hungerte nach ihr. Er konnte nicht mehr denken, nur noch fühlen, Lust und Schmerz empfinden, die sich vermischten, bis er sie nicht mehr unterscheiden konnte. Bis er wusste, dass diese Frau in seinen Armen ihm gehören musste, ihm trotz ihrer Abwehr schon jetzt gehörte. Niemand sonst, nur Natalya.

Sein Mund presste sich rau und fordernd auf ihren, seine Zähne streiften ihre Unterlippe, und seine Zunge nahm sie hungrig in Besitz. Sie erkannte, dass er die Trennung genauso wenig wollte wie sie selbst und mehr als bereit war, der Versuchung zu erliegen. Obwohl er verwundet war und Schmerzen litt, würde er alles geben, um ihren Körper zu erobern und ein Teil von ihr zu werden. Der Hunger schien unersättlich zu sein, ihr Hunger, seiner –, sie konnte es nicht mehr unterscheiden, wusste nur noch, dass sie ihre Finger in seinem Haar vergrub und den Kopf zurücklehnte, um seinen Kuss noch tiefer aufzunehmen.

Als er sie noch enger an sich zog, stieß ihr Arm an seinen Hals. Vikirnoff verspannte sich, sein Körper erschauerte und war sofort mit winzigen Blutstropfen bedeckt, die ihm wie Schweiß aus der Haut traten. Natalya stieß sich von ihm ab, lehnte sich an die Wand und presste ihren Handrücken an ihre geschwollenen Lippen. »Das ist Wahnsinn! *Du* machst mich wahnsinnig. Geh, Vikirnoff, und zwar sofort! Die Sonne steigt höher, deine Augen brennen, und als Nächstes steht womöglich deine Haut in Flammen.«

Ein schwaches Lächeln spielte um Vikirnoffs Mundwinkel. Es fühlte sich jetzt schon so an, als züngelten Flammen auf seiner Haut, doch Natalya hatte recht. Er war geschwächt und brauchte Blut und heilende Erde. Nur der Umstand, dass er ein Karpatianer vom alten Stamm war und große Erfahrung mit schweren Verletzungen hatte, erlaubte ihm, sich auf den Beinen zu halten. Aber auch seine Kraft hatte Grenzen, und Natalya würde ihn in künftigen Kämpfen brauchen.

»Geh jetzt, Vikirnoff. Ich meine es ernst.«

»Zuerst möchte ich mich vergewissern, dass du hier in Sicherheit bist. Heb die Schutzschilde auf und geh in dein Zimmer.«

Sie konnte nicht mehr klar denken. Ihr Blut kochte, und ihr Körper fühlte sich verspannt an und sehnte sich nach Erfüllung. Sie holte tief Luft und zwang ihren Verstand, wieder wie gewohnt zu funktionieren. Wenn sie sich auf die Schutzschilde konzentrierte und nicht mehr daran dachte, dass Vikirnoff fortging, würde sie bald wieder in Ordnung sein.

Das Zimmer war genauso, wie sie es zurückgelassen hatten. Sie warf ihren Rucksack in eine Ecke und setzte sich auf den kleinen Sessel vor dem Fernseher, für den sie extra bezahlt hatte. Ebenso wie die Wände und das Bett war er mit bunten Stoffdecken behängt, und zwar so großzügig, dass sie kaum den Bildschirm sehen konnte. »Ich komme schon zurecht. Du siehst ja, dass niemand hier ist und auch in unserer Abwesenheit keiner hier drinnen war.«

»Es wird nicht leicht werden. Von einem Gefährten getrennt zu sein, ist extrem problematisch. Ich habe es natürlich noch nicht selbst erlebt, habe aber gehört, dass der Trennungsschmerz überwältigend ist, weil wir ständigen Kontakt zum Bewusstsein des anderen brauchen. Ich werde schlafen und für dich unerreichbar sein.«

»Bilde dir bloß nichts ein, Vik.« Sie verschränkte die Arme über ihrem schmerzenden Magen und brachte ein Lächeln zustande. »Immerhin bin ich ein, zwei Jahrhunderte ohne dich klargekommen. Ich denke, ich kann es schaffen.«

»In dir werden sich Zweifel regen, Natalya. Du wirst befürchten, dass ich tot bin. Du hast gerade erst einen schweren Schock überstanden. Es wird dir schwerfallen, nicht in tiefen Gram zu verfallen.«

Ihre Augenbrauen fuhren hoch. »*Gram?* Nicht nur Gram, sondern noch dazu *tiefer Gram?* Ich denke, ich werde es überleben. Die Sonne geht auf, und du verschwendest Zeit. Geh jetzt, bevor ...« Natalya verstummte. Sie *wollte*, dass er ging.

»Versuch nicht, die Vergangenheit zu erreichen, indem du das Zeremonienmesser anfasst, Natalya«, ermahnte Vikirnoff sie.

»Ich bin bei klarem Verstand und habe es bisher ganz gut geschafft, allein zurechtzukommen«, antwortete sie. »Du willst bloß Zeit schinden.«

»Gib mir dein Wort.«

Allmählich verlor sie die Nerven. »Ich gebe dir mein Wort, aber du sagst mir noch einmal den ersten Satz.«

Jetzt zog er die Augenbrauen hoch. »Den ersten Satz?«

»Des bindenden Zaubers. Ich will, dass du es noch mal in deiner Sprache sagst.« Sie hob ihr Kinn. »Du bist hier nicht der einzige Linguist. Ich spreche mehrere Sprachen und bin sehr gut darin, Sachen zu entschlüsseln.«

»Du bist also immer noch entschlossen, das, was ich getan habe, aufzuheben?«

»Ja.« Sie wusste nicht, inwieweit das noch zutraf, aber zum Teufel mit ihm, er wollte gehen, und schon benahm sie sich völlig untypisch: wie ein quengeliges Kleinkind, das demnächst zu heulen anfangen würde. Erst hatte sie ihn praktisch angefleht zu bleiben, und als das nichts half, versucht, ihn zu verführen. Anscheinend kannte sie keine Scham, wenn es um ihn ging, und das passte ihr ganz und gar nicht.

Seine Augen wurden wieder hart. *»Te avio päläfertiilam.«*

»Das ist nicht so schwer. Wenn Sprachen sich rückläufig entwickeln, werden häufig Wörter ausgelassen, zum Beispiel Verben. Wörtlich müsste es heißen ›du meine mir angetraute Frau‹.« Sie schaute ihn triumphierend an. »Du hast mich buchstäblich geheiratet, dich mit mir vereint, uns nach Art deines Volkes aneinander gebunden.«

»So ist es.«

»Ich bin bereit für den nächsten Satz, es sei denn, du hast

Angst, ich könnte es tatsächlich rückgängig machen«, forderte sie ihn heraus.

Er beugte sich unvermittelt vor und stützte seine Hände neben ihrem Kopf an die Wand, als wollte er sie gefangen halten. »Es wäre für mich ohne Bedeutung. Du bist die Gefährtin meines Lebens, *ainaak enyém*, für immer mein, und mehr gibt es dazu nicht zu sagen. Ich gebe nicht her, was mir gehört. Brüte ruhig über einer Möglichkeit, wie du die rituellen Worte aufheben kannst. Vielleicht hilft es dir, dich abzulenken und die nächsten Tage und Nächte ohne mich leichter zu überstehen.« Er küsste sie hart und fordernd, als wollte er ihr sein Zeichen aufprägen und sie daran erinnern, dass sie tatsächlich ihm gehörte – und es funktionierte.

Natalya konnte ihre Reaktion auf ihn nicht unterdrücken. Ihre Lippen teilten sich und erwiderten seinen Kuss mit derselben fiebrigen Leidenschaft. Schließlich löste sich Vikirnoff von ihr und hob den Kopf, ohne aber den Blick von ihr zu wenden. »Du gehörst mir. Dein Körper lügt nicht, Natalya.«

»Ach, geh schon!« Sie schubste ihn. »Ich gehöre nur mir, egal, was du sagst ...« Sie brach abrupt ab und starrte ihn an. »Die nächsten Tage und Nächte? Was soll das heißen? Du kommst heute Abend nicht zurück?« Furcht war das erste Gefühl, das sich bemerkbar machte, dicht gefolgt von Zorn. Wieder stieß sie mit den Händen nach ihm. »Du hast mir das angetan! Du hast dafür gesorgt, dass ich abhängig von dir bin, aber ich weigere mich, weigere mich *absolut*, auch nur eine Sekunde meiner Zeit damit zu verschwenden, dir nachzuweinen, wenn du dich einfach aus dem Staub machst. Wie kannst du uns aneinander binden und jetzt verschwinden? Mach, dass du wegkommst, Vikirnoff, und keine Sorge, ich werde schon nicht daran kaputtgehen. Kein bisschen.« Versuchte sie schon wieder, ihn anzustacheln? Ihn zu provozieren? Sie konnte nicht klar denken, solange es in ihrem Kopf derartig drunter und drüber ging.

»Ich kann dich mitnehmen, Natalya. Wir haben schon zweimal Blut getauscht. Es wäre mir ein Vergnügen, es noch einmal zu tun.« Verführung schwang in seiner Stimme mit. Vielleicht auch so etwas wie eine Drohung oder eine Warnung.

Natalya studierte sein Gesicht. Er schaffte es nur mit Müh und Not, nicht die Selbstbeherrschung zu verlieren. Zu viele Gefühle waren im Spiel, stürmische Leidenschaften, die einander gegenseitig aufpeitschten und immer wieder aufeinanderprallten. Natalya holte tief Luft und trat vom Rand des Abgrunds zurück, in den sie beinahe gestürzt wäre. »Tut mir leid, Vikirnoff. Ich bin ziemlich erledigt. Danke für alles, was du für mich getan hast. Es sieht im Moment nicht danach aus, aber ich weiß deine Hilfe wirklich zu schätzen.«

Er legte seine Lippen an ihre Stirn. »*Èntölam kuulua, avio päläfertiilam*«, sagte er leise. »Viel Glück, *kislàny*«, fügte er mit einem leichten Grinsen hinzu.

Natalya machte ein gespielt empörtes Gesicht. »Ich hoffe, du hast mich nicht schon wieder Kleinchen genannt.« Ein Kloß steckte in ihrer Kehle, aber sie zwang sich, Vikirnoffs Blick standzuhalten. Sie würde ihn gehen lassen und wenn es sein musste, nie zurückschauen. Sie war kein kleines Mädchen, sondern eine erwachsene Frau mit eigenem Verstand und eigenen Gefühlen und einer ganzen Portion Willenskraft. »Nur zu, mach dich ruhig über mich lustig. Dir wird das Grinsen schon vergehen, wenn ich ein Mittel finde, um unseren Bund zu lösen.«

»Stell deine stärksten Schutzschilde auf, Natalya. Was auch passiert, ich komme wieder. Ich möchte, dass du immer daran denkst. Ich komme zu dir zurück.«

Er richtete sich auf, und sie registrierte, dass er dabei leicht zusammenzuckte. Frisches Blut färbte sein Hemd. Beschämt, weil sie ihn aufhielt, scheuchte Natalya ihn mit einer Handbewegung weg. »Geh schon! Ich werde zwei Tage schlafen. Das sollte dir genug Zeit geben, wieder gesund zu werden, Superman.« Es schien unmöglich, aber an ihrem Körper verheilten kleinere Wunden fast sofort, und Vikirnoff war reinblütiger Karpatianer.

Er stieß die Balkontür auf. Die Morgensonne stieg schnell. Licht ergoss sich über ihn und das Zimmer. »Vergiss die Schutzschilde nicht, Natalya.«

»Bestimmt nicht.«

Vikirnoff trat in die sengende Sonne hinaus, zögerte und drehte sich wieder um. Er hasste es, Natalya jetzt allein zu lassen. Es bereitete ihm Schmerzen, scharfe, stechende Schmerzen, die trotz der Tatsache, dass er Natalya wiedersehen würde, nicht vergehen wollten. Sie war nicht die Einzige, die unter der Trennung litt. Er war zu viele Jahrhunderte allein gewesen, und der Gedanke, nicht bei ihr zu sein, sie nicht beschützen oder im Arm halten zu können, wenn sie verstört war, belastete ihn mehr, als er sich eingestehen mochte. Sie war ihm unter die Haut gekrochen und hatte sich in sein Herz gestohlen, auch wenn sie tollkühn und schnippisch und ziemlich respektlos war.

Er wusste immer noch nicht, was er von ihr halten sollte. Sie glich in nichts der Frau, die er sich als Gefährtin ausgemalt hatte. In seiner Vorstellung waren alle Frauen sanft, gütig und friedfertig. Wieder drehte er sich zu ihr um. Sie wirkte klein und verletzlich, ganz und gar nicht wie die wilde Tigerin draußen auf dem Schlachtfeld. Ihre Knie waren hochgezogen, und sie hatte ihr Kinn daraufgelegt und ihre Arme eng um ihre Beine geschlungen. Sie sah sehr verloren und allein aus. Vikirnoffs Herzschlag geriet ins Stocken. Mit einem Fluch drehte er sich zu ihr um und schloss energisch die Tür. »Wir brauchen die schwere Decke.«

»Was machst du denn da?« Natalya starrte unverwandt auf sein Gesicht. Sie hätte es bis in alle Ewigkeit anschauen können. In seine Züge hatten sich Linien eingegraben, die nicht da sein sollten, aber es war ein markantes Gesicht, schön, männlich, mit festen, klaren Konturen. Ihr Herz schlug bei seinen Worten schneller.

»Ich bleibe.«

Natalya holte tief Luft und ließ sie langsam wieder heraus, ehe sie zu ihm ging und seine Hand nahm. »Nein, du bleibst nicht. Es reicht, dass du meinetwegen bleiben möchtest.«

»Nicht deinetwegen, Natalya«, sagte er. »Meinetwegen.«

»Wo wirst du sein? Verrate mir den Ort! Zeig es mir, dann mache ich mir keine Sorgen.«

Er legte seine Hand an ihren Hinterkopf und zog sie an sich, um sie lange und leidenschaftlich zu küssen. Ihr Mund, der genauso hungrig war wie seiner, versengte ihn, und ihr Körper schmiegte sich an seinen, als er seine Hände an ihrem Rücken hinuntergleiten ließ und ihren Unterleib an seine harte Erektion presste. Er sehnte sich verzweifelt nach ihr und wünschte, er müsste sie nie wieder loslassen. Sie waren beide seelisch aufgewühlt, nicht nur von den Emotionen, die ihre Begegnung mit der Vergangenheit hatte aufkommen lassen, sondern auch durch die Neuartigkeit ihrer Gefühle. Er wollte nicht nur tief in sie eindringen und für immer dort bleiben, er wollte sie in alle Ewigkeit in seinen Armen halten. Mit ihr verschmelzen, ihren Duft einatmen, ihre Haut an seiner fühlen. Sein Verlangen war so stark und intensiv, dass es ihn bis ins Mark erschütterte.

Natalya liebte seinen Mund, liebte es, wie er roch und wie er schmeckte; sie liebte einfach alles an ihm, vor allem, wie er sie küsste, als könnte er sie verschlingen und würde doch nie genug bekommen. Sie hätte ihn bis in alle Ewigkeit küssen können, aber die Sonne stieg immer höher, und Vikirnoff spürte jetzt schon die Auswirkungen. Bald würde es zu spät sein, um noch eine Entscheidung zu treffen. Vielleicht hatte Vikirnoff genau das im Hinterkopf, doch Natalya wollte ihm nicht erlauben, seine Stärke und seine Energie zu opfern. Sie löste sich von ihm.

»Geh jetzt. Zeig mir, wo du dich ausruhen willst, und geh. Es ist am besten für uns beide, und das weißt du. Ich verdoppele meine Schutzschilde und warte auf dich.« Sie wusste, dass er diese Zusicherung brauchte, und schaute ihm nicht nur in die Augen, sondern öffnete ihm ihr Bewusstsein, damit er sehen konnte, dass es ihr ernst war.

Er zeigte ihr die Höhle mit der schweren, mineralhaltigen Erde, an die er sich aus seiner Kindheit erinnerte. Es war einer seiner Lieblingsplätze gewesen, wenn auch ziemlich abgelegen. Ihr die Koordinaten mitzuteilen, war nicht schwer. Dann nahm er ihr Gesicht in beide Hände und legte seine Stirn an ihre. »Lass nicht zu, dass dir etwas passiert.«

»Pass du lieber auf dich selbst auf und vergiss den Trollkönig nicht. Er ist gruselig. Ich bin echt sauer auf dich, wenn du dir auch nur einen Kratzer holst.« Sie streichelte seine Wange. Als sie merkte, dass ihre Hand zitterte, schob sie sie rasch hinter ihren Rücken. »Geh jetzt bitte, Vikirnoff. Tu es für mich.« Denn wenn er nicht sofort ging, würde sie anfangen zu weinen, und dann würde er bleiben, und sie würde ein schlechtes Gewissen haben und wütend auf sich selbst sein. »Bitte. Für mich.«

Vikirnoff drehte sich abrupt um und schwang sich in die Lüfte, indem er die Gestalt eines Vogels annahm, ohne sich darum zu kümmern, dass die Umwandlung an seinen Wunden riss und Blutstropfen vom Himmel regnen ließ. *Mikhail. Ich brauche dich.* Er sandte die Botschaft eindringlich und fordernd.

Ich bin hier.

Ich muss unter der Erde ruhen, damit meine Wunden heilen.

Ich habe deine Wunden gespürt. Ich werde deiner Gefährtin Hilfe schicken. Die Geschwister von Traians Gefährtin sind hier. Sie werden dafür sorgen, dass Natalya die Trennung übersteht. Sag ihr Bescheid, dass die beiden kommen.

Als Vikirnoff die Information an Natalya weitergab, glaubte

er, ein gereiztes Knurren zu hören. *Ich brauche keinen Babysitter.*

Trotzdem. Vikirnoff, der keine Lust hatte, mit ihr zu streiten, brach die Verbindung ab. Jede Auseinandersetzung wäre zwecklos, da er trotz ihrer Einwände entschlossen war, ihr Hilfe zu schicken. Sie sollte nicht allein sein. Natalya befand sich in der irrigen Annahme, dass es sich bei den rituellen Worten um einen bindenden Zauber handelte. Sowohl Karpatianer als auch Magier, also all jene, die Macht über die Elemente hatten, gebrauchten häufig das, was andere für Magie hielten, aber die rituellen Worte der Bindung gingen wesentlich tiefer. Das bindende Ritual wurde männlichen Karpatianern noch vor ihrer Geburt eingeprägt und sicherte den Bestand ihrer Spezies.

Er ertappte sich bei einem Lächeln. Wenn es ihr half, die Stunden ihrer Trennung zu überstehen, indem sie versuchte, die Bindung zwischen ihnen aufzuheben, würde er seine verletzten Gefühle ignorieren und sich freuen, dass sie sich damit ablenken konnte.

Mikhail, hier in der Gegend sind sehr viele Vampire. Ich glaube, sie wollen dich vernichten. Du musst sehr vorsichtig sein.

Wir werden schon seit einiger Zeit belagert, antwortete Mikhail. *Traian wurde von einem Meistervampir angegriffen. Er hat nicht erkannt, wer es war, aber es war ohne Zweifel einer vom alten Stamm mit sehr viel Macht. Traian blieb nichts anderes übrig, als uns zu verlassen. Der Vampir hat sein Blut getrunken und so eine Verbindung zwischen ihnen hergestellt. Traian fürchtete, er könnte als Spion gegen sein eigenes Volk benutzt werden. Er ist mit seiner Gefährtin aufgebrochen, um sich mit dem Rest ihrer Familie zu treffen.*

Wer ist noch da, um dich zu beschützen? Vikirnoff unterdrückte die Unruhe, die sich in ihm regte. Maxim schien absolut überzeugt gewesen zu sein, den Prinzen der Karpatianer vernichten zu können. Er hatte gesagt, dass Mikhail ohne Schutz wäre. Wo waren all die anderen? Ihr Volk war nicht groß und überall auf der Welt verstreut, aber sicher wurde der Prinz gut bewacht.

Falcon lebt in der Nähe, und Manolito ist aus Südamerika zurückgekehrt. Du bist ebenfalls hier. Wie auch immer, ich bin durchaus imstande, mich selbst zu schützen.

Vikirnoff schwieg und dachte über die Worte des Prinzen nach, während er zu der alten Höhle flog. *Ich glaube, es gibt ein sorgfältig ausgeklügeltes Komplott gegen dich. Wie kommt es, dass alle Jäger weg sind?*

Mein Bruder und Gregori waren in den Vereinigten Staaten. Byron ist in Italien, und ich glaube, Tienn und Eric sind mit ihren Gefährtinnen unterwegs. Gregori und Jacques sind auf dem Rückweg, aber sie reisen langsam, weil Shea schwanger ist. Gabriel ist nicht weit. Sollte die Lage kritisch werden, können sie alle schnell hier sein.

Vikirnoff gefiel das Ganze nicht. Die Lage war bereits kritisch. Sehr kritisch. *Entschuldige, aber vielleicht bist du zu sorglos. Ich war mit Rafael in den Staaten, und dort sind wir auf Maxims Bruder gestoßen. Wir mussten beide gegen ihn antreten, um ihn zu töten, und Rafael hätte dabei fast sein Leben verloren. Sie sind sehr mächtig geworden, Mikhail, und sie haben eigenartige Waffen gegen uns entwickelt. Die Vampire schließen sich zusammen, und sie wollen dich umbringen. Maxim hat mir mitgeteilt, dass das ihr Ziel ist. Wenn sie hier genügend Truppen gesammelt haben, könnten wir Ärger bekommen. Du hast gesagt, dass Falcon verwundet ist. Du bist verletzt und ich bin es auch. Wir kennen nicht das Ausmaß der Armee, die sie gegen uns führen wollen. Du bist gewohnt, gegen Neulinge unter den Vampiren und solche mit geringeren Kenntnissen zu kämpfen. Du bist noch nie gegen einen vom alten Stamm mit viel Macht angetreten. Da einige unserer erfahrensten Jäger wie Traian und*

Falcon verwundet sind, sollten wir vielleicht herausfinden, was vorgeht.

Vikirnoff war nie sehr gesprächig gewesen. Ihm waren Taten lieber als Worte, und er hatte nicht die Absicht gehabt, auf Konfrontationskurs mit seinem Prinzen zu gehen, bevor er ihm persönlich gegenübertrat, aber das hier war schon ihre zweite Auseinandersetzung. Der Prinz war für den Erhalt ihres Volkes absolut unverzichtbar. Es war möglich, dass seine Tochter Savannah die notwendigen Gene hatte, um das Überleben ihrer ganzen Spezies zu sichern, doch Vikirnoff war nicht bereit, das Leben des Prinzen aufs Spiel zu setzen, um das herauszufinden.

Dichte Ranken und etliche Felsbrocken verbargen den Eingang der Höhle, die er suchte. Die Stelle sah aus, als wäre sie in all den Jahrhunderten unberührt geblieben. Die Öffnung befand sich in einem schmalen Felsspalt und war sehr eng. Vikirnoff und sein Bruder Nicolae hatten den Eingang als Kinder entdeckt. Magma beheizte tief im Inneren den schmalen Gang sowie die Höhlen und Quellen. Die Kammern waren reich an Mineralien, und die Brüder hatten die Erde oft nach Hause gebracht, um sie den Heilern zu geben.

Danke für diese Information, Vikirnoff. Ich werde gründlich darüber nachdenken. Mach dir keine Sorgen um deine Gefährtin. Meine Freunde werden sie beschützen.

Vikirnoff verkniff sich ein abfälliges Schnauben. Es wäre unhöflich dem Prinzen gegenüber gewesen, aber in Wirklichkeit würde niemand seine Gefährtin beschützen. Wenn Schutz gebraucht wurde, würde Natalya ihn geben, ganz gleich, wie niedergeschlagen sie wegen der Trennung von ihrem Gefährten sein mochte. Bei diesem Gedanken erfüllte ihn Stolz. Stolz und Respekt. Natalya mochte nicht die Frau sein, von der er geträumt hatte, aber sie war ungewöhnlich und zuverlässig. Durch und durch zuverlässig.

Tief im Inneren der Höhle öffnete er die heilende Erde. Er war völlig erschöpft und brauchte dringend Nahrung, doch er hatte zu lange gewartet, und mittlerweile stand die Sonne zu hoch am Himmel. Vikirnoff ließ sich in die Wärme der satten Erde gleiten und von ihren lindernden Eigenschaften umfangen. *Alles in Ordnung bei dir?* Er musste einfach mit ihr sprechen, musste wissen, dass sie gesund und unversehrt war.

Ja. Was ist mit dir? Du klingst erschöpft. Warum liegst du noch nicht in der Erde?

Ich hatte ein Gespräch mit dem Prinzen.

Kurzes Schweigen. *Du hast ihm gesagt, was er tun soll, stimmt's?*

Wie kommst du denn darauf?

Ich kenne dich eben. Takt und Diplomatie sind nicht unbedingt deine starken Seiten.

Die Erde begann sich schon rings um ihn und über ihm zu schließen, als er leise lachte. Der Klang seines Lachens hallte in Natalyas Bewusstsein wider.

Kapitel 11

Ich mag dein Lachen, Razvan, aber es wird dir nicht helfen, an die Formel heranzukommen. Warum hast du nicht gelernt?«

»Hab ich doch.« Razvan grinste seine Schwester an, wobei ihm wie immer sein Haar über die Augen fiel.

Natalya wusste, dass ihr Bruder überzeugt war, alle Mädchen müssten ihn mit dieser Haartolle unwiderstehlich finden. Sie war der Meinung, dass er eher so aussah, als hätte er einen Haarschnitt nötig, verkniff sich diese Bemerkung aber.

»Bloß die Formeln und Beschwörungen nicht. Du weißt, dass ich sie für archaisch halte. Was soll das Ganze? Niemand glaubt an Magie, und ich habe nicht deine Begabung. Außerdem verrätst du es mir irgendwann ja doch, also stell dich nicht so an.«

Natalya stemmte ihre Hände in die Hüften. Natürlich würde sie es ihm sagen, wie immer, aber so leicht würde sie sich nicht geschlagen geben. »Was kriege ich dafür?«

»Du sollst es mir sagen, weil du mich anbetest«, erinnerte ihr Zwillingsbruder sie.

»Tut mir leid, mit meiner Schwärmerei für dich war es vorbei, als mir aufging, dass die ganze Lernerei an mir hängenbleibt. Schutzschilde sind wichtig, Razvan. Was ist, wenn ich gerade nicht in der Nähe bin und du Schutz brauchst?«

»Ich kann dich immer geistig erreichen, Natalya.« Er umarmte sie. »Ist doch sinnlos, wenn wir beide dasselbe lernen. Wir teilen alle Informationen.«

»Aber die Formeln merkst du dir nicht«, widersprach Natalya. Das Lächeln auf ihrem Gesicht verblasste. »Und das bereitet mir Sorgen, Razvan. Was passiert, wenn du Schutzschilde brauchst und mich nicht erreichen kannst? Du beschützt mich

ständig, und das Einzige, was ich dir dafür geben kann, ist mein Wissen, und das nimmst du nicht ernst.«

»Glaub mir, Natalya, ich nehme es sehr ernst«, entgegnete Razvan. Er fuhr ihr liebevoll durchs Haar. »Du bist viel klüger als ich, und vielleicht nutze ich das aus, indem ich nicht so viel lerne, wie ich sollte, doch glaub nicht, ich wüsste nicht, wie sehr du mir hilfst. Ich bin stolz auf dich.«

»Hat er dir wieder wehgetan oder haben die Schutzschilde diesmal gehalten?« Natalya senkte ihre Stimme und schaute sich vorsichtig um. Ein Schatten senkte sich über sie. Razvans Arm glitt von ihren Schultern, und auf einmal war er ein ganzes Stück von ihr entfernt. Er schien zu verblassen, und Natalya streckte eine Hand nach ihm aus, aber sie konnte ihn nicht erreichen und ließ ihren Arm wieder sinken.

»Er war sehr zornig. Ich glaube, du bist stärker als er. Wenn du weiter so hart arbeitest und lernst, kann er nicht mehr an uns heran. Vielleicht lässt seine Macht nach, ich weiß es nicht, doch es macht mir Sorgen, dass du in Gefahr sein könntest. Es gefällt ihm nicht, dass er dich nicht kontrollieren kann. Solange er mir nichts anhaben kann, kommt er nicht an dich heran.«

Einen Moment lang schimmerten Streifen auf Natalyas Haaren und Haut, und ihre Augen erstrahlten in einem matten Glanz. »Er konnte die Schutzschilde überwinden und dich verletzen, oder? Um mich dafür zu bestrafen, dass ich nicht zu ihm komme, wenn er mich ruft.«

»Zeig mir die neue Beschwörungsformel. Zeig mir, was du jetzt benutzt.«

Razvan entglitt ihr, und Natalya konnte ihn nicht halten. Kummer überwältigte sie, aber nicht um ihren Bruder, sondern um Vikirnoff, und das Verlangen, mit ihm in Berührung zu kommen, nur um zu wissen, dass er am Leben und in Sicherheit war, wurde überwältigend. Sie sehnte sich so sehr nach ihm. Sie versuchte ihn zu erreichen, doch er war nicht da …

nur ein tiefer schwarzer Abgrund, in den sie hineinzutaumeln schien.

»Natalya! Die Schutzschilde!« Razvans Stimme klang verzweifelt.

»Ich habe dir doch gesagt, dass du sie brauchst.« Sie war abgelenkt. Sie brauchte Vikirnoff. Wo war er? Warum antwortete er nicht auf ihren Ruf? War er tot?

»Nein! Ich bin tot. Du hast mir keinen Schutz gegeben und die Jäger haben mich getötet. Warum hilfst du mir nicht, Natalya? Ich brauche Schutz ...«

Natalya schrak hoch. In ihrem Kopf hämmerte es laut, und sie schaute sich verwirrt um, um sich daran zu erinnern, wo sie war und was sie gerade tat. Vergangenheit und Gegenwart schienen in ihren Träumen immer gewaltsam aufeinanderzuprallen, und das war sehr verwirrend. Sie kauerte mit angezogenen Knien auf dem Fußboden und wiegte sich hin und her. Tränen strömten über ihr Gesicht. Der Fernseher lief, aber sie hatte keine Ahnung, was sie sich angeschaut hatte. Sie konnte sich nicht erinnern, einen Traum von ihrer Kindheit heraufbeschworen zu haben, doch genau das musste sie getan haben, ehe sie von ihrer Erschöpfung übermannt worden war. Während sie leise über ihren Mangel an Disziplin fluchte, zwang sie sich, ihren Blick durchs Zimmer wandern zu lassen. Sie war von Feinden umzingelt und hätte wachsam bleiben müssen und nicht einschlafen dürfen.

Natalya rieb sich ihren Knöchel und betrachtete die schweren Vorhänge vor den Fenstern. Ihre Augen und ihre Haut brannten, deshalb konnte sie davon ausgehen, dass die Sonne noch nicht untergegangen war. Sie versuchte, sich auf den Fernseher zu konzentrieren, aber sie schien nicht klar denken zu können. Sie liebte alte Filme mit billigen Spezialeffekten wirklich und hatte einen Kanal gefunden, auf dem welche gesendet wurden, doch ihre Gedanken kehrten immer wieder zu Vikirnoff zurück. Und das machte sie schlicht und einfach wütend.

Mit einem kleinen Seufzer gab sie es auf, schaltete den Apparat aus und versetzte dem zerwühlten Bett einen Tritt. Es war heute noch nicht gemacht worden und wies deutliche Spuren von Vikirnoffs Anwesenheit auf. Natalya hielt sich das Kissen, das seinen Duft verströmte, an ihre Nase und atmete tief ein, bevor sie es an sich drückte. »Zum Teufel mit dir, Vikirnoff von Shrieder!« Es tat ihr gut, ihn laut zu verwünschen.

Normalerweise wirkten Träume von ihrer Kindheit mit Razvan beruhigend auf sie, aber heute lauerten Kummer und Schmerz dicht unter der Oberfläche, schlugen wie mit Pranken nach ihr aus und drohten, sie zu ersticken. Nicht Kummer um ihren Zwillingsbruder, den sie vor langer Zeit verloren hatte, sondern um einen Mann, den sie gerade erst kennengelernt hatte. Aber sie kannte ihn. Sie war in seinem Bewusstsein gewesen und wusste, was für eine Art Mann er war. Ihre Seele hatte seine Seele berührt. *Wo war er, wenn sie ihn so verzweifelt brauchte?*

»Ich will verdammt sein, wenn ich mich von deinem blöden bindenden Ritual fertigmachen lasse.« Er war am Leben. Sie wusste, dass er am Leben war. Und obwohl sie in den letzten Stunden Hunderte Male versucht hatte, ihn zu erreichen, und nur auf eine dunkle Leere gestoßen war, würde sie nichts von dieser Gewissheit abbringen. Vikirnoff schlief einfach den heilenden Schlaf seiner Art. Sie wusste, worum es sich dabei handelte, und hatte in einer ihrer häufigen Anwandlungen hektischer Informationssuche sogar die heilenden Eigenschaften unterschiedlicher Erdarten untersucht, um die langen, leeren Stunden ihres Lebens auszufüllen.

»Vielleicht muss ich zu deiner Höhle gehen und daran arbeiten, die Bindung zwischen uns zu lösen, während ich darauf warte, dass du wieder aufwachst. Es gefällt mir nämlich gar nicht, wie es mir momentan geht.« Die Leere schien sie bei lebendigem Leib aufzufressen. »*Èntölam kuulua, avio päläfertiilam.* Ich kann das knacken. So schwer ist es nicht.« Sie presste beide Hände auf ihren schmerzenden Magen.

Ein leises Klopfen an der Tür schreckte sie auf. Natalya fuhr herum und sah sich panisch nach ihren Waffen um. Schon lagen sie in ihren Händen. War es so weit mit ihr gekommen, dass sie unachtsam wurde? Vampire waren vielleicht nicht in der Lage, bei Tageslicht anzugreifen, aber sie waren Meister darin, Menschen zu versklaven und wie Marionetten zu lenken. Und dieser Brent Barstow trieb sich immer noch in der Gegend herum. Sein scheinbar harmloses Auftreten konnte sie nicht täuschen. Der Mann führte nichts Gutes im Schilde, und dadurch gehörte er in Natalyas Augen in dieselbe Kategorie wie Vampire.

»Wer ist da?« Sie stand rechts von der Tür, die entsicherte Pistole in der Hand, den Finger am Abzug. Die Schutzschilde sollten halten, aber sie hielt es für besser, auf alles vorbereitet zu sein. Die Tigerin in ihr erwachte und stattete Natalya mit ihrem unvergleichlichen Geruchssinn aus. Ein Mann und eine Frau, kein Schweiß als Anzeichen von Furcht oder Gefahr, doch Natalya blieb dennoch auf der Hut.

»Jubal und Gabrielle Sanders, Ma'am. Ihr Gefährte hat uns zu Ihrem Schutz hierher geschickt.«

Natalya lehnte sich an die Wand und machte ihrem Zorn mit einem lang gezogenen Zischen Luft. *Es war idiotisch, die beiden hierher zu schicken, Vikirnoff. Du weißt verdammt gut, dass ich versuchen werde, auf sie aufzupassen, nicht umgekehrt.* Er konnte sie nicht hören, aber es bereitete ihr trotzdem Genugtuung, es auszusprechen. »Schönen Dank, doch ich habe Vikirnoff gesagt, dass ich keinen Babysitter brauche. Der Mann bildet sich nämlich ein, er würde mir fehlen.«

»Ma'am, wir können nicht gut hier draußen im Flur stehen

und uns durch die Tür unterhalten.« Kurzes Schweigen folgte. »Okay, können wir schon, aber es würde irgendwann Aufmerksamkeit erregen.«

»Sie könnten einfach wieder gehen«, schlug Natalya hoffnungsvoll vor.

»Wir haben unseren Befehl vom Prinzen, Ma'am. Wir können nicht gehen.«

»Wenn Sie mich noch einmal Ma'am nennen, erschieße ich Sie womöglich einfach durch die Tür«, warnte Natalya. Sie seufzte. »Einen Moment.« Es dauerte einige Minuten, die Sicherheitsbarrieren vor der Tür zu entfernen. Natalya trat zur Seite und zielte mit ihrer Pistole genau auf die Tür. »Herein!«

Der Mann kam zuerst herein. Er war groß und kräftig gebaut, mit breiten Schultern und dunklem, welligem Haar. Er grinste sie an, hob beide Hände und trat beiseite, um die Frau hereinzulassen. Natalya fiel auf, dass er sich zwischen ihre Pistole und seine Begleiterin stellte. »Das ist meine Schwester Gabrielle. Ich bin Jubal Sanders. Wir sind so etwas wie angeheiratete menschliche Verwandte von Traian.«

Gabrielle schloss die Tür und schob den Riegel vor. »Slavica, die Wirtin, und ihr Mann können für uns bürgen. Slavica und ihre Tochter helfen uns manchmal, auf die Kinder von Sara und Falcon aufzupassen. Die Kinder sind Menschen, deshalb können sie nicht unter der Erde ruhen und brauchen bei Tageslicht Betreuung.«

»Slavica braucht nicht für Sie zu bürgen, ich kann Ihre Gedanken lesen.« Das war eine glatte Lüge. Die Geschwister hatten sehr starke geistige Barrieren, Schutzschilde, bei deren Errichtung Falcon oder der Prinz geholfen hatten, wie Natalya vermutete.

Jubals Grinsen vertiefte sich, als wüsste er, dass sie schwindelte. »Erschießen Sie uns jetzt, oder was? Ich komme mir allmählich wie in einem dieser Gangster-Filme vor.«

»Ich überlege noch«, sagte Natalya. »Ich habe heute noch niemanden getötet, und das soll nicht zur Gewohnheit werden. Ich muss in Übung bleiben.«

»Verraten Sie uns zumindest, wer Sie sind, bevor Sie mich abknallen«, meinte Jubal und sah sich im Zimmer um. Seine Augenbrauen fuhren hoch.

Natalya folgte seinem Blick zu den versengten Stellen an Wänden, Decke und Fußboden und den rußgeschwärzten Pappstücken, die überall herumlagen. »Natalya Shonski.« Sie sicherte ihre Pistole und zeigte auf die Sessel. »Danke, dass Sie gekommen sind, doch mir geht es bestens. Ich breche nicht so schnell zusammen.« Langsam, aber sicher entwickelte sie sich zu einer erstklassigen Lügnerin. Sie fühlte sich innerlich wie zerrissen von Schmerzen, und in ihre Kehle schien sich ein Loch zu brennen. Natalya zwang sich zu einem Lächeln. »Vik neigt dazu, sich wegen nichts und wieder nichts Sorgen zu machen.«

Gabrielle sah sich im Zimmer um, wobei sie sich bemühte, die verbrannten Stellen zu ignorieren und stattdessen die farbenfrohen Wandbehänge zu betrachten. »Als wir das erste Mal hier waren, sind wir auch in diesem Gasthaus abgestiegen. In unserem Zimmer lagen sehr schöne handgewebte Teppiche, alle in Erdtönen. Dieser Raum hier ist sehr rot.«

»Ja, nicht wahr? Ich wollte den Fernseher und das Badezimmer, deshalb war mir die Farbgebung egal«, erklärte Natalya. »Es ist mir wirklich unangenehm, dass ich euch solche Umstände mache.«

Jubal zuckte mit den Schultern. »Sie sind lange nicht so schlimm wie die Kinder. Sara hat einen ganzen Haufen davon, und die Gören schaffen mich einfach. Okay, die Frage muss leider gestellt werden. Tut mir leid, wenn es unhöflich wirkt, aber was haben Sie hier drinnen angestellt?«

Natalya versuchte, ein unschuldiges Gesicht zu machen. »Ich habe keine Ahnung, wovon Sie reden.«

»Hier sieht es aus, als wären Sie der schlimmste Raucher der Welt und hätten sämtliche Kippen brennen lassen, bevor Sie eingeschlafen sind. Oder Sie sind eine heimliche Pyromanin und müssen uns auf jeden Fall erschießen, weil wir hinter ihr düsteres Geheimnis gekommen sind. Also, welche Version stimmt?«

Natalya schnitt ein Gesicht. »Ich habe nicht geraucht, sondern an einem Projekt gearbeitet.« Sie zuckte die Schultern, als er sie weiter unverwandt anstarrte. »Ich habe experimentiert. Ich musste mir einen Flammenwerfer basteln, da ich leider keinen besitze. Und ich musste sehen, wie nah ich ans Ziel rankommen muss, um ihn wirkungsvoll einzusetzen.«

Jubal und Gabrielle wechselten einen langen, ungläubigen Blick. Gabrielle räusperte sich. »Sie haben in diesem Zimmer mit einem Flammenwerfer geübt?«

Natalya warf einen Blick auf die geschwärzten Stellen. »Na ja, schon. Aber ich war vorsichtig. Ich habe Pappe und alte Kleider und anderen Kram verbrannt. Und ich hatte Wasser parat, um das Feuer sofort löschen zu können, falls es größer als vorgesehen werden sollte.«

»Sie haben hier im Zimmer Sachen abgefackelt?«, wiederholte Jubal.

Natalya starrte ihn finster an. »Stellen Sie sich bloß nicht so an! Ich habe experimentiert und nicht etwa versucht, das Haus in Brand zu stecken. Glauben Sie, ich kann einfach ins nächste Geschäft gehen und einen Flammenwerfer kaufen? So leicht sind die Dinger nicht zu haben.«

Jubal räusperte sich. »Und warum diese fixe Idee eines Flammenwerfers?«

»Vik har mir erzählt, dass man das Herz eines Vampirs verbrennen muss, um ihn endgültig zu töten. Ich habe diesen Freddie zwanzig Mal umgebracht, aber er wollte einfach nicht sterben, sondern tauchte immer wieder auf. Es war ziemlich lästig und fast schon gruselig, und als ich es erwähnte, meinte Vik, ich bräuchte einen Flammenwerfer. Na ja…« Sie zögerte. »Eigentlich hat er gesagt, dass man das Herz eines Vampirs in Brand setzen muss, und weil ich nicht einfach Blitze oder Feuerbälle schleudern kann, blieb mir nichts anderes übrig, als das hier zu probieren.«

Jubal, der sichtlich verstört war, fuhr sich mit einer Hand durchs Haar. »Mal sehen, ob ich das richtig verstanden habe. Sie haben Ihre eigene Version eines Flammenwerfers erfunden?«

»Was zum Teufel erwarten Sie von mir? Ich kann schließlich nicht in den Dorfladen gehen und mir einen bei den Sonderangeboten aussuchen. Eine Dose Haarspray und ein Feuerzeug tun's auch, obwohl ich sehr viel näher ans Ziel herangehen muss, als mir lieb ist. Die gute Nachricht ist, dass er leicht und handlich ist.«

»Haben Sie eine Ahnung, wie gefährlich das ist?«, wollte Jubal wissen.

»Eigentlich hat es Spaß gemacht.«

Gabrielle musste über den Gesichtsausdruck ihres Bruders lachen. »Spitze, Natalya! Meine Schwester Joie und Sie werden sich glänzend verstehen.«

»Ermutige sie nicht noch, Gabrielle«, ermahnte Jubal seine Schwester. »Was sagt denn … äh, Vik dazu?«

Natalya zog die Augenbrauen hoch. »Vik sagt überhaupt nichts, weil es ihn nichts angeht, wie ich Vampire außer Gefecht setze.« Sie zuckte nachlässig die Schultern. »Ich nehme alles, was funktioniert. Er hat seine Methoden, mit den Untoten fertigzuwerden, und ich meine.«

»Und Sie finden es nicht ziemlich schräg, dass Sie in Ihrem Hotelzimmer Sachen verbrennen?«, fragte Jubal.

»Das Verbrennen ist ein Nebenprodukt der Tests. Ich habe Entfernungen ausgetestet. Übrigens, man kann den Abzug nicht nach unten halten, weil sonst die Flamme zur Dose zurückkommt und die Dose in die Luft jagt.«

»Es überrascht mich, dass Sie nicht die Fensterscheiben in die Luft gejagt haben.«

Natalya warf ihm einen kühlen Blick zu. »Ich beherrsche mein Metier sehr gut. Ich jage nur Sachen in die Luft, die ich in die Luft jagen will.« Ihr fiel auf, dass ihre Konzentration wieder nachließ und sie kaum imstande war, ein Gespräch zu führen. Sie kehrte ihren Besuchern den Rücken. Ihre Krallen schienen bedrohlich dicht unter der Haut zu lauern, und sie bog ein paar Mal ihre Finger durch, um den ziehenden Schmerz zu lindern.

Das Bedürfnis, Vikirnoff zu erreichen, war so stark, dass es sie erschütterte. Ihr Herz klopfte laut, und ihr brach am ganzen Körper Schweiß aus. Er war nicht tot. Er schlief, mehr nicht. Und wenn er aufwachte, würde sie ihn umbringen, ihn ganz langsam erwürgen, weil er schuld daran war, dass sie durch diese Hölle gehen musste.

»Jagen Sie häufig etwas in die Luft?«

»Jubal!«, rief Gabrielle.

»Ich bin bloß neugierig. Sie ist genauso wie Joie. Also wirklich, ich bin ständig mit Frauen zusammen, die sich einbilden, sie könnten es mit King Kong aufnehmen.«

Ein zögerndes Lächeln stahl sich auf Natalyas Gesicht. »Den Film liebe ich.«

»Was haben Sie sich denn gerade angeschaut?« Er zeigte auf den Fernseher.

»Ich kann mich nicht erinnern.« Natalya wusste es tatsächlich nicht mehr. Sie liebte die köstlichen alten Fernsehserien und B-Filme mit ihren antiquierten Spezialeffekten. Egal, in welcher Sprache sie gezeigt wurden, sie boten immer Unterhaltung, doch jetzt konnte sie sich an keinen der Streifen erinnern, die sie sich den ganzen Tag angeschaut hatte. »Aber *King Kong* war es nicht.«

Sie konnte nicht mit wildfremden Leuten Small Talk machen.

Natalya hatte gelernt, freundlich aufzutreten und niemals etwas von sich preiszugeben, aber irgendwie hatte sich ihr Leben verändert. Und wenn sie so durcheinander war wie gerade jetzt – was vor Vikirnoff nie passiert war! –, versuchte die Tigerin in ihr, die Oberhand zu gewinnen, um sie zu beschützen, und das hieß, dass Jubal und Gabrielle Sanders möglicherweise in Gefahr waren.

Ohne Vikirnoff fühlte Natalya sich leer. Sie schlang ihre Finger ineinander, ließ sich an der Wand hinuntergleiten und kauerte sich mitten in ihr Waffenarsenal. Sie hatte keine Angst vor den Geschwistern; auf so engem Raum würde die Tigerin kurzen Prozess mit den beiden machen, aber sie fühlte sich verwundbar. Noch nie in ihrem Leben hatte sie sich so verletzlich und hilflos gefühlt. *Zum Teufel mit Vikirnoff und sämtlichen Karpatianern!*

»Natalya.« Gabrielles graue Augen waren voller Mitgefühl. »Raven Dubrinsky hat mir erzählt, dass Mikhail sich einmal vor vielen Jahren ohne sie in die Erde zurückziehen musste. Er war verwundet, und sie war damals noch nicht umgewandelt, das heißt, voll und ganz Karpatianerin geworden. Sie sagte, es sei eine der schwierigsten Phasen ihres Lebens gewesen, und sie wollte, dass ich Ihnen versichere, wie gern sie jetzt bei Ihnen wäre, wenn sie nur könnte.«

»Wie schwer sind die Verletzungen des Prinzen?«, fragte Natalya, vor allem, um sich irgendwie abzulenken und nicht ununterbrochen an Vikirnoff zu denken. Wenn eine der Begleiterscheinungen der Verbindung mit einem Karpatianer eine derartig starke Abhängigkeit von einem Mann war, dann würde sie sich umso mehr anstrengen, eine Möglichkeit zu finden, diese Bindung zu lösen. Es machte sie nicht nur fix und fertig – der Gedanke, ohne Vikirnoff keine zwei Tage durchhalten zu können, war noch dazu demütigend. Sie hatte die ganze Welt bereist, und zwar allein. Fast ihr ganzes Leben war sie allein gewesen. Sie brauchte keinen Mann!

»Ziemlich schlimm, glaube ich. Ich habe Mikhail nicht gesehen, doch Raven war sehr verstört. Er wurde in eine Falle gelockt«, berichtete Jubal. »Er und Falcon sind zweimal von mehreren Vampiren angegriffen worden. Ich glaube, die Vampire arbeiten mit einer Zermürbungstaktik, indem sie die Karpatianer immer wieder verwunden und versuchen, sie durch den Blutverlust zu schwächen, statt sie direkt zu töten.«

»Vikirnoff glaubt, dass die Vampire ein Bündnis geschlossen haben, um den Prinzen zu töten. Maxim – das ist der Meistervampir – hat zu Vik gesagt, sie würden Mikhail töten und damit die ganze Rasse zum Untergang verurteilen.« Natalya trommelte mit den Fingern auf den Boden. »Ist das wahr?«

»Ich bin noch nicht so lange hier«, antwortete Gabrielle, »doch Gary hat mir erzählt, Prinz Mikhail sei eine Art Bindeglied zwischen allen Karpatianern.«

»Gary?«, wiederholte Natalya.

»Gary Jansen ist einer von diesen Spinnern, die alles können, alles wissen und so reden, dass kein Mensch sie verstehen kann«, sagte Jubal und grinste seine Schwester an.

»Ist er nicht.« Gabrielle warf ein Stück Stanniolpapier nach ihrem Bruder. »Er ist der netteste Mann, den es gibt. Und sogar Shea glaubt, dass Gary echte Chancen hat, herauszufinden, warum Karpatianerinnen so oft Fehlgeburten haben.« Sie lächelte Natalya an. »Er ist brillant.«

»Brillant, aber ein Spinner«, fügte Jubal hinzu.

Gabrielle schnitt eine Grimasse.

Auf einmal fühlte Natalya sich sehr allcin. Wic oft hatte sie mit Razvan gescherzt und herumgealbert. Die Nähe zwischen den Sanders-Geschwistern machte ihr bewusst, wie viel sie verloren hatte. »Ich hatte früher einen Bruder.« Sie lehnte ihren Kopf an die Wand. »Wir waren Zwillinge. Er sah sehr gut aus, Gabrielle, genau wie Ihr Bruder. Und er war ein richtiger Herzensbrecher. Ständig waren Frauen hinter ihm her – und er genoss es.«

»Jubal mag Frauen auch, bloß seine Schwestern nicht«, meinte Gabrielle.

»Ich mag meine Schwestern, vor allem, wenn sie zur Abwechslung mal still sind. Und du musst zugeben, dass ihr alle beide verrückt seid.« Jubal grinste Natalya an. »Genau wie Sie. Haben Sie Ihren Bruder auch ständig auf die Palme gebracht?«

Natalya überlegte. »Wahrscheinlich. Ja. Ich kann mich nur an Teile meiner Kindheit erinnern, und wir mussten uns trennen, als wir älter waren. Danach trafen wir uns nachts in unseren Träumen und tauschten Informationen aus.«

Gabrielle runzelte die Stirn. »Warum konntet ihr nicht zusammenbleiben? Wir leben alle unser eigenes Leben, doch wir sehen einander sehr oft.«

Natalya bemühte sich, die verschütteten Erinnerungen zutage zu fördern. Immer häufiger sah sie ihre Vergangenheit in kurzen Rückblenden und versuchte, die Einzelteile zusammenzusetzen. »Es war für uns nicht sicher, zusammenzubleiben, deshalb gingen wir getrennte Wege. Er wusste nicht, dass wir im Traum miteinander kommunizieren konnten.«

»Ihr Bruder wusste es nicht? Ich kann nicht ganz folgen«, sagte Jubal.

Natalya schüttelte den Kopf. »Nein, nicht mein Bruder.« Sie runzelte die Stirn. »Ein Mann. Ich glaube, dass es vielleicht mein Großvater war. Wie auch immer, Razvan und ich mussten uns notgedrungen trennen. Er hatte sich verändert. Er wünschte sich Kinder. Das war ihm sehr wichtig, noch wichtiger, als eine Frau zu haben. Er war mit einer Frau in Kalifornien zusammen, und ich fand später heraus, dass sie ein Kind hatten, eine Tochter. Sie ist inzwischen natürlich erwachsen. Er hatte auch eine Frau in Texas und eine in Frankreich.« Bevor einer der beiden sich dazu äußern konnte, blickte sie auf. »Nicht gleichzeitig. Er war rastlos und hielt es nie für längere Zeit mit einer Person oder an einem Ort aus. Ich habe keine Ahnung, ob er noch mehr Kinder hatte. Er hat es mir nie erzählt, aber da er sich so sehr nach einem Kind sehnte, würde es mich nicht wundern. Er wurde getötet, bevor er seine Tochter in Kalifornien auch nur sehen konnte. Sie wusste nicht einmal, wer er war.«

»Das tut mir leid, Natalya. Es muss schrecklich für Sie gewesen sein, ihn zu verlieren. Ich frage mich, warum er Kinder wollte, wenn er nie an einem Ort bleiben konnte. Für Kinder wäre es sehr schwierig gewesen, einen Vater zu haben, der sie immer wieder verlässt«, wandte Gabrielle ein.

»Sind Ihre Eltern noch am Leben?«, fragte Natalya.

»O ja«, antwortete Jubal grinsend. »Sie sind sogar noch sehr lebendig. Ich wette, sie machen Joie und Traian im Moment ganz schön die Hölle heiß, weil sie mit ihrer Hochzeit nicht gewartet haben, bis auch unsere Eltern dabei sein konnten. Mom wird ganz schön sauer sein, was, Gabrielle?«

»Gelinde gesagt. Traian steht eine ganz nette Überraschung bevor, schätze ich. Ich wünschte, ich könnte zu Hause sein und Mäuschen spielen.«

Natalya gefiel der lockere Umgangston zwischen den Geschwistern. Es war nicht zu übersehen, wie sehr sie aneinander hingen, und das weckte in ihr erneut die Sehnsucht nach einer Familie. Obwohl sie sich Razvan sehr nahe fühlte, konnte sie nie richtig mit ihm zusammen sein. Ihre Umarmungen fanden nur im Traum statt, nicht im wirklichen Leben. Sie hatten lange Jahre in Angst vor dem dunklen Schatten verbracht, der ständig im Hintergrund lauerte. Razvan hatte freiwillig einen Großteil dieser Last auf sich genommen, um Natalya zu befreien, aber sie war allein gewesen.

»Sie sehen so traurig aus«, bemerkte Gabrielle.

»Ich vermisse meinen Bruder.« Natalya rieb sich das Kinn an ihrem Knie. »Und diesen Klotzkopf Vik.« Sie war es gewöhnt, ohne Razvan auszukommen, aber Vikirnoff hatte es irgendwie geschafft, sich in ihr Herz zu stehlen, und schien sich von dort nicht mehr vertreiben zu lassen.

Gabrielle wechselte einen belustigten Blick mit ihrem Bruder. Sie hatten beide genug Zeit mit karpatianischen Männern verbracht, um die Vorstellung, dass einer von ihnen als Klotzkopf bezeichnet oder kurz und bündig »Vik« genannt wurde, als komisch zu empfinden. »Sie sind wirklich böse auf ihn, nicht wahr?«, bemerkte Gabrielle. »Joie klingt genauso, wenn sie Traian mal wieder am liebsten erwürgen würde.«

»Wenn er so ähnlich wie Vikirnoff ist, hat er wahrscheinlich nichts anderes verdient. Vik ist immer so ernst. Und ständig muss er einen herumkommandieren. Er kann nicht einfach freundlich bitten – nein, er muss aus allem einen Befehl machen. Als wären wir noch in der Steinzeit! Sie wissen schon, was ich meine. Der große Höhlenmensch, der sich auf die Brust schlägt.«

»Er sieht es wohl nicht gern, dass Sie gegen Vampire kämpfen?«, warf Jubal ein.

Natalya verdrehte die Augen. »Das ist noch milde ausgedrückt. Ich weiß immerhin, wann es besser ist, wegzulaufen und ein anderes Mal weiterzukämpfen, aber er will immer gleich die Last der ganzen Welt auf seine Schultern laden.«

Ein träges Grinsen breitete sich auf Jubals Gesicht aus. »Das ist gut. Schade, dass Gary nicht hier ist, um das zu erleben. Er liebt es, das Zusammenspiel zwischen karpatianischen Männern und ihren Frauen zu beobachten.«

»Und wo ist dieser Gary?«, fragte Natalya. Am liebsten hätte sie geweint oder Wände und Fußboden mit den Fingernägeln zerkratzt, doch sie würde nicht vor Fremden die Beherrschung verlieren.

»Gary ist zurzeit in den Staaten, aber er kommt bald zurück«, antwortete Gabrielle.

Natalya war allmählich der Verzweiflung nahe. Es kostete sie immer mehr Mühe, sich auf die Unterhaltung zu konzentrieren. »Kämpft er auch gegen Vampire?«

»Ja, aber auf seine Weise, nicht mit körperlichem Einsatz«, sagte Jubal. »Das Syndikat« – er runzelte die Stirn – »davon haben Sie schon gehört, oder? Menschen, die sich der Aufgabe widmen, sämtliche Vampire zu vernichten, doch sie können anscheinend nicht den Unterschied zwischen einem Vampir und einem Karpatianer erkennen. Wie auch immer, diese Leute hassen Gary. Er steht ganz oben auf ihrer Abschussliste.«

»Kämpfen Sie gegen Vampire?«, erkundigte sich Natalya neugierig.

Jubal breitete seine Hände aus. »Ich bin nicht besonders gut darin, aber ich lerne dazu. Bis vor Kurzem wusste ich nicht einmal, dass es Vampire gibt.«

»Benutzen Sie einen Flammenwerfer?«, wollte Natalya wissen. »Haben Sie einen? Wenn ich an einen Vergaser-Reiniger herankäme, könnte ich etwas viel Wirkungsvolleres zusammenbasteln als mit Haarspray.«

»Flammenwerfer scheinen eine fixe Idee von Ihnen zu sein.«

»Mussten Sie vielleicht schon einen Vampir an die hundert Mal umbringen, bis er endlich wirklich hinüber ist?« Natalya bog wieder ihre Finger durch. Ihre Muskeln begannen sich schmerzhaft zusammenzuziehen.

Jubal fiel auf, dass Natalyas Augen die Farbe veränderten und das schöne Meergrün zu einem seltsam milchigen Grau wurde. Ihr rotbraunes Haar verdunkelte sich zu tiefem Schwarz, in dem sich eigenartige Streifen abzeichneten. Er stieß Gabrielle mit dem Fuß an. Sie nickte. Auch sie hatte die Anzeichen wachsender Unruhe an Natalya bemerkt und spürte die bedrohliche Atmosphäre im Zimmer.

»Da die meisten Einheimischen Pferdefuhrwerke benutzen, stehen die Chancen, einen guten Vorrat an Vergaser-Reinigern zu bekommen, gleich null«, sagte Jubal.

»Schöner Mist.« Natalya stieß einen kleinen Seufzer aus. »Aber ich habe Slavica vorhin gebeten, mir ein paar Dosen Haarspray zu besorgen. Damit sollte ich eigentlich auskommen.«

»Hat Vikirnoff Ihre Erfindung schon gesehen?«, erkundigte sich Jubal.

Natalya warf ihm einen finsteren Blick zu. »Machen Sie sich ruhig über mich lustig, aber wenn Sie sich einen Kampf mit den Untoten liefern und diese Biester siebenunddreißig Mal, nachdem Sie sie umgenietet haben, wieder aufstehen, werden Ihnen eine Dose Haarspray und ein Feuerzeug wie eine ziemlich gute Idee vorkommen.«

Er stöhnte. »Das könnte leider stimmen. Am liebsten würde ich mit diesen Wesen nichts zu tun haben. Ehrlich gesagt, würde ich am liebsten gar nichts über sie wissen.«

Natalya lächelte müde. »Geht mir genauso.«

»Natalya«, sagte Gabrielle, »Sie reiben sich ständig Ihren Knöchel. Sind Sie verletzt? Ich könnte mir das mal anschauen. Ich habe eine gute medizinische Ausbildung und kann Ihnen vielleicht helfen.«

Natalya warf einen Blick auf ihren Knöchel. Sie hatte nicht einmal gemerkt, dass sie ihn rieb. Schnell zog sie ihr Bein enger an sich. »Leider können wir es nicht vollständig kurieren. Ich weiß nicht, wie gefährlich es für Sie wäre, die Stelle anzufassen.«

»Ich habe schon mit sehr aggressiven Virenstämmen zu tun gehabt, Natalya«, versicherte Gabrielle. »Warum machen Sie sich Sorgen, dass es für mich gefährlich sein könnte?« Sie kauerte sich neben Natalya auf den Boden und schob vorsichtig eine Pistole und ein sehr scharfes Messer beiseite. »Lassen Sie mich mal sehen.«

»Im Grunde ist es eine Eintrittswunde. Mein Knöchel ist zuerst bis auf den Knöchel durchbissen worden, und dann ist das passiert. Vikirnoff meint, dass dadurch Parasiten in meinen

Blutkreislauf eindringen konnten.« Natalya zog ihr Hosenbein hoch und zeigte Gabrielle und Jubal, was von dem Handabdruck auf ihrem Bein übrig geblieben war. »Vikirnoff hat so viele von diesen Mikroorganismen entfernt, wie er konnte, aber alles ließ sich nicht beseitigen. Es tut weh.«

Gabrielle studierte den Abdruck eingehend. »Es sieht aus wie …«

»Haut«, sagte Natalya. »Geklonte Haut. Es scheint ungefähr ein Fünfzigstel Zentimeter dick zu sein und hat sich wie ein Transplantat mit der Haut des Wirtes, also mit meinem Knöchel und Unterschenkel, verbunden.«

»Normalerweise dauert es fünf Tage, bis ein Implantat vollständig verwächst«, erklärte Gabrielle.

»Das ist ja das Ungewöhnliche daran. Meine Blutgefäße auf dem darunterliegenden Hautgewebe sind extrem schnell mit dem Handabdruck zusammengewachsen.« Sie sah Gabrielle an. »Deshalb konnte Vikirnoff es nicht entfernen. Es ist zu meiner Haut geworden, atmet, transpiriert, erfüllt alle Funktionen einer Haut. Es ist ein Teil von mir.«

»Warum stößt Ihr Körper es nicht ab?« Gabrielle beugte sich vor, um die befallene Stelle näher zu begutachten.

»Sie haben sicher schon eine Vermutung.«

»Ihnen ist Knochenmark entnommen worden, als Ihr Knöchel punktiert wurde. Man hat Ihre eigenen Stammzellen benutzt, nicht wahr?«, fragte Gabrielle. »Eine Abstoßung durch ein starkes Immunsystem wird verhindert, weil jedes vom Wirt geklonte Material genau dem genetischen Code des Wirtes entspricht.«

Jubal hielt eine Hand hoch. »Moment mal! Was willst du damit sagen? Jemand hat sie attackiert und ihr Stammzellen entnommen, um ihre Haut zu klonen? Ich dachte, dafür könnte man nur Stammzellen von Embryonen verwenden.«

»Nein.« Gabrielle schüttelte den Kopf, ließ aber Natalya nicht aus den Augen. »Die jüngsten Forschungen haben ergeben, dass die Stammzellen von Erwachsenen genauso gut funktionieren, und die beste Quelle für Stammzellen ist natürlich Knochenmark.«

»Das ist doch völlig abwegig! Warum sollte jemand das tun wollen? Nur um Sie zu brandmarken? Das kann ich mir bei einer so aufwendigen Technik einfach nicht vorstellen«, wandte Jubal ein.

»Es ist meine Technik.« Natalyas Stimme war sehr leise.

»Wie bitte?«, fragte Jubal.

»Es war meine Idee, mein Experiment. An mich wurden ständig Herausforderungen gestellt, der Anspruch, durch eine Kombination von Wissenschaft und anderen Fähigkeiten, die ich besitze, Leistungen zu erbringen. Ich musste eine Methode entwickeln, Mikroorganismen in einen Wirt zu injizieren, ohne dass die Parasiten entdeckt oder abgestoßen wurden.« Sie starrte auf ihre Hände. »Das ist mein Werk. Die Vampire können Personen kennzeichnen und durch die Parasiten aufspüren.«

»Wie werden die Mikroorganismen in den Körper injiziert?«, wollte Jubal wissen.

»Durch die Hand, obwohl ich nichts so Dramatisches wie einen Handabdruck inszeniert hatte. Es funktioniert nach dem gleichen Prinzip wie ein Mückenstich.« Natalya lehnte den Kopf an die Wand und wischte sich die kleinen Schweißperlen weg, die ihr auf der Stirn standen. Sie hatte es in dem Moment gewusst, als Vikirnoff ihr erklärt hatte, was in ihrem Bein vorging. Ihre eigenen Forschungsarbeiten waren gegen sie verwendet worden. »Die Parasiten werden in den Wirt injiziert. Aber das ist nicht alles. Ich habe nicht einfach damit experimentiert, wie man Parasiten unentdeckt in einen Körper schmuggeln kann, ich habe diese Parasiten als Waffen benutzt. Ich war in der Lage, die Parasiten mit hochgefährlichen Chemikalien zu versetzen und diese Stoffe auf diese Weise unentdeckt in einen Wirt gelangen zu lassen.«

Jubal sah Gabrielle an. »Ist das möglich?«

Gabrielle nickte. »Ja, natürlich. Die Forschungen über Stammzellen und Implantate sowie das Verbinden von bestimmten Chemikalien mit Mikroorganismen ist sehr fortgeschritten. Ja, so etwas lässt sich machen.«

»Wie konnten die Vampire an meine Forschungsergebnisse herankommen?« Natalya stellte die Frage laut. Sie hatte keine Ahnung, warum sie ihre Erkenntnisse Vikirnoff nicht gestanden hatte, wenn sie es zwei wildfremden Leuten anvertrauen konnte. Aber irgendwie war es ihr bei den beiden viel leichter gefallen.

Einen Moment lang herrschte Schweigen. Gabrielle seufzte leise. »Wo haben Sie Ihre Forschungen betrieben, Natalya, und warum habe ich noch nie von Ihnen gehört? Das ist ein Gebiet, für das ich mich sehr interessiere, und ich halte mich immer auf dem Laufenden.«

Natalya zögerte. Wieder wiegte sich ihr Körper hin und her, ohne dass sie sich dessen bewusst war, und als es ihr auffiel, schlang sie sofort beide Arme fest um ihre Knie, um sich in den Griff zu bekommen.

»Ich kann mich an viele Dinge aus meiner Vergangenheit nicht erinnern. Es gibt große Lücken. Doch ich liebe Wissen, und wenn man mich vor eine große Herausforderung stellte, konnte ich nicht widerstehen.« Vor allem, wenn es darum ging, dass Razvan nichts zustoßen würde. Wie sollte sie ihr Leben erklären? Nicht einmal für sie selbst ergab es einen Sinn, und mit ihren Gedächtnislücken konnte sie sich das alles unmöglich zusammenreimen.

»Wer wusste über Ihre Forschungen Bescheid?«

»Das weiß ich nicht.«

Wieder herrschte Schweigen. Natalya sah den Argwohn in den Augen der Geschwister und konnte es ihnen nicht verübeln. »Offensichtlich jemand, der mich an die Vampire verraten hat. Was bedeutet, dass jemand, den ich kenne, mit ihnen unter einer Decke steckt.« Ihr Großvater. Es musste Xavier sein. Sie konnte sich nicht erinnern, dass er die Experimente befohlen hätte, aber aus ihren Träumen wusste sie, dass Razvan sie beschützte und sie ihrerseits versuchte, ihn zu beschützen. Nicht einmal nach ihrem Zugriff auf die Kristallkugel wusste sie, wie Xavier aussah. Und das war wirklich beängstigend.

Sie rieb sich mit den Händen die Arme, um sich zu wärmen. »Friert ihr nicht? Ist es hier drinnen nicht kalt?« Ihr war so kalt, dass sie am ganzen Leib zitterte. Der Tiger erhob sich, um sie zu schützen und zu verhindern, dass sie zu sehr in Panik geriet, und sah sich nach einem Ziel um.

Natalya bohrte ihre Finger in den Boden und riss mit den Nägeln an den Holzdielen, bevor sie sich zurückhalten konnte. Wieder hätte sie am liebsten geweint oder irgendetwas zerfetzt, bis der wilde Schmerz in ihrem Inneren für immer verschwunden war. Er war scharf und furchtbar und setzte ein, wenn sie es am wenigsten erwartete. Sogar die Tigerin weinte, erfüllt von einer hoffnungslosen Einsamkeit, die sie von innen aufzuessen schien. Das Holz löste sich in langen, schmalen Streifen vom Boden. Entsetzt starrte Natalya die dünnen Splitter an.

»Vielleicht solltet ihr lieber gehen. Ich weiß nicht, ob ihr hier bei mir sicher seid. Ich mache gerade eine sehr schwierige Zeit durch.« Sie schluckte den Kloß in ihrer Kehle hinunter, der sie zu ersticken drohte. »Diese Sache mit den Gefährten fürs Leben ist sehr unangenehm.«

Jubal nickte. »Das habe ich auch schon gehört. Aber Vikirnoff schläft jetzt wirklich, um seine Wunden zu heilen. Er ist nicht tot.«

»Vom Verstand her weiß ich das. Und obwohl ich im Moment nicht einmal besonders gut auf ihn zu sprechen bin, scheine ich seine Nähe unbedingt zu brauchen. Er hat ein paar Worte gesprochen wie eine Beschwörung, und ich konnte sofort merken, dass sich etwas verändert hatte. Selbst wenn man wie ich nicht an so etwas glaubt, funktioniert das Ritual der Bindung. Ich arbeite daran, die Wirkung aufzuheben.«

Gabrielle zog die Augenbrauen hoch. »Glauben Sie, dass das überhaupt möglich ist? Ich dachte, Gefährten des Lebens wollen zusammen sein. Sie wollen doch bei Vikirnoff sein, oder?«

Natalya öffnete den Mund, um es hitzig zu leugnen. Natürlich wollte sie nicht mit ihm zusammen sein, genauso wenig, wie er mit ihr zusammen sein wollte. Das Ganze war nur reine Chemie, mehr nicht. Vielleicht Lust. Sie liebte es, ihn zu küssen. Aber ihr Leben mit ihm verbringen? Bis in alle Ewigkeit? Wollte sie das? Mit einem Mann, der sich eine Frau wie June Cleaver wünschte?

Ihre Sorgen um Vikirnoff lenkten sie so sehr ab, dass sie beinahe die Schritte überhört hätte, die sich ihrer Tür näherten. Natalya bedeutete den anderen mit einer Handbewegung, sich still zu verhalten, und zog ihre Pistole näher zu sich heran. Jubal nahm das Messer.

Jemand klopfte zaghaft an die Tür. »Natalya? Hier ist Slavica mit deiner abendlichen heißen Schokolade.«

Keine Dosen mit Haarspray. Heiße Schokolade. Natalya hatte nie darum gebeten, abends heiße Schokolade aufs Zimmer zu bekommen. Sie bedeutete Gabrielle, ins Badezimmer zu gehen, und Jubal, links von der Tür Stellung zu beziehen. Sie selbst stellte sich rechts neben die Tür, die Pistole in der Hand. Jede Spur von Unruhe war verschwunden.

Kapitel 12

»Komm bitte rein, Slavica!«, rief Natalya. »Kannst du die Tür öffnen?«

»Ja, ich habe meinen Schlüssel dabei.« Auch das war ungewöhnlich. Slavica würde nie unaufgefordert das Zimmer eines Gastes betreten, deshalb trug sie nie einen der Zimmerschlüssel bei sich.

Natalya atmete ein. Brent Barstow. Sie hatte die ganze Zeit gewusst, dass er kein gewöhnlicher Gast war. Er war zu wachsam, und er hatte einmal ohne ihre Erlaubnis ihr Zimmer aufgesucht, was nur bedeuten konnte, dass er entweder ein widerlicher Perverser war oder nichts Gutes im Schilde führte.

Der Schlüssel drehte sich im Schloss, und Slavica stieß die Tür auf. Schwere Vorhänge hingen vor Fenstern und Türen, und die Nacht brach herein. Natalya wusste, dass es ein, zwei Momente dauern würde, ehe sich Slavicas Augen von dem hell erleuchteten Flur auf die Dunkelheit in ihrem Zimmer umstellten. Slavica trat mit einem Tablett, auf dem ein dampfender Becher stand, ein. Ihre Augen waren blutunterlaufen, und auf ihrer Wange zeichnete sich eine schwache Verfärbung ab. Zorn stieg in Natalya auf, und sie bändigte die Tigerin, bevor sie sich erheben und Vergeltung üben konnte.

Direkt hinter Slavica folgte Brent Barstow, den Lauf seiner Pistole dicht an ihren Nacken gepresst. Natalya warf blitzschnell die Tür zu und drückte ihre Pistole an seinen Hals. »Hör zu, Mann, ich habe einen echt miesen Tag hinter mir. Du willst gar nicht wissen, wie mies. Und noch dazu macht sich bei mir das gute alte prämenstruelle Syndrom bemerkbar. Das ist einfach nicht gut, weißt du? Ich schätze mal, dein Leben bedeutet dir mehr, als mir das Leben eines Wildfremden bedeutet. Was meinst du?«

»Sie werden nicht abdrücken«, sagte Brent.

»Ich will aber abdrücken. Du hast die Wirtin bedroht, es ist also nicht so, dass ich besonders viel Ärger bekommen würde. Sieh dich mal in meinem Zimmer um, Schätzchen. Schaut es hier so aus, als wäre ich ganz bei Trost?« Sie rammte den Lauf der Pistole in seinen Hals. »Bin ich nämlich nicht. Ganz bei Trost, meine ich. Ich jage gern Sachen in die Luft.«

»Ich habe die Familie Ihrer Freundin unten und wenn mir irgendetwas zustößt, sind sie alle tot.«

»Umso mehr Grund für dich, deinen Hintern zu retten und das Problem da unten zu lösen.«

Brent senkte seine Waffe, und Jubal zog Slavica rasch hinter sich.

»Sie haben Mirko mehrmals auf den Kopf geschlagen. Sie wollten mir nicht erlauben, dass ich mich um ihn kümmere. Und sie haben Angelina.« Slavica stellte das Tablett ab und presste ihre bebenden Finger an ihren Mund. »Unten sind drei von ihnen.«

Natalya hieb Brent mit dem Pistolenlauf so fest auf den Hinterkopf, dass er taumelte. »Das ist dafür, dass du so ein Arsch bist. Du hast ein kleines Mädchen gekidnappt? Ich schwöre dir, wenn hier irgendwo Vampire herumstreunen, biete ich dich ihnen zum Abendessen an.«

»Bring ihn nicht um, Natalya«, sagte Jubal. »Wir müssen wissen, was er hier treibt.«

Gabrielle steckte ihren Kopf aus der Badezimmertür. »Ich erinnere mich von unserem letzten Aufenthalt hier an ihn, Jubal. Er hing an der Theke herum. Als er uns hereinkommen sah, machte er ein komisches Gesicht, und deshalb fiel er mir überhaupt auf.«

»Ihr steckt also mit den Vampiren unter einer Decke«, bemerkte Brent, dessen Züge von fanatischem Hass glühten.

»Tut mir leid, Kumpel, da hast du was nicht mitgekriegt. Ich töte Vampire, ansonsten habe ich nichts mit ihnen zu tun. Abartige kleine Teufel sind das und verdammt schwer umzubringen. Man muss die richtige Technik anwenden …«

»Fangen Sie jetzt bloß nicht mit Flammenwerfern an, Natalya«, warnte Jubal sie. »Sie sind ja geradezu besessen von den Dingern.«

»Das ist unmöglich. Wir haben Sie schon vor langer Zeit als Vampir eingestuft.«

»Mannnomann, mit deinen Informationen stimmt einiges nicht. Sehr helle bist du wohl nicht, was?«, fragte Natalya.

»Pass auf, Natalya«, ermahnte Jubal sie. Natalya zitterte wieder, und ihm fiel auf, dass sich ihre Finger zu Krallen bogen. »Hol erst mal tief Luft. Ich kann nicht zulassen, dass du ihn erschießt, ehe wir mehr Informationen aus ihm rausgeholt haben.« Er zwinkerte ihr zu, als er Brent am Kragen packte und in einen Sessel schubste. »Sie haben sich das falsche Zimmer ausgesucht. Sie hat hier drinnen ein ganzes Waffenarsenal, und sie weiß damit umzugehen. Warum haben Sie Slavicas Familie ins Visier genommen?«

Natalya hörte nur mit halbem Ohr zu. Sie konzentrierte sich darauf, an Brent Barstows Bewusstsein heranzukommen, indem sie nach Art der Tigerin seine Witterung aufnahm. Er stank nach Fanatismus. *Vikirnoff! Wach auf!* Sie setzte alle ihre telepathischen Kräfte ein, um ihn zu erreichen. *Kann es noch schlimmer kommen? Erst muss ich mich mit Vampiren und dem Trollkönig herumschlagen und jetzt noch mit diesem gemeingefährlichen Irren, der kleine Mädchen kidnappt und Wirtinnen bedroht. Ich würde dich ja gern in deinem kuscheligen kleinen Bett lassen, damit du deinen Schönheitsschlaf bekommst, aber du hast diese Leute als Babysitter hergeschickt, und jetzt sind sie alle in Gefahr. Setz gefälligst deinen Hintern in Bewegung und hilf mir!*

Mit angehaltenem Atem wartete sie auf irgendeine Reaktion von ihm, ein Anzeichen, dass er gesund und am Leben war. Sie brauchte ein Zeichen von ihm, auch wenn er bloß gähnte und wieder einschlief.

Plötzlich spürte sie ihn. Er sagte nichts, doch seine Nähe war fühlbar. Und dann begann sich seine Wärme in ihrem kalten Körper auszubreiten. Sie spürte, wie er auf ihre Erinnerungen und Gedanken zurückgriff, um zu erfahren, was inzwischen passiert war, während er sich wie ein großes Raubtier streckte, das seine Krallen ausfährt und seine Muskeln dehnt. Genau dieses Bild stand ihr vor Augen. Erleichterung durchströmte sie. Nicht einfach Erleichterung. *Ungeheure* Erleichterung, dicht gefolgt von Zorn. Während sie leiden musste, hatte er seelenruhig geschlafen, ohne auch nur einen einzigen Gedanken an sie zu verschwenden.

Ich freue mich über die liebevolle Begrüßung, ainaak enyém, *und es tut gut zu wissen, dass du keine Möglichkeit gefunden hast, uns voneinander zu trennen. Was hast du inzwischen so gemacht?*

Die Welt gerettet, während du geschlafen hast, was glaubst du denn?

Ich empfange einen deutlichen Eindruck von Feuer. Immer wieder. Brennende Kleidungsstücke und Rauchschwaden in deinem Zimmer, sodass du kurze Zeit die Fenster und die Balkontür öffnen musstest. In seiner Stimme schwang unverkennbar ein Tadel mit.

Versuche, dich auf das Wesentliche zu konzentrieren. Dieser Idiot hier glaubt, dass ich ein Vampir bin, und er und seine drei Pappkameraden haben Slavicas Familie in ihrer Gewalt.

Du sprichst wie meistens in Rätseln. Ich bin gleich bei euch. Steck nicht das Wirtshaus in Brand, während du auf mich wartest.

Wer hat etwas von warten gesagt? Ich lasse das Kind da unten nicht im Stich. Slavica ist völlig fertig, und ich fühle mich gewissermaßen verantwortlich. Und das solltest du auch. Wenn ich durch deine Anwesenheit nicht so von der Rolle gewesen wäre, hätte ich den Anschlag gewittert und irgendwie verhindert.

Aha. Einen Moment lang herrschte Schweigen. *Jetzt verstehe ich.*

Was verstehst du? Sein milder Ton machte sie misstrauisch.

Xena, die Kriegerin. Du bist Xena, die Kriegerin. Sie muss eine Figur aus einem Film sein, und du identifizierst dich mit ihr.

Halt die Klappe! Ich will nicht unbedingt jetzt über die Kriegerin Xena diskutieren. Mir ist immer noch klar, dass du dir eigentlich Hausfrau Susie wünschst. Und glaub mir, Vik, du bist den ganzen Aufwand nicht wert. Susie sei dir mehr als vergönnt!

Vikirnoff erhob sich. Sie fühlte, wie er aus dem Erdreich brach und in die Lüfte aufstieg. Seine Macht ging von ihm auf sie über, als wäre so viel Kraft in ihm, dass er sie nicht für sich behalten konnte. Ihr war unbegreiflich, wie er jetzt schon völlig geheilt und bei Kräften sein konnte. Aber die Energie knisterte wie elektrische Hochspannung in der Luft. Wie von selbst stieg mit dem Gefühl, ihn körperlich wahrzunehmen, Freude in ihr auf.

Du scheinst ein bisschen blass um die Nase zu sein. Vielleicht bist du noch nicht ganz in Form. Ich halte hier die Stellung, während du was futtern gehst. Sie durfte ihn nicht in dem Glauben lassen, dass sie vor Begeisterung darüber, ihn gleich wiederzusehen, völlig aus dem Häuschen war.

Woher hast du nur deine Ausdrucksweise? Und ich dachte, Nahrung würde ich in dir finden. Natalya empfing sofort den Eindruck kräftiger weißer Zähne und eine Flut sehr erotischer Bilder.

Du Perverser! Sie würde die Erregung oder die Hitze, die durch ihren Körper strömten, nicht zugeben. Stattdessen wandte sie sich wieder Brent Barstow zu. Der Mann stank förmlich nach Angst und Gewalt – eine sehr gefährliche Kombination. Immer wieder schüttelte er den Kopf und blieb hartnäckig dabei, dass Slavica und ihre Familie sich mit den Vampiren verbündet hätten und ihnen halfen, neue Opfer zu finden.

Angewidert von seinem fanatischen Hass und seiner Beschränktheit beugte Natalya sich zu ihm vor und ließ die Tigerin erwachen, damit er in ihren Augen den Drang zum Töten erkennen konnte. »Du zählst darauf, dass alle anderen zivilisiert sind, obwohl du selbst es nicht bist. Aber diesmal hast du einen schweren Fehler gemacht, Freundchen. Wenn meine Freunde bedroht werden, bin ich alles andere als zivilisiert.«

»Natalya«, mahnte Jubal. »Er ist ein schwachsinniger Fanatiker. Übergeben wir ihn den Behörden.«

»Wenn ihr Vampire tötet, wie ihr behauptet«, wandte Barstow ein, »sind wir auf derselben Seite, und es gibt keinen Grund für all das hier.«

Natalya zog die Augenbrauen hoch. »Keinen Grund? Obwohl ihr Slavicas Mann und Tochter, ein unschuldiges Kind, das unmöglich etwas mit Vampiren zu tun haben kann, in ihrem eigenen Haus gefangen haltet? Ich bin nicht auf deiner Seite und werde es auch nie sein.«

»In jedem Krieg gibt es Opfer. Und wir sind im Krieg«, verkündete Barstow.

Slavica war bisher still gewesen, aber jetzt entschlüpfte ihr ein Laut, der Natalya direkt ins Herz traf. Am liebsten hätte sie den Mann in Stücke gerissen. Sie konnte fühlen, wie sich ihre Hände zu Klauen verbogen und etwas Wildes in ihr wach wurde.

Gabrielle schob sich hastig zwischen Natalya und Barstow und legte beruhigend eine Hand auf Natalyas Arm. »Dieser Mann ist im Moment nicht das Problem. Seine Freunde sind es. Jetzt kommt es vor allem darauf an, eine Möglichkeit zu finden, Slavicas Familie zu retten.«

»Sie sind mit den Vampiren verbündet«, beharrte Barstow

und starrte Slavica hasserfüllt an. »Ihre ganze Familie hat sich mit Vampiren eingelassen.«

»Mit Vampiren eingelassen, sagst du?«, wiederholte Natalya. »Weißt du eigentlich, wie bescheuert das klingt? Mit Vampiren kann man sich nicht einlassen. Sie reißen dir die Kehle auf und saugen dich bis auf den letzten Blutstropfen aus. Sie lassen sich nicht mit jemandem ein. Woher kommen solche Typen wie du eigentlich?« Sie wandte sich ab, weil sie seinen Anblick einfach nicht länger ertragen konnte.

Natalya konnte Vikirnoff fühlen. Er war in der Nähe und nahm gerade Nahrung zu sich, wobei er mit seinem Opfer respektvoll, ja sogar sanft umging und darauf achtete, dem Bauern nicht so viel Blut zu nehmen, dass ihm schwindlig wurde. Sie mochte diesen Zug an ihm, die altmodische Höflichkeit und die Rücksicht, die er anderen bewies. Ihr zum Beispiel. Sie sehnte sich danach, ihn zu sehen – aber vor allem deshalb, weil er nicht nur Gedanken lesen und Informationen erlangen, sondern sich noch dazu unsichtbar machen konnte, sagte sie sich.

»Er hat ein Messer!«, schrie Jubal plötzlich.

Slavica stieß einen Schrei aus. Gabrielle keuchte. Dieser kleine Laut, der in Natalyas Welt so vielsagend war, dieses atemlose Keuchen äußersten Schocks war es, was sie herumfahren ließ. Gabrielle starrte sie aus weit aufgerissenen Augen an, während alle Farbe aus ihrem Gesicht wich. Zitternd streckte sie eine unsichere Hand nach Natalya aus.

Natalya fing die junge Frau auf, fühlte, wie sie in sich zusammensackte, und versuchte, sie auf den Boden gleiten zu lassen.

Vikirnoff! Sie schrie seinen Namen. Das konnte einfach nicht passieren! Gabrielle mit ihrem strahlenden Lächeln und dem intelligenten Funkeln in den Augen. Sie war schützend vor Barstow getreten, um die Tigerin am Töten zu hindern. Es ergab einfach keinen Sinn, nichts davon! Natalya weinte innerlich, während sich gleichzeitig der Zorn in ihrem Inneren zu einem brüllenden Monster auswuchs.

Jubal war bereits auf dem Boden und rang mit Barstow um das Messer. Er zog sich eine Schnittwunde auf der Brust zu, ehe es ihm gelang, Brents Handgelenk zu packen und so lange auf den Boden zu dreschen, bis ihm das Messer entglitt.

Slavica kam schlagartig in Bewegung. Sie half Natalya, Gabrielle auf den Boden zu betten und sie umzudrehen, um das Ausmaß der Verletzung zu begutachten. »Er hat mehrmals zugestochen.« Ihre Stimme brach. »Schau dir die Klinge an! Sie ist bis zum Griff gezackt.«

Natalya blickte ihr in die Augen und sah Kummer und Resignation. Drei Stiche in die Niere und mehrere in die Brust.

Vikirnoff! Ich brauche dich jetzt sofort!

»Ich bin hier.« Er kam herein, groß und mächtig und mit jener Aura von Autorität und völligem Selbstvertrauen, die Natalya normalerweise auf die Nerven ging, sie nun aber mit ungeheurer Erleichterung erfüllte.

Sie saß auf dem Boden und hielt Gabrielle in den Armen, während Slavica versuchte, die Blutung zu stillen.

Vikirnoff beugte sich vor und packte Barstow am Hals. Sein Genick brach mit einem ekelerregenden Knacken, und er rührte sich nicht mehr.

Jubal richtete sich auf. »Rette sie! Ich weiß, dass du sie retten kannst. Sie hat übernatürliche Fähigkeiten. Du kannst sie zu einer von euch machen, wenn es sein muss.« Tränen liefen ihm übers Gesicht. »Warum habe ich ihn nicht gefesselt? Ich habe ihn nicht einmal durchsucht, nachdem ich ihm die Pistole abgenommen hatte.«

Kannst du sie retten? Bitte, Vikirnoff, sag mir, dass du sie retten kannst! Ich war leichtsinnig. Das ist meine Schuld. Sie ist ein guter Mensch und völlig unschuldig. Das hat sie nicht verdient. Bitte, rette sie! Natalya konnte ihn nicht anschauen, sie konnte auch die anderen nicht anschauen. Gabrielle lag auf dem Boden und verblutete, weil sie selbst, Natalya, zu überzeugt von sich selbst gewesen war.

Eine andere Stimme erklang in ihrem und Vikirnoffs Bewusstsein. *Ihr müsst Gabrielle retten, wenn es nur irgend möglich ist.*

Vikirnoff erkannte die Stimme des Prinzen. *Ich werde tun, was ich kann.*

Er beugte sich über Gabrielle und sah ihr in die Augen. Ihr Geist war im Begriff, sie zu verlassen. Nicht einmal mit ihren vereinten heilenden Kräften war es ihnen möglich, sie als menschliches Wesen zu retten. »Hör mich an, Verwandte meiner Art. Wenn du wünschst, dass ich eine Umwandlung vornehme, werde ich es tun. Es ist deine Entscheidung. Kannst du als eine von uns leben?«

»Gabby, bitte!« Jubals Stimme brach.

Gabrielle nickte und schloss die Augen. Ihr Atem entwich mit einem langen, rasselnden Keuchen, und Blut schäumte um ihre Lippen.

Natalya hörte Vikirnoff leise fluchen. Sie berührte seinen Arm. *Tu es, bitte! Ich weiß, dass es unmöglich scheint, aber sie ist etwas Besonderes.*

Ich werde für immer mit dieser Frau verbunden sein, Natalya.

Sie begegnete seinem Blick und wusste, dass er sie um Erlaubnis bat, sie vor Dingen warnte, von denen sie nichts wissen konnte. Sie begriff nicht ganz, was er ihr zu sagen versuchte, und fand auch in seinem Denken keine Erklärung, aber das war nicht von Bedeutung. Es konnte nicht von Bedeutung sein. *Bitte tu es!*

Ich tue es für dich, nicht, weil du dafür verantwortlich bist, denn das bist du nicht, sondern weil du mich gebeten hast. Andere sind auf dem Weg hierher. Halte sie uns vom Leib. Er musste Gabrielles Geist und Seele festhalten und an sich binden, um zu verhindern, dass sie ihnen entglitt. Vikirnoff machte einen tiefen, reinigenden Atemzug und verließ seinen Körper, um den von Gabrielle zu betreten. Für sie würde es keine schnelle und leichte Heilung geben.

Natalya schluckte ihre Angst und ihre Schuldgefühle hinunter, schob ihre Pistolen in die Halfter und steckte zusätzliche Messer und Munition in ihre Gürtelschlaufen. Sie stieg über Brents Leichnam. »Slavica, du versorgst Jubals Wunden, während ich uns Deckung gebe.« Sie hatte keine Ahnung, warum, aber Vikirnoffs absolutes Vertrauen, ihm Rückendeckung zu geben, ließ sie innerlich glühen.

Jubal streckte eine Hand aus. »Gib mir eine Pistole! Ich kann schießen.«

»Ich glaube, Mikhail ist unterwegs, Slavica«, sagte Natalya beruhigend, während sie Jubal eine ihrer Waffen gab. »Sowie er mit diesen Idioten fertig ist, hast du deinen Mann und deine Tochter wieder.« Sie spähte zu Vikirnoff. Er versuchte, die Wunden so weit zu heilen, dass ihm genug Zeit für den ersten Blutaustausch blieb. Sie wusste, wie wichtig es für den Heilungsprozess war, sein uraltes Blut in Gabrielles Körper gelangen zu lassen.

Es dauerte einen Moment, bis ihr klar wurde, dass sie seit Vikirnoffs Erwachen in seinem Bewusstsein gewesen war wie ein zarter Schatten und am liebsten nie wieder fortgegangen wäre. Jetzt konnte sie seine Unruhe spüren, seine Sorge, dass er nicht schaffen könnte, was von ihm erwartet wurde, wenn die Zeit so knapp und die Aufgabe so schwierig war. Sie konnte das Wispern anderer Karpatianer hören, die Stimme einer Frau, Joie: *Bitte. Bitte.* Eine Männerstimme, Traian: *Ich gebe bereitwillig, was du brauchst und wann immer du es brauchst. Halte sie bitte für uns am Leben.*

So viel Druck lastete auf ihm. Warum ließen sie ihn nicht in

Ruhe? Am liebsten hätte sie die Arme um ihn gelegt, um ihn vor den Forderungen der anderen abzuschirmen, aber sie war diejenige, die ihn in diese Situation gebracht hatte. Sie hatte ihn darum gebeten, Gabrielles Leben zu retten. Natalya strich mit einer Hand leicht über seinen Hinterkopf, bevor sie die Tür ins Visier nahm.

Vikirnoff verschloss die Wunden, um die Blutungen zu stoppen. Das Herz war in schlechter Verfassung. Blut strömte durch mehrere tiefe Risse in der linken Herzkammer. Die Arterie, die zu der Kammer führte, war verletzt, und Blut floss in den Brustkorb und in die Lungen. Niere und Herz waren durch die Drehbewegungen des Angreifers und die spitze, gezackte Klinge des Messers nahezu zerstört. An so vielen Stellen schnell und wirkungsvoll zu arbeiten, war praktisch unmöglich. Er durfte keine Zweifel in seinem Inneren aufkommen lassen, aber die Schäden an Gabrielles Körper waren so weitreichend und komplex, dass er nicht wusste, wo er anfangen sollte.

Mikhail Dubrinsky, Prinz der Karpatianer, betrat das Zimmer. Im selben Augenblick floss ein zweites weißes Licht reiner Energie in Gabrielles Körper. Vikirnoff erkannte die ungeheure Macht sofort. *Ich kümmere mich um das Herz, übernimm du die Lungen*, wies Vikirnoff Mikhail an, dankbar für das schnelle Eingreifen des anderen.

Falcon ist hier. Er wird sich uns anschließen, wenn er deiner Freundin geholfen hat, den Feind loszuwerden. Raven und Sara sind unterwegs.

Sag ihnen, dass sie sich beeilen sollen. Wir brauchen jemanden, der ihre Niere versorgt.

Vikirnoff bezog sofort Natalya in den Kreis der Informationen ein. Es hätte ihm gerade noch gefehlt, dass sie versuchte, mit ihrem Schwert Falcon den Kopf abzuschlagen. *Er wird hinter ihnen sein, und sie werden ihn nicht sehen. Du auch nicht, aber er wird dir helfen.*

Wenn ich ihn nicht sehen kann, ist es eher unwahrscheinlich, dass ich ihn köpfe. Mach dir um mich keine Sorgen, ich weiß, was ich tue. Kümmere dich um Gabrielle.

Vikirnoff arbeitete gewissenhaft, um den Schaden am Herzen zu reparieren. Das hier war eine menschliche Frau, keine Karpatianerin. Er konnte sich nicht vorstellen, wie ihr Körper den einschneidenden Prozess der Umwandlung bewältigen sollte, wenn ihr Herz so schwer geschädigt war. Sie war kaum noch am Leben. Mikhail atmete für Gabrielle, während er das Blut aus ihren Lungen entfernte, und Vikirnoff hielt ihren schwindenden Geist fest, indem er leise, beruhigende Worte murmelte und sie bat, bei ihnen zu bleiben. Aus weiter Ferne gesellte sich eine Frauenstimme zu seiner und flehte die Schwester an, bei ihnen zu bleiben. Es war herzzerreißend. So lange hatte er nichts gefühlt, und nun, da er seine ganze Kraft brauchte, erstickte er fast an Emotionen. Es hätte genauso gut Natalya treffen können.

Pass auf dich auf, Natalya.

Natalya ließ ihren Blick kurz auf Vikirnoff ruhen. Tiefe Linien der Erschöpfung hatten sich in sein Gesicht gegraben. Was auch getan wurde, um Gabrielles Leben zu retten, es war sehr anstrengend, und Vikirnoff litt offensichtlich unter der Vorstellung, dass Natalya etwas zustoßen könnte. Sie ließ ihn ihre beruhigende Nähe spüren, bevor sie sich wieder darauf konzentrierte, ihn und die anderen zu beschützen.

Die Türklinke bewegte sich wie in Zeitlupe nach unten. Natalya widerstand der Versuchung, durch die Tür zu feuern, weil sie befürchtete, die Eindringlinge könnten eine ihrer Geiseln als Schild benutzen, sondern atmete tief ein, um die Gerüche draußen im Flur zu identifizieren. Bei all dem Blut, der Angst und dem Adrenalin im Raum war es schwierig, einzelne Witterungen zu unterscheiden, aber keineswegs unmöglich. Es waren vier Männer und eine Frau. Die Frau und einer der Männer waren sehr verängstigt. Es mussten die drei Komplizen Brent Barstows und Slavicas Mann und Tochter sein.

Indem sie Jubal signalisierte, sich links von der Tür zu positionieren, stellte sie sich auf die rechte Seite und scheuchte Slavica mit einer Handbewegung in die relative Sicherheit des Badezimmers. Die Idioten, die vor der Tür standen, gingen mit Sicherheit davon aus, dass sie Brent entweder gefangen genommen oder getötet hatte.

Sie kommen, warnte sie Vikirnoff. Er drehte sich nicht um, rührte sich nicht einmal, so überzeugt war er, dass sie mit ihren Gegnern fertigwerden würde.

Die Tür flog auf. Schüsse wurden abgefeuert und hallten in dem kleinen Raum ohrenbetäubend laut wider. Die Einzigen, die in Gefahr schwebten, waren Mikhail und Vikirnoff, aber auf ihre Warnung hin hatte Vikirnoff offensichtlich einen Schutzschild errichtet, um den Prinzen und Gabrielle abzuschirmen.

Die Angreifer blieben im Flur, hinter ihren Geiseln, die ihnen Deckung gaben. Mirko hielt seine Tochter an der Hand, als sie Seite an Seite standen und gezwungen waren, die Tür zu blockieren und die Sicherheit der Geiselnehmer zu garantieren.

Natalya, die nicht riskieren wollte, die beiden zu treffen, gab Jubal ein Zeichen. Er reagierte sofort, indem er Slavicas Tochter Angelina zu Boden warf, während Natalya Mirko packte. Noch während sie ihn nach unten zog, verwandelte sie ihre Gestalt. Kleider zerrissen und fielen in Fetzen von dem fellbedeckten Körper. Die Tigerin richtete sich brüllend vor Zorn auf, sprang mit einem Satz über den Mann der Wirtin und stieß die drei Bewaffneten um. Zähne vergruben sich tief in der Kehle des einen, während ihre Pranken auf die anderen beiden einhieben. Die Tigerin riss ihre Opfer erbarmungslos auseinander, bis außer einem befriedigenden Todesröcheln kein Laut mehr zu hören war.

Natalya versetzte dem Mann, der ihr am nächsten war und der Angelina festgehalten hatte, noch einen letzten Prankenhieb, ehe sie sich umdrehte und ins Zimmer zurückkehrte. Sie beachtete weder dass Jubal die Augenbrauen hochzog, noch dass die Familie Ostojic leicht zusammenzuckte, als sie in Richtung Badezimmer lief. Weder Vikirnoff noch Mikhail blickten von ihrer Arbeit auf.

Natalya zog sich hastig an. Sie musste wieder in den Flur hinaus und die Schweinerei beseitigen, bevor sämtliche Gäste fluchtartig den Gasthof verließen. Die Schüsse, die Schreie und das Brüllen eines wilden, vor Wut rasenden Tieres waren nicht zu überhören gewesen. Es dauerte nur einen Moment, ihre Waffen aus ihren zerfetzten Kleidungsstücken zu nehmen, bevor sie aus dem Zimmer in den Flur hinaustrat.

Ein hochgewachsener Mann mit vollem, schwarzem Haar stand im Flur und begutachtete den Schaden. »Für mich blieb kaum etwas zu tun«, bemerkte Falcon. »Da du die Lage anscheinend im Griff hattest, habe ich mich darauf beschränkt, die Gäste woandershin zu dirigieren und den Geräuschpegel zu senken.«

Natalya zuckte nachlässig die Schultern. »Ich war echt sauer auf die Typen. Ich bin Natalya.«

»Falcon. Wie ich höre, stammst du aus der Familie der Drachensucher. Du hast Rhiannons Augen. Sie war sehr angesehen und beliebt. Es ist mir eine Ehre, dich kennenzulernen.«

Zwei Frauen tauchten unvermittelt neben Falcon auf. Eine von ihnen hatte dunkles Haar und unglaublich blaue Augen. Sie lächelte Natalya an. »Danke für deine Hilfe. Ich bin Raven Dubrinsky.« Sie zeigte auf die andere Frau, die eine üppige kastanienbraune Mähne und riesige veilchenblaue Augen hatte. »Das ist Sara, Falcons Gefährtin. Ich wünschte, wir hätten uns unter angenehmeren Umständen kennenlernen können. Gabrielle ist uns sehr lieb, und wir wollen sie nicht verlieren.«

»Vikirnoff wird sie nicht sterben lassen.« *Weil sie ihn darum gebeten hatte.*

»Es muss dreimal Blut ausgetauscht werden, um die Umwandlung durchzuführen«, erklärte Raven. »Ich fürchte, wir müssen größere Pausen einlegen, um ihr die Kraft zu geben, die sie für die Umwandlung braucht, und ich bin mir nicht sicher, ob wir dafür genug Zeit haben. Das Ganze ist sehr riskant.«

»Sie brauchen dich bei der Heilung, Raven«, sagte Falcon. »Gabrielle geht es sehr schlecht. Ihr Leben hängt an einem seidenen Faden. Du musst schauen, was du tun kannst, um Vikirnoff und Mikhail zu helfen. Sara, sie wollen, dass du dich um ihre verletzte Niere kümmerst.«

»Und was ist damit?« Sara beäugte den blutbespritzten Flur. »Das können wir nicht einfach so lassen, sonst können Slavica und Mirko ihr Geschäft aufgeben.«

»Darum kümmere ich mich schon«, versprach Falcon. »Vielleicht könnt ihr beide, Natalya und Jubal, die Familie Ostojic in ihre Wohnräume bringen und auf sie aufpassen. Ich werde bei der Tochter die Erinnerung an diesen Vorfall löschen und das Trauma bei Mirko und Slavica mildern. Mikhail wird mit den beiden sprechen wollen, wenn er mit seiner Aufgabe fertig ist.«

»Sicher, kein Problem«, sagte Natalya. Sie lotste die Familie Ostojic an dem Blutbad im Flur vorbei. Jubal ging auf der Treppe voran nach unten, während sie die Nachhut bildete. »Alles in Ordnung?«, erkundigte sie sich.

Angelina unterdrückte ein Schluchzen und nickte. Ihre Augen waren riesengroß. »Ich bin bloß so furchtbar erschrocken. Aber getan haben sie mir nichts.«

Slavica hielt ihr einziges Kind fest im Arm. »Sie haben Mirko geschlagen, doch er hat ihnen nichts verraten.« Zorn stahl sich in ihre Stimme. »Sie haben unserer Angelina eine Pistole an den Kopf gehalten.«

»Falcon wird dafür sorgen, dass kein Trauma zurückbleibt«, sagte Jubal. »Du weißt, dass er das kann. Es tut mir so leid, dass das passiert ist, Slavica.«

»Es ist nicht deine Schuld oder die deiner Freunde. Diese Leute sind wahnsinnig, und sie sind in unser Gasthaus gekommen, um zu spionieren.«

Natalya belastete es, dass Angelina immer noch leise weinte. Sie zögerte, tätschelte dem Mädchen kurz den Arm und zog dann ihre Hand abrupt zurück. »Du warst sehr tapfer. Wir müssen nach unten und durch den Schankraum gehen, um in eure Wohnung zu kommen. Kannst du so tun, als wäre alles ganz normal? Leider besitze ich nicht die Fähigkeit, Leute dazu zu bringen, in die andere Richtung zu schauen.«

Angelina nickte. »Das schaffe ich schon.«

Jubal warf über die Schulter des Mädchens einen Blick auf ihren schweigsamen Vater. »Alles in Ordnung mit dir, Mirko?«

»Ich bin sehr böse.«

»Ich auch«, sagte Jubal.

»Gabrielle tut mir furchtbar leid. Hoffentlich können sie ihr Leben retten.«

»Mir tut leid, was sie Angelina angetan haben«, erwiderte Jubal. »Ich hasse es, dass wir uns jede Minute jedes einzelnen Tages Sorgen machen müssen, dass irgendein Irrer versucht, uns zu töten, nur weil Mikhail und Raven unsere Freunde sind und Joie und Traian zur Familie gehören.«

»Wir haben das Risiko akzeptiert, als Mikhail uns freistellte, ob wir ihn als den kennen wollen, der er ist«, sagte Mirko. »Ich kann immer noch nicht glauben, dass sie meine Tochter bedroht haben.« Seine Hände ballten sich zu Fäusten. »Sie haben meine Familie bedroht.«

»Tja, und jetzt sind sie tot«, bemerkte Natalya zufrieden. Sie deutete unauffällig auf die wenigen Leute, die sich in den unteren Räumlichkeiten aufhielten, und senkte die Stimme, behielt aber ihr Lächeln bei. »Danke für die Warnung vorhin, Slavica. Wenn du meine abendliche Schokolade nicht erwähnt hättest, hätte ich die Tür vielleicht völlig unvorbereitet aufgemacht.«

»Ich wollte gerade das Haarspray raufbringen, und als ich die Tür zum Flur öffnete, stießen sie mich in die Wohnung zurück. Zum Glück erkannten sie nicht, dass das Päckchen für dich war, und ich konnte ihnen erzählen, dass ich in die Küche wollte, um dir deine heiße Schokolade zu machen.«

»Du hast das Haarspray? Danke! Ich hoffe, du hast so viele Dosen gekauft, wie du kriegen konntest.«

»Ich habe den ganzen Bestand aufgekauft, genau wie du gesagt hast.«

»Du kannst es kaum erwarten, mit dem Zeug zu spielen, stimmt's?« Jubal lachte.

Sie grinste ihn an. »Na ja, kann schon sein. Ich will sehen, ob es wirklich funktioniert. Das heißt nicht, dass ich es auf Ärger abgesehen habe.«

»Doch, genau das hast du«, widersprach Jubal.

»Was hast du mit dem Haarspray vor, Natalya?«, wollte Mirko wissen.

»Sie bastelt Flammenwerfer, um sie gegen Vampire einzusetzen«, erklärte Jubal. »Ist das zu fassen?«

Natalya schob sich abrupt an Slavica und Angelina vorbei und legte eine Hand auf Jubals Arm. Ihr Lächeln war verblasst. »Ich muss mich vergewissern, dass keine unangenehmen Überraschungen auf uns warten. Warum bringst du sie nicht in die Küche, damit Slavica sich um Mirkos Gesicht kümmern kann?«

»Ich will nicht, dass du allein in ihre Wohnung gehst. Vikirnoff bringt mich um, wenn dir was passiert. Und das meine ich wörtlich.«

Natalya schnaubte. »Er wird nichts dergleichen tun, Jubal. Bring sie jetzt bitte in die Küche!«

Jubal ging plötzlich ein Licht auf. »Du glaubst, dass jemand da drinnen ist.«

»Slavica, bring Angelina in die Küche«, befahl Mirko mit harter Stimme. »Wir gehen mit Natalya.«

Natalya knirschte insgeheim mit den Zähnen. Jubal und Mirko mit ihrem männlichen Ego gingen ihr auf die Nerven, aber sie konnte ihnen wohl kaum sagen, dass sie ihr nur im Weg sein würden. Sie kämpfte lieber allein. Außerdem war *etwas* in der Wohnung, nicht *jemand*. Das Mal des Drachen brannte heiß auf ihrer Haut. Da drinnen wartete *Nosferatu*, das wusste sie.

»Erklär mir bitte, was deiner Meinung nach in meinem Heim ist«, sagte Mirko.

Natalya wechselte einen Blick mit Jubal und zuckte die Schultern. »Ich glaube, dass da drinnen der Untote, der Vampir, auf eure Rückkehr wartet.«

Er starrte sie einen langen Moment an. »Und du wolltest allein da reingehen und dieses Ding ohne jede Hilfe bekämpfen?«

»Das habe ich oft genug getan.« Sie klopfte auf ihre Waffen und die eine Dose Haarspray, die sie in ihre Tasche gesteckt hatte. »Ich bin vorbereitet.«

»Und dafür brauchst du einen Flammenwerfer? Um den Vampir zu töten?«

Jubal stöhnte und schüttelte den Kopf. »Hast du eine Ahnung, wie verrückt das klingt? Hast du schon mal einen Vampir gesehen? Mit einer Dose Haarspray bringst du den nicht um.«

»Ich habe vor, sie zu töten und dann ihre Herzen mit der Dose in Brand zu setzen«, erklärte sie.

Jubal schüttelte den Kopf. »Kein Vampir würde es wagen, in das Gasthof zu kommen, wenn so viele Jäger hier sind. Das wäre Wahnsinn.«

Natalya zuckte die Schultern. Sie hatte keine Lust zu streiten, wenn sie sich absolut sicher war. Irgendetwas war in der Wohnung. Und allmählich hatte sie das Gefühl, dass nicht nur im Heim der Familie Ostojic Vampire waren, sondern auch in anderen Räumen des Gasthofs.

Sie rührte an Vikirnoffs Bewusstsein. Der Kampf um Gabrielles Leben ging weiter, aber es sah nicht gut aus. Vikirnoff zwang ihr Herz buchstäblich weiterzuschlagen, während Mikhail für sie atmete. Natalya konnte die alten Heilungsgesänge hören, das Anschwellen der Stimmen, als andere Karpatianer aus der Ferne mit einfielen. Sie konnte eine Frau, vermutlich Joie, Gabrielles Schwester, weinen hören, während sie versuchte, in den Gesang einzustimmen.

Einen Moment lang war Natalya bei Vikirnoff und sah seine überwältigende Aufgabe, den furchtbaren Schaden, der Gabrielle zugefügt worden war, ihren zerrissenen und blutleeren Körper. Vikirnoff geriet nicht ein einziges Mal ins Wanken, er gab nicht auf. Sie konnte seine Entschlossenheit ebenso spüren wie die unendliche Kraft, die er Gabrielles Körper einhauchte.

Vikirnoff war ein Mann aus Stahl und doch voller Mitgefühl. Etwas an ihm zog sie magisch an, trotz ihrer Entschlossenheit, ihn auf Distanz zu halten und wütend auf ihn zu sein, weil er sie aneinandergebunden und so starke Gefühle in ihr geweckt hatte.

Die Aufgabe, die sie ihm gestellt hatte, war gewaltig und erforderte alles, was er an Willenskraft besaß, um Gabrielle am Leben zu erhalten, aber er tat es für sie. Und sie würde für ihn einen Raum voller Vampire betreten. Sie hielt nichts davon, ihr Leben leichtfertig aufs Spiel zu setzen, es sei denn, für einen guten Grund. Vikirnoff Vampire vom Leib zu halten, war ein ausgezeichneter Grund. Sie hauchte eine Kusshand die Treppe hinauf.

»Natalya!«, rief Jubal. »Bringen wir es hinter uns! Der Gedanke, da reinzugehen, macht mich allmählich nervös. Also los!«

»Da drinnen ist ein Vampir, Jubal«, sagte Natalya. »Du solltest dir ganz sicher sein, dass du das wirklich willst.«

»Ich habe doch gesagt, dass ich mitgehe.«

»Und ich habe gesagt, sei dir ganz sicher.« Sie wartete seine

Erwiderung nicht ab, sondern stieß behutsam die Tür auf. Die Lichter waren aus. Eine Lampe war umgefallen und lag mit zersplitterter Glühbirne auf dem Boden. Überall auf dem Boden waren Dosen mit Haarspray verstreut, und auf dem Fensterbrett lag eine Vase mit Wildblumen in einer kleinen Wasserlache. Natalya zog ihr Schwert und glitt lautlos ins Zimmer, alle Sinne darauf ausgerichtet, den Raum zu »erfühlen«. Sie bedeutete den beiden Männern zurückzubleiben, während sie sich weiter vorwagte.

Sie wusste, dass etwas dort war. Sie konnte das verräterische Vakuum, das auf die Anwesenheit eines Vampirs hinwies, zwar nicht entdecken, dennoch war da etwas, das spürte sie genau.

Vikirnoff. Es war furchtbar, ihn zu stören, wenn er so hart daran arbeitete, ein Leben zu retten, aber sie wurde das Gefühl nicht los, dass gerade eine Falle zugeschnappt war. Echte Angst regte sich in ihr. Warum hatte Brent Barstow Gabrielle angegriffen? Es ergab keinen Sinn. Nicht einmal ein Fanatiker würde glauben, dass sie in irgendeiner Weise eine Bedrohung für ihn darstellte. Es gab nur einen Grund. *Barstow muss unter Zwang gehandelt haben. Hier im Haus sind Vampire, und sie müssen hinter dem Prinzen her sein.*

Sie fühlte, wie er schlagartig in seinen Körper zurückkehrte. *Geh da weg, Natalya!* Er stellte ihre Einschätzung der Lage nicht in Zweifel, obwohl er das Gebäude und die nähere Umgebung überprüft und keinen Hinweis auf die Anwesenheit von Untoten gefunden hatte. *Sie könnten es auf dich abgesehen haben.*

Es ist der Prinz. Sie haben ihn ins Gasthaus gelockt. Wahrscheinlich glauben sie, da momentan alle Jäger verwundet sind, wäre jetzt der richtige Zeitpunkt, um zuzuschlagen. Schaff den Prinzen hier raus!

Er wird nicht gehen.

Natalya hielt sich an die Außenwände des Raumes und ließ

die Tigerin dicht an die Oberfläche kommen, um ihre scharfen Augen und ihren Geruchssinn zu benutzen. Das Zimmer schien leer zu sein, aber die Tigerin wurde sofort wachsam. Sie verharrte regungslos und spannte die Muskeln an. *Sie sind hier, Vikirnoff.*

Ich komme zu dir.

Nein! Du würdest dir selbst und auch mir nie verzeihen, wenn Mikhail etwas zustieße und du Gabrielles Tod nicht verhindert hättest. Ich schaffe das. Vertrau mir, so wie ich dir vertraue, dass du alle da oben am Leben hältst.

Vikirnoff fluchte in drei Sprachen. Sie spürte sein rasendes Verlangen, bei ihr zu sein und sie zu beschützen. Und um ehrlich zu sein, sie hatte Angst. Schon wurde Adrenalin durch ihren Körper gepumpt, doch mit Angst konnte sie fertigwerden.

Vikirnoff, ich weiß, was ich von dir verlange.

Wirklich? Er stieß die Worte hervor. *Wenn dir etwas zustößt ... Nur ein Kratzer, Natalya, und ich bin dir wirklich böse. Und das willst du bestimmt nicht erleben.*

Ihm zuliebe schnaubte sie geringschätzig, aber tief in ihrem Inneren, an einem Ort, den sie für sich behielt, freute sie sich. Er gab ihr das Gefühl, wichtig zu sein. Seine Sorge galt ihr, nicht dem Prinzen und nicht Gabrielle, aber trotzdem vertraute er ihr genug, um zu bleiben, wo er war, und zu tun, was getan werden musste. Und dieser Respekt und dieses Vertrauen bedeuteten ihr alles.

Ich werde die ganze Zeit bei dir sein.

Sie sollte nicht denken, er würde sie nicht beschützen, erkannte sie. *Ich weiß. Du neigst dazu, alles zu komplizieren. Mach du deinen Kram, Vik, und ich mache meinen.*

Ihn aufzuziehen, half ihr, die Furcht zu bekämpfen. Sie blieb neben einer niedrigen Couch stehen und lauschte. Wartete auf Informationen, von denen sie wusste, dass sie da waren. Und dann hörte sie es. Luft, die ein- und ausgeatmet wurde. Nicht von einem Paar Lungen, sondern von mehreren. Als sie sich umsah, stellte sie fest, dass etliche Augenpaare sie anstarrten. Man hatte sie so gut wie möglich eingekreist. Die Augen glühten rot in der Dunkelheit. Es dauerte einen Moment, sie auszumachen, die schlanken, muskulösen Körper und kräftigen Kiefer der Wölfe. Diesmal benutzten die Vampire nicht die Tiere selbst, sondern nur die Tiergestalt. Natalya stand einem ganzen Rudel von Untoten gegenüber.

Kapitel 13

»Wir haben Ärger. Natalya ist sich sicher, dass Vampire innerhalb des Gebäudes sind. Sie glaubt, sie haben die Absicht, Prinz Mikhail zu töten, und sie irrt sich nie.« Vikirnoff schaute nicht Mikhail, sondern Falcon an. Es war ihre Pflicht, für Mikhails Schutz zu sorgen, und den würde er auch bekommen, ob er wollte oder nicht.

Ohne eine Antwort abzuwarten, neigte Vikirnoff seinen Kopf über Gabrielles Hals. »Tut mir leid, Schwester meines Volks, aber ich kann es mir nicht leisten, darauf zu warten, ob wir diese Aufgabe auch ohne Umwandlung erfüllen können«, murmelte er leise, bevor er seine Zähne in ihren Hals bohrte, um gerade so viel Blut zu nehmen, wie für einen Austausch erforderlich war. Gabrielle brauchte Unmengen an Blut, und sein altes Karpatianerblut würde den Heilungsprozess beschleunigen.

Ihnen blieben nur einige wenige Minuten, bis sie gezwungen waren, Mikhail und Gabrielle an einen sichereren Ort zu bringen. Gabrielle würde ohne sein Blut nicht überleben. Er war sich nicht einmal sicher, ob sie den Transport mit der Bluttransfusion überstehen würde. Sie konnten nicht riskieren, zu bleiben und das Leben der Menschen, die sich im Gasthof aufhielten, zu gefährden, und genau dieses Argument würden sie vorbringen, falls Mikhail darauf bestand, gegen die Untoten zu kämpfen.

Vikirnoff wechselte einen langen, wissenden Blick mit Falcon, während er Gabrielle zwang, sein Blut anzunehmen.

Ich kann keine Vampire in unserer Nähe entdecken.

Vikirnoff bemerkte, dass Falcon unruhig war und seinen Blick rastlos vom Balkon zum Flur wandern ließ. *Sie sind hier.*

Mikhail schaute sich prüfend um. »Das reicht für einen ersten Austausch. Wir dürfen nichts überstürzen. Wenn du sicher bist, dass Vampire hier sind, bleibt uns nichts anderes übrig, als sie wegzubringen. Wir dürfen die Unschuldigen hier im Haus nicht in Gefahr bringen.« Der Hauch eines Lächelns huschte über sein Gesicht, als er ihre Mienen sah. »Ich bin der Prinz, kein Kind. Ich bringe nicht andere in Gefahr, um mein Ego zu stärken. Wir müssen Gabrielle sofort transportieren. Wir werden sie zu mir nach Hause bringen, wo wir sie besser beschützen können.«

»Sie ist nicht kräftig genug«, wandte Raven ein. »Wir können sie nicht am Leben erhalten. Schon jetzt habt ihr alle lebenswichtigen Funktionen ihres Körpers übernommen. Wie wollt ihr das machen, wenn wir sie transportieren und gleichzeitig Vampire abwehren müssen?« Mit Tränen in den Augen strich sie über Gabrielles Haar. »Das wird Gary umbringen. Und Jubal und Joie auch.«

Mein Liebes. Mikhail wandte sich im Geist an seine Gefährtin, um sie zu trösten.

»Sara, du musst Gabrielles Herzfunktion übernehmen. Natalya ist allein da unten, und ich spüre die Gefahr, die ihr droht. Ich muss sofort zu ihr.« Vikirnoff zeigte auf sich. »Wenn wir den Vampiren den Eindruck vermitteln, dass Mikhail unten ist, können wir mehr Zeit für euch alle herausschinden. Ich werde als Mikhail auftreten, und er kann mein Aussehen annehmen.«

Mikhail blickte scharf auf. »Ich erlaube nicht, dass sich andere für mich in Gefahr begeben. Ich weiß, was du denkst, und ich sage Nein.«

»Du hast keine andere Wahl«, erwiderte Vikirnoff. »Unser Volk kann es sich nicht leisten, dich zu verlieren. Ich kann dir keinen angemessenen Schutz bieten. Wir sind von Vampiren umzingelt. Wir wollen das Leben dieser Frau retten und die Menschen in diesem Gasthaus schützen. Unser Äußeres zu tauschen, ist vernünftig, und das weißt du auch. Mehr gibt es dazu nicht zu sagen.«

Mikhails Augen sprühten Funken vor Zorn, doch Raven legte beruhigend eine Hand auf seinen Arm. »Er hat recht, Liebster. Wir haben keine Zeit zum Streiten. Geh, Vikirnoff. Sara und ich passen auf Gabrielle auf, während du auf die Jagd gehst.«

»Du wirst Blut brauchen«, sagte Falcon und ritzte sich mit den Zähnen das Handgelenk auf. »Nimm meins. Ich gebe es dir gern.«

Vikirnoff nahm das Angebot ohne Widerspruch an. Sein Blick begegnete dem des Jägers. Falcon wusste, was er vorhatte, weil er genau dasselbe getan hätte. Vikirnoff verschloss die Wunde, richtete sich auf und wechselte dabei die Gestalt, indem er das Aussehen ihres Prinzen annahm. Statt sich in feinen Dunst aufzulösen, trat er offen auf den Flur hinaus, damit alle ihn als Mikhail sehen konnten. *Ich komme jetzt zu dir, Natalya. Ich werde wie der Prinz aussehen, stoße mir also bitte kein Schwert ins Herz.*

Warum glaubt eigentlich jeder, dass ich ihn umbringen will? Also wirklich!

Vikirnoff hörte die gezwungene Leichtigkeit in ihrem Ton, mit der sie ihre Sorge und Angst überspielen wollte, und empfand Stolz. Stolz und Respekt. Sie ließ sich nie unterkriegen, und er konnte einfach nicht anders, als sie zu bewundern. *Vielleicht, weil du nach Xena gerätst, kleine Kriegerin.*

Komm mir nicht schon wieder damit! Und bleib, wo du bist! Ich habe alles unter Kontrolle. Natalya unterdrückte eine plötzliche Anwandlung von Furcht. Wenn die Vampire glaubten, Mikhail in greifbarer Nähe zu haben, würden sie rasend werden und alles tun, um ihn zu töten. Vikirnoff schien im Kampf nie an sich selbst zu denken. Als sie sein Bewusstsein berührte, fand sie vor allem Sorge um sie. Um den Prinzen. Um Gabrielle. Um Raven und Sara. Um die Menschen im Gasthaus und schließlich auch um die anderen Jäger, aber hauptsächlich um sie. Sorge um sein eigenes Wohlergehen konnte sie nicht entdecken. Aber sie würde nicht zulassen, dass er sich opferte, auch wenn er genau das vorhatte. Irgendjemand musste auf ihn aufpassen.

Natalya war überzeugt, dass nur ein, zwei Vampire, die sich als Wölfe maskiert hatten, echt waren, alle anderen mussten Klone sein. Sie selbst konnte keinen Unterschied erkennen, aber die Tigerin konnte es. Natalya sprang mitten in das Rudel hinein, wechselte dabei die Gestalt und ging instinktiv auf den nächsten Vampir los, der sich im Körper eines Wolfs verbarg. Die biegsamen, weit schwereren Muskeln der Raubkatze erlaubten ihr, den Wolf mit ihrem Gewicht umzuwerfen. Die Tigerin stürzte sich sofort auf seine entblößte Kehle, schlug ihre Zähne tief in sein Fleisch und schüttelte ihn, während sie mit ihren gewaltigen Pranken nach den anderen Wölfen hieb, die auf sie losgingen.

Die Tigerin kämpfte unerbittlich. Natalya war wild entschlossen, zumindest zu verhindern, dass sich dieser eine Vampir je wieder erheben und über Vikirnoff herfallen würde. Sie ignorierte die anderen Wölfe, die über sie herfielen, und riss mit ihren Zähnen die Brust ihres Opfers auf, um das Herz freizulegen.

»Aus dem Weg, Natalya!«, erklang Mirkos Stimme wie aus dem Nichts. »Ich hab ihn im Visier.«

Als sie den Kopf wandte, sah sie, dass sich der Gastwirt hinter die Wölfe geschlichen hatte und eine Dose Haarspray sowie ein Feuerzeug in seiner Hand hielt. Jubal stand Schulter an Schulter mit ihm. Im selben Moment witterte sie einen zweiten Vampir. Sie schüttelte die Wölfe ab, warf sich auf den Untoten und rammte ihm ihre Schulter hart in den Leib, um ihn auf den Boden zu drücken. Dann schlug sie ihm die Zähne in den Hals.

Zwei Flammensäulen trieben die Wölfe in alle Richtungen. Der Geruch von versengtem Fell und verbranntem Fleisch hing in der Luft. Während die Tigerin dem Vampir die Kehle aufriss, entdeckte Natalya, dass ein dritter Vampir seinen Wolfskörper aufgab, um sich auf Mirko und Jubal zu stürzen. Erschrocken gab sie ein lautes Brüllen von sich und betete, dass die beiden ihre Warnung verstehen würden.

»Fang, Fledermaus!« Jubal warf gelassen eine Dose Haarspray in die Luft, die der Vampir automatisch auffing. Sofort feuerte Mirko eine Salve konzentrierter Flammen direkt auf die Dose, und Jubal tat dasselbe. Noch während der Vampir zu ihnen raste, explodierte die Dose in seiner Hand wie eine kleine Bombe.

Ein Wolf sprang auf Natalyas Rücken und riss mit scharfen Krallen ihren Nacken auf. Die Tigerin wirbelte herum und hieb ihre Pranken in den Angreifer.

»Das Herz, Mirko!«, rief Jubal laut und zeigte auf das freigelegte Herz des Vampirs, das versuchte, sich in die Sicherheit der verbrannten Brust zurückzuziehen. »Wir müssen das Herz zerstören.«

Mirko langte nach einer weiteren Spraydose und richtete die Flammen auf das Herz. Sofort stürzten sich mehrere Wölfe auf ihn, aber er hielt die lodernde Flamme unerschütterlich auf das Herz, bis es zu Asche zerfiel. Ein Wolf warf sich mit gefletschten Zähnen an seine Brust, als die Dose leer war. Mirko schleuderte seine nutzlos gewordene Waffe von sich, packte den Wolf mit beiden Händen und stürzte mit ihm auf den Boden.

Jubal ließ seine leere Spraydose fallen und langte hastig nach der nächsten, wobei er einem der Wölfe einen Tritt versetzte. »Natalya!«

Sie erhob sich mitsamt den drei Wölfen, die sich in ihre Flanken und ihren Nacken verbissen hatten, schüttelte die Tiere ab und stürzte sich auf den Wolf, der Mirko angriff. Es war noch viel schlimmer, als sie erwartet hatte. Nicht einmal die Tigerin hatte alle Vampire entdecken können. Sie waren in großer Zahl erschienen und fest entschlossen, den Prinzen zu töten.

Plötzlich wurde die Wohnungstür aufgestoßen, und ein großer, breitschultriger Mann stand im Türrahmen. Alle erstarrten.

Natalya konnte das wilde Pochen von Herzen und das Rauschen von Blut hören. Sie knurrte gereizt, als zwei weitere Vampire ihre normalen Gestalten annahmen. Die verbliebenen Wölfe hoben die Köpfe und zerrissen mit ihrem Heulen die angespannte Stille.

»Mikhail Dubrinsky. Willkommen.« Einer der Vampire neigte den Kopf. »Maxim wird sehr erfreut sein, dass wir unseren Auftrag erfüllt haben.«

Natalya, die aus etlichen Wunden blutete, wandte den Kopf. Ihre undurchsichtigen Augen glitzerten, als sie Mikhails Blick begegneten. Sie hätte Vikirnoff in jeder Gestalt erkannt.

»Hinter dir!«, rief Jubal.

Das Rauschen von Flügeln war zu hören, das Dröhnen von Füßen und Pranken auf dem Holzboden, als die Vampire und ihre Klone zum Angriff übergingen. Mikhail löste sich in Dunst auf und strömte über die Köpfe der Kreaturen hinweg durch einen Türspalt in die Nacht hinaus, dicht gefolgt von Fledermäusen, Vögeln und Wölfen.

Natalya stürzte sich auf den nächsten Wolf. Ihre Gedanken überschlugen sich. Die geklonten Wölfe waren zurückgeblieben, und dazu spürte sie etwas Böses, das vermutlich gerade verstohlen nach oben schlich. Die Vampire hatten Vikirnoffs Verfolgung aufgenommen, aber sie war sicher, dass noch mehr von ihnen im Haus waren. Knurrend fuhr sie zu den Wölfen herum. Sie wollte sie möglichst schnell erledigen, damit sie Vikirnoff folgen konnte.

»Gib Natalya Deckung, Mirko! Ich gehe nach oben, um meine Schwester zu beschützen.« Jubal schnappte sich zwei Spraydosen und lief hinaus.

Die wenigen Leute, die sich näher wagten, um nachzuschauen, was hier vorging, ergriffen die Flucht, als Jubal aus demselben Zimmer gerannt kam, aus dem gerade etliche grausige Gestalten herausgeströmt waren. Im Flur war niemand zu sehen, aber die Wände schienen sich zu dehnen und wieder zusammenzuziehen, als atmete das Gebäude schwer. Die Tür zu Natalyas Zimmer stand einen Spalt offen, und Jubal blieb schlitternd stehen, um das Feuerzeug herauszuholen, für den Fall, dass er sich oder Gabrielle verteidigen musste.

»Ich komme jetzt rein«, rief er, bevor er vorsichtig ins Zimmer spähte.

Sein Herzschlag geriet ins Stocken, als er seine Schwester sah. Sie war weiß, fast grau im Gesicht, und Raven und Sara, die immer noch um Gabrielles Leben kämpften, sahen blass und erschöpft aus. Mikhail in seiner Verkleidung als Vikirnoff und Falcon schritten das Zimmer ab, um Wände und Fußboden zu untersuchen.

»Wir bringen Gabrielle hier weg, Jubal«, erklärte Falcon mit ruhiger Stimme. »Mikhail hat die Vampire auf eine falsche Fährte gelockt, um uns Zeit zu geben, Gabrielle in Sicherheit zu bringen.« Für den eher unwahrscheinlichen Fall, dass Vampire in der Nähe waren und sie hören konnten, wollte Falcon Mikhails Tarnung so lange wie möglich aufrechterhalten, und das hieß, auch vor Jubal.

»Ist sie tot?«

»Ich werde dich nicht belügen. Wir erhalten deine Schwester am Leben, aber wir wissen nicht, ob unsere Bemühungen ausreichen. Sie hat tödliche Wunden erlitten. Vikirnoff hält ihren Geist fest, um zu verhindern, dass sie von uns geht. Ihre Körperfunktionen können wir aufrechterhalten, nicht aber ihren Lebenswillen. Vikirnoff war der Erste, der hier war, und ihr Geist ist an seinen gebunden, bis sie stirbt – oder die Umwandlung überstanden hat.«

»Wir müssen jetzt gehen«, sagte Mikhail eindringlich mit Vikirnoffs Stimme. »Ich fühle die Nähe des Vampirs, kann seinen genauen Standpunkt aber nicht ausmachen.«

Die Tigerin stürmte ins Zimmer, packte, ohne die anderen zu

beachten, mit den Zähnen ihren Rucksack und verschwand im Badezimmer. Gleich darauf kam Natalya heraus, immer noch damit beschäftigt, Waffen in die Schlingen an ihren Hosen zu stecken.

»Tut mir leid, dass es so lange gedauert hat, aber es waren ganz schön viele. Ihr müsst jetzt gehen.« Das Mal auf ihrer Haut brannte schmerzhaft. »Hier befinden sich irgendwo noch Vampire.«

»Jubal, hol den Wagen«, befahl Mikhail und hob Gabrielle in seine Arme. »Beeil dich! Wir haben nicht viel Zeit.«

Raven und Sara liefen zu ihm und schoben sich schützend vor die bewusstlose Frau, als der Prinz zum Balkon ging.

Ohne Vorwarnung sausten Stücke der Zimmerdecke in Form scharfer Speere herunter. Raven hob ihre Hände in die Höhe und schuf einen Schutzschild, während sie zum Balkon liefen. Jubal warf Natalya die Spraydose zu und rannte aus dem Zimmer und die Treppe hinunter, um den Wagen zu holen.

Natalya und Falcon teilten sich auf und stellten sich jeweils in einer Ecke des Zimmers auf. Natalya hob ihr Schwert. In der Decke klaffte ein tiefer Riss und etwas Dunkles, Schemenhaftes fiel ins Zimmer. Sie erkannte den Vampir sofort. Da sie wusste, dass Falcon bessere Chancen als sie hatte, ihn schnell zu töten, trat sie aus der Ecke vor, um seine Aufmerksamkeit auf sich zu lenken.

»Du kommst zu spät, Arturo«, begrüßte sie ihn. »Und du scheinst ganz schön angeschlagen zu sein. Du und dein Meister hattet wohl ein bisschen Ärger mit den Schattenkriegern, denn ehrlich gesagt, siehst du aus, als wärst du in einen Fleischwolf geraten.«

Er knurrte und krümmte seine klauenartigen Hände. »Du! Die Jäger sind also abgezogen und haben dich deinem Schicksal überlassen.«

»Die Jäger fanden es nicht der Mühe wert, deinetwegen ihre

Zeit zu vergeuden. Ich habe ihnen gesagt, dass ich mühelos mit dir fertig werde. Ich habe dich schon ... Moment mal, lass mich überlegen« – sie legte den Kopf zur Seite, um sein Gesicht zu betrachten, das jetzt von grauenhaften Narben durchzogen war – »mindestens vier Mal getötet, vielleicht auch öfter. Alle meine Kämpfe mit dir verschwimmen irgendwie zu einem Einheitsbrei.«

Falcon glitt lautlos hinter den Vampir.

»Du wirst mir wirklich fehlen, Arturo, doch alles Gute hat einmal ein Ende«, sagte Natalya und trat mit erhobenem Schwert einen Schritt auf ihn zu.

Falcon schlug von hinten zu, indem er seine Faust durch Haut, Knochen und Sehnen trieb, das Herz packte und aus Arturos Brust riss. Ein Blitz zuckte über den Himmel, krachte durch das Loch im Dach direkt in das Herz, das Falcon fallen gelassen hatte, und ließ es sofort in hellen Flammen aufgehen.

»Gute Arbeit«, bemerkte Natalya. »Du fackelst nicht lange. Hoffentlich kannst du das hier für Mirko und Slavica reparieren«, fügte sie hinzu. »Ich mache mich jetzt auf die Suche nach Vikirnoff.«

»Er ist ein erfahrener Jäger. Er wird nicht wollen, dass sich seine Gefährtin in Gefahr begibt.« Falcon lenkte den Blitz auf den Leichnam. »Er erwartet von mir, dass ich den Prinzen bewache.« Es war die einzige Entschuldigung, die er ihr geben konnte.

»Mir ist völlig klar, was er erwartet.« Natalya flitzte wieder einmal ins Badezimmer. Sie hatte sich heute schon so oft umgezogen, dass es ihr allmählich auf die Nerven ging. »Geh! Tu, was du zu tun hast.«

»Gute Jagd!«

»Gleichfalls.« Vikirnoff hatte ein Rudel Vampire auf den Fersen und konnte sie vielleicht eine Weile im Kreis herumführen, um dem Prinzen und Gabrielle mehr Zeit zu verschaffen, aber irgendwann würde er sich dem Kampf stellen müssen. Und sie wollte verdammt sein, wenn sie ihm das allein überließ.

Natalya zog sich erneut aus. Es dauerte nur ein paar Sekunden, Waffen, Munition und Kleidung in ihren Rucksack zu stopfen und ihn um ihren Hals zu hängen, bevor sie wieder ihre Tiergestalt annahm. Sie konnte immer noch das Gerücht verbreiten, dass ein Zirkustier entlaufen wäre, oder es den Karpatianern überlassen, sich etwas auszudenken. Das Dach war repariert und Falcon bereits verschwunden, als sie ins Zimmer zurückkam. Auf dem Boden waren weder ein Leichnam noch Brandspuren zu sehen, nicht einmal die versengten Stellen von ihren Experimenten mit den Spraydosen.

Die Tigerin sprang vom Balkon auf die Veranda und von dort auf den Boden. Als sie durch den Ort rannte, hielt sie sich möglichst im Schatten und wich den Menschen aus, so gut sie konnte. Sie hörte aufgeregtes Stimmengemurmel, als einige Leute einen Blick auf die große Raubkatze erhaschten, die durch Büsche und Sträucher jagte. Bei all den Ereignissen im Gasthaus würden bald jede Menge haarsträubender Geschichten im Umlauf sein, die sich im Lauf der Zeit zu großen Legenden auswachsen würden. Ihre Tigerin würde ein Bestandteil dieser Erzählungen sein.

Natalya, deren Verbindung zu Vikirnoff nie abbrach, konnte trotz seiner Rolle als Prinz Mikhail Zugang zu seinem Bewusstsein erlangen. Da die Vampire seine Gedanken möglicherweise auffangen würden, dachte er bewusst an sein Volk und wie wichtig es wäre, am Leben zu bleiben, um seine Leute zu schützen. Natalya fand Vikirnoffs Meinung darüber, was ein Prinz denken sollte, ziemlich bescheuert …

Bescheuert? Das sind die Gedanken eines Prinzen. Was machst du eigentlich hier?

Ich folge dir. Halte dir den Rücken frei. Du führst sie tiefer in den Wald, stimmt's? Wo er allein mit ihnen fertig werden müsste. Aber das würde sie nicht zulassen, ob er nun Hilfe wollte oder nicht.

Ja. Ich will sie vom Gasthaus weglocken, aber an einen Ort nach meiner Wahl. Weit weg von dort, wo seine Gefährtin in Gefahr wäre.

Arturo ist tot. Falcon hat ihn getötet und bewacht jetzt Prinz Mikhail. Er sagt, das würdest du von ihm erwarten.

Natürlich.

Natalya seufzte über die ruhige Gelassenheit, mit der er sprach. Alles in ihm konzentrierte sich auf den bevorstehenden Kampf; er hatte seine Gefühle beiseitegeschoben und verließ sich völlig auf die jahrhundertealten Instinkte des Kriegers. *Sie haben gesagt, nur du könntest Gabrielle am Leben erhalten. Was haben sie damit gemeint?*

Ich wache über Gabrielles Geist. Die anderen werden weiter versuchen, ihren Körper zu heilen, und als Nächstes wird Falcon ihr Blut geben. Daraufhin werden sie ihre Heilungsversuche fortsetzen, und Mikhail wird sie mit seinem Blut nähren. Erst dann wird die Umwandlung einsetzen. Wenn sie stark genug ist, wenn ihr Wille und mein Wille stark genug sind, wird sie am Leben bleiben.

Natalya beschleunigte ihr Tempo, indem sie über eine Wiese jagte und mit gewaltigen Sprüngen über einen Hügel setzte. Sie nahm auf ihrem Weg zu dem Ort, den Vikirnoff sich für den Kampf ausgesucht hatte, jede Abkürzung, die sie finden konnte. *Kannst du das denn machen und gleichzeitig kämpfen?*

Natürlich.

Natürlich, wiederholte sie sarkastisch. *Warum frage ich überhaupt? Du bist unbesiegbar. Mit wie vielen haben wir es zu tun?*

Wir?

Ja, wir. Und fang bloß keinen Streit an. Du bekommst sowieso schon genug Ärger mit mir.

Sie empfing den kurzen Eindruck von Zähnen, die zusammenschnappten. *Fünf. Aber nicht Maxim.*

Bei dem Namen machte Natalyas Herz einen Satz. *Das ist zwar eine Erleichterung, aber ich wüsste gern, warum er nicht dabei ist. Wenn er sich schon die Mühe gemacht hat, eine Falle aufzustellen, warum ist er dann nicht hier bei seinen Helfershelfern? Du könntest direkt in einen Hinterhalt geraten.*

Schau nach Norden. Dort findet gerade ein Kampf statt. Der Nachthimmel ist hell erleuchtet von Blitzen, und die Erde stöhnt. Ich glaube, Maxim war unterwegs und ist auf einen sehr erfahrenen Jäger gestoßen. Schau dir dem Himmel an.

Ein kaum merklicher Unterton schwang in seiner Stimme mit. Erwartung? Vorsicht? Natalya konnte nicht den Finger darauflegen, aber sie hielt kurz inne und schaute in Richtung Norden. In der Ferne zuckte ein Blitz über den Himmel, nicht im Zickzack, sondern in der Form eines leuchtenden, Feuer speienden Drachens. Ihr stockte der Atem, und sie konnte sogar unter dem dichten Fell der Tigerin spüren, wie das Mal auf ihrer Haut zu pochen anfing.

Das ist das Zeichen der Drachensucher. Kein anderer Karpatianer benutzt im Kampf dieses Bild. Soweit ich weiß, gibt es nur noch dich und Dominic. Natürlich ist die Welt groß, und es können durchaus noch mehr von euch am Leben sein.

Trotz der Situation, trotz ihrer wilden Hetzjagd über die Hügel erschauerte Natalya unwillkürlich bei dem Anblick des Drachens in der Luft. Erst nach einem Moment fiel ihr auf, dass Vikirnoffs Stimme aus größerer Distanz kam, als sie zunächst geglaubt hatte. Er lenkte sie ab, mit einer Sache, von der er wusste, dass sie Natalya, wenn auch nur für einige wenige Minuten, von seiner Fährte abbringen würde, sodass er bessere Chancen hatte, die Vampire von ihr wegzulocken.

Die Tigerin jagte mit atemberaubender Geschwindigkeit weiter den Hügel hinauf und in den Schutz der Bäume. *Warum nennt man sie Drachensucher?* Sie würde sich nicht anmerken lassen, dass sie sein kleines Manöver durchschaut hatte. Er führte die Vampire an einen bestimmten Ort, und durch ihre telepathische Verbindung mit ihm hatte sie eine vage Vorstellung, wo das sein könnte. Aber Vikirnoff tat sein Bestes, um seine Gedanken zu verschleiern. Natalya legte an Tempo zu und bewegte sich so schnell wie möglich, ohne sich völlig zu verausgaben.

Drachen verkörperten für die Drachensucher irdische und überirdische Macht, Weisheit und Stärke, und sie suchten die Macht und die Weisheit der Drachen. Es war nicht sosehr das schwer greifbare Geschöpf, das sie suchten, sondern der Code, alles, was der Drache repräsentierte. Wir glauben, dass in grauer Vorzeit eines dieser legendären Wesen dem ersten Drachensucher gewisse Gaben verlieh oder dass vielleicht ein Drache unter ihren Vorfahren war. Wer weiß schon, was wahr ist?

Die Erde bebte unter den Pranken der Tigerin, die sich knurrend vom Boden abstieß, während sie sich prüfend umsah. Über ihr verdüsterte sich der Himmel, Wolken verdeckten einen Stern nach dem anderen und schoben sich wie ein rotbrauner Fleck vor den Mond. Der Wind frischte auf und wehte durch die Bäume, sodass die Blätter leise raschelten. Sie duckte sich tiefer und bahnte sich vorsichtig einen Weg durch das dichte Unterholz.

Indem sie in die Luft witterte, konzentrierte sie alle Sinne der Tigerin zusammen mit ihren eigenen auf die Nacht, um Informationen zu sammeln. Ein paar Meilen entfernt hatte ein weiterer Kampf begonnen. Vikirnoff hatte seine Stellung bezogen, und ganz wie sie es befürchtet hatte, weigerte er sich, den Vampiren zu zeigen, dass er sie getäuscht hatte, indem er nach wie vor vorgab, Prinz Mikhail zu sein, und keinen Versuch mehr unternahm, ihnen zu entkommen.

Du bist ein Idiot. Sie murmelte es mehr zu sich selbst als zu ihm. Zum Teufel mit dem Kerl! Er konnte einfach nicht vernünftig sein, wenn es ums Kämpfen ging. Sie selbst hielt viel von dem alten Sprichwort »Aufgeschoben ist nicht aufgehoben«. Nachdem sie die letzten Meilen in lockerem Tempo zurückgelegt hatte, nahm sie im Schutz des dichten Buschwerks wieder ihre natürliche Gestalt an, zog sich hastig an, verstaute ihre Waffen und setzte sich einen Moment hin, um wieder zu Atem zu kommen.

Immer wieder zuckten Blitze über den Himmel, und ein widerwärtiger Gestank deutete darauf hin, dass Vikirnoff mindestens einen der Vampire erledigt hatte. Natalya schlich lautlos durch das dichte Unterholz, um besser sehen zu können, was gerade vorging. Als sie einen belaubten Ast beiseiteschob, stockte ihr der Atem.

Vikirnoff bewegte sich kraftvoll und geschmeidig und mit der Anmut eines Tänzers. Seine markanten, männlichen Züge waren hart und bar jeder Emotion und ungeheuer konzentriert. Sie konnte ihn klar hinter Mikhails Aussehen erkennen, seine Entschlossenheit, seine Anspannung. Mit atemberaubender Geschwindigkeit drang er in den Kreis der Vampire ein und schlug zu, noch ehe sie sich rühren konnten.

Während er diesen ungleichen Kampf gegen so viele Gegner ausfocht, starrte Natalya ihn wie gebannt an, fasziniert von seiner männlichen Schönheit. Noch nie hatte sie eine derartige Demonstration von Macht und Können gesehen. Er floss wie Wasser um die Vampire herum, bewegte sich dabei ständig im Kreis und streifte mit den Füßen kaum den Boden. Bewunderung und Respekt erfüllten sie.

Natalya blieb in geduckter Haltung hinter dem Gesträuch, ohne den Blick von ihm zu wenden, so hingerissen war sie, so stolz auf ihn. Das Spiel seiner Muskeln zeichnete sich unter seinem Hemd deutlich ab, und er sah elegant und kriegerisch zugleich aus. Sein langes Haar, das bei jeder Bewegung durch die Luft schwang, schimmerte wie schwarze Seide. Sie konnte

Mikhails Äußeres kaum sehen, so stark war Vikirnoffs Bild in ihr Inneres eingebrannt. Auch die Tigerin in ihr erkannte ihren Gefährten und rührte sich. Das Mal des Drachens brannte, weil Vampire in der Nähe waren, aber es erglühte in einem anderen Feuer, als sie Vikirnoff beim Kämpfen zusah.

Nie würde sie diesen Augenblick vergessen, in dem er vor Macht und Energie strahlte und sich mit fließender Anmut und absolut gnadenloser Entschlossenheit bewegte. »Du *bist* mein Gefährte des Lebens.« Sie flüsterte es, voller Ehrfurcht über die Tatsache, dass ihr Körper es vor ihrem Geist erkannt und akzeptiert hatte.

Staunend beobachtete sie, wie er buchstäblich ein Herz aus der Brust riss, während zwei Vampire in der Luft, dort, wo er gerade noch gewesen war, aufeinanderprallten. Sie spürte, dass sie einem sorgfältig choreografierten Kampf zusah, in dem jede Bewegung einstudiert war.

Vikirnoff stiftete mit seinem schwindelerregenden Tempo Verwirrung unter den Vampiren, um zu verhindern, dass sie seine Maskerade durchschauten. Sie waren noch Anfänger, Figuren, die Maxim als Kanonenfutter einsetzte, um so viel Schaden wie möglich anzurichten und die gegnerische Verteidigung zu schwächen. Vikirnoff war überzeugt, dass Maxim die Neulinge zum Gasthof geschickt hatte, um dort zu kämpfen und mit etwas Glück die Bewacher Prinz Mikhails zu verwunden. Maxim hatte mit Sicherheit geplant, rechtzeitig zu kommen, um Mikhail zu töten, aber er hatte weder einbezogen noch erwartet, dass der Zufall einen weiteren erfahrenen Jäger ins Spiel bringen würde.

Als Vikirnoff sich in Dunst auflöste, um den beiden erfahrensten der Untoten auszuweichen, warf er einen Blick in Richtung Norden. Nach dem Himmel zu urteilen, machte dort der Drachensucher gerade Jagd auf Maxim. Der Meistervampir war offenbar nicht so dumm, einen derart erfahrenen Jäger ohne deutlichen Vorteil zu bekämpfen, und zog es vor, einstweilen das

Weite zu suchen. Durch das unvermutete Eingreifen des Drachensuchers war die Falle im Gasthaus entschärft worden, bevor es zu schweren Verlusten kommen konnte.

In der Form von Dunst strömte Vikirnoff hinter einen dunkelhaarigen Vampir, nahm dabei erst in letzter Sekunde wieder seine ursprüngliche Gestalt an, packte den Kopf seines Gegners in beide Hände und riss ihn mit einem Ruck nach hinten, um ihm den Hals zu brechen. Es war kein tödlicher Schlag, aber jede Wunde trug dazu bei, den Feind zu schwächen. Im nächsten Moment war er schon wieder in Bewegung, rannte einen Baumstamm hinauf und griff den Vampir von hinten an, um ihn zu Boden zu werfen. Er hatte erfolgreich zwei der fünf Vampire erledigt und bis jetzt nur kleine Kratzer davongetragen.

Die Vampire zogen sich zurück und schleppten dabei ihren verletzten Kameraden mit. Als Vikirnoff sich ihnen näherte, bauten sie einen Schutzschild vor ihm auf. Vikirnoff kauerte sich auf den Boden und betrachtete ihre Gesichter.

»Ich kenne keinen von euch. Wie kommt das?«

»Du erkennst einen alten Kindheitsfreund nicht, Mikhail?«, knurrte der Vampir mit dem gebrochenen Hals. Speichel lief aus seinem Mund, und er zerrte an seinem Hals, um seinen Kopf wieder gerade zu rücken. »Ich bin Borak, und du musst dich an Valentine und Gene erinnern. Durch genau diese Wälder sind wir früher zusammen gestreift, und du weißt nicht mehr, wer wir sind?«

Vikirnoff machte eine knappe Verbeugung. »Tut mir leid, Borak, es muss daran liegen, dass dich die Zeit so sehr verändert hat. Ich erinnere mich an deine Jugend und dein makelloses Gesicht, nicht an das Abbild des Bösen, zu dem du geworden bist.« Er hob seine Hände. Einen Moment lang schimmerte klares Wasser in seinen Handflächen und spiegelte die Gesichter der drei Vampire.

Mit wütendem Zischen zogen sie lange Umhänge vor ihre

Augen, um sich vor ihrem abstoßenden Spiegelbild zu verbergen.

Vikirnoff ließ seine Hände wieder sinken. »Ihr seht, warum ich mich an alte Kindheitsfreunde nicht erinnern kann.«

»Du hast keine Freunde«, fuhr Valentine ihn an. »Sogar Gregori hat dich im Stich gelassen. Genau wie alle anderen. Sie haben dich absichtlich zurückgelassen, obwohl sie wussten, dass es einen Angriff geben würde. Deine eigenen Leute haben über dein Schicksal entschieden. Sie wollen deinen Tod.«

Die Luft schwirrte von Flügelschlägen, und der Himmel verdunkelte sich, als eine ganze Schar großer Vampirfledermäuse das Gebiet überflutete. Sie begannen, sich auf den Bäumen niederzulassen und den Kampfplatz zu umringen, Hunderte, wenn nicht mehr, die ihre Flügel anlegten und sich mit dünnen Krallen an Zweige und Äste klammerten. Es waren so viele, dass sich einige der Äste unter dem Gewicht durchbogen.

»Komm und töte mich, Valentine. Es wird mir ein Vergnügen sein.«

Valentine bleckte mit einem Knurren seine spitzen Zähne und warf dem vermeintlichen Mikhail einen mörderischen Blick zu. »Du machst dich über mich lustig, aber das trifft mich nicht. Ich weiß, dass es für dich kein Entkommen gibt.«

Vikirnoff breitete seine Arme aus. »Du kannst es gern versuchen, Valentine. Du schindest Zeit, weil du hoffst, dass dein Meister kommt, um dir zu sagen, was du zu tun hast.«

Natalya fiel auf, dass sich an der Haltung der drei Vampire etwas verändert hatte. Wenn sie sich vorher hinter ihren Schutzschild geduckt hatten, standen sie jetzt aufrechter, mit funkelnden Augen und entschlossenen Mienen. Sie war sicher, dass ihr Meister ihnen als Teil seiner Strategie mehr Macht gegeben hatte. Sie spähte nach Norden. Der Blitz in Form eines Drachens war verschwunden, und am Himmel herrschte in dieser Richtung Ruhe.

Über ihrem Kopf ballten sich dunkle Wolken, und ein feiner Regen setzte ein. Natalya konnte nicht sagen, ob es sich um ein natürliches Phänomen handelte oder ob jemand das Wetter manipulierte. Die Vampire, deren Körper in einem geisterhaften Licht schimmerten, kamen näher. Borak, dessen Kopf immer noch in einem unnatürlichen Winkel auf seinen Schultern saß, wirkte grotesk. Immer wieder sackte sein Schädel zur Seite, und er rückte ihn mit leisen Flüchen wieder zurecht.

Die Fledermäuse breiteten flatternd ihre Flügel aus. Einige stiegen auf, während sich andere zu Boden fallen ließen. Der Anblick, wie die Geschöpfe Vikirnoff mit einem gestelzten, krebsartigen Gang verfolgten, war so unheimlich, dass Natalya erschauerte und eine Gänsehaut bekam. Die Fledermäuse bildeten zwei Kreise um Vikirnoff und die Vampire, wobei der innere Kreis sich im Uhrzeigersinn, der äußere gegen den Uhrzeigersinn bewegte. Natalyas Herz schlug schneller, und sie musste mehrmals tief Luft holen, um sich zu beruhigen, damit sie ihre Anwesenheit nicht verriet. Sie musste ihm vertrauen. Sie vertraute ihm auch, aber es kostete sie ungeheure Selbstbeherrschung, ihm nicht eine Warnung zuzurufen. Natalya steckte sich eine Hand in den Mund und biss fest zu.

Borak schimmerte, wurde nahezu durchsichtig. Die anderen beiden Vampire folgten seinem Beispiel. Ihre Körper verzerrten sich, wurden kleiner und nahmen die Gestalt einer Frau an. Einer zierlichen Frau mit langem dunklen Haar. Vikirnoff sah sich drei Ausgaben von Raven gegenüber. Er wusste, dass Mikhail damit verunsichert werden sollte und die drei Vampire darauf zählten, dass er zögern würde, ehe er auf Raven losging. Schon klonten die Vampire die Frauengestalt, sodass hundert verletzlich und unschuldig aussehende Ausgaben von Raven vor ihm standen.

Es war nicht schwer zu erkennen, welche der Frauengestalten zu Borak gehörte, da sein Kopf schief stand, aber die anderen waren perfekte Repliken von Mikhails Gefährtin. Einige von ihnen weinten, andere bettelten und flehten, und alle streckten ihre Arme nach ihm aus, als sie auf ihn zugingen. Vikirnoff schimmerte einen Moment lang, ehe er inmitten der Armee von Raven-Doppelgängerinnen zerfloss und dieselbe Gestalt annahm, sodass man unmöglich sagen konnte, wer ein Vampir, wer ein Klon und wer der Jäger war.

Vikirnoff bewegte sich mit den anderen Klonen langsam auf Borak zu. Er war überzeugt, den echten Vampir unter all den Klonen ausgemacht zu haben. Auch die Köpfe der Klone waren leicht zur Seite gelegt, aber einer von ihnen schwankte ständig hin und her, da sich der Vampir auf die Jagd und nicht auf sein Äußeres konzentrierte.

Als Vikirnoff seinen Gegner in greifbarer Nähe hatte, stießen sofort die Fledermäuse aus der Luft auf ihn herab, und die, die auf dem Boden geblieben waren, gaben leise Laute von sich. Der Regen wurde stärker, und der Wind nahm an Kraft zu und fegte durch die Blätter an den Bäumen, sodass sie erneut erschauerten und wild in der Luft flatterten.

Vikirnoff fuhr unter den Klonen geschmeidig herum, indem er die Gestalt des Prinzen annahm, packte Borak und stieß seine Faust tief in die Brust des Vampirs. Ravens Gesicht verzerrte sich zu einer hässlichen Maske mit weit offen stehendem Mund und klaffenden Zähnen. Borak versuchte sofort, seine Gestalt zu ändern und sich um die Finger zu winden, die sich mit der Schnelligkeit und der Wucht eines Wurfspeers in seine Brust bohrten. Vikirnoff riss das Herz heraus und nahm das eingeschrumpfte, geschwärzte Organ mit sich, während er mehrere Klone umstieß.

Natalya konnte nicht den Blick von ihm wenden. Sie wollte irgendwie helfen, wollte zumindest die Fledermäuse verjagen, die ihrem Gefährten so gefährlich nahe waren und immer engere Kreise zogen, um den Kampfplatz zu verkleinern, aber sie war wie in Trance, konnte nicht einmal blinzeln, geschweige denn die Augen von Vikirnoff lassen. Sie sah ihn so deutlich unter dem Abbild des Prinzen, als er sich mit den tänzelnden Schritten eines Kriegers bewegte, mit starken, zupackenden Händen und entschlossenem Gesicht. Ihr Herz passte sich seinem Herzschlag an, und ihre Füße fühlten denselben fließenden Rhythmus.

Borak stieß einen gellenden Schrei aus und raste hinter Vikirnoff her. Seine Klone sanken auf die Erde und lösten sich in Nichts auf, als hätte es sie nie gegeben. Dunkles, ätzendes Blut versengte die Vegetation, als Borak taumelte und schließlich stürzte. Ein Blitz zuckte über den Himmel und beleuchtete die gespenstische Szene, ehe er das Herz entzündete, das der Jäger auf den Boden geschleudert hatte. Der gezackte Lichtstrahl sprang zu Boraks Körper weiter und verbrannte ihn zu feiner Asche, bevor helle Flammen das Blut auf dem Boden und den inneren Kreis von Fledermäusen verschlangen.

Der äußere Kreis der Fledermäuse stieg in die Lüfte auf, um der ungeheuren Hitze zu entkommen. Natalya blinzelte ein paar Mal, während sie das Geschehen weiterverfolgte. Sie hatte das Gefühl, aus einer seltsamen Trance zu erwachen. Zuerst erfasste sie nicht, was eben passiert war, aber dann war sie wieder ganz bei sich und erkannte, dass Vikirnoffs Bewegungen eine hypnotische Wirkung ausübten. Er war imstande, seinen Feind mit seinen geschmeidigen Bewegungen in Bann zu schlagen und einzulullen.

Valentine und Gene veränderten erneut ihre Gestalt und flogen zu Vikirnoff, wobei sie die Fledermäuse ebenfalls zum Angriff auf ihn lenkten. Vikirnoff warf das Äußere des Prinzen ab und begegnete ihnen in der Luft, eine Urgewalt, die alles an Können und Macht übertraf, was die beiden je erlebt hatten. Er brach durch die flatternden Schwingen der Fledermäuse und stieß bei seinem Angriff auf die beiden Vampire viele von den Tieren vom Himmel.

Gene hielt abrupt inne und ergriff die Flucht, indem er in wildem Flug durch die Bäume raste. Valentine entschied sich zu bleiben und zu kämpfen. Er landete auf dem Boden und stellte sich dem Jäger. Natalya versuchte, Gene im Auge zu behalten. Sie war nicht überzeugt, dass er tatsächlich abziehen würde, da er und die beiden anderen Vampire offensichtlich eindeutige Befehle bekommen hatten, vermutlich von Maxim. Gene war im dichten Unterholz verschwunden, doch Natalya zog trotzdem ihr Schwert und hielt es bereit, für den Fall, dass der Vampir versuchen sollte, Vikirnoff aus dem Hinterhalt anzugreifen.

»Du bist nicht der Prinz«, knurrte Valentine und wiederholte laut: »Er ist nicht der Prinz!«

Falls er um Erlaubnis bat, sich davonmachen zu dürfen, war es zu spät. Vikirnoff wirbelte herum, packte den Vampir am Nacken und schleuderte ihn auf den Boden. Im nächsten Moment schon war er über ihm und stieß ihm die Faust in die Brust, um das Herz herauszureißen.

Natalya spürte, wie der Drache auf ihrer Haut brannte, und sah sich panisch um. Sie überprüfte Bäume, Büsche, alles in Vikirnoffs Nähe. Ein kleiner Stein rollte dicht an seinem Bein vorbei und ihr stockte der Atem. Sie brach im selben Moment aus ihrem Versteck, als Gene hinter Vikirnoff auftauchte und triumphierend ein Messer hob.

Natalya katapultierte sich mit einem Salto nach vorn, schwang im Flug ihr Schwert und hieb in die Beine des Vampirs. Er schrie immer wieder auf, während er nach hinten taumelte. Schon drehte sich Vikirnoff um und holte mit der Faust aus, so blitzschnell, dass er das Herz in der Hand hatte, noch bevor Gene den Boden berührte. Ein Blitz loderte auf, und Flammen rasten von den geschwärzten Herzen zu den beiden Körpern. Vikirnoff hob den Kopf und sah Natalya an.

Kapitel 14

»Was zum Teufel hast du dir bloß dabei gedacht, mir einfach zu folgen, Natalya? Sie hätten dich umbringen können!« Vikirnoff wusste noch im selben Moment, als er die Worte aussprach, wie absolut lächerlich er sich anhörte. Natalya wäre mit den Vampiren ohne Weiteres fertig geworden, und das regte ihn noch mehr auf. Eigentlich wusste er selbst nicht genau, warum er so außer sich war. Vielleicht lag es an dem verschmierten Blut auf ihrer Schulter und dem Bluterguss auf ihrer Wange, der von dem vorhergegangenen Kampf im Gasthaus stammte. Er fluchte leise und fuhr sich mit einer Hand übers Gesicht.

Natalya grinste ihn an. »Sag einfach danke, und wir vergessen das Ganze.«

Vikirnoff starrte auf seine Hände und hielt sie ihr dann vor die Nase. »Schau dir das an! Es juckt mich buchstäblich in den Fingern, dich zu packen und zu schütteln, um dir Vernunft beizubringen.« Seine Hand strich über ihren Scheitel und glitt an ihrem Haar hinunter zu ihrem Nacken. Dann zog er sie an sich, beugte sich vor und küsste sie. Der Kuss war kurz und elektrisierend – und befriedigte keinen von beiden. »Du bringst mich in Panik. Du weckst Gefühle in mir, die ich nicht empfinden will. Du bist so mutig, dass mir angst und bange wird.« Wieder eroberte er ihren Mund, hart, besitzergreifend und ein bisschen brutal.

Sie konnte sein Entsetzen schmecken. Und sein Verlangen. In ihm waren so viel Hunger, so viel Entschlossenheit. Vikirnoff konnte sanft sein, aber im Moment war ihm offenbar nicht danach zumute. Er hatte furchtbare Angst um sie gehabt, und das gefiel ihm gar nicht. »Lass uns von hier verschwinden, Vikirnoff. Dieser Ort verursacht mir eine Gänsehaut. Können wir uns nicht irgendwohin zurückziehen und reden?«

»Mir ist eigentlich nicht nach Reden.«

Natalya holte tief Luft, ließ den Atem langsam wieder hinaus und sah ihm direkt in die Augen. »Mir auch nicht.«

Sein Körper verspannte sich bei ihren Worten, aber mehr noch, sein Herz schlug einen Salto. Ohne weitere Umstände nahm er sie in seine Arme, zog sie an sich und erhob sich in die Lüfte. Natalya schlang bewusst ein Bein um seinen Oberschenkel, damit er die feuchte Hitze ihres Körpers spüren konnte, während er mit ihr über den nächtlichen Himmel glitt.

»Hast du Angst?«

»Nein.« Sie knabberte leicht an seinem Ohrläppchen. »Doch. Ich weiß nicht. Vielleicht ein bisschen.«

»Du weißt, was du tust?« Seine Hand lag mit gespreizten Fingern unten auf ihrem Rücken und schien sich durch ihre Kleidung hindurch in ihre Haut zu brennen. Seine Stimme war rau vor Hunger. So viel Hunger. Natalyas Unterleib krampfte sich zusammen, und ihre Brustspitzen verhärteten sich zu festen Knospen.

»Du willst von mir wissen, ob ich mich auf eine Beziehung mit dir einlassen will.« Ihr Körper tat weh und fühlte sich leer an. Sie wandte ihm ihr Gesicht zu, schlang einen Arm um seinen Hals und küsste ihn, während ihre Hand an seiner Brust hinunterwanderte, um über die dicke Ausbuchtung zu streichen, die sich so dicht an sie presste.

»Du musst dir ganz sicher sein. Denn wenn du es erst einmal getan hast, Natalya, lasse ich dich nicht mehr gehen. Selbst wenn es dir irgendwie gelingt, ein bindendes Ritual aufzuheben, das so alt wie die Zeit selbst ist, werde ich dich nicht mehr loslassen, wenn du erst mein geworden bist.« Das Tier in ihm brüllte nach seiner Gefährtin. Rette mich! Wähle mich! Bleib für immer mit meinem Herzen verbunden! Natalya gehörte ihm. *Ihm.*

Es gefiel ihr, dass er nicht einmal den Versuch unternahm,

sein Bewusstsein vor ihr zu verschließen. Sie wollte fühlen, wie besitzergreifend all seine Gedanken waren. Natalya wollte sich von ihm mitreißen lassen, damit der kleine Teil von ihr, der noch zögerte, nicht mehr lange überlegen musste und sie sich einfach nehmen konnte, was sie wollte. Sie wollte endlich jemanden für sich haben, jemanden, mit dem sie reden und lachen oder zornig sein konnte. Jemanden haben, um den sie sich ängstigen konnte. Sie wollte alles, und Vikirnoff bot ihr all diese Dinge an.

»Es ist nicht unbedingt leicht, mit mir zusammen zu sein ...«

Sie küsste ihn noch einmal und unterbrach ihn mitten im Satz. Er schmeckte heiß und sinnlich. Er schmeckte süß und nach Liebe. »Mit mir ist es auch nicht immer leicht ...« Sie brach ab, um ihn ein drittes Mal zu küssen, während ihre Finger unter sein Hemd glitten, um seine Brust zu spüren, wobei sie darauf achtete, seine immer noch empfindlichen Wunden von den vorangegangenen Kämpfen nicht zu berühren. »Ich glaube, ich werde noch süchtig danach, dich zu küssen.«

Sie legte beide Arme um seinen Hals, als er mit atemberaubender Geschwindigkeit nach unten schoss und durch einen schmalen Kamin in den Berg hineinglitt, schloss die Augen und verbarg ihr Gesicht an seiner Schulter. Der Eingang war eng und lang und führte in eine weitläufige Kammer mit hohen Decken. Vikirnoff setzte Natalya ab und hielt sie fest, bis er überzeugt war, dass sie nach ihrem Flug wieder sicher auf den Beinen stand.

Natalya warf ihren Rucksack in eine Ecke und begutachtete die große Höhle, während Vikirnoff in die Hände klatschte, um Kerzen anzuzünden. Sofort lag der beruhigende Duft von Lavendel in der Luft. »Wow! Ist ja toll. Unser eigener Whirlpool.« Sie zeigte auf ein natürliches, von flachen Steinplatten eingerahmtes Becken.

»Als ich jung war, kam ich oft her, vor allem, um zu lernen.

Bevor ich dieses Land verließ, habe ich den Eingang getarnt, aber nie erwartet, dass alles noch intakt ist.«

Sie stupste ihn mit der Schulter an. »Du musst also alles tun, um mich glücklich zu machen, oder? Habe ich nicht so etwas gehört, als du so unhöflich warst, mich ohne meine Einwilligung zu heiraten?«

Er stöhnte leise. »Ich sehe schon, das wird wieder einer dieser schwierigen Tage.«

Natalya warf den Kopf zurück, sodass ihr Haar in lohfarbenen Wellen um ihr Gesicht fiel und Sachen mit seinem Herzen anstellte, die er lieber nicht näher untersuchen wollte. Selbst ihre schnippische Art empfand er allmählich als liebenswert, und das war schlicht und einfach beängstigend.

»Ich glaube, davon gibt es in deinem Leben eine ganze Menge.«

»Schwierige Tage? Da hast du wohl recht.«

»Beantworte meine Frage. Du musst mich glücklich machen, stimmt's?«

»Ich kann nicht anders«, bestätigte er.

Ein träges, durchtriebenes Lächeln spielte um ihre Mundwinkel und ließ ihre Augen funkeln. »Ich brauche viele Dinge, um glücklich zu sein und es auch zu bleiben. Der Typ bin ich nun mal.«

»Welcher Typ?« Misstrauen stahl sich in Vikirnoffs Stimme.

»Der anspruchsvolle Typ.«

»Daran zweifle ich keinen Augenblick.« Sein Blick wanderte über ihr Gesicht, und irgendetwas passierte in seinem Inneren. In ihm wurde es ganz still. »Komm her.«

Natalya wich zurück. Sie wollte ihre Stellung behaupten, aber seine Augen waren vor Verlangen dunkel und verschleiert. Ein Schauer der Erregung lief ihr über den Rücken. Sie befeuchtete ihre Lippen und wusste selbst nicht, ob es notwendig oder reine Provokation war.

»Du hast mich gehört, Natalya.« Seine Stimme war leise und sehr sanft. Ein Hauch von Samt, der ihren Körper streichelte und ihre Nervenenden kitzelte. »Komm her zu mir.«

Ihre Erregung wuchs. Er sah grimmig und bedrohlich aus, sein Gesicht war von Spuren des Kampfs gezeichnet, sein Haar weich wie Seide, sein Körper hart vor Verlangen nach ihr. Aber was ihr Herz schneller schlagen ließ, waren seine Augen, der tiefe Hunger in ihnen und die Art, wie er sie ansah, als wäre er ausgehungert nach ihrem Körper. Als könnte ihn nichts und niemand daran hindern, sie in Besitz zu nehmen.

Sie brauchte diesen Blick. Sie sehnte sich nach einem Mann, der sie so sehr begehrte, dass ihn nichts aufhalten konnte. Es kümmerte sie nicht, ob das seltsam war. So war sie, und so war auch die Tigerin in ihr. Sie wollte diese unbeugsame Entschlossenheit, diesen fordernden Mund, diese rauen Hände und diesen schmerzhaft harten Körper.

Sie trat näher, blieb aber außer Reichweite. Sie wollte den Augenblick in die Länge ziehen. Vikirnoffs Begehren anheizen. Sie wollte denselben brutalen Hunger in seinen Augen sehen, der an ihr nagte.

Vikirnoff spürte, wie jähe Erregung in ihm aufstieg, unterlegt mit einem anderen, weit stärkeren Gefühl. Er fasste Natalya am Arm und zog sie das kurze Stück, das sie trennte, zu sich hinüber, sodass ihr Körper an seinen fiel. Ihre Hitze brachte ihn fast zum Schmelzen. Ihre Haut war seidenweich. Ihre Brüste stießen an seinen Oberkörper, sodass er mit jedem Atemzug, den sie machte, das Heben und Senken ihrer harten Brustspitzen spürte. Er vergrub seine Finger in ihrem Haar und bog ihren Kopf zurück. Endlich konnte sich sein Mund auf ihren senken.

Natalya hatte das Gefühl, dass die Luft vor Elektrizität knisterte. Flüssige Hitze strömte durch ihren Körper, durch ihre Adern und Muskeln, und steckte sie beinahe in Brand. Sie fühlte das derbe Ziehen an ihrem Haar, spürte, wie sich sein Mund auf ihren presste und ihn mit einer wilden Leidenschaft eroberte, die sie hungrig nach mehr machte. Sie wollte und forderte mehr. Natalya packte sein Hemd und zerrte daran, weil sie seine Haut spüren wollte. Die ganze Zeit verschlang sie seinen Mund, Kuss um Kuss, erkundete ihn mit Zunge und Zähnen, stellte ihre eigenen Forderungen und stachelte Vikirnoffs Verlangen bewusst an.

Er legte seine Sachen nach Art seines Volkes ab, indem er sich einfach vorstellte, sie wären nicht mehr da. Dann packte er Natalyas Hemd, zog es nach oben und gab ihre Brüste seinem hungrigen Blick preis. Sie war so schön mit ihren üppigen Rundungen, die aus dem Stoff quollen, rund und fest und verlockend. Er beugte sich vor und nahm ihre Brustspitze in den Mund.

Ihre Hüften drängten sich fordernd an seine, ihr Unterleib zog sich krampfhaft zusammen, und von ihren Lippen kam ein leises Stöhnen. Er hielt sie ganz fest, während er an ihrer Brust saugte. Ihr Körper stand in Flammen, und ihr Verlangen überflutete ihn. Bei jeder Berührung seiner Zunge und Zähne spürte er, wie sie erbebte und ihre Muskeln sich anspannten. Er wusste, dass ihr Körper feucht und bereit war. Ihr Bewusstsein war weit geöffnet. Sie teilte ihr Begehren mit ihm und nährte sein Verlangen mit ihrer eigenen Leidenschaft. Was er auch wollte, sie war hier, um ihm jeden Wunsch zu erfüllen, und dasselbe erwartete sie von ihm.

Seine Hand glitt an ihrem Bauch hinunter zu dem kleinen Ring an ihrem Nabel, der ihn so sehr faszinierte. Er berührte ihn kurz und schob seine Hand weiter nach unten, bis er auf ihre Hose stieß.

»Zieh mich aus«, murmelte sie und hob leicht den Kopf, um mit der Zunge über seine Brustwarzen zu streichen. »Beeil dich, Vikirnoff! Zieh mir die Sachen aus. Sie tun mir weh.«

Er zog ihr die Kleider bewusst grob aus und steigerte ihre

Erregung noch, als er sie nach hinten drängte, bis sie an die Wand der Höhle stieß. Wieder küsste er sie und zog ihren nackten Körper an sich.

Sie schrie auf, außerstande, den kleinen Laut zu unterdrücken, und ohne sich darum zu kümmern, dass Vikirnoff wusste, dass sie am liebsten geschluchzt hätte, so stark war die Erregung, die sie erfüllte. Sie rieb ihre Hüften an ihm, wollte mehr und forderte mehr. Seine Hand schloss sich um ihre Brust. Sein Daumen liebkoste die Spitze und streichelte sie so zärtlich, dass Wellen der Lust ihren Körper durchspülten und sich in ihrem Unterleib zusammenzogen. »Mehr«, wisperte sie, hungrig nach allem, nach jeder Erfahrung.

Seine Zähne knabberten spielerisch an ihrem Kinn, strichen über ihre Kehle bis zur Wölbung ihrer Brust. Mühelos hob er sie hoch und drückte sie an die Wand, um ihren Nabel und ihren Bauch mit kleinen Küssen zu übersäen.

Natalyas Atem ging stoßweise. Sie versuchte, ihre Beine um ihn zu schlingen; sie war so heiß und feucht, dass sie nach Erfüllung hungerte, aber Vikirnoff setzte sie auf einen Felsvorsprung, sodass ihr Po in eine kleine Nische sank. Seine Hände packten ihre Knie und schoben ihre Schenkel auseinander. Kühle Luft strich über ihren innersten Kern, doch nichts konnte sie abkühlen, nichts konnte den ziehenden Schmerz vergehen lassen.

Sie hörte ihren eigenen Herzschlag und ihren keuchenden Atem. Dann spürte sie seinen Atem auf ihrem Körper. Sein persönliches Zeichen. Ein Anspruch, der nie enden würde. Sie fühlte es tief im Inneren, und ihr ganzer Körper spannte sich so sehr an, dass es beinahe wehtat. Natalya schluchzte fast vor Verlangen. Seine Hand legte sich auf ihren kleinen Hügel und presste sich an ihre Hitze. Ihre Hüften zuckten, und ihr Puls dröhnte in ihren Ohren und in ihrem Schoß. Seine Finger glitten durch ihre Hitze und tauchten tiefer in sie ein.

So stark reagierte sie auf ihn, dass sie es nicht einmal hätte verbergen können, wenn sie es gewollt hätte. Ihre Augen begegneten seinen. Sie liebte sein Gesicht mit den markanten Furchen, die sich so tief eingegraben hatten. Das Gesicht eines Kriegers. Das Gesicht eines Liebenden. Zärtlich strich sie mit den Fingerspitzen über die Linien und zog seine Lippen nach, ohne den Blick von seinen Augen zu wenden. Sie schwelgte in der reinen Intensität seines Begehrens, dem Wissen, dass seine Beherrschung an einem seidenen Faden hing.

»Ich will *dich*, Natalya.« Seine Stimme war rau. Seine Finger stießen so tief in sie hinein, dass sie nicht verhindern konnte, dass ihre Hüften sich wie von selbst hoben und senkten und jeder Muskel sich zusammenzog,

»Das weiß ich, Vikirnoff. Ich will dich auch.« Sie keuchte, als sich seine Finger zurückzogen und wieder tief in sie eintauchten, und brachte die Worte kaum heraus.

Er schüttelte den Kopf. »Ich meine, ich will *dich*. Ich möchte, dass dir eines klar ist: Ich begehre keine andere Frau. Nur dich.«

Sie schrie auf, als er seine Finger wieder zurückzog. Er legte seine Hände um ihre Hüften und drängte seine Schenkel zwischen ihre. »Schau mich an, *ainaak sívamet jutta*. Ich möchte, dass du weißt, mit wem du zusammen bist.«

Sie hielt seinem Blick ruhig stand. »Ich weiß genau, mit wem ich zusammen bin.«

Seine Erektion war schmerzhaft hart, fast schon eine Qual, die er kaum noch ertragen konnte. Er brauchte es, tief in ihr zu sein, dort, wo er hingehörte. Wo sie für alle Zeit miteinander verbunden sein würden. Er presste sich an ihre weibliche Öffnung, so feucht und glatt und heiß vor Hunger nach ihm.

Natalya stöhnte, und der Laut war fast zu viel für ihn. Er vibrierte durch seinen Körper, bis es sich anfühlte, als strichen Finger über seine zu straffe Haut und liebkosten sein hartes Glied. Er hielt ihren Blick fest, als er mit einem langsamen Stoß in sie eindrang, in ihr samtiges Fleisch, das ihn umschloss wie eine enge Faust. Sein Atem entwich in einem langen Zug, als er darauf wartete, dass ihr Körper ihn aufnahm und er noch ein bisschen tiefer in sie dringen konnte. Tiefer. Und noch tiefer. Er wollte so tief in ihr sein, dass er sich für alle Zeit in ihr verlor.

Natalya erschauerte vor Lust. Seine Finger bohrten sich in ihre Hüften und hielten sie auf der Felskante fest, während er anfing, sich zu bewegen, indem er sich mit einer quälend langsamen Bewegung, die sie fast um den Verstand brachte, aus ihr zurückzog. Sie konnte nur noch fühlen, konnte nur ihre Fingernägel tief in seinen Arm bohren und sich festhalten, während er in sie eintauchte, hart und tief. Sie schrie seinen Namen. Er hörte nicht auf, sondern stieß immer wieder in sie hinein und brachte sie an den Rand der Erfüllung, bis sie schluchzte. Ihr Verlust an Selbstbeherrschung erschütterte sie, die immer so beherrscht gewesen war, zutiefst. Es war beängstigend, etwas so sehr zu brauchen und sich diesem Ansturm sexueller Lust so hilflos ausgeliefert zu sehen.

»Vikirnoff.« Mehr nicht. Sein Name. Nur sein Name. Die atemlose Bitte kostete ihn seinen letzten Rest Beherrschung. Jeder Muskel in seinem Körper spannte sich schmerzhaft an, jeder Nerv in seinem Körper vibrierte. Das Gefühl baute sich auf wie ein Vulkanausbruch, eine Eruption, die ihn bis ins Mark erschütterte. Noch nie hatte er so intensiv empfunden, ein derartiges Ausmaß an Gefühlen – Verlangen, Hunger, Inbesitznahme – erlebt wie in diesem Augenblick. Lust und Liebe schienen ineinanderzufließen und untrennbar zu werden. Seine Finger bohrten sich in Natalyas Haut, seine Zähne wurden lang und spitz, aber er unterdrückte den Drang, ihr Blut zu nehmen, obwohl er immer näher an den Rand seiner Selbstbeherrschung kam.

Natalyas leises, atemloses Keuchen und Stöhnen trieb ihn über diesen Rand hinaus. Ihr Körper war wie heiße Seide, ihre weibliche Öffnung eng wie eine Faust, die ihn umschlossen hielt, bis Reibung und Hitze wie geschmolzenes Gold in ihm ausbrachen. Sein Höhepunkt war überwältigend und riss Natalya mit. Ihre Muskeln schlossen sich immer wieder um ihn, so kraftvoll, dass sie beide um Atem rangen. Ihre Lungen brannten, und ihre Körper standen in Flammen, während die Welt ringsum zu zerbersten schien. Selbst seine muskulösen Beine wurden kraftlos, und er musste sich vorbeugen und an Natalyas Schenkeln festhalten.

Sie sah sehr verlockend aus, wie sie vor ihm auf dem Rücken lag, die Brüste einladend nach oben gereckt, die Beine so breit gespreizt, dass er zwischen ihren Schenkeln stehen konnte. Ihr Haar war eine einzige wilde Masse, und ihre Augen waren halb geschlossen. »Ich kann mich nicht bewegen.«

»Ich auch nicht.« In Wirklichkeit wollte er sich nicht bewegen. Er wollte für alle Zeit in ihr bleiben. Sie war seine Zuflucht, sein geheimes Refugium, das ihm Einblick ins Paradies gewährte. Er strich mit den Fingerspitzen über ihre Oberschenkel; er brauchte es, sie anzufassen, brauchte das Gefühl von Nähe, das ihm erlaubte, sie so unbefangen zu berühren.

»Du hast nicht mein Blut genommen.« Sie wusste nicht, ob sie enttäuscht oder erleichtert war. Tatsächlich war die Sehnsucht nach dieser Art Vereinigung in ihrem Blut und in ihren Gedanken, und zwar so intensiv, dass sie fühlte, wie ihre Schneidezähne länger wurden und sie seinen Geschmack in ihrem Mund hatte.

Sein Blick flog zu ihr, heiß und hungrig. Die Eindringlichkeit in seinen Augen nahm ihr den Atem.

»Ich habe noch nicht mit dir darüber gesprochen, Natalya.« Sein Akzent war viel ausgeprägter als sonst und ließ ihr Herz schneller schlagen.

»Was meinst du?«

»Ich werde dir diese Entscheidung nicht nehmen.« Vikirnoff

hatte beschlossen, Natalyas Wünsche zu respektieren. Er wollte von ihr akzeptiert werden, genauso, wie sie es sich von ihm wünschte.

Natalya war sich eindringlich bewusst, dass er immer noch in ihr war. Mit einer Hand strich er über ihre Schenkel, ließ sie über ihren Bauch wandern und streichelte ihre Brüste. Sie hätte sich in der Position, in der sie sich befand, wehrlos fühlen müssen, aber tatsächlich fühlte sie sich absolut sexy. Und sehr begehrenswert. Sie spürte es an der Glut in seinem Blick und seiner Berührung, daran, dass er trotz ihres überwältigenden Höhepunkts immer noch hart und pulsierend vor Lust war.

Natalya hob einen Arm und fuhr ihm mit der Hand durch sein seidiges Haar. »Ich muss das Buch finden. Wenn ich mit dir Blut tausche, wird es dann meine Fähigkeit beeinträchtigen, die Elemente zu beschwören? Meine Magie ist ein Teil von mir, ebenso wie mein Atem. Wenn mir meine Magie verloren ginge, wüsste ich nicht mehr, wer ich bin.«

Vikirnoff schloss die Augen. Er war reinblütiger Karpatianer, zum Jäger geboren, ein Formwandler, und er konnte über die Natur gebieten. Er musste nicht seine Welt oder das, was er war, aufgeben. Würde Natalya alle ihre Fähigkeiten behalten? Darauf konnte er ihr keine Antwort geben. Vikirnoff stöhnte und beugte sich zu ihr vor.

Natalya reagierte sofort, indem sie ihre Lippen auf seine presste, beglückt, dass die Bewegung ihn noch tiefer in sie hineingleiten ließ und ein Nachbeben durch ihren Körper laufen ließ, das stark genug war, um von Neuem ein Feuer in ihr zu entfachen. Als er den Kopf hob, ließ sie ihre Hände auf seinen Schultern ruhen, um ihn zu zwingen, ihr in die Augen zu schauen. Seine Hüften bewegten sich in einem sanften, fast trägen Rhythmus, der Wellen von Lust durch ihren Körper schickte. Sie wollte ein Teil von ihm sein. Ein Teil seines Lebens. Aber sie wollte auch, dass er sie um ihretwillen begehrte, als die Person, die sie war, nicht weil ein paar Worte sie aneinandergebunden hatten oder das Universum verkündet hatte, dass sie zusammengehörten.

»Du siehst traurig aus, *ainaak sívamet jutta*. Woran denkst du?«

»Bist du in meinem Denken?«

»Nicht in diesem Moment. Es macht mir Freude, dein Mienenspiel zu beobachten. Gerade jetzt, noch während wir vereint sind und das Glück teilen, das unsere Körper gefunden haben, siehst du traurig aus. Ich muss mich bemühen, etwas Besseres zu finden, um dich glücklich zu machen.«

Ein schwaches Lächeln verzog ihren Mund. »Ich glaube, du weißt ganz genau, dass du mich glücklich machst. Hör auf, nach Komplimenten zu fischen.«

Er bewegte sich, um seinen Winkel ein wenig zu verändern, als er mit einem harten Stoß in sie eindrang und ihre Lust so sehr steigerte, dass ihr ein kleines Stöhnen entschlüpfte und die Traurigkeit in ihren Augen einem ganz anderen Ausdruck wich.

»Vikirnoff, was heißt *ainaak sívamet jutta?*« Wieder entrang sich ihr ein leises Stöhnen, als er noch tiefer in sie eintauchte. »Der *exakte* Wortlaut, wenn ich bitten darf.«

»Es bedeutet ›für immer mit meinem Herzen verbunden‹.« Er zuckte nachlässig mit den Schultern. »Oder ›vereint‹. ›Für immer mit meinem Herzen vereint.‹ Die Worte sind austauschbar.«

Ihr Blick wanderte über sein Gesicht. »Bin ich das? Für immer mit deinem Herzen verbunden?«

»Wie kannst du glauben, es könnte anders sein?«

Darauf hatte Natalya keine Antwort. Sie hatte Zutrauen in ihre Intelligenz, ihren Mut und ihr Können auf etlichen Gebieten, aber nicht in Bezug auf sich selbst als Frau. Oder was einen Partner anging. An etwas Derartiges hatte sie nie gedacht, und was Vikirnoff sich unter einer Gefährtin vorstellte, war sehr weit von dem entfernt, was sie war – oder jemals sein könnte. Sie wollte seine *ainaak sívamet jutta* sein, doch sie bezweifelte, dass er sie unvoreingenommen sah. Schließlich schloss sie die Augen, um sich ganz dem ekstatischen Gefühl zu überlassen, von ihm geliebt zu werden, und verdrängte alle Gedanken an die Zukunft.

Natalya verlor sich in seinem Körper, in dem vollkommenen Zauber, den sie beide zusammen schufen. Sie schwelgte in dem Gefühl, seine Hände auf ihrem Körper zu fühlen, seine Haut und seine Muskeln, seine Macht zu spüren, als er sie nahm. Eine unterschwellige Härte schien in ihm zu schlummern, als könnte er beim Liebesakt durchaus skrupellos sein und sie über alle Grenzen hinausstoßen, die sie je zu haben geglaubt hatte, und dadurch ihre Lust steigern und den Wunsch nach mehr in ihr wecken. Immer mehr.

Die Zeit entglitt ihr. Es gab nur Vikirnoff und seine Hände und seinen Mund und seinen Körper. Jedes Mal, wenn sie glaubte, es wäre vorbei, war er wieder da, fordernd und voller Verlangen nach ihr. Sie spürte das leichte Nagen seiner Zähne und das Spiel seiner Zunge. Keine Stelle an ihrem Körper blieb unberührt, ungekostet oder ungenutzt, und immer wieder entlockte er ihr leise, lustvolle Laute, Stöhnen und Bitten nach mehr.

Schließlich trug er sie zu den heißen Quellen und setzte sie auf seinen Schoß, damit er sie baden konnte. Schlaff vor Erschöpfung und auf eine köstliche Weise wund, vergrub sie ihr Gesicht an seinem Hals. »Danke, dass du nicht mein Blut genommen hast. Ich habe das Verlangen in dir gespürt, aber du warst sehr vorsichtig.« Sein Puls hämmerte unter ihren Lippen, in dem starken Auf und Ab des Lebens, das lockend nach ihr rief.

»Ich habe dir gesagt, dass ich es nicht tun würde.«

»Aber ich hätte dich nicht abgehalten«, gestand sie. »Ich konnte nicht mehr klar denken.«

»Ich habe dir gesagt, dass ich es nicht tun würde«, wiederholte er. »Was dir wichtig ist, werde ich nie vergessen, auch wenn ich nicht mehr klar denken kann.«

Sie wandte den Kopf, um sich an seine Schulter zu lehnen und ihm ins Gesicht zu schauen. Männliche Schönheit lag in den Linien, die sich dort eingegraben hatten, und noch andere Züge, die ihr allmählich vertraut wurden. Vikirnoff trug seine Macht und seine Überlegenheit, wie andere Männer ihre Kleidung trugen, aber für ihn war es so selbstverständlich und so sehr Teil seiner Persönlichkeit, dass sie ihn, ohne lange zu überlegen, akzeptiert hatte, weil er diese Eigenschaften durch Integrität und Fairness milderte.

»Ich fange an, dich gernzuhaben.«

Sein Lächeln war kurz, aber es leuchtete in seinen Augen, und ihr Herz schlug sofort schneller, so müde sie auch war. Sie strich mit einem Finger über seine Lippen.

»Das ist ein Anfang.« Er zupfte an ihrem nassen Haar. »Du könntest dem Ego eines Mannes ganz schön zusetzen, wenn er es zuließe.«

Natalya lachte. Sie konnte einfach nicht anders. Sie wollte, dass sie sich die ganze Nacht auf jede nur erdenkliche Art und Weise liebten und ihre Lust voll und ganz auskosteten. »Ich bezweifle, dass irgendetwas deinem Ego etwas anhaben könnte, Vikirnoff. Das Wasser fühlt sich herrlich an.«

»Du sollst nicht wund sein. Ich habe vor, dafür zu sorgen, dass alles geheilt ist, bevor du dich schlafen legst.«

Seine Stimme hatte einen rauen, sinnlichen Beiklang, eine Verheißung auf etwas verboten Schönes, das sofort Hitze durch ihre Adern strömen ließ. »Ich habe nichts dagegen. Bleiben wir hier?« Sie wollte nicht von ihm getrennt sein. Noch einen Tag ohne ihn würde sie nicht überstehen.

»Ich denke, das ist am besten. Der Vampir kann keine menschlichen Feinde gegen dich ausschicken, und ich kann uns hier besser beschützen.«

»Wie geht es Gabrielle? Lebt sie noch?«

»Ja. Ich halte ihren Geist mit meinem aufrecht. Die anderen haben sie in einen Tiefschlaf versetzt. Falcon wird ihr beim Erwachen Blut geben. Wenn ihr Körper so lange durchhält, wird Mikhail beim nächsten Erwachen den dritten Blutaustausch vornehmen. Der Aufschub wird ihr reichlich Zeit für mehrere heilende Zusammenkünfte mit den anderen und ihrem Körper Gelegenheit geben, sich an das alte karpatianische Blut zu gewöhnen.«

»Inwiefern wird sie mit dir verbunden sein, Vikirnoff?« Natalya unterdrückte die leise Regung von Eifersucht, für die sie sich schämte. Sie hatte so lange niemanden für sich gehabt, und sie wollte seine *Einzige* sein.

Er knabberte zärtlich an ihrer Schulter. »Nicht in sexueller Hinsicht oder in der Art und Weise, wie karpatianische Gefährten miteinander verbunden sind. Sie wird einen privaten Zugang zu meinem Bewusstsein haben, genauso wie ich zu ihrem. Ihr Bewusstsein und meines werden eine Verbindung aufrechterhalten, da sie über vierundzwanzig Stunden in meiner Obhut gewesen ist. Gabrielle wird als eine von uns aufwachen. Ihre Schwester und ihr Schwager kommen so schnell wie möglich her, um ihr beizustehen, aber sie ist halb und halb verliebt in Gary, der ein Mensch ist. Die Männer unter den Karpatianern werden nicht wollen, dass sie ihre Beziehung mit ihm fortsetzt, weil es nur wenige karpatianische Frauen gibt und unsere Männer sicher hoffen, dass sie eine Gefährtin für einen von ihnen wird. Sie wird mit sehr vielen Problemen aufwachen und Hilfe brauchen.«

»Und du musst für sie da sein.«

»Du hast mich gebeten, ihr Leben zu retten«, erinnerte er sie sanft, während seine Zähne über ihre Pulsader strichen, die so hektisch an ihrem Hals pochte. »Ich könnte dich verschlingen, Natalya, und doch nie genug bekommen.«

Sie lachte wieder, weil sie die Aufrichtigkeit in seiner Stimme hören konnte und das leise Regen seines Körpers an ihrem spürte. Er gab ihr in diesem Augenblick, in dem sie sich sehr verletzlich fühlte, ein Gefühl von Sicherheit. »Ich glaube dir. Ich bin erledigt. Wir können es nicht schon wieder tun. Ich brauche ein bis zwei Wochen Schlaf. Und du auch.«

Vikirnoff hob sie mühelos hoch und trug sie ans hintere Ende der Höhle, wo er auf dem Boden ein breites Lager bereitet hatte. Überall brannten Kerzen, deren flackernde und tanzende Flammen Schatten an die Wände warfen, Kristalle beleuchteten und den Felsen Farbe verliehen. Die Decke schien mitternachtsblau zu sein, samtweich und mit einer Unzahl von Kissen ausgestattet. Vikirnoff bettete Natalya sanft mit dem Gesicht nach unten mitten auf die Decke, legte ihren Kopf auf ein weiches Kissen und breitete ihre Arme aus.

»Wir sind nass.«

»Sind wir nicht.« Und sie waren es tatsächlich nicht.

Natalya ließ ihre Lider nach unten sinken, als er anfing, ihren Nacken zu massieren. Er murmelte etwas in seiner Sprache, als wollte er sie zum Schlafen drängen, während er ihren wunden Körper versorgte. Er knetete die Muskeln an Hals und Nacken, Armen und Rücken und weiter unten an Po, Oberschenkeln und Waden, bevor er sie umdrehte und sich ihre Vorderseite vornahm.

Natalya glitt in einen Zustand reiner Verzückung. Sie fühlte, wie seine Zunge über ihre Pulsader huschte und spielerisch über das Tal zwischen ihren Brüsten glitt. Ihre Brustspitzen schmerzten von der köstlichen Folter, die er ihnen stundenlang bereitet hatte, aber diesmal war es ebenso lindernd wie anregend, als seine Zunge sie liebkoste und leckte. Er saugte zärtlich an den Spitzen, bevor er seine Aufmerksamkeit den Unterseiten ihrer Brüste zuwandte und schließlich eine ganze Weile damit zubrachte, an dem kleinen goldenen Ring in ihrem Nabel zu ziehen.

»Das gefällt dir, hm?« Natalya öffnete die Augen nicht. Sie genoss es, sich einfach treiben zu lassen, während er langsam und genießerisch ihren Körper erkundete. Es sprach einiges für eine träge Sinnlichkeit, die sich langsam steigerte und so ganz anders war als die Vehemenz ihres früheren Hungers.

»Sehr sogar.« Er legte kurz seine Lippen an den Ring und ließ sie dann weiter nach unten zu dem Dreieck zwischen ihren Schenkeln wandern. »Ich liebe deinen Körper, Natalya. Er ist so weich und doch fest und wunderschön geformt.« Er presste einen Finger in ihre feuchte Hitze. »Aber am meisten liebe ich, wie du auf mich ansprichst. Ich hatte viele Jahre Zeit, um mir auszumalen, wie es sein würde. Ich habe mich damit beschäftigt, was eine Frau braucht, weil ich vorbereitet sein wollte. Ich wollte alles wissen, was sie glücklich macht und wie sie dasselbe für mich tun kann. Aber wenn man keine Gefühle mehr hat, kann einen die lebhafteste Fantasie nicht auf das hier vorbereiten.«

Natalya hob kurz die Lider, um zu sehen, wie sein Kopf zwischen ihre Schenkel tauchte. Im Gegensatz zu Vikirnoff hatte sie Gefühle gehabt, war aber trotzdem unvorbereitet, als seine Zunge sie streichelte und liebkoste, jede wunde Stelle fand und heilte. Sie war unvorbereitet auf das Feuer, das in ihr loderte, und das Verlangen und die Unruhe, die sich in ihr ausbreiteten und immer stärker wurden, bis sie sich an die Decke klammerte, auf der sie lag, und ihre Hüften hob, um seinem Mund näher zu sein.

»Ich dachte, du wolltest mich zum Einschlafen bringen.« Sie fasste ihn am Haar, denn sie brauchte einen Halt, wenn ihr Körper im Begriff zu stehen schien, auf und davon zu fliegen.

»Ich habe es mir anders überlegt. Beweg dich nicht, Natalya. Bleib einfach ganz ruhig liegen.«

»Das geht nicht.«

Sofort lagen ihre Arme über ihrem Kopf ausgebreitet. Sie

wusste nicht, wie er es angestellt hatte, aber sie lag der Länge nach auf der Decke. Er hob ihre Hüften und schob Kissen darunter, damit sie es bequem hatte, bevor er weitermachte. Sein Mund, seine Zähne und seine Zunge waren überall, und seine Hände waren besitzergreifend und fordernd, als sie über ihren Körper glitten, bis sie schluchzte. Immer wieder führte er sie bis an den Rand ihrer Ekstase, enthielt ihr aber den letzten Schritt vor.

Natalya konnte die Hitze seiner Erektion spüren, die sich wie Feuer in ihren Oberschenkel brannte. Er glaubte, sie wäre ihm hilflos ausgeliefert und er könnte sie bis an den Rand des Wahnsinns treiben, aber sie hatte andere Pläne. Sie verschmolz mit seinem Bewusstsein, um ihm ihre ungeheure Sehnsucht mitzuteilen, das dunkle, rastlose Verlangen nach Erfüllung. Natalya ließ im Geist das Bild entstehen, wie er über ihr kniete, wie sie ihn mit ihrem Mund umschloss und ihn in denselben fiebrigen Zustand versetzte, in dem sie sich befand. Währenddessen bewegte sie fast unmerklich ihren Oberschenkel, rieb sich an ihm wie eine große Katze und erzeugte eine köstliche Reibung auf seiner sensiblen Haut.

Sie hörte ihn leise stöhnen und fühlte seine Reaktion, als er härter und größer wurde und vor Erregung zuckte. Er mochte ruhig glauben, dass er die Oberhand hatte und sie sich fügte, aber sie war genauso wild und leidenschaftlich wie eine Tigerin, und sie war ebenso in der Lage, ihn vor Lust um den Verstand zu bringen, wie er es bei ihr tat.

Vikirnoff küsste sich an ihrem Körper nach oben hinauf und rieb sein Gesicht an ihrer glatten Haut. Er konnte einfach nicht genug von ihr bekommen. Er liebte es, wie sie sich anfühlte: Seide und Satin, Flamme und Feuer. Das Kerzenlicht warf einen warmen Schimmer auf ihren Körper, der eine Versuchung für sich war. Vikirnoff folgte ihrer erotischen Fantasie, indem er sich über sie kniete, ganz dicht an ihren Brüsten, um sie auf seiner Haut zu spüren.

Natalya verzauberte ihn, indem sie sacht über seine Erektion blies, ihre Zunge darüberhuschen ließ und daran leckte, als wäre es eine Eiswaffel. Flammen verzehrten ihn, und eine neue Art Hunger nahm von ihm Besitz. Sie sah so hilflos aus, wie sie ausgestreckt auf der Decke lag, die Arme immer noch über ihrem Kopf, die Augen wie Juwelen funkelnd, aber da war nichts Hilfloses an Natalya.

Vikirnoff streckte seine Arme nach ihr aus, um ihren Kopf mit beiden Händen zu umfangen und sie an sich zu ziehen. Als sich ihre Lippen um ihn schlossen, nahm ihm die feuchte Hitze ihres Mundes den Atem und ließ sein Herz schneller schlagen. Ihr Mund war ein Wunder, eng und feucht und so heiß, dass er wie ein Flammenmeer schien. Vikirnoff verlor sich in einer Mischung aus wachsender Lust und Macht und reinem körperlichen Begehren. Er wusste, dass Natalya die Intensität seiner Empfindungen steigerte und ihm absichtlich die Kontrolle nahm. Vikirnoff beobachtete, wie er in ihren Mund hinein- und wieder hinausglitt; er sah das Lachen in ihren Augen, spürte, dass sie ihm dieselben Freuden schenken wollte, die er ihr gegeben hatte.

Das Schicksal hatte ihren Bund bestimmt, aber Natalya war so viel mehr als das. Diese Frau, die nicht zu zähmen war, hatte sich in sein Herz gestohlen. Er konnte sich keine andere vorstellen, die so gut zu ihm passte, die ihn zum Lachen brachte und ihm vor Verlangen den Verstand raubte wie jetzt, in diesem Augenblick. Stöhnend zog er sich zurück, legte sich auf sie und wartete einen Herzschlag lang, bevor er langsam an ihre Öffnung drängte. Er fühlte einen kurzen Widerstand, als wollte sich ihr Körper nicht für ihn öffnen, und dann war er tief in ihr drin und fand, wonach er gehungert hatte.

Er murmelte ihr zärtliche Worte in seiner Sprache zu, da er nicht wusste, auf welche Weise er sonst seine tiefe Hingabe und Bindung an sie ausdrücken könnte. Er liebte sie, erst langsam, um zu beobachten, wie sich ihre Lust steigerte, bis sich ihr Körper immer enger um ihn schloss und er nur noch härter und tiefer stoßen konnte, getrieben von dem Drang, diese Vereinigung für immer zu bewahren. Sie hatte Tränen in den Augen, als heftige Erschütterungen ihre Körper erbeben ließen und sie beide um Atem ringen und darum kämpfen mussten, ihre Herzen wieder langsamer schlagen zu lassen. Sie waren schlaff vor Erschöpfung.

Vikirnoff rollte sich von ihr, küsste sie dabei auf den Hals und zog sie mit sich. »Es dauert nicht mehr lange bis Tagesanbruch. Wir müssen schlafen.«

Natalya versuchte zu sprechen, obwohl sie kaum noch Luft hatte. Ihre Lungen brannten, und ihr Körper vibrierte immer noch vor Lust. »Schläfst du nicht unter der Erde? Solltest du das nicht lieber tun? Ich kann hier oben schlafen, direkt über dir, und dich vor allen Monstern beschützen«, sagte sie. »Das Einzige, worum du dir Sorgen machen musst, ist der Trollkönig.«

»Ich habe sehr ausgeklügelte Sicherheitsbarrieren errichtet. Selbst dein berüchtigter Trollkönig wird eine Weile brauchen, um sie aufzuheben, und ich würde wach werden. Wir sind hier in Sicherheit.«

Natalya legte ihren Kopf an seine Schulter, »Es macht mir wirklich nichts aus, wenn du unter die Erde musst, Vikirnoff. Ich schaffe das schon.«

Vikirnoff legte seinen Arm um sie. »Aber mir ist es lieber, hier bei dir zu schlafen«, sagte er. »Ich halte dich gern im Arm. Und falls du aufwachst und ich wie tot wirke …«

»Ich weiß, ich weiß«, unterbrach sie ihn. »In Wirklichkeit schläfst du nur. Hör auf, dir was einzubilden, ich komme ohne dich glänzend zurecht.«

»Ohne mich gerätst du in Schwierigkeiten.«

»Jeden Morgen, wenn ich endlich müde genug vom Fernsehen war, um zu Bett zu gehen, beschwor ich einen Traum von meiner Kindheit mit meinem Bruder Razvan herauf. Das habe ich jahrelang gemacht. Es war die einzige Möglichkeit, mir das Gefühl zu geben, dass ich nicht ganz allein war, dass ich noch zu irgendjemandem gehörte und Familie hätte. Heute ist das erste Mal seit vielen Jahren, dass ich mich nicht so fühlen werde, als müsste ich ihn zu mir rufen.«

»Du gehörst zu jemandem.« Er hauchte Küsse auf ihren Nacken. »Du gehörst zu mir, und zwar dank dieser bindenden Worte, die dir so sehr missfallen.«

Sie runzelte die Stirn und kuschelte sich enger an ihn. »Glaub bloß nicht, dass ich meinen Plan, den Bann zu lösen, aufgebe. Ich bin hartnäckig.«

»Es ist nicht wirklich ein Bann oder Zauber.« Seine Lider wurden schwer, und in seinen Armen breitete sich die bleierne Schwere aus, die seine Spezies im Schlaf befiel. »Hast du die ersten zwei Sätze herausbekommen?«

»Natürlich.« Natalya war ziemlich zufrieden mit sich selbst. Sie hatte immer ein Talent für Sprachen gehabt, und sie hatte den Vorteil, Sprachen gelernt zu haben, noch bevor sie sich den Mustern des zwanzigsten Jahrhunderts angeglichen hatten. Ihr war bekannt, dass in älteren Sprachen viele Wörter für überflüssig gehalten wurden. »Die ersten zwei Sätze bedeuten übersetzt mehr oder weniger dies: ›Du meine mir angetraute Frau.‹ Das entsprechende Wort für ›bist‹ fehlt. Der zweite Satz läuft ungefähr darauf hinaus: ›Zu mir gehörst du, meine mir angetraute Frau.‹ Ich bin mir wegen des exakten Wortlautes nicht ganz sicher, aber es ist viel näher dran als die modernere Version.«

Ein träges Lächeln erhellte seine Augen. »Tatsächlich?« Er zog die Augenbrauen hoch.

»Ja, tatsächlich«, antwortete sie unbeirrt. »Ich weiß, dass du es komisch findest, doch ich möchte mich nicht einfach festnageln lassen, ob mir eine Sache nun gefällt oder nicht. Und es tut dir nicht gut, wenn du dir einbildest, du hättest mich fest an dich gebunden. Ich bin kein passives Frauchen, und ich möchte nicht, dass du mich dafür hältst.«

Er lachte leise, und sein warmer Atem streifte ihren Nacken. »Passiv? Du? Ich kann mir nicht vorstellen, dass irgendjemand, schon gar nicht ich, auf diese Idee kommen könnte.«

Sie grinste und schloss die Augen. »Razvan sagte immer zu mir, ich hätte eine große Klappe, und wenn Shakespeare mich gekannt hätte, hieße seine ›Widerspenstige‹ nicht Kate, sondern Natalya.«

»Das hat er gesagt?« Vikirnoff war klug genug, nicht laut zuzustimmen. Nicht, wenn sich ihr Körper gerade so behaglich an seinen kuschelte. »Was hat Razvan denn noch gesagt?«

»Zum Bespiel, dass ich nähen lernen müsse, ruhiger und milder werden und besser auf das achten müsse, was ich sage.« Lachen und Zuneigung schwangen in ihrer Stimme mit.

»Kaum zu glauben.«

»Ich habe ihm gesagt, dass ich meistens darauf achten würde, was ich sage, und wenn er meine Gedanken lesen könnte …« Sie verstummte und hob die Lider, sodass sie Vikirnoffs amüsiertem Blick begegnete. »Du Glückspilz. Du lernst mein wahres Ich ohne jede Zensur kennen.«

»Gute Nacht, Natalya.« Er küsste sie noch einmal und ließ sich dann in den Schlaf seiner Spezies gleiten, glücklich, dass er die wahre Natalya kennen durfte.

Kapitel 15

Razvan! Wo bist du? Ich bin so glücklich. Komm heute Abend zu mir. Warum antwortest du mir nicht?« Natalya eilte die gepflasterten Stufen hinunter, die in den großen Garten führten. Sie trafen sich dort immer, wenn sie tagsüber voneinander getrennt gewesen waren, aber heute konnte sie ihren Bruder nirgendwo entdecken.

»Warum bist du so glücklich?« Die Stimme kam aus der Ferne, und Natalya entdeckte ihren Zwillingsbruder auf den Schieferplatten, mit denen der Springbrunnen eingefasst war. Er sah düster aus und hatte die Beine angezogen, die Ellbogen auf die Knie gestützt und sein Kinn auf die Hände gelegt. »Wo warst du, Natalya? Ist dir eigentlich klar, dass du mich im Stich gelassen hast? Ich konnte die Formel für die Schutzschilde nicht, und ich musste zu Großvater.«

Das machte sie stutzig. Sie nannten ihn nie Großvater. Xavier sollte als tot gelten. Wenn sie ihn erwähnten, würde er sie bestrafen, und seine Strafen waren schrecklich. Xavier. Ihr Großvater. Sie waren gezwungen, bei ihm zu leben, seit ihr Vater verschwunden war. Natalya runzelte die Stirn. Warum konnte sie sich nicht an Xavier erinnern, wenn sie wach war? Sie wusste genau, wie er aussah, wenn sie Träume von ihrer Kindheit heraufbeschwor, aber nicht, wenn sie wach war. Wie war das möglich? »Nenn ihn nicht so. Wir sollen ihn Onkel nennen. Er könnte dich hören.«

»Warum hast du mir die Formel nicht gegeben, Natalya? Wie konntest du mich so angreifbar machen?« Razvan stand langsam auf, drehte sich dabei um und zog sein Hemd hoch. »Schau, was er mit mir gemacht hat.«

Natalya blieb abrupt stehen. »O nein! Razvan, warum lässt er es an dir aus, wenn ich einen Fehler mache? Ich hasse das. Ich hasse es, dass wir so viel Angst davor haben, zusammen zu sein, dass wir uns heimlich treffen müssen. Hat er dein Blut genommen?«

»Er nimmt immer mein Blut. Wenn er es nicht täte, würde er deines nehmen. Das weißt du. Es ist mir egal, ob er mich bestraft; er wird dein Blut nicht kriegen.«

»Warum bleiben wir hier? Warum erlauben wir ihm, uns zu beherrschen und wie kleine Kinder zu behandeln? Ich habe Macht. Er kann mich nicht kontrollieren. Du hast dieselbe Macht in dir, Razvan. Du widerstehst ihm schon seit Jahren. Gemeinsam können wir uns von ihm befreien.«

»Wir haben unterschiedliche Kräfte, Natalya. Du bist gut darin, über die Elemente zu gebieten. Du hast eine schnelle Auffassungsgabe und kannst Dinge entschlüsseln.«

»Und du hast immer als Erster eine gute Idee, Razvan. Ohne dich wären wir schon längst tot.« Die Worte machten Natalya betroffen. Sie starrte auf ihre Hände. Es waren keine Kinderhände, sondern die Hände einer erwachsenen Frau. Erschrocken schaute sie Razvan an. »Was ist mit uns passiert?«

Die Gestalt des halbwüchsigen Jungen begann zu flirren, wurde durchscheinend und schließlich von dem Abbild eines erwachsenen Mannes überlagert. »Du hast mich verraten. Du hast dich für den Jäger, meinen Feind, entschieden.«

Natalya schüttelte den Kopf und streckte beide Hände nach ihrem Bruder aus. »Ich habe mich für das Glück entschieden, Razvan. Das war etwas, was unser Großvater nicht verstand, nie verstehen konnte. Welchen Sinn hat es schon, ewig zu leben? Ich habe immer wieder Menschen sterben sehen, aber sie hatten ein glückliches Leben, während ich einfach nur weitergemacht habe, allein, ohne jemanden, mit dem ich alles teilen konnte, ob Kummer oder Glück.« Sie ließ ihre Arme wieder sinken.

»Wir haben unvorstellbare Macht.«

»Nein, haben wir nicht. Ich habe unvorstellbare Macht gese-

hen, aber das bedeutet mir nichts. Diese Leute, die geboren werden, ihr Leben zusammen als Familie verbringen und im Kreis ihrer Familie sterben – sie wissen, wie man lebt. Was tun wir? Was tut er? Er versteckt sich mit seinen dunklen Absichten vor der Welt und trinkt Blut, um am Leben zu bleiben – wozu? Warum so lange leben, ohne Glück zu erfahren? Ich habe mich entschieden, glücklich zu sein, mein Leben mit einem anderen zu teilen. Dafür werde ich mich weder entschuldigen noch schuldig fühlen.«

»Schau uns doch an, Natalya. Du hast unsere Welt verändert. Ich bin kein Junge mehr, und ich verblasse. Entscheidest du dich wirklich für ihn statt für deinen Bruder? Deinen Zwillingsbruder?«

»Ich werde ihn nicht verlassen. Warum glaubst du, dass ich einen gegen den anderen austausche? Du bist in meinen Träumen, Razvan. Ich werde dich nie vergessen.« Mit klopfendem Herzen betrachtete sie das blasser werdende Abbild ihres Zwillingsbruders, die harten Linien im Gesicht des Mannes.

»Du brauchst mich nicht. Du hast jetzt ihn.«

Natalya versuchte, nicht so zu klingen, als würde sie bitten oder um Erlaubnis fragen. »Er lebt, und ich lebe. Ich kann mein Leben nicht auf Träumen meines Bruders aufbauen, der schon lange von mir gegangen ist. Meine Liebe zu ihm ist etwas anderes.«

Razvans Gesicht verzerrte sich vor Zorn. »Ich verbiete es! Er ist ein Jäger und wird von unserer Familie gehasst! Such dir einen anderen!«

»Das ist ein Traum, ein dummer Traum. Ich habe Vikirnoff gewählt. Ich habe das Glück gewählt«, sagte Natalya, die sich verzweifelt bemühte aufzuwachen. Sie würde nicht zulassen, dass ihre Träume zu dem schrecklichen Albdruck wurden, der sich wie ein dunkler Schatten manchmal in sie hineinstahl. Razvan würde sich wünschen, dass sie glücklich wurde. Er würde ihr

nicht böse sein, weil sie sich entschlossen hatte, eine Beziehung mit jemandem einzugehen, der sie glücklich machte. Was sich auch manchmal in ihre Träume einschleichen und sie verderben mochte, sie würde es nicht länger hinnehmen.

»Warte!«, rief Razvan verzweifelt. »Der Schutzzauber. Du hast ihn mir nicht gegeben. Ich selbst bringe ihn nicht zustande.«

Natalya drehte sich mit gerunzelter Stirn zu ihm um und murmelte ihm die Formel zu.

Er lächelte sie an, ihr geliebter Razvan, und wiederholte die Worte, um sicherzugehen, dass er sie nicht vergaß. Ein jäher Schmerz explodierte in ihrem Kopf, ein furchtbarer Druck, der unerbittlich stärker wurde, um dann abrupt aufzuhören.

Er schüttelte den Kopf. »Das stimmt nicht. Es stimmt nicht. Du sagst mir nicht die Wahrheit.«

Natalya starrte ihren Bruder entsetzt an. »Mein Gott, Razvan, du bist es! Du bist es die ganze Zeit schon gewesen!« Sie stieß einen leisen, qualvollen Schrei aus. Ihr Herz fühlte sich an, als hätte er es ihr buchstäblich aus der Brust gerissen.

Das Echo des Schreis noch in den Ohren, fuhr sie aus dem Schlaf. Tränen liefen ihr über die Wangen, und ihr Körper wurde von Schluchzern geschüttelt. »Das kann nicht sein. Das kann einfach nicht sein!« Sie legte ihren Handrücken auf ihren bebenden Mund. Ihr Magen krampfte sich schmerzhaft zusammen, und sie kroch auf allen vieren vom Bett, um sich in einer Ecke der Höhle zu übergeben.

Vikirnoff wachte sofort auf, bewegte sich mit übernatürlicher Geschwindigkeit zu ihr und kniete sich neben sie, eine Hand auf ihren Rücken gelegt, seinen Körper an ihren gepresst. »Was ist los? Sag mir, was dich so aus der Fassung gebracht hat.« Es war erst eine Stunde vergangen, seit sie eingeschlafen waren, und die Lethargie hatte ihn noch nicht völlig im Griff.

»Ein Traum.« Zitternd vor Kälte lehnte sie sich an ihn; sie sehnte sich danach, von seinen Armen gehalten zu werden. »Nur dass es nicht mein Traum war. Es ist schon lange nicht mehr mein Traum, ich wusste es bloß nicht. Ich habe es nicht gemerkt.«

Vikirnoff legte seine Arme um sie und zog sie an sich. Als er sie sanft in den Armen wiegte, fühlte er ihren Schmerz, einen furchtbaren Schmerz, der nicht vergehen wollte. »Erzähl es mir, *ainaak enyém*.« Seine Stimme war unendlich sanft.

Natalya war dankbar, dass er nicht in ihr Denken eindrang. Sie fühlte sich wund und offen. Verraten. Beschämt. War es das Erbe ihres Magierblutes? War es möglich, dass ihre ganze Familie beschmutzt war? Ein kurzes Schluchzen entschlüpfte ihr, ehe sie es unterdrücken konnte. Sie schmiegte sich noch enger an Vikirnoff, der sie liebevoll in den Armen hielt und ihr übers Haar strich.

»Er lebt.«

»Xavier? Das wussten wir.«

Sie schüttelte den Kopf und schlang ihre Finger fest um sein Handgelenk, weil sie einen Halt brauchte, während ihre Welt in Trümmer ging. »Nicht Xavier. Razvan. Er lebt. Er ist der Trollkönig.« Ihre Hand wanderte nach unten und rieb über ihren Knöchel. »Und das bedeutet, dass er sich mit Xavier und Maxim verbündet hat. Er hat sich mit Vampiren verbündet.«

Vikirnoff hauchte einen Kuss auf ihren Scheitel und rieb seine Wange an ihrem Hinterkopf, um sie zu trösten. »Woher weißt du das?«

»Erinnerst du dich, als wir in der Eishöhle waren und Maxim mich angriff und mühelos in mein Denken eindringen konnte? Meine Schutzschilde waren verschwunden, und du hast sie ersetzt, nicht ich. Du hast eine andere Barriere in meinem Bewusstsein errichtet, keine von denen, die ich benutze.«

»Warum bedeutet das, dass Razvan am Leben ist?« Der Schmerz ging in Wellen von ihr aus, aber Vikirnoff konnte nicht mehr für sie tun, als sie im Arm zu halten und sich angesichts ihrer Qualen völlig hilflos zu fühlen. All die Jahrhunderte seiner Ausbildung und all seine Macht hatten ihn nicht auf den Augenblick vorbereitet, in dem sie ihn am meisten brauchte. Er konnte Natalya nur festhalten und ihren furchtbaren Kummer fühlen.

»In meinen Träumen geht es immer um meine Kindheit mit Razvan. Es war die einzige Zeit, die wir miteinander verbracht haben. Wir trennten uns, um vor Xavier sicher zu sein, aber wir trafen uns in unseren Träumen und tauschten Informationen aus. Das haben wir jahrelang gemacht. Nach seinem Tod griff ich auf die Träume zurück. Sie wiederholten sich und waren für mich ein Trost. Aber irgendwann fingen sie an, sich zu verändern. Ich kann mich nicht einmal erinnern, wann es begann. Wir sprachen über Dinge, die jetzt von Bedeutung sind, in der Gegenwart. Ich nahm an, der Grund dafür wäre, dass ich einsam war und meine Gedanken mit jemandem teilen wollte. Ich dachte, die Träume würden sich verändern, um meinen Bedürfnissen zu entsprechen.«

»Das ist nur logisch, Natalya. Dinge, die tagsüber geschehen und uns beschäftigen, schleichen sich häufig in unsere Träume ein. Zumindest habe ich das gelesen.«

Sie schüttelte den Kopf. Ihre Augen waren dunkel vor Schmerz. »So war es nicht. *Er* stellte mir Fragen, genau wie in den alten Zeiten, aber es ging immer nur um neue Forschungen und Experimente.«

»Die Herausforderungen. Du hast mir erzählt, dass man von dir gefordert hätte, Lösungen für bestimmte Probleme zu finden. Ich dachte, das wäre Xavier gewesen.«

»Es war Razvan. Razvan hat mich wer weiß wie lange benutzt. Darum kann ich mich an vieles nicht erinnern. Es war nicht Xavier. Er hatte nicht mein Blut.« Ein Schluchzen entrang sich ihrer Kehle, und der Laut bohrte sich wie ein Messer in Vikirnoffs Herz. »Als ich ein Kind war, beschützte Razvan mich vor

Xavier. Er nahm die Strafen auf sich, und er ging in Xaviers Labor. Razvan hatte die Ideen, doch ich fand eine Möglichkeit, sie umzusetzen, und gab Razvan die entsprechenden Informationen. So verhinderten wir, dass er von Xavier bestraft wurde. Unser Großvater glaubte, dass Razvan derjenige mit den angeborenen Fähigkeiten und der großen Begabung wäre. Wir haben ihn jahrelang hinters Licht geführt.« Sie wischte die Tränen weg, die ihr übers Gesicht liefen. Der Schmerz in ihrem Inneren war so groß, als hätte ihr Bruder ihr tatsächlich das Herz aus dem Leib gerissen. Sie legte ihre Hand auf die Stelle, um den Schmerz zu lindern.

»Und du glaubst, dass es Xavier irgendwann innerhalb der letzten Jahre gelungen ist, Razvan auf seine Seite zu ziehen?« Vikirnoff achtete bewusst darauf, ganz sachlich zu sprechen. Natalya war am Boden zerstört, und er war ihrem Leid gegenüber völlig hilflos. Er biss die Zähne zusammen, als trotz seiner Bemühungen, ruhig zu bleiben, Wut in ihm aufstieg. Seine Arme spannten sich an. Er hätte ihr so gern den Schmerz genommen und sie vor jedem weiteren Kummer bewahrt, aber Natalya war keine Frau, die man in Watte packen konnte. Sie würde damit auf ihre Art fertig werden. Zu ihren eigenen Bedingungen.

»Es muss so sein. Wie er es geschafft hat, weiß ich nicht. Ich weiß nicht einmal, warum. Lange Zeit zu leben, ohne jemals glücklich zu sein, saugt einen doch aus. Warum sollte einer von ihnen das wollen?«

Vikirnoff zog sie noch enger an sich. »Ich habe keine Ahnung. Aber bist du dir auch ganz sicher, Natalya? Ist es nicht möglich, dass du in deinen Träumen über das gesprochen hast, was dir tagsüber durch den Kopf gegangen ist?«

»Du hast die Schutzschilde in meinem Bewusstsein errichtet, und Razvan konnte nicht an mich herankommen. Er konnte mich nicht aufspüren. Darum hat sich der Trollkönig nicht blicken lassen, als du gegen die Vampire gekämpft hast. Ist doch merkwürdig, dass er nicht dort war.« Natalya fuhr sich verstört durchs Haar. »Das hat mich irritiert. Sonst ist er immer aufgetaucht. In der Höhle hatte er nicht den Vorteil, meine Gedanken lesen zu können. Er konnte mich nicht finden.«

»Weil ich eine ganz andere Art von Barriere verwendet habe, eine, die ihm nicht vertraut war.«

»An dem ersten Morgen, nachdem mich der Trollkönig markiert hatte und ich dich in mein Zimmer brachte, wusste er Bescheid. Du wärst wahrscheinlich imstande gewesen, meine Barrieren im Gasthof, die nebenbei unglaublich stark waren, zu überwinden, aber Razvan konnte es auf jeden Fall. Auf diese Weise konnte der Schattenkrieger hereinkommen. Ich hatte die Schutzschilde im Zimmer aufgestellt, nicht du. Und deshalb habe ich ihn unter der Erde auch nicht gespürt, nicht einmal, als er mich angriff.« Wieder rieb sie sich den Knöchel. »Ich habe den eigentlichen Angriff erst mitbekommen, als das Gift schon in meinem Bein war.«

»Und als wir in der Höhle die Treppe hinunterliefen, spürte ich, dass er sich parallel zu uns bewegte, aber er brachte dich durcheinander, indem er dich glauben machte, er wäre unter uns.«

Natalya nickte und versuchte, nicht vor der Kälte, die ihr plötzlich bis in die Knochen drang, zu zittern. »Er lebt, Vikirnoff. Und er ist dabei, hier etwas wirklich Schlimmes zu inszenieren.«

»Er und die Vampire wollen das Buch, das dein Vater gestohlen hat. Xavier und Razvan brauchen das Buch, um ihre Pläne durchzuführen.«

»Aber mein Vater hat es vor ihnen versteckt. Und weil Razvan weiß, dass ich Dinge sehen kann, wenn ich einen Gegenstand nur berühre, haben sie einfach nur auf den richtigen Moment gewartet, um das Buch in die Hände zu bekommen und weiterzumachen.« Sie presste ihre Fingerspitzen an ihre schmerzenden Schläfen. »Ich habe ihnen den Weg gezeigt.« Natalya klopfte auf ihren Knöchel. »Razvan hat mich herausgefordert, und ich habe die Lösung geliefert. Er hat mich mit meinen eigenen Waffen geschlagen. Ironie des Schicksals, was?«

»Es tut mir so leid, *ainaak enyém*. Ich weiß, wie sehr du ihn liebst.« Er hielt sie ganz fest, atmete für sie, fühlte den Schmerz, der wie ein Messer in ihr wühlte, und betete, dass nicht er es sein würde, der ihren Bruder töten musste.

»Ich weiß, dass ich recht habe, Vikirnoff. Mit allem, was er jetzt in der Hand hat, wird er uns keine Ruhe mehr lassen. Er weiß, was ich weiß. Ich wollte mich nicht verraten, doch es war so ein Schock.« Sie breitete ihre Hände aus. »Es tut mir leid. Wenn ich bloß daran gedacht hätte, sein Spiel mitzumachen. Ich hätte wichtige Informationen bekommen können.«

Vikirnoff nahm ihre Hand und küsste ihre Innenfläche, ihre Knöchel, ihre Fingerspitzen. »Du brauchst dich nicht zu entschuldigen. Nicht jetzt und auch in Zukunft nicht. Deine Reaktion war absolut gerechtfertigt.«

»Aber er wird versuchen, dich zu töten.«

»Das hat er bereits versucht.« Er lächelte an ihrem Nacken. »Du hast auch schon daran gedacht, mich zu töten. Ich scheine das herauszufordern.«

Sie versuchte zu lächeln, um ihm zu zeigen, wie gut es ihr tat, dass er sich solche Mühe mit ihr gab, aber sie kam einfach nicht darüber hinweg, wie begriffsstutzig sie gewesen war. »Ich hätte besser damit umgehen müssen.«

»Verrat ist immer schwer zu verkraften, und es gibt keine richtige Art, damit umzugehen. Darauf kommt es jetzt auch nicht an. Uns passiert schon nichts.«

Natalya schwieg eine ganze Weile. Er konnte hören, wie ihr Herz schneller zu schlagen begann. Sie wandte ihm ihr Gesicht zu und legte eine Hand auf seinen Nacken, als sie ihm in die Augen sah. »Tausche Blut mit mir.«

Sein eigenes Herz fing an, laut zu pochen und sich dem Rhythmus ihres Herzschlags anzupassen. »Ich dachte, wir wollten nicht das Risiko eingehen, dass du danach vielleicht keinen Zugriff mehr auf die Erinnerungen des Messers hast.«

»Wenn ich nicht in der Lage bin, das Buch zu finden, können sie es auch nicht. Keiner wird es kriegen, und das ist wahrscheinlich auch am besten so. Alles, was Xavier geschaffen und mit dem Blut von drei verschiedenen magischen Spezies versiegelt hat, ist ohne Frage mächtig und tödlich und viel zu gefährlich, um jemals verwendet zu werden.«

Vikirnoff holte tief Luft und ließ sie wieder entweichen. Das war es, was er immer ersehnt hatte. Die totale Bindung. Wenn Natalya erst einmal umgewandelt war, gab es kein Zurück mehr. Sie war schon jetzt an ihn gebunden, aber jener letzte Schritt, diese wichtige Entscheidung würde sie für immer mit ihm und seiner Art vereinen. Er wollte, dass sie diesen Weg um ihrer selbst willen ging, nicht um sich dem Einflussbereich ihres Großvaters und Bruders zu entziehen.

»Natalya ...« Was sollte er sagen? Er konnte ihr nichts abschlagen, schon gar nicht, wenn ihre ganze Welt in Trümmern lag und sie solche Qualen litt. »Wie soll das Buch geschützt werden, wenn wir nicht wissen, wo es ist? Was, wenn sie eine Frau mit übernatürlichen Fähigkeiten finden, die ihnen bei der Suche nach dem Buch hilft? Wir müssen es zerstören.«

»Wie sollen wir das anstellen? Wenn es so leicht wäre, das Buch zu zerstören, hätte mein Vater es getan.«

»Das ist ein gutes Argument. Ich weiß darauf keine Antwort, Natalya, aber ich glaube, alle Karpatianer würden besser schlafen, wenn sie wüssten, dass unser Prinz das Buch bewacht. Nun befindet es sich irgendwo, wo die Vampire es entdecken könnten, und das darf nicht sein.«

»Was ist, wenn das Buch diejenigen, die es anfassen, verdirbt? Macht korrumpiert.«

»Darüber brauchen wir uns jetzt noch keine Gedanken zu machen, Natalya. Die Wahrheit ist, dass du keinen Blutaustausch willst, um unsere Beziehung und deine Bindung an mich zu bekräftigen, sondern weil du glaubst, dass etwas mit dir nicht stimmt.«

Die Zärtlichkeit in seiner Stimme brachte sie beinahe zum Weinen, und sie wandte das Gesicht ab, damit er nicht die Tränen in ihren Augen glitzern sah. »Es ist nicht so, wie du denkst.«

»Doch, *ainaak enyém*. Du glaubst, dein Blut wäre unrein, und suchst einen Ausweg. Nicht alle Magier waren schlecht. Die meisten von ihnen waren freundlich und intelligent und sehr großzügig. Unsere Völker waren miteinander befreundet. Selbst Xavier war zu einer Zeit sehr angesehen und eine große Hilfe für alle, die seinen Rat suchten. Du hast selbst gesagt, dass Macht korrumpieren kann. Ich weiß nicht, wie Xavier auf diesen Weg geraten ist, aber es lag mit Sicherheit nicht an dem Blut, das in seinen Adern fließt.«

Natalya wand sich aus seinen Armen, ging zu dem kleinen Wasserfall und schöpfte Wasser mit der Hand, um sich den Mund auszuspülen. Ihr war immer noch so kalt. Trotz der natürlichen Hitze in der Höhle schien sie keine Wärme finden zu können.

Vikirnoff spürte ihre inneren Qualen und verfluchte sich für seine Unfähigkeit, ihr die Schmerzen zu nehmen. Es war ausgeschlossen, den Verrat weniger schmerzlich zu machen, ausgeschlossen, ihr einen Kuss zu geben und zu sagen, dass alles wieder gut werden würde. Ihm brannte die Kehle vor Verlangen, ihr zu helfen, doch er konnte die furchtbare Tragödie nicht ungeschehen machen.

»Vielleicht war es nicht Xaviers Blut, Vikirnoff, aber ich bin an ihn und Razvan gebunden. Sie sind in mein Bewusstsein eingedrungen. In mein *Bewusstsein*. Sie haben Erinnerungen entfernt und neue eingepflanzt. Sie haben meine Liebe zu meinem Bruder ausgenutzt und meine schönen Erinnerungen an ihn beschmutzt.« Wieder fuhr sie sich mit der Hand über ihren Knöchel. »Und sie haben meinen Körper mit Parasiten verseucht. Ich will nicht, dass sie alles über mich wissen. Sie dürfen sich niemals wieder in mein Bewusstsein stehlen!«

Er stand auf und trat zu ihr. »Die Umwandlung wird dein ganzes Leben verändern.«

Sie stieg in das warme Becken. Das Wasser fühlte sich auf ihrer eisigen Haut heiß an. Selbst innerlich war ihr kalt, und sie hoffte, dass die warmen Quellen ihr Frösteln vertreiben würden. »Mein Leben hat sich schon verändert.« Sie hielt ihm ihre Hand hin. »Zum Besseren.« Ein schwaches Lächeln zeigte sich unerwartet auf ihrem Gesicht. »Ich habe entschieden, dass sich aus dir etwas machen lässt.«

Vikirnoff zog die Augenbrauen hoch. »Etwas aus mir machen lässt?«, echote er, während er zu ihr ins Becken stieg.

Natalya nickte. »Du glaubst doch nicht, dass du damit durchkommst, mich ständig herumzukommandieren, oder? Also, sowie du die Tatsache akzeptierst, dass ich immer recht habe, werden wir glänzend miteinander auskommen.«

Er schüttelte den Kopf. »Angesichts deiner Chancen bist du übertrieben optimistisch.« Er zog sie mit sich ins Wasser, sodass sie bequem an seiner Schulter lag.

»Chancen auf was?« Ihr Kopf fühlte sich schwer an, und sie lehnte ihn an Vikirnoffs Brust.

»Darauf, recht zu haben. Ich gehöre zu den unangenehmen Leuten, die alles wissen. Du hältst mich für herrisch, aber in Wirklichkeit versuche ich nur, dich zu führen, wenn du im Begriff bist, den falschen Weg einzuschlagen.«

»Und du erwartest von mir, dass ich dir für deine brillante Führung danke, nehme ich an?«

»Mir fallen einige Möglichkeiten ein, mit denen du mir zeigen könntest, wie sehr du meine Führung zu schätzen weißt.«

»Darauf möchte ich wetten.« Sie rieb sich unter Wasser den Knöchel. »Das wird nie abgehen, oder? Es ist jetzt Teil meiner Haut.«

»Ich weiß es nicht. Ich bin eigentlich kein Heiler, obwohl ich über einige Grundkenntnisse im Heilen verfüge. Wenn Gregori zurückkommt, können wir ihn bitten, einen Blick daraufzuwerfen. Wenn er das Mal nicht entfernen kann, wenden wir uns an Francesca. Sie lebt in Paris und soll Erstaunliches leisten.«

»Ist es möglich, dass es durch die Umwandlung verschwindet?«

Seine Hand tauchte ins Wasser und legte sich um ihren Knöchel. »Ich wünschte, ich wüsste es. Ich bezweifle es, Natalya. Du bist ganz anders als alle anderen, die ich kenne. Ich habe keine Ahnung, was die Umwandlung bei dir bewirken könnte. Ich glaube nicht, dass sie dir deine magischen Fähigkeiten nimmt. Rhiannon hatte mehr Talent als die meisten Zauberkundigen. Du musst es ebenso von ihr geerbt haben, und es ist genauso stark wie das Magierblut, das dich so mächtig macht. Kein Wunder, dass Xavier dein Blut haben wollte.«

Natalyas Augen begegneten seinem Blick. »Daran hat Razvan ihn früher immer gehindert.«

Vikirnoffs Finger begannen, ihren Knöchel sanft zu massieren.

Natalya entspannte sich ein wenig, und der harte Knoten in ihrem Magen löste sich. Wann war Vikirnoff jemand geworden, der ihr Ruhe und Frieden schenken konnte? Sie strich mit ihrer Hand über seinen Bauch, ohne jede sexuelle Absicht, sondern nur aus dem Bedürfnis heraus, seinen Körper unter ihren Fingerspitzen zu spüren. »Glaubst du, ich hätte gegen Xavier standhalten können, wenn ich an Razvans Stelle gewesen und diejenige gewesen wäre, die zu ihm gehen musste? Wenn Xavier mein Blut genommen hätte?« Sie wollte ihn nicht Großvater nennen. »Glaubst du, Razvan hätte gerettet werden können?«

»Das können wir unmöglich wissen.«

Sie sah so verstört aus und schien so weit von ihrem üblichen selbstbewussten Ich entfernt, dass es ihm wehtat. Vikirnoff rührte behutsam an ihr Bewusstsein, um in ihr zu lesen. Er musste wissen, wie er ihr helfen konnte. Natalya besaß einen eisernen Willen. Razvan war ihr Zwillingsbruder. Sie dachten gleich. Sie beschützten einander. Sie hatten schon in ihrer Jugend schwere Zeiten durchgemacht und einen Weg gefunden, ohne die Anleitung von Erwachsenen zu überleben.

Vikirnoff blickte in ihr Herz und stellte fest, dass sie bis ins Innerste getroffen war.

Razvan war so großmütig gewesen, Xavier sein Blut zu geben. Er hatte seinen Großvater erfolgreich zu der irrigen Annahme verleitet, dass er, Razvan, derjenige mit den überragenden magischen Fähigkeiten wäre, obwohl es in Wirklichkeit Natalya war. Die Geschwister hatten ein kompliziertes Täuschungsmanöver durchgezogen, und Razvan war häufig bestraft worden, wenn es Natalya nicht schnell genug gelungen war, Experimente abzuschließen und die Informationen an ihren Bruder weiterzugeben. Sie hatte sich im Hintergrund halten können, während ihr Bruder sämtliche Risiken auf sich genommen hatte, und jetzt konnte sie nach all seinen Opfern den Gedanken nicht ertragen, dass sie nicht da gewesen war, um ihn zu retten, so wie er sie gerettet hatte. Sie war nicht für ihn da gewesen, und er hatte sich dem Bösen zugewandt. Ihre Schuldgefühle lagen ihr schwer auf der Seele, eine furchtbare Last, die Vikirnoff genauso spürte wie sie.

Sie blickte auf. »Gibt es eine Möglichkeit, ihn zurückzuholen? Können wir den Schaden, der bei ihm angerichtet worden ist, wiedergutmachen?«

»Natalya ...« Eine leise Warnung schwang in seiner Stimme mit. »In seinen Adern fließt karpatianisches Blut. Es ist durchaus möglich, dass er jetzt zum Teil Vampir ist. Ich hätte nie gedacht, dass Vampire sich jemals miteinander verbünden würden, aber genau das haben sie getan. Und dein Bruder hat sich ihnen angeschlossen. Maxim und seine Brüder finden, dass sie die Herrscher der Welt sein sollten. In der Hoffnung, über alles die Kontrolle zu bekommen, haben sie sich mit den Vampiren zusammengetan. Die Untoten benutzen deine Forschungsergebnisse, um einander zu erkennen, das heißt, diejenigen, die an dieser Verschwörung beteiligt sind. Ich habe diese Parasiten zum ersten Mal im Blut der Gefährtin meines Bruders entdeckt. Sie wurde als Kind von einem Vampir entführt und umgewandelt. Sie war in der Lage, ihn zu besiegen, doch ihr Blut verriet sie den anderen Untoten. Durch die Parasiten im Blut können Vampire die Mitglieder der Verschwörung identifizieren. So muss es sein.« Seine Stimme wurde sanfter. »Du weißt, dass Razvan für dich verloren ist?«

»Wie soll ich das wissen? Die Heiler können Unglaubliches leisten. Vielleicht könnte er gerettet werden. Er ist kein reiner Karpatianer, und falls er umgewandelt wurde, ist er nicht ganz und gar Vampir.« Sie fuhr sich mit einer Hand übers Gesicht, als könnte sie damit das Wissen über das Ausmaß von Razvans Verrat auslöschen. »Er war ein guter Mann. Jahrhundertelang war er ehrenhaft und anständig und musste Furchtbares erdulden.«

Vikirnoff seufzte. »Du hast dich gefragt, warum er unbedingt Kinder wollte. Ich habe diese Frage oft in deinem Denken gesehen.«

Sie schluckte den Kloß hinunter, der ihr plötzlich in die Kehle gestiegen war, wandte das Gesicht ab und schüttelte leicht den Kopf.

»Er will Blut, genauso wie Xavier das Blut seiner Kinder wollte, um sein Leben zu verlängern«, sagte er leise. »Nur so konnte er all die Jahre am Leben bleiben. Nicht alle Kinder werden haben, was Razvan braucht, deshalb wollte er mehrere Kinder von unterschiedlichen Müttern.« Und jetzt wollte Razvan Natalyas Blut, so wie Xavier all die Jahre danach verlangt hatte. Aber Razvan würde sie Vikirnoff nicht wegnehmen. Er durfte die zarten Fäden, die sie miteinander verbanden, nicht zerreißen.

»Das kannst du nicht wissen.« Aber es klang logisch. Es war genau das, was Xavier getan hatte. Natalya hatte es mit eigenen Augen gesehen, als sie das Heft des Zeremoniendolchs in der Hand gehalten hatte.

»Nein. Und ich weiß genauso wenig, ob es Hoffnung für ihn gibt. Was ich weiß, ist, dass Vampire planen, den Prinzen zu töten und dich zu entführen. Sie suchen ein Buch, für das dein Vater sein Leben gab, um es zu schützen. Ihm lag so viel daran, dieses Buch zu schützen, dass er dich mit dem Zwang belegte, es zu finden, falls jemand anfangen sollte, in der Nähe der Höhle herumzustöbern.«

»Jemand war vor uns in der Eishöhle, und das hat den Zwang in mir ausgelöst.« So viel hatte sie sich schon selbst zusammengereimt.

»Wenn dein Vater bereit war, sein Leben zu opfern, um das Buch vor Xavier zu verbergen, gehe ich jede Wette ein, dass wir es nicht in seine Hände geraten lassen sollten.«

»Ich glaube immer noch, dass eine gewisse Chance besteht ...«

»Natalya, ich kann dir gar nicht sagen, wie viele Freunde und sogar Verwandte ich jagen und töten musste. Wenn wir jemandem, der uns einmal sehr nahe war und irgendwann zum Vampir geworden ist, gegenüberstehen, zögern sogar wir Jäger. Und bei einem so erfahrenen Jäger, wie es dein Bruder ist, zu zögern, kommt einem Todesurteil gleich. Du kannst dir kein Mitleid leisten. Du kannst dir nicht leisten, auf seine Rettung zu hoffen. Für ihn gibt es keine Rettung.«

»Woher willst du das wissen? Hat jemand von euch schon mal versucht, einen Vampir zu heilen? Ist der Versuch jemals unternommen worden?« Natalya wusste, dass reine Verzweiflung aus ihr sprach, aber sie konnte einfach nicht lockerlassen. Es musste eine Möglichkeit geben, ihren Bruder zu retten. Wenn Razvans Opfer, die er ihr zuliebe gebracht hatte, zu seinem Niedergang geführt hatten, trug sie die Verantwortung. Er war für sie da gewesen, als sie ihn gebraucht hatte; jetzt musste sie eine Lösung finden.

Vampire waren durch und durch schlecht. Natalya hatte ihre Verkommenheit gesehen, ihre Freude am Töten. Sie konnte den Gedanken nicht ertragen, dass Razvan diesen Weg gewählt hatte. Dass er freiwillig zu dem geworden war, was sie beide ihr Leben lang bekämpft hatten.

Vikirnoff sah, wie sie mit sich rang, um die Last der Schuldgefühle, der Furcht und des Ekels abzuschütteln. Sie wollte keine Angst vor ihrem Bruder haben. Sie wollte ihn nicht verachten und verabscheuen.

Vikirnoff ließ Natalya widerstrebend los, als sie sich aus seinem Griff löste. Ihm blutete das Herz, als er zusah, wie sie rastlos in dem kleinen Wasserbecken hin und her schwamm. Er konnte nicht lügen oder die Wahrheit beschönigen. Dafür hatte er zu viel Achtung vor ihr. Wenn sie sich auf die Suche nach dem Buch machten, würde man ihnen folgen. Und sie mussten das Buch suchen. Er wusste es, und tief in ihrem Inneren wusste Natalya es auch. Früher oder später würde das Buch wieder auftauchen, vielleicht sogar in einem anderen Jahrhundert, wenn die Erinnerungen daran verblasst waren. Es war viel zu gefährlich, um etwas dem Zufall zu überlassen.

Vikirnoff rieb sich das Gesicht. Ihm graute bei dem Gedanken, was vor ihnen lag. Natalya war eine außergewöhnliche Frau, aber eine, die er nicht erwartet hatte, eine, von der er nie gedacht hätte, dass er sie sich wünschen würde. Aber warum hatte er sich unter seiner Gefährtin eigentlich eine gefügige, sanftmütige Frau vorgestellt? Natalya würde immer an seiner Seite stehen. Er konnte sich sein Leben nicht mehr ohne ihre scharfe Zunge oder ihren schrägen Sinn für Humor vorstellen.

Seine Augenbrauen zogen sich zusammen, als er sie beim Schwimmen beobachtete. Die winzigen Tropfen, die auf ihrer Stirn standen, stammten nicht vom Wasser des Beckens, und das war schmerzlich. *Funktioniert der Fernseher in deinem Zimmer im Gasthaus eigentlich?* Er gebrauchte bewusst die intimere Form der Kommunikation, weil er ihr das Gefühl geben wollte, ihr ganz nahe zu sein.

Sie hielt abrupt inne und warf ihre Haare nach hinten, sodass Wassertropfen in alle Richtungen spritzten. Nachdem sie ein paar Mal geblinzelt hatte, um wieder klar sehen zu können, nickte sie. »Warum fragst du?«

»Die Hälfte von dem, was du sagst, ergibt für mich keinen Sinn. Wenn wir richtig miteinander kommunizieren wollen, muss ich mir wohl die Spätfilme anschauen.«

Sie bespritzte ihn mit einem Schwall Wasser. »Sag das nicht so, als müsstest du auf eine Beerdigung gehen! Spätfilme machen Spaß. *Spaß*. Weißt du überhaupt, was man darunter versteht?«

Da war er wieder, dieser herzzerreißende Unterton von Verzweiflung in ihrer Stimme. Sie lächelte ihn tapfer an, aber ihre Augen waren dunkel vor Kummer. Vikirnoff watete zu ihr, ohne den Blick von ihr zu wenden. Alles Geblödel der Welt konnte diesen Kummer nicht auslöschen. Alle Liebe der Welt würde nichts daran ändern. Alles, was er tun konnte, war, sie an sich zu ziehen, ganz dicht an sein Herz. Und ihr die volle Wahrheit zu sagen. Sie sollte ihn so sehen, wie er wirklich war. Es war ein Risiko, das er nur ungern einging. Ihre Beziehung war noch sehr zerbrechlich, und er schien ständig die falschen Entscheidungen zu treffen.

Vikirnoff spürte eindringlicher denn je das Blut, das in seinem Körper floss und von seiner Schande zeugte. »Ich weiß nicht, ob Razvan sich freiwillig entschlossen hat, sich der dunklen Seite zuzuwenden, Natalya.«

»Ich verstehe nicht, was du meinst. Er muss ein Vampir sein. Oder zumindest ihr Verbündeter. Und bedeutet das etwa nicht, dass er auf die dunkle Seite gewechselt hat?«

Vikirnoff hörte seinen Herzschlag so laut in seinen Ohren dröhnen, als wollte das Geräusch den Klang seiner Stimme übertönen, wenn er aussprach, was er nicht preisgeben wollte. Was er nicht einmal sich selbst eingestand. Er rieb sein Gesicht an ihrem und vergrub seine Hände in ihrem feuchten Haar.

Natalya hielt unwillkürlich den Atem an. Sie spürte den Konflikt in Vikirnoff und wie verletzlich er in diesem Moment war. »Was willst du mir sagen?«

»Es war, bevor ich dich traf. Lange, bevor ich dich traf, jagte ich den Vampir überall dort, wo ich ihn entdecken konnte. Ich war ein sehr guter Jäger, Natalya, weil mir mein Leben nichts mehr bedeutete. Als mir bewusst wurde, dass ich im Begriff war, zu ebendem Wesen zu werden, das ich jagte, ging ich zu meinem Bruder, in der Hoffnung, seine Nähe würde die stärker werdende Dunkelheit fernhalten.«

Natalya schmiegte sich an ihn und legte ihre Arme um seinen Hals, um ihm genauso Halt zu geben, wie er es bei ihr gemacht hatte. »Sprich weiter, Vikirnoff.« Sie spürte seinen inneren Widerstand und wusste, dass er ihr etwas von sich selbst preisgab, etwas, das ihn sehr viel Überwindung kostete.

Vikirnoff atmete mühsam ein. »Ein paar Jahre half es, aber dann war die Leere in meinem Inneren wie ein Gewicht, das immer schwerer auf mir lastete. Ich hörte auf, die Vampire zu töten, und überließ es Nicolae, sie zu zerstören, nachdem wir sie gefunden hatten. Ich verbrachte einen Großteil der Zeit sogar in einer anderen Gestalt.«

»Alles gute Durchhaltestrategien.« Sie erhaschte in seinem Bewusstsein einen flüchtigen Einblick auf eine trostlose, düstere Existenz, aber es war fast unmöglich, es völlig zu erfassen, ohne mit ihm verschmolzen zu sein, und er hielt sie bewusst auf Distanz.

Vikirnoff schloss die Augen. »Du verstehst nicht, was ich dir sagen will, Natalya. Ich bin einer der alten Karpatianer. Mir ist bekannt, was aus unseren Männern wird, wenn sie weiterleben und jagen und töten. Es gibt einen Punkt, an dem es kein Zurück mehr gibt. Einen Ort in unserem Bewusstsein, wo eine Wahl getroffen wird.«

Natalya runzelte die Stirn und lehnte sich zurück, um die Linien zu betrachten, die sich in sein Gesicht eingegraben hatten. »Was für eine Wahl?«

»In jedem Augenblick unseres Daseins ist uns die drohende Dunkelheit eindringlich bewusst. Wir wissen, dass wir irgendwann eine Entscheidung treffen müssen, um unser Volk und andere Völker der Erde zu schützen, wenn wir unsere Gefährtin nicht finden. Wenn dieser Zeitpunkt gekommen ist, dürfen wir ihn nicht verstreichen lassen. Wenn wir uns nicht dazu entschließen, den ehrenvollen Weg zu gehen und das Morgengrauen zu suchen, bringen wir unsere Seelen in Gefahr, dass wir irgendwann zu Vampiren werden.«

Natalya legte ihre Hände an sein Gesicht. »Aber wer kann eine solche Wahl treffen?«

»Das ist unser Erbe, Natalya. Wir empfangen die rituellen bindenden Worte, um unsere Spezies und unser Leben zu erhalten. Das ist unser einziger wahrer Schutz. Ohne Licht für unsere Dunkelheit erliegen wir unweigerlich dem Bösen, wenn wir nicht das Morgengrauen suchen.« Sein Blick schweifte ab und kehrte wieder zu ihren grünen Augen zurück. »Ich war weit, sehr weit über diesen Punkt ohne Wiederkehr hinaus. Ich erkannte den Tag meiner Wahl. Ich erinnere mich genau daran, aber ich tat nicht, was erforderlich war, um das Überleben meiner Art zu sichern. Ich wählte das Leben. Ich klammerte mich an das Leben, als ich das Morgengrauen hätte wählen sollen.«

Sie schüttelte den Kopf und strich mit ihren Fingern über die markanten Züge seines Gesichts. »Das ist nicht wahr. Du hast gesagt, dass wir Gefährten des Lebens sind. Bedeutet das nicht, dass du überleben solltest?«

Er schüttelte den Kopf. »Ich war zu nahe am Abgrund. Du hast es in jener Nacht im Wald gespürt, lange, bevor du mich auch nur gesehen hast. Du wusstest nicht, ob ich Jäger oder Vampir war. Ich wusste es selbst nicht.« Er scheute nicht vor der unerbittlichen Wahrheit zurück. »Ich weiß nicht, ob nach diesem ersten Mal jemals ein zweiter Moment der Entscheidung kommt. Ich kann dir nicht sagen, ob Razvan überhaupt wusste, dass es einen solchen Zeitpunkt gibt. Es war so lange her, seit ich Empfindungen gehabt hatte, dass mein Geist anfing, Orte aufzusuchen, an die er nie hätte gehen dürfen, aber ich war nicht in der Lage, es zu verhindern.«

Natalya holte tief Luft und vergrub ihre Finger in seinem Haar. In ihm waren so viele Emotionen. Sie reichten tief und rissen tiefe Wunden der Erniedrigung. Es kostete ihn seinen Stolz als karpatianischer Jäger, als Mann seiner Art, ihr sein dunkelstes Geheimnis anzuvertrauen, ihr zu gestehen, welche Wahl er getroffen hatte, obwohl er gewusst hatte, was unweigerlich passieren würde, und schlimmer noch, dass er nicht hatte verhindern können, unaufhaltsam auf das Böse zuzugehen.

»Razvan hatte nicht mein Wissen«, fuhr Vikirnoff fort. »Ihm wurde nicht von klein auf jahrhundertelang eingeprägt, was passieren könnte. Macht ihn das zu einem Schwächling? Ist es Verrat an allem, was wir lieben, oder wird uns die Wahl genommen und geht in dem Chaos in unserem Inneren unter, wenn alles zusammenfließt und es keine klar definierten Richtlinien mehr gibt, nur noch eine furchtbare, sinnlose Existenz?«

Sie fühlte sich wie betäubt, fast demütig, als sie in seine dunklen Augen blickte. Sie sah Schmerz, den Schmerz von Jahrhunderten der Leere und Einsamkeit. Und Furcht, sie könnte ihn von sich stoßen.

»Wie kannst du annehmen, ich würde dich zurückweisen? Warum sollte ich das tun? Doch nicht dafür, dass du deine Seele vor mir bloßgelegt hast, weil du mir sagen wolltest, dass Razvan mich nicht bewusst verraten hat.« Sie übersäte sein Gesicht mit Küssen und ließ ihre Lippen zu seinem Mundwinkel wandern. Ihre Zunge zog verführerisch die Konturen seines Mundes nach.

»Razvan hatte vielleicht nie die Absicht, dich zu verraten. Möglicherweise ist es einfach passiert. Aber mein Verrat war bewusst, Natalya. Als dein Gefährte hätte ich deine Sicherheit über alles andere stellen und das Morgengrauen wählen sollen, als der Moment der Entscheidung kam.«

Sie küsste seinen Mund, immer wieder, bis sich seine Lippen teilten und sie sich in ihm verlieren konnte. In seiner bedingungslosen Aufrichtigkeit. In dem Opfer, das er ihr gebracht hatte. Fast hätte sie um sie beide geweint. »Das war kein Verrat, Vikirnoff«, sagte sie leise, »nur das Leben. Nur das Leben. Und es kann hart und grausam und beängstigend sein. Aber auch schön und berauschend und voller Leidenschaft, wenn man es nur will. Wir wollen es. Wir beide. Wir sind nicht bereit, es an uns vorbeiziehen zu lassen. Ich hätte mich genauso ans Leben geklammert wie du. Wie Razvan. Ich weiß nicht, ob er gerettet werden kann, doch zumindest habe ich jetzt das Gefühl, dass er sich nicht bewusst dafür entschieden hat, mich zu verraten. Dafür danke ich dir.«

Vikirnoff zog sie stürmisch an sich, strich ihr rotbraunes Haar zurück und nahm ihr Gesicht in beide Hände, um sie anzuschauen, ja mit Blicken zu verschlingen. Ungeheure Erleichterung vermischte sich mit heller Freude. Natalyas Schönheit war nicht nur eine äußerliche, sie reichte viel tiefer. Er küsste sie, als Ausdruck der Freude, dass ihr Herz so offen für ihn war.

Natalya schmiegte sich an ihn, schlang ein Bein um seinen Oberschenkel und rieb ihren feuchten, glatten Körper herausfordernd an seinem.

Vikirnoff hob sie mühelos auf und drängte sie, beide Beine um seine Hüften zu legen, damit sie offen für ihn war. Die einladenden Falten ihres Eingangs waren wie heißer Samt und köstlich eng und hielten ihn wie eine Faust umschlossen, als er tief in sie eindrang. Es war ein Wunder für ihn, wie ihr Körper seinen aufnahm. Ihre Haut war warm und weich und rieb sich bei jeder Bewegung an ihm.

Ihr Gesicht war schön im Licht der flackernden Kerzen, die weiche Schatten auf Natalyas sanfte Rundungen warfen. Beide Hände um seinen Nacken gelegt, lehnte sie sich zurück und begann einen langen, langsamen Ritt der Ekstase. Die Verzückung auf ihrem Gesicht steigerte ihre Schönheit. Vikirnoff überließ ihr die Führung, ließ sich von ihr mehrmals an den Rand eines Höhepunkts bringen, nur um zu spüren, wie sie immer wieder innehielt und seine Pulsader mit Zunge und Zähnen liebkoste. Wie sie wartete und die Erregung steigerte. Er fühlte, wie sich in ihm ein gewaltiger Orgasmus immer stärker aufbaute und sie schließlich beide mitriss.

Vikirnoff hörte seinen heiseren Schrei und Natalyas leises Stöhnen und fühlte das Zucken ihrer starken Muskeln, die ihn hielten, ebenso wie die blutroten Tränen auf seinem Gesicht.

Kapitel 16

Natalya kauerte auf den Knien vor dem Zeremoniendolch und starrte die Waffe, die zwischen ihnen auf einem kleinen Stück Stoff lag, wie gebannt an. Die Klinge war leicht gebogen, der Griff kunstvoll verziert und mit Edelsteinen besetzt. Statt wie eine tödliche Waffe zu wirken, schien der Dolch eher ein kostbarer Kunstgegenstand zu sein.

»Sieht ganz harmlos aus, was?«, stellte Natalya fest. »Aber das Äußere kann täuschen. Mit diesem Messer sind unzählige Morde begangen worden.« Ihre Hand verharrte in der Luft über der Klinge und zitterte leicht. Natalya zog sie zurück.

Die Sonne war untergegangen. Vikirnoff und sie hatten miteinander geschlafen und dann in den heißen Quellen gebadet. Es war ihr schwergefallen, nicht sein Blut zu trinken. Sie sehnte sich immer mehr danach, als wäre es eine Droge, auf die sie süchtig war. Nun, da sie wusste, dass Razvan noch am Leben war, schien die Vorstellung, Karpatianerin zu werden, ebenso tröstlich wie verheißungsvoll.

Sie trugen beide die Sachen, die Vikirnoff für sie gemacht hatte. Jetzt galt es nur noch, eine Aufgabe zu erfüllen: das Messer zu berühren, um Zugang zu den blutigen Erinnerungen zu bekommen, die mit der zeremoniellen Waffe verbunden waren.

»Ich habe Nahrung zu mir genommen, und ich bin hier als dein Anker, der dich in dieser Welt und dieser Zeit hält.« Vikirnoff strich liebevoll über ihr Haar. »Die Schutzschilde sind errichtet, und meine Pflicht Gabrielle gegenüber ist erfüllt. Falcon hat ihr Blut zum zweiten Mal erneuert, und wir alle sind dem Ruf gefolgt, sie zu heilen. Unsere Zeit ist gekommen, Natalya. Wenn du herausfindest, welche Erinnerungen mit dem Messer verknüpft sind, bekommen wir hoffentlich einen Anhaltspunkt darauf, wo das Buch versteckt ist. Sowie wir es haben, bringen wir es an einen sicheren Ort, wo es entweder zerstört oder gut bewacht werden kann.«

Natalya holte tief Luft. »Das Messer zu lesen, wird nicht leicht sein, Vikirnoff. Wir werden die Erinnerungen derer, die durch diese Waffe umgekommen sind, durchleben.«

Seine Hand wanderte ihren Arm hinauf bis zur Schulter und streichelte sie zärtlich. »Ich weiß, dass es schwer für dich ist. Wenn ich könnte, würde ich dir diese Aufgabe abnehmen.«

Sie saß inmitten flackernder Kerzen, vor sich das Messer. Das Plätschern des Wassers im Becken wirkte beruhigend, und Vikirnoffs Anwesenheit gab ihr ein Gefühl von Geborgenheit. Sie hatte schon Hunderte Male Gegenstände »gelesen«, aber es widerstrebte ihr, den Tod ihrer Großmutter und, schlimmer noch, den ihres Vaters mitzuerleben, auch wenn Vikirnoff bei ihr war, um ihr beizustehen. »Du glaubst, dass ich es kann.«

»Ich weiß es.«

»Bevor ich es wage, möchte ich dir sagen, dass ich nicht mehr sauer auf dich bin.«

Er zog die Augenbrauen hoch. »Du warst böse auf mich?«

Sie starrte ihn erzürnt an. »Na, und ob! Mist! Du hast es nicht mal gemerkt?«

»Wir haben ein dutzend Mal, vielleicht öfter, miteinander geschlafen. Du hast mich ein paar Mal gebissen, und auf meinem Rücken sind Kratzer, aber ich habe all das genossen.«

»Weil du pervers bist. Und das habe ich nicht gemeint. Ich rede von deiner blöden und reichlich selbstherrlichen Entscheidung, uns aneinanderzubinden.«

»Natalya?«

»Ja?«

»Du klingst wütend.«

»Bin ich auch. Und du hast es nicht mal zur Kenntnis genommen. Ist dir klar, wie frustrierend das ist? Ich dachte die ganze

Zeit, du leidest, weil ich sauer auf dich bin, aber du hast es gar nicht gemerkt!«

»Tut mir leid. Ich hätte aufmerksamer sein müssen.«

»Du klingst nicht so, als täte es dir leid.« Sie strich mit den Fingerspitzen über den Rand der Klinge und hielt ihre Handfläche darüber, um die Intensität der gewalttätigen Schwingungen zu testen. »Ehrlich gesagt, Vikirnoff, ich mache das gar nicht gern.«

»Ich weiß. Und ich kann es verstehen. Niemand will die Folterung und den Mord an seinen Eltern oder seiner Großmutter erleben.« Vikirnoff kniete sich hinter sie. Er wusste, dass Natalya sich Mut machte und hauptsächlich mit ihm redete, um ihr Zaudern zu überspielen. »Ich gehe jeden Schritt des Weges mit dir. Wenn die Erinnerungen zu schlimm werden, tue ich, was ich kann, um den Schmerz zu lindern.«

»Was ist, wenn du mit mir dort stecken bleibst und wir beide nicht zurückkönnen, bis jede Tötung noch einmal vollzogen worden ist? Es war deine Stärke, die mir ermöglicht hat, aus der Vergangenheit zurückzukehren.«

Seine Arme schlossen sich um sie, und er nahm ihre Hände in seine. »Du fühlst die Gewalttätigkeit des Messers, ohne es zu berühren.«

Natalya lehnte sich an seine Brust und ließ ihren Kopf an seine Schulter sinken. »Ja, aber noch lese ich nicht die Erinnerungen.«

»Ich möchte das Messer in meiner Hand halten, mit deinen Händen auf meinen, sodass deine Finger das Messer zwar berühren, der körperliche Kontakt aber auf das Notwendigste beschränkt bleibt. Vielleicht wird dadurch das Risiko für dich minimiert.«

Wieder holte Natalya tief Luft und versuchte, den Aufruhr in ihrem Inneren zu beschwichtigen. Lieber würde sie gegen zehn Vampire antreten als lesen, was das Messer preisgab, doch alles

Wünschen würde nichts daran ändern. Es musste getan werden. »Versuchen wir's, Vikirnoff, aber wenn du merkst, dass du uns da nicht rausholen kannst, lässt du das Messer los.«

»Das werde ich.«

Sein Atem streifte warm und tröstlich ihren Hinterkopf, als Natalya sich wieder vorbeugte. Sie gönnte sich dabei den Luxus, Vikirnoffs Gegenwart zu fühlen, ohne sich davon ablenken zu lassen. Sie legte ihre Hand auf seine und nickte ihm zu, um ihm zu zeigen, dass sie bereit war. Vikirnoff griff nach dem Messer. Sie spürte, wie ihr Herz schneller schlug. Ihre Muskeln spannten sich schmerzhaft an.

Ich bin bei dir.

Sie fühlte seine starke und unerschütterliche Nähe, seine Arme, die sie hielten. Er war bei ihr – und das bedeutete alles. Seine Gegenwart machte ihr Mut, und sie fuhr mit den Fingern über das Heft des Dolchs. Sofort spürte sie die Veränderung der Zeit, den starken Sog, der sie in die Vergangenheit und tiefer in die blutigen Erinnerungen des Messers zog.

Die konzentrierte Angst zahlloser Opfer stürmte auf sie ein, umschloss sie und drang in ihr Inneres ein. Sofort konzentrierte sie sich darauf, Vikirnoffs Hand zu fühlen, ihre Größe und Form, die Wärme seiner Haut. Das unendliche Grauen ließ ein wenig nach, und es gelang ihr, daran vorbeizugleiten und sich den Szenen zu nähern, die sie suchte. So viele Seelen schienen vor Kummer zu klagen und Gerechtigkeit zu fordern. Natalya wusste, dass das, was sie von dem Messer brauchte, noch vor dem Tod ihres Vaters passiert sein musste. Er musste das Buch versteckt und Blut auf dem Messer vergossen haben.

Mein Vater hätte niemanden geopfert, um diese Information zu hinterlassen. Die Wiedergabe der Szene, die wir suchen, muss viel schwächer als die der Bilder sein, in denen mehr Gewalt stattfindet. Das würde erklären, warum ich es beim ersten Mal verfehlt habe.

Langsamer, bitte. Du bewegst dich so schnell, dass ich nicht einmal einen kurzen Blick auf das, was geschehen ist, erhaschen kann.

Ich spüre den Grad an Gewalt und weiß, dass es nicht ist, was ich suche, und ich will nicht wissen, was Xavier noch alles verbrochen oder wen er getötet hat ... Sie brach ab und hielt abrupt inne, als sie sich in der Kristallhöhle wiederfand. Vorsichtig schaute sie sich um.

Was ist los?

Razvan. Ich fühle ihn. Seine Präsenz ist in diesem Zeitabschnitt sehr stark.

Vikirnoff zog scharf den Atem ein. Am liebsten hätte er beide Arme schützend um Natalya gelegt und ihr befohlen, sofort zurückzukommen. *Wie lange ist das her?*

Ich weiß es nicht. Noch nicht sehr lange, glaube ich. Ich habe die Gegenwart meines Vaters noch nicht gespürt.

Vikirnoffs Instinkte meldeten sich. *Das ist unnötig. Du musst keine Gewalttaten erleben, die Razvan begeht. Geh weiter, Natalya.*

Sie wollte ihren Bruder sehen. Sie wollte seinen Verrat mit eigenen Augen erleben. Es schien die einzige Möglichkeit zu sein, sich davon zu überzeugen, dass er tatsächlich auf die Seite der Vampire, auf Xaviers Seite, gewechselt hatte. Eigensinnig beobachtete sie, wie ihr Bruder in die Eishöhle schlenderte. Er hielt den Zeremoniendolch in seiner Hand, und in seinen Augen glitzerte ein seltsames Licht.

Das kannst du nicht machen. Vikirnoff unterlegte seine Worte mit sanftem Druck. Er wollte Natalya nicht bevormunden, doch er hatte einen bitteren Geschmack im Mund, der Warnung genug war. Razvan sah dem jungen Xavier viel zu ähnlich, ein Wahnsinniger, der nur daran interessiert war, möglichst viel Macht über andere zu bekommen. Xavier mit seinem angeborenen Talent hatte schnell an Macht und Format gewonnen und war zu der Überzeugung gelangt, dass es ihm bestimmt war, über die ganze Welt zu herrschen. Der Niedergang eines einstmals großen Magiers war vollständig, als er entdeckte, in welchen Machtrausch es ihn versetzte, Leben zu nehmen. Wütend darüber, dass Karpatianer im Gegensatz zu ihm unsterblich schienen, verfolgte er sie mit einem fanatischen Hass, der sein eigenes Ego ebenso wie seine Entschlossenheit nährte, diese Spezies auszuradieren, sobald er die Geheimnisse ihres Blutes kannte. Auf Razvans Gesicht zeigte sich die gleiche überhebliche Selbstgefälligkeit.

Die Eishöhle war dieselbe, die sie kannten, und doch nicht gleich. Weniger Lichtkugeln erhellten die Kammer, und die Eisformationen wucherten nicht so üppig. An der hinteren Wand waren die Drachen zu sehen, von dichten Eisschichten umhüllt und für ewig erstarrt.

Dort waren sie bei unserem Besuch nicht. Natalya las Vikirnoffs Gedanken. *Jetzt befinden sie sich in der Halle, die in den Hauptraum führt, erinnerst du dich? Etwas Schreckliches wird hier passieren.*

Vikirnoff spürte, wie Natalyas Herz so laut zu klopfen begann, dass es zu bersten drohte, als Razvan sich umdrehte und jemanden zu sich winkte. Ein junges Mädchen, fast noch ein Kind, trat aus dem Schatten. Das Mädchen hatte strahlend grüne Augen und eine Fülle kupferroter Locken. Sie schüttelte den Kopf, als Razvan sie am Arm packte und näher zerrte.

Nicht! Natalya versuchte, ihre Finger von dem Messer zu reißen, aber etwas viel Stärkeres als ihr Wille hielt sie dort fest. *Er will ihr Blut. Er wird ihr Blut nehmen.* Sie zuckte zusammen, als die scharfe Klinge das schmale Handgelenk ritzte und Razvan die offene Vene an seinen Mund hielt. *Er will Unsterblichkeit, genau wie Xavier. Das arme Kind.*

Vikirnoff fühlte sich so elend, dass er am liebsten die Augen vor dem Ungeheuer, zu dem Razvan geworden war, verschlossen hätte. Das Mädchen sah ungefähr so aus, wie Natalya in diesem Alter ausgesehen haben musste, aber dennoch empfand Razvan nichts für sie. Der einzige Nutzen, den sie für ihn hatte, war der einer Blutbank. Er wollte jung bleiben. Er hatte nur aus einem einzigen Grund Kinder gezeugt, und zwar, um diejenigen mit den Genen herauszusuchen, die für den Fortbestand der Blutlinie, die er brauchte, ausgestattet waren.

Wie alt wäre sie jetzt, wenn sie es geschafft hätte, am Leben zu bleiben? Natalya wisperte es leise. Sie brauchte unbedingt das Gefühl, mit Vikirnoff verbunden zu sein.

Diese Zeit kann noch nicht lange zurückliegen, vielleicht fünfzehn, höchstens zwanzig Jahre. Sie kann jetzt kaum älter als fünfundzwanzig oder dreißig sein.

Razvan hat eine Tochter namens Colby. Ich habe sie vor ein paar Monaten getroffen. Sie hatte keinerlei Erinnerungen an derartige Ereignisse. Natalya erschauerte. *Sie hat für seine Zwecke wohl nicht das richtige Blut.*

Ich habe sie auch kennengelernt. Sie hat großes Glück gehabt, sagte Vikirnoff.

Aber verstehst du, was das bedeutet? Razvan schwängert immer noch Frauen. Wie ist das möglich, wenn er zum Vampir geworden ist? Colby war jünger, als dieses Kind es heute wäre. Wie kann das sein? Hast du jemals von einem Vampir gehört, der Kinder gehabt hätte? Aber schau sie dir an. Ihre Augen und ihre Haare haben die Farbe verändert. Sie entstammt unserer Familie.

Ich habe noch nie von einem Vampir gehört, der seine Opfer nicht getötet hat, Frauen ebenso wie Kinder, und schon gar nicht von einem, der in der Lage wäre, ein Kind zu haben. Und was ist mit dem Blut? Razvan kann nicht mit den Mikroorganismen infiziert sein, sonst wären es seine Kinder auch. Hatte Colby Parasiten in ihrem Blut?

Nein, Colbys Blut war nicht mit Parasiten verseucht gewesen.

Stirnrunzelnd beobachtete Vikirnoff Razvans Missachtung des Mädchens. Er schien sie nicht als menschliches Wesen, als eine eigenständige Person zu betrachten, und er nahm ihr Blut nicht mit Vorsicht oder Respekt, sondern behandelte sie wie menschliches Schlachtvieh. Es machte Vikirnoff krank, mitansehen zu müssen, wie das Kind darum kämpfte, sich zu befreien. Auf dem Gesicht des Mädchens lag eine Entschlossenheit, die ihn an Natalya erinnerte. Hier zeigte sich derselbe unbeugsame Wille. *Ich bin überzeugt, dass sie noch lebt. Trotz ihrer Jugend denkt sie an Flucht. Siehst du, wie still sie wird und wie ihr Blick durch den Raum wandert? Ich glaube, sie hat dein Naturtalent für Magie.*

Natalya versteifte sich. *Da ist Xavier.* Sie wisperte es, obwohl sie in Vikirnoffs Bewusstsein sprach und niemand sie hören konnte.

Ein älterer Mann kam aus einer Kammer. Sein Gewand raschelte leicht beim Gehen. Seine Gesichtszüge waren unbestimmt und schienen zu verschwimmen, während er über den Eisboden ging, aber Vikirnoff hatte den Eindruck von hohem Alter und schneeweißem Haar und Bart. Eine runzlige Hand streckte sich nach dem Mädchen aus. Sie schrak vor dem alten Mann zurück, und Razvan riss sie aus der Reichweite des dunklen Magiers.

»Du wirst sie nicht anrühren«, knurrte Razvan. »Du hast deinen eigenen Vorrat.«

»Ich kann sie nicht mehr verwenden, wie du sehr wohl weißt. Sie sind zu mächtig geworden, um kontrolliert zu werden. Ich brauche das Buch. Wir müssen das Buch finden.« Xavier schob sich näher an das Kind heran und reckte seine klauenartigen Finger. »Sobald ich das Buch habe, können sie mir nicht mehr trotzen.«

Razvan hielt das Mädchen immer noch außer Reichweite. Ein hässliches Lächeln lag auf seinem Gesicht. »Die Kleine hier gehört mir, und du wirst sie nicht anfassen.«

»Maße dir nicht an, mir Befehle zu geben. Ich werde alt, aber ich habe immer noch Fähigkeiten, die du nicht hast.« Xavier richtete sich zu seiner vollen Größe auf, und Razvan schien sofort vor ihm zusammenzuschrumpfen; er schirmte jedoch immer noch das Kind mit seinem Körper ab.

Schau dir an, was die Kleine macht! Vikirnoff stupste Natalya mit seinem Kinn an.

Natalya löste ihren entsetzten Blick von ihrem Bruder und sah zu dem jungen Mädchen. Es neigte den Kopf und leckte die Wunde an seinem Handgelenk. Die Blutstropfen verschwanden sofort. *Ihr Speichel hat heilende Eigenschaften. Sie trägt starke karpatianische Gene in sich.*

Deshalb wollen die beiden ihr Blut. Sie benutzen sie, um jung zu bleiben. Razvan will sie nicht mit Xavier teilen.

Erinnerungen überfluteten Natalya. Razvan, wie er sich hin und her wiegte, während er sich bemühte, seine Tränen zurückzuhalten. Sein Handgelenk war brutal aufgerissen. Wie hatte sie das vergessen können? Sie war es gewesen, die mit ihrem eigenen Speichel seine Wunden geheilt hatte. Xavier hatte lange gebraucht, um zu erkennen, dass Razvans Blut für ihn nur als Nahrung von Nutzen war. Der dunkle Magier hatte begonnen zu altern, und das hatte ihn in rasenden Zorn versetzt.

Sie spürte Tränen auf ihrem Gesicht und war sich einen Moment lang ihres eigenen Körpers bewusst, weit weg von der Zeit, in der sie diese schauerlichen Dinge hatte beobachten müssen. Razvan wusste, was es hieß, zu einem so entsetzlichen Leben gezwungen zu werden, und trotzdem hielt er das Mädchen gefangen, um sich von ihr zu nähren.

Angewidert wandte Natalya ihre Aufmerksamkeit wieder dem Kind zu. Razvan und Xavier fingen an zu streiten, und Razvans Griff um das Mädchen lockerte sich, als es aufhörte, sich zu wehren. Die Kleine rückte näher an die Wand heran, wo die Drachen im Eis eingesperrt waren. *Vikirnoff? Leben sie? Sprechen die Drachen mit ihr? Kannst du es erkennen?*

Das Mädchen hatte den Kopf leicht schief gelegt, als lauschte es den Drachen. Vikirnoff hielt unwillkürlich den Atem an. Die Wand um die Drachen fing an, sich auszubeulen, und das Eis brach in große Stücke auseinander.

»Halte sie auf!«, brüllte Xavier, während er vor dem berstenden Eis zurückwich.

Ein hellroter Drache brach durch das Eis und richtete seine gewaltigen Klauen auf Razvan, während ein zweiter, blau getönter Drache einen Flügel zu dem Mädchen nach unten senkte. Das Kind zögerte nicht, sondern sprang behände auf den Flügel und kletterte auf den Rücken des Drachen. Der Drache stieg sofort auf und flog direkt nach oben, während der andere Xavier und Razvan in Schach hielt. Es war leicht zu erkennen, dass beide Drachen sehr krank und geschwächt waren. Ihren Bewegungen fehlte es nach dem ersten Überraschungsangriff an Kraft.

Razvan nahm das Messer, schob sich blitzschnell zwischen die Vorderbeine des gewaltigen Tieres und stieß die Klinge tief in die Brust des roten Drachen. Er schrie vor Schmerz, genauso wie der andere, der das Kind trug. Tapfer trug der blaue Drache das Mädchen weit in die Kammer hinauf, wo es eine Hoffnung auf Entkommen hatte, und kehrte dann zu seinem verwundeten Kameraden zurück.

Xavier trat vor, hob eine Hand und sprach einen Befehl. Der rote Drache hörte auf, um sich zu schlagen, und blieb laut keuchend liegen. Kostbares Blut floss auf das Eis. Der blaue Drache legte sich daneben, schmiegte seinen langen Hals an den verletzten Drachen und leckte ihn mit der Zunge, um ihm zu helfen.

Wir müssen gehen. Vikirnoffs Stimme klang eindringlich. *Wir haben nicht viel Zeit.* Ein Teil von ihm überwachte die reale Zeit, und selbst hier unten in der Tiefe der Höhle fühlte er die Unruhe am Nachthimmel, als etwas Böses direkt über ihrem Versteck vorbeizog.

Die Ereignisse, die sich vor Natalya abspielten, hatten sich vor Jahren zugetragen. Die Körper der Drachen waren jetzt in der großen Halle in dickes Eis eingeschlossen. Natalya kannte bereits den Preis, den die Tiere für die Rettung des kleinen Mädchens bezahlt hatten. Was das Kind selbst anging, konnten sie nur hoffen, dass es ihm gelungen war zu fliehen und sich irgendwo zu verstecken, wo es vor Xavier und Razvan sicher war. Leider gab es keine Möglichkeit, den Verlauf der Geschichte zu ändern. Sie konnte das alles nur mitansehen und hoffen, dass die Drachen dem Kind genug Zeit zur Flucht verschafft hatten. Natalya selbst blieb nichts anderes übrig, als weiter in die Vergangenheit einzutauchen, um die Zeit zu finden, in der ihr Vater das Buch versteckt hatte.

Sie ließ die Vision verblassen und begann mit der Suche nach einem Hinweis auf ihren Vater. Die Bilder ertranken förmlich in Blut, und es gab so viele Tote, dass ihr körperlich schlecht wurde.

Die kleine Szene zwischen Razvan und Xavier, die Vikirnoff beobachtet hatte, ließ ihn vermuten, dass die beiden Männer sich zwar miteinander verbündet hatten, aber dennoch einen Machtkampf führten. Razvan konnte nicht hoffen, Xavier mit magischen Kräften zu besiegen – es sei denn, er hatte Natalya. Auf einmal sah Vikirnoff völlig klar. Natalya hatte das angeborene Talent, und sie war hochintelligent. Statt an seinen eigenen Gaben zu arbeiten, hatte Razvan sich seine ganze Kindheit und Jugend hindurch auf seine Schwester verlassen. Xavier war auf die Täuschung hereingefallen und hatte geglaubt, den Zwilling mit den angeborenen Fähigkeiten zu haben.

Wofür hat Razvan eine Begabung? Natalyas Zwillingsbruder mochte in gewisser Hinsicht träge gewesen sein, aber er musste dieselbe scharfe Intelligenz wie seine Schwester besitzen.

Einen Moment lang herrschte Schweigen. Vikirnoff spürte Natalyas Zögern. *Im Entwickeln von Kampfstrategien.*

Etwas in Vikirnoffs Innerem regte sich. Natürlich musste es Razvan sein. Xavier und sein Enkelsohn hatten sich mit den Vampiren verbündet. Sie hatten es tatsächlich geschafft, eine offensichtlich große Schar von ihnen trotz ihrer notorischen Egomanie zu vereinen. Die Brüder Malinov waren ein wahrer Segen für sie. Die Brüder hatten bereits gegen den Prinzen konspiriert und Anschläge auf ihn geplant, und Xavier mit seinen Gaben und seinem Hass auf die Karpatianer zu finden, musste ihnen wie eine Fügung des Schicksals erschienen sein. Xavier würde Razvan nur bei sich behalten, wenn er sich als nützlich erwies. Und er musste extrem nützlich sein.

Wenn Razvan als Stratege genauso befähigt war wie seine Schwester auf anderen Gebieten, konnte das karpatianische Volk ernsthaft in Schwierigkeiten kommen. Die Vampire setzten Prinz Mikhail und seinen Jägern schwer zu, indem sie sie ständig mit kleinen Gefechten schwächten, dabei aber nur Bauern auf ihrem Schachbrett opferten.

Ich spüre meinen Vater. Es ist viel mehr Gewalt damit verbunden, als ich erwartet hatte.

Vikirnoff hörte den Argwohn in ihrer Stimme. Sie tat ihm aufrichtig leid. *Ich bin bei dir, Natalya. Du bist nicht mehr allein. Was geschehen ist, liegt viele Jahre zurück, und wir können die Vergangenheit nicht ändern. Versuch, alles, was du siehst, distanziert zu betrachten, wenn es dir möglich ist.* Wie konnte sie die Folterung und Ermordung ihrer Eltern distanziert sehen? Er wünschte sich sehnlichst, er könnte ihr ersparen, was vor ihr lag, doch er konnte nichts tun, um ihr zu helfen.

Seine Nähe gab Natalya Trost, als sie nach den Ereignissen der Vergangenheit griff. Ihr Vater kam ins Bild. Er marschierte zwischen fleischfressenden Pflanzen, Büschen und Bäumen hindurch, und unter seinen Füßen bebte der Boden. Das Wasser, das die Farbe von getrocknetem Blut hatte, kennzeichnete das Gebiet als Moor. Natalya runzelte die Stirn und versuchte, Landmarken zu erkennen. Ihr Vater trug ein in Ölhaut eingeschlagenes Päckchen und war offensichtlich sehr wachsam, da er ständig über die Schulter schaute und die Umgebung überprüfte.

Er trägt nicht den Dolch. Aus irgendeinem Grund beunruhigte sie das mehr als der düstere Himmel und die flackernden Blitze an den Rändern der Wolken, und sie kniff die Augen zusammen, um angestrengt in das Unterholz rings um ihren Vater zu starren. Es war sehr dunkel. Die dichten Wolken ließen kein Mondlicht durch.

Doch, er trägt ihn am Gürtel, Natalya. Außerdem trug Soren einen kleinen Beutel, der so aussah, als zappelte darin ein Lebewesen. Widerwillen regte sich in Vikirnoff.

Natalya atmete langsam aus. Ihr Vater bewegte sich zielstrebig, und ihr wäre beinahe entgangen, dass seine Schritte einem bestimmten Muster folgten. In dem Moor gab es Stellen, in denen man leicht versinken konnte, und das Gebiet war für all jene, die den Weg nicht kannten, sehr trügerisch.

Ich muss von vorn anfangen.

Vikirnoff verhielt sich ganz still, genauso darauf bedacht wie Natalya, sich Sorens Schritte durch das Moor gut einzuprägen. Wenn sie das Buch in die Hände bekommen wollten, mussten sie den Weg durch das weitläufige Sumpfgebiet genau kennen. Sein Herz versuchte, den Herzschlag seiner Gefährtin zu regulieren. Zusammen konnten sie die Abfolge der Schritte nachvollziehen, die mitten in den wildesten und unzugänglichsten Teil des Moors führten. Natalyas Vater kniete sich vorsichtig hin, stieß das Buch tief in das trübe Wasser und beobachtete, wie es langsam versank. Dabei bewegte er die ganze Zeit die Lippen und murmelte leise Worte, während seine Hände ein kompliziertes Muster in die Luft malten.

Kannst du seine Schutzschilde sehen, Natalya? Vikirnoff hatte einiges von der Formel mitbekommen, aber sie war ihm nicht vertraut.

Ja. Das Muster ist kompliziert, doch mit etwas Zeit kann ich den Zauber aufheben. Seine magischen Zeichen vergrößern Stärke und Komplexität der Formel. Ich müsste in der Lage sein, das Muster umzukehren und das Buch wieder zum Vorschein kommen zu lassen. Ich weiß bloß nicht, ob jemand eine so große Verantwortung übernehmen möchte. Ich bezweifle, dass das Buch ohne Weiteres zerstört werden kann.

Wenn du es gefunden hast, können es auch andere finden.

Wir können das Messer zerstören. Natalya schaute zu, wie ihr Vater aufstand und sich auf den mühsamen Weg durch das ausgedehnte Torfmoor zurück auf festen Boden machte. Er ging, als wäre ihm eine schwere Last von den Schultern genommen worden. Als er sich dem Rand des Moors näherte, wo das Bleichmoos am dichtesten wuchs, sah sie, wie sich etwas in den umliegenden Büschen bewegte. Die Blätter zitterten, und dunkle Schatten glitten von einem Busch zum nächsten. Ihr Vater setzte seinen Weg fort, indem er über die Wiesen ging und sich dem nächsten Dorf zuwandte.

Plötzlich blieb er stehen und zog ein zappelndes Kaninchen aus dem Beutel. Natalya, die wusste, dass er das Tier als Opfer mitgebracht hatte, war froh, dass sie Vikirnoff, dessen Abscheu sie deutlich spürte, nicht anschauen konnte. In dem Gebüsch direkt hinter ihrem Vater konnte sie dunkle Schatten erkennen, und der Drang, ihm eine Warnung zuzurufen, war überwältigend.

Eine der düsteren Gestalten fiel ihn an, wand ihm den Dolch aus der Hand und zog ihn über die Fersen ihres Vaters. Nicht Xavier selbst war gekommen, sondern einige seiner Handlanger, die von ihm beauftragt worden waren, ihren Vater zu den Eishöhlen zurückzubringen. Soren sackte in sich zusammen, da die Sehnen an seinen Fersen durchtrennt waren und er sich nicht mehr auf den Beinen halten konnte. Der größte seiner Angreifer hob ihn hoch und begann, ihn zum Berg zurückzutragen, ohne auf seine Schmerzensschreie zu achten.

Lass es los, befahl Vikirnoff und übte dabei starken Druck auf Natalya aus. Seine Hände lösten sich bereits vom Griff des Dolchs. Sie musste nicht sehen, was Xavier ihrem Vater angetan hatte, um von ihm zu erfahren, wo das Buch versteckt war. Es war reines Glück, dass die Gehilfen des dunklen Magiers nicht direkt gesehen hatten, wie Natalyas Vater aus dem Moor herausgekommen war, sondern ihn nur in der Nähe erwischt hatten.

Natalyas Finger gehorchten, obwohl ihr Verstand versuchte, sich an den Anblick ihres Vaters zu klammern. Das Messer entglitt ihrer Hand, und Vikirnoff ließ die Waffe auf den Boden fallen. »Du musst es zerstören«, sagte sie. »Wie du es machst, ist mir egal, aber zerstöre es bitte.«

Er nahm sie in die Arme und wiegte sie sanft. »Ich würde die Welt nur zu gern von dem Dolch befreien, Natalya, doch wir dürfen kein Risiko eingehen, was das Buch angeht. Xavier wird seine Diener gründlich verhört haben, und er kennt das Gebiet, wo sie deinen Vater gefunden haben. Er kann sich denken, dass das Buch irgendwo in dieser Gegend versteckt ist.«

»Nicht unbedingt. Er weiß vielleicht nicht, wann mein Vater das Buch tatsächlich versteckt hat. Es könnte Wochen vorher passiert sein. Vielleicht hat er geglaubt, mein Vater hätte das Buch deinem Prinzen gegeben.« Sie lehnte ihren Kopf an Vikirnoffs Schulter, dankbar für das Gefühl von Stärke, das er ihr vermittelte. Irgendwie war Vikirnoff fast unmerklich vom Feind zu ihrem Fels in der Brandung geworden. Lag es an den bindenden Worten, gegen die sie so stürmisch aufbegehrte? Oder daran, dass sie ständig mit seinem Bewusstsein verbunden war und seine Gedanken so gut kannte? Ihre Hand glitt in seine. »Ohne dich würde ich mich so allein fühlen.«

Sein Herz machte einen seltsamen kleinen Satz, der ihn sehr beunruhigte. Natalya war eine Kämpferin, eine Frau mit ungeheurem Mut, und Razvans Verrat brach nicht nur ihr Herz, sondern ihren Geist. Und das war das Letzte, was Vikirnoff wollte. Er hatte seine Tigerin und ihren erstaunlich frechen Mund lieb gewonnen. Er wollte sie nicht niedergeschlagen und gebrochen oder so verwundbar sehen, auch wenn sie sich um Trost an ihn wandte.

Er fasste sie am Kinn und drehte sie zu sich herum, sodass er ihren Mund finden konnte, um sie sehr lange und ausgiebig zu küssen. Als ihre Augen sich vor Verlangen verdunkelt hatten und sie mit demselben Hunger wie er reagierte, löste er sich von ihr. »Ich bin ja so froh, dass du endlich zur Vernunft gekommen bist.«

Sie blinzelte, schaute ihn argwöhnisch an und zog sich ein kleines Stück von ihm zurück. »Zur Vernunft? Inwiefern?«

»Was die rituellen bindenden Worte angeht, natürlich. Es war gut, dass ich sie gesprochen und uns aneinandergebunden habe. Bei deiner Sturheit würden wir wahrscheinlich jetzt noch umeinander herumtanzen.«

»*Meine* Sturheit?« Ihre grünen Augen funkelten ihn an. »Ich glaube, das Wort ist extra für dich erfunden worden.« Sie fuhr mit einer Hand durch ihr rotbraunes Haar und schob es sich aus dem Gesicht, um ihn wütend anzublitzen. »Und wenn du das Wort ›stur‹ im Lexikon nachschlägst, wirst du dort statt einer Definition ein Bild von dir finden.«

Vikirnoff fand, dass sie die schönste Frau war, die er je gesehen hatte. Er wickelte das Zeremonienmesser in ein weißes Tuch und schob es in sein Hemd, wo sie es nicht mehr sehen konnte. »Du willst also immer noch nicht zugeben, dass es das Beste war, was ich für uns tun konnte?«

Sie rappelte sich hoch und ließ dabei diverse Waffen in die Schlingen an ihren Hosen gleiten. »Eher gefriert die Hölle, bevor ich das zugebe! Ich glaube nicht, dass es in deinem Interesse ist, ausgerechnet dieses Thema anzuschneiden, aber trotzdem danke für deinen Versuch, mich abzulenken.« Sie warf ihm eine Kusshand zu. »So leicht beiße ich nicht auf einen Köder an.«

»Klar tust du das. Du hast geschummelt. Du hast dich in meinem Bewusstsein herumgetrieben.«

»Ich wollte wissen, was du wirklich von meinem Vorschlag hältst, das Buch dort zu lassen, wo es ist. Ich habe starke Vorbehalte, es deinem Prinzen auszuhändigen.« Sie steckte ihre Arnis-Stöcke in die Laschen an ihrem Gürtel. »Ich bin mir nicht sicher, ob es bei ihm wirklich gut aufgehoben wäre.«

»Weil Razvan plant, ihn zu töten?«

Sie zuckte zusammen, nickte aber, während sie ihr Doppelhalfter umschnallte. »Razvan macht das, was er kann, sehr gut, und ehrlich gesagt, glaube ich nicht, dass dein Prinz echte Chancen hat, wenn die Vampire zusammen mit Xavier und Razvan aufkreuzen.«

Vikirnoff beobachtete, wie sie zusätzliche Munition in mehreren Fächern ihrer Hose verstaute. Ihm war bewusst, dass sie sehr zufrieden mit seiner Kreation war, die praktisch ihrem Originalentwurf entsprach, aber einige Verbesserungen aufwies, sodass sie mehr Bewegungsfreiheit hatte und leichter an die Sachen herankam, die sie brauchte. »Keiner von ihnen wird Mikhail besiegen können.«

»Woher willst du das wissen? Du kennst ihn doch gar nicht. Ich habe in deinem Inneren nach Erinnerungen an ihn gesucht, aber er war noch nicht erwachsen, als du dieses Land verlassen hast. Woher kennst du seine Stärke? Warum vertraust du ihm überhaupt? Das Buch ist gefährlicher, als du ahnst, und kein karpatianischer Prinz wird es einfach zerstören oder hoffen können, seine Macht zu gebrauchen. Sobald das Buch in seinen Händen ist, werden sie alles und jeden auf ihn hetzen. Du würdest ihn zum Tod verurteilen.«

»Mikhail Dubrinsky wird nicht von denen, die seinen Tod wollen, besiegt werden. Er ist außerordentlich mächtig, Natalya.

Diese Macht ist in seinem Blut, in seinen Genen. Er kann verwundet werden, ja, aber wenn es hart auf hart kommt, kann er eine Macht freisetzen, die größer ist, als Xavier sich vorstellen kann. Mikhail wird eine Möglichkeit finden, das Buch zu zerstören, und in der Zwischenzeit wird er es beschützen.«

Sie drehte sich zu ihm um, blieb aber zum Teil im Schatten, um ihren Gesichtsausdruck vor ihm zu verbergen. »Was, wenn ich ihm das Buch nicht geben will, Vikirnoff? Du hast mich nie gefragt, wie ich dazu stehe. Du bist davon ausgegangen, dass ich dazu bereit wäre, aber ich bin nicht der Typ, der einfach tut, was andere sagen.«

Vikirnoff studierte jede Nuance ihres Tonfalls. Zum ersten Mal war er unsicher, ob sie ihn aus reinem Trotz provozierte oder ob es ihr ernst war. Ihr Bewusstsein war ihm verschlossen, und obwohl er die Barriere, die sie errichtet hatte, hätte durchbrechen können, wäre es ein Affront gewesen, wenn sie eindeutig ihre Privatsphäre wollte.

Natürlich mussten sie das Buch dem Prinzen übergeben. Was sollten sie sonst damit machen? Vikirnoff entfernte sich ein Stück von ihr. Er wusste, dass sie seine Unruhe erkennen würde, aber das war ihm egal. »Und was würdest du mit dem Buch machen?« Er bemühte sich, seine Stimme völlig ruhig und unbewegt klingen zu lassen.

Natalya zuckte mit den Schultern. »Ich habe mich noch nicht entschieden, doch ich lasse mich zu nichts drängen. Das Buch ist ungeheuer mächtig. Es enthält Tausende Formeln und eine Magie, die so komplex und gefährlich ist, dass ich finde, kein anderer als ein Magier sollte es je besitzen.«

Vikirnoff versteifte sich. »Du würdest das Buch benutzen?« Sein Magen protestierte, und seine Lungen brannten.

Ihre Augen erstrahlten in einem weichen bernsteinfarbenen Schimmer. Lichtstreifen zogen sich über ihr Gesicht und ihre Haare, als sie näher ans Kerzenlicht trat, um nach dem langen

Schwert zu greifen, das an der Wand lehnte. Auf einmal schien sie mit den Schatten zu verschmelzen und war kaum noch zu sehen.

»Falls ich mich dazu entschließen sollte, das Buch zu benutzen, wäre es meine Sache, Vikirnoff. Du kannst mir nicht vorschreiben, dass ich dieses Buch finden und dann jemandem geben muss, den ich weder kenne noch respektiere.«

Vikirnoff unterdrückte seine erste Reaktion und schwieg. Sie wusste sehr wenig über sein Volk, und sie hatte recht, er hatte selbstherrlich für sie entschieden, was mit dem Buch zu geschehen hatte, sowie sie es gefunden hatte. Und er drängte sie dazu, es zu finden. Natalya war nicht die Frau, die sich zu etwas zwingen ließ. Im Augenblick war sie beunruhigt und begehrte auf. »Habe ich mir deinen Respekt verdient?«

Ihre gelblichen Augen glitzerten und nahmen den unheimlichen Glanz des nächtlichen Raubtiers an. »Ja, natürlich. Das eine hat mit dem anderen nichts zu tun. Du bist nicht Mikhail Dubrinsky. Du bittest mich nicht, ihm das Buch zu überlassen, du sagst mir, dass ich es ihm geben muss.«

»Würdest du mir das Buch geben?«

»Ja.« Sie zögerte keine Sekunde. »Aber nicht, damit du es weitergibst. Nur um es zu bewachen.«

Vikirnoff atmete aus, als die Anspannung in seinem Inneren nachließ. Sie konnte ihn so leicht entwaffnen. »Willst du es behalten? Ich halte das Buch für etwas sehr Böses. Ist es falsch von mir, so zu empfinden?«

»Das Blut meiner Großmutter und von zwei anderen hat dieses Buch versiegelt. Natürlich halte ich es auch für etwas Böses, und das bedeutet umso mehr, dass es nicht in die falschen Hände geraten darf. Ich kenne deinen Prinzen nicht, und ich finde in dir keine Erinnerungen an ihn. Woher willst du sein Herz oder seine Seele kennen, Vikirnoff? Du willst ihm eine Waffe geben, die für uns alle der Untergang sein könnte, und du tust es in blindem Vertrauen.« Sie schüttelte den Kopf. »Das kann ich nicht.«

»Bist du besorgt, dass es Mikhail in noch größere Gefahr bringen wird?«

»Teilweise.«

»Niemand muss wissen, dass er das Buch hat. Er wird nicht versuchen, die Macht des Buches zu nutzen, sondern nur Xaviers Plan studieren, die Erde von unserer Spezies zu befreien. Xavier muss Jahrhunderte mit der Entwicklung einer Magie gegen mein Volk verbracht haben.«

»Davon bin ich überzeugt. Es geht doch um Folgendes. Du hast mich gebeten, den Aufenthaltsort des Buches zu entdecken, und das habe ich getan. Jetzt willst du, dass ich das Buch hole und es jemandem gebe, den ich nicht kenne. Klingt das für dich sinnvoll?«

»Wenn du mir vertraust, gibt es kein Problem. Wir wollen dieses Ding nicht behalten.«

»Ist es nicht besser, es einstweilen dort zu lassen, wo es ist, und es erst dann zu holen, wenn alles darauf hindeutet, dass Xavier kurz davor ist, das Versteck zu finden?« Natalya trat aus dem Schatten hervor. »Verlang das bitte nicht von mir, Vikirnoff. Ich kann nicht alles ignorieren, was ich für richtig halte, nicht einmal für dich.«

»Du hältst es für besser, das Buch dortzulassen? Was glaubst du, warum die Vampire nach Frauen mit übernatürlichen Fähigkeiten suchen, die Gegenstände berühren und die Vergangenheit sehen können? Was glaubst du, ist der Grund, warum sich so viele von ihnen hier versammelt haben? Ein Krieg zwischen Vampiren und Karpatianern? Ich denke, ihnen geht es nur darum, das Buch zu finden. Xavier weiß, dass dein Vater in der Nähe der Torfmoore war. Dort wird er suchen.«

»Die Sicherheitsbarrieren werden halten.«

»Wirklich? Von wem hat dein Vater sein Wissen denn bekommen? Bei wem hast du gelernt? Selbst Razvan kennt die Schutzschilde, die du benutzt. Sie werden nicht halten, und ich denke, das weißt du.«

»Dann werde ich das Buch persönlich bewachen. Ich werde es irgendwo anders verstecken, am anderen Ende der Welt, an einem Ort, wo er nie nachschauen wird.«

»Natalya.«

Sie warf den Kopf in den Nacken, sodass ihre Kehle entblößt war, doch ihre Hände ballten sich zu Fäusten. Ihr Name. Nur ihr Name, mehr nicht, aber eine ganze Fülle von Emotionen in seiner Stimme. »Ich werde das verdammte Buch finden, Vik, doch ich werde es nicht dem Prinzen geben, ehe *ich* davon überzeugt bin, dass es bei ihm in Sicherheit ist.«

»Das reicht mir, *ainaak enyém.* Mehr kann ich nicht verlangen.« Er streckte eine Hand nach ihr aus. »Machen wir uns auf die Suche.«

Kapitel 17

Das Torfmoor erwies sich unerwartet als genauso schön wie unheimlich. Natalya schritt das Gebiet vorsichtig am Rand ab, dicht an dem Föhrenwald vorbei, wo das Wasser in den Boden sickerte, wieder an die Oberfläche drang und so eine ausgedehnte Sumpflandschaft bildete. Überall wucherte Bleichmoos, dessen zarte Stängel und gefiederte Blätter anmutig über die Wasserfläche hingen und Vikirnoff und sie mit ihren wiegenden Bewegungen näher zu locken schienen. Am Ufer wuchsen Orchideen und ein gutes Dutzend anderer Pflanzen. Der Untergrund war selbst am Rand des Moors schwammig und federnd, und jeder ihrer Schritte erschütterte die Bäume in ihrer Nähe. »Einige dieser Gewächse sind riesig.«

»Es sind fleischfressende Pflanzen. Sie leben von Insekten«, sagte Vikirnoff.

»Trotzdem …« Natalya betrachtete den Berg, der hoch vor ihnen aufragte und zum Teil in dichten Nebel gehüllt war. Einige der Föhren, die hier in großer Zahl wuchsen, ließen ihre unteren Äste teilweise in den weitläufigen Sumpf hängen, sodass ihre Nadeln zusammen mit dem dichten Pflanzenbewuchs auf der Wasseroberfläche trieben. Sie presste ihre Handfläche auf ihr Muttermal, das sie davor warnte, wenn Vampire in der Nähe waren. »Ich glaube nicht, dass wir beobachtet werden. Witterst du irgendeine Gefahr?«

»Keine Gefahr durch Vampire, aber in letzter Zeit fühle ich es nicht mehr so stark, wenn sie in der Nähe sind. Ich glaube, es hat etwas mit den Parasiten in ihrem Blut zu tun. Ich habe keine Ahnung, wie sie ihre Anwesenheit tarnen, doch es scheint sehr wirkungsvoll zu sein.« Vikirnoff war immer noch unruhig. Der Wald wirkte erdrückend, und der Geruch des Torfs war erstickend. »Kannst du von hier aus die Schutzschilde aufheben, Natalya?« Hier war mehr freier Raum zum Kämpfen, und fester Boden war ihm lieber als das sumpfige Terrain.

»Nein. Ich muss genau an der Stelle sein, wo mein Vater war. Das ist Teil des Schutzes. Falls sie kommen, musst du sie mir eine Weile vom Leib halten, bis ich das Buch geborgen habe. Wenn sie erst einmal wissen, was wir hier suchen, werden sie eher das Moor trocken legen, als aufzugeben.« Das Gebiet war riesig, und überall lauerten Löcher, in denen man einsinken konnte. Im Mondlicht wirkte das stehende Gewässer trotz der vielen Pflanzen, die auf der Oberfläche wuchsen, tief und heimtückisch.

»Du musst sehr vorsichtig sein, Natalya.« Die Bemerkung war überflüssig, aber ihr Zögern zusammen mit dem schweren, bedrückenden Gewicht, das zwischen seinen Schulterblättern lastete, verstärkte seine innere Unruhe.

Natalya warf ihm ein schnelles, freches Grinsen zu. »Vorsicht ist mein zweiter Vorname.«

Vikirnoff runzelte die Stirn. »Das ist eine *ernste* Situation, Natalya.«

Sie zog die Augenbrauen hoch. »Wirklich? Darauf wäre ich nie gekommen. Ich dachte, es wäre ein cooles Abenteuer wie in dem Film *Das Monster aus der schwarzen Lagune*. Der Gedanke, dass es *ernst* werden könnte, ist mir gar nicht gekommen.«

»Es gibt so etwas wie übersteigertes Selbstvertrauen.« Er machte eine Pause. »Was ist *Das Monster aus der schwarzen Lagune?*«

Natalya schüttelte ungläubig den Kopf. »Was hast du all die Jahre eigentlich so gemacht? Siehst du nie fern? *Das Monster aus der schwarzen Lagune* ist ein Klassiker. Ein Film, den man genau wie *King Kong* und *Godzilla* einfach gesehen haben muss. Du kennst ihn bestimmt.« Als Vikirnoff keine Miene verzog, seufzte sie. »Ein Wissenschaftler wird zu einem Mutanten und lebt in einer Lagune ...« Sie brach ab. »Vergiss es. Aber irgendwann müssen wir an deinen Kenntnissen über Filme arbeiten. Du verpasst einiges. Das gehört zur *Allgemeinbildung*. Was glaubst du, wie ich erfahren habe, dass es so etwas wie Vampire gibt?«

Vikirnoff schüttelte den Kopf. »Ich will es gar nicht wissen.«

»Aus dem Kino natürlich. Vielleicht gehe ich ja in die Filmbranche. Ich könnte tolle Vampirfilme machen.« Sie wagte einen ersten, vorsichtigen Schritt auf die dünne Erdschicht, die das Wasser des Sumpfs bedeckte. »Diese Berge geben eine fabelhafte Kulisse ab, dazu noch der Wind, der an manchen Stellen wie verrückt bläst und an anderen überhaupt nicht, und der dichte Nebel, ganz zu schweigen von all den Sümpfen und Eishöhlen.«

»Ich glaube, das reicht«, erwiderte er. Seine Stimme klang rau, und Natalya schaute kurz zu ihm.

Vikirnoff schlug das Herz bis zum Hals, als er beobachtete, wie sie genau in der Abfolge, die sie sich beide eingeprägt hatten, die Schritte ihres Vaters nachvollzog. Obwohl sie sehr behutsam und so leichtfüßig ging, dass sie die Grasbüschel unter ihren Füßen kaum zu berühren schien, hatte er Angst um sie. Der Begriff Furcht erhielt eine ganz neue Wertigkeit, wenn es um eine geliebte Person ging.

Liebe. Er probierte das Wort vorsichtig aus. Wie konnte man der schrecklichen und überwältigenden Emotion, die sich irgendwie in sein Inneres gestohlen hatte, mit diesem Wort gerecht werden? Empfand er so, weil Natalya seine Gefährtin des Lebens war? Oder weil sie die war, die sie war? Was war sie? Er konnte sich nicht vorstellen, eine Frau ohne ihre Schwäche für Spätfilme zu wollen. Und so nervtötend es auch sein mochte, wenn sie einmal keine freche, schlagfertige Bemerkung parat hatte, beunruhigte es ihn. War es Liebe, nach dem Erwachen sofort an sie zu denken? Jahrhundertelang hatte Hunger jeden

Moment seines Wachseins beherrscht, aber auch dieses Gefühl war in den Hintergrund getreten.

Natalya blieb stehen und starrte auf zwei kleine Grasflecken, die dicht beieinander wuchsen und aussahen, als wären sie fester Boden. »Schau dir das mal an, Vikirnoff. Bin ich hier noch richtig? Ich kann mich nicht an zwei Stellen erinnern, die so dicht nebeneinanderliegen.«

Er fluchte halblaut, als er sich in die Luft erhob und direkt über Natalya kreiste. Es hatte keine zwei so dicht beieinanderliegenden Stellen gegeben. Das Moor hatte sich im Lauf der Zeit verändert; Pflanzen hatten sich vermehrt, waren gewachsen und wieder abgestorben. Natalya riskierte, in ein Sumpfloch zu treten, wenn sie dem Muster ihres Vaters folgte. »Wir könnten versuchen, die vorige Stelle zu finden, und ich könnte dich dort hintragen.«

Natalya schüttelte den Kopf und warf ihm einen scharfen Blick zu. »Die richtige Schrittfolge ist Teil des Schutzschilds.«

Vikirnoff schämte sich für sich selbst. Er wusste genauso gut wie sie, wie wichtig die einzelnen Schritte waren, aber je tiefer sie ins Moor hineinging, desto stärker wurde seine Beklommenheit. Ihm waren die besonderen Wetterlagen in den Karpaten bekannt, die Orte, an denen kaum jemals Wind ging und Nebel sich wochenlang halten konnte. Er wusste, dass es unter den Bergen Feuer und Eis gab und viele Phänomene einen natürlichen Ursprung hatten und weder von Karpatianern noch von Vampiren stammten, aber die Stille hier im Tal war beklemmend, und das stehende Wasser, das von Natur aus die Farbe alten Blutes hatte, wirkte düster und bedrohlich.

»Mir ist nicht wohl bei der Sache, Natalya.«

Ihre Augenbrauen fuhren hoch. »Du bist keine große Hilfe. Ich versuche gerade, mich zu erinnern, ob er mit dem linken oder rechten Fuß weitergegangen ist.«

»Mit dem linken.« Die Antwort kam aus seinem Gedächtnis, wo jedes noch so kleine Detail automatisch gespeichert wurde. »Er hat hier von rechts auf links gewechselt.«

Sie warf ihm ein kurzes Grinsen zu und wischte sich die Schweißtropfen vom Gesicht. »Vielleicht bist du ja doch zu etwas zu gebrauchen.« Sie zeigte auf den Rand des Moors. »Warte dort drüben. Ich will nicht, dass du um mich herumkreiselst und mich nervös machst.« Sie wartete, bis er sich zurückgezogen hatte, bevor sie ihren nächsten Schritt machte und dabei den linken Fuß zuerst setzte.

Vikirnoff verschränkte die Arme vor der Brust und setzte eine ausdruckslose Miene auf. »Gut zu wissen, dass du endlich zu der Erkenntnis kommst, dass ich zu etwas zu gebrauchen bin.« Seine Fäuste ballten sich so stark, dass seine Knöchel weiß hervortraten, und seine Muskeln schmerzten von der Anspannung in seinem Inneren, die ständig zunahm.

Hinter ihnen im Wald begannen die Bäume sanft hin und her zu schwingen, zuerst fast unmerklich, aber Vikirnoffs scharfes Gehör fing das leise Rascheln von Kiefernnadeln auf. Er fuhr sofort herum. Nur wenig Mondlicht fand durch die dichten Bäume, und die Äste waren mit einem gespenstischen silbrigen Schimmer überzogen. Die Nadeln ähnelten knochigen Fingern mit scharfen Nägeln, die sich zum Sumpf hin ausstreckten. Vikirnoffs Unbehagen wuchs, und er stellte sich so hin, dass er sowohl den Wald als auch Natalya auf ihrem Weg durch den Morast im Auge behalten konnte.

Sie machte einen zweiten Schritt mit dem linken Fuß und schwankte dabei bedrohlich. Vikirnoff blieb beinahe das Herz stehen. Natalya fand ihr Gleichgewicht wieder und wagte noch ein paar Schritte, jeden davon mit mehr Selbstvertrauen, sodass er überrascht war, als sie plötzlich abrupt stehen blieb.

»Was ist los?«

»Ich weiß nicht.« Ihre Hand wanderte zu ihrem Schwert, als

wollte sie die beruhigende Nähe der Waffe spüren. »Hast du etwas gehört?«

»Der Wind?« Aber das war es nicht. Es war nahezu windstill. Stimmen erklangen in der Ferne, jammernd, klagend und gedämpft, doch deutlich zu hören.

»Schön wär's. Ich wette, es ist etwas Gruseliges«, verkündete Natalya. »Das Geräusch wird mit jedem meiner Schritte lauter. Und schau dir mal die Wasseroberfläche an!«

Vikirnoff trat näher an den Rand des Sumpfs. Der Boden schwankte, und etliche Pflanzen vibrierten bei der Bewegung. Er blieb sofort stehen und konzentrierte sich eher auf die Wasseroberfläche als auf die Pflanzen. Es war ein stehendes Gewässer und hätte ruhig sein sollen, aber es bewegte sich in seltsamen Mustern, nicht schnell oder abrupt, sondern so langsam, dass es kaum zu sehen war, doch als er genauer hinschaute, schienen ihn Gesichter anzustarren.

»Sind Leichen im Sumpf?«

»Igitt!« Natalya wich zurück und starrte aufs Wasser. Ihre Hand schloss sich fest um den Schwertgriff. »Ist ja ekelhaft! Daran habe ich überhaupt nicht gedacht. Ich glaube eigentlich nicht, dass hier wirklich Leichen im Wasser liegen, doch jetzt habe ich trotzdem Angst, dass irgendetwas Totes mich am Knöchel packt und hineinzieht.« Einen Moment lang war es ganz still. Natalya beugte sich vor und rieb mit den Fingern über das Mal an ihrem Knöchel. »Glaubst du, er ist hier?«

Vikirnoff wusste, dass sie Razvan meinte. »Lass uns von hier verschwinden, Natalya. Du musst das nicht machen.« Er bewegte sich einen Schritt in ihre Richtung und sank sofort bis zu den Knöcheln ein.

»Nicht!«, rief sie scharf und schüttelte entschieden den Kopf. »Ich muss es machen. Darin waren wir uns beide einig. Wenn ich es jetzt nicht schaffe, komme ich nie wieder her. Ich brauche nun von dir eine kräftige Dosis Zuversicht.«

Er fluchte leise und unterdrückte den Wunsch, in die Luft aufzusteigen und Natalya aus dem Sumpf herauszuholen. »Du verlangst nicht gerade viel von mir, was?«

»Weißt du, als du mit diesem Zeug über Gefährten des Lebens angefangen hast, habe ich nicht groß protestiert, weil du irgendwie so niedlich warst.« Natalya riss ihren Blick von einem fahl schimmernden Gesicht mit weit aufgerissenem Mund los, machte vorsichtig noch ein paar Schritte und blieb nicht weit von der Stelle, wo ihr Vater das Buch versteckt hatte, stehen. »Damals war mir nicht klar, wie unglaublich herrschsüchtig du bist oder wie mürrisch du sein kannst.«

»Niedlich? Und du hast nicht groß protestiert?«, wiederholte Vikirnoff. »Ist dir bei all deinen Spätfilmen mal ein Typ namens Pinocchio begegnet?«

Natalya brach in Gelächter aus. »Ausgerechnet den Film hast du gesehen! Das sieht dir wieder mal ähnlich.«

Er grinste sie an. »Eigentlich habe ich ihn nicht gesehen. Ich habe das Buch gelesen, doch ich wusste, dass es verfilmt worden ist und die Hauptfigur jemand ist, mit dem du wahrscheinlich etwas anfangen kannst.«

»Dein Glück, dass du da drüben bist und nicht hier bei mir. Ich würde dich glatt in eins dieser Löcher schubsen und dich drinlassen, damit du über deine Sünden nachdenken kannst.« Natalya schnaubte. »Ich habe vielleicht die Wahrheit ein *bisschen* gedehnt, wenigstens das mit dem Niedlichsein, aber ich habe nicht gelogen.«

Sie machte die letzten Schritte durch das Moor, bis sie genau an der Stelle stand, wo ihr Vater gestanden hatte. »Das ist es. Ich kann meinen Vater hier fühlen. Jetzt wird es kompliziert.«

Rund um die kleine Grasinsel, auf der sie sich befand, tauchten Gesichter im Wasser auf, die Münder zu stummen Schreien geöffnet, die blicklosen Augen weit aufgerissen. Einige der Gesichter, die größer als andere waren, schwappten wie kleine

Wellen nach oben und zitterten, als wären sie aus Gelatine. »Siehst du, das wäre genau das Richtige für einen Film«, sagte Natalya. »Nur dass es niemand glauben würde. Es ist total gruselig.«

»Was wollen sie?«

»Sie sind die Wächter des Buches. Ich wette, wenn ich eine falsche Bewegung mache, werden sie es mich ganz schnell wissen lassen.« Sie atmete tief ein und wieder aus, um ihren Herzschlag zu verlangsamen und das seltsame Rauschen in ihren Ohren zu dämpfen. »Wenn sie mich schnappen, rechne ich fest damit, dass du ins Wasser springst und etwas unternimmst, um mich zurückzuholen.«

Er zuckte gespielt nachlässig die Schultern. »Es hat mich einiges an Zeit gekostet, dir beizubringen, eine gefügige Gefährtin zu sein. Wäre schade, wenn das Ganze Zeitverschwendung gewesen wäre.«

Sie schaute schnell zu ihm. Allein seine Gegenwart, seine Ruhe und Zuversicht, seine breiten Schultern und starken männlichen Züge linderten das Brennen in ihrem Magen. »Na schön, bringen wir's hinter uns. Und wenn es vorbei ist, wirst du das Wort ›gefügig‹ ebenso aus deinem Wortschatz streichen wie den Ausdruck ›Kleinchen‹!«

»Im Moment möchte ich mich dazu lieber nicht äußern.«

»Und warum nicht?«

»Ich kann nichts versprechen.«

Sie lächelte. Das Lächeln war kaum zu sehen, nur ein kurzes Heben ihrer Mundwinkel, dann war es wieder verschwunden, aber sein Herz zog sich zusammen. »Irgendwie wusste ich, dass du das sagen würdest.« Die Wärme in ihren Augen wich Furcht. »Im Ernst, Vikirnoff, wenn mir etwas passiert, denk dran, dass das, was in diesem Buch auch stehen mag, mit etlichen Leben bezahlt wurde. Xavier hat getötet, um das Buch zu versiegeln, und er hat wieder getötet, um es zurückzubekommen. Du musst eine Möglichkeit finden, es zu zerstören. Lass nicht zu, dass jemand versucht, es zu benutzen.«

»Ich werde verdammt wütend, wenn dir etwas passiert, und du hast mich noch nicht richtig wütend erlebt. Sieh zu, dass du das Buch bekommst, damit wir verschwinden können.«

Sie verdrehte die Augen. »Ich liebe es, wenn du den Boss spielst. Es ist albern und funktioniert nicht, aber es ist irgendwie süß.«

Natalya drehte sich um, zufrieden, das letzte Wort zu haben. Schon konnte sie die Anziehungskraft des Buches fühlen. Es rief nach ihr, ein Buch, angefüllt mit dem Wissen von Jahrhunderten, mit unendlich vielen Anleitungen, auch um zu heilen oder Wunder zu wirken. Ein verlorener Schatz. Xavier, ein brillanter Mann, der dem Lockruf der Macht und der Habgier erlegen war, hatte das Werk vieler anderer missbraucht. Wann war Xavier vom Weg abgekommen? War es ein allmählicher Abstieg gewesen? Es musste so gewesen sein. Die Karpatianer waren früher einmal seine Freunde gewesen und hatten ihm vertraut. Rhiannon hatte bei ihm gelernt. War das der Beginn der Tragödie gewesen? Hatte er sie um ihre Unsterblichkeit beneidet? Um ihre Schönheit? Weil er alt wurde, während sie jung blieb?

Natalya schüttelte den Kopf, um sich von all diesen Gedanken zu befreien. Sie musste sich konzentrieren und durfte nur an das komplizierte Muster denken, das ihr Vater in die Luft gezeichnet hatte, als er die Schutzschilde errichtet hatte. Sie musste seine Magie umkehren, indem sie seine Worte rückwärts sprach und dabei jeder einzelnen Silbe, die er betont hatte, besondere Aufmerksamkeit schenkte. Sie fühlte, dass Vikirnoff bei ihr war, seinen Geist und sein Erinnerungsvermögen mit ihr teilte, und das stärkte ihr Selbstvertrauen. Sie war ein Naturtalent und hatte hart daran gearbeitet, ihre Fähigkeiten auszubauen. Obwohl sie Xavier fürchtete, war ihr stets bewusst, dass sie ihn mehrmals ausgetrickst hatte und dass ihr Können auf dem Gebiet der Magie trotz ihrer relativen Jugend seinem fast um nichts nachstand.

Glaub nicht, dass du es mit ihm aufnehmen kannst! Vikirnoffs Warnung war knapp und schroff, und es kümmerte ihn nicht, ob Natalya wütend wurde. *Wenn ich nur einen Augenblick annehmen müsste, dass du eine solche Dummheit beabsichtigst, würde ich es dir nicht nur verbieten, sondern dich an einem derartigen Wahnsinn hindern. Rhiannon glaubte, sie wäre ihm gewachsen, und du weißt, was aus ihr geworden ist.*

Ich bin lange nicht so eingebildet, wie du zu denken scheinst. Ich habe zu tun, Vik, also stör mich gefälligst nicht. Noch während sie sich von ihm abwandte, wurde ihr klar, dass Vikirnoff der Gedanke, sie könnte das Buch in ihre Hände nehmen, ebenso widerstrebte wie ihr. Sofort ließ sie ihn ihre Wärme spüren, um ihn zu beschwichtigen.

Vikirnoff hielt den Atem an, als sie anfing, ein kunstvolles Muster in die Luft zu malen, und dabei leicht den Körper wandte, um genau die Haltung nachzuahmen, die ihr Vater eingenommen hatte. Ihre Stimme, die leise und melodisch, aber trotzdem gebieterisch klang, befahl den Elementen, sie zu unterstützen. Die Luft über dem Moor wurde schwer und schwül und erstickte sie fast, während Natalya in umgekehrter Reihenfolge die Zeilen des Schutzzaubers murmelte, wobei sie jedes Wort sorgfältig wählte und dem besonderen Sprachrhythmus ihres Vaters folgte.

Das Heulen des Windes wurde lauter. Die Äste der Föhren schlugen aneinander, und Nadeln flogen wie scharfe Pfeile durch die Luft. Vikirnoff verlagerte seine Position ein wenig, als das Wasser zu steigen begann und an seine Füße schlug. Grasbüschel versanken. Unruhig spähte er zu der Stelle, wo Natalya stand. Wasser umspülte ihre Stiefelspitzen. Die Gesichter im Sumpf umkreisten den kleinen grünen Fleck, und leere Augenhöhlen verfolgten jede ihrer Bewegungen. Warteten auf einen Fehler, einen falschen Schritt.

Mit wachsender Bewunderung für Natalya beobachtete er, wie ihre Hände durch die Luft glitten, ohne auch nur ein einziges Mal ins Stocken zu geraten oder zu zögern. Da er vollständig mit ihrem Bewusstsein verschmolzen war, spürte er ihre Angst, aber sie stand ungerührt inmitten der Gefahr und sah großartig aus. Vikirnoff war es, dem der Schweiß ausbrach und dem das Herz in die Kniekehlen gesackt war. Er wippte auf den Fersen, bereit, jederzeit abzuheben und Natalya zu packen, falls etwas schiefgehen sollte. Ihm schwoll das Herz vor Stolz, als er ihr zuschaute. Es war kaum zu glauben, dass sie wirklich seine Gefährtin war. Sie erschien ihm wie ein Wunder, dessen er nie würdig sein konnte.

Die Luft flimmerte, als sie ihre Hände sinken ließ. Die Gesichter im Wasser stöhnten leise und stießen Protestrufe aus, als das Buch aus den schlammigen Tiefen emporstieg. Rotes Wasser, das an Blut erinnerte, perlte von der Ölhaut, als der dicke Band auftauchte. Kleine Wellen schäumten um den Grashügel und benetzten Natalyas Füße.

Vikirnoff war mit einem Satz in der Luft und gleich darauf bei Natalya, um seine Arme um ihre Taille zu schlingen und sie aus dem Sumpf zu reißen, als das Buch in ihre ausgestreckten Arme flog. Ein lautes Summen war die einzige Warnung, die er bekam. Er zog Natalya eng an sich und schirmte sie mit seinem Körper ab, während er Schutzschilde um sie herum errichtete. Insekten prallten gegen die Barriere und zerrissen die Stille der Nacht.

Natalya legte einen Arm um seinen Hals und presste das Buch zwischen sie beide. »Ganz schön schwer.«

Außerdem roch es faulig und ließ Wasser auf sie beide tropfen. Vikirnoff reinigte und trocknete das Bündel sofort, während er sich mit rasender Geschwindigkeit von dem Moor entfernte und auf die Berge und Höhlen zuhielt, die er so sehr liebte.

Du warst unglaublich.

Ich weiß. Ein Wahnsinnstalent, was? Natalya bemühte sich, in alle Richtungen zu schauen, als sie über den Himmel jagten. *Allmählich gewöhne ich mich an diese Art des Reisens. Irgendwie gefällt es mir.*

Es ist sehr praktisch.

Natalya spürte seine Lippen auf ihrem Haar. Völlig unerwartet stieg Verlangen in ihr auf. Es war eine so beiläufige Geste, aber trotzdem sehr intim. *Mein Muttermal juckt ein bisschen. Irgendwo in der Nähe muss ein Vampir sein.*

Ich will kein Risiko eingehen, solange wir das Buch bei uns haben. Wir sollten in die Höhlen zurückkehren und dort entscheiden, was zu tun ist. Glaubst du, Xavier ist irgendwie mit dem Buch verbunden? Wird er wissen, dass es nicht mehr in seinem Versteck ist?

Natalya schüttelte den Kopf. *Das bezweifle ich. Wenn das der Fall wäre, hätte er gewusst, dass es im Moor ist, und jemanden geschickt, um alles abzusuchen, bis es gefunden worden wäre. Selbst hinzugehen, hätte er nicht gewagt. Das Moor liegt mitten in karpatianischem Territorium, und Karpatianer fürchtete er mehr als alles andere.* Es war seltsam, sich an kleine Details zu erinnern, die so lange verloren gewesen waren. Vikirnoffs Schutzschilde hinderten Razvan offensichtlich daran, ihre Erinnerungen zu unterdrücken, und je länger ihr Bruder nicht an sie herankam, desto stärker wurden ihre Erinnerungen.

Ich kann mir nicht vorstellen, dass er einem anderen vertraut hätte.

Razvan. Er hätte meinen Bruder geschickt. Razvan hat als Magier nur wenige angeborene Fähigkeiten und hätte die Schutzmaßnahmen nicht als solche erkannt. Er hätte die Gegend kurz inspiziert und Xavier erzählt, dass das Buch nicht dort ist.

Vikirnoff ließ sich mit Natalya durch die enge Öffnung in den Kamin gleiten und durch den Berg nach unten sinken, bis sich der schmale Zugang zu der großen Höhle erweiterte. Auf eine Handbewegung von ihm fingen die Kerzen an zu brennen, als er Natalya behutsam absetzte.

»Wo legen wir das Buch ab?«

Vikirnoff nahm es ihr aus der Hand und steckte es in ihren

Rucksack, ohne dem Buch, für das sie so viel riskiert hatten, auch nur einen Blick zu gönnen. »Das wird es einstweilen tun. Später überlegen wir uns etwas Besseres.«

»Klingt gut.«

»In diesem übel riechenden Sumpf ist mir klar geworden, dass Erleuchtungen an den unwahrscheinlichsten Orten stattfinden.«

Natalya zog die Augenbrauen hoch. »Ach ja? Und welche weltbewegende Erleuchtung wurde dir in diesem übel riechenden Sumpf zuteil?«

»Einfach nur, dass ich nie Donna Reed oder June Cleaver wollte. Es war immer Xena, die Kriegerin, der mein Herz gehörte.« Sein Ton war beiläufig, fast unbeteiligt, keineswegs so, als wäre er gerade dabei, ihr sein Herz zu schenken.

»Und diese Erleuchtung hattest du mitten im Sumpf?« Natalya legte ihren Halfter ab und holte mehrere Magazine heraus. »Irgendwo zwischen dem Wasser, das mir Grimassen geschnitten hat, und den eher dürftigen Geräuscheffekten?«

Er nickte. »Ja. Da ist mir sozusagen ein Licht aufgegangen.«

»Dann hast du aber eine ganz schön lange Leitung, Gomer.« Sie lehnte ihr Schwert an die Wand und legte mehrere Messer im Halbkreis davor. »Das hättest du schon im Wald mitkriegen müssen, als ich dir zum ersten Mal deinen Hintern gerettet habe.«

»Gomer?«

»Gomer Pyle. Erklär ich dir später. Jetzt möchte ich mehr über deine Erleuchtung hören.« Sie legte ihren Rucksack direkt vor dem Schwert in den Halbkreis aus Messern.

»Das letzte Mal, als ich Xena erwähnte, hast du die Diskussion abgewürgt«, erinnerte er sie und verschränkte seine Arme vor der Brust.

»Na ja, aber jetzt hattest du eine Erleuchtung. Das ändert einiges.«

»Soll ich vielleicht die Schutzbarriere errichten?« Er zeigte mit dem Kinn auf ihren Rucksack.

»Warum nicht? Wenn ich es mache, kann mein Bruder uns sofort aufspüren.« Sie legte den Kopf zur Seite und beobachtete, wie er geschmeidig zur Wand glitt. Sie liebte es, ihn in Bewegung zu sehen. »Du könntest dein Hemd ausziehen, während du daran arbeitest. Ich möchte nicht, dass du ins Schwitzen kommst.«

Seine Augen verdunkelten sich vor Hitze, als er sein Hemd von den Schultern gleiten ließ und es beiseitewarf. Natalya betrachtete das Spiel der Muskeln auf seinem Rücken, als er seine Arme hob.

»Du bist atemberaubend, weißt du das? Ich schätze, ich kann dir verzeihen, dass du manchmal ein absoluter Dussel bist.«

Vikirnoff lachte und überraschte sie damit beide. Er lachte kaum jemals, aber wenn er es tat, wärmte das Lachen seine Augen und nahm seinem Gesicht die strengen Linien. Natalya lächelte unwillkürlich zurück.

»Deine liebenswürdigen Komplimente rauben *mir* den Atem.«

»Pass auf, dass sie dir nicht zu Kopf steigen. Ich empfinde nur vorübergehend so, weil du zur Abwechslung mal was Nettes gesagt hast.« Natalya stockte der Atem, als er zu ihr geschlendert kam. Er konnte unglaublich viel Macht ausstrahlen, indem er einfach nur ging oder einfach nur atmete. Die Wirkung, die er auf sie ausübte, war absolut idiotisch.

»Ich lese deine Gedanken.«

»Wirklich? Kriegst du auch den Teil mit, was für ein fantastischer Liebhaber du bist und dass ich vielleicht mit deinen Macho-Allüren leben kann, wenn du mich dafür in anderer Beziehung glücklich machst?« Sie zuckte die Schultern. »Ich meine ja bloß, falls du zufällig den Wunsch haben solltest, mich glücklich zu machen.«

Vikirnoff stand plötzlich vor ihr, und sie wich unwillkürlich ein paar Schritte zurück. »Was glaubst du, wo du hingehst?« Er legte eine Hand um ihren Nacken und hielt sie fest.

»Nirgendwohin. Du bewegst dich manchmal einfach sehr schnell.«

»Willst du damit etwa sagen, dass ich dich einschüchtere?« Der Gedanke schien ihn zu amüsieren.

»Von wegen.« Natalya schmiegte sich an ihn. Sie liebte es, von seiner Haut gewärmt zu werden oder einfach mit ihm zu verschmelzen. »So leicht lasse ich mich nicht einschüchtern.« Sie strich mit den Fingerspitzen über seine Brust, während sie versuchte, sich noch enger an ihn zu pressen und seinen Duft tief einzuatmen. Vikirnoff war wie ein Fels, fest und unerschütterlich. »Schon gar nicht von dir.«

»Ein Glück.« Er neigte den Kopf zu ihr hinunter.

Natalya liebte es, wie langsam sich sein Mund auf ihren senkte und ihn in Besitz nahm. Sein Atem war warm, und seine Augen verdunkelten sich vor Verlangen. Sie fühlte seine Hand, die sich auf ihren Nacken legte, seinen Daumen, der über ihre Haut strich. So viele Gefühle, noch bevor sein Mund ihren eroberte. Er schuf Intimität zwischen ihnen, mit vielen kleinen Details, von denen ihr jedes einzelne das Gefühl gab, dass sie beide zusammengehörten.

Sie schloss die Augen und überließ sich der Faszination seines Mundes. Hitze strömte durch ihren Körper, sodass sie in Flammen stand. Am liebsten hätte sie ihn ewig geküsst, um sich in ihm zu verlieren. Seine Arme schlossen sich um sie, stark, beruhigend, sogar besitzergreifend, zogen sie enger an sich und ließen einen ganzen Schwarm Schmetterlinge in ihrem Bauch flattern.

Auch Vikirnoff hätte sie am liebsten nie mehr losgelassen. Er nannte sie *ainaak enyém*, ›für immer mein‹, und so war es schon immer gewesen. Sein Verstand hatte es ebenso gewusst wie sein

Körper, selbst seine Seele hatte es gewusst, aber er hatte eine gewisse Zeit mit ihr verbringen müssen, ehe sein Herz Feuer fing. Sie war so viel mehr als *ainaak enyém*, sie war *ainaak sívamet jutta*, ›für immer an mein Herz gebunden‹, und das würde sie für alle Zeit bleiben. Das Verrückte daran war, dass er nicht einmal wusste, wie es passiert war.

»Ich liebe deine Gedanken.« Natalya nahm sein Gesicht in beide Hände. »Wirklich.« Sie unterstrich ihre Worte mit zarten Küssen. »Aber ich will, dass du deine Aufmerksamkeit darauf konzentrierst, mit mir zu schlafen. Es wirklich zu machen, nicht nur daran zu denken, wie sehr du mich liebst.« Sie schenkte ihm ein verführerisches Lächeln. »Daran denken kannst du *danach*.«

Erheiterung stahl sich in seine Augen und raubte ihr den Atem. »Du willst also *mit mir schlafen?*«

Sie nickte.

»Und meine *ganze* Aufmerksamkeit willst du auch?«

»Absolut.«

»Was für ein anspruchsvolles kleines Ding du doch bist.«

»Habe ich dir ja gesagt.« Sie reckte sich auf die Zehenspitzen, um ihn zu küssen. Sie liebte es, ihn zu küssen, liebte die seidige Hitze seines Mundes. Natalya hätte ihn bis in alle Ewigkeit küssen können.

Vikirnoff trieb auf einer Woge von Liebe und Lust, als er sich von dem Gefühl überwältigen ließ, Natalyas Haut zu spüren, das Kitzeln ihrer Haare und das Feuer ihrer Lippen. Elektrische Funken sprühten von Natalya zu ihm. Flammen rasten über seinen Körper und flossen wie geschmolzene Lava in seine Adern. Jeder Nerv erwachte zum Leben und verlangte nach Natalya. Seine Finger vergruben sich in ihrem Haar, und sein Mund verschlang ihren, wollte und brauchte mehr.

»Vikirnoff.« Sie murmelte seinen Namen; sie hauchte ihn an seinem Mund. Ihre Stimme war leise und sinnlich, ihre Lippen geschwollen von seinen Küssen, ihre strahlenden Augen dunkel vor Verlangen.

Sein Körper war hart wie ein Fels. So leicht konnte sie das mit ihm machen. All seine seit Jahrhunderten geübte Selbstbeherrschung schien sich in Luft aufzulösen, wenn sein Mund auf ihrem lag. Er befreite sie nach Art der Höhlenmenschen von ihren Sachen, indem er ihr den Stoff in Fetzen vom Leib riss, um ihren Körper zu enthüllen: ihre Brüste, die sich hoben und senkten, ihre verlockend harten kleinen Brustspitzen, ihren straffen Po und den einladend feuchten Schimmer zwischen ihren Schenkeln.

Er zog einen feurigen Pfad von ihren Lippen zu ihrer Brust. Natalya schrie auf, einen Ausdruck benommener Verzückung auf ihrem Gesicht. Seine Hand streichelte ihren Bauch, berührte kurz den kleinen goldenen Ring in ihrem Nabel und wanderte weiter nach unten. In dem Moment, als seine Finger über ihren feuchten Hügel strichen, erschauerte sie am ganzen Körper, und ein leises Stöhnen entschlüpfte ihr.

»Du bist so heiß, Natalya.« Seine Finger tauchten tief in sie ein, spürten, wie sich ihre engen Muskeln zusammenzogen, heiß und feucht und weich wie Samt. Seine harte Erektion pulsierte vor Verlangen, tief in ihr zu sein, umgeben von ihrer weiblichen Hülle.

Sie bäumte sich unter ihm auf, ein hilfloses Drängen ihrer Hüften, und rieb sich mit einem winzigen Schluchzer an seiner Hand. Vikirnoff hielt es nicht mehr aus und ließ sie auf den Boden gleiten, wobei er erst im letzten Moment daran dachte, etwas Weiches zwischen ihren Körper und den Boden der Höhle zu legen. Wieder fand sein Mund zu ihrem und schwelgte darin, sie zu schmecken, jene Süße, von der er nie genug bekommen konnte.

Sie stöhnte an seinen Mund, und Flammen jagten heiß und rein über seine Haut, während sich sein Körper schmerzhaft anspannte. Er küsste ihren Hals und ihre Brüste und widmete einige Zeit ihrem Nabel und dem goldenen Ring, bevor seine Lippen zu ihren harten Brustspitzen zurückkehrten. Sie schnappte nach Luft, als seine Hände ihre Schenkel spreizten und seine Finger ihrer sensibelsten Stelle so nahe kamen, dass sie erneut erschauerte und ihre Muskeln sich so sehr anspannten, dass Tränen in ihren Augen schimmerten.

»Bitte, Vikirnoff. Ich brauche es. Ich brauche dich.«

Die leise Bitte war mehr, als er ertragen konnte. Er beugte sich vor und legte seine Lippen auf die einladende Feuchtigkeit. Natalyas Körper bäumte sich unter seinen Händen auf, als seine Zunge hart in sie hineinstieß. Natalya schrie und warf sich hin und her, aber er hielt sie unerbittlich fest und zog sie an sich, um seine Zunge immer wieder tief in sie hineinzustoßen.

Sterne schienen rings um sie zu explodieren und alles in ein gleißendes Licht zu tauchen. Natalya konnte nicht mehr atmen, nicht mehr denken. Ihr Körper erbebte und erschauerte immer wieder so stark, dass sie glaubte, vor Lust zu sterben. Vikirnoff hörte nicht auf, sondern liebkoste mit seiner Zunge ihre heißen Nervenenden, bis sie erneut einen Höhepunkt erreichte.

Er hörte ihre Schreie, spürte ihre Hände in seinem Haar und ihren Körper, der unter ihm zuckte, aber er konnte nicht aufhören, so sehr verlangte es ihn nach dem Honig ihres Körpers, nach ihren Lustschreien, die dem flammenden Inferno in seinem Inneren Nahrung gaben. Er saugte an ihr, stieß und tastete mit seiner Zunge und zwang ihren Körper zu einer Flut von Empfindungen, bis sie ihn nur noch anflehen konnte und ihr Körper von den Nachwirkungen unzähliger Orgasmen heiß und feucht war.

Vikirnoff richtete sich auf, seine Augen dunkel vor Hunger. Seine Hände drängten ihre Schenkel auseinander, als er sich an ihren pulsierenden Eingang drängte. Natalya konnte fühlen, wie er quälend langsam in sie eindrang. Er schien viel zu groß für sie zu sein, obwohl sie so feucht und geschmeidig war, und sie gab unwillkürlich einen leisen Laut von sich, so intensiv war die Lust, die sie empfand.

»Beeil dich, bitte. Beeil dich!« Sie sagte es fast unbewusst, während sie ihren Kopf rastlos hin und her warf, fiebrig vor Verlangen nach ihm. Der Verlust jeder Selbstbeherrschung war schockierend, fast erschreckend. Sie konnte sich nur an ihn klammern, allein bei ihm Halt finden, als er sie über die Grenzen jeder bewussten Wahrnehmung hinaus mit sich riss.

Mit einem einzigen Stoß drang er tief in sie ein, indem er ihre engen Muskeln dehnte, und stieß an ihren heißen Kern. Wieder schrie sie auf, als sich ihre inneren Muskeln sofort um ihn schlossen und ihn so fest umklammerten, dass er beinahe die Beherrschung verlor. Ihre Nägel bohrten sich in seine Schultern, und ihre Hüften zuckten unter ihm.

Vikirnoff legte seine Finger um ihre Handgelenke und presste sie auf den Boden der Höhle, sodass sie ihm hilflos ausgeliefert war, als er in einem harten, gnadenlosen Tempo immer wieder in sie eintauchte.

Sein Gesicht war angespannt vor Lust, sein Blick dunkel vor Hunger und Verlangen, als sein Mund zu ihrer Kehle fand. Natalya konnte nicht über die fast schmerzhafte Ekstase hinaus denken, die ihr sein Körper schenkte. Sie spürte seine scharfen Zähne an ihrem Hals, und ihre Lust steigerte sich, bis sie es kaum noch aushielt. Seine Zähne strichen über die Wölbung ihrer Brust, direkt über ihrem Herzen, und sanken dann tief in ihr Fleisch.

Ihr Körper explodierte und bebte unter der Intensität ihres Höhepunkts. Seine Finger schlossen sich um ihre und hielten sie fest, während sich das Verlangen in seinem Inneren immer weiter steigerte. Sie spürte ihn in ihrem Bewusstsein und teilte mit ihm den Geschmack ihres Blutes ebenso wie die Lust, die er empfand. Dann glitt seine Zunge kurz über ihre Brust.

»Koste mein Blut, Natalya.« Seine Stimme war rau und belegt vor Erregung. »Komm jetzt zu mir. Komm in meine Welt.« Es war keine Bitte, es war ein Befehl. Seine Hände schlossen sich fester um ihre Handgelenke. Er half ihr nicht. Seine Brust war direkt über ihrem Mund, sein Körper aufs Äußerste angespannt. »Verdammt, Mädchen, tu es einfach.«

Sie hungerte nach Erfüllung. Wenn er so weitermachte, würde sie die Nacht nicht überstehen. Konnte eine Frau vor Lust sterben? Wie auch immer, ihre Eckzähne waren bereits länger geworden, und ihr Körper brannte vor Erregung; er wurde immer heißer und geschmeidiger und erlaubte Vikirnoff, so tief in sie einzudringen, dass sie glaubte, er würde in ihrem Schoß versinken. Sie leckte mit der Zunge über seine straffen Brustmuskeln und schlug ihre Zähne dann tief in sein Fleisch. Sofort strömte sein altes Blut wie köstlicher Nektar in ihren Körper. Vikirnoffs Erektion wurde noch größer und härter, und er stieß erbarmungslos in sie hinein. Seine erotischen Fantasien und seine überwältigende Lust stürmten auf ihr Bewusstsein ein, während sich ihre Muskeln immer enger um ihn schlossen.

Sie trank, schluckte und fuhr mit der Zunge über die winzigen Bisswunden, um sie zu verschließen. Nichts konnte Vikirnoffs ekstatischen Ritt aufhalten. Ihr Orgasmus, eine Mischung aus Schmerz und Lust, zerriss sie innerlich und erschütterte ihren ganzen Körper. Die Schauer hörten nicht auf und hielten sie mit der gleichen Intensität gefangen, wie ihre Muskeln Vikirnoff festhielten. Sie spürte, wie er explodierte und seinen Samen in sie ergoss, in heißen Zuckungen, die ihm einen kehligen Laut entlockten.

Vikirnoff vergrub sein Gesicht an Natalyas Kehle und bemühte sich verzweifelt, sein Herz wieder regelmäßig schlagen zu lassen und Luft in seine Lungen zu bekommen. Sie war so eng und heiß gewesen und hatte ihn fast gefoltert, als sie seine Erektion so fest umklammert gehalten hatte. Wenn ihr Sex noch besser wurde, würde es ihn irgendwann umbringen, aber es wäre ein toller Abgang. Er hob leicht den Kopf, um seine Lippen auf ihre Brust zu legen. Ihre Brustspitzen waren wie kleine Perlen, hart und sehr verlockend. Seine Zunge huschte kurz darüber.

Wieder bäumte sich ihr Körper auf, und ihr Fleisch schloss sich so eng um ihn, dass er stöhnte, als flüssiges Feuer durch seinen Körper strömte und jeden Nerv erreichte. »Ich liebe dich, Natalya.«

»Ich glaube, das kann ich nie wieder machen. Es hat mir eine Todesangst eingejagt. Mehr als jeder Vampir.« Ihre Finger fuhren durch sein Haar. »Ich konnte nicht aufhören. Es ging einfach immer weiter und weiter, und ich konnte es kein bisschen kontrollieren.«

Er lächelte an ihrer Brust. »Es wird nur noch besser werden.«

»Wir werden beide daran sterben, das weißt du, oder?«

»Der Gedanke ist mir schon gekommen«, gab er zu. Wieder küsste er sie, diesmal sehr zärtlich. »Du weißt, dass bei dir bald die Umwandlung einsetzen wird. Ich habe gehört, es könnte schmerzhaft sein.« Er hob den Kopf und sah ihr in die Augen. »Ich werde tun, was ich kann, um dir zu helfen, und uns beide unter die Erde schaffen, sobald es ohne Risiko möglich ist.«

Furcht malte dünne weiße Linien um ihren Mund, und ihre Augen waren riesengroß, aber sie nickte. »Vergiss das Buch und die Schutzschilde nicht.«

Er rollte sich von ihr hinunter, nahm sie in seine Arme und zog sie eng an sich. »Ich werde nichts vergessen. Danke, dass du dich mir geschenkt hast.«

Natalya lachte. »Habe ich das? Ich dachte, du nimmst mich einfach und es gibt kein Zurück.«

»Jetzt gibt es wirklich kein Zurück mehr«, murmelte er, als die erste Woge von Schmerzen bei Natalya einsetzte und ihr die Luft aus den Lungen stieß.

Kapitel 18

»Halt dich fest, *ainaak sívamet jutta*, ich fürchte, es wird höllisch wehtun.« In Vikirnoffs Augen stand Panik, etwas, das Natalya noch nie bei ihm gesehen hatte, genauso wenig, wie sie jemals diesen bestimmten Ton in seiner Stimme gehört hatte.

Sie langte nach seiner Hand und schlang ihre Finger in seine. »Ich bin nicht die erste Frau, die das durchmacht, weißt du. Wir schaffen das schon.« Als der Schmerz mit der Intensität eines Feuerstrahls durch sie hindurchschoss, war sie sich nicht mehr so sicher, ob das stimmte. Die Schmerzen nahmen ihr den Atem, und sie schnappte keuchend nach Luft.

Vikirnoff wurde blass. »Verdammt, ich hätte das verhindern müssen!«

Sein Fluchen brachte sie aus der Fassung. Er gebrauchte oft Worte seiner alten Muttersprache, fluchte aber nur selten. Sein krasser Mangel an Selbstbeherrschung bewirkte, dass sie sich mehr auf ihn als auf die Schmerzen, die sie innerlich zerrissen, konzentrierte. Vikirnoff schwitzte vor Nervosität, und sein Blick verriet nur Angst um sie.

Als die erste Welle genügend abgeflaut war, um ihr zu erlauben, wieder zu atmen, fuhr sie zärtlich mit einer Hand durch sein Haar. »Du bist so ein Baby. Das ist mir bis jetzt noch gar nicht aufgefallen.«

Ein Baby? Ihm war danach zumute, jemanden mit bloßen Händen umzubringen. Wie ein Baby fühlte er sich nicht. Er fühlte sich wie ein Berserker, ein wilder, außer Kontrolle geratener Dämon, der bereit war, alles und jeden in Stücke zu reißen. Er konnte nicht fassen, dass die Umwandlung so aussah und die Schmerzen mit der Kraft einer Sturmflut durch Natalyas Körper peitschten. Angesichts dieser Qualen war seine ungeheure

Macht völlig nutzlos. »Das ist ...« Mit leiser, wütender Stimme spie er eine ganze Reihe von Wörtern aus.

»Ich will gar nicht wissen, was das bedeutet«, sagte Natalya und versuchte zu lächeln. Ihr Lächeln erstarb schnell, als die Schmerzen erneut einsetzten und sie so sehr erschütterten, dass ihr Körper zitterte. Lodernde Flammen jagten durch ihr Inneres. Sie unterdrückte einen Schrei, um das Ausmaß ihrer Qualen vor Vikirnoff zu verbergen.

Kleine Blutstropfen traten auf Natalyas Stirn. Vikirnoff strich ihr die wirre Masse feuchter, rotbrauner Haare aus dem Gesicht. Schmale Streifen erschienen auf ihrer Haut, Schattierungen von Orange, Weiß und Schwarz, daneben dünne Blutspuren. Heller Zorn flammte in ihm auf, und er verfluchte, was und wer er war. Dass Natalya tapfer versuchte, ihn zu schonen, zerriss ihm das Herz. Er richtete sich auf, tauchte sein Hemd in das kühlste Wasserbecken der Höhle und tupfte ihr so behutsam, wie er konnte, den Schweiß vom Gesicht.

Plötzlich stieß Natalya ihn weg und versuchte, sich aus seinem Bewusstsein zurückzuziehen, indem sie das Gesicht von ihm abwandte, aber er blieb unerschütterlich mit ihr verbunden. Das Blut rauschte laut in seinen Adern. Das hier waren Gefühle der schlimmsten Art. Er ritt mit Natalya auf einer Woge von Schmerzen und bemühte sich, ihr irgendwie zu helfen und gleichzeitig Ruhe zu bewahren. Jahrhundertelang war seine Welt ohne jede Gefühlsregung gewesen, und jetzt, als er es am nötigsten hatte, konnte er das innere Gleichgewicht, das er brauchte, um ihr zu helfen, nicht finden.

Sie wurde weiß im Gesicht und so blass, dass ihre Haut fast grau wirkte. Die bläuliche Verfärbung ihrer Lippen ließ sein Herz vor Angst schneller schlagen, aber seine Hände waren sanft, als er ihr Gesicht und ihren Hals abtupfte.

Sie packte ihn am Arm. »Bleib bei mir.«

»Ich gehe nirgendwohin.«

»Du kannst doch nicht zu einem Vampir werden, oder, Vikirnoff?«

Er wusste, dass ihr Bruder der Grund für ihre Ängste war. Sie hatte Razvan verloren, die einzige Person in ihrem Leben, die sie wirklich geliebt hatte, und jetzt befürchtete sie, dasselbe könnte ihr mit Vikirnoff passieren. Er zog ihre Hand an seinen Mund, küsste ihre Knöchel, öffnete ihre geballte Faust und presste einen zweiten Kuss auf ihre Handfläche. »Dank dir nicht, nein. Niemals.«

Sie versuchte zu lächeln, einen Scherz zu machen, um ihn zu beruhigen. »Dann schuldest du mir etwas. Und zwar einiges.« Es fing wieder an, dieses Brennen in ihrem Magen, das sich durch Herz und Lungen und jedes andere Organ fraß. Natalya rang verzweifelt um Atem, um eine Möglichkeit, den Schmerz nur einen Moment lang auszublenden, damit sie wieder zu sich kam. Tränen brannten in ihren Augen, und Blut lief in schmalen Bahnen über ihr Gesicht, »Tut mir leid«, wisperte sie und klammerte sich krampfhaft an seine Hand. »Ich glaube, mir wird schlecht.«

»Das ist gut.« Vikirnoff würgte mühsam den gallebitteren Geschmack in seinem eigenen Mund hinunter. Er wünschte sich, er könnte sie mit seinem Körper umschlingen und einen Weg finden, um sie zu beschützen und ihr jede Sekunde Schmerz zu nehmen. »Das ist gut. Es wird dir helfen, deinen Körper von Giften zu befreien.«

Sie versuchte wegzukriechen, um sich in irgendeine Ecke zurückzuziehen, aber ihr war zu elend, und sie brach zusammen, bevor sie den hinteren Bereich der Höhle erreicht hatte. Vikirnoff wollte sie anfassen, um ihr zu helfen, doch sie schüttelte den Kopf und stieß seine Hände weg. Ihre Haut war so empfindlich, dass sie keine Berührung ertragen konnte. Er ließ mit einer Handbewegung die Kerzen in ihrer Nähe erlöschen, um ihr zumindest einen Anschein von Privatsphäre zu geben, als sie sich immer wieder übergeben musste.

»Das ist ganz großer Mist«, verkündete sie, während sie sich auf den Rücken rollte, um ganz still dazuliegen und ihre Kräfte für die nächste Runde zu schonen. »Ich weiß, dass du das da« – sie zeigte auf ihr Erbrochenes – »verschwinden lassen kannst, und ich hasse es wirklich zu brechen. Also schaff es bitte weg.« Dankbar für seine Aufmerksamkeit, nahm sie die Wasserflasche, die er ihr reichte, und spülte sich den Mund aus.

Vikirnoff erfüllt ihren Wunsch und sorgte dafür, dass keine Hinweise auf ihre Übelkeit zurückblieben. »Ich möchte das gemeinsam mit dir durchstehen, Natalya. Du musst dich nicht vor mir verkriechen oder versuchen, mich zu schonen. Du bist mein Leben, und ich muss tun, was in meiner Macht steht, um dir zu helfen. Lass meinen Herzschlag deinen bestimmen. Schöpfe mit meinem Atem Luft.« Vikirnoff konnte nicht tatenlos zuschauen, wenn sie so sehr litt. Er musste ihr irgendwie helfen.

Natalya nahm seine Hand in ihre. Es war beinahe komisch, ihn in dieser Verfassung zu sehen. Ihr großer, schlimmer Karpatianer zitterte tatsächlich am ganzen Leib. Noch dazu sah er so aus, als beginge er am liebsten einen Mord. Wer hätte gedacht, dass er so reagieren würde? »Was machst du, wenn ich einmal ein Baby bekomme?«

Sein Gesicht erbleichte sichtlich, und seine Augen wurden noch dunkler. »Daran will ich jetzt nicht denken. Noch lange nicht. In ein paar Jahrhunderten vielleicht. Vielleicht auch nie, wenn es so ähnlich wie das hier ist.«

Die nächste Welle begann sich aufzubauen, und Natalya warf ihm einen verzweifelten Blick zu. Er strich ihr Haar zurück und bemerkte, dass sich auf ihrer Haut und ihren Haaren wieder die Streifen in Orange, Schwarz und Weiß abzeichneten und sich deutlich von der fahlen Blässe ihrer Haut abhoben. »Halte durch, Liebes, und atme mit mir. Ein langer, tiefer Atemzug wird dir über den Schmerz hinweghelfen.«

Ihr Blick hing an ihm, und ihre Hand klammerte sich so fest

an seine, dass er glaubte, sie würde ihm die Knochen zerquetschen, aber sie passte sich seinen langen, tiefen Atemzügen an und kam so über die schlimmsten Schmerzen hinweg. Ihr Körper bebte, und die winzigen Blutstropfen, die aus ihren Poren sickerten, beunruhigten sie beide, doch sie schaffte es, die Welle ohne Krämpfe zu überstehen.

»Ich will meine Tigerin nicht verlieren.« Natalya hob den Kopf, als Vikirnoff einen Arm um ihre Schultern legte und sie stützte, damit sie sich wieder den Mund ausspülen konnte. »Meine Tigerin ist bedroht, und dagegen wehrt sie sich. Ich will sie nicht aufgeben. Sie ist ein Teil von mir wie die Luft, die ich atme.« Ihre Stimme klang ängstlich, und in ihren Augen lag eine stumme Bitte.

»Bei der Umwandlung werden Organe und Gewebe neu gebildet; im Grunde wirst du noch einmal geboren, und zwar als Karpatianerin. Aber ich kann deine Streifen immer noch sehen. Es entspricht deiner *Natur*, eine Tigerin zu sein, nicht deiner *Spezies*. Ich glaube nicht, dass du einen Teil deines Wesens verlieren wirst.« Er strich ihr die feuchten Haarsträhnen aus dem Gesicht. »Du wirst immer Natalya sein, und die Tigerin ist Teil deiner Seele. Ich kann ihre Nähe fühlen. Du wirst sie nicht verlieren.« Er wiederholte die beruhigenden Worte gerade, als die nächste Schmerzwelle mit solcher Wucht einsetzte, dass Natalya in die Höhe schnellte und wieder auf den Boden prallte, so hart, dass ihre Knochen zu brechen drohten.

Ihr Blick war unverwandt auf Vikirnoff gerichtet. Er war ihr Rettungsanker. Als sie ihn anschaute und die Verzweiflung und die Sorge sah, die ihm ins Gesicht geschrieben standen, wusste sie, dass sie stark sein konnte. Noch nie hatte sie erlebt, dass ein Mann sie so ansah, als würde seine Welt untergehen, weil sie Schmerzen litt. Sie konnte fühlen, wie sehr er sich bemühte, ihr die Qualen abzunehmen, und dafür liebte sie ihn nur umso mehr. Er war so stark und unerschütterlich, aber angesichts ihrer

Schmerzen war es um seine Ruhe und Gelassenheit geschehen.

Als der Schmerz wieder nachließ, strich sie mit den Fingerspitzen über sein Gesicht, um die Falten zu glätten. »Ich habe keine Angst vor dem, was hier passiert, Vikirnoff. Wirklich nicht.«

Er fluchte wieder. Sie hatte ihn in der ganzen Zeit, die sie zusammen waren, nicht so oft fluchen hören wie jetzt. »Ich schon. Ich wusste, dass es schlimm ist, aber nicht, wie schlimm.« Er legte seine Stirn an ihre. »Es muss bald vorbei sein.«

»Ganz bestimmt.« Sie war jetzt imstande, die Schmerzen ruhig und gefasst über sich ergehen zu lassen, weil sie für einen kurzen Zeitraum praktisch alles aushalten konnte und Vikirnoff hier bei ihr war und so mitgenommen und verstört aussah, dass sie es ihm nicht noch schwerer machen wollte.

Vikirnoff hatte das Gefühl, wahnsinnig zu werden. Die Zeit schleppte sich dahin, jede Sekunde eine quälend langsame, endlose Folter, die ihn veranlasste zu beten, obwohl er seit Jahrhunderten nicht mehr gebetet hatte. Noch nie in seinem Leben hatte er sich so hilflos – oder nutzlos – gefühlt. Seine tapfere Natalya musste sich so furchtbar quälen, und zwar für ihn. Als er schließlich der Meinung war, dass es möglich wäre, sie in Schlaf zu versetzen, lächelte sie ihn an. Sie *lächelte!*

Vikirnoff hätte beinahe geweint. Die Art, wie sie ihn anschaute, mit so viel Liebe in den Augen, erfüllte ihn mit Demut. Er konnte nicht fassen, wie es ihr möglich war, ihn nach diesen Qualen so anzuschauen. In ihrem Blick lag nicht nur Liebe, sondern eine Wärme, die bis in die Kälte seiner Knochen drang und ihn ins Leben zurückholte.

Du bist wirklich ein Baby, weißt du. Ihre Stimme klang sehr erschöpft. Sie war furchtbar müde, aber sie konnte einfach nicht anders, als ihm die blutroten Tränen abzuwischen.

Nur wenn es um dich geht. Ich werde dich für mindestens hundert Jahre in einen Turm sperren und nicht mehr rauslassen.

So lange wird es mindestens dauern, über diese Nacht hinwegzukommen.

Ich gebe es wirklich nur ungern zu, weil ich das Gegenmittel für das bindende Ritual so gut wie ausgearbeitet habe, aber ich habe mich bis über beide Ohren in dich verliebt. Natalya stieß einen gespielt gereizten Seufzer aus, als wäre sie über diese Tatsache sehr verärgert.

Vikirnoffs brennende Lungen bekamen wieder Luft. Dieser kleine Seufzer reichte aus, um ihm zu sagen, dass sie immer noch Natalya, seine Kriegerin, war, und nicht klein beigeben würde. *Und ich widerspreche dir nur ungern, wenn du offensichtlich nicht in der Lage bist, deinen Standpunkt zu verteidigen, aber die rituellen Worte der Bindung waren kein Zauber. Du kannst unsere Verbindung nicht aufheben.*

Sie schloss die Augen, doch auf ihren Lippen lag ein schwaches Lächeln. *Dann muss ich mich wohl in mein Schicksal fügen.*

Obwohl er immer noch Tränen in den Augen hatte, brach er in Lachen aus, eine Mischung aus Erleichterung und Freude, und nahm Natalya in seine Arme, während er den Boden öffnete und die heilende, mineralienreiche Erde freilegte. »Ich bringe dich zu Bett, damit du mich nicht länger ärgern kannst. Nach dieser Heimsuchung brauche ich Zeit zum Erholen.«

Ihre Augenbrauen fuhren hoch. Du *brauchst Zeit zum Erholen?*

Ich hätte beinahe einen Herzinfarkt bekommen.

Wieder stieg der Schmerz in ihr auf, befiel ihre Organe und hielt sie mit eisernem Griff fest. Natalya hatte das Gefühl, dass *sie* einen Herzinfarkt bekommen könnte. *Hör auf zu reden und tu etwas!*

Vikirnoff versetzte sie mit einem starken Befehl, der wahrscheinlich unnötig war, sofort in Schlaf. Er wollte kein Risiko eingehen. Lange Zeit saß er mit Natalya auf seinem Schoß da und wiegte sie sanft in den Armen, mehr um sich selbst als sie zu beruhigen. Er starrte in ihr schönes Gesicht. Wann war er so besessen von ihr geworden? Er konnte sich ein Leben ohne Natalya nicht mehr vorstellen. Ihre dichten schwarzen Wimpern bildeten Halbmonde unter ihren Augen, und ihm fielen dunkle Ringe auf, die vorher nicht da gewesen waren.

Vikirnoff hatte sich selbst nie als gewalttätig empfunden. Er lebte in einer Welt der Gewalt und tat, was er tun musste. Die Jagd gehörte ebenso zu seinem Leben wie Kämpfe und Wunden und die Vernichtung des Bösen. Es war nie persönlich oder emotional. Doch jetzt, mit Natalya, hatte sich all das verändert. Er konnte es nicht ertragen, sie leiden zu sehen. Nicht körperlich und schon gar nicht seelisch.

Er vergrub sein Gesicht an ihrem Hals. In ihm war ein Dämon, und zwar nicht das Tier in ihm, das nach Blut geschrien hatte. Dieser Dämon war völlig unerwartet zum Vorschein gekommen, um Vergeltung zu fordern und alles kurz und klein zu schlagen, nur weil Natalya Schmerzen litt. Er konnte es nicht ertragen, sie so zu sehen, so blass und mitgenommen und tapfer bemüht, ihn zu beschützen. Vikirnoff gefiel die Entdeckung, dass er gewalttätig war, nicht, aber es war da, tief in seinem Inneren, und er würde sich nicht davor verstecken. Natalya hatte ihn gesehen, mitsamt seinen Dämonen, und sie hatte sich nicht von ihm abgewandt.

Vorsichtig hob er die Schutzbarrieren um Natalyas Waffen und Rucksack auf. Das Buch musste ständig in ihrer Nähe sein, bis er Natalya davon überzeugen konnte, es dem Prinzen zu übergeben. Er konnte verstehen, warum sie dieses Werk lieber selbst bewachen wollte. Sie wusste so gut wie nichts über die Karpatianer, eine aussterbende Spezies mit zu wenig Frauen und noch weniger Kindern. Und das bedeutete, dass sie weder den Prinzen noch seine Fähigkeiten kannte. Mikhail war einer der mächtigsten lebenden Karpatianer, und wenn jemand das

Buch behüten oder eine Möglichkeit, es zu zerstören, finden konnte, dann Mikhail.

Der Rucksack glitt in Vikirnoffs Hände, und er legte ihn in die schwere Erde. Er würde als Erster aufstehen und genug Nahrung zu sich nehmen müssen, dass es für sie beide reichte, bevor er sich mit Natalya auf den Weg zu den großen Heilquellen machte, wo Mikhail und Falcon Gabrielle zum dritten Mal Blut geben würden, um die Umwandlung herbeizuführen. Obwohl ihre Chancen denkbar schlecht standen, war Gabrielle noch am Leben, und Vikirnoff wachte immer noch über ihren Geist. Er musste dabei sein, wenn sie umgewandelt wurde. Die Vorstellung war bedrückend, vor allem, nachdem er den Vorgang gerade bei Natalya erlebt hatte.

Vikirnoff streckte sich in der einladenden Erde aus und spürte, wie sie ihn mit Wärme umgab. Natalyas schlaffen Körper bettete er neben sich und legte beide Arme um sie. Der Rucksack lag unter seinen und ihren Händen, damit er sicher aufgehoben war und Natalya am nächsten Morgen gleich sehen konnte, dass er sein Versprechen gehalten hatte. Die Schutzbarrieren, die er errichtete, um Natalyas Sicherheit zu gewährleisten, gehörten zu den stärksten, die er je geschaffen hatte. Er strich mit einer Hand über ihre bloße Haut. »Schlaf gut und tief.« Er hauchte noch einen Kuss auf ihre Lippen und lag dann ganz still, während sich der Boden über ihnen schloss.

Vikirnoff wachte Stunden später exakt in dem Moment auf, als die Sonne unterging. Alle Karpatianer registrierten Sonnenaufgang und -untergang, hatten dieses Wissen aber so verinnerlicht, dass sie kaum daran dachten. Er überprüfte die Kavernen über und unter ihnen und schließlich die offenen Bereiche rund um die Höhlen, bevor er die Erde öffnete. Als er Natalya in seine Arme nahm, dachte er an die Sonne und daran, welch wichtige Rolle sie im Leben seiner Gefährtin gespielt hatte.

Er trug sie zum Wasserbecken, wo er zusammen mit der Erde sämtliche Spuren abwaschen konnte, die die Umwandlung an ihrem Körper hinterlassen hatte. Er wollte nicht, dass Natalya beim Aufwachen einen Schreck bekam oder, schlimmer noch, bereute, sich für die karpatianische Lebensweise entschieden zu haben. Er selbst liebte die Nacht und betrachtete sie als seine Welt, aber für jemanden, der im Sonnenlicht gelebt hatte, mochte es problematisch sein, sich daran zu gewöhnen.

Vikirnoff strich mit seinen Lippen über Natalyas Kehle und raunte ihr zu aufzuwachen. Er fing ihren ersten Atemzug mit seinem Mund auf, zog ihn in seine Lungen und behielt ihn dort, während er fühlte, wie ihr Herz unter seiner Hand zu flattern begann. Sie stieß einen Seufzer aus, einen leisen Laut voller Liebe, bei dem sein Herz einen Satz machte. Ihre Fingerkuppen wanderten mit einer so hauchzarten Berührung über seine Brust, dass sie wie das Flattern von Flügeln schien und sich doch tief in seine Haut einbrannte. Ihr frischer Duft wehte ihm entgegen, kitzelte seine Sinne und weckte sein Begehren.

Natalyas lange Wimpern hoben sich, und ihre strahlend grünen Augen starrten ihn an und verdunkelten sich vor Hunger und Verlangen. »Hallo.« Ihre Stimme war leise und unglaublich sexy, und jeder Muskel in seinem Körper spannte sich an und wurde hart.

»Hallo.« Der sichtbare Beweis für seine Erregung entging ihr nicht.

»Ich lebe.« Ihre Fingerspitzen huschten über sein Gesicht. Ein träges Lächeln verzog ihren Mund. »Halte noch eine Minute durch und lass mich sehen, ob alles richtig funktioniert.«

Vikirnoff runzelte die Stirn, als sie sich herumrollte, aufsprang und sich wohlig streckte. Dann stützte er sich auf seinen Ellbogen und beobachtete mit einem schwachen Lächeln auf dem Gesicht, wie sie ihre Gestalt veränderte. Die Tigerin sprang fröhlich durch die Höhle, bevor sie ihr Fell an seinem Körper rieb. Er vergrub seine Finger in dem dichten Pelz und streichelte ihr Gesicht, als sie sich neben ihn legte.

Natalya nahm wieder ihre ursprüngliche Gestalt an und lachte ihn an. »Sie ist noch da.«

»Ich wusste es.«

Natalya richtete sich mit einer fließenden Bewegung voller Anmut auf und rutschte rittlings auf seinen Schoß. Ihr Körper war jetzt schon heiß. Vikirnoff konnte die feuchte Wärme an seinem Oberschenkel spüren. Seine Hände fassten sie an den Hüften, um sie so hinzusetzen, dass er in sie eindringen konnte, aber sie sträubte sich und schüttelte den Kopf. »Heute Abend will ich Luxus. Ich denke, das habe ich mir verdient.«

Er schluckte schwer. Natalyas Vorstellung von Luxus könnte sein Tod sein. »Du verdienst alles, was du willst.«

»Ich will dich berühren.« Sie senkte den Kopf, um mit ihren Lippen seine Brust zu streifen, ganz leicht nur, doch es reichte aus, ihn um den Verstand zu bringen. »So zum Beispiel. Ich liebe es, dich zu berühren.« Sie wollte mit ihm schlafen, lange, langsam und leidenschaftlich, ihm mit jeder Berührung ihre Liebe zeigen und mit ihren neuen Sinnen noch intensiver spüren, was sie jetzt schon bei seinen Berührungen empfand. Sie brauchte diese Zeit mit ihm, um sich in jeder Beziehung geliebt zu fühlen.

Seine Hände schlossen sich um ihre Pobacken, hoben sie an, massierten und streichelten sie und zogen sie näher an sich heran. Sein Körper hungerte so sehr nach ihr, dass es ihn fast zerriss. Natalya hob den Kopf, schaute ihn mit einem verschleierten und sehr sinnlichen Blick an und fand mit ihrem Mund zu seinem, um zart an seiner Unterlippe zu knabbern und ihre Zunge mit seiner spielen zu lassen. Er spürte, wie jede der winzigen, hauchzarten Liebkosungen in seinem Körper vibrierte und sich in seinen Lenden zusammenzog. Das Ziehen wurde zu einem scharfen Schmerz, seine Erektion wurde hart und schwer und pulsierte vor Verlangen.

Natalyas Mund löste sich von seinem, um abwechselnd kleine Küsse und Bisse auf seinen Hals und seine Brust zu hauchen. Ihre Hände stießen an den soliden Wall seiner Brust, bis er sich zurücklehnte. Wasser umspülte seine Oberschenkel und Beine und bespritzte ihn mit feinen Tröpfchen. Natalya, die sich ganz darauf konzentrierte, jeden seiner Muskeln mit Zunge und Zähnen nachzuziehen, schien es nicht zu bemerken. Quälend langsam wanderten ihre Lippen von seiner Brust zu seinem Bauch. Das Feuer, das durch seine Adern raste, fand zu dem brodelnden Vulkan in seinen Lenden. »Das überlebe ich nicht.«

»Das wirst du wohl müssen. Ich will nämlich *fühlen*, wie sehr ich dich liebe und wie sehr du mich liebst.«

Indem sie ihre Hüften bewegte, glitt sie mit ihrer feuchten Hitze auf seiner Haut hin und her, bis er stöhnte und seine Finger in ihr Fleisch bohrte, um sie näher an sich zu ziehen. Lächelnd ließ Natalya sich weiter nach unten gleiten und übersäte seinen Bauch mit Küssen, während ihre Beine ins Wasser rutschten und ihm eine sehr verführerische Aussicht auf ihren gerundeten Po gewährten. Er konnte nicht aufhören, sie zu massieren und seine Finger tief nach unten wandern zu lassen, um in ihren Körper einzudringen. Sein Atem ging flach und stoßweise.

Ihr Atem strich über die Spitze seiner Erektion, wärmte die schimmernden Tröpfchen und ließ sein Herz stillstehen. »Das hast du mit mir gemacht. Gestern konnte ich weder denken noch atmen. Ich konnte nur noch fühlen, Vikirnoff. Und jetzt will ich, dass du meine Liebe fühlst.«

Bevor er antworten konnte, schloss sich ihr Mund eng und heiß um ihn, und ihre Zunge vollführte einen unglaublichen Tanz, während ihre Hand ihn mit sicheren Fingern umschloss. Blitze schossen durch seinen Körper und prickelten in seinen

Adern. Sein eigener Atem rauschte laut in seinen Ohren. Er beobachtete Natalya aus halb geschlossenen Augen, während sein Körper in Flammen aufging. Als er glaubte zu sterben und nichts mehr fühlen konnte, ohne in Millionen kleiner Teile zu zerbersten, nahm sie ihn tiefer in sich auf, sodass seine Hüften sich wie von selbst an sie drängten. Die kleinen saugenden Geräusche, die sie mit ihrem engen Mund und ihrer leckenden Zunge verursachte, brachten ihn fast um den Verstand.

Ihre Fingernägel streiften seinen Hoden, bevor sich ihre Finger darum schlossen und sanft zudrückten, und ihr Mund war heiß wie flüssiges Feuer. Seine Faust ballte sich um ihr Haar, und er stieß tiefer in sie hinein. Ihre Brüste mit den harten, feurigen Spitzen rieben sich an seinem Oberschenkel. Er konnte der Versuchung ihres runden Pos, der in die Luft ragte, während sie an ihm lutschte, nicht widerstehen. Seine Hand legte sich auf das weiche Fleisch, streichelte und massierte, während sein Blut so heiß in seinen Adern kochte, dass er Angst hatte, er könnte verbrennen.

Vikirnoff stöhnte ihren Namen und bog ihren Kopf zurück. Er brauchte ihren Körper, brauchte das Gefühl, eng von ihr umschlossen zu sein und mit solcher Leidenschaft gehalten zu werden, dass er wusste, sie brauchte ihn ebenso sehr wie er sie. Er konnte sie später verschlingen, ihre Süße kosten und sich von ihren Schreien aufstacheln lassen, aber nicht jetzt. Jetzt war er wie rasend vor Lust und Liebe. Die beiden Gefühle vermischten sich so sehr miteinander, dass er sie nicht unterscheiden konnte.

Vikirnoff rollte sie herum und schob sich über sie. Ihre Brüste waren so schön, üppige Hügel mit dunklen, rosigen Spitzen, die sich bei jedem Atemzug hoben und senkten. Wasser spritzte und besprühte sie, während Natalyas Haar in dichten Strängen auf der Oberfläche trieb. Die Felsumrandung des Beckens stützte sie, und ihr Po schmiegte sich in eine steinerne Nische.

Vikirnoff streichelte ihre Haut vom Hals bis zur Hüfte, als sie sich ihm darbot wie ein Opfer. »Ich liebe es, dich zu fühlen. Hast du eine Ahnung, was es für mich bedeutet, dich so zu berühren?« Wieder streichelte er sie, diesmal mit der Innenfläche seiner Hand, die einen Pfad von der Wölbung ihrer Brust bis zu dem Dreieck zwischen ihren Beinen zog. Bewusst ließ er sein Denken mit ihrem verschmelzen, sodass sie die leidenschaftlichen Gefühle in seinem Körper spüren konnte, den heftigen Drang der Männer seiner Spezies, zu dominieren und zu beherrschen.

Ihre Augen wurden dunkel vor Hunger und Erregung. Die Tigerin in ihr würde nie einen geringeren Partner als Vikirnoff akzeptieren. Seine Berührung wurde noch rauer, als er ihre Brustspitze zwischen Daumen und Finger rollte, aber dann beugte er sich vor und hauchte einen sanften Kuss auf ihre Lippen und ließ seine Zunge mit zärtlichen Liebkosungen durch ihren Mund gleiten. Der Kontrast zwischen der Zärtlichkeit seines Mundes und der Rauheit seiner Hände jagte feurige Wogen durch ihren Körper und löste ein schmerzhaftes Ziehen in ihrem Unterleib aus.

Seine Zähne knabberten an ihrem Kinn, und sein Haar glitt wie Seide über ihre Haut, sodass jeder Nerv zum Leben erwachte. Er leckte an ihrer Brustwarze. Hielt inne. Senkte den Kopf, um sie erneut zu kosten. Seine Zunge streichelte, seine Zähne nagten, seine Lippen saugten an ihr. Natalya warf den Kopf hin und her, und als sich sein Mund eng und heiß um ihre Brust schloss und noch fester an ihr saugte, schrie sie seinen Namen, packte ihn an den Haaren und bohrte ihre Fingernägel in seinen Rücken.

»Beeil dich!«, keuchte sie.

Er hob den Kopf und schenkte ihr ein boshaftes kleines Lächeln. »Du wolltest es langsam und ausgiebig. Ich gebe dir nur, was du willst.« Er küsste sich einen Weg quer über ihren

Bauch, leckte den Ring in ihrem Nabel und zog kurz daran, bevor er weiter nach unten wanderte.

»Nein! Ich brauche dich in mir. Jetzt gleich!« Sie bekam die Worte kaum über die Lippen.

»Eine Kostprobe noch.« Er tauchte seinen Finger in sie hinein und betrachtete ihr verzücktes Gesicht. »Das ist es, was ich brauche. Dich so zu sehen, Natalya.« Er schob einen zweiten Finger hinein, diesmal tiefer, fand ihre sensibelste Stelle und rieb sie mit harten, festen Bewegungen. »Die Tigerin ist sehr nahe, wenn du Sex hast. Ist dir das klar? Deine Augen werden dunkelblau und dann undurchsichtig wie Opale, wenn du sehr erregt bist.« Es war unglaublich lustvoll mitanzusehen, wie ihre Augen die Farbe wechselten, zu beobachten, wie ihr Gesicht und ihr Körper sich erhitzten, ihre Brustwarzen sich steif aufrichteten und ihr Atem in kurzen, abgehackten Stößen ging.

Seine Augen, die dunkel vor Leidenschaft waren, hielten ihren Blick fest, als er ihren Körper eroberte. Seine Zunge und seine Finger streichelten und stießen in sie hinein, seine Zähne knabberten leicht an ihr und trieben sie an den Rand des Wahnsinns. Sie konnte nicht länger denken, hatte nicht mehr genug Atem, um zu protestieren, als er ihren Körper in Besitz nahm und auf ihm spielte wie auf einem fein gestimmten Instrument. Er war überall, machte sich alles von ihr zu eigen und steigerte ihr Verlangen und ihren Hunger zu rasender Lust. Sie schrie, und ihr Körper stand in Flammen.

Schließlich richtete er sich auf und packte sie an den Oberschenkeln. Ein brennender Hunger erfüllte ihn, und jeder Muskel war so hart und angespannt, dass er zu explodieren drohte. Er betrachtete ihr Gesicht, das so schön war, so voller Hunger und Verlangen nach ihm – *nach ihm*. Da war es, das Wunder, das ihm geschenkt worden war. Sie war für ihn geschaffen worden. Ihr Körper, dieser Körper, passte perfekt zu seinem. Er wollte alles von ihr haben und es zehnfach zurückgeben.

Er tauchte tief in sie ein, mit einem harten Stoß, der ihn ganz weit in das heiße Inferno ihrer Scheide führte. Sie war so eng und feucht, und ihre Muskeln umschlossen ihn so fest, dass er einen tiefen, kehligen Laut reiner Verzückung ausstieß. Er packte sie an den Beinen und schlang sie eng um seine Taille, sodass sie ihm noch näher war und er noch tiefer in sie eindringen konnte. Er spürte, wie sich ihr Körper anspannte und erschauerte, aber er machte immer weiter und wünschte, es würde nie enden. Ihr zweiter Höhepunkt begann, bevor der erste abgeklungen war.

Ihre Hände klammerten sich an seine Schultern, ihren Halt, als er weitermachte und sie noch höher mit sich riss, bis zu einem explosiven dritten Orgasmus. Er erfasste ihren Körper mit der Gewalt eines Tornados und löste dieselbe Explosion in ihm aus. Vikirnoff spürte das Ziehen und die Anspannung bis ins Mark. Ihre Scheide, die so eng und so heiß war, hielt ihn fast schmerzhaft fest gepackt, zuckte und bebte wie eine Faust aus heißem Samt, bis er die vulkanartige Explosion nicht mehr aufhalten konnte.

Natalya starrte ihn benommen und beinahe fassungslos an. Ihr Körper weigerte sich, sich zu entspannen und ihn loszulassen, und jedes Nachbeben löste ein prickelndes Erschauern in ihr aus. Sie konnte nicht reden, bekam kaum noch Luft. Sie konnte nur dort liegen, von Wasser umspült, und Vikirnoff anstarren.

»Du bist schöner als jede andere Frau, die ich je gesehen habe.« Und sinnlicher. Sie sah wie eine Sirene aus, die sich ihm verführerisch darbot. »Noch einmal, Natalya. Ich will dich noch einmal. Und ich will dein Blut nehmen und dir meins geben. Diesmal will ich alles.«

Sie schüttelte den Kopf und lächelte schwach. »Du hast dir schon alles genommen. Ich kann mich nicht mehr bewegen.«

»Ich will nicht, dass du dich bewegst. Ich will, dass du fühlst.«

Natalya konnte sich nicht rühren. Erschöpft und trotzdem voller Verlangen nach ihm, sah sie in seine Augen, die so dunkel und eindringlich vor Leidenschaft waren. Seine Hände waren überall, genauso wie sein Mund, seine Zunge und seine Zähne. Sie legte ihre Lippen an seine Brust, um von ihm zu trinken, als er es verlangte, und erlebte einen erschütternden Höhepunkt nach dem anderen, als seine Zähne tief in ihr Fleisch sanken und er immer wieder in sie eindrang. Sie konnte nicht glauben, dass sie immer noch mehr wollte, aber Vikirnoffs Verlangen stachelte ihres stets von Neuem an. Sie schien nicht genug von seinem Körper zu bekommen, und für ihn gab es nicht genug Möglichkeiten, sich an ihrem zu sättigen. »Wir sterben noch, wenn wir so weitermachen«, warnte sie ihn, als sie wieder sprechen konnte.

»Ich habe Jahrhunderte nachzuholen.« Seine Hände streichelten ihre Brüste. »Ich werde nie genug davon bekommen, dich so anzufassen.«

Natalya ließ sich ins warme Wasser gleiten. »Ich werde noch so wund, dass ich nicht mehr gehen kann. Du siehst blass aus. Ich glaube, du brauchst Nahrung.« Noch während sie es sagte, spürte sie einen leisen Stich von Eifersucht. Was, wenn er seinen Kopf über eine andere Frau neigte und dabei wie zufällig mit den Fingerknöcheln ihre Brust streifte? Was, wenn die Frau ihn voller Verlangen ansah und ihr Körper heiß und feucht wurde? Ein leises Knurren entschlüpfte ihr. Natalya schwamm in die Mitte des Beckens. Sollte sie jemals den Geruch einer anderen Frau an ihm wittern, würde er merken, was es hieß, das Tigerweibchen in ihr zu reizen.

Irgendetwas stimmte nicht, doch Natalya kam nicht dahinter, was es war. Sie hatten einander geliebt, und sie war so glücklich gewesen, aber mit den geschärften Sinnen der Tigerin und dem erhöhten Wahrnehmungsvermögen der Karpatianer konnte sie plötzlich die Nähe einer anderen Frau spüren. Sie täuschte sich nicht. Er konnte es leugnen, so oft er wollte, aber es gab eine andere Frau in seinem Leben.

Vikirnoff beobachtete sie aufmerksam. Helle Streifen zeigten sich auf ihrer Haut und in ihren Haaren, während sie durch das Wasser glitt. Er drang in ihre Gedanken ein und lächelte. Wie sie auf die Idee kommen konnte, er könnte eine andere Frau wollen, war ihm ein Rätsel. Er folgte ihr, um an ihrer Seite zu schwimmen.

Natalya warf ihm einen gereizten Blick zu. »Ich brauche Freiraum.« Sie ließ mit einem kurzen Hieb ihrer Hand eine Wassersäule aufsteigen. Oder war es eine Pranke? Im flackernden Kerzenlicht konnte er trotz seines hervorragenden Sehvermögens nicht erkennen, ob sie einen Teil ihrer Gestalt gewechselt hatte. Ihre blauen Katzenaugen waren stürmisch und düster geworden und schillerten in durchscheinenden Farben.

Sein Körper spannte sich wieder an. Natalyas kriegerische Seite weckte sofort das dominante Männchen in ihm. Er konnte es genauso wenig unterdrücken wie das heftige Verlangen, das ihn befiel. »Du brauchst mich.«

Ihre Augen glühten vor Hitze. »Verzieh dich, Vik, bevor du Ärger bekommst. Ich kann sie ganz in deiner Nähe spüren.«

Er packte sie am Arm, zog sie an sich und stand gleichzeitig auf, sodass das Wasser um seine Hüften schlug. »Es gibt keine andere Frau, und es wird auch nie eine andere geben«, stieß er zwischen zusammengebissenen Zähnen hervor.

»Ich *fühle* sie.« Tränen schimmerten in ihren Augen, als sie versuchte, ihn mit der flachen Hand wegzustoßen.

Er fing ihre Handgelenke ein. Natalyas Kummer war echt. »Das verstehe ich nicht …« Er brach ab. »Gabrielle«, wisperte er. »Du spürst Gabrielle, *ainaak sívamet jutta*. Du fühlst, dass Gabrielle mich ruft.« Sein Daumen strich zärtlich über ihren bloßen Arm. »Du kannst mir Gabrielle nicht vorhalten. Du warst es schließlich, die mich gebeten hat, sie zu retten. Du hast gewusst, welche Konsequenzen das haben würde.«

Sie schüttelte den Kopf. »Nein. Ich habe dich darum gebeten, ohne lange nachzudenken. Ich habe nicht gewusst, was ich empfinden würde, wenn ich weiß, dass sie bei dir ist.«

»Ihr Geist ist leicht. Sie ist unschlüssig, ob sie bleiben will, wenn sich dadurch ihr Leben für alle Zeiten ändert. Ich bin der Hüter ihres Geistes, und ich kann ihr Freiheit geben, sie in das andere Reich gehen lassen. Ist es das, was du willst?«

Die Tigerin kämpfte um die Oberhand und die Herrschaft, während Natalya Qualen der Eifersucht litt.

»Du bist mein Herz und meine Seele. Du bist meine Frau. Dein Körper ist es, den ich besitzen will. Dein Blut ist es, das ich trinken will. Ich möchte nicht, dass du Angst hast, ich könnte dich betrügen, schon gar nicht nach allem, was du für mich aufgegeben hast.«

Natalya vergrub ihr Gesicht in den Händen. »Hör auf! Du darfst mich nicht in Versuchung führen. Wie furchtbar von mir, überhaupt an so etwas zu denken! Wehe, du lässt zu, dass sie uns verloren geht! Ich habe volles Zutrauen zu mir als Frau.« Das war möglicherweise übertriebene Zuversicht. Vikirnoffs Begierde hatte sie nicht nur überrascht, sondern auch leicht schockiert. Er brachte es fertig, sie derartig mit Verlangen zu erfüllen und ihr jede Beherrschung zu nehmen, dass sie alles für ihn tun würde, und das war für sie nicht nur erschreckend, sondern auch faszinierend. »Wenn du mich tatsächlich mit einer anderen Frau hintergehst, weiß ich nicht, ob ich die Tigerin im Zaum halten kann.«

»Karpatianische Gefährten können einander nicht betrügen. Wir sind zu oft im Bewusstsein des anderen, um zu einem Betrug in der Lage zu sein. Ich wünsche und brauche keine andere Frau.« Er zog sie an sich. »Sie rufen uns in die Höhle der Heilung. Mikhail wird Gabrielle umwandeln und in unsere Welt holen. Sowie es ohne Risiko möglich ist, wird sie für mehrere Tage in die Erde gebettet, damit ihre Wunden heilen können.

Joie und Traian, Gabrielles Angehörige, können ihre Reise fortsetzen und werden hier sein, wenn sie aufwacht. Dann werde ich nicht länger gebraucht.« Er nahm Natalya in seine Arme und legte seine Wange auf ihren Scheitel.

»Ich brauche dich.« Sie fuhr mit ihren Händen über seinen Rücken. »Tut mir leid, dass ich nicht eine von diesen perfekten Frauen bin.«

»Perfekte Frauen?« Er hob den Kopf und starrte sie verwirrt an. Er konnte ihrem Gedankengang nicht folgen, und das, obwohl er den Vorteil hatte, in ihrem Bewusstsein zu sein. »Ich habe keine Ahnung, wovon du redest.«

»June Cleaver und Donna Reed. Deine Traumfrauen.« Eine gewisse Schärfe schwang in ihrer Stimme mit, obwohl sie versuchte zu scherzen.

Er stöhnte. »Willst du mir das ewig vorhalten? Ich will weder diese Frauen noch eine, die so wie sie ist. Ich will dich.« Wie zur Strafe biss er sie leicht in die Schulter. »*Nur* dich.«

»Jetzt kann ich die anderen Karpatianer auch rufen hören. Wie viele von ihnen werden da sein?«

Vikirnoff hörte ihr an, wie nervös sie war. Gegen Vampire zu kämpfen, in seine Welt einzutreten, seine Frau zu sein, stundenlang Sex mit ihm zu haben, all das konnte sie verkraften, aber andere Karpatianer zu treffen, ängstigte sie. Sie versuchte sich nichts anmerken zu lassen, aber sie schmiegte sich eng an ihn, und er konnte fühlen, dass sie zitterte.

Er trug sie aus dem Wasser. Nachdem sie sich abgetrocknet hatten, zogen sie Sachen an, die Vikirnoff für sie machte. Er gab Natalya einen Kampfanzug, in dem sie sich am wohlsten fühlte. Schweigend verstaute sie ihre Waffen, nahm den Rucksack und hängte ihn über ihren Rücken, bevor sie ihre Arnis-Stöcke in die Laschen schob.

»Mikhail und Raven, seine Gefährtin, müssen anwesend sein. Und ich bin sicher, dass Falcon und Sara auch da sein werden.«

Er schickte dem Prinzen auf telepathischem Weg eine Frage, wartete auf die Antwort und gab sie an Natalya weiter. »Mikhail sagt, dass Jubal bei Slavica ist, um auf die sieben Kinder aufzupassen, für die Falcon und Sara sorgen.«

Natalya schlang einen Arm um seinen Hals, als er seine Gestalt änderte. »Nicht allzu viele also. Damit werde ich schon fertig.« Während Vikirnoff und sie in den Nachthimmel aufstiegen, hoffte sie, dass das auch stimmte. Farben blendeten ihre Augen. Alles, auch ihre eigenen Empfindungen, schienen viel intensiver als früher zu sein. Ihr Wahrnehmungsvermögen war weit schärfer, was so weit ging, dass sie mit der Einstellung ihres Gehörs herumexperimentieren musste, um zu vermeiden, dass sie Gesprächsfetzen hörte, als sie über das Dorf flogen.

Die Höhle der Heilung war wunderschön, geschaffen aus Kristallen und fließendem Wasser. Hitze und Feuchtigkeit verschmolzen so stark miteinander, dass Natalya anfänglich leichte Beklemmungen hatte. Eiskaltes Wasser schäumte aus einer Wand einige Meter tief in eine heiße Mineralquelle, und über dem schimmernden Wasser schwebte wie Wolken dichter weißer Dampf.

Gabrielle lag in der Mitte der Höhle. Die Erde, schwarz und gehaltvoll, war bereits geöffnet, um sie aufzunehmen. Die junge Frau war blass und lag so regungslos da, dass Natalya nur noch Mitleid mit ihr hatte und sich für ihre Eifersucht schämte. Sanft berührte sie die andere, entschlossen, Vikirnoff dabei zu helfen, alles zu tun, um Gabrielle zu retten.

Sara und Raven empfingen Natalya mit einer Umarmung und einem warmen Lächeln. Die Männer begrüßten Vikirnoff, indem sie ihre Hände nach Art der alten Krieger um seinen Oberarm legten. Mikhail und Falcon verbeugten sich mit der Förmlichkeit der Alten Welt vor Natalya. Ein dritter Mann trat aus dem Schatten, so unvermittelt, dass sie zusammenfuhr und ihr Schwert zog, bevor sie erkannte, dass auch er Karpatianer war.

»Ich wollte dir keinen Schreck einjagen.« Falls er Belustigung empfand, ließ er es sich nicht anmerken. Die Jahrhunderte, die er in Brasilien verbracht hatte, hatten sein Aussehen leicht verändert. Er wirkte aristokratisch und ein wenig reserviert, gut aussehend wie alle Karpatianer, aber in einem völlig anderen Stil gekleidet, sodass er eher wie ein vermögender Rancher wirkte. »Ich bin Manolito de la Cruz.«

Natalya hob ihr Kinn. »Ich habe keinen Schreck bekommen.« Sie hielt seinem Blick stand, ohne mit der Wimper zu zucken.

Mikhail wandte sich mit einem leichten Lächeln ab. »Manolito hat uns Neuigkeiten über eine kleine Gruppe von Jaguar-Menschen gebracht, die Gräueltaten an ihren Frauen begangen haben. Seine Familie glaubt, dass sie sich möglicherweise mit den Vampiren verbündet haben. Außerdem hat er uns von einem weiteren Morrison-Labor und einem tödlichen Gift berichtet, das dort entwickelt wurde, um gegen uns eingesetzt zu werden.«

Natalya drehte sich zu Vikirnoff um, die Augen vor Anspannung weit geöffnet. Er trat näher zu ihr, berührte sie aber nicht, da er erkannte, wie sehr sie es brauchte, alles in ihrer Umgebung zu erfühlen. »Hast du eine Probe von dem Gift mitgebracht?«

Manolito schüttelte den Kopf. »Ich habe die Bilder von meinem Bruder empfangen und sie dem Prinzen gegeben. Riordan hat die Zusammensetzung analysiert und das Ergebnis über mich an Mikhail weitergegeben.«

Der Prinz kniete sich neben Gabrielles leblosen Körper und bedeutete den anderen, sich in einem losen Kreis um sie zu gruppieren. »Wir müssen es zu Ende bringen, bevor wir sie verlieren. Vikirnoff wacht seit Tagen aufmerksam über ihren Geist, aber er hat mir gesagt, dass sie mit jedem Erwachen schwächer wird.«

Vikirnoff nahm den Platz an Gabrielles Kopf ein und legte seine Hände seitlich von ihr auf den Boden. Natalya kniete sich neben ihn und ließ ihr Bewusstsein mit seinem verschmelzen.

Sie hatte sofort Zugang zu Gabrielles Geist. Er war leicht und zerbrechlich und blieb nur, weil Vikirnoff Gabrielle festhielt und sich weigerte, sie gehen zu lassen. Er murmelte ihr leise Worte zu, um ihr Mut zu machen, während die anderen den uralten Heilungsgesang anstimmten und Mikhail sich über sie beugte, um ihr Blut für den dritten Austausch zu nehmen.

Natalya spürte, wie Gabrielle zurückschreckte. Sie versuchte, tapfer zu sein, doch trotz Vikirnoffs tröstender Stimme stiegen Ängste und Zweifel in ihr auf. Natalya traten Tränen in die Augen, als ihr bewusst wurde, dass Vikirnoff Gabrielle in jedem wachen Moment getröstet und beruhigt hatte. *Ich hätte dir helfen sollen. Ich hätte für dich da sein müssen.*

Sie war seine Gefährtin, und über Gabrielles Geist zu wachen, war für ihn nicht leicht gewesen. Obwohl er im Gegensatz zu den anderen keine Verbindung zu Gabrielle hatte, hatte er ihre Seele bewacht und sie nicht sterben lassen. Natalya war entschlossen, ihre Fehler wiedergutzumachen. Sie beugte sich über Gabrielle und streifte mit ihrem Geist den der anderen Frau.

Du musst dich ans Leben klammern, sagte Natalya zu Gabrielle. *Hier sind so viele, die für dich kämpfen. So viele, die dich lieben. Weißt du überhaupt, wie viel das bedeutet? Diese Leute geben dir Unermessliches. Sie bieten dir an, eine von ihnen zu werden. Willst du nur aus Angst aufgeben? Angst kann man überwinden.*

Die Antwort bestand in einem winzigen Flattern in Natalyas Bewusstsein, in ihrem Herzen und in ihrer Seele. *Gary.* Ein Name. Ein gequälter Aufschrei.

Er würde wollen, dass du dich für das Leben entscheidest. Solange man lebt, gibt es immer eine Möglichkeit. Nimm meine Hand. Nimm das Blut, das dein Prinz dir anbietet, und entscheide dich für das Leben.

Ich habe gehört, dass die Umwandlung schmerzhaft ist, und

noch mehr Schmerzen ertrage ich nicht. Mein Leben scheint nur noch aus Schmerzen zu bestehen. Gary ist nicht hier und meine Schwester auch nicht. Ich habe solche Angst.

Ich bin bei dir. Vikirnoff ist bei dir, sagte Natalya.

Und ich, murmelte Raven leise, die durch Mikhail mit Gabrielle verbunden war.

Ich bin auch hier, meldete sich Sara über die Verbindung durch Falcon.

Wir alle haben die Umwandlung durchgemacht und sind auf die andere Seite gelangt. Wir werden jeden Augenblick bei dir sein.

Gabrielle öffnete den Mund und akzeptierte die Leben spendende Gabe des Prinzen.

Kapitel 19

Das Heim der Dubrinskys war ein sehr schönes Haus mit hohen Räumen, Holzböden und gemauerten Kaminen. In den meisten Zimmern standen Bücherregale, die bis zur Decke reichten. Zu Natalyas Überraschung verfügte das Haus auch über eine riesige, gut ausgestattete Küche.

Raven grinste sie an. »Wir sind darum bemüht, den Eindruck zu erwecken, ganz normale Menschen zu sein.«

Vikirnoff war nahe bei ihr, so nahe, dass Natalya seinen Atem im Nacken spürte. Sie hatten zusammen Nahrung bei einem Bauern und seinem erwachsenen Sohn gefunden, bevor sie sich mit den anderen im Haus der Dubrinskys getroffen hatten. Vikirnoff hatte Natalya übel genommen, dass sie sich den Sohn ausgesucht hatte, und wich ihr seither nicht von der Seite. Natalya warf ihm über die Schulter einen strengen Blick zu, aber er schien es nicht zu bemerken.

Raven lachte. »So sind sie alle. Ich denke, es liegt an ihrem Alter. Sie sind vor so langer Zeit zur Welt gekommen und haben es einfach noch nicht aus der Höhle heraus geschafft.«

»Was weißt du über das Gift, von dem Manolito uns erzählt hat?«, fragte Mikhail Natalya. »Hast du es schon einmal gesehen?«

Sofort herrschte Schweigen. Die Männer hatten zusammen in einer Ecke gestanden und sich unterhalten, aber jetzt galt ihre Aufmerksamkeit ausschließlich Natalya. Sie blieb unbewegt stehen und ließ ihre Finger am Heft ihres Messers auf und ab gleiten.

Mikhail legte einen Arm um Raven, zog sie an sich und strich mit seinen Lippen kurz über ihr Haar. Es war eine kurze, innige Geste, die Natalya sehr liebenswert fand. Ein Mann, der seine

Gefährtin liebte, konnte nicht so schlecht sein. Sie spähte verstohlen zu Vikirnoff. Er vertraute dem Prinzen viel mehr, als sie es tat. »Ich müsste die Zusammensetzung sehen.«

Mikhail übertrug die Bilder und Informationen mühelos in Natalyas Kopf. Er ging dabei schnell vor, ohne Vorankündigung oder höfliches Bitten. Offensichtlich hatte er trotz ihrer Schutzbarrieren einen Pfad zu ihrem Bewusstsein, und das verunsicherte sie sehr.

Er kann das nur über mich, beruhigte Vikirnoff sie.

Natalya nahm sich Zeit, um die Zusammensetzung des Giftes zu untersuchen, und ignorierte die Gespräche, die um sie herum stattfanden.

Normalerweise war Natalya in Gesellschaft anderer nicht nervös, weil sie nie etwas zu verlieren hatte. Aber jetzt wurde ihr bewusst, wie eng Vikirnoff mit diesen Leuten verbunden war. Er hatte sie seit Jahrhunderten nicht mehr gesehen, doch er dachte an sie, kämpfte für sie und identifizierte sich mit ihnen, ob es ihm bewusst war oder nicht. Sie wollte ihn nicht in Verlegenheit bringen, indem sie etwas Falsches sagte oder tat. Sie hatte eine ziemlich freche Klappe, und sie angesichts einer so geballten Ladung Testosteron im Zaum zu halten, würde nicht ganz leicht sein.

Sofort überflutete Vikirnoff ihr Inneres mit stillem Lachen und Wärme. *Ich freue mich schon auf die Show.*

Ha, ha, ha. Freut mich, dass du auf Feuerwerke stehst. Sie warf ihm ein kurzes Grinsen zu.

Ich mag Feuerwerke sogar sehr.

»Ich erkenne Teile dieses Giftes wieder, aber es ist nicht ganz wie meines. Einige meiner früheren Experimente wurden hierbei mitberücksichtigt.«

Mikhail nickte. »Gary Jansen entwickelte vor einiger Zeit ein Gift gegen uns, und Teile seiner Rezeptur wurden mit den neueren Chemikalien gemischt.«

»Die Vampire haben sich eindeutig gegen uns verschworen«, sagte Falcon. »Und offensichtlich schon seit einer ganzen Weile.«

»Xavier ist ebenfalls daran beteiligt«, verkündete Vikirnoff und griff nach Natalyas Hand. »Er lebt, und er hat sich mit den Brüdern Malinov verbündet.«

Noch während Vikirnoff sprach, betrat ein weiterer Mann das Zimmer. Er war groß und breitschultrig und hatte dichtes schwarzes Haar und auffallend grüne Augen. »Dass Xavier lebt, überrascht mich nicht im Geringsten.« Sein Blick wanderte an Vikirnoff vorbei und blieb an Natalya hängen. Der Mann erstarrte. Einen Moment lang sah es so aus, als hätte er aufgehört zu atmen. »Du bist Rhiannons Ebenbild.«

Sein durchdringender Blick schien bis in ihr Innerstes zu schauen und jede dunkle Tat zu sehen, die sie je begangen hatte. »Rhiannon war meine Großmutter«, sagte Natalya.

»*War?*«

Normalerweise hätte sein herrischer Unterton sie irritiert. Vikirnoff schob sich schon zwischen sie und den Fremden, aber ob zu ihrem Schutz oder dem des Fremden, wusste sie nicht. Irgendetwas an dem Mann stimmte sie traurig. Wer er auch war, er hatte eine geradezu unheimliche Ähnlichkeit mit ihrem Vater. »Xavier hat Rhiannon vor langer Zeit getötet«, antwortete sie.

»Sie ist tot?« Obwohl das Gesicht des Mannes unbewegt blieb, war sie überzeugt, dass ihn die Neuigkeit schwer traf. »Bist du sicher?«

»Ich habe Zugang zu den Erinnerungen von Gegenständen, insbesondere, wenn sie mit Gewalttaten verbunden sind. Xavier benutzte sein bevorzugtes Zeremonienmesser, um sie zu töten. Über das Messer konnte ich sehen, wie es geschah. Auch Vikirnoff war Zeuge.« Der Mann schloss die Augen, als hätte er Schmerzen. »Es tut mir leid«, fügte Natalya hinzu. »Hast du sie gekannt?«

»Verzeih mir, kleine Schwester. Ich hätte mich vorstellen sollen. Ich bin Rhiannons Bruder Dominic. Ich habe lange in der Hoffnung, sie zu finden, nach meiner Schwester gesucht. Es ist gut, dass sie durch dich weiterlebt.« Dominic umfasste Vikirnoffs Arme. »*Ekä, kont*. Ich hatte gehofft, dich eines Tages wiederzusehen.«

»Du bist verwundet.«

Dominic zuckte die Schultern. »Ich hatte eine Begegnung mit Maxim Malinov, und wir haben uns einen kleinen Kampf geliefert.«

Er war der Drache, den wir neulich am Himmel gesehen haben, nicht wahr?, fragte Natalya Vikirnoff aufgeregt. *Wie hat er dich genannt?*

Ja. Er war schon immer ein hervorragender Kämpfer. Er hat mich ›Bruder‹ und ›Krieger‹ genannt. Aus Dominics Mund ist das ein großes Lob.

»Das ist auch der Grund, warum ich mich heute verspätet habe. Ich wollte der Heilung beiwohnen, aber leider waren wegen meiner Wunden ein paar zusätzliche Stunden im Erdreich erforderlich, um mich in die Verfassung zu bringen, unserem Volk zu helfen, falls es nötig sein sollte.« Während er sprach, ruhte sein Blick unverwandt auf Natalya. »Ich würde die Erinnerungen an den Mord an meiner Schwester gern mit eigenen Augen sehen, Vikirnoff.«

Vikirnoff kam Dominics Wunsch bereitwillig nach. Natalya schaute zum Fenster hinaus und vermied es, mit den beiden geistig in Berührung zu kommen, während sie Informationen austauschten. Sie konnte es nicht ertragen, die Vergangenheit noch einmal mitzuerleben.

»Das Verschwinden meiner Schwester war für mich lange Zeit der Grund, auf der Erde zu bleiben. Ich dachte, wenn ich erst einmal wüsste, was mit ihr passiert ist, würde ich das Morgengrauen suchen, doch jetzt muss ich wissen, was aus ihren Kindern geworden ist.«

»Mein Vater ist tot«, antwortete Natalya. »Xavier hat ihn umgebracht. Was aus meinen Tanten geworden ist, weiß ich nicht. Es waren Drillinge, zwei Mädchen und ein Junge. Mein Vater war überzeugt, dass seine Schwestern tot waren. Er sprach kaum jemals von ihnen.« Natalya presste eine Hand auf ihr Muttermal, das plötzlich zu brennen anfing, und sah nervös zu ihrem Gefährten. »Vikirnoff? Sie kommen.«

»Wer kommt?«, fragte Falcon, der neben Sara saß, und stand auf.

»Vampire«, erwiderte Dominic, der seine Hand auf die Stelle legte, wo er das gleiche Mal wie Natalya trug. »Der Drache brennt. Sie sind bereits hier.«

Mikhail schob Raven hinter sich und spähte aus dem Fenster. »Ich kann ihre Gegenwart nicht spüren.«

»Ich auch nicht«, erklärte Falcon, der aus dem gegenüberliegenden Fenster schaute.

»Ich kann sie nur durch Natalya spüren«, sagte Vikirnoff. »Das geht schon einige Zeit so und muss irgendwie mit dem Zeug zusammenhängen, das sie ihrem Blut beifügen, was es auch sein mag.«

Die erste Explosion ließ das Haus erbeben und einen Schauer aus Holz und Schutt auf sie hinabregnen. Ein feuerroter Ball schoss durch das Dach und das obere Stockwerk und an ihnen vorbei in den Boden. Überall, wo er aufschlug, loderten Flammen auf. Gleich darauf trafen mehrere Feuerbälle aus allen Richtungen das Gebäude, und eine Explosion nach der anderen erschütterte nicht nur das Haus, sondern ließ den Boden beben. Flammen züngelten an den Wänden empor und tanzten über die Decke. Boshafte Fratzen erschienen in den feurigen Wogen. Die Decke brach ein, und große, brennende Balken stürzten hinab.

Vikirnoff zog Natalya hastig auf den Boden, schirmte sie mit seinem Körper ab und schuf rasch einen schützenden Kokon mit genügend Sauerstoff für sie beide. Mikhail, Raven, Falcon und

Sara drückten sich eng aneinander, während Manolito und Dominic eine ähnliche Barriere aufstellten. Natalyas Atem entwich zischend ihren Lungen, als sie keuchend gegen Vikirnoffs Gewicht ankämpfte. Sie stieß mit beiden Händen nach ihm und versuchte verzweifelt, an ihre Waffen heranzukommen.

»Mikhail lässt ein Vakuum entstehen, indem er die Luft um uns herum absaugt, um das Feuer zu ersticken. Halt dich ganz still!« Vikirnoff packte sie an den Schultern und drückte sie mit der angeborenen Kraft seiner Spezies auf den Boden.

»Verdammter Idiot, nächstes Mal warnst du mich gefälligst! Ich hätte dich für einen Feind halten und dir die Kehle aufschlitzen können!«, fuhr Natalya ihn an. Ihr Herz hämmerte. Ringsum stand alles in Flammen. Das Feuer rauschte so laut, dass es ihr in den Ohren wehtat, und die verzerrten Gesichter in dem Flammenmeer verzogen ihre Lippen zu gellendem Gelächter. Die Tigerin wollte sich nicht bändigen lassen. Jeder Überlebensinstinkt war wach und kämpfte unerbittlich um Freiheit. Natalya musste sich völlig darauf konzentrieren, regungslos unter Vikirnoff liegen zu bleiben, um nicht wegzulaufen.

Plötzlich erschütterte ein ohrenbetäubendes Zischen das Haus, als Mikhail den Sauerstoff abzog. Die Flammen verschwanden sofort und ließen eine rauchgeschwärzte Ruine zurück. Ein Großteil des Dachs war verschwunden. Die gespenstische Stille zerrte an Natalyas Nerven. Noch bevor sie sich rühren konnten, sprangen schon wieder orangerote Feuerbälle durch die Überreste des Gebäudes und ließen die Flammen von Neuem auflodern. Bomben fielen direkt über ihren Köpfen vom Himmel, rissen den Boden auf und legten die Kellerräume frei.

Wir müssen hier raus. Geht durch die unterirdischen Kammern und bringt euch in Sicherheit!

Natalya erkannte Mikhails Stimme. Er sprach ruhig, aber eindringlich. Plötzlich verschwand ihre Deckung, als Vikirnoffs Gewicht nicht mehr auf ihrem Körper lastete. Sie sprang auf und rannte zu dem nächsten Loch im Boden. Flammenwände ragten überall im Haus auf, und die Hitze war so stark, dass sie kaum atmen konnte.

Nein! Wir können diesen Weg nicht nehmen. Vikirnoff packte Natalya am Arm, bevor sie nach unten springen konnte, zog sie wieder an sich und barg ihr Gesicht an seiner Brust, um ihr das Atmen zu erleichtern. *Dieser Weg ist uns verschlossen, Mikhail. Dort unten warten Fallen auf uns.*

Bist du sicher?, fragte Mikhail.

Vikirnoff nickte. *Vertrau mir.*

Natalya berührte Vikirnoffs Bewusstsein und stellte fest, dass er ihre geistige Verbindung zu Razvan benutzte. Er hatte den Spieß umgedreht, indem er über ihren telepathischen Weg an ihren Zwillingsbruder herankam, die vertrauten Schutzbarrieren aufhob und in Razvans Denken nach Informationen suchte.

Daran hätte ich denken müssen. Vielleicht hatte sie ja daran gedacht. Vielleicht konnte sie einfach nicht akzeptieren, was aus Razvan geworden war. *Tut mir leid.*

Vikirnoff zischte ihr etwas zwischen zusammengebissenen Zähnen zu. Offensichtlich machten ihn die Bilder, die er von Razvan empfing, rasend vor Wut. *Wir müssen die Gestalt wechseln. Ich werde das Bild von Dunst in deinem Bewusstsein festhalten, und sobald es sicher ist, nehmen wir gemeinsam den Wechsel vor.*

Natalya nickte. Es machte sie wütend, dass sie in der Falle saß wie eine Ratte im Käfig. Es dauerte zwei Herzschläge, um zu erkennen, dass das, was sie empfand, eher Vikirnoffs Wut als ihre eigene war.

Auf den Boden!, befahl Mikhail. *Sowie ich die Flammen gelöscht habe, verschwindet ihr. Und denkt daran: Sie wissen, dass wir kommen.* Mikhail akzeptierte, dass ihnen inmitten all der lodernden Flammen und schwarzen Rauchschwaden nichts anderes übrig blieb, als den allgemeinen Kommunikationsweg zu benutzen.

Natalya warf sich auf den Boden, ohne darauf zu warten, wieder von Vikirnoff nach unten gestoßen zu werden. Diesmal mischte sich Rauch in den Sauerstoff des hastig errichteten Schutzschildes, aber die Luft konnte man immer noch atmen. Vikirnoff legte sich auf sie, und die Tigerin knurrte gereizt, verhielt sich jedoch ansonsten ruhig.

Diesmal war Natalya besser auf das Beben des Bodens und den Sog der Luft, die aus dem Gebäude gezogen wurde, vorbereitet. Wieder herrschte unheimliche Stille. Die Karpatianer warfen die Schilde ab und begannen, sich in feinen Nebel aufzulösen. Vikirnoffs Finger schlangen sich fest um ihre, als er das Bild in ihr Bewusstsein pflanzte.

Halt! Wieder kam der Befehl von Vikirnoff, der noch tiefer in Razvans Gehirn eingedrungen war und seine Kampfstrategie entdeckt hatte. *Sie haben eine Methode entwickelt, uns an der Umkehrung zu hindern. Xavier und Razvan haben ein Netz konstruiert, um uns gefangen zu halten. Wenn wir die Gestalt wechseln, bleiben wir in dieser Form und können sie nicht mehr ändern. Es ist das, was sie von uns erwarten.*

Gibt es irgendwelche Schwachstellen? Mikhail verschwendete keine Zeit damit, zu widersprechen oder den Versuch zu unternehmen, ihre Gespräche vor den Vampiren zu verbergen. Immerhin wussten sie nicht, woher die Karpatianer ihre Informationen bezogen. *Lass uns alle sehen, was sie gemacht haben.*

Es steckt noch mehr dahinter, warf Natalya ein. *Wenn wir versuchen, zu viel von unserer Magie einzusetzen, wird sie sich gegen uns kehren. Ich glaube, uns bleibt nur das Wetter. Darauf konnte Xavier keinen Einfluss nehmen.*

Sie hat recht, bestätigte Dominic. *Versucht weder die Gestalt zu wechseln noch eine andere Magie als die der Elemente wie Wind, Regen oder Blitze zu gebrauchen. Sie glauben, sie können uns zwingen, auf die alte Art zu kämpfen. Und sie hören uns. Spürt ihr, wie sie triumphieren?*

Natalya wandte sich auf ihrem persönlichen Kommunikationsweg an Vikirnoff. *Razvan und Xavier können das Netz nicht zu weit ausdehnen. Wenn wir es bis zum Wald schaffen, können wir unsere Gestalt wechseln. Gib das an die anderen weiter.*

Wird gemacht.

Natalyas Herz schlug so laut, dass es in ihrer Brust zu explodieren drohte. Der Drang wegzulaufen war überwältigend. Sie schaute zu den anderen beiden Frauen und entdeckte auf ihren Gesichtern dieselbe Verzweiflung. Saras Hände lagen schützend auf ihrem Bauch, und Natalyas Herz machte einen Satz. Sie fing den Blick der anderen auf, und Sara nickte leicht auf die Frage in Natalyas Augen. *Vikirnoff! Wir müssen hier sofort rauskommen!*

Schon krachten die Feuerbälle wieder ins Haus, diesmal von den Seiten. *Wir müssen uns den Weg nach draußen freikämpfen.* Mikhail klang ruhig. *Nehmt die Frauen in die Mitte.*

Natalya zog ihre Pistolen. *Nicht diese Frau hier.*

Vikirnoff beugte sich dicht zu ihr vor und bohrte seine Finger tief in Natalyas Handgelenk. Graue Rauchwolken wirbelten um sie herum. *Halt dich dicht bei mir. Genau an meiner Seite.*

Sara erwartet ein Kind. Behalte sie im Auge. Natalya lehnte es ab, sich von ihm anders als die Kriegerin, die sie war, behandeln zu lassen. Wenn er nicht mit ihrer Wesensart fertigwurde, musste er es jetzt lernen.

Wir müssen sofort raus. Das ganze Gebäude knarrte und ächzte und drohte jeden Moment in sich zusammenzusinken. Die Männer brachen gleichzeitig durch Türen und Fenster, dicht gefolgt von den Frauen. Natalya fiel ein Stück zurück, um Sara Deckung zu geben, als sich die Vampire in Tiergestalt auf die Jäger stürzten und sie mit Zähnen und Klauen angriffen.

Sie waren überall. Es waren so viele, dass Natalya beim Anblick das Blut gefror, eine ganze Armee, vermutlich von Klonen, die brutal über die Jäger herfiel. Sie sah, wie Falcon Sara zurückstieß, als ein gewaltiges Ungeheuer von Bär sich von einem Baum direkt auf seine Schultern fallen ließ. Sara stürzte sich auf die Kreatur, bereit, sie notfalls mit bloßen Händen zu attackieren. Natalya legte auf das Tier an und feuerte ein ganzes Magazin in seinen Hals und seine Brust, während sie an Sara vorbeirannte. Noch im Laufen schob sie ein neues Magazin in die Pistole und feuerte aus kürzester Entfernung. Der Bär taumelte unter der Wucht der Geschosse und nahm wieder seine Vampirgestalt an.

Falcon stieß seine Faust in die Brusthöhle und riss das Herz heraus. Ein Blitz schoss vom Himmel, zerstörte es und steckte den Körper in Brand.

Natalya entdeckte Vikirnoff, der gegen drei Kreaturen gleichzeitig kämpfte. Schon hingen seine Sachen in Fetzen an ihm herunter, und Blut glänzte auf seinem Rücken von den Treffern, die die Vampire gelandet hatten. Einer lag bereits auf dem Boden, aber ein fünfter schlich sich von hinten an. Wild entschlossen warf sich Natalya mit einem Satz zwischen Vikirnoff und den Untoten.

Immer wieder schoss sie auf das Wesen, doch es bewegte sich weiter, bis es direkt vor ihr war. Sie spürte heißen, fauligen Atem auf ihrem Gesicht und sah den Hass in den blutunterlaufenen Augen. Indem sie ihre Pistole in die Brust des Vampirs rammte, feuerte sie mehrmals hintereinander direkt in sein Herz. Der Vampir zuckte bei jedem Schuss zusammen, aber seine Krallen bohrten sich nur noch tiefer in ihre Arme. Natalya ließ die Pistole fallen, griff nach einem Messer und jagte es mit aller Kraft in die Kehle des Monsters. »Hau ab!« Sie stieß ihn weg, versetzte ihm dabei einen Tritt in die Brust und schleuderte ihn ein Stück von sich fort.

Vikirnoff, dessen Augen vor Wut glühten, schob Natalya grob aus dem Weg. Ein Blitz raste im Zickzack über den Himmel, schlug in die Erde ein und schoss zischend durch den Körper des Vampirs bis zu seinem Herzen. »Bring dich nie wieder für mich derartig in Gefahr, Natalya!« Vikirnoff bebte vor Zorn. Er würde sie nicht verlieren, nicht auf diese Art! Die anderen Frauen akzeptierten den dürftigen Schutz, den ihre Gefährten ihnen geben konnten, aber seine Natalya dachte gar nicht daran. Sie musste sich mitten ins Kampfgetümmel stürzen.

Pass auf Sara auf, wenn es sein muss, aber versuch nicht, mich zu beschützen. Verdammt, Natalya! Du kannst von mir nicht verlangen, dass ich zuschaue, wie du meinetwegen dein Leben aufs Spiel setzt. Das erlaube ich nicht!

Verdammt, Vikirnoff, äffte sie ihn nach. *Und ich schaue mir nicht an, wie irgendein Möchtegern-Killer Hackfleisch aus dir macht, bloß weil dein Ego zu groß für Worte ist. Das erlaube ich nicht!*

Vikirnoff zeigte ihr knurrend die Zähne, hatte aber keine Gelegenheit, noch etwas zu sagen, weil er den Ansturm einer weiteren kleinen Armee von Vampiren aufhalten musste.

Als Natalya nach rechts schaute, stellte sie fest, dass Dominic und Manolito mit Lichtschwertern kämpften, langen, blitzenden Lichtstrahlen, die vor Hitze knisterten, als sie mehrere Klone zerhieben. Sie zog ihr Schwert und grinste Sara an. »Ich will auch so eins.« Natalya zeigte mit ihrer eigenen Waffe auf die Lichtschwerter.

»Du hast doch gesagt, dass wir das Wetter benutzen können, oder?«, fragte Sara.

Natalya nickte. »Das konnten sie nicht beeinflussen. Razvan und Xavier hätten natürlich gern verhindert, dass die Karpatianer Blitze einsetzen.«

»Darauf möchte ich wetten.« Zu Natalyas Erstaunen zog Sara ein Messer aus Natalyas Gürtel und hielt ihre Hand gen Himmel. Was ein Blitz zu sein schien, sprang vom Himmel und schmolz in den Schaft. Sie hielt Natalya die Waffe hin.

Natalya schwang das Schwert probeweise durch die Luft, um die Balance auszutesten, und hoffte, das blendende Licht kontrollieren zu können. Es schien lebendig zu sein, eine Quelle der Macht, aber als sie zwei Hiebe ausführte, lag es traumhaft in ihrer Hand. Sie spürte etwas in ihrem Rücken und fuhr mit geschwungenem Schwert herum. Ein pelziger Arm, der in langen Klauen endete, fiel zu Boden, und das Geschöpf heulte vor Schmerzen.

»Huch! Tut mir leid. Weg mit dir, du Pelzkugel, oder ich habe etwas noch Besseres für dich parat!« Sie hob das Schwert, reckte sich auf die Fußballen und rammte die Klinge ohne ein weiteres Wort in die Brust des behaarten Wesens. Das Herz brannte sofort, und Natalya grinste. »Echt cool. Viel besser als Haarspray.«

Es sind zu viele. Wir müssen durch ihre Reihen brechen.

Das war Dominic. Natalya konnte sehen, dass er Rücken an Rücken mit Manolito gegen etliche Vampire kämpfte und versuchte, sie von Prinz Mikhail fernzuhalten. Die Vampire konzentrierten den größten Teil ihrer Klon-Armee auf die Jäger, aber es bestand kein Zweifel daran, dass sie es vor allem auf Mikhail und seine Gefährtin Raven abgesehen hatten. Während die Klone die Jäger ständig in Bewegung hielten, attackierten die erfahreneren unter den Untoten den Prinzen. Raven hatte ein Schwert und kämpfte neben ihrem Gefährten, doch es waren einfach zu viele.

»Schaut nach Norden zum Wald. Dort ist eine Öffnung.« Falcon nahm Sara am Arm und stieß sie in diese Richtung. »Kämpft und bewegt euch dabei dorthin! Vielleicht schaffen wir einen Durchbruch.«

Sämtliche Jäger bluteten aus tiefen Wunden, denen keine Zeit zum Verheilen blieb. Natalya wagte nicht, zu Vikirnoff zu schauen. Er hielt sich dicht in ihrer Nähe, aber er musste mit mehr Gegnern fertigwerden, als er bewältigen konnte, und die Schnittwunden an seinem Körper schwächten ihn. Sie wusste, dass ihnen die Zeit ausging. Sie selbst hatte mehrere Klone getötet, aber es kamen immer mehr von ihnen, bis es unmöglich schien, sie zu besiegen.

»Maxim ist hier und beeinflusst unser Unterbewusstsein, um uns glauben zu machen, dass sie uns schlagen werden.« Vikirnoff kämpfte sich voran, indem er so viele Klone wie möglich erschlug und verbrannte. Es schien eine unmögliche Aufgabe. »Der Wald, Natalya. Du musst dich dorthin durchschlagen.«

»Ich versuche es ja.« Der Gegner, mit dem sie es gerade zu tun hatte, war in menschlicher Gestalt, und er war kein Klon. Er parierte ihr Lichtschwert mit einem eigenen, und er wirkte ebenso erfahren wie siegesgewiss. Als seine Klinge auf ihre prallte, durchliefen Schockwellen ihren Arm. Natalya schwankte unter dem Schlag und schaffte es gerade noch, den zweiten Hieb, der direkt auf ihr Herz zielte, abzuwehren. Sie ließ sich zur Seite gleiten, um einen dritten Schlag zu parieren, und nutzte die Wucht des Zusammenpralls, um mit ihrem Schwert einen kleinen Bogen zu ziehen und es in ihren Gegner zu stoßen.

Er brüllte vor Wut, schlug aber sofort zurück und zwang sie, sich zurückzuziehen, weg vom Wald und dem Schutz, den er bot. Natalya wehrte einen Schlag nach dem anderen ab und versuchte dabei, sich nicht in die Richtung drängen zu lassen, die ihr Gegner vorgab. In seinen Augen lag ein triumphierendes Leuchten, das ihr Angst machte. Entschlossen, ihren Rückzug, den schlimmsten Fehler, den ein Kämpfer nur machen konnte, zu beenden, machte sie einen Schritt nach links. Wurzeln brachen rund um ihren Fuß aus dem Boden, schlangen sich um ihren Knöchel und hielten sie gefangen. Natalya führte ihr Schwert gegen ihren Angreifer und ließ die Klinge ihrem natürlichen Schwung folgen, sodass sie glatt durch die Schlingpflanzen schnitt. Blut quoll hervor, die Pflanzen verwelkten und sanken leblos auf den Boden.

Vikirnoff erschien hinter dem Vampir und schwang sein eigenes Lichtschwert. Der Kopf des Untoten flog durch die Luft, und Natalya durchbohrte sein Herz. Gemeinsam drehten sie sich um, um das kleine Trio von Klonen zu bekämpfen, das auf sie losging.

Der Lärm ringsum war ohrenbetäubend. Vikirnoff fiel zurück, um Natalya vor sich zu haben, in einer Position, wo er sie besser verteidigen konnte. Während er einen Schlag nach dem anderen austeilte und parierte, beobachtete ein Teil von ihm Natalya. Plötzlich wurde ihm bewusst, dass sie beide vermutlich hier sterben würden, und der rasende Zorn in seinem Inneren legte sich. Sie kämpfte an seiner Seite, seine Kriegerin, sein Wunder, seine Gefährtin, die für ihn allein bestimmt und ihm in allem ebenbürtig war.

Wenn sie untergehen mussten, würden sie es zusammen tun, so wie es ihnen bestimmt war. Tränen stiegen ihm in die Augen angesichts der Erkenntnis dessen, was sie war, der Gaben, die sie besaß, und des Ausmaßes ihrer Liebe zu ihm. Sie liebte ihn genug, um sich zwischen ihn und den Tod zu stellen. *Ich liebe dich.* Er musste es ihr sagen. Sie musste wissen, dass er begriff, was er an ihr hatte, auch hier inmitten der Schlacht – gerade hier.

Sie warf ihm ein kurzes Lächeln zu, während sie ihr Schwert direkt in das Herz eines Klons stieß. *Natürlich tust du das. Was denn sonst?*

Geh! Vikirnoffs Stimme war scharf und eindringlich.

Natalya drehte sich um und rannte los, um sich zum Wald und der dicht gedrängten Schar von Karpatianern durchzuschlagen, die sich ihren Weg zu der einen Lücke in den Linien des Feindes erkämpften. Plötzlich regte sich etwas in ihrem Inneren und ließ sie herumfahren. Sie war einige Meter von Vikirnoff entfernt, aber sie konnte ihn deutlich sehen. Er war umzingelt. Schlimmer noch, viel schlimmer, der Boden um ihn herum wölbte sich zu kleinen Kuppen, die wie Termitenhügel aussahen. Insekten quollen aus den Erhebungen, und direkt hinter ihnen trat Razvan hervor.

Alles in ihr erstarrte. Das Kampfgetümmel schien in weite Ferne zu rücken. Da drüben war ihr Bruder. Ihr Zwillingsbruder. Sie hatte ihn seit einem Jahrhundert nicht mehr gesehen, aber in dem Moment, als sie ihn ansah, schienen die Jahre von ihm abzufallen und wieder den Jungen von früher vor ihr erstehen zu lassen. Er drehte sich um und schaute sie über die Köpfe von zwei Vampiren hinweg aus glitzernden grünen Augen, die allmählich tiefblau wurden, an. Tränen stiegen Natalya in die Augen. Sie wusste nicht, ob sie vor Kummer oder vor Freude weinte.

Vikirnoffs Klinge bohrte sich tief in einen der Vampire, aber ein anderer, der direkt hinter ihm stand, versetzte ihm einen harten Schlag, der ihn in die Knie zwang. Ihn auf dem Boden liegen zu sehen, riss Natalya schlagartig aus ihrer Erstarrung. Sie rannte los und sprang in die Luft, um dem ersten Klon im Sprung einen Tritt an den Kopf zu geben und den anderen mit einem Schwerthieb fast in zwei Hälften zu zerschneiden. Sie landete auf dem Boden und lief weiter, immer noch ein ganzes Stück von ihrem Ziel entfernt.

Vikirnoff schlug einen Salto und stand wieder auf beiden Beinen. Sein Schwert funkelte, als er mehrere Attacken parierte, einen direkten Treffer in ein Herz landete, es in Brand steckte und dem letzten Vampir die Kehle durchschnitt. Jetzt stand er Razvan gegenüber. Seine Lungen brannten, und er spürte jede Wunde, jeden Schnitt; er fühlte, wie kostbares Blut aus seinem Körper floss. Er hatte keine Ahnung, wie viele Klone er zerstört hatte, aber so schnell sie vernichtet wurden, so schnell schuf Maxim neue, um sie zu ersetzen. Sie waren alle Schachfiguren, die geopfert wurden, während Maxim unbehelligt blieb und darauf warten konnte, dass die Kräfte der Jäger erlahmten. Auch Natalyas Bruder wartete.

Vikirnoff wusste sofort, wer er war. Razvan und Natalya waren keine eineiigen Zwillinge, aber ihre Augen waren gleich. Als er in diese dunklen, nun mitternachtsblauen Augen sah, empfand Vikirnoff Trauer. Er hatte keine andere Wahl, als diesem Mann das Leben zu nehmen, und diese Tat würde ihn sein Leben lang verfolgen.

»Du bist also der Mann, der das Herz meiner Schwester erobert hat.« Razvan seufzte leise. »Ich hatte gehofft, sie vor dir und deinesgleichen bewahren zu können. Ich habe sie vor Xavier beschützt, aber ich konnte nicht verhindern, dass du sie findest.«

Vikirnoff sagte nichts. Razvans Stimme war sanft und liebenswert und ganz anders als die eines Vampirs, die immer eine Täuschung war. Razvans Stimme war echt und voller Reinheit und Aufrichtigkeit. Wie konnte das sein, wenn er zu einem Vampir geworden war? Warum griff er nicht an?

»Ich kann nicht zulassen, dass jemand ihr wehtut. Welchen Trick du benutzt hast, um ihr einzureden, dass du sie liebst, weiß ich nicht, aber ich werde schon dafür sorgen, dass sie wieder einen klaren Kopf bekommt.«

Vikirnoff runzelte die Stirn. Hatte Razvan tatsächlich die grauenhaften Verbrechen begangen, die man ihm zur Last legte? Er schüttelte den Kopf und versuchte, klar zu denken. Was Razvan sagte, ergab keinen Sinn.

Natalya wusste, dass sie es nie rechtzeitig schaffen würde. Sie konnte sehen, wie Razvan sich näher an Vikirnoff heranschob, so langsam, dass er sich nicht zu bewegen schien, und doch tat er es. Als sie an Vikirnoffs Bewusstsein rührte, stellte sie fest, wie verwirrt er war. Razvan war ein Meister darin, seine Stimme einzusetzen. Sie hatte es vergessen, hatte vergessen, Vikirnoff davor zu warnen. Schlimmer noch, sie hatte den Keim des Zweifels in Vikirnoff gesät, und das nutzte Razvan jetzt zu seinem Vorteil aus.

Razvan schob sich noch ein Stück näher an Vikirnoff heran, zog dabei einen Dolch aus der Scheide und legte ihn flach an sein Handgelenk, wo Vikirnoff ihn nicht sehen konnte – aber Natalya sah es. Verzweiflung befiel sie, dazu ein Grauen, das sie beinahe erstickte. *Töte ihn, Vikirnoff!* Noch während sie den Befehl gab, schleuderte sie ihr Schwert in hohem Bogen durch die Luft. Natalya wusste, dass sie zu weit entfernt war, aber sie musste es versuchen. Sie setzte alles ein, was sie an Kraft besaß, ohne daran zu denken, dass sie mittlerweile eine vollwertige Karpatianerin war. Das Schwert sauste durch die Nacht wie ein Pfeil aus Licht und so grell funkelnd, dass es ihr in den Augen wehtat. Razvan machte im selben Moment einen Satz auf Vikirnoff zu, als das Schwert seinen Rücken traf und sich bis zum Heft in seinen Körper bohrte.

Kein Laut war zu hören. Kein Schrei. Razvan wandte den Kopf und schaute Natalya an, während er auf die Knie fiel und mit beiden Händen nach dem Schwert langte. Der Boden um ihn herum gab nach, und er versank. Seine blauen Augen wurden grün und starrten in ihre, als er unter die Erde glitt. Das Letzte, was sie sah, waren der Schock und das Entsetzen auf seinem Gesicht.

Natalya schrie, als sie zu ihrem Bruder rannte und ihre Arme nach ihm ausstreckte. Sie hatte keine Zeit zum Überlegen gehabt. Sie hatte sich blitzschnell entscheiden müssen, ohne lange abwägen zu können, ob Razvan gerettet werden könnte. Und jetzt war es zu spät. Was hatte sie getan? Warum war sie so zielsicher gewesen, als sie das Schwert geworfen hatte? Schon schloss sich die Erde wieder über ihrem Bruder. Schluchzend fiel sie auf die Knie und fing an, mit bloßen Händen zu graben. »Was habe ich getan? Was habe ich getan?«

Natalyas qualvoller Schrei zerriss Vikirnoff das Herz. Er lief zu ihr, schlang einen Arm um ihre Taille und riss sie hoch. »Hör auf, Natalya! Lass ihn ruhen! Wir müssen weg! Hörst du mich? Wir müssen sofort von hier weg!«

Die Klone rückten wieder an. Vikirnoff schüttelte sie. Sein Magen schnürte sich schmerzhaft zusammen. »Natalya!« Er würde sie nicht loslassen, auch wenn sie ihn anstarrte, ohne ihn zu erkennen, auch wenn sie fassungslos und verzweifelt aussah und sich wie eine Wahnsinnige gegen ihn wehrte. »Schau mich an, Natalya, verdammt!« Wieder schüttelte er sie. »Schau mich an!«

Sie schluckte mühsam, und ihr Blick wurde klarer. Hastig schaute sie zu den Klonen, die immer näher kamen. »Es geht schon wieder. Wirklich.« Sie wischte sich die Tränen aus den Augen, zog ihre andere Pistole und feuerte mehrere Salven auf die Klone ab, um sie kurzzeitig in Schach zu halten.

Vikirnoff schob sie vor sich und drängte sie zu den anderen Karpatianern, die sich immer noch durch die feindlichen Linien kämpften. Manolito war umgekehrt, um ihnen zu helfen, und lief jetzt vor Natalya her, und dieses eine Mal hatte sie nichts dagegen einzuwenden, beschützt zu werden.

Vikirnoff wusste, dass sie in einer nahezu hoffnungslosen Situation waren. Sie mussten aus der Falle entkommen, die Maxim ihnen gestellt hatte, oder sie würden alle hier sterben. Es gab viel zu viele von den Klonen, und alle Jäger hatten ernste Verletzungen erlitten. Und Maxim selbst war bis jetzt noch nicht einmal aufgetaucht.

»Mikhail sagt, dass Hilfe unterwegs ist«, berichtete Manolito. »Wir müssen uns bis zum Wald durchschlagen und noch ein paar Minuten durchhalten. Gregori und Jacques sind wieder da und kommen so schnell wie möglich her.«

Vikirnoff schaute sich nach Prinz Mikhail um, der sich zu den anderen Karpatianern durchkämpfte. Er war immer noch ein

Stück links von ihnen und wirkte trotz der verzweifelten Lage ruhig und gelassen. Mikhail wehrte zwei der geringeren Vampire ab, um Raven Zeit zu geben, Dominic durch den schmalen Spalt in der feindlichen Linie zu folgen. Sofort sah sich der Prinz umzingelt und von den anderen Jägern abgeschnitten. Die Vampire und ihre Klone stürzten sich wie ein Rudel rasender Wölfe auf ihn. Die anderen waren zu weit weg, um ihm helfen zu können. Vikirnoff wechselte die Richtung und eilte Mikhail zu Hilfe.

Natalya bewegte sich wie in einem Nebel, elend und am Boden zerstört von dem tragischen Wissen, ihren Bruder erneut verloren zu haben. Sie hatte keine andere Wahl gehabt, das wusste sie, aber sie wünschte, ihr wäre mehr Zeit geblieben. Hastig warf sie einen Blick über die Schulter, um sich zu vergewissern, dass Vikirnoff noch da war. Sie könnte es nicht ertragen, auch ihn zu verlieren. Natalya blieb abrupt stehen und fuhr herum. Er schlug sich nach links und kämpfte sich zu Prinz Mikhail durch.

Was machst du da? Geh mit den anderen! Vikirnoff stürzte sich wie ein Besessener in den Kampf und schlug mit seinem Schwert eine blutige Bresche durch die Klone, um an die Vampire heranzukommen, die Mikhail angriffen.

Natalya knurrte, und die Streifen in ihrem Haar und auf ihrer Haut traten deutlicher denn je hervor, als die Tigerin in ihr sich bemerkbar machte. Sie schoss auf den Vampir, der Mikhail am nächsten war, und zielte dabei erst auf sein Herz, dann auf seine Kehle. Wenn sie ihn aufhalten konnte, sei es auch nur für wenige Minuten, während Vikirnoff sich um die Übrigen kümmerte, konnte Mikhail sich den Weg zu den anderen Karpatianern freikämpfen. Wenn sie erst einmal im Wald waren, konnten sie ihre Gestalt ändern und ihre anderen magischen Fähigkeiten nutzen. Dann würde das Glück möglicherweise die Seiten wechseln.

Der Vampir erschauerte und drehte sich zu ihr um, sein Mund weit aufgerissen, seine Zähne spitz und blutverschmiert. Die glühenden Augen richteten sich voller Hass und Wut auf sie, als er sich in die Luft erhob und direkt auf sie zuflog. Aus dem Augenwinkel sah sie, wie Mikhail den anderen Vampir erstach und ihm das Herz aus der Brust riss. Ein Blitz zuckte durch die Luft, traf zu Natalyas Überraschung den Vampir, der zu ihr flog, und stieß ihn vom Himmel. Vikirnoff warf ihr einen finsteren Blick zu, und sie wusste, dass er es gewesen war, der ihr geholfen hatte.

Angeber. Sie lief neben ihm her, als er den Prinzen flankierte und in Richtung Norden rannte.

Dominic lief allen anderen voran, führte sie auf den Weg zum Wald und brach durch die wenigen Feinde, die sie hier aufhalten wollten. Sara und Raven waren direkt hinter ihm, und Falcon und Manolito bildeten die Nachhut. Sie waren knapp vor der Baumgrenze, und Natalya atmete erleichtert auf, obwohl schon wieder Klone auftauchten, um die Lücken in ihren Reihen zu schließen.

Zu ihrem Entsetzen prallte Dominic an ein unsichtbares Hindernis. Funken sprühten und regneten vom Himmel, knisternde Elektrizität brannte sich als glühend heißer orangeroter Streifen in die linke Seite des Drachensuchers und ließ seinen Arm mit der verborgenen Barriere verschmelzen. Er war dort gefangen und konnte sich nicht befreien.

Qualvolle Schmerzen zeichneten sich auf seinem Gesicht ab, aber er hielt stand, indem er sich, so weit er konnte, umdrehte und sein Lichtschwert in die andere Hand nahm. Die Karpatianer blieben abrupt stehen, bildeten mit den Gesichtern nach außen einen losen Halbkreis und warteten auf das Erscheinen des Meistervampirs.

Natalya trat dicht zu Dominic, dessen Arm in dem unsichtbaren Schutzschild hing und immer noch brannte. In der Nähe seines Arms waren die Ränder des magischen Gewebes besser zu erkennen. Sorgfältig studierte sie die verschiedenen Stränge, die sich gelöst hatten. »Ich glaube, ich kann das aufheben«, sagte Natalya leise. »Das heißt, wenn ihr mir etwas Zeit verschafft.«

Mikhail warf Vikirnoff einen scharfen Blick zu. Der Jäger beantwortete die unausgesprochene Frage mit einem Nicken. »Sie ist gut. Vielleicht sogar noch besser als Rhiannon.«

»Dann nimm es weg«, sagte Mikhail.

Natalya schob ein volles Magazin in ihre Pistole und drückte Sara die Waffe und zusätzliche Munition in die Hand. »Wenn Raven und du mir helft, können wir es schnell schaffen.«

Sara nickte. »Ich bin dabei. Erklär mir einfach, was ich tun muss.«

Raven stellte sich zu ihnen, und die drei Frauen traten innerhalb des losen Kreises, den die Männer bildeten, näher an die Barriere heran.

Natalya blockte die wachsende Angst genauso wie die Kampfgeräusche ab und konzentrierte sich darauf, den Schutzschild mit ihren übersinnlichen Fähigkeiten zu ertasten. Er unterschied sich insofern von einem unsichtbaren Wächter, als die Formel zu üblen Zwecken missbraucht worden war, aber es war nach wie vor Magie. Und von Magie verstand sie etwas.

Sie hob ihre Hände mit den Innenflächen nach oben, um die Stärke des magischen Gewebes zu fühlen. Maxim. Sie hatte ihn in ihrem Bewusstsein gespürt und kannte seine Handschrift. Das hier war sein Werk. Es war eine erschreckende Erfahrung gewesen, von etwas Bösem berührt zu werden; dadurch war auch sie in seinem Bewusstsein gewesen. Sie wusste, wie er vorging – und Razvan hatte ihm geholfen, eine derart starke Magie zu schaffen. Razvan hatte *ihre* Formeln und Beschwörungen benutzt. Es war nur eine Frage der Zeit, bis sie dahinterkam. »O ja«, sagte sie leise. »Ich kann dieses Baby zu Fall bringen.«

Vikirnoff behielt Natalya im Auge, während er den nächsten

Ansturm der Klone abwehrte. Er wusste, dass die anderen Jäger allmählich ermüdeten. Alle von ihnen hatten einigermaßen Glück gehabt. Jeder hatte schwere Verletzungen davongetragen, hauptsächlich tiefe Schnittwunden, aber keiner war außer Gefecht gesetzt, abgesehen vielleicht von Dominic. Der Drachensucher kämpfte trotz seiner prekären Lage immer noch tapfer, doch wenn Natalya die Barriere nicht aufhob, würden sie letzten Endes alle sterben.

Plötzlich herrschte Schweigen. Die Luft schien stillzustehen, und die Klone zogen sich von der kleinen Schar Karpatianer zurück. Maxim war erschienen. Die Vampire traten zur Seite, und er stand da. Sehr alt und sehr mächtig. Sein höhnisches Gesicht zeigte seine Verkommenheit und die Verachtung, die er für die Karpatianer empfand. Sein Blick fiel auf Dominic. »Und wieder treffen wir uns. Du siehst nicht gut aus, alter Freund.«

»Ich war nie dein Freund, du Verräter«, antwortete Dominic. Er hatte keinen Versuch unternommen, seinen Arm zu befreien, obwohl sich auf seiner Haut ständig neue Brandblasen bildeten und der Geruch von verbranntem Fleisch in der Luft hing.

Vikirnoff spähte verstohlen zu Natalya. Raven und Sara standen Seite an Seite vor ihr und schirmten sie vor dem Vampir ab, damit er nicht sah, womit sie beschäftigt war. Gelegentlich tauchte hinter den beiden Frauen eine anmutige Hand auf, da Natalya Muster in die Luft malte. Bevor Maxim Gelegenheit hatte, es zu bemerken, trat Mikhail vor.

Die Bewegung des Prinzen löste ein unruhiges Gemurmel unter den Klonen aus, und sie drängten nach vorn, bis Maxim seine Hand hob. »Sie brennen darauf, dich zu töten, Dubrinsky. Ich frage mich, warum so viele allein schon deine Existenz verabscheuen.«

»Ihr werdet nicht gewinnen.« Mikhails Stimme war leise, aber voller Macht und Autorität.

Maxim lächelte. »Oh, da irrst du dich. Wir haben bereits gewonnen. Du glaubst, dass dein Stellvertreter euch zu Hilfe eilen wird, doch er kann nichts für euch tun. Er wird sterben, genauso wie dein Bruder und deine Tochter und jedes andere Mitglied deiner Familie sterben werden. Es wird keine Dubrinskys mehr auf dieser Erde geben, und wir werden die Jäger für alle Zeiten ausgelöscht haben.«

Wie nahe bist du dran, ainaak enyém?

Im Geist konnte er Natalya laut schnauben hören. *Jetzt, da du meine Fähigkeiten brauchst, bin ich also wieder für immer dein. Hast du mir nicht erst vor fünf Minuten gesagt, dass ich mich zum Teufel scheren soll?*

Vikirnoff seufzte. *Das habe ich nie gesagt.*

Du hast es nicht nur gesagt, einsamer Wolf, du hast es gedacht. Und war da nicht etwas von wegen Bestrafung? Dass du mich bestrafen würdest, wenn ich dir nicht gehorche? Das habe ich auch in deinem dummen Kopf herumgeistern sehen. Ich gehorche niemandem.

Wie gut ich das weiß! Wie lange brauchst du noch?

Wenn du mich in Ruhe lässt, kriege ich es vielleicht hin. Er hat eine sehr komplizierte Formel benutzt. Dominic hilft mir. Dadurch, dass er an der Barriere festhängt, kann er einige der Fäden spüren, die mir entgehen, und zu zweit können wir das Netz aufdröseln. Nur noch ein paar Minuten. Gregori ist in der Nähe. Ist er vor der Barriere gewarnt worden?

Mikhail hat ihn informiert.

Vikirnoff schob sich unmerklich nach vorn, um keine Aufmerksamkeit auf sich zu lenken. Der Hass, den Maxim für den Prinzen empfand, war so stark, dass er fast mit Händen zu greifen war. Der Vampir stand kurz vor einem Gewaltausbruch, getrieben von dem Verlangen zu töten, das noch stärker als sein Wunsch war, über seine Gegner zu triumphieren. Alles, was er als Vampir an Emotionen hatte empfinden können, hatte er beim Töten seiner Opfer und beim Trinken ihres adrenalingesättigten Blutes gefunden, und selbst dann hatte er von dem Moment geträumt, in dem er sich an den karpatianischen Jägern rächen konnte, indem er ihren Prinzen tötete.

Die Luft stand still. Niemand rührte sich. Weder das Scharren von Füßen noch das Klirren von Waffen war zu hören. Vikirnoff stieß innerlich einen Fluch aus und packte das Heft seines Schwertes fester. Ohne den Einsatz ihrer magischen Kräfte waren die Karpatianer deutlich im Nachteil. Maxim konnte seine ganze Macht einsetzen und verfügte noch dazu über eine Armee, die er nach Belieben vermehren konnte.

Vor ihnen brach der Himmel auf und entlud ein Heer von Vampiren und Klonen. Es waren so viele, dass sie einander behinderten, als sie zu der kleinen Gruppe von Jägern flogen. Mikhail trat vor, um sich dem Angriff zu stellen, aber Vikirnoff, Falcon und Manolito schoben sich vor ihn. Lichtschwerter wurden durch die Luft geschwungen und hieben alles ab, was sie trafen. Sobald einzelne Körperteile auf dem Boden landeten, kamen Tiere hervor, Ratten mit scharfen Zähnen, die sich auf ihre Beine stürzten und nach ihnen schnappten.

Sara trat einen Schritt vor und begann, stetig zu schießen, indem sie ruhig und zielsicher inmitten des Kampfgetümmels einen Schuss nach dem anderen abgab. Raven fing das Schwert auf, das Dominic ihr zuwarf, während er ein neues schmiedete, und ging zu ihrem Gefährten zurück, um die Attacken aus der Luft abzuwehren.

Plötzlich tauchte Maxim hinter Manolito auf, riss ihm das Schwert aus der Hand und schlitzte ihm mit einer messerscharfen Kralle die Kehle auf, so schnell, dass nur eine verschwommene Bewegung wahrzunehmen war. Vikirnoff fuhr herum und hieb mit seinem Schwert durch das Bein des Vampirs, aber Maxim war nur noch ein gestaltloser Schatten, der mit seiner rasenden Armee verschmolz. Manolito sank auf den Boden, und mehrere Ratten stürzten zu ihm. Vikirnoff kickte zwei von ihnen weg, war dann jedoch gezwungen, einige Klone abzuwehren, die direkt auf ihn zukamen.

Natalya! Mach das verdammte Ding auf! Sie sind überall.

Eine kleine Öffnung habe ich schon. Dominic verdeckt sie. Kannst du die Information an Gregori weitergeben? Ich bemühe mich weiter. Es ist ziemlich kompliziert.

Beeil dich, Natalya. Wir können sie nicht mehr sehr viel länger in Schach halten.

Mach dir mal nicht ins Hemd.

Vikirnoff fragte nicht, was das heißen sollte oder woher sie diesen Spruch hatte. Wahrscheinlich aus einem Film. Er hatte versucht, ihr den Ernst der Lage eindringlich bewusst zu machen, aber er wusste, dass die Aufhebung eines Zaubers von solcher Macht nicht leicht und in manchen Fällen sogar unmöglich war.

Sein Schwert hieb durch zwei weitere Angreifer. Sara und Raven liefen zu ihm und zogen Manolito hinter die kämpfenden Jäger zu Dominic. Raven kniete sich neben ihn, presste eine Hand auf seinen Hals und stimmte innerlich den Heilungsgesang an. Mikhail nahm Manolitos Platz ein, und sein Anblick steigerte die Mordlust der Vampire zu wilder Raserei.

Falcon zog sich mehrere tiefe Schnittwunden an der Brust und im Gesicht zu und taumelte. Vikirnoff war mit einem Satz bei ihm, um ihm Deckung zu geben. Als er sich zu Mikhail umdrehte, konnte er den Prinzen innerhalb der Armee, die um ihn herumwogte, nicht einmal mehr sehen. Düstere Schatten schwebten über den Kämpfenden, und Vikirnoff sank der Mut, als Maxim erschien. Ihm blieb nichts anderes übrig, als Falcon im Stich zu lassen und dem Prinzen zu helfen. Sollten sie Falcon verlieren, würden sie auch Sara und ihr ungeborenes Kind verlieren.

Vikirnoff bewegte sich zwei Schritte zu Mikhail hinüber und wurde sofort von mehreren Klonen zurückgedrängt. Als er ein Stöhnen hörte und den Kopf wandte, sah er gerade noch, wie

Gregori hinter Dominic hervorbrach, der vor Schmerzen erschauerte. Kleine Blutstropfen standen auf der Stirn des Drachensuchers. Die Verbrennungen hatten sich von seinem Arm über seine Schulter bis zu seinem Hals und Gesicht ausgebreitet. Er biss die Zähne zusammen, als Jacques sich an ihm vorbeischob, um sich in den Kampf zu stürzen. Erst dann befreite sich Dominic von der Barriere und ließ sich zu Boden sinken.

Gregori war sofort mitten in der Schar der Vampire. Seine silbergrauen Augen blitzten, als er mit seiner unvorstellbaren Kraft eine Bresche in sie schlug. Jacques zog Falcon nach hinten und versuchte gemeinsam mit Vikirnoff, die wachsende Armee zurückzudrängen. Aber ganz gleich, wie viele sie umbrachten, Maxim ersetzte sie einfach, indem er sie mit erstaunlicher Schnelligkeit reproduzierte. Die Barriere musste bald fallen, sonst würden sie alle sterben.

Gregori trat eine Ratte beiseite, schleuderte einen Klon gegen die Barriere, wo er heulend verschmorte, und brach einem anderen das Genick, um sich an die Seite des Prinzen durchzuschlagen. Als Maxim eine Hand nach Mikhail ausstreckte, warf sich Gregori mit seinem ganzen Gewicht auf ihn. Er glitt durch den Vampir hindurch, geriet kurz ins Taumeln, bevor er sich wieder fing, und fuhr herum, nur um den Meistervampir direkt vor sich zu sehen, der ihn mit einem selbstgefälligen kleinen Lächeln angrinste.

»Ich hatte gehofft, dich hier zu sehen«, begrüßte Maxim ihn.

»Stets zu Diensten.« Gregori wich nach rechts aus.

Alles ist miteinander verbunden! Natalyas Stimme war sehr aufgeregt. *Sag es Prinz Mikhail! Es ist alles verbunden. Wenn die Barriere fällt, fallen auch all seine anderen Schutzschilde. Ihr könnt eure Gestalt wechseln und alles unternehmen, was nötig ist, um diese Schlacht zu gewinnen.*

Lass die Barriere sofort fallen, ainaak enyém, *oder keiner von uns überlebt die nächsten zehn Minuten.*

Maxim trat noch näher, wobei er Gregoris Schritte nachvollzog, als würde er mit ihm tanzen. Das hässliche kleine Lächeln spielte unentwegt um seine schmalen Lippen. Als Gregori seine Faust tief in die Brust des Vampirs rammte, drehte Maxim sich leicht zur Seite, um den Schlag abzufangen, hielt die Hand des Jägers in seinem Körper gefangen und presste seine Rippen scharf zusammen, sodass sie wie eine Guillotine wirkten. Gregori erbleichte und zog seinen Arm ohne Hand heraus. Eine Fontäne von Blut schoss aus der Wunde. Alle Karpatianer konnten im Geist den entsetzten Schrei von Gregoris Gefährtin widerhallen hören.

Maxim stieß seine eigene Faust in die Brusthöhle des Jägers und wühlte sich durch Knochen und Muskelgewebe, um an das schlagende Herz des Stellvertreters des Prinzen zu gelangen.

»Sie ist gefallen! Die Barriere ist gefallen!«, rief Natalya und wirbelte herum, um mit den anderen zu kämpfen.

»Schluss!« Das eine Wort wurde mit solcher Macht und Autorität gesprochen, dass alle erstarrten. Mikhail trat zu Gregori. »Lass ihn los, Maxim.«

»Ich werde ihm sein Herz herausreißen.« Die Finger gruben sich tiefer in die Brust und rissen an den Arterien. »Du hast eine viel zu hohe Meinung von der Familie Daratrazanoff, Mikhail. Du hättest dich lieber den Malinovs zuwenden sollen.«

Statt einen zweiten Versuch zu unternehmen, an das Herz des Meistervampirs zu kommen, streckte Gregori einen Arm nach Mikhail aus. Sein geschundener Körper erschauerte. Das Einzige, was ihn aufrecht hielt, war die Faust, die sich um sein Herz schloss. Er gab keinen Laut von sich, sondern langte mit seinem blutigen Stumpen von Arm nach seinem Prinzen.

Mikhail trat vor und fasste Gregori am Handgelenk, um die Wunde zu kauterisieren, während er sich gleichzeitig vorbeugte und seine Zähne tief in seine Halsschlagader schlug.

Es herrschte benommenes Schweigen, das nur von Maxims

gellendem Wutschrei unterbrochen wurde, während er fieberhaft versuchte, das Herz des Jägers herauszureißen. Mikhail packte Maxim mit der anderen Hand am Unterarm und zog daran, während er mit seiner Zunge über Gregoris Hals fuhr, um die winzigen Bisswunden zu verschließen. Als Mikhail den Kopf hob, sah er verändert aus. Seine Haut schimmerte in einem warmen Goldton. Er zwang Maxims Arm aus Gregoris Brust. Der Jäger fiel zu Boden und umschlang mit den Armen seinen verstümmelten Körper.

Mikhail trat ein Stück von den anderen Karpatianern weg. Mit ausgestreckten Armen und geschlossenen Augen ließ er seinen Geist immer größer und heller erstrahlen. Lichtfunken sprangen von Mikhail zu Gregori, zu Falcon, Dominic und Jacques. Lichtstreifen verbanden Raven, Sara und Natalya und gingen weiter zu Vikirnoff und Manolito. Die Macht nahm zu, bis die Erde vibrierte.

Natalya fühlte die Geschlossenheit *aller* Karpatianer, nah und fern, alt und jung. Jede Gabe, jede Fähigkeit, jede Kenntnis, die sie besaßen, floss in einer einzigen Person zusammen, in Prinz Mikhail. Sie blinzelte ein paar Mal vor Erstaunen, als Mikhails Füße den Boden verließen. Blendendes Licht strahlte von seinen Fingerspitzen, von seinem Mund und seinen Augen, fiel auf die Armee der Klone und zerschmetterte sie, sodass sie rings um den Meistervampir leblos und leer zu Boden fielen.

Die geringeren Vampire fingen an zu brennen. Ihre Haut rauchte und verglühte, und ihre Gesichter verzerrten sich. Heulend vor Entsetzen rannten sie wild im Kreis herum.

Maxim versuchte, seine Gestalt zu verändern und zu dem schattenhaften Schemen zu werden, als der er oft auftrat, um sich schnell und ungesehen zu bewegen, aber Mikhails Licht war zu stark. Hier im Dunkel der Nacht gab es keine Schatten mehr, in denen man sich verkriechen konnte. Das Licht traf auf sein Gesicht und seine Haut, und kleine Löcher begannen sich zu bilden und sich langsam auf seinem ganzen Körper auszubreiten. Maxim brüllte seinen Hass heraus. Er schlug wild um sich, spuckte Insekten und Säure und kämpfte mit allen Mitteln, um dem Licht zu entkommen.

Mikhail erhob sich nur noch höher und verströmte mehr und mehr Licht, bis sogar die Augen der Jäger brannten und abgeschirmt werden mussten. Maxims Haut fing an aufzubrechen und sich abzulösen. Schließlich fiel sie in langen Streifen auf die Erde und verschmorte in der Hitze des unerträglichen Lichts. Seine langen, spitzen Fingernägel rollten sich ein und wurden schwarz. Übel riechender Rauch stieg von seinem Körper auf und wurde von dem Licht absorbiert. Maxim schrie noch lauter und streckte in dem verzweifelten Versuch, seinen schwindenden Geist zu halten, beide Arme aus.

Die Brust des Vampirs brach auf, und Würmer quollen heraus, um zusammen mit dem schwarzen, verdorrten Herzen, das dem strahlenden Licht erbarmungslos ausgesetzt war, auf die Erde zu fallen. Maxim streckte eine Hand nach dem Organ aus. Das Herz bewegte sich zu dem Vampir zurück, fing aber bereits an zu schwelen. Im nächsten Moment schon stand es in Flammen, und der Vampir konnte nur entsetzt zuschauen. Sein Haar, seine Haut, sogar seine Zähne fingen an zu brennen.

Gregori rührte sich. Mühsam schleppte er sich zu Mikhail, rappelte sich hoch und hielt dem Prinzen seine unversehrte Hand hin. Mikhail nahm sie. Das Licht bildete einen Bogen zwischen ihnen, umschloss sie und schimmerte einen Moment lang durch sie hindurch. Als Gregori Mikhail auf den Boden zurückzog, hatte sich seine Hand bereits regeneriert.

Mikhail ging zu Maxim und starrte in die roten Augen des Vampirs. »An meiner Wertschätzung der Familie Daratrazanoff wird sich nie etwas ändern.«

Der Meistervampir sank in einer Lache von geschmolzenem Fleisch auf den Boden. Seine blicklosen Augen starrten Mikhail und Gregori an. Schwarzer Rauch wehte aus den Pupillen, und winzige Flammen schlugen aus dem Rauch, um die letzten Reste des Vampirs in Brand zu stecken. Dann herrschte lange Zeit Schweigen. Wind kam auf und nahm der Luft den Gestank von Kampf und Blut.

Natalya atmete langsam aus und nahm Vikirnoffs Hand. »Okay«, sagte sie. »Er kann das Buch haben.«

Kapitel 20

Kopfschüttelnd beobachtete Vikirnoff, wie Natalya über einen Felsen hüpfte, durch einen kleinen Bach tänzelte und dabei die ganze Zeit ihr Lichtschwert hierhin und dorthin stieß, um imaginäre Gegner zu bekämpfen. »Die Welt steht nicht mehr lange. Du hast den Verstand verloren.«

Ihr Lachen wehte zu ihm herüber, berührte und wärmte ihn. »Ich stelle mir gerade vor, einer der drei Musketiere zu sein. Oder, besser noch, Luke Skywalker. Ich sehe mich als Luke Skywalker. Total.«

»Warum nicht als Prinzessin Leia?«

Natalya blieb wie angewurzelt stehen, fuhr herum und starrte ihn mit weit aufgerissenem Mund an. »Du hast *Krieg der Sterne* gesehen.«

Er verschränkte die Arme vor seiner Brust und grinste sie an. »Ich glaube, jeder hat *Krieg der Sterne* gesehen.«

Natalya hielt das Lichtschwert in die Luft und grinste. »Kein Wunder, dass ihr alle daran gedacht habt, diese Schwerter zu gestalten. Sie machen Haarspray und Flammenwerfer eher überflüssig.«

»Ich habe weder das eine noch das andere je gebraucht.« Vikirnoff zeigte mit dem Kinn auf die vibrierende Klinge des Schwertes. »Wir verwenden Blitze. Die sind weit wirkungsvoller.«

»Diesen Vorteil habe ich nicht.« Angestrengt starrte sie auf das Schwert. Es schwankte leicht, verschwand jedoch nicht. »Das blöde Ding ärgert mich, wenn es nicht spurt.«

Er schüttelte den Kopf. Seine Augen lachten. »Du strengst dich zu sehr an. Stell dir einfach vor, es wäre nicht mehr da. Es ist nicht ganz dasselbe wie eine magische Formel. Du denkst in erster Linie an Formeln und Beschwörungen.«

Er hatte recht, das wusste Natalya, doch es war trotzdem ärgerlich. Vikirnoff hatte sie mit Küssen geweckt, mehrmals mit ihr geschlafen und ihr sogar Blut gegeben. Es amüsierte sie, dass er ohne sie auf die Jagd gegangen war, weil er nicht wollte, dass sie von einem anderen Mann Blut trank. Vielleicht empfand sie dasselbe bei der Vorstellung, er könnte sich an einer Frau nähren, aber das würde sie sich nicht eingestehen – und ihm schon gar nicht.

Sie konzentrierte sich wieder auf das Schwert und schaffte es zum Glück, es verschwinden zu lassen. Natalya neigte dazu, ihre Wut an ihren Waffen auszulassen, wenn sie zufällig beim Training nicht gut in Form gewesen war. »Weißt du, Herr Oberschlau, dir könnte es auch nicht schaden, hin und wieder ein bisschen zu trainieren. Ich hatte den Eindruck, dass deine Technik im Schwertkampf ein wenig eingerostet ist. Du verlässt dich zu sehr auf andere Sachen, und als der zerflossene Vampir – was, nebenbei gesagt, ziemlich unappetitlich war –, euch eure Spielsachen weggenommen hatte, hattet ihr harten Burschen ganz schön Probleme. Ein Glück, dass ich da war, um euch zu retten.«

»Ja, das war es.«

Vikirnoff stand direkt neben dem umgestürzten Baumstamm, auf dem sie gerade balancierte. Natalya sprang hinunter, und er fing sie auf, genauso, wie sie es erwartet hatte. Helle Freude erfüllte sie. Natürlich würde er sie auffangen. Er war ständig in ihrem Bewusstsein, er liebte sie und begehrte sie und empfand es als Wunder, dass es sie gab. Sie schlang ihre Arme um seinen Hals und ihre Beine um seine Taille. »Ja, das war es wirklich. Denk gefälligst dran, wenn du mal wieder den Macho spielen willst.«

Natalya neigte den Kopf, sodass ihr Haar wie seidiger Regen über seine Haut strich. Es war das Sinnlichste in der Welt, obwohl sie ihn kaum berührt hatte. Er spürte eine ganze Reihe von zarten Schmetterlingsküssen auf seiner Pulsader, und sein Körper begann sofort zu pulsieren.

»Du riechst immer so gut. Sogar mitten im Kampf riechst du gut«, murmelte sie, während sie sich wie eine Katze an ihm rieb. Ihre Zunge huschte noch einmal über seinen Puls und dann an seinem Hals hinunter. Einmal ritzten ihre Zähne seine Haut, ganz leicht nur, aber die Berührung schien sich durch sein Hemd in seine Haut einzubrennen.

»Manchmal, Natalya, glaube ich, dass ich nicht überleben kann, ohne dich zu berühren.« Seine Hände legten sich auf ihren straffen Po und drückten sie so fest an sich, dass sie seine harte Erektion spürte.

»Ich hätte mir nie träumen lassen, dass ich je so glücklich sein könnte«, gestand sie und legte den Kopf an seine Schulter, um an seinem Ohrläppchen zu knabbern. »Selbst als ich dachte, wir würden diese Schlacht nie überstehen, habe ich dich beim Kämpfen beobachtet, und du warst atemberaubend. Ich war stolz, deine Frau zu sein.«

Wieder richtete ihre Zunge Verheerungen an seiner Pulsader an, und seine Erektion wurde noch härter und größer. »Ich liebe dich so, wie du bist, Natalya. Daran darfst du nie zweifeln. Es mag mir schwerfallen, dein Verhalten in gefährlichen Situationen zu akzeptieren, aber du bist genau das, was ich will.«

Ihr leises Lachen kitzelte seine Sinne und steigerte seine Erregung. Ein seltsames Rauschen dröhnte in seinen Ohren. Vikirnoff setzte sich auf den Baumstamm und zog Natalya auf seinen Schoß. Sie schmiegte sich eng an ihn, genauso, wie er es liebte. »Ich bin, was du *brauchst*. Wenn es mich nicht gäbe, Vik, wärst du ein despotischer alter Griesgram.« Ihre Zähne zupften an seiner Unterlippe. »Versteh mich nicht falsch, es ist irgendwie ganz schön prickelnd, wenn du total herrisch wirst und versuchst, den Diktator zu spielen.« Ihre Zunge tanzte über den Rand seiner Lippen und entzündete eine lodernde Flamme in seinem Inneren.

Ihre Berührung war so zart, kaum spürbar, und doch erschütterte sie ihn. Jeder Muskel spannte sich an, bis das Blut in seine Lenden schoss und sich dort sammelte. Aber mehr noch spürte er die Regung in seinem Herzen, die seine Augen von ungeweinten Tränen brennen ließ. Sie kostete seine Haut, indem sie ihre köstliche samtweiche Zunge an seinem Schlüsselbein entlangwandern ließ. Er hätte nie gedacht, dass das eine erogene Zone wäre, aber sein ganzer Körper war so straff gespannt wie ein Bogen.

»Du hast zu viel an, Natalya.« Seine raue Bemerkung schwankte zwischen Bitte und Befehl. Er legte seine eigenen Sachen ab, als seine Hosen über der Wölbung seiner Erektion schmerzhaft spannten. Vikirnoff befürchtete, wenn er noch größer wurde, würde seine Haut aufreißen.

»Wirklich?« Sie wanderte gerade mit ihren Lippen an seiner Brust hinunter und klang ein wenig geistesabwesend. »Wenn ich mich ausziehe, kann ich gar nicht mehr spielen. Dann meinst du wieder alles ganz ernst.«

Seine Finger krallten sich in ihre Taille. »Ich meine es sogar sehr ernst. Fühl nur, wie ernst.« Er rieb seinen Körper an ihrem und spürte ihre Hitze durch ihre Kleidung hindurch. Die Reibung ließ ihn vor Verlangen stöhnen.

»Ich liebe es, wenn du wild und verrückt bist und mich gar nicht schnell genug bekommen kannst«, gab Natalya zu und strich mit ihren Fingernägeln über seine Brust. »Aber das hier ist einfach perfekt. Langsam und genießerisch Stück für Stück von dir kosten. Ich liebe diesen Muskel hier.« Ihre Zunge tanzte über seine Haut, als sie sich weiter nach unten küsste.

»Ich hätte nichts dagegen, dich zu verschlingen«, sagte er. Sie so vor sich zu sehen, die Augen dunkel vor Verlangen, mit diesem sinnlichen Ausdruck auf ihrem Gesicht, und dazu die langsame Folter ihrer Hände und Lippen, all das würde ihn noch umbringen. Erst vor zwei Stunden hatte er mit ihr geschlafen, und doch brannte er innerlich so heiß, dass er Angst hatte, in Flammen aufzugehen. So weich und zart sie auch war, sie hatte einen stählernen Kern, und das erregte ihn fast ebenso wie ihr zärtlicher Mund.

»Die Idee hat etwas für sich.« Sie setzte sich auf und bewegte absichtlich ihre Hüften hin und her. Ihre Finger lösten den ersten Knopf ihrer Bluse, und Vikirnoff stockte der Atem.

Langsam, als würde ein Geschenk ausgepackt, öffnete sich ihre Bluse. Vikirnoff befeuchtete seine Lippen. Natalya brachte ihn um den Verstand. Sein Körper pulsierte und pochte, sein Herz hämmerte und jagte das Blut durch seine Adern, bis sich alles Empfinden auf eine einzige Stelle konzentrierte.

Die Bluse glitt von Natalyas Schultern und enthüllte ihre Brüste, die sich bei jedem Atemzug hoben und senkten. »Ich sehne mich nach dir.« Sie tauchte ihre Finger in sein Haar, zog seinen Kopf an ihre Brust und lehnte sich zurück, als er mit einem wohligen Laut an einer ihrer Brustspitzen zu saugen und sie mit seiner Zunge und seinen Zähnen zu liebkosen begann.

Er öffnete die Augen und sah sie an. Der dunkle Hunger in seinem Blick nahm ihr den Atem und erfüllte ihren Körper mit Hitze. »Zieh deine Hosen auf die Art der Karpatianer aus«, befahl er.

In seiner rauen Stimme lag ein solches Verlangen, dass alles Weibliche in ihr darauf reagierte. Sie schloss die Augen und wünschte sich aus der Enge ihrer Jeans heraus. Sie wollte nichts als nackte Haut spüren. Sein Mund war so heiß, dass sie es kaum ertrug. »Ich kann das nicht besonders gut«, sagte sie mit einem Seufzer, als nichts passierte. »Wie lange haben die anderen gebraucht, um das zu lernen?«

»Du machst das toll. Perfekt. Ich habe dich abgelenkt.« Das schien ihn zu freuen.

»Das muss es sein. Ich lerne sonst sehr schnell.«

Vikirnoff warf den Kopf zurück und lachte. Mitten in ihrem

erregenden Vorspiel klang sie so verärgert, dass er einfach nicht anders konnte. »Du bist furchtbar ehrgeizig.«

»Bin ich nicht! Ich sollte das einfach können, das ist alles.« Ihre Augen funkelten ihn blaugrün an. »Es kann doch nicht so schwer sein. Ich muss es mir vorstellen, richtig? Mehr brauche ich nicht zu tun.«

»Visualisieren ist nicht dasselbe wie Denken. Wenn du denkst: ›Lass es verschwinden‹, passiert gar nichts. Du musst die Hosen als nicht mehr vorhanden visualisieren.« Er massierte ihren Po. »Ich kann sie dir ausziehen.«

Ihre Augen wurden schmal, und ein gereizter Ausdruck huschte über ihr Gesicht. »Wehe! Ich mache es selbst. Ich habe bloß ein bisschen zugelegt, und die blöden Hosen sind extrem eng.«

Er zog die Augenbrauen hoch. »Das ist das Problem? Dass du zugenommen hast?« Seine Hände glitten über die weichen Rundungen. »Könnte sein. Ein paar Pfund vielleicht.«

Sie stupste seine Brust an. »He, jetzt bekommst du aber gleich Ärger!«

Seine Handfläche strich über ihren Bauch. »Ich liebe diesen kleinen Ring, doch wirst du ihn mir als Spielzeug lassen, wenn du unser Kind erwartest und wirklich zunimmst?«

Der Gedanke an Kinder ernüchterte Natalya sofort. Sie schluckte schwer und wich Vikirnoffs Blick aus. »Du weißt, dass Xavier unser Leben immer überschatten wird. Solange er lebt, wird er stets eine Bedrohung für uns und unsere Kinder sein, falls wir welche bekommen.«

»Daran besteht wohl kein Zweifel.« Seine Hand streichelte zärtlich ihr Haar, eher tröstend als sinnlich.

»Das scheint dich nicht sonderlich zu beunruhigen.«

»Xavier ist sich selbst der größte Feind. Seit Jahrhunderten versucht er, unsere Spezies auszurotten, und doch lebt er in Angst und Isolation. Ich sehe keinen Sinn in einem solchen Dasein. Uns steht es frei, so zu leben, wie wir wollen. Wir können glücklich sein, er kann es nicht. Ich fürchte Xavier nicht. Er fürchtet uns.«

Natalya biss sich auf die Unterlippe. Vikirnoff runzelte die Stirn. »Was ist los, *ainaak sívamet jutta?* Sag es mir. Ich werde es nicht deinem Bewusstsein entnehmen, wenn du es mir nicht anvertrauen willst.«

Die Zärtlichkeit in seiner Stimme gab ihr den Rest. Sie schluckte den Kloß in ihrer Kehle, an dem sie zu ersticken drohte, und rieb sich die brennenden Augen. »Razvan. Glaubst du, er ist wirklich tot? Ich treffe immer mein Ziel, und ich dachte, ich hätte ihn getötet, doch wenn ich die Schlacht im Geist noch einmal Revue passieren lasse, bin ich mir nicht mehr sicher. Du hast Maxim gesehen und Gregori, der seine Hand nachwachsen ließ, oder vielleicht hat es auch Mikhail für ihn getan, aber der Punkt ist doch, dass so viele unvorstellbare Dinge passiert sind. Was, wenn ich Razvan nicht getötet habe? Was, wenn er noch lebt? Die Bedrohung für uns wäre um vieles größer. Er wird mir nie verzeihen, was ich getan habe.«

Vikirnoff zog sie enger an sich, strich liebevoll über ihr Haar und ließ sein Herz im Gleichklang mit ihrem schlagen. »Wenn Razvan tot ist, Natalya, wird er dir nicht nur verzeihen, sondern er wird dir dankbar sein. Wenn er noch lebt, ist er nicht mehr Razvan. Seine Seele ist vor langer Zeit gegangen, und nur seine äußere Hülle ist zurückgeblieben.«

»Ich bin es im Geist Millionen Mal durchgegangen.« Eine Mischung aus Angst und Kummer stand in ihren Augen. »Ich schwöre, dass es meine volle Absicht war, ihn zu töten. Ich wusste in dem Moment, als ich in dein Gesicht sah, was er vorhatte, und ich konnte nicht zulassen, dass er dir etwas antut.«

»Es tut mir leid, dass du diejenige sein musstest, die ihn tötete.«

»Nein, ich musste es sein. Ich hätte nicht gewollt, dass jemand anders ihm das Leben nimmt. Ich liebe ihn. Ich werde ihn immer lieben, und ich werde um den Bruder trauern, den ich endgültig verloren habe. Es war meine Aufgabe. Wenn ich so abgrundtief schlecht wäre, mich gegen alle, die ich liebe, zu wenden, würde ich mir wünschen, dass mein Bruder mich genug liebt, um mich zu töten.«

Vikirnoff nahm ihr Gesicht in beide Hände und küsste sie sehr sanft und sehr zärtlich. »Genauso denkt ein Mitglied aus dem Clan der Drachensucher. Rhiannon wäre so stolz auf dich. Ich weiß, dass Dominic es ist.«

»Hast du gehört, wie es Dominic und Manolito geht?«

»Beide ruhen in der heilenden Erde. Bei Dominic wird es eine Weile dauern. Manolitos Zustand war sehr ernst, aber Dominic musste die ganze Zeit, während er dir half, an der Barriere ausharren und hat sich dabei schwere Verbrennungen zugezogen. Gregori befürchtet, dass Narben bleiben, und das kommt bei Karpatianern äußerst selten vor.«

»Wie furchtbar. Gelegentlich konnte ich seine Schmerzen spüren, aber die meiste Zeit hat er mich vor ihnen abgeschirmt. Ich konnte ihm überhaupt nicht helfen, obwohl ich wusste, welche Qualen er litt.«

»Karpatianer beschützen ihre Frauen, Natalya. Das ist unsere Natur.«

Sie rieb leicht seinen Arm. »Ich weiß, dass ich schwierig bin.«

»Das kriegen wir schon hin. In jeder Beziehung gibt es Reibungspunkte.«

Sie legte den Kopf zurück und schaute ihm in die Augen. »Wir kriegen überhaupt nichts hin, wenn du damit meinst, dass ich in irgendeinen Winkel gesteckt werde, sobald es Ärger gibt.«

»Wünschen wird ja noch erlaubt sein.« Er gab ihr einen Kuss auf die Nase. »Ich war bei Gabrielles Umwandlung stolz auf dich. Du hast ihr wirklich geholfen. Wenn sie aufwacht und ihre Schwester sieht, ist sie hoffentlich glücklich.«

»Ich denke schon. Ihre Hauptsorge schien sich um Gary zu drehen und darum, was die karpatianischen Männer jetzt von ihr erwarten. Wenn sie Gary liebt, wird wohl niemand etwas dagegen haben, dass sie mit ihm zusammen sein will.«

Vikirnoff sagte nichts, sondern ließ seine Hände über ihre nackte Haut gleiten, einfach nur, um zu fühlen, wie weich sie war.

Natalya erschauerte unter seiner Berührung und rutschte näher an ihn heran, sodass ihre Brustspitzen an seinen Oberkörper stießen. »Ich nehme an, dein Mikhail weiß nicht zufällig, wie man das Buch zerstören kann?«

»Selbst wenn er es nicht kann, wird es in seiner Obhut sicher sein. Er hat nicht den Wunsch, es zu öffnen, geschweige denn, es zu verwenden, deshalb glaube ich, wir haben keinen Grund zur Sorge. Und irgendwann wird ihm eine Möglichkeit einfallen, wie man es loswerden kann.«

»Ich bin froh, dass ich nicht dafür verantwortlich bin. Er war unglaublich. Hast du so etwas schon mal gesehen?«

Vikirnoff schüttelte den Kopf. »Es gibt Legenden über die Allianz der Dubrinskys und Daratrazanoffs, Gerüchte, dass irgendeine Waffe freigesetzt werden könnte, aber ich weiß auch nicht, was eigentlich passiert ist. Ich bin nur froh, dass es passiert ist.«

»Ich auch. Und habe ich mich eigentlich schon bei dir dafür bedankt, dass du dieses Messer losgeworden bist? Ich könnte es nicht ertragen, wenn ich wüsste, dass es immer noch da ist und zu Xavier zurückfinden könnte.«

Er nahm sie bei den Hüften, hob sie von seinem Schoß und lehnte sie an den Baumstamm. Natalya stieß einen kleinen Freudenschrei aus. »He! Ich glaube, ich kriege die Jeans runter!«

»Stimmt.« Er machte eine Handbewegung in ihre Richtung, und das lästige Kleidungsstück verschwand. »Wir werden Stunde um Stunde daran arbeiten, wie du dich auf unsere Art ausziehen kannst, aber im Moment kann ich nicht länger warten.« Er stellte sich hinter sie, drängte sie nach vorn und legte ihre Handflächen auf den Baumstamm. Seine Hand glitt zwischen ihre Schenkel, streichelte und liebkoste sie, bevor seine Finger tief in sie eintauchten.

Sie erschauerte am ganzen Körper und drängte sich an ihn. »Wie ungeduldig du bist«, scherzte sie. »Aber das bin ich ja auch.«

Mit einem langen, harten Stoß drang er in sie ein, fühlte, wie sie eins wurden, hörte Natalyas leisen Lustschrei und spürte, wie sich ein Feuer in seinem Inneren ausbreitete. Es würde mehrere Lebensalter dauern, sich an ihr zu sättigen, und noch länger, wirklich an das Wunder zu glauben, das ihm widerfahren war. »Du bist *ainaak sívamet jutta*. Für immer an mein Herz gebunden.«

»So wie du an mein Herz gebunden bist.«

Anhang 1

Heilungsgesänge der Karpatianer

Die Heilungsgesänge der Karpatianer zu verstehen, erfordert Hintergrundwissen auf folgenden Gebieten:

1. Die karpatianische Einstellung zum Heilen
2. Der »Kleine Heilungsgesang« der Karpatianer
3. Der »Große Heilungsgesang« der Karpatianer
4. Die Gesangstechnik der Karpatianer

1. Die karpatianische Einstellung zum Heilen

Bei den Karpatianern handelt es sich um Nomaden, deren geografische Ursprünge bis zu den Gebirgszügen des südlichen Ural (nicht weit von den Steppen des heutigen Kasachstan), an der Grenze zwischen Europa und Asien, zurückverfolgt werden können. (Aus diesem Grund sprechen Linguisten von »Proto-Uralisch«, ohne zu wissen, dass es die Sprache der Karpatianer ist.) Im Gegensatz zu den meisten anderen Nomadenvölkern war der Grund für die Wanderungen der Karpatianer nicht die Suche nach neuem Weideland und günstigeren klimatischen Bedingungen, sondern die Suche nach dem richtigen Erdreich, einer Erde, die gehaltvoll genug war, die verjüngenden Kräfte der Karpatianer zu fördern.

Im Lauf der Jahrhunderte führten sie ihre Wanderungen in Richtung Westen, wo sie vor ungefähr sechstausend Jahren ihre perfekte Heimat – ihr »susu« – in den Karpaten fanden, in deren Ausläufern sich die fruchtbaren Ebenen des Königreichs Ungarn schmiegten. Das Königreich Ungarn hatte über tausend Jahre

Bestand – was dazu führte, dass Ungarisch den Hauptbestandteil der karpatianischen Sprache ausmacht –, bis das Reich nach dem Ersten Weltkrieg unter mehreren Ländern aufgeteilt wurde: Österreich, Tschechoslowakei, Rumänien, Jugoslawien und das heutige Ungarn.

Mehrere Völker aus dem südlichen Ural, die Karpatianisch sprachen, aber keine Karpatianer waren, wanderten in andere Richtungen. Einige landeten in Finnland, was die enge Verwandtschaft zwischen Finnisch und Ungarisch mit dem Karpatianischen erklärt. Obwohl Karpatianer für immer an ihre auserwählte Heimat gebunden sind, setzen sie ihre Wanderungen fort, um die Antworten zu finden, die ihnen ermöglichen sollen, Kinder auszutragen und großzuziehen.

Aufgrund ihrer geografischen Herkunft hat die karpatianische Einstellung zum Heilen viel mit der schamanistischen Tradition Eurasiens gemeinsam. Der zeitgenössische Vertreter, der dieser Tradition am nächsten kommt, findet sich in Tuva, der sogenannte tuvinische Schamanismus.

Die schamanistische Tradition Eurasiens – von Karpatianern bis zu den Schamanen Sibiriens – gründet auf der Überzeugung, dass Krankheit in der menschlichen Seele entsteht und sich erst später in Form unterschiedlichster Symptome manifestiert. Aus diesem Grund konzentriert sich die Heilkunst der Schamanen auf die Seele und deren Heilung, ohne dabei allerdings den Körper zu vernachlässigen. Die schwerwiegendsten Erkrankungen wurden auf ein »Schwinden der Seele« zurückgeführt, worunter man zu verstehen hat, dass die Seele eines Kranken den Körper ganz oder teilweise verlassen hat oder von einem bösen Geist gefangen und in Besitz genommen wurde.

Die Karpatianer sind Teil dieser schamanistischen Tradition Eurasiens und teilen ihre Sicht der Dinge. Karpatianer erlagen zwar keinen Krankheiten, aber ihre Heiler waren der Überzeugung, dass schwere Wunden von einem ähnlichen »Schwinden der Seele«, begleitet werden.

Wenn die Diagnose »Schwinden der Seele« erstellt wird, tritt der Heiler bzw. Schamane eine spirituelle Reise in die Unterwelt an, um die Seele zurückzuholen. Der Schamane kann auf dieser Reise großen Herausforderungen begegnen, insbesondere dem Kampf mit dem Dämon oder Vampir, der die Seele seines Freundes in Besitz genommen hat.

Das »Schwinden der Seele« muss nicht bedeuten, dass der Betreffende bewusstlos ist, obwohl auch das vorkommen kann. Jemand kann scheinbar bei vollem Bewusstsein sein und sogar mit anderen kommunizieren und dennoch einen Teil seiner Seele verloren haben. Der erfahrene Heiler oder Schamane würde das Problem trotzdem sofort an subtilen Anzeichen erkennen, die anderen entgehen könnten: die Tatsache, dass die Aufmerksamkeit des Betreffenden immer wieder abschweift, Beeinträchtigung der Lebensfreude, chronische Depressionen, eine Verminderung der Helligkeit der Aura und Ähnliches.

2. *Der Kleine Heilungsgesang der Karpatianer*

Kepä Sarna Pus ***(Der Kleine Heilungsgesang)*** *wird bei Verletzungen rein physischer Natur angewendet. Der karpatianische Heiler verlässt seinen Körper und betritt den Körper des verletzten Karpatianers, um schwere, sogar tödliche Wunden mit reiner Energie von innen heraus zu heilen. Wenn er dem Verletzten sein Blut gibt, verkündet er: »Ich gebe bereitwillig mein Leben für dein Leben.« Da die Karpatianer dem Element Erde zuzuordnen und an das Erdreich gebunden sind, werden sie mit der Erde ihrer Heimat geheilt. Auch ihr Speichel wird oft wegen seiner heilenden Eigenschaften verwendet.*

Normalerweise werden die karpatianischen Heilungsgesänge durch die Beigabe von Heilkräutern, Aromakerzen und Kristallen unterstützt. Die Kristalle werden in Kombination mit der empathischen, übernatürlichen Bindung der Karpatianer an den Kosmos dazu benutzt, der Umgebung positive Energie, die den Heilungsprozess beschleunigen soll, zu entziehen, um sie gezielt einzusetzen. Orte der Heilung sind häufig Höhlen.

Der Kleine Heilungsgesang wurde von Vikirnoff von Shrieder und Colby Jansen eingesetzt, um Rafael de la Cruz zu heilen, dessen Herz von einem Vampir aus der Brust gerissen wurde (siehe »Verführer der Nacht«).

Kepä Sarna Pus *(Der Kleine Heilungsgesang*)

Für alle physischen Verletzungen wird derselbe Gesang benutzt. *»Sívadaba« (»in dein Herz«) wird je nach betroffenem Körperteil abgewandelt.*

Ku'nasz, nélkül sivdobbanás, nélkül fesztelen löyly.
Du liegst wie im Schlaf, ohne den Schlag des Herzens, ohne das Atmen der Luft.

Ot élidamet andam szabadon élidadért.
Ich gebe bereitwillig mein Leben für dein Leben.

O jelä sielam jorem ot ainamet és sone ot élidadet.
Das Licht meines Geistes verlässt meinen Körper und betritt deinen Körper.

O jelä sielam pukta kinn minden szelemeket belsö.
Das Licht meines Geistes vertreibt alle dunklen Geister in dir.

Pajnák o susu hanyet és o nyelv nyálamet sívadaba.
Ich lege die Erde unserer Heimat und den Speichel meiner Zunge auf dein Herz.

Vii, o verim sone o verid andam.
Schließlich gebe ich mein Blut für dein Blut.

Um diesen Gesang zu hören, gehen Sie auf:
http://www.christinefeehan.com/members/.

3. *Der Große Heilungsgesang der Karpatianer*

En Sarna Pus ***(Der Große Heilungsgesang)*** *war der bekannteste und dramatischste karpatianische Heilungsgesang und der Rettung der verwundeten oder bewusstlosen karpatianischen Seele vorbehalten.*

Normalerweise bildet eine Gruppe von Männern einen Kreis um den kranken Karpatianer, um ihn »mit Fürsorge und Mitgefühl zu umgeben«, und stimmt den Sprechgesang an. Der Schamane oder Heiler oder Anführer spielt bei dieser Zeremonie die Hauptrolle. Er ist es, der mithilfe seiner Landsleute die spirituelle Reise in die Anderswelt antritt. Ihre Aufgabe ist es, ekstatisch zu tanzen, zu singen und zu trommeln und dabei durch die Worte des Gesangs die Reise zu visualisieren, Schritt für Schritt und immer wieder, bis der Schamane in Trance fällt, seinen Körper verlässt und ebendiese Reise unternimmt. (Das Wort »Ekstase« stammt von dem lateinischen ex statis, *was wörtlich »außerhalb des Körpers« bedeutet.)*

Ein Vorteil, den ein karpatianischer Heiler vielen anderen Schamanen voraus hat, ist seine telepathische Verbindung zu seinem verlorenen Bruder. Die meisten Schamanen müssen auf der Suche nach dem Verlorenen durch das Dunkel der Anderswelt gehen, aber der karpatianische Heiler hört im Geist, wie sein Bruder ihn ruft, und kann so wie mit einem Wegweiser zu seiner Seele finden. Aus diesem Grund haben karpatianische Heilungen eine höhere Erfolgsquote als die meisten anderen derartigen Heilsysteme.

Ein Blick auf die Geografie der »anderen Welt« oder der »Anderswelt« ist durchaus hilfreich, um die Worte des Großen Karpatianischen Heilgesangs besser zu verstehen. Eine Anspielung bezieht sich auf den »Großen Baum« (auf Karpatianisch: En Puwe*). In vielen alten Traditionen, auch in der karpatianischen, herrscht die*

Auffassung, dass die Welten – die himmlischen Welten, unsere Welt und die Anderswelten – an einer Stange oder Achse oder einem Baum »hängen«. Hier auf der Erde befinden wir uns in dem Baum auf halbem Weg nach oben, auf einem seiner Äste. Daher wird in vielen alten Texten für die materielle Welt häufig das Wort »Mittelerde« verwendet: die Mitte zwischen Himmel und Hölle. Den Baum weiter hinaufzusteigen, führt in die himmlischen Welten, den Baum bis zu den Wurzeln hinunterzusteigen, in die Unterwelten. Der Schamane ist notwendigerweise ein Meister darin, sich auf dem Großen Baum nach oben beziehungsweise unten zu bewegen, manchmal ohne Hilfe, manchmal mit der Hilfe eines Tiergeists, der ihm als Führer oder sogar als Träger dient. Dieser Große Baum war in den verschiedenen Traditionen unter verschiedenen Namen bekannt: Axis mundi *(»die Achse der Welten«), Yggdrasil (in der nordischen Mythologie), Berg Meru (der heilige Weltenberg der tibetischen Kultur) etc. Der christliche Kosmos mit Himmel, Fegefeuer und Hölle ist ebenfalls näherer Betrachtung wert. In Dantes Werk* Die göttliche Komödie *ist sogar eine ähnliche Topografie gegeben: Dantes Reise führt ihn zuerst zur Hölle im Zentrum der Erde, dann nach oben zum Berg der Läuterung, der sich direkt gegenüber von Jerusalem auf der Erdoberfläche befindet, von dort weiter nach oben zum Garten Eden, dem irdischen Paradies, auf dem Gipfel des Berges der Läuterung, und schließlich in den Himmel.*

In der schamanistischen Tradition geht man davon aus, dass das Kleine immer das Große, das Persönliche immer den Kosmos reflektiert. Eine Bewegung in den größeren Dimensionen des Kosmos stimmt immer mit einer inneren Bewegung überein. So entspricht zum Beispiel die axis mundi *des Kosmos der Wirbelsäule des Einzelnen. Reisen auf der* axis mundi *decken sich häufig mit der Bewegung natürlicher und spiritueller Energie (auch* Kundalini *oder* Shakti *genannt) in der Wirbelsäule des Schamanen oder Mystikers.*

En Sarna Pus ***(Der Große Heilungsgesang)***
Bei diesem Gesang wird abhängig von der Person, die geheilt werden soll, ekä *(»Bruder«) durch »Schwester«, »Vater« oder »Mutter« ersetzt.*

Ot ekäm ainajanak hany, jama.
Mein Bruder ist ein Stück Erde und dem Tode nah.

Me, ot ekäm kuntajanak, pirädak ekäm, gond ès irgalom türe.
Wir, der Clan unseres Bruders, umgeben ihn mit Fürsorge und Mitgefühl.

O pus wäkenkek, ot oma sarnank, és ot pus fünk, álnak ekäm ainajanak, pitänak ekäm ainajanak elävä.
Unsere heilenden Kräfte, uralten magischen Worte und heilenden Kräuter segnen den Körper meines Bruders und halten ihn am Leben.

Ot ekäm sielanak pälä. Ot omboce päläja juta alatt o jüti, kinta, és szelemek lamtijaknak.
Aber die Seele meines Bruders ist nur halb. Seine andere Hälfte wandelt in der Anderswelt.

Ot en mekem naman: kulkedak otti ot ekäm omboce päläjanak.
Meine große Tat ist diese: Ich mache eine Reise, um die andere Hälfte meines Bruders zu finden.

Rekatüre, saradak, tappadak, odam, kana o numa waram, és avaa owe o lewl mahoz.
Wir tanzen, wir singen, wir träumen ekstatisch, um meinen Geistervogel zu rufen und die Tür zur anderen Welt zu öffnen.

Ntak o numa waram, és mozdulak, jomadak.
Ich besteige den Geistervogel, wir bewegen uns, wir sind unterwegs.

Piwtädak ot En Puwe tyvinak, ecidak alatt o jüti, kinta, és szelemek lamtijaknak.
Wir folgen dem Stamm des Großen Baumes und fallen durch die Nacht in die Anderswelt.

Fázak, fázak nó o sáro.
Es ist kalt, sehr kalt.

Juttadak ot ekäm o akarataban, o sívaban, és o sielaban.
Mein Bruder und ich sind mit Geist, Herz und Seele verbunden.

Ot ekäm sielanak kana engem.
Meines Bruders Seele ruft mich.

Kuledak és piwtädak ot ekäm.
Ich höre meinen Bruder und folge seiner Spur.

Sayedak és tuledak ot ekäm kulyanak.
Ich komme an und treffe den Dämon, der die Seele meines Bruders verschlingt.

Nenäm córo; o kuly torodak.
Voller Zorn bekämpfe ich den Dämon.

O kuly pél engem.
Er fürchtet mich.

Lejkkadak o kanka salamaval.
Ich treffe seine Kehle mit einem Blitz.

Molodak ot ainaja komakamal.
Ich breche seinen Körper mit meinen bloßen Händen.

Toja és molanâ.
Er krümmt sich und fällt.

Hän cada.
Er läuft weg.

Manedak ot ekäm sielanak.
Ich rette die Seele meines Bruders.

Aledak ot ekäm sielanak o komamban.
Ich trage meines Bruders Seele in meiner Hände Höhlung.

Aledam ot ekäm numa waramra.
Ich hebe ihn auf meinen Geistervogel.

Piwtädak ot En Puwe tyvijanak és sayedak jälleen ot elävä ainak majaknak.
Wir folgen dem großen Baum und kehren ins Reich der Lebenden zurück.

Ot ekäm elä jälleen.
Mein Bruder lebt wieder.

Ot ekäm wénca jälleen.
Er ist wieder ganz.

Um diesen Gesang zu hören, gehen Sie auf: http://www.christinefeehan.com/members/.

4. Karpatianische Gesangstechnik

Ebenso wie ihr Heilsystem hat auch die Gesangstechnik der Karpatianer viel mit anderen schamanistischen Traditionen in den Steppen Zentralasiens gemeinsam. Die ursprüngliche Form war ein Kehlgesang, bei dem mit Obertönen gesungen wurde. Moderne Beispiele für diese Gesangstechnik findet man immer noch in Tuva, Tibet und der Mongolei. Eine Hörprobe für Kehlgesang der Gyuto Tibeter Buddhistenmönche finden Sie unter:

http://www.christinefeehan.com/carpathian_chanting/.

Was Tuva betrifft, beachten Sie auf der Landkarte die geografische Nähe von Tibet zu Kasachstan und dem südlichen Ural.

Der Beginn des tibetischen Gesangs konzentriert sich darauf, alle Stimmen auf einen einzigen Ton abzustimmen, und wird angewendet, um ein bestimmtes »chakra« des Körpers zu heilen. Das ist typisch für den Gyuto-Kehlgesang, aber kein wesentlicher Bestandteil der karpatianischen Tradition. Dennoch stellt es einen interessanten Kontrast dar.

Der Teil der Hörprobe des Gyuto-Kehlgesangs, der dem karpatianischen Stil am ähnlichsten ist, findet sich im Mittelstück, wo die Männer sehr kraftvoll gemeinsam die Worte singen. Der Zweck ist hier nicht, einen »heilenden Ton« zu erzeugen, der ein bestimmtes »chakra«, beeinflusst, sondern vielmehr so viel Energie wie möglich zu schaffen, um die Reise »außerhalb des Körpers« zu initiieren und die Dämonen zu bekämpfen, denen sich der Heiler/Reisende stellen und die er überwinden muss.

Anhang 2

Die karpatianische Sprache

Wie alle Sprachen enthält auch Karpatianisch eine Fülle an Wortschöpfungen und Nuancierungen, die nur durch einen langen Gebrauch entstehen kann. In diesem kurzen Anhang können wir bestenfalls einige der Hauptmerkmale der karpatianischen Sprache streifen.

1. *Die Geschichte der karpatianischen Sprache*
2. *Karpatianische Grammatik und andere Charakteristika der Sprache*
3. *Beispiele aus dem karpatianischen Sprachgebrauch*
4. *Kurzfassung eines karpatianischen Wörterbuchs*

1. Die Geschichte der karpatianischen Sprache

Das Karpatianisch von heute deckt sich weitgehend mit der karpatianischen Sprache, wie sie vor Tausenden von Jahren war. Eine »tote« Sprache wie das Latein von vor zweitausend Jahren hat sich aufgrund unzähliger Generationen von Sprechern und großer historischer Umwälzungen zu einer deutlich anderen modernen Sprache (Italienisch) entwickelt. Im Gegensatz dazu sind die Karpatianer, die ihre Sprache vor mehreren Tausend Jahren gesprochen haben, immer noch dieselben. Ihre Gegenwart sowie die bewusste Isolation der Karpatianer von den Kräften, die den Wandel der Welt beeinflusst haben, wirkte und wirkt immer noch als stabilisierendes Element, das die Unverfälschtheit ihrer Sprache über die Jahrhunderte hinweg gewährleistet hat. Auch die karpatianische Kultur hat dazu beigetragen. So wurden zum Beispiel die Heilungsgesänge (siehe Anhang 1) und andere kulturelle Artefakte getreulich übernommen und erhalten.

Eine kleine Ausnahme sollte erwähnt werden: Die Tatsache, dass Karpatianer sich auf verschiedene Kontinente verteilt haben, hat zu einer geringfügigen Form der Dialektbildung geführt. Aber die telepathische Verbindung zwischen allen Karpatianern und der Umstand, dass jeder Karpatianer in regelmäßigen Abständen seine alte Heimat besucht, haben dafür gesorgt, dass die Unterschiede in den einzelnen Dialekten relativ oberflächlich sind (z. B. eine kleine Anzahl neuer Wörter, geringfügige Unterschiede in der Aussprache usw.), da die Sprache der geistigen Kommunikation wegen des ständigen Gebrauchs über Raum und Zeit hinweg unverändert blieb.

Karpatianisch war und ist die Protosprache der uralischen (oder finno-ugrischen) Sprachfamilie. Heute werden uralische Sprachen in Nord-, Ost- und Mitteleuropa und in Sibirien gesprochen. Über dreiundzwanzig Millionen Menschen sprechen Sprachen, deren Herkunft sich auf Karpatianisch zurückführen lässt. Ungarisch (ca. vierzehn Millionen Menschen), Finnisch (ca. fünf Millionen Menschen) und Estnisch (ca. eine Million Menschen) sind die drei Hauptableger dieser Protosprache. Das Einzige, was über zwanzig Sprachen der uralischen Sprachfamilie miteinander verbindet, ist die Tatsache, dass sich ihre Ursprünge auf eine gemeinsame Protosprache – Karpatianisch – zurückführen lässt, die sich vor ungefähr sechstausend Jahren zu den verschiedenen Sprachen der uralischen Familie aufsplitterte. Andere europäische Sprachen wie Englisch und Französisch gehören zu den bekannteren indogermanischen Sprachen und entspringen ebenfalls einer gemeinsamen Sprachfamilie (nicht dem Karpatianischen).

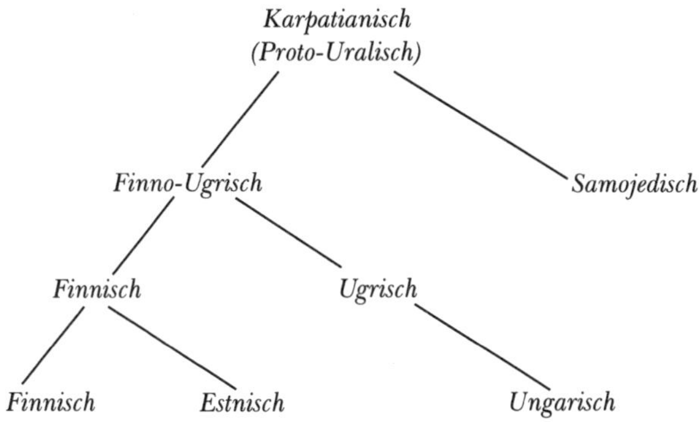

Die folgende Tabelle zeigt einige der Ähnlichkeiten innerhalb der Sprachfamilie auf.

Merke: *Das finnische/karpatianische »k« wird im Ungarischen häufig zu »h«, das finnische/karpatianische »p« zu »f«.*

Karpatianisch (Proto – Uralisch)	*Finnisch (Suomi)*	*Ungarisch (Magyar)*
elä – *leben*	elä – *leben*	él – *leben*
elid – *Leben*	elinikä – *Leben*	élet – *Leben*
pesä – *Nest*	pesä – *Nest*	fészek – *Nest*
kola – *sterben*	kuole – *sterben*	hal – *sterben*
pälä – *Hälfte, Seite*	pieltä – *zur Seite neigen*	fél, fele – *Mitmensch, Freund (Hälfte, eine von zwei Seiten*
and – *geben*	anta, antaa – *geben*	ad – *geben*
koje – *Mann,*	koira – *Hund,*	here – *Drohne,*

Ehemann	*Männchen*	*Testikel*
wäke – *Macht*	väki – *Volk, Leute, Männer Kraft*	vall, vel – *mit (Suffix)*
	väkevä – *mächtig, stark*	vele – *mit hm/ihr*
wete – *Wasser*	vesi – *Wasser*	víz – *Wasser*

2. Karpatianische Grammatik und andere Charakteristika der Sprache

Ausdrucksweise

Sowohl als alte Sprache wie auch als Sprache eines Erdvolks werden im Karpatianischen eher Redewendungen aus konkreten, erdgebundenen Begriffen als abstrakte Begriffe verwendet. Zum Beispiel wird unser abstrakter Begriff »verehren« im Karpatianischen in die Worte »im Herzen halten« gefasst. Die »Unterwelt« ist auf Karpatianisch »das Land von Nacht, Nebel und Geistern« etc.

Satzstellung

Die Stellung der Wörter in einem Satz wird weniger von der Syntax (z. B. Subjekt, Prädikat, Objekt), sondern vielmehr von pragmatischen Faktoren bestimmt.

Beispiel: »Tied vagyok.« *(»Dein bin ich.«)*

»Sívamet andam.« (»Mein Herz ich dir gebe.«)

Agglutination

Karpatianisch ist eine agglutinierende Sprache, das heißt, längere Wörter werden aus kleineren Komponenten zusammengesetzt. Eine agglutinierende Sprache verwendete Suffixe oder Affixe, deren Bedeutung im Allgemeinen einzigartig ist und die ohne Überlappung aufeinanderfolgen. Im Karpatianischen bestehen Wörter normalerweise aus einem Stamm, an den ein oder mehrere Suffixe angehängt werden. »Sívambam« *zum Beispiel entsteht aus dem Stamm* »sív« *(»Herz«), gefolgt von* »am« *(»mein« = »mein Herz«), gefolgt von* »bam« *(»in« = »in mein Herz, in meinem Herzen«). Wie sich leicht denken lässt, kann die Agglutination im Karpatianischen manchmal zu sehr langen oder schwer auszusprechenden Wörtern führen. Oft werden Vokale zwischen die Suffixe eingefügt, um zu verhindern, dass zu viele Konsonanten nacheinander vorkommen und das Wort unaussprechlich machen.*

Substantive

Wie in allen Sprachen gibt es auch im Karpatianischen eine Deklination des Substantivs, das je nach seiner Bedeutung in einem Satz anders »geschrieben« wird. Einige der Fälle sind: Nominativ (wenn das Substantiv das Subjekt des Satzes ist), Akkusativ (Substantiv = direktes Objekt), Dativ (indirektes Objekt), Genitiv (besitzanzeigend), Instrumental, Final, Suppressiv, Inessiv, Elativ, Terminativ und Delativ.

Wir wollen anhand des Genitivs demonstrieren, inwiefern im Karpatianischen Standardsuffixe an die Wortstämme der Substantive angehängt werden, in diesem Fall besitzanzeigende Suffixe. Beispielsweise »am« *an den Wortstamm* »päläfertiil« *angehängt, ergibt* »päläfertiilam« *– »mein/e Gefährte/Gefährtin des Lebens«. Welches Suffix verwendet wird, hängt von dem Bezug (»mein«, »dein«, »sein« etc.) und davon ab, ob das Substantiv auf einen Konsonanten oder einen Vokal endet. Die folgenden Tabellen zeigen Suffixe für den Singular und die Ähnlichkeit zu den Suffixen, die im heutigen Ungarisch verwendet werden. Ungarisch ist etwas komplexer, und die Verwendung des entsprechenden Suffixes hängt auch von der letzten Silbe des Substantivs ab. Daher gibt es im Ungarischen mehrere Möglichkeiten, im Karpatianischen hingegen nur eine.*

Karpatianisch (Proto-Uralisch)

Person	***Substantiv endet auf Vokal***	***Substantiv endet auf Konsonant***
1. Pers. Sg. (mein)	*-m*	*-am*
2. Pers. Sg. (dein)	*-d*	*-ad*
3. Pers. Sg. (sein, ihr)	*-ja.*	*-a*
1. Pers. Pl. (unser)	*-nk*	*-ank*
2. Pers. Pl. (euer)	*-tak*	*-atak*
3. Pers. Pl.	*-jak*	*-ak*

Zeitgenössisches Ungarisch

Person	***Substantiv endet auf Vokal***	***Substantiv endet auf Konsonant***
1. Pers. Sg. (mein)	-m	-om, -em, -öm
2. Pers. Sg. (dein)	-d	-od, -ed, -öd
3. Pers. Sg. (sein, ihr)	-ja, -je	-a, -e

1. Pers. Pl. (unser)	-nk	-unk, -ünk
2. Pers. Pl. (euer)	-tok, -tek, -tök	-otok, -etek, -ötök
3. Pers. Pl.	-juk, -jük	-uk, -ük

Anmerkung: Wie bereits erwähnt, werden häufig Vokale zwischen Wort und Suffix eingefügt, um zu verhindern, dass zu viele Konsonanten aufeinanderfolgen und Wörter entstehen, die man nicht mehr aussprechen kann. In der obigen Tabelle zum Beispiel folgen auf alle Substantive, die auf einen Konsonanten enden, Suffixe, die mit einem »a«, beginnen.

Konjugation

Wie bei seinen modernen Nachfolgern gibt es im Karpatianischen etliche Zeitformen für Verben, zu viele, um hier näher darauf einzugehen. Wir konzentrieren uns auf die Konjugation im Präsens und stellen wieder einen Vergleich mit dem zeitgenössischen Ungarisch an, um die Ähnlichkeiten hervorzuheben.

Wie bei der Deklination wird auch bei der Konjugation ein Suffix an den Wortstamm angehängt.

Person	***Karpatianisch***	***Ungarisch***
1. Pers. Sg. *(ich gebe)*	-am, -ak (andam)	-ok, -ek, -ök
2. Pers. Sg. *(du gibst)*	-sz (andsz)	-sz
3. Pers. Sg. *(er/sie/es gibt)*	– (and)	–

1. Pers. Pl.	-ak	-unk, -ünk
(wir geben)	(andak)	
2. Pers. Pl.	-tak	-tok, -tek, -tök
(ihr gebt)	(andtak)	
3. Pers. Pl.	-nak	-nak, -nek
(sie geben)	(andnak)	

Wie bei allen Sprachen gibt es im Karpatianischen viele unregelmäßige Verben, die nicht diesem Schema entsprechen. Dennoch ist die obige Tabelle für die meisten Verben eine nützliche Richtlinie.

3. *Beispiele aus dem karpatianischen Sprachgebrauch*

Einige kurze Beispiele karpatianischer Redewendungen, wie sie in der karpatianischen Romanreihe verwendet werden.

Susu
Ich bin daheim.
Möért?
Wozu?
Csitri
Kleine, Kleines, kleines Ding
Ainaak enyém
Für immer mein
Ainaak sívamet jutta
Für immer mein (andere Form)
Sívamet
Meine Liebe, mein Liebes, mein Herz

Sarna Rituaali – *Rituelle Worte*

*Diese Ausdrücke werden eher im Sprechgesang oder Gesang als in der gesprochenen Sprache verwendet. Man beachte die häufige Verwendung von »*andam*« (»Ich gebe«), das bewirken soll, dem Gesang durch Wiederholung Kraft und Musikalität zu verleihen.*

Sarna Rituaali – *Rituelle Worte*

Te avio päläfertiilam.
Du bist meine Gefährtin des Lebens.
Éntölam kuulua, avio päläfertiilam.
Ich beanspruche dich als meine Gefährtin.
Ted kuuluak, kacad, kojed.
Ich gehöre zu dir.
Élidamet andam.
Ich gebe mein Leben für dich.
Pesämet andam.
Ich gebe dir meinen Schutz.
Uskolfertiilamet andam.
Ich gebe dir meine Treue.
Sívamet andam.
Ich gebe dir mein Herz.
Sielamet andam.
Ich gebe dir meine Seele.
Ainamet andam.
Ich gebe dir meinen Körper.
Sívamet kuuluak kaik että a ted.
Ich nehme in meine Obhut alles, was dein ist.
Ainaak olenszal sívambin.
Du wirst für alle Zeit in meinem Herzen sein.
Te élidet ainaak pide minan.
Dein Leben wird für alle Zeit kostbarer als mein eigenes sein.
Te avio päläfertiilam.
Du bist meine Gefährtin/Gefährtin des Lebens.

Ainaak sívamet jutta oleny.
Du bist bis in alle Ewigkeit an mich gebunden.
Ainaak terád vigyázak.
Du bist für alle Zeit in meiner Obhut.

Siehe Anhang 1 über karpatianische Heilungsgesänge, in dem sich sowohl Kepä Sarna Pus *(»Der Kleine Heilungsgesang«) als auch* En Sarna Pus *(»Der Große Heilungsgesang«) finden.*

Um diese Worte zu hören und mehr über die karpatianische Aussprache zu erfahren, gehen Sie bitte auf:

http://www.christinefeehan.com/members/

4. Kurzfassung eines karpatianisches Wörterbuchs

Diese stark gekürzte Version eines karpatianischen Wörterbuchs enthält die meisten der Wörter, die in der karpatianischen Romanreihe verwendet werden. Ein vollständiges karpatianisches Wörterbuch wäre natürlich genauso lang wie das normale Lexikon einer ganzen Sprache.

Anmerkung: Bei den angeführten karpatianischen Substantiven und Verben handelt es sich um Wortstämme. Normalerweise kommen sie nicht in dieser Form, sondern in Verbindung mit einem Suffix vor (z. B. eher »andam« *[»ich gebe«] als der reine Wortstamm* »and«*)*

aina	– *Körper*
ainaak	– *für immer*
akarat	– *Geist, Wille*
ál	– *segnen; verbinden mit*
alatt	– *durch*
ale	– *aufheben; sich erheben*

and – *geben*
avaa – *öffnen*
avio – *verheiratet; angetraut*
avio päläfertiil – *Gefährtin des Lebens*
belsö – *in, innerhalb; drinnen*
cada – *fliehen; laufen, rennen; entkommen*
coro – *fließen; wie Regen strömen*
csitri – *Kleines; Kleine*
ekä – *Bruder*
elä – *leben*
elävä – *lebendig; am Leben*
elävä ainaak majaknak – *Reich der Lebenden*
elid – *Leben*
én – *ich*
en – *groß; großartig; viel*
En Puwe – *der Große Baum (verwandt mit den Legenden von Yggdrasil, der axis mundi, Berg Meru, Himmel und Hölle etc.)*
engem – *mir; mich*
eci – *fallen*
ek – *Suffix, das an ein auf einen Konsonanten endendes Substantiv gehängt wird, um den Plural zu bilden*
és – *und*
että – *das; dieses; jenes*
fáz – *frieren; frösteln*
fertiil – *fruchtbar machen*
fesztelen – *luftig*
fü – *Kräuter; Gras*
gond – *Fürsorge; Obhut; Besorgnis*
hän – *er; sie; es*
hany – *Klumpen; Erdklumpen*
irgalom – *Anteilnahme; Mitleid; Barmherzigkeit*

jälleen – *wieder*
jama – *krank/verwundet sein; im Sterben liegen; dem Tod nahe sein*
jelä – *Sonnenlicht; Tag; Sonne; Licht*
joma – *unterwegs sein; gehen*
jorem – *vergessen; sich verirren; einen Fehler machen*
juta – *gehen; wandern*
jüti – *Nacht; Abend*
jutta – *verbunden; etwas binden; verbinden*
k – *Suffix, das an ein auf einen Vokal endendes Substantiv gehängt wird, um den Plural zu bilden*
kaca – *Liebhaber*
kaik – *alles*
kana – *rufen; einladen; auffordern; bitten*
kank – *Luftröhre; Adamsapfel; Kehle*
Karpatii – *Karpatianer*
käsi – *Hand*
kepä – *klein; leicht; gering; wenig*
kinn – *draußen; im Freien; außerhalb*
kinta – *Nebel; Dunst; Rauch*
koje – *Mann; Ehemann*
kola – *sterben*
koma – *leere Hand; bloße Hand; hohle Hand; Handfläche*
kont – *Krieger*
kule – *hören*
kuly – *Bandwurm; Parasit; Dämon, der Seelen fängt und verschlingt*
kulke – *gehen; fahren; reisen (zu Land und zu Wasser)*
kuna – *wie im Schlaf liegen; die Augen wie bei einem Versteckspiel schließen oder zuhalten; sterben*
kunta – *Schar; Stamm; Clan; Familie*
kuulua – *gehören; halten*

lamti – *Flachland; Wiese*

lamti ból jüti, kinta, ja szelem – *die Unterwelt (wörtlich: »Wiese der Nacht und des Nebels und der Geister«)*

lejkka – *Spalt; Riss; Schlitz; schneiden; verletzen; kraftvoll zuschlagen*

lewl – *Geist*

lewl ma – *die Anderswelt (wörtlich: »Land des Geists«);* Lewl ma *schließt* lamti ból jüti, kinta, ja szelem, *die Unterwelt, aber auch die Welten ein, die sich weiter oben auf* En Puwe, *dem Großen Baum, befinden*

löyly – *Atem; Dampf (verwandt mit* lewl *– Geist)*

ma – *Land; Wald*

mäne – *retten; erlösen*

me – *wir*

meke – *Tat; Werk; tun; machen; arbeiten*

minan – *mein*

minden – *jeder; alle*

möért? – *wozu? (Ausruf)*

molo – *zerschmettern; zerbrechen*

molanâ – *zerbröckeln; zerfallen*

mozdul – *in Bewegung kommen; sich bewegen*

nä – *für*

naman – *dies; dies hier*

nelkül – *ohne*

nenä – *Zorn*

nó – *wie; genauso wie*

numa – *Gott; Himmel; Gipfel; das Höchste (verwandt mit dem englischen Wort »numinous«)*

nyelv – *Zunge*

nyál – *Speichel; Spucke (verwandt mit* nyelv *– Zunge)*

odam – *schlafen; träumen*

oma	– *alt; althergebracht*
omboce	– *anderer; zweiter*
o	– *der; die; das (vor Substantiven, die mit einem Konsonanten beginnen)*
ot	– *der; die; das (vor Substantiven, die mit einem Vokal beginnen)*
otti	– *sehen; schauen; aussehen; finden*
owe	– *Tür*
pajna	– *pressen; drücken*
pälä	– *halb; Hälfte; Seite*
päläfertiil	– *Gefährtin oder Ehefrau*
pél	– *Angst haben; sich fürchten*
pesä	– *Nest (wörtlich); Schutz (symbolisch)*
pide	– oben; oberhalb
pirä	– *Kreis; Ring; umgeben; umzingeln*
pitä	– *halten; erhalten; bewahren*
piwtä	– *folgen; die Spur eines Wilds/Witterung aufnehmen*
pukta	– *wegfahren; verfolgen; fliegen*
pusm	– *wieder genesen*
pus	– *gesund; heilkräftig*
puwe	– *Baum; Holz*
reka	– *Ekstase; Trance*
rituaali	– *Ritual*
saye	– *ankommen; kommen; erreichen*
salama	– *Blitz; Blitzschlag*
sarna	– *Wörter; Sprache; magischer Sprechgesang; Sprechgesang anstimmen; singen; feiern*
sáro	– *gefrorener Schnee*
siel	– *Seele*
sisar	– *Schwester*
sív	– *Herz*
sívdobbanás	– *Herzschlag*
sone	– *eintreten; eindringen; kompensieren; ersetzen*

susu	– *Heim; Heimat; Geburtsort; zu Hause*
szabadon	– *freiwillig; bereitwillig*
szelem	– *Geist; Gespenst*
tappa	– *tanzen; mit den Füßen stampfen*
te	– *du*
ted	– *dein*
toja	– *beugen; biegen; brechen*
toro	– *kämpfen; streiten*
tule	– *treffen; begegnen; kommen*
türe	– *voll; gesättigt; vollendet*
tyvi	– *Stamm; Stiel*
uskol	– *treu; getreu*
uskolfertiil	– *Bündnis; Bund*
veri	– *Blut*
vigyáz	– *sorgen für; sich kümmern um*
vii	– *schließlich; endlich*
wäke	– *Macht*
wara	– *Vogel; Krähe*
wenca	– *vollständig; ganz*
wete	– *Wasser*